国家社科基金后期资助项目
出版说明

后期资助项目是国家社科基金设立的一类重要项目，旨在鼓励广大社科研究者潜心治学，支持基础研究多出优秀成果。它是经过严格评审，从接近完成的科研成果中遴选立项的。为扩大后期资助项目的影响，更好地推动学术发展，促进成果转化，全国哲学社会科学工作办公室按照"统一设计、统一标识、统一版式、形成系列"的总体要求，组织出版国家社科基金后期资助项目成果。

全国哲学社会科学工作办公室

国家社科基金
GUOJIA SHEKE JIJIN HOUQI ZIZHU XIANGMU
后期资助项目

抗战时期词坛研究

杜运威 著

上海三联书店

序

马大勇

　　2006 年,张宏生先生在《诗界革命:词体的缺席》一文中提出:"'诗界革命'的参与者们所创作的词,却很少受到这一口号的影响,他们似乎也并没有把关注的目光投向词,因而使得当时已经成为抒情诗一种的词,没有像一直以来的趋势那样,力图与诗歌同步发展,而是有所疏离,甚至'缺席'"①,这是一个非常敏锐而有意义的观察。数年后,我在《百年词史 1900—2000》的开端部分论及"庚子秋词",也曾有过这样的感慨:

　　　　半塘、彊村等不是没有宏富的才力,作为清代词史也几乎是千年词史上的一流词人,他们本来应该抓住这段珍贵的"历史机遇",将"词"与"史"最大限度地捏合在一起。然而,所谓"不为也,非不能也",带着对词体抒情功能的轻视,他们还是选择了这种诸多掣肘的创作方式。此种方式于承平之际或可砥砺心思,揣摩技巧,出现在"秋夜渐长,哀蛩四泣,深巷犬声如豹,狞恶魊人,商音怒号,砭心刺骨"的庚子变乱之中就显得很不贴切匹配,对篇幅字韵的限制更是不利于情致的充分抒发。于是,许多无比珍贵的史实、心境、情感就那样轻飘飘地滑过去了,取而代之的是大量庸常浮泛、无所用心的作品。《庚子秋词》的写作从总体上没有能够迸发出更大的现实烈度,没有能够奏出更强劲的时代心音。对此,我们应该扼腕长叹而不应一味表示赞肯,更不能把《庚子秋词》视为王鹏运、朱祖谋两大词家一生创作的黄金时代加以誉扬。

　　当时我还没有能够从近现代文学风潮的角度来深入地理解这一问题,但上述言论亦无意中与宏生先生的看法形成了一定程度的呼应。更值得关注的是,在"诗界革命"口号盛行的那一时期,词体确实在某种程度上呈现出

---

① 张宏生:《诗界革命:词体的缺席》,《南京大学学报》,2006 年第 2 期。

了"疏离"甚至"缺席"的状态，然而随着时世人心、文化思潮的迁流，词体逐渐摆脱开近百年文学史中的"落伍者"角色，不仅大踏步追蹑时代飙驰的车轮，而且以"拈大题目，出大意义"的姿态踞占了文学舞台的重要位次，构筑了我们认知现当代文学、政治、社会历史不可或缺的组成部分。①

尤其是到了十四年抗战时期。

在《百年词史 1900—2000》中，我专设了《刘永济与抗战词坛》一节，并写下这样一段引言：

> 作为世界反法西斯战争重要组构部分的全面抗战发生于 1937 年，其实自 1931 年"九一八"事变、马占山"江桥抗战"开始，中国人已经打出了捍卫国家民族尊严的第一颗子弹。为期十四年的抗日战争是中华民族整体性抵御外侮的一次空前悲壮宏阔的伟业，在这次全民族携手齐肩推宕起的抗战巨澜中，词体不仅一直"在场"，未曾"缺席"，而且以它独特的视角和笔触成为民族精神与情感不可或缺的记录员、歌手与雕塑师。在前文，我们已经缕述了夏承焘、卢前、詹安泰、吴眉孙等大批词人关于抗战的精光熠耀篇章，本节我们则以成就彪炳的刘永济为核心，力图稍微集中展现群峰峻耸的抗战词坛。这既是二十世纪乃至千年词史的煌然一页，更是中华民族伟大精神的壮美史诗。现当代文学中甚热火的"抗战文学研究"缺失了这一章节——当然还有旧体诗——将会变得相当片面、偏颇与不完善。

现在回想起来，写下这些文字的时候应该是在 2014 年，也就是杜运威负笈北上、从我治学之前后。

世上可能真有蝴蝶效应这回事。那年的某个春日，博士生复试毕，在校园行政楼下遇见了刚刚参加过复试的运威。因为感受到他在面试环节的灵气和锐气，于是破例立谈半晌，又乘余兴邀他到家中小坐。那时候互相还很陌生，所谈无非是些一般性的体会和感悟，当时我肯定想不到他竟因此辞去了另外一所沪上名校，从文化腹地的江苏北上荒凉边陲，成了我门下的第一个男博士（也就是所谓"掌门师兄"）。

运威读书那几年是我自己横竖厮踢、奔走不暇的时段，又因奉行"放羊"教学法，对弟子们蜻蜓掠水、点到为止，他们也就大抵"修行在个人"了。但

---

① 张宏生先生在《诗界革命：词体的缺席》的"余论"部分中对该问题有所讨论，另可参见倪春军《词体革命：创作思路与理论建构》一文，《兰州大学学报》，2012 年第 1 期。

运威还是非常敏捷地意识到了近百年诗词史这座"富矿"中所蕴涵的诸多宝藏,入学未久即提出要做"抗战词坛研究",我当然乐观其成,几乎毫不犹豫就答应了。经过不断的商榷、讨论、修改,三年后,文稿初成。虽然我觉得还有继续打磨和拓展的空间,但总体上已经完全达到博士学位论文的要求,所以同意送审,并有惊无险地进入、通过了正式答辩。现在这部书稿,就是运威以当年博士论文为基础申请到的国家社科基金后期资助项目的结项成果。

比照当年带有"急就章"意味的学位论文,本书显然沉淀出了更多的问题,添献出了更多的维度,由此构建起的"词坛"之"坛"也就相当完善丰满。我们不难理解,一部抗战史绝不是简单的军事斗争史,其中不仅有着海量的政治、经济、社会、文化因素在穿梭渗透,各阶层、各群体的繁杂面相与隐微心境及其构画出的诸多色调与音质尤值得深究。比如,汪精卫、梁鸿志、王揖唐、黄濬等汉奸群体早被钉在历史耻辱柱上,可他们的人生轨迹与内心世界还是有着巨大空洞缺乏有效发掘。同样是"落水",郑孝胥、龙榆生、周作人等的情状就要复杂得多,需要下潜到更深的梯度才能看得更清晰。而沦陷区里那些普通文人比如夏承焘、顾随、郭则沄、张伯驹、吴眉孙、刘永济、丁宁等等,他们又是怎样在敌刃的威压和艰辛的生存之间艰难行走、寻找平衡的?对此,本书从"词坛"的角度尽力给予了自己的阐释,其中对于龙榆生、汪精卫、黄孝绰等人物的论说大抵有理有节,多可圈点之处,而末章选择卢前、刘永济、吴眉孙作为抗战词坛的"三驾马车",浓墨重彩勾勒其人骨格其词体貌,至于吴白匋、仇埰、金兆蕃、林鹍翔、杜兰亭、顾衍泽等不大受人关注的词家,本书也各施笔墨,浓淡得宜,所论多中窾窍,凡此皆很见眼力与工力。

再比如,抗战时期的旧体文学期刊与词人雅集也是必须置于研究视域之中的重要文学现象。立足于重庆的《民族诗坛》与雍园词群无疑唱响了慷慨苍凉的"正气歌",而南京的《中和月刊》、上海的午社、北京的《雅言》、天津的玉澜词社等,或作为日伪政权的"文化花瓶",或作为沦陷文人表达幽深情感的平台,趋趑进退之间似乎更富于历史的厚度与张力。本书三、四、五章瞄准这些特定媒介与特定群体,仅看第五章第二节的几个小标题"公开斗法的新平台:《雅言》的成立""雅化与寄托:创作思想的合流与背离""难以压制的心声:《雅言》词群的文学成就",就可知道这样的论说是抓住了抗战词坛的要害问题并在努力拓深拓细的。

当然,因为时间、学养等主客观原因,本书肯定还存在着这样那样的不足。比如第六章对女性词人创作观念的转变与词情词风的转向进行擘析,这本是非常精彩的切入点,总体亦佳,但也可看出文本选择不够典型、重点

不够突出的缺陷。比如沈祖棻的《浣溪沙·客有以渝州近事见告者,感成小词》与《减字木兰花·成渝纪闻》:

> 莫向西川问杜鹃,繁华争说小长安。涨波脂水自年年。　　筝笛高楼春酒暖,兵戈远塞铁衣寒。尊前空唱念家山。

> 肠枯眼涩,斗米千言难换得。久病长贫,差幸怜才有美人。　　体夸妙手,憎命文章供覆瓿。细步纤纤,一夕翩翩值万钱。

程千帆先生笺《减字木兰花·成渝纪闻》一首曰:"抗日战争后期,大后方国事日非,民生贫困,以写稿为生、无固定收入之作家处境尤艰,甚至以贫病致死,则或有贵妇名媛为之举行舞会,以所得之款从事救济。时人遂谑云:先生们的手不如小姐的脚",《浣溪沙》一首程氏也有笺曰:"台静农先生尝书此词,并跋云:'此沈祖棻抗战时所作,李易安身值南渡,却未见有此感怀也'",窥豹一斑,从中不难领略《涉江词》的词史品格。这样的佳作没有进入选析视野,那是会使文章的说服力打上一些折扣的。

再如我称之为丁宁平生第一杰作的《鹧鸪天·归扬州故居作》:

> 湖海归来鬓欲华,荒居草长绿交加。有谁堪语猫为伴,无可消愁酒当茶。三径菊,半园瓜,烟锄雨笠作生涯。秋来尽有闲庭院,不种黄葵仰面花。

1938 年,与丁宁相依为命的嫡母病逝,翌年丁宁自沪上"湖海"归返维扬"荒居",所以有"猫为伴""酒当茶"之句,虽不无牢落萧寥,更见骨力崚嶒,意态倔强。下片之"菊"与"瓜"既是实写,又融化"陶令""邵平"典故,极见情怀工力,且逼出煞拍的决绝妙句——"秋来尽有闲庭院,不种黄葵仰面花"。"尽有",大有、广有也。虽然如此,可种菊,可种瓜,唯独"不种黄葵仰面花"!盖因葵花所朝向者,日寇国旗上之"骄阳"也!历来所谓"微言大义""比兴寄托",当至此为极。如果说上片诸句还有些文士的幽忧柔软,这结末二句则充满着侠客的英刚气概,足堪为抗战大潮流中最具风骨的代表性宣言之一,更可凝定为丁宁毕生志节的绝好写照。这样的篇章绝可为"抗战词坛"增添异彩,失之眉睫也颇令人遗憾。①

---

① 参见赵郁飞、马大勇:《穿透纸背的风骨——读丁宁〈鹧鸪天·归扬州故居作〉》,《文史知识》,2018 年第 2 期。

将至文末,作为导师的职业病发,还是忍不住叨唠了几句缺点,其底里当然是对运威学术前景的更高期待。去秋尝应运威之邀至楚州小作居停,亲见其走上管理岗位后的干练与繁忙。于此"内卷"时代做一枚"青椒",公务家事、教学科研"多管齐下",甚矣其难哉!运威其勉旃!

癸卯腊月于佳谷斋

目　　录

绪　　论

　　抗战时期词坛(下文简称抗战词坛)研究是指对 1931 至 1945 年间整个中国的词坛研究,包括词人生态、词学理论、思想内容、艺术风格、群体流派、时代影响等各个方面。之所以截取此时段单独考察,不仅因为它的体量和成就足以与抗战文学中的新诗、小说、戏剧等文体并驾齐驱,且此期词坛面貌与前后发展迥异,是百年词史风格流变的一大关键节点。同时,在尊体意识层面也实现了质的飞跃,稳稳地占据时代文学的一席之地。为树立这一文学形象,首先须厘清抗战词坛的基本概念、研究范围及文学史价值等核心问题。诸如创作力量构成、文献史料、词坛初步定位等等都应一并说明。其次,如何在前人较为琐碎的个案研究基础上推陈出新,从纷繁词史中梳理清晰发展脉络,从哪些视角切入,利用什么方法,也是关系本论题骨骼框架的重要方面。

一、抗战词坛概念及研究范围

　　抗战词坛研究既是"抗战文学"不可或缺的核心成员,又是"二十世纪诗词研究"的重要组成部分。"抗战文学"应理解为抗战时期的文学①,而不仅仅是与抗日战争题材相关的文学或新民主主义斗争的文学。那么,聚焦于新诗、戏剧、小说等抗战文学各类体裁研究时,就不该忽视古典诗词的存在。诗歌是一种高度艺术化抒情文学,单就词来说,有沉雄豪放、清丽婉约等不同面貌。前者多能直面时事政治,及时表现战争题材,但后者描写个人身世之感,同样是抗战文学不可回避的部分。再者,借典故伪装,皮里阳秋、冷嘲热讽之类作品,更是建构抗战文学多元化的重要一端。如果仅仅局限在"题材"或"体裁",就贬低了抗战文学的历史价值,不免对文学史宏观成就的判断出现失误。

---

　　① 王学振:《抗战文学研究的边界问题》,《南方文坛》,2014 年第 4 期。

至于"二十世纪诗词研究"方向问题，马大勇师的《二十世纪诗词史之构想》①和《二十世纪旧体诗词研究的回望与前瞻》②已有清晰说明。抗战词坛研究是其"百年词史研究"中的一个时段。他又在《晚清民国词史稿》中明言，抗战词坛既是"二十世纪乃至千年词史的煌然一页，更是中华民族伟大精神的壮美史诗"，其"宽度与体量，是完全可以拿出专著的力量详尽述论的"。③ 此观点在学界已经得到不少人的认同。④

抗战词坛研究具有时间和空间二元属性。"抗战"指向时间，"词坛"指向空间。本书确立 1931 至 1945 年的时间范围，不是迁就于"十四年抗战"的历史划分，也并非否定"八年抗战"。⑤ 而是根据词体自身发展线索，作出科学立论。以下几大词坛事件标志着十四年词史是与民初不同，且不可分割的整体。第一，1931 年，盟主朱祖谋去世是民国词坛前后期的重要分界点，前期以四大家为首的梦窗风占据主流，后期则让步于稼轩风。第二，涌现出大量描写九·一八事变、一·二八事变、七七事变、南京大屠杀等抗战事件相关作品，爱国旋律逐渐增强，并贯彻此期文学发展史程。第三，作为第一手文献的诗词期刊，有前后传承的清晰脉络，从 1933 年《词学季刊》词人群的生成，到 1938 年《民族诗坛》词人群的发展演变，都印证着十四年的整体意义。第四，诗词社团的性质发生转变。抗战前，聊园词社(1925)、潜社(1926)、冰社(1925)、沤社(1930)等群体创作相对偏于词艺的雕琢。抗战后，如社(1934)、声社(1935)、雍园词群(1937)、午社(1938)、《同声月刊》词群、《雅言》词群等更偏于情感内涵的抒发，即便是严苛的如社，在坚持"守四声"的同时，也出现爱国情怀高扬的明显偏向。基于以上词史自身发展情况，十四年抗战词坛的独立性和特殊性不言而喻。

---

① 马大勇：《二十世纪诗词史之构想》，《文学评论》，2007 年第 5 期。
② 马大勇：《二十世纪旧体诗词研究的回望与前瞻》，《文学评论》，2011 年第 6 期。
③ 马大勇：《晚清民国词史稿》，武汉：华中师范大学出版社，2015 年，第 575、587 页。
④ 曹辛华：《民国词史综论》1912—1923，1924—1937，1938—1949 三段论(《民国词史综论》，《2006 词学国际学术研讨会论文集》)；朱惠国：《民国词研究的现状及其思考》(《现代中文学刊》，2014 年第 6 期)中 1912—1927，1928—1936，1937—1949 三期法。两位先生的分期有所不同，但都将全面抗战作为民国词史分期节点，正说明抗战词坛的特殊性和转折意义。
⑤ 以"局部抗战(1931—1936)""全面抗战(1937—1945)"或称"八年抗战"描述这段历史是科学严谨的。不少学者坚持此论点，如张海鹏、刘大年等。也有学者提倡"十四年抗战"说，如王秀英《论十四年抗战》、李殿元《抗战当为十四年论》。2016 年，张洁《十四年抗战观点应通过教材普及》(中国社会科学报，2016 年 5 月 3 日第 004 版)和薛伟强《海峡两岸中学历史教育之抗战史比较研究——基于现行课标及教材的观察》(台湾历史研究，2016 年 11 月)两文建议"十四年抗战"写入教材。2017 年 1 月 3 日，教育部基础教育二司发布《关于在中小学地方课程教材中全面落实"十四年抗战"概念的函》，确立"十四年抗战"的学术意义和历史地位。

抗战词坛研究的空间范围十分广阔,不仅国统区、解放区是其主要研究对象,沦陷区更应纳入考察视野。因沦陷区作品的抗战主题不明显,人们往往以"风花雪月""不关注现实""倒行逆施"等粗浅概括,并视为日伪政府倡导"和平文学"的帮凶。不否认有此现象,但全面否定的结论是否过于草率?毕竟至今沦陷区诗词研究的论著并不多,在没有深入考察的前提下,仅凭借部分作家、少数期刊所呈现的创作情况,就将其作为整个沦陷区的文学特征是十分危险的。据笔者考察,有些作品的典雅外表不过是高压政治下的生存策略,他们借助典故意象和修辞技巧的遮掩,抒发抵抗侵略、身不由己的本质,这恰是构建抗战词坛稼轩风主流外,多声部、立体化的重要例证。

基于以上盘点,从 1931 年朱祖谋去世,至 1945 年抗战胜利,期间所有词人、词作、词学、词社皆是抗战词坛研究范围,不管任何题材,或抒发什么情感,也不论采用什么样的表达方式,可以肯定的是,此期作家都不同程度地受到抗战的影响,相关作品也打上了战乱的历史烙印。

二、定位与特质:抗战文学、百年词史与抗战词坛

欲准确定位抗战词坛,既须将其放到抗战文学中横向比较,充分把握作为旧体文学的词与新文学之间的异同,确立文体地位;又须将其置于百年词史中纵向考察,便于厘清抗战前后词史发展脉络和艺术风格演变。

(一) 抗战文学的重要成员

由于建立文艺统一战线的现实需要,人们对是否利用"旧形式"来宣传抗战展开激烈争论,所谓的"旧形式",包括"民间形式和传统文人的旧文体"[①],这里的"旧文体"主要指古典诗文词。之所以提出利用旧形式的口号,除了统一战线大环境的需要之外,亦不可忽视新文学自身内部问题。第一,影响群体范围有限。吴组缃坦言"新文学作品所可宣传的对象只是一般知识分子,广大的知识落后的同胞无法能被我们的作品所宣传"[②],而弹词、评书、戏曲、小调、章回小说,乃至旧体诗词等"旧形式"依然广受青睐。仅北平每年通俗刊物销售就达一百八十万部[③],其消费群体多为下层民众[④]。第二,抒写方式的不成熟。新文学抒写方法多源自西方,如写实、浪漫、魔

---

① 刘纳:《旧形式的复活——从一个角度谈抗战时期的重庆文学》,《涪陵师专学报》,1999 年第 4 期。

② 吴组缃:《宣传·文学·旧形式的利用:座谈会纪录》,《文艺》,1938 年第 1 卷第 2 期,第 31—38 页。

③ 顾颉刚:《为什么要把新酒装在旧瓶里》,《民众周报》,1936 年第 1 卷第 5 期,第 8—10 页。

④ 顾颉刚:《再论"为什么要把新酒装在旧瓶里"》,《民众周报》,1936 年第 1 卷第 5 期,第 9—11 页。

幻、精神分析等,由于引入的模式化和自身历史的稚嫩,在表现抗战这一新题材时,无论是创作方法还是词汇的使用都显得捉襟见肘。艾思奇总结"一方面有现实主义和平民化的要求,另一方面生活在广大的民众之外的作者,和外来的写实形式不能达到真正的现实主义和平民化的目的。"即"形式的写实手法不能充分地反映抗战的现实,表面上是现实的,实际上却是对于现实有限制的"①。此两点局限性足以使新文学在宣传与反映抗战上力不从心。

为使更多人,尤其是文化水平不高的市民、农民阶层加入抗战行列,文学界发起应利用百姓喜闻乐见的民歌、时调、小曲、评词等"旧形式"来灌输抗战意识,最大限度地激起抗战情绪,为政治服务。并将这种创作方法形象地概括为"旧瓶装新酒"。这一口号的提出立刻引起文艺界的广泛争论。争论前期聚焦于有无必要利用旧形式,后期转为如何科学利用与改造旧形式。争论焦点的转变证明"旧形式"已经取得合法地位。②

在新、旧形式之争背景下,旧体诗词的命运发生逆转。早期随着话语权的丢失,古典文学逐步沦入与弹词、戏曲、民歌民谣等通俗文艺同类的"旧形式"中,惨遭谴责。比如"旧体诗受格调的限制,早已变成僵尸了,无论有什么新的意义,一受了'平平仄仄平平仄'的限制,决不会新鲜活泼,把维他命注射进僵尸体内,僵尸还是僵尸,它永远不会复活。"③乃至将古典诗词贬为"'言之无物'的绣花枕头"④"早已僵化了的死文学"⑤。创作词的人在他们看来更是"因为时代的没有出路,都来陶醉在恋爱方面,或追回过去的梦影"⑥。然以上观点只是一家之言,中国古典诗词中除了风花雪月、男女恋爱,"正有不少充满着热烈的爱国情绪的作品,像文天祥……岳飞……陆游……⑦在民族存亡面前,连大鼓、快板、相声、双簧等都能被拿来改造内容,唤醒民众。深具千年道统的诗词不更应该被推上"前线"? 有的学者在"批评当下新诗创作良莠不齐、混乱不堪的局面下,提出应向旧诗中汲取营养,尤其学习旧诗的文字技巧,艺术方法",并且提出"旧诗未尝不能够用新名词与新事物。我们不应用诗的体式新旧来判诗的好坏,而应当看诗的内容"⑧。正

① 艾思奇:《旧形式运用的基本原则》,《文艺战线》,1939年第1卷第3期,第17—20页。
② 李遇春:《抗战时期旧体诗词的合法性建构问题》,《社会科学战线》,2018年第3期。
③ 云彬:《不能装新酒的旧瓶》,《国民公论》,1939年第1卷第9期,第16页。
④ 吕光:《略论文艺旧形式的发展与扬弃》,《西线》,1939年第2卷第3期,第26—27页。
⑤ 周扬:《对旧形式利用在文学上的一个看法》,《中国文化》,1940年创刊号,第35—40页。
⑥ 余慕陶:《论旧诗与词》,《微音月刊》,1933年第2卷第9期,第53—74页。
⑦ 苏遗:《旧诗新话》,《自修》,1939年第43期,第13页。
⑧ 佘贤勳:《新诗与旧诗》,《斯文》,1942年第2卷第5/6期,第19—22页。

如郭沫若和张恨水强调的"看诗歌能不能感动人"。① 王有兰有诗云："旧瓶盛新酒,瓶旧酒味新。新瓶盛旧酒,瓶新酒味陈,新陈各异味,欣赏存其人。文艺真善美,不重式与形……"②不重形式而看"诗歌是否动人"的观点不啻是文学发展的康庄正道。

文艺界对利用旧形式达成共识后,旧诗词的改造利用也步入正轨。雷石榆《从旧诗词中学取什么东西?》充分肯定诗词的情感表现力和艺术技巧的成熟,呼吁作家"从遗产中摄取技术的补助,创作有血、有肉、有壮旺的生命力的民族形式的东西……"③新文学欲"学取的东西"正是其他文体不具备的,是诗词对抗战文学的拓展和补益。

第一,不受政治掣肘的自由表达。因社会宣传的需要,战时不少新文学家都铐上了政治的枷锁,郭沫若之所以在抗战时期转行作旧诗,主要束缚于新诗所表达的是"当时形势下他需要表达的、符合他'文化界旗帜'身份的思想感情",而旧体诗则用于"更真实地传达他的人生慨叹和人生体悟"④。简言之,新诗在抗战时期,虽在形式上自由,但在表达思想感情上必须承担着与作者身份相统一的政治立场,当私人情感变成公共声音时,新诗的自由就大打折扣。相反,旧体诗词因为其传统性和保守性,即使在抗日统一战线时代背景下,似乎也不必一味地高举战斗大旗,可更直接地抒发新诗中不能言说的仇恨苦闷、彷徨不安、慨叹体悟、交游酬唱,乃至偶尔地消遣娱乐。那些勇往直前的文人固然值得钦佩,但并非所有人都想直接参与抗战,还有很多人内心充满恐惧、矛盾,对战争厌恶,或者他们只想好好地生活。由此,应该关注战争背景下更丰富的生活百态。因为新诗要承载政治宣传的重担,不可避免地使其走向单一,而人类的情感是复杂的,更何况是外敌入侵、民族存亡的时刻。基于这点,已经发展千余年的旧体诗词在面对战争和不同心理状态的群众时,其可操控的情感空间比新诗要大的多。

第二,"诗词史"传统。面对抗战题材,旧体诗词比新文学更加从容老练。南北宋、明清之际的历史经验告诉他们,当外敌入侵、生民涂炭、政权存亡之时,必须改进思想,与时俱进,拿起手中的笔杆,将"前后方可歌可泣的故事,缀为长歌"⑤,发扬延续千年的"诗史""词史"精神,为抗战鼓吹宣传,承

---

① 郭沫若:《"民族形式"商兑》,《大公报》1940 年 6 月 9—10 日。张恨水:《新文艺家写旧诗》,重庆:《新民报》,1942 年 11 月 23 日。
② 王有兰:《琐述》,《江西文物》,1941 年第 1 卷第 6 期,第 24 页。
③ 雷石榆:《从旧诗词中学取什么东西?》,《学习生活》,1940 年第 2 卷第 2 期。
④ 刘纳:《旧形式的诱惑——郭沫若抗战时期的旧体诗》,《中国现代文学研究丛刊》,1991 年第 3 期。
⑤ 田劲:《旧诗新论》,《学术研究》,1942 年第 1 卷第 2 期,第 36—42 页。

担起时代赋予的历史使命。翻看卢前、刘永济、詹安泰、缪钺、汪东等人的作品,首先扑入眼帘的就是为前线战士的热情歌颂和呐喊助威。各大小战事、英雄事迹皆成为诗词素材,巨细无遗的程度令人瞠目。抗战时期的“文”与“史”实现了高密度的契合。

第三,音律和谐、雅俗共赏。1939至1941年间“新旧形式”争论的节点之一是如何利用旧形式扩大带有政治目的文学的传播和接受。就群体文化水平看,朴素平实、晓畅通达的语言更便于博得民众喜爱,若是接近现实口语,且能雅俗通赏,就更便于传播接受。诗词界的策略有二:一是新体诗歌的探索,即将音乐与文学再度结合,将改编后的诗词谱曲传唱。如1938年龙榆生词、谭小麟曲的《采桑子·悼黄自先生》,以“人在心弦,一曲悲歌万口传”①的形式响彻大江南北。二是白话诗词的兴起。品读顾随一首《临江仙》②:

卷地风来尘漠漠,管弦声送斜阳。回肠荡气转凄凉。百忧抽乱绪,两鬓点繁霜。　　城郭人民随世改,马龙车水相将。古都又是一沧桑。为谁归去晚,犹自立苍茫。(1940年作)

这样的词是产生在痛定思痛之后的,夹杂着作者各种烦扰的情绪,却以冷静朴素的语言道出,其艺术魅力非政治口号可同日而语。因宣传需要,短时间内产生传播效应的文学固然值得肯定,但能经得起长时间历史洗刷的作品才是“真正的文学”。

第四,雅集唱和、交游娱乐。“诗可以群”的功能在新文学领域似乎并不明显,而娱宾遣兴、交游赠答却是旧诗词固有属性之一。漫长迁徙后,人们生活趋于稳定,对文化的诉求陡然增加。知识分子积极参加诗词结社,吟诗作对,切磋文艺。群体性雅集唱酬活动,既能缓解紧张生活带来的心理疲劳,也使自身所学有所寄托。1939年后,各地诗词社团如雨后春笋,蔚为壮观。如:四川雍园词群、藕波词社;贵州湄江吟社;云南椒花诗社;湖南山中诗社、五溪诗社;重庆饮河诗社、民族诗坛协会组织、中兴诗社、潜社渝集;福建南社闽集、寿香词社;兰州千龄诗社;陕甘宁边区怀安诗社;晋察冀边区燕赵诗社;江苏湖海文艺社;上海午社、蚕社等。留守沦陷区的文人,也急切地寻找同伴,通过结社增加社交活动,或抒发舆论钳制下的不平之音,或为生

① 龙榆生:《忍寒诗词歌词集》,上海:复旦大学出版社,2012年,第103页。
② 顾随:《顾随全集》,石家庄:河北教育出版社,2000年,第1册,第142页。

存不得不违心地歌功颂德,当然也不排除日伪政府的拉拢。如京津地区就有余园诗社、蛰园律社、稊园诗社[①]、玉澜词社、瓶花簃词社、延秋词社、梦碧词社;南京有同声月刊社等。[②] 这些结社唱酬诗词内容较为驳杂,不易说明,但至少可以彰显诗词特有的"群"体能量。

(二)百年词史的精彩一页

抗战词坛虽只有十四年,几乎不能囊括任何一位词人的毕生创作,但却既是作家奠定个人文学成就的关键期,也是二十世纪词史中特别精彩的一页。

第一,大批作家于抗战中脱胎换骨、破茧成蝶。二十世纪初,暨晚清四大家领袖词坛后,在朱祖谋周围聚集起规模不小的"彊村词群",不少大作手常以他们的私淑弟子自居。然群体格局形成的背后常以损失创作个性为代价,能得四大家衣钵且有所独创者并没有多少。历史发展的变轨反而激发出大批词人的潜力。如刘永济"少时受词法于朱、况两先生"[③],而作于抗战时期及国共内战中词,"既忧邦国之危亡,痛英烈之死难,于当局之腐败,又极富批判意识,词人风骨,超伦拔萃。"[④]较之早期,俨然自成一家。再如唐圭璋,早年随吴梅入如社学词,多作选涩调、守四声之慢词,模仿痕迹较重。而抗战后之《南云小稿》,大多为明白如话的小令,"所写家国存亡之痛及个人身世之感,都是内心真情实感的自然流露,颇能动人心魄。"[⑤]另外丁宁、沈祖棻、夏承焘、汪东、杜兰亭、吴白匋等,其作品都在抗战时期逐渐走向成熟,形成自家面目,或由"窈然以舒"转向"沉咽多风";或由空灵清丽,转向慷慨悲壮。名家辈出的抗战词坛成为百年词史发展的一座高峰。

第二,抗战词坛是百年词史艺术风格转变的风水岭。晚清以前,梦窗词褒贬不一。[⑥] 经王鹏运、朱祖谋等大力推崇后,梦窗词之涩逐渐成为新的词

① 慧远:《近五十年北京词人社集之梗概》,张伯驹编:《春游社琐谈》,北京:北京出版社,1998年,第22—23页。
② 参考马大勇:《近百年词社考论》,《文艺争鸣》,2012年第5期;曹辛华:《民国词社考论》,2008年词学国际学术研讨会论文集;查紫阳:《民国词社知见考略》,《长春工业大学学报》(社科版),2014年第6期。
③ 席启:《刘永济词序》。刘永济著,刘茂舒、刘茂新编:《诵帚词集·云巢诗存·附年谱、传略》,北京:中华书局,2010年,第131页。
④ 刘梦芙:《冷翠轩词话》,《二十世纪中华词选》,合肥:黄山书社,2008年,第404页。
⑤ 施议对:《当代十词人述略》,《中华诗词》第1辑,北京:中国民间文艺出版社,1990年,第45页。
⑥ 方家评吴文英词多以"七宝楼台""炫人耳目"及绵密质实、晦涩难懂综合论之,不免有些微词。也有人大加赞赏,如戈载《宋七家词选·吴君特词选跋》:"(梦窗)以绵丽为尚,运意深远,用笔幽邃,炼字炼句,迥不犹人。貌观之雕缋满眼,而实有灵气行乎其间。……与清真、梅溪、白石,并为词学之正宗"。吴文英:《梦窗词汇校笺释集评》,杭州:浙江古籍出版社,2007年,第805—806页。

体审美特质,得到整个词坛的肯定。[①] 而涩之形成途径主要有两端:一是对平仄格律的强调,甚至偏执到每个字的四声都要求一致;一是创作技法的沉郁顿挫、张弛控送、曲折变化。前者经大量拈调和韵的词社活动,形成"选涩调、守四声"的创作风气;后者则成为众多词学理论家的词体艺术审美典范。况周颐《蕙风词话》、吴梅《词学通论》、陈匪石《旧时月色斋词谭》、杨铁夫《梦窗词选笺释序》、唐圭璋《论梦窗词》[②]等文皆极力推崇梦窗词。至抗日战争时期,受惯性所及,有大量词人仍然沿着梦窗风的路子继续滑行,如廖恩焘、林鹍翔、陈洵、林葆恒、杨铁夫、蔡嵩云等。

硝烟弥漫、江山沦陷之际仍如此斤斤于平仄声律和章法技巧,显然不合时宜。大批新锐开始积极奔走,呼吁变革词风,反对梦窗。尤以龙榆生、夏承焘、吴眉孙、冒广生等人表现最为活跃。龙榆生甚至提出"别建一宗"的主张,全面洗刷词坛"选涩调、守四声"的恶劣现象,其《今日学词应取之途径》云:"私意欲于浙常二派之外,别建一宗,以东坡为开山,稼轩为冢嗣……以清雄洗繁缛,以沉挚去雕琢,以壮音变凄调,以浅语达深情,举权奇磊落之怀,纳诸镗鎝铿鍧之调,庶几激扬蹈厉,少有裨于当时。"[③]此论一出,在词坛立刻激起强烈反响。沸沸扬扬的文体变革运动由此拉开序幕。

喧嚣一时的梦窗风已经不能适应抗战词坛的复杂环境,豪放词风成为词坛各界拍手欢迎的新宠,但仍需进一步分解豪放之优劣。大体也有两类群体:其一,完全不顾词体格律,只求字数对应,韵脚铿锵,貌似慷慨豪迈,气吞山河,实则沦入粗率叫嚣,词格尽损。尤以追步岳飞《满江红》调最多,粗制滥造,鲜有佳作。其二,在提倡"豪情逸兴,并作雄奇。天下兴亡,匹夫责在,我辈文章信有之。如何可,为他人抒写,儿女相思"的同时,并非完全废弃诗词语言及情境之重要性,依然有保留的固守词体最后底线,将时代使命、独抒性灵与词艺特征有限度的捏合,如张敬评卢前《中兴鼓吹》曰:"极应震发高歌,醒聩聋之视听,放郑卫之淫侠,以为风气之倡,庶几拨乱反正,有补于时。《中兴鼓吹》即为此作耳。……感情激励,非同凡响俗韵,以靡丽相尚者也。……可见其立意之大概,在能一扫纤丽,不事斧凿,为洗凡艳,而别开旗鼓。"[④]在龙榆生"词学季刊词群"、卢前"民族诗坛词群"的推动下,稼轩风迅速席卷南北,达到了百年词史的新高度。

---

① 孙克强:《以梦窗风转移一代风会:晚清四大家推尊吴文英的词学主张及意义》,《河南大学学报》,2007年第4期。

② 参考曾大兴:《20世纪词学名家研究》,北京:中华书局,2011年,第194—195页。

③ 龙榆生:《今日学词应取之途径》,《词学季刊》,1935年第2卷第2号,第5页。

④ 张敬:《中兴鼓吹二卷》,《图书季刊》,1940年第2卷第2期,第235页。

第三,沦陷区的复杂环境造就了抗战词坛的多元风貌。其言说语境十分险峻,一如方德秀《诉衷情》云"暗伤神未言先恨。欲诉还羞。心事难陈。"陈能群《满江红·岁暮自寿用白石寿神姥体起丁丑讫庚辰得词四首》云:"应悔言兵。避乱人犹惊问世,受廛我亦愿为氓。幸相逢、笑语祝东风,欢太平"。此环境一方面催生出大量赏花游玩,模山范水,选声斗韵等,与抗战背道而驰,不着现实的作品;另一方面也最大限度地激发出旧体诗词伪装抗争的潜能。如以郭则沄为首的蛰园律社和延秋词社就曾借"五色鹦鹉"典故寄托深层故国情思。① 当然,那种"槁灰不死天尤酷,行住俱殚世坐穷""长春节亦随人改,心系寒晖肯向东"的倔强;"奇服甘焚宁有避,隘喉触鲠故难平"②的压抑又是"隐微修辞"无法掩藏的。在郭则沄等留守文人群体身上,旧体诗词既被用作粉饰太平、雅集娱乐的工具,又是掩藏心机、骨鲠在喉、不平则鸣的发泄渠道。

不幸沦为"附逆文人"者常以微言大义的方式,于旧体诗词中传达苦不堪言的内心矛盾。如龙榆生《金缕曲·闻瞿禅去岁得予告别书,为不寐者数日,感成此解》:

> 此意那堪说。数平生、几人知己,经年契阔。揽镜添来星星鬓,忍向神州涕雪。算咽恨、须拚一决。伫苦停辛缘何事,奈虚名、误我情难绝。肝共胆,为君热。　　故人自励冰霜节。问年来、栖迟海澨,梦余梁月。几度悲歌中宵起,和我鹃声凄切。诉不尽、口衔碑阙。填海冤禽相将去,愿寒涛、化作心头血。休更惜,唾壶缺。

夏承焘得知龙榆生投奔汪伪,大为惊诧,《天风阁学词日记》载:"座间闻俞生将离沪,为之大讶,为家累过重耶,抑羡高爵耶。枕上耿耿不得安睡。他日相见,不知何以劝慰也。"③连至友都怀如此猜测,无怪龙榆生在词中大呼"此意那堪说"。连用"栖迟海澨""悲歌中宵""口衔碑阙"等各种意象辩解附逆是不得已而为之。类似心境在陈方恪、黄孝绰、廖恩焘、王蕴章等一批附逆文人诗词中都有显现,为明哲保身,他们多以烟水迷离的意象或特殊寓意的典故来委婉寄托懊悔不堪的现实处境。特殊语境下诗词语言修辞的巧妙使

---

① 袁一丹:《别有所指的故国之悲——延秋词社换巢鸾凤考释》,《中国诗歌研究》,2013 年第 10 辑。
② 郭则沄:《龙顾山房诗赘集》卷一,民国间排印本,吉林大学图书馆藏。
③ 夏承焘:《天风阁学词日记》(二),《夏承焘集》(六),杭州:浙江古籍出版社、浙江教育出版社,1997 年,第 189 页。

用锻造出百年文学的特殊风貌。这是抗争词坛暨梦窗风、稼轩风之外,意义深远的新品质。

三、分布与体量:多元视角下的群体考察

常见的词坛研究大都选择以时间为线索(施议对:《当代词综·前言》"代际划分"①),分期考察不同时段的词史演变。而抗战词坛前后只有十四年,如果再强行切割,只会令其更加琐碎,无法认清本来面目。不妨以词人群体为中心,引入地域、期刊、社团、性别等更多元的视角,立体化透视抗战词坛。当然,各视角之间需要融通配合、互利互补,否则也会显得单调枯燥。

自地域视角切入便于宏观审视抗战词坛的创作力量。国统区、沦陷区、抗日根据地的常用概念不可抛弃,但需要进一步细化。国统区词人以重庆《民族诗坛》杂志为首,倡导"以韵体文学发扬民族精神",尤其卢前、于右任、王陆一、朱乐之、成善楷等贡献良多;另外雍园词群的唐圭璋、汪东、吴白匋、乔大壮、陈匪石和台阁词人王用宾、苏鹏、章士钊等常诗酒往还,借诗词抒发幽情别绪;成都、桂林等地的缪钺、林思进、刘永济、朱荫龙等皆一时才俊,各有成就。抗日根据地诗歌成就颇高,词则稍弱,名家不多,但相关诗词社的社会功能突出,值得深入考察。沦陷区显得十分活跃,如南京《同声月刊》的龙榆生、汪兆铭、廖恩焘、俞陛云、张尔田等正打着"诗教"的旗号,努力建构沦陷区文化空间;京津"雅言社"的郭则沄、夏仁虎、张伯驹,正与伪政府推行的"和平文学"斗智斗勇;广东詹安泰、杨铁夫等,辗转炮火之间,苟全性命。还有避乱于乡间,以词家之眼再现人民贫苦生活的蔡嵩云、石声汉、顾衍泽、杜兰亭等。

期刊是诗词传播进入现代化的重要媒介,我们惊叹文学影响发生巨大变化的同时,也应该反思诗词自身创作格局、群体意识、内容风格有何相应变化。抗战时期开辟词作专栏的旧体文学刊物确实不少,除了上文提到的《民族诗坛》《同声月刊》,还有《词学季刊》《雅言》《斯文》《国艺》《民意》《文史季刊》《中国文学》《中华乐府》等,部分新文学刊物及大型报纸也常见诗词发表,如《七月》《抗到底》《抗战文艺》《小说月刊》《中央日报》《和平日报》等。报刊诗词不仅是传统文化精英群体的内心读白,更是所有中华儿女的心声,有着重要的文学价值和时代意义。

文学社团是透视抗战词坛的重要截面。此期影响较大者有:1. 聊园词社。1925 年,成立于谭篆青寓所聊园。前后持续十余年,直至 1937 年才逐

① 施议对:《当代词综》,福州:海峡文艺出版社,2002 年,前言第 30 页。

渐消解。社集作品连载于《艺林旬刊》。主要成员有谭篆青、夏孙桐、邵瑞彭、寿鉨、李哲明、赵椿年、吕凤、汪曾武、三多、奭良、邵章、袁毓麐、陆增炜、章华、金兆蕃、路朝銮、洪汝闿、许宝蘅、溥儒、朱师辙、向迪琮等二十余人。2.如社。三十年代活跃于南京一带,成员有吴梅、廖恩焘、林铁尊、仇采、石凌汉、陈匪石、乔大壮、汪东、蔡嵩云、唐圭璋等,有社作《如社词钞》。3.延秋词社。四十年代前期活跃于北京词坛,成员有袁毓麐、夏仁虎、陈宗蕃、郭则沄、张伯驹、林彦京、杨秀先、黄孝纾、黄襄成、黄孝平等。4.玉澜词社。发起于1940年端午节,活动持续四年左右,最早发起人是冷枫诗社成员王寰如、王禹人和赵琴轩。后聘向迪琮、杨寿枏为导师,参与者有童曼秋、姚灵犀、王伯龙、冯孝绰、胡峻门、张异荪等。一月一集,部分社作发表于《新天津》《新天津画报》。5.寿香词社。成立于1935年,由何振岱发起,成员大部分是其弟子,有王德愔、刘蘅、何曦、薛念娟、张苏铮、施秉庄、叶可羲、王真、洪璞、王娴等人。有《寿香社词钞》。6.午社。以仇采、廖恩焘、林鹍翔、林葆恒、吕贞白为阵营的"守四声"群体,与冒广生、夏承焘、吴眉孙、陈运彰等"反四声"群体正争吵不休;另有多个社团涉及词体创作,如饮河诗社、蚕社、湖海艺文社、怀安诗社、湄江吟社、正声诗词社等,本书不一一详述。

女性词人是抗战词坛中比较特殊的重要群体。民国初期,女性词个体意识逐渐增强,但就整体风格和创作水平看,还未跳脱传统格局。随着思想意识的开放和参与社会热情的增强,女性词鲜明的表现出由闺音向雄豪、沉郁、哲思等多元风格的嬗变趋势。特别是沈祖棻与丁宁二人,都在抗战时期摆脱窠臼,走向成熟。其他如陈家庆、陈小翠、汤国梨、李祁等词人亦个性鲜明,别有特色。以上所列,大体点出抗战词坛的群体分布情况,不难发现,社团和期刊在其中扮演着重要的群体凝聚作用,这也恰恰是抗战词坛研究,乃至二十世纪诗词研究有别于古代文学的独特视角。

抗战词坛的创作力量还远不止这些,统计《词学季刊》(1933)《民族诗坛》(1938)《同声月刊》(1940)等几大期刊,撰稿词人分别为123、136、80位。再加上《雅言》《斯文》《国艺》《群雅》《中华乐府》《解放日报》等报刊和其他社团,总数达400余人,如此可观的数字,着实令人惊诧。不止一位词家坦言炮火空袭下生命堪忧、衣食难继的困境,却仍坚持写作,彼时诗词不再是嬉戏娱乐、附庸风雅,俨然成为最后支撑的精神寄托。

不惟词人众多,作品数量亦十分可观。先简单介绍相关典籍文献。曹辛华《论抗日战争诗词文献的整理、研究与意义》(《社会科学战线》2015年第7期)对此期旧体诗词、新诗、曲、歌谣等有较为宏观的介绍。本书仅以中国大陆的"词"为研究对象。相关的总集有地域性、时段性、社团性三大形态：一、地域性总集，如薛钟斗编辑，余振棠校补《东瓯词征》；李谊辑校《历代蜀词全辑》《历代蜀词全辑续编》；另《湖湘文库》《安徽近百年诗词名家丛书》内含章士钊、丁宁等部分词集。二、时段性总集，如沈云龙编《近代中国史料丛刊》；熊盛元主编《二十世纪诗词文献汇编·词部》（第二辑）；黄山书社《二十世纪诗词名家别集丛书》；钟振振、曹辛华编《民国诗词学文献珍本整理与研究》等，收入相关作家作品着实可观。三、社团性总集。如《午社词钞》《如社词钞》《雍园词钞》《寿香社词钞》《风雨同声集》等。其中南江涛主编《清末民国旧体诗词结社文献汇编》及曹辛华续编尤其值得关注，几乎大部分晚清民国时期重要的社团性文献皆被囊括。

相关的词选也有不少，如华中彦《五四以来诗词选》、毛谷风《二十世纪名家诗词钞》。成就最大者莫过于施议对《当代词综》和刘梦芙《二十世纪中华词选》两部。专题性词选值得重点关注，如陈汉平编注《抗战诗史》、广东省黄埔军校同学会编《峥嵘岁月第二辑：黄埔师生抗战诗》、杨金亭《中国抗战诗词精选》、熊先煜、张承钧主编《卢沟桥抗战诗词选》、重庆文史研究馆编《中国抗日战争诗词曲选》等，为宏观讨论抗战诗词的价值提供参考。然选家眼光多有差异，所选作品的艺术水准参差不齐。

别集最多，但受编排结构的限制，无法准确统计部分词人的作品数量。比如陈寂《枕秋词》、陈沧海《拈花词》和《味雪词》都未系年，而是按词调排列，这对抗战词作的框定造成很大障碍，影响作家在整体词坛的地位。即便是系年的词集，也存在边界模糊的共同问题。以夏承焘《天风阁词集》为例，自1937年《金缕曲·题名山先生遗作》始[1]，迄1945年《浣溪沙·九月九日温州观祝捷》止，存词150余首。选《金缕曲》《浣溪沙》作为界点，仅是根据词中某些"抗战事件"而定。150首中还不包括1931—1936年间相关词作。其他唐圭璋《梦桐词》60余首、詹安泰《无盦词》110余首、龙榆生70余首、沈祖棻《涉江词》228首、顾随90余首等等，都是大概的统计。即便如此，加上报刊词作2000余首，抗战时期词作总数不下万首。

短短十四年，就有如此庞大的创作队伍和词作数量，足以说明词坛的繁荣。而作家身份的复杂与广阔，也证明词这一文学抒情样式被广泛的接受认同。此期，词不再仅仅是宜于嬉戏宴乐下的醇雅之作，也不满足于意内言外下的隐隐寄托，而是参与抗战，书写抗战，是文人社会生活不可或缺的重要载体。

---

① 夏承焘：《夏承焘集》，杭州：浙江古籍出版社，1997年，第146页。

四、现状与不足：抗战词坛整体研究的缺失

为更清晰呈现抗战词坛研究现状，有必要与习惯性连称的"旧体诗"一起综合考察。自新中国建立以来，抗战时期旧体诗词的价值判定经历了曲折的历程。从最初较多关注中共领导人的作品，到郁达夫、叶圣陶等新文学家诗词地位的抬高，直至新世纪初传统文人的回归，抗战诗词终以"复兴"的公允结论被部分文学史接纳。这离不开朱文华《风骚余韵论——中国现代文学背景下的旧体诗》（复旦大学出版社，1998）和胡迎建《论抗战时期旧体诗歌的复兴》（《晋阳学刊》2000 年第 4 期）、《民国旧体诗史稿》（江西人民出版社，2005）的贡献。他们改变了文学史中旧体诗词的"缺席"现状，也纠正学界只关注新文学家而轻视传统文人的偏差。此后的"现代文学史"已经开始采用"旧体诗词的中兴"等结论。①

就研究成果来说，抗战诗词研究呈现区域文化与文人生态、群体专题与典型个案齐头并进的整体趋势。宏观上涉及文学史与地域文化的考察、战时不同区域的文人生态、抗战诗词内容与艺术的整体风貌等；微观上则以国统区或沦陷区某具体城市、抗战事件、文学现象等为切入点，以小见大，审视抗战诗词发展流变。群体层面，从身份看，有新文学家、党政官员、传统文人三类不同特性的创作群；以社团论，沦陷区午社和国统区雍园词社有初步研究，其他诗词社还处于简介梳理阶段。抗战诗词个案研究成果丰富，主要集中于刘永济、龙榆生、丁宁、沈祖棻、郁达夫、郭沫若等大家。

（一）战时文人生态的多元观照

抗战时期，面临生存的逼仄，人们根据自己的政治身份、经济状况、身体健康、地缘关系等现实因素，选择了留守与迁徙两大避乱途径。留守群体中，有的人闭门不出，有的被迫与日伪政府合作，当然也不乏甘为汉奸，投降卖国者；迁徙大军中，有的避居山林沟壑、穷乡僻壤，有的远洋出国，大部分人迁居到西南、西北内地。留守与迁徙抉择的背后反映的既是面对现实的困境，又是对待抗战的不同心态。对此，耿德华《被冷落的缪斯：中国沦陷区文学史》（新星出版社，2006 年）、傅葆石《灰色上海，1937—1945：中国文人的隐退、反抗与合作》（生活·读书·新知三联书店，2012 年）、包明叔《抗日时期东南敌后》（台北板桥，1974 年）等，专门就沦陷区文人不同选择作深入

---

① 周晓明，王又平主编：《现代中国文学史》，武汉：湖北教育出版社，2004 年，第 701 页。张炯、邓绍基、郎樱主编：《中国文学通史》第 9 卷《现代文学》下，南京：江苏文艺出版社，2011 年，第 512 页。

解读,尤其傅葆石,堪称战时文人心态研究最权威代表。另外,陈虹《从抗战初期的报告文学看中国作家的群体心态》(《江西社会科学》2003 年第 10 期)、王鸣剑《抗战时期陪都重庆作家创作心态研究》(《重庆三峡学院学报》2015 年第 6 期)两文从不同文体、视角切入,作相关延伸讨论。袁志成《午社与民国后期文人心态》(《湖南人文科技学院学报》2015 年第 3 期)抽绎出关注民瘼、民族精神、享受逸乐等特质,是目前抗战词坛词人心态研究的首创。尽管如此,抗战时期诗词作家的复杂生态研究仍然处于初步阶段,尤其是不同区域的文人心态有着很大的差异,共性和差异的抽绎都是很有意义的问题,需要进一步的开拓。

(二) 区域抗战文化的考察

从抗战诗词角度分析区域文化特色是抗战文学研究的新视角。主要集中在国统区的重庆、桂林、成都,沦陷区的京津、南京、上海、广州,及陕西、山西、江苏等革命根据地。成果比较突出的是桂林,如何开粹《试论桂林文化城的抗战诗词创作》结合桂林一地旧体诗词发展的繁盛现象,[①]抽绎出"通俗化探索"的整体趋向,这一判断值得肯定。覃勇霞与罗媛元的《广西桂东地区抗战时期旧体诗创作的文化考察》更是将范围缩小到桂东,提出"为何桂北桂林城抗战诗歌呈现的是新旧体诗杂糅其他诸多体并存的多元格局,而一岭之隔的桂东则是古体诗独领风骚的单一的诗歌创作现象"[②]的有趣问题。注意到区域文化气候对文学有重要影响的,还有尹奇岭《民国南京旧体诗人雅集与结社研究》,专节讨论汪伪统治时期旧体诗词的回潮现象及内在机制。[③] 探索不同区域文化背景下诗词风貌的异同,恰是追问诗词本身特点和区域文化特质的过程。

(三) 专题与群体性研究的初步开展

抗战诗词专题性研究有三大方向:第一,以具体抗战事件为中心的共时性诗词研究。如薛勤《"九一八"文学旧体诗词初评》(《辽宁大学学报》2007 年 11 月第 35 卷第 6 期)、胡迎建《论抗战时期的旧体诗》(《新文学评论》2012 年第 1 期)。这类具有"诗史""词史"意义的作品还有待进一步开拓,其文学史料价值应该予以高度重视。

第二,抗战诗词艺术风格的归纳总结。陈忻是此专题研究最优秀的学

① 何开粹:《试论桂林文化城的抗战诗词创作》,《贺州学院学报》,2013 年第 3 期。
② 覃勇霞,罗媛元:《广西桂东地区抗战时期旧体诗创作的文化考察》,《贺州学院学报》,2010 年第 1 期。
③ 参见尹奇岭:《民国南京旧体诗人雅集与结社研究》第四章第三节,北京:中国社会科学出版社,2011 年。

者,她所提炼出的"战争诗词纪实性"、沉郁风格、情感基调①等概念都有很高的创新价值。比如纪实性笔法,"一是直接记录战争中的重要事件、塑造各类人物形象,以达到以诗存史的目的;二是采用对比的手法,叙述是为了抒情服务,使有限的文字最大限度地承载更加厚重的内容。"②其实,两种笔法在古典诗词中是常用技巧,而陈忻是首次将其运用到抗战诗词的总结归纳中。

第三,群体性词人研究与词学风气的变革。词坛宗主朱祖谋的仙逝与"九·一八事变"的爆发,使得1931年成为民国词坛词风丕变的重要转折点。一方面推崇梦窗词风的词人仍沿着固定轨迹滑行,出现淡化情感抒发,追求四声格律的倾向;另一方面抗日战争爆发,国体动荡,现实的逼仄和词体内部的分化使得严守格律的梦窗词风已不能满足广大词人的心理诉求,整个词坛正在酝酿着一场更符合时世人心和社会需要的词风丕变。朱惠国《午社四声之争与民国词体观的再认识》提出午社"四声之争"就是这一词风丕变下不同阵营间的开战,是"民国词坛首次对梦窗词风的正式清算,体现出当时词人对词坛定位的再次思考"。③ 傅宇斌《现代词学的建立——〈词学季刊〉与20世纪三、四十年代的词学》(商务印书馆,2013)也对抗战前期词学动向有细致的梳理。目前,民国词群体研究与词坛风气的变革存在偏重词学而轻视词史的问题。袁志成《晚清民国词人结社与词风演变》(湖南师范大学出版社,2015)的出版有利于纠正这一偏差。值得探讨的另一难点是群体共性特征的抽绎,尤其是长期维持社团发展的内在理念,这需要深入挖掘。赵家晨《论民国宋诗派文人群体的抗战词》是这方面比较前卫的有益尝试。④

（四）新文学家、党政官员、传统文人等个案透视

抗战诗词个案研究大体分为两大群体,一是新文学家及党政官员的作品,一是传统文人的诗词。前者聚焦于茅盾、郭沫若、郁达夫、叶圣陶、田汉、陈毅等人,后者集中于柳亚子、姚鹓雏、马一浮、于右任、卢前、刘永济、龙榆生等著名作家。

对新文学家诗词研究特别注重政治性特征的提炼,表现在"文学如何服

① 陈忻还有《探究抗战时期旧体诗词曲的"沉郁"》(《重庆社会科学》,2006年第1期)和《现代抗战词与宋代南渡词情感基调之比较》(《重庆师范大学学报》(哲学社会科学版),2009年第5期)论文涉及此专题。

② 陈忻:《抗战时期旧体诗词对古代战争诗词纪实性之继承》,《重庆师范大学学报》(哲学社会科学版),2008年第4期。

③ 朱惠国:《午社四声之争与民国词体观的再认识》,《中山大学学报》(社会科学版),2014年第2期。

④ 赵家晨:《论民国宋诗派文人群体的抗战词》,《浙江师范大学学报》,2019年第1期。

务政治""旧形式的利用""旧瓶新酒"等几个问题。丁茂远《试论茅盾抗战诗词》认为茅盾诗词是在用"旧形式"装"新酒",并从"因歌择调,形式多样""言简意深,雅俗共赏""蕴藉含蓄,寓意深沉""态度严谨,精益求精"[①]等四个方面分析"新酒"的特质;商金林《"抗战词史"中的"绝唱"——叶圣陶抗战八年间的诗词》分析其诗词的"清真沉厚",指出"在'旧瓶'装上了'芳醇'的'新酒',非但没有陈旧的涩味,反而显得清新可喜;朴实而又'芳润',言有尽而意无穷。"[②]另有不少学者论及相关话题[③],数量较多,不一一罗列。党政官员诗词研究成果非常丰富,此处不再论述。

与处在文学主流位置的新文学家和抗战前线的政权领导者们不同,传统文人的抗战诗词研究更注重个人情怀的抒发,尤其是战争背景下忧国忧民的心境及私人生活的坎坷记录。马大勇师在《民国词史论稿》中对王陆一、苏鹏、王用宾、夏承焘、詹安泰、吴眉孙、章士钊等人抗战时期的部分词作皆有独到分析。刘梦芙《二十世纪名家词述评》《近百年名家旧体诗词及其流变研究》、李剑亮《民国词多元解读》等专著中也有不少涉及抗战时期诗词个案讨论,尤其刘梦芙先生,在整理丁宁《还轩词》、陈匪石《陈匪石先生遗稿》、徐英《澄碧草堂集》等别集时,前言部分常涉及他们抗战期间所作诗词的论析,简明扼要而深得词理。

抗战诗词前后不过十四年时间,只是作家毕生创作的一部分,方兴未艾的二十世纪诗词研究还处在摸底建构阶段,宏观全面研究仍是空白,个案研究文章也多以作家一生为考察对象,因而专论抗战诗词的研究成果还不是很多。其他抗战文学大都关注新诗、小说、报告文学、戏剧等文体,目前还没有整体研究抗战词史的论著。然其极具特色的文学与文献价值是完全值得拿出来单独考量的。

五、方法与思路:"文史互证"与"微观史学"

任何漠视抗日战争在 1931 至 1945 年间文学史中重要影响的论述,都是较为危险的结论。然而若仅仅围绕抗战而忽视整个文坛多声部、立体化的近角观照,也难以避免出现粗线条、呆板僵硬的可能。充分合理运用"文

① 丁茂远:《试论茅盾抗战诗词》,《广西师范大学学报》(哲社版),1989 年第 4 期。
② 商金林:《"抗战词史"中的"绝唱"——叶圣陶抗战八年间的诗词》,《文艺报》,2012 年 2 月 15 日,第 6 版。
③ 越羽,李青:《郁达夫抗战时期诗词述论——达夫先生牺牲 45 周年祭》,《中国民航学院学报》,1991 年第 9 卷第 1 期;丁茂远:《试论茅盾抗战诗词》,《广西师范大学学报》(哲社版),1989 年第 4 期;刘开扬:《田汉的抗战旧体诗》,《中华文化论坛》,1995 年第 1 期;梁杰:《砥柱中原百战诗碑——陈毅的抗战诗词》,《党史纵览》,2005 年第 6 期。

史互证"法,有利于对主流文学研究的强化。而引入"微观史学"方法可降低过于注重抗战对文学的影响,还原抗战词坛声情并茂、五味杂陈、战争与和平共存、传承与创新共生的丰富多彩的本来面目。

(一) 文史互证

"文史互证"在晚清民初学术研究中广为应用。如刘师培提出以诗证史,梁启超倡导以小说证史,王国维则以戏曲论史。① 起初,方家总结为"诗史互证",后在 20 世纪末数次"陈寅恪学术研讨会"的推动下②,由诗逐渐扩大到各个文体。如卞孝萱《唐传奇新探》《唐人小说与政治》就是文史结合的典范。另外,淮阴师范学院张强、顾建国师将文学史料与大运河文化遗产相结合的考证方法,也是此范式的新近拓展。③ 关于"文史互证"之内涵,景蜀慧总结的最为清晰:其一,用历史文化知识,考订、辩误、解说古诗文,尤其要找出有关的今典成分。其二,以诗文为史料,全面把握历史真相,对古人思想、情感及其所处之时代社会达到真正同情之了解。④

以"文史互证"法审视抗战词坛,将有诸多令人欣喜的收获。先说以史证文。如何最精确地解读作品中历史知识,将直接影响对诗词内涵和价值的基本定位。比如 1935 年前后的如社,由于他们倡导格律技巧,作词坚"守四声",以致人们常忽略作品中的情感内涵。⑤ 不妨重点分析其中第七集"访媚香楼遗址"。读孙濌源《高阳台》:

> 红泪啼痕,青楼侠骨,秦淮影事堪伤。画壁幽兰,同心盟誓难忘。会开盒子嬉春地,有东邻、暖翠笙簧。记桥边,一抹朱阑,一角银墙。
> 牙箫吹得家山破,怪春灯谜里,竟系兴亡。粉篚桃花,空教传唱词场。铜驼谁令埋荆棘,问故宫、只剩斜阳。更何论,酒社歌寮,蔓草荒凉。⑥

若非了解"媚香楼"及主人李香君生平史实,此词可能就在凭吊"遗址"及悼

---

① 卞孝萱:《文史互证与唐传奇研究》,《北京大学学报》(哲社版),2009 年第 2 期。
② 1988 年"纪念陈寅恪教授国际学术讨论会";1995 年"柳如是别传与国学研究传统";1999 年"纪念陈寅恪教授国际学术研讨会"。
③ 顾建国:《运河名物与区域文化考论》,上海:上海三联书店,2014 年。张强关于大运河研究的系列论文。如《区域文化研究的若干理论问题》,《江海学刊》,2016 年第 5 期;《运河学研究的范围与对象》,《江苏社会科学》,2010 年第 5 期。
④ 景蜀慧:《魏晋诗人与政治》,北京:中华书局,2007 年,第 5 页。
⑤ 吴白匋曾回忆:"斯社宗旨在于继承晚清四大家遗教,……每次集会所选词调,大都为难调、冷调、孤调。填词则如南宋方千里、杨泽民、陈西麓三和周清真,务求四声相依,不易一字。"参见吴白匋:《吴白匋诗词集》,南京:南京大学出版社,1999 年,第 175—176 页。
⑥ 所举词皆自《如社词钞》,1936 年刻本,吉林大学图书馆藏。

念美人之间匆匆滑过。孙濬源词上片叙李侯之情事,下片则转入"春灯谜里,竟系兴亡"的家国感伤。"铜驼荆棘"更是点明江山大乱之旨。明末历史处境与1935年前后之危局十分相似,孙词是借凭吊古迹,大发思古忧今之感慨,警示人们,历史不可再次重演。

以孙词为衡量标准,其他社员则截然分成两种倾向,一是比孙词更激烈,借此影射当下日趋危机之势。如杨铁夫"江山到底兴亡惯,讵从来儿女,例付英雄。何物虾蟆,屠门等视天宫。杜鹃血溅桃花影,歌扇底、脂泪争红"等还有些含蓄,至仇埰"剩如今,眼底江山,笛里兴亡",及唐圭璋"冰绡洒血贞心在,也应羞、中阃元戎"就相对直抒胸臆的多。而夏仁虎"多惜红妆,虚名误赚清流,监军不上梅花岭,祗文章、壮悔堪羞",夏仁沂"弹词漫诉兴亡恨,恨仓皇幕燕,犹自争巢"更是借此批判当局,俨然已成借古讽今之势。另一倾向是走到孙濬源的背面,将现实寄托深深掩藏于"春来多少啼鹃血,甚艳痕、留染桃花"(林鹍翔)的扑朔迷离之中。若不是置于《如社词钞》,恐怕难以明了其"情根断向天涯"及"叹山川,才思都无"(廖恩焘词)的确切所指。蔡嵩云、陈匪石同题之作皆有类似征候。

以上所举是从相关历史背景切入,追问词中事典、意象等所折射出的情感内涵。继而挖掘掩藏在"选涩调、守四声"之严格声律下的强盛生命力。并且由此提出了对如社词价值的再思考。关于如社在整个二十世纪词史上承前启后的重要作用研究,目前学界所做的还远远不够。当然,也需要警惕"文史互证"法的使用限度问题。孙濬源词就介于可用与不可用之间。引仇埰、唐圭璋、夏仁虎、夏仁沂诸作佐证,则必然成立。若与廖恩焘、林鹍翔等人相比,则又不能牵强附会。

再说以文证史。与唐宋文学资料的匮乏不同,抗战时期年代很近,留存资料较富,对于历史事件的考索或许根本用不到诗词。然而诗之为诗,乃言常人之所不能言也。同样词之为词,"其缘情造端,兴于微言,以相感动。极命风谣里巷,男女哀乐,以道贤人君子忧约怨悱、不能自言之情。"[1]也就是说,战时人们的复杂心态,有些是无法用数据、日记、政论文件等材料说明的。缪钺《治学补谈》有言:"各种古书所记载的多是史人活动的表面事迹,至于古人内心深处的思想感情,在史书中是不易找到的,只有在文学作品中才能探寻出来。所以文学作品是心声,一个历史人物的文学作品是他一个人的心声,一个时代的文学作品则代表着这一个时代的心声。"[2]带着追问

---

① 张惠言:《词选》,北京:中华书局,1957年,第7页。
② 缪钺:《治学补谈》。《缪钺全集》,石家庄:河北教育出版社,2004年,第七、八合卷,第77页。

"心声"的目的,读黄咏雩《凄凉犯》:

> 辞枝噤蜇。苔衣槁、凄凉卧掩霜叶。足趼绝岛,神游故国,雾山一
> 发。饥鹊啄月,觳波起、银蟾影没。倒苍天、天沉海立,人在梦中活。
> 无那沧江夜,水击鹏风,血吹鲸渤。小楼伏枕,飒商飙、压衾如铁。
> 角惨灯昏,倍愁我、伤鳞呴沫。对哀蜇、有语欲说不敢说。

结合题序"予避兵海上四年矣,辛巳十月廿四日,日本飞机侵袭九龙,投掷炸弹,予受伤。夜半,日兵闯入。炮火中倚声记事,用白石体。"才深刻体会"人在梦中活"和"有语欲说不敢说"是何种心惊胆战的情境。此不过是战火中苟全性命的个人经历,然而当其扩展至数万万人避难逃命,汇聚成中国文学史上流亡词的新高潮时,其所反映的就是抗战史的重要一幕。而避难途中,上有空袭不断,下有盗贼横行。这场轰轰烈烈的迁徙历程,如果失去了文人刻骨铭心的叙述将显得异常单调灰暗。

本书立足于文学本位,无论是以史证文,还是以文证史,其终极目的都是为了凸显作品的词史价值。因此,史识及方法的使用,既传承了优秀文史研究的经验,并揭示出隐藏于文本间的古今联系及作者心迹变化;又注重今典之现实意义,为建构旧体诗词的现代文学史场域奠定基础。那么在判定作家词坛地位、期刊"词录"的传播互动、词社与词群的地域影响时,有无词史意义就是衡量价值高低的重要标准。此标准在本书中是严格贯彻执行。

(二)微观史学

抗战词坛的整体生态十分复杂,国统区、革命根据地的主流文学固然是以抗战为主,然沦陷区的旧体文学却出现"雅化""复古"等不合时宜的形势。如果一味以"抗战"为切入点,不仅无法准确看清沦陷区文学走向,更对抗战词坛综合特征的理解出现偏差。因此,引入"微观史学"理论,在以"文史互证"宏观审视抗战文学主流趋势之外,多角度、立体化地对词坛非主流形态作深入解读,形成以正面反映抗战的词作为中心,以雅集娱乐、题画赠答、山水风景、身世之感等各类不同主题的词为羽翼的全面形态。

微观史学是一种新的历史研究方法。起源于二十世纪七十年代末的意大利,后在欧洲各国引起剧烈反响。代表人物及著作有卡尔洛·金兹伯格《乳酪与蛆虫——一个十六世纪磨坊主的精神世界》、乔万尼·列维《继承权力:一个被魔师的故事》、纳塔莉·戴维斯的《马丹·盖赫返乡记》、史景迁的《妇人王氏之死》等。针对西方新史学与年鉴学派过于注重"计量分析""社会学"等宏观研究法,"片面夸大长时段结构"而引发的"史学危机",微观史

学更青睐于人的日常生活、情感变化。① 它"不把注意力集中在涵盖辽阔地域、长时段和大量民众的宏观过程,而是注意个别的、具体的事实,一个或几个事实,或地方性事件。这种研究取得的结果往往是局部的,不可能推广到围绕某个被研究的事实的各种历史现象的所有层面。但它却有可能对整个背景提供某种补充的说明。"②

乔瓦尼·莱维概括出微观史学七大特征,其中第三、四、五点对文学研究有重要参考:

> 第三,微观史并不排斥宏观叙事,对小范围事件或个体人物的关注并不意味着放弃对一般真理的探索;第四,微观史改变了我们对于现实的感知,试图恢复历史研究的不确定性、不一致性和非线性的特点;第五,微观史突出了人类认知的差别及与历史真相之间的偏差,但这并不意味着放弃寻求历史真实的方法,而是始终保有继续推进的可能性。③

微观史学强调回归人文本位的历史研究,是我们引入理论的立足点。许多欧美古典文学研究者就特别注重从个人或事件,乃至典故出发,详细梳理作家创作的情感变化(如宇文所安、包弼德、孙康宜等),继而以小见大,摸索较为宏观的文学规律。微观史学为文学研究提供了新的范式。

米歇尔·福柯《知识考古学》反对将历史"以臆想的连续性来预设分析论说"。此观点本质其实是去中心化。这种理念同样适用于文学。不否认1937 至 1945 年间关于抗战的文学占据中心位置,但并不意味着其他主题——甚至背离抗战的作品——就一无是处。比如汪伪词人群的研究就有利于把握沦陷区文艺与政治间既合作又抵抗的复杂形态。1942 年前后,为推进东亚共荣步伐,日本在占领区域内倡导"和平运动"。希望御用文人创作较为典雅的"和平文学"。词人们貌似极力配合,实则暗度陈仓。读廖恩焘《玉楼春·新历除夕》:

> 红入战尘灯最觉,犹照千场呼纵博。令威辽鹤夜飞回,人是新民城

---

① 弗郎索瓦·多斯《碎片化的历史学:从〈年鉴〉到"新史学"》:"在研究中,史学家把历史上的重大时刻和人为的转折抛在一边,而唯独看重百姓日常生活的记忆。"北京:北京大学出版社,2008 年,第 165 页。
② 陈启能:《略论微观史学》,《史学理论研究》,2002 年第 1 期。
③ 乔瓦尼·莱维著,尚洁译:《三十年后反思微观史》,《史学理论研究》,2013 年第 4 期。

旧郭。　　唱遍家家河曳落,不见饩羊今告朔。沉沉醉里梦钧天,何处云璈闻广乐。

"令威"句描写今日南京城物是人非的现状。过片云家家其乐融融,却连简单的告朔祭祀都没有,对比中讽刺力度犹大。理想的广乐钧天只能梦中寻找,悲凉气氛陡然而生。而《迎春乐》更是直接暴露日军表面"和平",实则肮脏的本质:

人家几处疑寒食。歇炊火、黯灯色。咽西风,树杪残蝉寂。谁说与、真消息。　　挝鼓当,筵催底急。滞梅讯,江南江北。召蝶约花神传,冻羽吹瑶笛。

以寒食节比兴,"只许官兵放火,不许百姓点灯"之意自生。与词牌"迎春乐"也形成强烈反差。和平不过是敌人的一厢情愿和虚假面纱。下片对国家处境急切探知的焦虑跃然纸上。然词中所有情感都包在"残蝉""鼓当""梅讯""瑶笛"一类扑朔迷离的意象之中,无法坐实反抗罪证。同样,北京延秋词社关于"五色鹦鹉"的群体酬唱,也是调动历史典故,对当下现实处境的集体反驳。[①] 而这些都是抗战主题之外的词坛面貌。我们从沦陷区某个集体的唱和、政治运动、个人心迹出发,探索区域词坛下相同身份背景的作品特质,挖掘这类被漠视低估词人的文学价值的思路,皆是得益于微观史学研究法的启发。

其实,在国统区、革命根据地也并非全是鼓吹抗战、忠贞爱国一类的声调。一旦环境稳定下来,词体嬉戏娱乐功能就会暗中抬头。1942 年前后,全国各地都掀起组建诗词社的高潮,其背后固然有拉拢文人、团结势力、营造声势的政治动机,然也恰说明诗词具有缓和关系、连接群众的纽带作用。凡此,皆是引入微观史学后需要解决的问题。另外,作为微观史研究的典型,柯文《历史三调:作为事件、经历和神话的义和团》为抗战词坛研究提供了另一种思路,即抗日战争在历史学家、历史参与者、"民族精神"传承者之间,都是不同的状态,尤其是作为参与者的词人,他们笔下的原生态与历史学家之间是有较大差异的,本书所做的是尽力还原战时词人生活的真实面貌和心迹演变。

以上略论"文史互证"法与"微观史学"法对抗战词坛研究的重要指导意

---

① 　参见《雅言》期刊,1940 年,卷二"词录"。

义,两种方法并行不悖,相辅相成。需要提醒,方法仅仅是工具,挖掘作品真正的价值、探寻文学演变的规律、把握艺术传承与创新的意义,方是抗战诗词研究的真正目的。

第一章　晚清稼轩风接受与战争词的发展

　　严迪昌先生《清词史》认为常州词派后期"重又敛情约性地回归向封闭型"，词的历史看来已快走到尽头。[①] 然而事实并非如此，受战争的影响，晚清时期产生了一批成就卓著的大词人，他们提倡以词为史，推崇慷慨悲壮的豪放词风，远接辛派，近承阳羡，秉承"拈大题目，出大意义"的创作宗旨。以鸦片战争、太平天国运动、中法战争、中日甲午战争、庚子事变为背景，创作出一批高质量的"战争词"，从不同角度记录斗争始末及世人心态，堪为彼时战乱的立体性艺术绘画，给压抑沉闷的晚近词坛吹进了一股清凉之气。

第一节　战争词命名与晚清词史观念

　　学界对"战争词"的使用较为频繁，但似乎没有人清晰梳理其功能及具体特征。与之相近的常用概念是"军旅词"。二者既有交叉，又有各自特质，不妨从比较二者异同出发，确立内涵。

　　军旅词之名称源于军旅诗。成曙霞《唐前军旅诗发展史》认为是"指歌咏士卒将领或虚拟的军人形象在军事战争中的生存状态以及由军旅生涯触发的独特审美体验的诗歌。"[②]军旅词与此类似，一是作者在军队生活及战场上所见所闻的描写，二是脱离军营后对以往生涯的回忆。其表现中心是军人。而战争词则是专门围绕直接的战斗场面、激烈程度、英勇事迹、成败得失等内容展开的叙述，表现主体是战争。成曙霞在比较军旅诗与战争诗区别时指出："历代军旅题材的诗歌有许多诗虽然是以战争为表现背景的，但很少表现直接的战争场面，更多的是反映军人的从军感受。"[③]（参考杜琪《敦

---

① 严迪昌：《清词史》，南京：江苏古籍出版社，2001年，第468页。
② 成曙霞：《唐前军旅诗发展史》，济南：山东人民出版社，2013年，第14页。
③ 成曙霞：《唐前军旅诗发展史》，济南：山东人民出版社，2013年，第12页。

煌军旅文学述略》)词也一样,如辛弃疾 1161 年间,率众起义,反抗金人的抗争经历;陆游南郑军幕间,以左承议郎权四川宣抚使司干办公事兼检法官等。然实际创作中并不一定有战事发生,《稼轩长短句》中的军旅词多作于任地方官期间,陆游亦是。

就晚清词坛而言,取"战争词"之名而舍弃范畴较广的"军旅词"有以下几大原因:第一,晚清战争频发,出现了较为可观的以战争为中心的作品,构成了一条主题突出的词史发展线索。除了太平天国运动,其他战争中出现了历史上较少见的抗击外国入侵现象。以"军旅词"来命名,不足以体现此类题材不同于两宋词及明清易代时期词的独特之处。这是属于特定时空下的新现象。第二,就作者来说,军旅词人大都有过身临其境的现实感受,作品反映的是"军人的心理感受";然随着职业分化的愈加清晰,越是接近现代时期,军旅基础瓦解的越严重,文人多已不具备军队生活的实质。他们大都是战争影响下的普通人民。诸如林则徐、邓廷桢、周闲等爱国将领毕竟还是少数,大部分是赵起、张景祁、姚燮等普通文人。至庚子事变及抗日战争期间,创作词的大部分是大学教授和具有良好文学素养的官员、艺术家、编辑等。前线将军、士兵已经很少有这份才情。然而此期词人又都深受战争影响,因此,"战争词"所反映的是战乱中作为词人的心理感受。第三,就词体功能而言,军旅词偏重个人抒情,多借军事意象,如刀、剑、马、士兵、沙场等,来抒发忠贞报国之心,或感怀才不遇之叹。而"战争词"在同样展现词人忧国忧民、悲呼愤慨心境之外,具有多种现实意义:其一,聚焦战斗经过,有以词记史的实录功能;其二,歌颂战场英雄人物,有树立榜样、鼓舞士气之效应;其三,批判军官昏庸、政治腐败,有潜在的监察时政作用。

晚清战争词的陡增与"词史"意识的强化密切相关。张惠言提出"比兴寄托"理念时,本意在保持词当行本色框架内进一步推尊文体,并没有将其上升到史的高度,是周济进一步引申阐发为"诗有史,词亦有史"。然而追随常派的词人并未顺着"词亦有史"的理论来创作实践,而是回到张惠言"意内言外""比兴寄托""要眇宜修"的审美原则下,以致形成"托咏物以寄怀""托志艳情,眷怀身世""托怀于伤春、悲秋之中"以及学问化的创作家法。① 词体风格亦较为模糊,呈现为"豪放婉约兼具,而略近苏、辛"②的基本情况。整体看来,在词与史有机结合层面,常派词人做的还远远不够。浙派就更为偏远了。

周济词史观被众多批评家不同程度的接纳继承。不少优秀批评家开始

---

① 朱德慈:《常州词派通论》第四章。北京:中华书局,2006 年。
② 吴宏一:《常州派词学研究》,台北:嘉新水泥公司文化基金会,1970 年,第 81 页。

放下先入为主的词学宗尚,强调词体应该更多的承担诗体功能,反映社会时事。究其本质,还是"词史"意识的进一步强化。如 1869 年刊行之丁绍仪《听秋声馆词话》。由于谭献《复堂词话》、陈廷焯《白雨斋词话》、刘熙载《艺概》等几大词话相继问世,掩盖了丁氏词学并不耀眼的光芒。迄今为止,《听秋声馆词话》的价值一直没有得到充分挖掘。比如丁绍仪对"词史"观念的强调就是重要一端。词话《自序》云:"闲居无俚,就见闻记忆所及,或因词及事,或因事及词,拉杂书之,藉以消耗岁月。"①"因词及事"和"因事及词"的表现正是"史"的内容。如评"长洲陶梁词",以"记嘉庆癸酉,逆贼林清遣其党陈爽、陈文魁,潜结太监阎进喜等,突入大内滋事"总结《红豆树馆词》内容。并举《百字令》,誉为"昔人称少陵韵语为诗史,此词正可作词史读也。"②再如论杨传第、赵吉士等(卷十),其所关注点皆与战争大事相关。人物简介也模仿史书风格,如杨希闵,"丙辰丁巳间,贼扰建昌,集数百人成一旅,屡与贼战。时江闽兵屯垒相望,无有以一矢遗贼者。逮新城再陷,家毁力竭,始间关赴闽,藉笔耕糊口。"③不难发现,丁绍仪是将词话作为史书而严肃创作的,这对后来刘熙载、杜文澜、谭献等都有一定影响。若没有丁氏的承前启后,很难有数年后词学批评的辉煌。

　　杜文澜《憩园词话》较之丁氏词话稍晚出。④ 尽管杜氏比较注重格律声韵,尤其对戈载《词林正韵》推崇备至,但仍能从词话中抽出"词史"意识的传承脉络。如对太平天国运动间词人及相关创作背景记录就特多:卷三许玉年"咸丰癸丑春,粤逆跨扬州"间事;顾文彬"咸丰庚申岁暮,粤寇鸱逼,势濒於危。与潘季玉、吴平斋两观察,倡议设会防局";汤雨生"粤寇陷白下,时年逾七旬,赋绝命诗,从容投荷池以殉。事闻,赐谥贞愍,国史馆立传。忠义大节,照耀千秋。"⑤其他如论张维屏、陈元鼎、王寿庭、谢元淮、吴云、王振、张熙等词人,皆涉及"粤乱""寇匪"经历。很容易从杜文澜先述史事,再论其词的

① 丁绍仪:《听秋声馆词话》,唐圭璋编:《词话丛编》,北京:中华书局,1986 年,第 3 册,第 2561 页。

② 丁绍仪:《听秋声馆词话》卷十二,唐圭璋编:《词话丛编》,北京:中华书局,1986 年,第 3 册,2723 页。

③ 丁绍仪:《听秋声馆词话》卷十,唐圭璋编:《词话丛编》,北京:中华书局,1986 年,第 3 册,2693 页。

④ 杜文澜《憩园词话》作于 1878 至 1881 年间。潘钟瑞、费念孙《憩园词话》校:"壬午(1882)五月……校读一过。……甲申(1884)十月二十九日,武进费念孙校读一过"。又《中国历代诗词曲论专著提要》:"1877 年罢官归里,戊寅(1878)年五月,移如此园,《词话》即成于此时,刊行则在杜氏死后。"第 506 页。

⑤ 杜文澜:《憩园词话》卷三,唐圭璋编:《词话丛编》,北京:中华书局,1986 年,第 3 册,第 2894、2895、2905 页。

评论模式中,明晰其"文史互证"的动机。无怪饶宗颐先生赞其"俱足以庀史,确有存人存词之功。"①

相较而言,谢章铤"词史"观念的接受更为坚定。《赌棋山庄词话》载:"予尝谓词与诗同体,粤乱以来,作诗者多,而词颇少见。是当以杜之《北征》《诸将》《陈陶斜》,白之《秦中吟》之法运入减偷,则诗史之外,蔚为词史,不亦词场之大观欤?惜填词家只知流连景光,剖析宫调,鸿题巨制,不敢措手,一若词之量止宜于靡靡者,是不独自诬自隘,而于派别亦未深讲矣。夫词之源为乐府,乐府正多纪事之篇,词之流为曲子,曲子亦有传奇之作,谁谓长短句之中,不足以抑扬时局哉?"②谢章铤《眠琴小筑词序》又云:"窃谓自唐以来,词人日兴,而词量则犹未尽。夫曲为词之余,乃传奇诸作,佳者纪事言情,外可考世运之盛衰,内足验人物之邪正,而词反靡靡焉。即素讲宗派,亦止争格调声律之幽眇。古云诗史,岂词毫不中产以庀史耶?故曰未尽也。"③谢氏明确提出词应当借鉴"诗史"之家法,增加"战乱纪事""抑扬时局"等鸿题巨制的体量,压缩"流连景光,剖析宫调"的靡靡之音。他在《赌棋山庄词话》中品评人物时,特别注重将词与时事的结合,很少涉及选韵格律等较微观的层面。

以上见于晚清词话中的词史意识并不彰显,往往被浙西、常州二派的理论观点所埋没,然从丁绍仪、杜文澜论词时抬高史实成分,到谢章铤着重强调"诗史之外,蔚为词史"的理念,"词史观"一直传承发展,甚至逐步强化。此意识或多或少反向刺激词人,使其进一步创造更贴近社会时事的佳作,继而凝聚成一股新的稼轩流风。

第二节　晚清稼轩风接受情况简论

嘉道之际,浙派词流弊越趋明显,受到不少词学家的严厉批判。常被学者引用的例证是金应珪的淫、游、鄙"三弊说"。其一,"唯陈履舄,揣摩床笫,污秽中莛,是谓淫词";其二,"诙嘲则俳优之末流,叫啸则市侩之盛气,……黾蜮怒嗌以调疏越,是谓鄙词";其三,"哀乐不衷其性,虑叹无与乎情,……

① 饶宗颐:《论清词在词史上之地位》,《第一届词学国际研讨会论文集》,台北:中央研究院中国文哲研究所筹备处,1994年,第324页。
② 谢章铤著,刘荣平校注:《赌棋山庄词话校注》,厦门:厦门大学出版社,2013年,第327页。
③ 谢章铤:《谢章铤集》,长春:吉林文史出版社,2009年,第92页。

理不外乎酬应,虽既雅而不艳,斯有句而无章,是谓游词。"①金氏所言或有过于夸张的成分,然流弊确实已经有所表露。彼时出现两大补救群体,一是常州词派,以比兴寄托强调风骚遗意,纠正浙派追步清空而导致的浮夸不实;一是浙派内之吴中词群②,从词体内部声韵格律入手,强化写作规范,摆脱"油""鄙"之漏。其实金应珪三弊说之"诙嘲""叫嚣""黾螭怒嗌"的鄙词现象并不一定符合词坛实际,《词选后序》作于嘉庆二年,彼时浙派以郭麐为代表,在清空大旗下,稍偏向于绮艳,"淫词"确实不少,但"叫嚣鄙陋"云云不大符合实际。

鸦片战争之后,有学者认为此期"出现的一批爱国词,是对常州词派推尊词体、比兴寄托理论的一次最早、最直接的实践。"③窃以为将爱国词全部囊入常派稍有不妥。这批词作产生基础主要是外族入侵的刺激,其风格大多是接近稼轩的慷慨豪迈,叙述方法较为直白,与比兴寄托、意内言外并不是一个路数。受词派史的影响,我们在评论词坛特殊现象时,或许有些过于迁就整体趋势。如果说"在清代政治高压的环境下,人们是无法在诗词中直抒性情的,往往借助比兴寄托的方式曲折地表达自己的隐微曲衷,这就是清代词学比兴寄托在近代广为流行的社会背景。"④那么,明知"高压",却偏不顾"隐微曲衷",而选择直抒胸臆,甚至谩骂诅咒,岂不较"比兴寄托"者更有胸襟和胆量。这就是局部战争刺激下,词坛兴起的一小股特立独行的稼轩接受群体,他们以豪放为审美取向,传承词史意识,创作不少以重大事件为中心的"战争词",形成与浙常二派鼎足而三的词坛新格局。

朱丽霞《清代辛稼轩接受史》认为"此际'稼轩风'的重扬与易代之际不同。易代之际,多表现于创作上对稼轩的认同和吸纳,此期则更多地表现于词论方面的理性思索。"⑤晚清词学发达,苏辛作为重要变体,是评论家必谈的。但据笔者考察,词体创作层面也十分可观。不止有邓廷桢、林则徐、包世臣、陶梁等一批大臣开启豪放词序幕,还有徐汉苍、汤成烈、蒋敦复、许宗衡、杜文澜、孙朝庆、赵野航、应敏斋、刘家谋、王庆勋、薛时雨等名家继续跟进,更有周闲、蒋春霖、张景祁、谢章铤、文廷式等大家支撑,构成了晚清词坛稼轩风接受史的基本坐标。

---

① 金应珪:《词选后序》。张惠言辑:《词选·附续词选》,北京:中华书局,1957 年,第 1—3 页。
② 参见沙先一《清代吴中词派研究》。吴中词群仍然是浙派之后期发展阶段。
③ 张宏生:《常州派词学理论的现实呼应:鸦片战争前后的爱国词与词境的新拓展》,《江海学刊》,1995 年第 2 期。
④ 陈水云:《清代的"词史"意识》,《武汉大学学报》,2001 年第 5 期。
⑤ 朱丽霞:《清代辛稼轩接受史》,济南:齐鲁书社,2005 年,第 325 页。

稼轩风涉及诸多特征，其重要一端当然是"用摩天大笔抒写，滔滔莽莽，其来无端，古今无敌"的英雄之词。① 如刘家谋《沁园春》：

> 怒发冲冠，恨血沾襟，郁勃难消。问能飞将军，是谁李广，横行青海，几许天骄。未缺金瓯，空捐玉币，为甚和亲学汉朝。多时累，我胸中磊块，索酒频浇。　　谁图无限忧焦。忽眉舞神飞在此朝。看磨刀水赤，人心未列，弯弓月白，鬼胆先飘。袯襫同袍，犁锄当戟，不待军门尺籍标。腥臊涤，听欢声动处，万顷春潮。②

从刘家谋（1814—1853）《斫剑词》别集名称，已可窥探其为苏辛一脉。另如《金缕曲·寄李少棠敬》"空自伤心起。叹古来、英雄豪杰，都归蒿里。究竟未能低首坐，一片热肠难死。"《寄黄肖岩》"侠骨柔肠齐进出，儿女英雄谁是。奈绝调、无人识此。快婿东床君所喜，便有成、未免头巾气。臣狂处，难及矣"等皆可"右挹苏、辛，左联秦、柳。"③能够在稼轩风领域占得一席的必然具有三分英雄气概，如果仅学得皮相，只会显得貌严而骨媚。再读王庆勋《卜算子·寄家人》：

> 推倒四千年，几个真名士。艳说书生报国心，仅仗文章耳。　　可笑瓮中天，偏自夸青史。谁料昂藏七尺躯，只耀毛锥子。④

庆勋"平生极服苏辛，故集中多豪迈之作。"⑤读辛派词不必纠结于字句典故，其声韵格调之间自有剑气溢出。《卜算子》是批判时弊，大胆直言的代表作，也是与常派"隐微曲衷"者划清界限的标志。这类作品词笔大体偏于直率，正如薛时雨《江舟欸乃自序》所说："律疏而语率，无柔肠冶态以荡其思，无远韵深情以媚其格，病根仍是犯一直字。噫，言者心之声，几者动之微，词翰小道，无足比数，顾能直不能曲，倘所谓习与性成耶？"⑥"能直不

---

① 施议对：《论稼轩体》，《中国社会科学》，1987 年第 5 期。
② 谢章铤著；陈庆元主编；陈庆元、陈昌强、陈炜点校：《谢章铤集》，长春：吉林文史出版社，2009 年，第 530 页。
③ 谢章铤著，刘荣平校注：《赌棋山庄词话校注》，厦门：厦门大学出版社，2013 年，第 30 页。
④ 王庆勋：《诒安堂诗余》，清咸丰三年刻本，咸丰五年增修本，上海图书馆藏。
⑤ 邹弢：《三借庐笔谈》。孙克强、杨传庆、裴喆编：《清人词话》（下），天津：南开大学出版社，2012 年，第 1516 页。
⑥ 薛时雨：《江舟欸乃》，《清代诗文集汇编》，上海：上海古籍出版社，2010 年，第 671 册，第 699 页。

能曲"的特点与浙、常二派形成鲜明对比,是笔者认为晚清词坛以上三大词风形成鼎足而三格局的主要根据。需要说明的是,"不能曲"并不是放弃沉郁顿挫、曲折变化等笔法,也不是跟在苏辛背后亦步亦趋,而是"言者心之声"最畅快的表达,因为袒露胸臆,所以首先更注重情感意蕴,次而求其艺术技法。

受稼轩风波及,不少晚清词人开始跳脱出浙、常二派的局限,将视野投向广阔的社会,以"史"的眼光和笔法构思作品,以致一度出现纪事词的小高潮。诸如鸦片战争、义和团运动、中法战争、甲午海战、庚子事变等各类战事在词中皆有反映。另外朝政波动、文令新规、城市变迁、风俗民情、英勇事迹,乃至蝗虫旱灾、洪水沙尘等方面,都出现不少开拓新词境的佳作。严迪昌先生特辑录"有助于此一历史时期词史探讨及词人个案研究的材料"而形成的《近现代词纪事会评》,所录词家达 127 位,关涉词作 559 阕,而这还仅仅是冰山一角。

词境的拓展和细化是纪事词显著增加的一个侧面。前者表现在战争词的大量出现,下文有详述;后者则是词体功能的再次拓展。与南宋词走向生活化不同,晚清纪事词是社会内容体量的扩大。读薛时雨《河满子》:

> 曾见桑田成海,又看深谷为陵,暗里机缄天运转,可怜人自营营。试看朱甍碧甃,向来冷月荒汀。　　十里莺花春早,万家灯火宵明。海舶如山排浪起,风轮火琯纵横。我是江洲过客,寂寥时候曾经。①

词小序云:"荷叶洲向无居民,粤匪难作,避地者争来结茅,今且市声浩浩,十里不绝,成巨镇矣。"记录因战乱导致城市人口变迁和经济发展,足补史书之缺。

词坛也有本来宗尚常派之人转向辛派的,蒋敦复就是典型。支机《芬陀利室词序》云:"其于词也,每一申纸,哀艳欲绝,比兴所作,绵眇无极。"②走的是常派一路,然自太平天国战火蔓延江南后,其作品悲壮呜咽、伤心欲绝,分明已经不是比兴的声口,读《贺新郎》:

> 公等今安在?想当年、酒酣起舞,举头天外。万帐貔貅谁杀贼?金印今年斗大。便取彼、头颅而代。各有心肝须报国,况疮痍满眼苍生

---

① 蒋时雨:《藤香馆词》,清同治五年刻本,南京图书馆藏。
② 冯乾编校:《清词序跋汇编》,南京:凤凰出版社,2013 年,第 2 册,第 1049 页。

待。歌未阕，唾壶碎。　　无端撒手成千载。忽中宵、裸身大叫，慷当以慨。与贼俱生真可耻，对此茫茫四海。臣子义、皇穹难戴。后死他年终慰汝，誓河山、肯负平生概。言不尽，复再拜。①

"取彼头颅而代""与贼俱生真可耻"等语绝非常派之人能道，蒋敦复性格傲慢，不拘小节，时人目之"怪虫"。他自然不甘于仅在一种审美典范下经营，若不是太平天国间作品尽毁于火，其词风格及地位必将改写。《贺新郎》中的义愤填膺已然有所表露。

此期福建"聚红榭唱和"应给予更多关注。核心成员谢章铤本就倡导词史理念，聚集在其周围的高思齐、宋谦、刘三才、刘勱、马凌霄、林天龄等都是秉承"拈大题目，出大意义"信条的群体。类似"闻说楼船海上。有蛮烟蜑雨，暗随飞舵。食肉头颅，斩蛟手段，屈指英雄若个。低头无那，让衮衮诸公，貂蝉满座。苍莽乾坤，倘容伸足卧"（林天龄《台城路》）一类战争时事词，及"天堑昔安在，小丑竟开关。不知军府铙吹，才得几时还。燕雀堂前相贺，狐兔草间偷活，把酒唱刀环。羽檄骤然至，鹤唳夕烽寒"（刘三才《水调歌头》）等冷嘲热讽语句比较常见。

当然真正扛起近世稼轩风大旗的是文廷式。他在《云起轩词自序》中说："词者，远继风骚，近沿乐府，岂小道欤？自朱竹垞以玉田为宗，所选词综，意旨枯寂，后人继之，尤为冗漫，以二窗为祖祢，视辛、刘若仇雠。家法若斯，庸非巨谬。二百年来，不为笼绊者，盖亦仅矣。曹珂雪有俊爽之致，蒋鹿潭有沉深之思，成容若学阳春之作，而笔意稍轻，张皋文具子瞻之心，而才思未逮，然皆斐然有作者之意，非志不离于方罫者也。余于斯道，无能为役，而志之所在，不尚苟同。三十年来，涉猎百家，推较利病，论其得失，亦非扪籥而谈矣。而写其胸臆，则率尔而作，徒供世人指摘而已。然渊明诗云：兀傲差若颖。故余亦过而存之，且书此意……"②与张惠言追溯至经学意义不同，文廷式认为词所继承的是风骚传统，以及乐府纪事功能，他特意指出朱彝尊之浙派"意旨枯寂"，正是对词中情感内涵的强调。一如龙榆生所说："逊清末叶，内忧外患，岌岌可危，士大夫于感愤之余，寄情声律，缠绵悱恻，自然骚辩之遗……文氏论词一反时流之说，绝不为浙、常二派所囿。"③胡先骕、钱仲联更明确指出其"意气飚发，笔力横恣，诚可上拟苏辛，俯视龙洲。……盖其

① 蒋敦复：《芬陀利室词话》卷二，清光绪刻本，吉林大学图书馆藏。
② 文廷式著，何东坪笺注：《云起轩词笺注》，长沙：岳麓书社，2011年，第1页。
③ 龙榆生：《晚近词风之转变·晚近词坛之领袖作家》，《龙榆生词学论文集》，上海：上海古籍出版社，2009年，第381—382页。

风骨遒上，并世罕睹，故不从时贤之后，局促于南宋诸家范围之内，诚如所谓美矣善矣。"①"传稼轩法乳，而又自出手眼。……遂得楚骚遗意，持比迦陵，自当突过。"②当然，在文廷式周围还没有聚集起上比阳羡词派，下比常州词派的群体。不过，于晚清浙、常二派之外占得一席是绰绰有余的。

以上就是晚近词坛稼轩风接受的基本情形。综合而言，近代局部战争造成了词学思想的嬗变和词坛格局的重新确立。前者激发了词史意识的传承与发展；后者则衍生出一批"稼轩风接受群体"，是堪与浙、常二派角逐的新势力。当然词史意识与稼轩风的传承之间是相互协作、互利互补的。在近代频繁爆发战争的背景下，他们的融合为战争词的茁壮成长提供了良好的思想准备。

第三节　稼轩风视角下战争词的发展演进

上文论及晚清稼轩风接受时，笔者故意将战争词按下，一是因为战争词较为庞大，需要单独论述；二是战争词是最有力证明"稼轩接受群体"与浙、常二派鼎足而三格局的论据；三是从鸦片战争至抗日战争，构成了一条近世战争词史脉络，若截取支流断章论述则显得不够系统，无法清晰反映流变。

第一，鸦片战争时期的个案书写。以词史意义和词人心境透视为出发点，近代战争词显得别有特色。鸦片战争是晚清民族词的发端，作品虽少但弥足珍贵。关于战争的来龙去脉，此处不必赘言。单以词作而论，此期相关战争词与整个词坛的创作总量相比还是很薄弱的。人们常以龚自珍《庚子雅词》作为此期词坛风向转变的开山人物，然龚氏已于1841年病逝，其词中并没有关于鸦片战争的直接书写，大多仍是情事之语。真正揭开战争词序幕的是邓廷桢和林则徐两位锐意革新的军事大臣，读邓廷桢《月华清·中秋月夜，偕少穆、滋圃登沙角炮台绝顶晾楼。西风泠然，玉轮涌上，海天一色，极其大观，辄成此解》：

岛列千螺，舟横万鹢，碧天朗照无际。不到珠瀛，那识玉盘如此。

---

① 胡先骕：《评文芸阁云起轩词钞王幼霞半塘定稿》。《胡先骕诗文集》（下），合肥：黄山书社，2013年，第470页。
② 钱仲联：《近百年词坛点将录》。《梦苕庵清代文学论集》，济南：齐鲁书社，1983年，第161页。

划秋涛、长剑催寒，倚峭壁、短箫吹醉。前事，似元规啸咏，那时情思。

却料通明殿里，怕下界云迷，蜃楼成市。诉与瑶闉，今夕月华烟细。泛深杯，待喝蟾停，鸣画角，恐惊蛟睡。秋霁，记三人对影，不曾千里。①

中秋前数日，我军在与英军"九龙之战"②中小胜，此役可视为鸦片战争的前奏。邓氏坐镇两广总督，坚持以强硬手段禁烟御侮。词中"舟横万鹢"随时迎战的盛况，及"长剑催寒"的肃穆和"短箫吹醉"的大好心情跃然纸上。林则徐有《高阳台·和嶰筠前辈》表达类似情怀。然而此类篇章毕竟少数。翻开《双砚斋词》和《云左山房词》，前者笔端只有"欃枪未扫铙歌唱，叹军符憔悴，战垒苍凉"等语句（《高阳台·玉泉山宴集》），且是战争数年之后；而后者战争期间亦无词存录。真正较为全面记录鸦片战争侵袭过程的是周闲的《范湖草堂词》，今存作品仅是其遗稿中的三卷，且不系年，暂无法确切考证作于何时，但据相关人物、事件判断，当是浙东战区无疑。③ 先看《大酺·陪葛云飞、王锡鹏、郑国鸿三帅夜饯定海城楼》：

正岛烟青，边烽紫，联骑笼灯城脊。层楼凭望回，看洪涛无际，远天如拭。翠槛萦晴，珠帘卷夜，星斗窥檐堪摘。开筵倾樽酒，对龙渊试剑，豹枝横戟。况猿臂当歌，虎头能舞，壮哉今夕。　　豪情还岸帻。把杯起，酹挹沧溟碧。回首望，银盘飞上，冷照霜袍，愿良宵、尽须浮白。画角呜呜听，思料理、钓船渔笛。辨归路，松陵驿。者番高会，应隔蓬莱云色。别情黯凝海国。④

葛、王、郑被称为"定海三总兵"，1841年，三人以四千余兵力对抗万余英军，寡不敌众，全部阵亡，然此视死如归的抗争精神将世代流传。近代词坛，恐怕只有周闲一人得与此三帅共饮，《大酺》之文学史意义不言而喻。再如《水龙吟·渡海》上片之忧虑："海门不限萍踪，危樯直驰东南去。怒涛卷雪，轻舟浮叶，乘风容与。浪叠千山，天横一发，鱼龙能舞。向船舷叩剑，舵楼酾酒，何人会，茫茫绪？"⑤其他《月华清·军中对月》《庆春宫·军中观壮士舞

① 邓廷桢：《双砚斋词钞》卷二。《清代诗文集汇编》，第520册，第156—157页。
② 胡立人，王振华主编：《中国近代海军史》，大连：大连出版社，1990年，第10页。
③ 周闲《武功将军先考春园府君遗墨跋》："岁辛丑，孤闲从军海上，时兵事不戒，仓卒间道，只身旋里，兵燹纵横……从此家室漂零，岁无宁处。"周闲：《范湖草堂遗稿》。《清代诗文集汇编》，第678册，第552页。
④ 周闲：《范湖草堂遗稿》卷四。《清代诗文集汇编》，第678册，第576页。
⑤ 周闲：《范湖草堂遗稿》卷四。《清代诗文集汇编》，第678册，第576页。

剑《玲珑四犯·军中夜闻琵琶》等等,皆是记录鸦片战争期间军队生活、心态变化的"词史"佳作。

　　然宏观检点彼时词坛,除了抗英名将陈化成获得不少词人凭吊外,别集中已很少能见到相关战事记载。即便是像姚燮那样描写乱后江山残景的作品也不是很多。就连丧权辱国的《南京条约》也没能激起什么词史风浪。此期词人视野及词体功能之狭窄可想而知。

　　第二,太平天国间的集体性吟唱。鸦片战争后不到十年,中华大地再次陷入战火。此次太平天国运动前后持续十余年,波及十六个省份,历史学家通常将其定义为进步的农民革命战争。然而,单就文人笔下的诗词而言,这是彻头彻尾的"贼""匪"之乱,毫无进步可言。撇开文人历史局限性的政治判断,只围绕"战争词"展开,已经突破鸦片战争时期的个案书写,出现较为可观的集体性吟唱。读杜文澜《定风波》:

　　　　月落星沉赋晓征,渠阳草木正皆兵。策马崎岖才度岭,奇警,俄看戈戟遍郊坰。　　刺史教民齐制梃,能整,旌麾铙鼓枉相迎。亲制名箫劳手赠,同听,凤鸣声和凯歌声。

杜文澜《憩园词话》载词作背景:"道光庚戌初春,湖南新宁县逆民李沅发作乱。余随裕庄毅官太傅师督军于武冈州,委偕署盐道夏憩廷方伯廷樾驰防靖州。"①李沅发之乱不久即有洪秀全金田起义。杜氏词记清军剿匪胜利,可作史读。欲了解晚清战争词,杜文澜《憩园词话》是必读资料,相关纪事词不少,似有意搜集为之。比如徐汉苍《鹧鸪天》:

　　　　卧病空山日未晡,三春心绪总模糊。梦中乔木都非故,燕子何尝识旧庐?　　香已烬,酒难沽。楼台遗恨变丘墟。曾邀开府亲筹策,晞发衰翁痛不如。

《憩园词话》卷四载:"咸丰癸丑十二月,随皖抚江忠烈公御粤寇,守庐州。十七日侵晓,城陷,忠烈公投卸甲坝薨,荔庵亦被重创,卧伤九十余日得愈。"②词虽为后来追记,然痛定思痛的感慨是厚重深沉的。

---

① 杜文澜:《憩园词话》卷六。唐圭璋编:《词话丛编》,北京:中华书局,1986 年,第 3 册,第 2999 页。

② 杜文澜:《憩园词话》卷四。唐圭璋编:《词话丛编》,北京:中华书局,1986 年,第 3 册,第 2926 页。

严先生在谈及晚清战争词时,认为那些"咒骂洪杨的同时愤怒于'衮衮诸公'的误国"①语句有失粗率,不忍卒读。不可否认,其艺术水准确实不高,但换个角度看,词不正开始真正摆脱艳科小道的窠臼,而走向现实社会。与其仍在"清空骚雅"及"意内言外"的尊体意识中徘徊,并追随宋人、清初的脚印蠕蠕前行,倒不如开门见山的"以诗为词"。即便有损词艺审美,但能将时事战争纳入笔端,乃至抨击政治腐败,全面抬升词史功能,不也是很大进步么。何况词体审美也并非只有一种规格,北宋人极力规避的"幽"与"涩"恰成为南宋追求的至高境界,乃至晚清民初时的经典范式。这都说明,审美亦随着时代而改变。那么,这些粗率的慷慨悲壮之词,不啻为重新确立晚清词坛审美意识的有益尝试。

带着尊体意义及审美变革的视角,赵起(1818—1868)的《约园词稿》就不应简单翻过。他对太平天国相关战事的记录,是可以作为站在清廷立场,有失片面而不失真情实感的讴吟。诸如《念奴娇·癸丑二月约园盆兰特多异品,闻金陵向军门连获胜仗作此》的欣悦十分少见:"旌旆俱逐风靡,投杯愤起,击碎渐离筑。朽木求来支大厦,浩劫将传空谷。方叔元戎,擎天一柱,拭眼收残局。铙歌制就,庭阶无限芳馥。"②大多是"老骥长鸣,声断五更,志在千里,咏叹之不足,慷慨有余,哀月夜乌啼,霜天鹤警,弥怅四方之蹙蹙,遂增一夕之哓哓"③的哀感伤痛。如《八声甘州·吊汤雨生将军》下片"谁议婴城固守,纵龙蟠虎踞,众志难坚,听掀髯投笔,吟罢赴清涟。继忠贞一门三世,怅围城、覆卵可能全?"及《八声甘州·盆兰将谢,贼氛尚嚣然未靖》:"过潇湘烽火遍春江,问谁起灵均。对几茎香草,暗伤憔悴,欲赋招魂。随地狂飚阑入,愁绝刘当门。空谷徘徊久,几度沾巾"等已经足以令人黯然神伤。《约园词》卷十更有连续十首《满江红》分咏"吊金陵""吊润城""吊维扬"及"张提督身经百战,义勇冠军,历数战功……""贼犯金坛游击李鸿勋……""贼据宁国,邓提督绍良统兵密围……"等贼匪攻城略地事件,面对这群"长发披头如野鬼,短衣赤脚呼蛮子"的太平军,赵起有时十分困惑。一方面视其为"贼匪",欲诛之而后快,"这剧贼、狼奔豕突,捷如风卷。戍卒更衣成雁列,逻兵传火如鱼贯。计年年、待旦枕戈心? 神堪鉴。"另一方面他们又都是居无定所而恣肆狂暴的难民。"涂炭尽如此、浩劫究何因? ……亡群兽,惊

---

① 严迪昌:《清词史》,南京:江苏古籍出版社,2001年,第530页。

② 赵起:《约园词稿》卷十《唱晚词序》,清光绪二十六年(1900)赵承炳刻本,吉林大学图书馆藏。本书所引赵起词,皆自此本,下不另注。

③ 赵起:《约园词稿》卷十《唱晚词序》,清光绪二十六年(1900)赵承炳刻本,吉林大学图书馆藏。

弓鸟,出波鳞。流离满目,人生到此不堪论。道路唏嘘流涕,今尚恣睢淫佚,彼独是何心?习俗移人甚,咏罢一沾巾。"①赵起的反思不可谓不深。正如赵承炳《约园词跋》云:"唱晚诸词则在寇氛日逼,端居有忧。拟于杜陵《诸将》、兰成《哀江南》之作,同此伤心矣。"②这场战乱,对于赵起一家是可悲的,儿女父母相继离去,如《水调歌头·五月达儿客亡,八月老母见背,十一月大兄有病殁,半年之间,三遭骨肉之变……》《浪淘沙·婆墩北为诵娟六女墓,东北行里许为八女诸女孙墓,偶经其地,凄然久之》等作品,无怪乎他能生出诸多感人肺腑之句,是记史纪事,亦是排遣忧愁。

战争词当然不可能仅仅局限于两军交锋的打斗现场,乱后断壁残垣、尸首遍野的惨象,及生民涂炭、无家可归的悲剧都应纳入考察范围。而这些作品的视野则逐渐由战争转向词人内心。不必举"尽扫葛藤,汇纳百宗,蔚为变徵,家数类别冠冕一朝"③的蒋春霖《水云楼词》,仅看蒋敦复、许宗衡、薛时雨、顾文彬等一类作者,足以横向扫视彼时乱局惨象。读许宗衡《金缕曲·书余淡心〈板桥杂记〉》:

> 别有伤心处。尽消磨、劫灰金粉,大江东去。楼阁斜阳秋易晚,呜咽青溪如诉。只衰柳、残鸦无数。龙虎雄图悲竖子,剩遗编、细载闲歌舞。亡国恨,哽难语。　　年来烽火台城路。念无端、家山唱破,凄凉谁主。似有箫声闻鬼哭,忍忆板桥风雨。漫惆怅、美人黄土。绕郭旌旗霜影重,恐将军、愁击军中鼓。早哀绝,子山赋。④

其《玉井山馆诗余》自序云:"'粤寇'猖披,欻遭今劫。岁在癸丑,孟春之月,仆从江上,仓卒北征,时贼骑距城不四百里,堠兵甫集,烽火断然,仅二旬而金陵瓦解矣。……呜呼!江关残破,亲故流亡,慨念昔游,都非旧梦。衣衫蝶化,楼阁薪烧,一付劫灰,无从吊影。"⑤词中荒凉景象可见一斑,类似"芜城之赋"还有不少。如薛时雨《台城路·十六夜五月泊荒港中,凄凉特甚,遥指金陵不远,扣西舫歌此》同是描绘金陵城乱之景:"廿年不到江南岸,荒溪这般寥落。月黑鹦鸣,云阴鬼哭,古寺钟声遥闻。客怀恓恶,又恻恻风酸,暗生

① 赵起:《约园词稿》卷十《水调歌头·金陵难民留吾常者不下万余,饮食奢靡,性情器顽,值此流离尚不知戒谨》,清光绪二十六年(1900)赵承炳刻本。

② 赵承炳:《约园词跋》。赵起:《约园词稿》,清光绪二十六年(1900)赵承炳刻本。

③ 王煜:《清十一家词自序》。王煜编:《清十一家词钞》,上海正中书局,民国三十六年刻本,南京图书馆藏。

④ 许宗衡:《玉井山馆诗余》不分卷。《清代诗文集汇编》,第640册,第377页。

⑤ 许宗衡:《玉井山馆文略》卷二。《清代诗文集汇编》,第640册,第147页。

林薄。纵不工愁,个时也自感离索。"顾文彬《忆旧游》则述扬州被兵,绕道而行所见:"烽火迷瓜步,叹六朝金粉,劫惨红羊。二分月子来照,瓦砾万家霜。把仙观琼花,歌楼玉树,一炬荒凉。"顾文彬词还有值得挖掘的诸多亮点,如其《金缕曲·送多云笏之官楚北》上片"烽火连湘楚。问匡时、诸公衮衮,此才谁伍。上马挥戈能杀贼,下马能书露布。才不愧、竹符铜虎。"①与其说是歌颂多云笏将军,倒不如说是英雄形象的自我写照。下片"凭眺西山供泼墨,笔底烟霞吞吐,忽化作、苍生霖雨,迅扫搀枪兵尽洗。挺疮痍,叔度来何暮。填一卷,活民谱"的宏愿就是明证。

然而,正如学者指出,晚清词坛整体上传承的多,创新的少。一涉及战争,总是有那些牵着避乱的话头,通过回忆过去繁华,或往昔情事,来感叹今日的凄凉萧条。诸如宋志沂《蕙兰芳引·纪癸丑吴门避乱情事》:"扇底红香,裙边青腻,好梦难觅。任烟冷苏台。芳草背人碧。萧条门巷,故乡似客。谁念侬,花下倚阑岑寂。"将心事藏于残花败柳之间,自我解脱为"意内言外""欲说还休",岂知这般藏头露尾,不仅有故作忸怩之丑态,还造成读者不明所以,更难以感人心灵。与鸦片战争时期相比,太平天国战争词在歌咏时事层面已经出现质的飞跃。今天或是囿于历史定位的前置观念,导致学界对站在清廷立场的词人们评价不高,关注亦不热情。其实,若欲深入了解一历史事件,是需要走进其反对阵营,理解同情其思想观念与言说语境的,毕竟在忠贞观念影响下的此期文人是很难看清历史走向的,何况太平军烧杀抢掠,对文化的毁灭又怎能称得上进步? 以上相关战争词作理应拿出更大的篇幅来专题考察。

第三,从中法战争词的停滞徘徊到庚子事变的转型。或许是战争规模较小,抑或没有波及词人聚集地,1883 至 1885 年的中法战争,并没有在词坛引起多大反响,经历了十余年的贼匪之乱,文学界似又回到了享受难得的和平年代。期间,不少词学专著接踵产出。与之相比,词体创作显得暗淡许多。

大凡论及中法战争词,张景祁是必然提到的。其独特处不惟"笳吹频惊,苍凉词史,穷发一隅,增成故实"②,更在所述之地乃宝岛台湾。两大特征注定了《新蘅词》是近代词史上一部不同流俗的作品集,特别是其中战争词文学史意义最大。如《曲江秋·马江秋感》:

　　　　寒潮怒激。看战垒萧萧,都成沙碛。挥扇渡江,围棋赌墅,诧纶巾

---

① 严迪昌:《近现代词纪事会评》,合肥:黄山书社,1995 年,第 124 页。
② 谭献:《箧中词续》卷二,光绪八年(1882)刻本,国家图书馆藏。

标格。烽火照水驿。问谁洗、鲸波赤？指点鏖兵处，墟烟暗生，更无渔笛。　　嗟惜，平台献策。顿销尽、楼船画鹢。凄然猿鹤怨，旌旗何在，血泪沾筹笔。回望一角天河，星辉高拥乘槎客。算只有鸥边，疏茳断蓼，向人红泣。①

张景祁是亲眼目睹中法马江之战的。此战以中国水师全军覆没结束，对于朝廷腐败和将帅无能，词人内心激愤，难以言表。郭则沄《清词玉屑》卷五载："箦斋（张佩纶）自号知兵，兵将皆非所习，其取败固非不幸。然以凤负众望，故尤为群矢所集。而朝贵祖之者，至谓闽事可败，船厂可弃，丰润学士绝不可死。"②清廷自此开始走向覆灭深渊，于马江战后处理已经可以窥见。类似这些气势悲壮而不乏文采的佳作还有不少，如《秋霁·基隆秋感》："盘岛浮螺，痛万里胡尘，海上吹落。锁甲烟销，大旗云掩，燕巢自惊危幕。乍闻唳鹤，健儿罢唱从军乐。念卫霍，谁是汉家图画壮麟阁。"《酹江月》："楼船望断，叹浮天万里，尽成鲸窟。别有仙槎凌浩渺，遥指神山弭节。琼岛生尘，珠崖割土，此恨何时雪？龙愁鼍愤，夜潮犹助呜咽。"③以上论及中法基隆战役前后时事，皆是高水平的词史佳作。

　　钱仲联曾着重拈出晚清战争词脉络："自屈大均、王夫之、金堡等反映民族内部斗争的词作，到清后期张景祁、王鹏运、文廷式、朱祖谋、黄遵宪、秋瑾等表现反帝斗争的词作，以及其他大量的爱国词篇，以视南宋十余家屈指可数的作品，倍蓰而不止。"④如果说邓廷桢、林则徐、周闲等人揭开了晚清民族词史的序幕，那么张景祁正是以"湖海啸傲上瀛洲"⑤的姿态树立了民族词史的新标杆，是鸦片战争至中日甲午战争、庚子事变间的优秀传承和重要过渡。当然，不必讳言，中法战争时期整个词坛的反应还是过于木讷，除了张景祁，再难举出可兹一书的其他人，到底是机缘不够，还是政治意识的退化，都是一言难尽的。

　　至十九世纪九十年代，先后爆发甲午、庚子战争，国人久已按捺不住的怒火，终于再次喷发。晚清词坛因一批"拈大题目，出大意义"作品的集体出现，形成新的繁荣局面。除了钱仲联所举数人，其他郑文焯、梁鼎芬、叶衍兰、沈曾植、梁启超等，皆有相关战争时事词传世。先读叶衍兰《菩萨蛮·甲

---

① 张景祁：《新蘅词》卷六，光绪九年刻本，南京图书馆藏，下文所引张景祁词，皆自此本。
② 郭则沄著，屈兴国点校：《清词玉屑》，杭州：浙江古籍出版社，2014年，第182页。
③ 张景祁：《新蘅词》卷六，光绪九年刻本，南京图书馆藏。
④ 钱仲联选注：《清词三百首》，长沙：岳麓书社，1992年，前言第4页。
⑤ 王继香：《题繁甫同年新蘅词》，见张景祁《新蘅词》卷五，光绪九年（1883）刻本，南京图书馆藏。

午感事》其五、十：

> 淮南赴召牙璋起，紫皇宠报金如意。烽火已漫天，何时着祖鞭。
> 清人河上乐，卿子谁偕作。大漠阵云昏，凄凉烈士魂。
>
> 卅年竞铸神州铁，水犀翻被蛟龙截。雷火满江红，伤心骇浪中。
> 长城吾自坏，添筑蠮螉塞。廷尉望山头，思君双泪流。①

叶衍兰以组词形式，记载甲午海战前后波涛汹涌事迹，属以上两首最惊心动魄。一边鼓励士气，一边又批判政治腐败、将庸无能，豪情万丈中掩不住悲凉心境。梁鼎芬有同调唱和词，录其四、五：

> 无端横海天风疾，龙愁鼍愤今何及。夜夜看明星，荒鸡听二更。凄凉三月雨，念此芳菲主。鹧鸪一声先，人间最可怜。
>
> 钦鸱违旨谁能捍。狐埋狐揎成功罕。几队狭斜儿，暑寒犹未知。金铃全付汝，一晌花飞去。总是不关情，高冈要凤鸣。

气势上较之叶衍兰是内敛的，然"钦鸱违旨谁能捍。狐埋狐揎成功罕"的批判力度和"人间最可怜"的感伤程度有过之而无不及。多少个屈辱性条约签订后，恐怕已经不能详细了解当时人们心中的真实感受，而文学家诗词作品中透露的喜怒哀乐，是能够准确把握彼时社会心态的。再读文廷式《八声甘州·送志伯愚②侍郎赴乌里雅苏台参赞大臣之任》：

> 响惊飙、越甲动边声，烽火彻甘泉。有六韬奇策，七擒将略，欲画凌烟。一枕蓸腾短梦，梦醒却欣然。万里安西道，坐啸清边。　　策马冻云阴里，谱胡笳一阕，凄断哀弦。看居庸关外，依旧草连天。更回首、淡烟乔木，问神州、今日是何年。还堪慰、男儿四十，不算华颠。③

甲午海战时，志锐坚决主战，受到慈禧、李鸿章等主和保守派排挤，遭降级贬谪。词开篇即陈前线形势之险峻，而此时将帅却蒙冤被撤，就像胡曲"凄断哀弦"，陡然声变。尾句"今日是何年"为无奈无果之问，更增悲剧气氛。于

---

① 叶衍兰：《秋梦盦词钞》再续，光绪十六年刻本，南京图书馆藏。
② 志伯愚，名锐，满州人，侍郎长叙之子，瑾妃、珍妃的胞兄。
③ 文廷式著，何东坪笺注：《云起轩词笺注》，长沙：岳麓书社，2011年，第69页。

此足以窥探其"上疏请罢慈禧生日庆典、奏劾李鸿章'昏庸骄蹇、丧心误国'，谏阻和议，以为'辱国病民，莫此为甚'"的英勇形象，然彼时"先生亦自危之甚，故语似悲壮，而中实忧疑。……故不能直言"①其实《八声甘州》已经够直接的了，庚子事变时所做《忆旧游》才是有口难言之语，只能借"天远无消息，问谁裁尺帛，寄与青冥。遥想横汾箫鼓，兰菊尚芳馨。又日落天寒，平沙列幕边马鸣"等修辞语句来悼念珍妃喋血之故实。

　　政府朝臣如此不堪，引来无数英雄豪杰弹劾咒骂。安维峻②就是其中之一。他直言上谏，历数李鸿章不战之责，当杀头以谢天下，并讽刺慈禧不应干预朝政。安维峻明知此举将导致仕途受阻，甚至生命不保，却偏如此执着，注定是令人敬佩的悲剧。他被发配前，"饯送者塞于道，或赠以言，或资以赆，车马饮食，众皆为供应。"③王鹏运有《满江红》赠送：

　　　　荷到长戈，已御尽、九关魑魅。尚记得、悲歌请剑，更阑相视。惨澹烽烟边塞月，蹉跎冰雪孤臣泪。算名成、终竟负初心，如何是。　　天难问，忧无已。真御史，奇男子。只我怀抑塞，愧君欲死。宠辱自关天下计，荣枯休论人间世。愿无忘、珍惜百年身，君行矣。④

不必详细解释语句典故，只从"悲歌请剑""惨澹烽烟""荣枯休论"等词已能领略王鹏运对安维峻之敬佩和心中抑郁难解的悲愤。其与文廷式"送伯愚都护之任乌里雅苏台"同调词及此《满江红》，虽题为送别，实则是战争时事、朝政腐败、社会心态等多元化的透视，誉为词史，允当无愧。

　　一旦软弱可欺的国家形象成立后，势必引来更多强者的垂涎。似乎还没有哪个国家同时遭遇八国联军的集体蹂躏。庚子事变创造了不少历史之最，亦迎来诸多词人的歌咏。需要指出的是战争词的面貌已经发生巨大转变。之前词人多聚焦于战斗场面、相关人物事件、朝廷应对策略及百姓生活现状。而自甲午战争起，词坛几乎没有亲临战场的著名作家，大多是一群混迹于市民阶层或沉沦下僚的身份卑微者，根本没有直接参战的可能，所写多是抒发忧国忧民的悲怆心绪。王鹏运、文廷式、郑文焯等人就是典型代表。此身份转型是古典向现代过渡的重要特征，此后写作诗词的文人大都是学

---

①　龙榆生：《云起轩词评校补编》，《同声月刊》，1943 年第 1 期。
②　安维峻（1854—1925），字晓峰，号槃阿道人，秦安县神明川人。光绪六年进士。有《望云山房诗文集》。
③　赵尔巽：《清史稿》列传二百三十二，民国十七年清史馆本，北京图书馆藏。
④　王鹏运：《半塘稿》半塘定稿卷一，清光绪朱祖谋刻本，南京图书馆藏。

校教员、报刊编辑或书画篆刻艺术家,官员及将士等虽有作品传世,但大多不以此为业,总体上经不占据文人主体。战争词亦由显性转向隐性,成为词人心灵史的刻画。相关词史意义也变得较为朦胧。

转型期间代表性词学活动是发生在八国联军踏破北京城时,王鹏运、朱祖谋、刘福姚等人集于四印斋的"庚子秋词"唱和。彼时"秋夜渐长,哀蛩四泣,深巷犬声如豹,狞恶骇人。商音怒号,砭心刺骨"。[①] 作为身陷危城的亲历者,他们本该"抓住这段珍贵的历史机遇,将词与史最大限度地捏合在一起"[②]大写特写战争词。然而实际情况却只能找出刘福姚《惜分飞》:"大好湖山容我醉,云外沉沉战气。几处夷歌起,万峰日落烟光紫。"王鹏运《南歌子》"怒马谁施勒,饥鹰已下绦。垩书斜上语偏骄,数到义熙年月、恨迢迢"等等并不十分直接的语句。即便是将限定范围再扩大,较之六百余首的唱和体量,战争词或者纪事成分也显得渺小异常。尤其王鹏运,较之数年前的甲午时期作品,已实在不可同日而语。

转变原因并非本书所及,回到词史发展轨道。《庚子秋词》表现的还是战乱下文人内心的惊悸和茫然。不只王、朱词有此特征,其他作者都有相似情形。如郑文焯《贺新郎·秋恨》:"雕栏玉砌都陈迹。黯重扃、夷歌野哭,晦冥朝夕。十万横磨今安在,赢得胡尘千尺。问天地、榛荆谁辟。夜半有人持山去,蓦崩舟、坠塈蛟龙泣。还念此,断肠直。"[③]曹润堂《满庭芳·望京华有感》:"细雨黄昏,关山雁到,惹起无数闲情。谁知心事,默默总难平?曾记长安走马,看花处双眼偏明。只今日,莺啼燕语,多是断肠声。"虽不乏豪迈气势,然所用意象和格调都较为文雅内敛,粗率现象被淡化的同时,也泯灭了几分霸悍的英雄之气。

庚子之后,也有辛亥革命、护国战争及民国前期军阀混战,然就词坛影响看,都不足与以上事件相提并论。直至抗日战争的爆发,才真正接续上晚清战争词的发展史程。面对前古未有之变,文学界需要组成最广泛的统一战线,在改造利用旧形式的背景下,五四时期被打倒排斥的旧体诗词重新获得正统文学的合法地位。又由于新文学与政治过于亲密的关系,使其实际上扮演着政治传声筒的角色,一定程度上束缚了文学抒情的自由。而旧体诗词恰因为边缘的处境,作家可以大胆显露情感,这最大限度适应了战乱环境中不同群体的内在诉求。同时,旧体诗词自身也具备范式众多、功能丰富

---

① 王鹏运:《庚子秋词序》。王鹏运辑:《庚子秋词》,清光绪二十七年(1901)刻本,上海图书馆藏。

② 马大勇:《晚清民国词史稿》,武汉:华中师范大学出版社,2015年,第71页。

③ 郑文焯:《樵风乐府》卷五,吴昌绶双照楼刻本,南京图书馆藏。

的特质。面对不易言说的处境时,就用经史典故伪装真实情感,以微言大义形式顽强生存;面对文化水平不高的群众时,它又以朴素平实、晓畅通达的语言和形式灵活呈现。从现实意义层面看,它既可以承担抗战鼓吹的政治使命,也可以抒发一己悲欢离合,乃至以诗会友、雅集唱和、嬉戏娱乐等多种功能,积极适应时代的变化和人们的需要。除了以上历史和自身的因素外,更重要的是传统文人在国破家亡的压迫下,秉持着士大夫精神和"天下兴亡,匹夫有责"的信念,以"诗史""词史"、比兴寄托、微言大义等艺术笔法,既全面展现中国人民艰苦卓绝的抗战历程,又真实反映战乱环境下人们仇恨苦闷、彷徨不安等各种复杂心态,使诗词迸发出强盛的生命力。内外因素的完美结合,不仅使原本四面楚歌的旧诗词成功实现突围,还吟奏出抗战文学史上一段可歌可泣、动人心魄的华丽乐章。整个词坛亦迎来全面复兴的契机。

本章小结:自 1840 年开始,以鸦片战争、太平天国运动、中法战争、中日甲午战争为背景,词坛出现一批高质量的战争词,从不同角度记录斗争始末及世人心态,堪为彼时战乱的立体性艺术绘画。词坛由此逐步掀起新的稼轩词风,建构起一条独立于浙、常二派之外的演进脉络。庚子事变后继续发展,但影响有限,直至抗日战争爆发,以稼轩风为主要特征的战争词才开始进入新的历史阶段。

第二章　风云激荡、裂变新生的抗战词坛

　　抗战时期,在宏观区域格局(沦陷区、国统区、根据地)未形成之前,整个词坛生态处于剧烈变动整合之中。词人面临迁徙避难和留守家园的生存抉择。一部分人追随政府,奔赴西南;另一部分人滞留战区,在艰难困苦中挣扎度日。地域性选择的背后隐藏着战时人生价值判断的取向问题。前者多积极投身抗日,后者则存在附逆合作的嫌疑。而战争局面相对稳定之后,大部分词人都选择了沉默归隐,安身立命。此三种生存形式存在交叉情况,甚至可集于一身。凡此构成了抗战词坛的复杂生态。

　　复杂的词人生态对应着书写抗战的多元化。彼时占据文学主流的是对战争历程的词史性实录和宣传全民抗战的积极动员,统称之为"抗战词"①。抗战词在"拈大题目、出大意义"层面,超越历代词坛,极大提升了词体社会功能。它与抗战诗共同建构起堪与新诗媲美的文学史场域,取得了近百年战争文学创作的重大突破。此外,不可轻视战争背景下微弱个体的心灵悸动和穷困生活的呕吟,他们打破了粗线条描摹抗战文学的叙述规则,还原多声部、立体化的战时文人生态,貌似杂乱无章,实则最接近历史真相。当然,也不能忽略部分附逆文人响应"和平运动"而营造的"诗教""雅化"氛围,尽管与现实有很大差距,但这恰恰是彰显抗战词坛丰富性的重要一端。

　　抗战打破了词坛固有风尚和历史布局。占据民初主流风格的"梦窗热"开始降温,部分词人在传承沉郁顿挫、张弛控送、曲折变化等优秀技法基础上,降低声律平仄的限制,抬高情感意蕴比重,作出变革梦窗、融合稼轩的内部调整。更多词人则出现放弃初衷,转向稼轩的新趋势,使得整个词坛掀起席卷南北的豪放词风。

---

　　① "抗战词"属于"战争词"的一个分支,是在"战争词"范畴内涉及抗日战争作品题材的统称。如郭沫若《"民族形式"商兑》:"卢冀野先生的《中兴鼓吹》集里面的好些抗战词,我们读了同样的产生钦佩而受鼓舞。"施议对《当代词综·前言》:"抗战烽火燃遍了全中国。山河破碎,失所流离,……使得词的质量及社会功能大为提高,出现了一批堪称为'词史'的作品,即'抗战词'。"参见施议对《当代词综》,福州:海峡文艺出版社,2002年,第19页。

第一节　伦理、价值与选择：战时词人生态

战争爆发之初，到底是迁徙大后方，还是留守沦陷区？其中不仅涉及到家庭经济、健康程度、政治关系、生命安全等方面的复杂情况，更牵连民族气节等伦理命题。另外，乱世中又该如何规划个人发展，采取何种方式实现自身价值，都是对文人的极大考验。

一、奔赴国统区的伦理观念

自全面抗战爆发以来，为了躲避纷乱，中国大地掀起了一场声势浩大的迁徙事件。一时间从江南至武汉、重庆、四川一带，驼铃响彻，桨声不绝。据张根福《抗战时期的人口迁移：兼论对西部开发的影响》统计，"战时各省市难民及流离人民总数为 9500 多万人"①。一千多公里的长途跋涉，还伴随空袭不断、灾疫蔓衍、盗贼横行等恶劣环境的考验。为求活命，很多人乞讨要饭，卖儿鬻女。不少新文学家也身处其中，如钱锺书、沈从文等，他们对这段痛史皆有不同角度的记录。（参见岳南《南渡北归：南渡》，长沙：湖南文艺出版社，2011）而刘永济、卢前、沈祖棻、唐圭璋等传统文人，则以词体创作再现了这段迁徙历程。

1937 年 8 月，唐圭璋随中央军校西迁，"经九江、武汉、铜梁，于 1938 年 11 月到达成都"②。通过钱达权《中央军校西迁纪事》③、张慧侠《中央军校迁川记》④等文介绍，大体能了解西迁始末。但二者对当时人们因战火而不得不选择迁徙的心态及旅途过程中的切身体验几无介绍。唐圭璋词中的地标建筑可弥补中央军校西迁史之缺，如《踏莎行·自莲花洞至好汉坡，候雨候晴，光景奇绝》《清平乐·宿白鹿洞贯道溪畔》等。且他更关注长途跋涉后的羁旅劳顿、沿途抹上阴暗色彩的秀丽山川、抛家弃子的无奈⑤及对未来命运

---

① 张根福：《抗战时期的人口迁移：兼论对西部开发的影响》，北京：光明日报出版社，2006 年，第 39 页。

② 成都市武侯区政协文史资料委员会：《武侯文史》第 6 辑，1997 年，第 216 页。

③ 钱达权：《中央军校西迁纪事》。全国政协文史资料委员会编：《文史资料存稿选编》第 16 辑，军事机构（下册），北京：中国文史出版社，2002 年，第 464 页。

④ 重庆市人民政府参事室：《历史回顾：纪念抗日战争五十周年专辑》，内部资料，1987 年，第 79 页。

⑤ 唐圭璋《自传及著作简述》："我经营丧事完毕后，便留下三个女孩在江苏仪征，由我的太岳母抚养。1937 年抗战爆发，我只身随中央军校西迁成都任教。"钟振振编《词学的辉煌：文学文献学家唐圭璋》，南京：南京大学出版社，2001 年，第 6 页。

的忧虑。这些作品是走进彼时迁移者内心,探其所思所想的重要窗口。受逼迫下的行旅,即使面对庐山"秀峰寺云海"(《卜算子》)和"断壁摩天千仞立"(《浪淘沙·过夔门》)的三峡美景,也唤不起"江南憔悴客"的雅兴,有的只是烽火弥漫下,难以排解的背井离乡、"骨肉天涯"和"空阃寂寞"(《踏莎行·德安重九》)。

唐圭璋只身迁徙已相当不易,携带全家老小十余口人一起逃跑的卢前则更加困难。"八·一三"事变后,卢前打算由上海回南京。然敌人封锁常规通道,"堵海设防,不掘临渴"(《上海晓发》),只能转至嘉兴,"由苏嘉路到达苏州转赴南京"①,而至嘉兴时,车站难民已在"四万人以上",又不得不从杭州中转。行旅之难已算小事,更添敌机横空,时有生命威胁。一路胆战心惊终至南京。岂料亦天天避空警,"窜地洞"。8月28日,一家老小逃往芜湖也只有三月宁静,又驾一叶扁舟奔赴无为县。国难未尽,家难随至,卢前九婶因难产和婴儿俱亡,而催命符正是敌人对无为县的轰炸。伤痛还来不及诉说,又要亡命天涯。《双调·河西水仙子》载:"一帆才向雨中开,兵火江南意可哀。流亡不是访剡溪戴,却向扁舟去又来!"突袭的轰炸使刚出发的船不得不掉头,留也不是,想走又不得的困境正是流亡的真实写照。至襄安时,卢前闻一乞丐拿破碗唱"五更调"子,有感而发:"襄安系缆雪中行,茗舍偷安话死生。别有村词动座客,呜呜都是鼓鼙声。"如果没有这些诗词,我们又如何去追寻迁徙大军的生存状态和内心声音!若搜集所有相关作品,继而谱写一部《抗战流亡诗词史》,相信定是抗战文学中别开生面的论著。

迁徙固然出于生存安全问题,但更重要的恐怕是内心的民族气节观念。自古文人在易代之际多拒绝与新廷合作,全力奔赴朝銮。似乎一旦留在沦陷区,就有投降卖国的嫌疑,李清照、钱澄之、方以智等人的遭遇就是前车之鉴,庾信及"归正人"辛弃疾受到的不公对待又摆在眼前。因此,如果条件允许,他们大都不会留在沦陷区。夏承焘燕京大学"应聘风波"就是此问题的典型例证。

1938年,杭州沦陷,原之江大学迁至上海租界,继续办学。本来上海就生活不易,战乱期间,更是物价飞涨,难以维艰。② 夏承焘日记载:"布置住

① 下文所引皆自卢前《冀野文钞系列·卢前笔记杂钞》之《炮火中流亡纪》,北京:中华书局,2005年,第250—291页。
② 龙榆生《苜蓿生涯过廿年》回忆,"大家为了迫于饥寒,只好拼命的去谋兼课,我也足足兼了五个学校,每周授课至三十二三小时之多。……整天提着我那破旧的讨饭袋,这边下了课,立即踏上电车或公共汽车,赶到那边去。"(张晖:《龙榆生先生年谱》,上海:学林出版社,2001年,第85页)夏敬观、吴眉孙、王蕴章等词人,也只能靠多卖书鬻画,勉强维持基本生活。

房。终日不见太阳,殊以为苦。""上海鹅笼鸡埘之生活,甚不欲久居"①(1941年4月23日)为此,他托顾雍如联系,希望转聘北平燕京大学。至1940年3月8日,接燕大聘书,此事基本可以成行。② 然风波导火索在之江当局李培恩极力反对,殷勤挽留。谓若离去,之江国文系将星散,且作书信大骂顾雍如。兹事并非教师生计和大学人事调整般简单,涉及到赴沦陷区谋职与气节伦理的大问题。

诚然,燕京大学是在沦陷区办学却坚决抵制日军侵略的"自由绿洲"。它以多次公开对抗日军事件而闻名国内外。③ 夏承焘欲赴燕大自是看重此特质,但并非所有人都能理解。廖恩焘、金松岑、张尔田、龙榆生、顾言是、吴眉孙等人皆赞同去京;仇埰说"如中央允其仍设沦陷区,则不妨往";而吴天五及家乡父老极力反对,并以为"未免玷身分"。④ 也就是说,只要去沦陷区,哪怕是素有清名的燕大,也有失贞洁。至此,简单的经济谋生问题就上升到了民族气节的高度。夏承焘自道:

> 若见日军,仍须鞠躬。予决不去。前日读孟子:吾未闻枉己而正人者也,况辱己以正天下者乎。予非经商卖艺而往,如辱此身,何颜面以对学生。此节须精细问人。顾亭林云:一身去就,系四方观瞻,不可自轻也。⑤(1940年4月15日)

尽管可能遭至郭绍虞、顾雍如等人误解,也将继续承受"鹅笼鸡埘之生活"。但饿死事小,失节事大,何况"穷士守节,必不致饿死,其饿死者,守节不坚自弃于人耳。"⑥

燕大应聘风波不仅可窥探彼时上海文人整体生态,了解因生计所迫,人

---

① 夏承焘《天风阁学词日记》(二):"1940年5月7日,午后假寐。醒后怅怅无所适,行行街头半里而返,居上海闷甚。"《夏承焘集》,杭州:浙江古籍出版社、浙江教育出版社,1997年,第6册,第198页。

② 夏承焘《天风阁学词日记》(二):"1940年3月8日,接郭绍虞寄燕京大学聘书。副教授月薪二百七十元,自廿九年七月至卅年六月。"《夏承焘集》,杭州:浙江古籍出版社、浙江教育出版社,1997年,第6册,第184页。

③ 参见陈远《燕京大学1919—1925》之《第八章战争中的燕京大学》,杭州:浙江人民出版社,2013年,第151—168页。

④ 夏承焘:《天风阁学词日记》,《夏承焘集》(六),杭州:浙江古籍出版社、浙江教育出版社,1997年,第192页。

⑤ 夏承焘:《天风阁学词日记》,《夏承焘集》(六),杭州:浙江古籍出版社、浙江教育出版社,1997年,第192页。

⑥ 夏承焘:《天风阁学词日记》,《夏承焘集》(六),杭州:浙江古籍出版社、浙江教育出版社,1997年,第210页。

们争相奔走劳作的现实；同时，可触碰到社会民族气节之底线及言论语境对文人内在精神之影响。由此，就更容易理解，为何有那么多人宁愿冒着生命危险，也要奔赴国统区的本意。

二、坚守沦陷区的价值意义

由于种种原因，有些人还是留在了沦陷区。如京津一带的傅增湘、董康、郭则沄、夏仁虎、顾随，南京的龙榆生、钱仲联、赵尊岳等。上海情况特殊，彼时吴眉孙、冒广生、任铭善等在迁居租界内的各大学谋生。选择留守多是经济掣肘。"大部分交通因战事中断，战争中的旅行既昂贵又艰险。而且内地相当落后，大量逃亡知识分子给那里造成了严重的就业和住房问题……一切社会关系都要重建。"①

当然，比之更重要的是牵涉到个人价值问题。傅葆石谈及战时文人心态说："一方面是活下来、照顾家庭、追求自我利益；另一方面是爱国责任和尊严。大多数留守上海作家为苟活在敌人统治下而感到羞耻，他们恨自己未能背井离乡，没能到经济落后的自由内陆地区去应对新的不确定的生活，这一道德困境深深地折磨着他们。他们应该继续妥协吗？他们怎样才能在日本的侵略下逆势而动，维护人格和爱国理想？要是妥协不可避免，他们又该做什么？"②"羞耻感"云云或稍嫌言重，忏悔心境倒常常出现。如避居北京的顾随《鹧鸪天》云："落日秋风蜀道难。举头西北望长安。已教雾锁江边树，那更云低剑外山。　　逃绊锁，耐饥寒。黄昏独自掩禅关。袈裟犹是京尘染，一卷华严带泪看。"不难领略"故人问我南游意，露重霜寒有雁知"③的无奈和悔恨。"自身利益"与"爱国责任"间的矛盾是所有沦陷区文人共同面临的困境。探寻利益之外的"责任意识"和为之所付出的行动将清晰凸显战时文人的真正价值。

沦陷区文人有他们自己坚持抵抗的方式和底线。顾随、张尔田、郭绍虞等保持清白的原则是只在不受日军管辖的大学上课，如燕京大学、中法大学、辅仁大学。夏仁虎、郭则沄则坚决不出仕伪政府。他们实现自我价值方式有二：一是奉献教育，一是著书立言。前者如顾随、郭绍虞等对待教育事业的认真执着；后者如张尔田史学整理的贡献，张元济和董康保存优良古籍

---

① 参见包明叔：《抗日时期东南敌后》，台北板桥，1974 年；朱雯：《烽鼓集》，福州：福建人民出版社，1983 年。
② (美)傅葆石著，张霖译，刘辉校：《灰色上海，1937—1945：中国文人的隐退、反抗与合作》，北京：生活·读书·新知三联书店，2012 年，第 4 页。
③ 顾随：《顾随全集》卷一《诗词曲》，石家庄：河北教育出版社，2014 年，第 149 页。

版本、赵尊岳《明词汇刊》、冒广生词学研究等各类著作的出版。

　　著书立言,无可厚非,问题是著何书? 立何言? 每逢战争,学界就充斥着文学"无用论"的声浪,作为娱宾遣兴的小词更是饱受歧视,顺带研究词学也常遭白眼。今天判定夏承焘必冠以"一代词宗""词学大师"的头衔。岂料抗战时期,他一度欲抛弃词学,而转治宋代儒学。此现象反映出动荡时期,文人学术观念的演变轨迹,大体表现为娱乐性的降低和实用性的提升。夏承焘《日记》载:

　　　　1940 年。8 月 9 日,……近颇鄙薄词章,思改治宋史,读此又彷徨莫主,年过四十,学问不专,恐终无所成,奈何奈何。

　　　　8 月 28 日,念年来欲治宋儒之学,又惧不能专为治词,终一无所成,又不甘心专守此文事之末,彷徨歧途,心意甚乱。①

"鄙薄词章"主要是自认为词学乃小道,不足与儒学、史学等相提并论。然又嗜痂成癖,难以自拔。② 夏承焘学术转向是受柳氏《文化史》的影响,谓"鉴以往之社会堕落而思以道义矫之。温公、欧公皆熟悉唐五代之史事,且深恶其时人不知礼义廉耻,以致亡国。……读此益坚治宋学之念。"③宋儒之学以倡导礼义廉耻为宗,以提高自身修养,服务社会为目的,比之作诗词之自娱无用强甚。需要追问,既然求有用于当下,何不投笔从戎,跃马沙场,抑或撰写杂文,参与文字抗战? 对此,夏氏有自知之明:

　　　　读文赋、姜肱、申屠蟠传。姜、申处乱世,皆高蹈保身,为一代名德,与陈、窦、张、范诸君异撰,实皆能自审其材。使姜、申、黄宪、徐稚出以应世,未必有济,徒丧其宝而已。大道续绝之交,穷檐之士,守先待后,与蒙垢濡身出以拯人者,其有功于人群一也。骐骥捕鼠,不如狸狌。人各有伟大处,所患无自知之明,以误用其才耳。众山问予伟大者何在?

---

① 夏承焘:《天风阁学词日记》(二),《夏承焘集》(六),杭州:浙江古籍出版社、浙江教育出版社,1997 年,第 219、224 页。

② 不惟瞿禅有此言论。叶恭绰编清词钞,谓"于多事之秋,而为此不急之务,又无谓也。"(冒广生《退庵词稿序》。《冒鹤亭词曲论文集》,上海:上海古籍出版社,1992 年,第 502—503 页) 仇埰、石凌汉等人,于九一八事变前后结词社,作联句,自谓"试易一地以衡之,此何时乎? 此何境乎? 顾犹于兹事不废,岂真有不能已者耶? 无惑乎习蓼之虫,忘其辛也。"(仇埰《蓼辛词序》,仇埰辑《蓼辛词》,民国二十年刻本,南京图书馆藏。)

③ 夏承焘:《天风阁学词日记》(二),《夏承焘集》(六),杭州:浙江古籍出版社、浙江教育出版社,1997 年,第 213 页。

予哑然不能对。……人群大劫，而吾侪犹抱残守缺，作此痴生活。然予信大劫之后，中国文化有重生之日，足当欧洲之文艺复兴。[①]（1940 年 6 月 11 日）

肩负传承中国文化使命的思想意识是当时中国学人的基本共识。并非怕"出以应世"，而是"人各有伟大处"。以夏承焘之羸弱身躯，奔赴战场也许会很平庸，然若坚持诗词创作，其作品是可以深刻记录战时知识分子出处矛盾、内心彷徨和责任使命的。夏承焘以中国文学传承人的角色自居，充分阐释了战时文人坚持创作的根本用意。他在新诗《丢掉了一个我》[②]中间接地表达了此动机，诗有两层内容：一是对沿路饿殍逃难死亡而无人关心的浅层描述，即战乱中丢掉了一个我又"算得了什么"；一是讽刺不堪忍受贫穷，投入伪政府怀抱的民族罪人，纵然"不愁米愁煤""比你们自在"，然而却丢掉了作为"我"的人格尊严和民族气节。前者无人关心，至死或仅可引来一两句文人骚客的感慨；后者荣耀无比，却终要被钉在历史的耻辱柱上。孰轻孰重，不言自明。

回顾夏承焘一生学问成就，宋儒之学终究一无所成。但此次心态转向折射出的现实意义值得分解。他代表了战时知识分子对文学创作、学术研究与经世致用关系的宏观思考。不仅仅是诗词创作者认为此乃不急之务，整个文学界都有"无用论"的鼓吹者。以致文学失去独立性，并成为政治附庸的观念大倡其道。夏承焘忽而转向新诗，忽而转向宋学，都是于古典诗词之外寻求现实突破的努力尝试。他最后提出欲"合道术文章之裂"[③]（即将文学创作与学术研究及现实意义三者有机结合，参其《诗人论》）（3 月 21 日）的想法是抗战数年不断尝试后交出的答卷。凡此都表现出知识分子受战争影响，在学术理念上做出的调整。反观整个文学界，其突出现象是涌现出了一批弘扬爱国主义精神的学术论著。这与其说是文人适应现实形势作出的改变，不如说是特定时空下实现自我价值的积极转向。

三、错综复杂的政治生态

以上从伦理观念、学术价值两个方面透视抗战词坛词人生态。其实我

---

① 夏承焘:《天风阁学词日记》(二)。《夏承焘集》，杭州:浙江古籍出版社、浙江教育出版社，1997 年，第 6 册，第 207—208 页。

② 夏承焘:《天风阁学词日记》(二)。《夏承焘集》，杭州:浙江古籍出版社、浙江教育出版社，1997 年，第 6 册，第 315 页。

③ 夏承焘:《天风阁学词日记》(二)。《夏承焘集》，杭州:浙江古籍出版社、浙江教育出版社，1997 年，第 6 册，第 287 页。

们很容易将乱世文人的不同选择归为三大类。

其一，投身到救亡图存、保家卫国的斗争中。如时任监察院长的于右任，亲赴战区巡查，鼓舞抗战情绪。《齐天乐·勉青年军人》云："急难鸰原，报恩祖国，此责兴亡在汝。精诚所聚，便投笔从戎，经文纬武。天下一家，何人今后敢予侮。"再如表明斗争立场的宣誓，如《鹧鸪天》："争独立，与生存。成功让尔我成仁。为牺百万佳儿女，祖国何由报汝恩。"又《金缕曲》："不作名儒兼名将，白首沉吟有以。料当世，知君何似。闻道伤亡三百万，更甘心，血染开天史。求祖国，自由耳。"①另外，他还鼎力支持《民族诗坛》《中华乐府》等有利于宣传抗战的期刊。再比如王芃生（1893—1946），初名大桢，湖南醴陵人。有词集《莫哀歌草》。战时任交通部副部长。对日军军事动态及国际形势颇有研究。"竭半生之心智，继以之忠贞，于搜罗敌友情报，解剖国际势态，缜密研求，条分理析，用供帷幄之运筹。一思之未属，一事之未藏，继晷焚膏，恒以达旦。七年之间，未尝一日稍懈。"②然其诸多准确预测彼时却常遭嗤鼻，被疑为捏造。词人颇为不满，《菩萨蛮》载："曾窥盗窟无人信。薄言往愬频遭哂。南风吹血腥。喧传宾夺主，名姓都无误。纷至问前程，前程自问君。"③对此，词人常是但求问心无愧，一如《南歌子》云"阅世黄粱熟，怀人青眼遥。千秋功罪付渔樵。留取丹心几点，照云霄。"同样奉职国民政府的还有狄膺、邵力子、汪东、陈匪石、姚鵷雏等，皆在各自岗位，为抗战作一己贡献。

其二，为生计奔波，暂时选择避难归隐。如刘景堂、沈尹默、吴梅、陈家庆、陈匪石、高燮等，都避居西南一带；也有人受各种条件限制，滞留在沦陷区，如上文所举。他们并没有以杂文宣言形式直接加入战斗，而多在诗词中表达个人身世之感和一己之思。如刘景堂"我已天涯伤断梗，况明朝、又送天涯客。垂老泪，向谁滴"（《金缕曲》），"今古悠悠。天涯无地著归舟。回首夕阳红尽处，谁倚高楼"（《浪淘沙》）④，感慨居无定所，漂泊伶仃之苦。杜兰亭是上海银行的小职员，生活十分不易，"白日供驱策，残宵剩醉眠。被池不耐五更寒，梦做悲歌跃马向冰天。"（《南歌子》）"老至何堪居人下，扬袖腾空自去。只道是，归欤真赋。谁道长安还乞米，叹无鱼又向侯门住。"（《金缕

① 于右任：《于右任诗词集》，长沙：湖南人民出版社，1984年，第316、317、322页。
② 张群：《王芃生先生碑铭》。沈云龙主编：《近代中国史料丛刊》第98辑《王芃生先生纪念集》，台北：文海出版社，1973年，前言。
③ 王芃生：《莫哀歌草卷》，沈云龙主编：《近代中国史料丛刊》第98辑，《王芃生先生纪念集》，台北：文海出版社，1973年，第218—219页。
④ 刘景堂：《刘伯端沧海楼集》，香港：商务印书馆，2001年，第87—88页。

曲·送别背翁》)生计是最大的牵绊。马叙伦(有《寒香宧词稿》)曾经感慨"我们不幸而留在沦陷区的上海,也想做些'居者'的工作,然而苦得要死,穿破了连打补绽的布也没有,吃完了连充饥的糠也贵来西。"①"不为五斗米折腰"的精神是彼时词人最高尚的道德体现。汪伪高官陈公博曾馈赠马叙伦米肉,不仅遭其原样退还,还劝陈莫做有损国家利益之事②,其心志贞刚于此可见。这些人虽然不及陈三立那般刚烈,选择拒医绝食而终,但大都具有"贫贱不能移,威武不能屈"的基本品格,并不会因为贫困而失去民族道德底线。

其三,投奔伪政府的落水词人。战乱时期,最容易考验文人的意志。他们的政治抉择将直接决定其当世价值及后世历史评价。千年未有之变的抗日战争更是上升到国家存亡、民族生死的高度,"华夷大防"意识远超历代,此期文人若不能坚持"不食周粟"的底线,将会面临四万万人唾骂和更加严酷的精神拷问。抗战词坛不乏因为政治角逐的利益关系而选择投奔侵略者的,如汪兆铭;也有因为家庭生活的累赘和朋友关系的不可拂逆而被迫加入伪政府的,如龙榆生、陈方恪、赵尊岳;当然,还有一些词人则似乎有主动投奔之嫌,如董康、江亢虎、廖恩焘、汪曾武等。不管出于何种原因,"失节"标签将永远伴随其身。作为历史批判的典型,并非仅仅作为丰富抗战词坛词人生态的重要一端,也在警醒世人面对大是大非需要作出最坚决的抵制。

以上三种人生选择基本揭示抗战词坛的生态景观,当然具体到个人又十分复杂,词人并非如木桩般可以随便安排站队,三种形态相互交叉,甚至可能同时集中于一人。比如龙榆生,1940 年之前,作为彊村赐砚传人并创办《词学季刊》,早已蜚声文坛,甚至大有重新引领风骚的趋势;然自加入汪伪政府后,早期树立的"准盟主"形象尽毁,人生履历中永远无法抹去"落水"的灰色一笔;抗战末期,他又积极投入战争,靠近中国共产党,参与策反姚鹏举一事。整个人生轨迹充满传奇,无法用上述类别概括。这启示抗战词坛研究绝不可套用某种一成不变的公式,而应该以动态的、变化的眼光理性判断。

词人生态的复杂性预示着创作内容的丰富性和角度的多元化,秉着"知人论世"的研究方法,考察词坛生态为走进具体作品提供了较为清晰的言说语境。而不同阶层及政治背景的文人对抗战的书写各有侧重,也为全面认识抗战与文学之互动关系提供了多种可能。

---

① 马叙伦:《肃清贪冒是实现民主政治的前奏》。周建人等:《我们反对内战》,台北:自由出版社,1945 年,第 47 页。
② 余丽芬:《正道上行:马叙伦传》,杭州:浙江人民出版社,2008 年,第 134—135 页。

第二节　战争史与心灵史的合奏：词人笔下的抗战

翻开词章，既有山河沦陷及凄惨战争场面的历史实录，又有令人心血沸腾、鼓舞士气的抗战军歌，当然也不乏对社会病态现象的批判和未来出路的冷静思考。这些保有词史性的内容彰显了抗战词的文学史价值。我们不能轻视部分作家的个人身世之感和穷苦生活的描写，作为底层民众的一员，他们的心声代表了最广大的群体，其目光所及也最能反映战时人民生活的基本情状。而作为知识分子，他们传承了绵延数千年的忧国忧民的文化传统，于词中寄托着深厚的悲悯情怀，则更是一个时代的心声。

一、"刳孕占胎，矵头赌注，槊上婴儿舞"：战争史的深化

首先，当着重关注堪称实录的抗战词。抗日战争时间之长、斗争之惨烈、损害之大不必多言，以叙事性不如诗的词来反映抗战，似乎并不明智。然从具体作品看，词这一文体不仅一直在场，其叙事之深度及广度恐怕还达到了近百年词史的新高点。如对大小战事的描写就是有力明证。自"九·一八事变"以来，刘永济就有《满江红·辽吉沦陷，东北诸生痛心国难，自组成军，来征军歌以作敌忾之气。为谱此调与之》《解语花·壬申上元，淞沪鏖战正烈……》《浣溪沙·中秋前夕闻湘捷》《喜迁莺·香港陷落数月……》《玉楼春·新历八月十日感事有作。日本投降，战事结束》等直面战争事件的相关作品。他是用词体抒写抗战历史的优秀作家之一。读其《浪淘沙·衡阳之役，闻方军苦战四十七昼夜，将士伤亡殆尽，而援军不至，词以哀之》：

> 风雨卧天涯。凄断金笳。故山从此战云遮。莫向蒿藜寻败壁，雁也无家。　　残垒跕饥鸦。白骨叉牙。苌弘怨血晕秋花。新鬼烦冤旧鬼哭，无尽虫沙。

一次衡阳之役就有"残垒跕饥鸦，白骨叉牙"般的惨象，而抗战数年中比之更猛烈的战役还有很多，如吴白匋《百字令》述及南京沦陷撤军时"塞道抛戈，争车折轴，盈掬舟中指"的混乱，及日军大屠杀时"刳孕占胎，矵头赌注，槊上婴儿舞"[1]的凶残。叶圣陶《卜算子·伤兵》则赞扬"留臂创难治，去臂魂先

---

[1]　吴白匋：《吴白匋诗词集》，南京：南京大学出版社，1999年，第49页。

断,岂似新丰折臂翁,独臂争重战"①的中国军人。丰子恺《忆江南·广州所见》将目光转向平民:"狂炸也,娘背乳儿逃。未到防空壕畔路,玲珑脑袋向天抛。热血怒于潮。"②以上皆是血泪之词,令人不忍卒读。

卢前《中兴鼓吹》对战事的描写有过之而无不及。诸如《点绛唇·百灵庙既收复,更招东北之魂》之内蒙古西部抗战,及《满江红·十月五日左崑之建破桥之功》一类并不引起他们关注的事迹,都成为其歌咏对象。后一首词记录八·一三淞沪抗战中,左崑之、赵建奎在严家湾成功炸毁敌军浮桥一事。"对峙严湾,中有水、盈盈相隔"句点明时地,"听说敌、架桥河上,通东杨宅"句营造炸桥紧迫性。据史载:"当时守战地者为第□连,没有一个会泅水的。"③左、赵临危受命。"炮火里,守天黑。潮水涨,前窥测。"近视角特写左、赵一举一动。最后,浮桥成功被炸,而建奎不幸淹死。作者惊心动魄的叙述对峙、选人、偷渡、炸桥、逃回这一完整破桥事件经过,以远近视角转换,故事层层推进,情感节节攀升,堪为叙事词佳作。千年词史上不乏战争题材的书写,然未有如抗战词坛这般庞大详实的。

词人视野甚至扩展到了二战其他国家。如曹大铁《念奴娇·哀巴黎》:

> 繁华世界,数侈奢逸乐,此间云绝。宝马雕车香满路,是处迷楼幽阁。绿酒红灯,歌衫舞扇,腰细柔无骨。金吾不禁,晏安无限欢悦。
>
> 一朝铁马东来,仓皇失措,天堑成虚列。十二街头驰狐兔,想见名都浩劫。余烬烟浮,荒池尸载,烧火荧荧发。悯心西土,生民同在啼血。④

上片愈繁华,愈增下片浩劫伤害之烈。二战波及国家众多,"生民同在啼血"的不仅是巴黎,而是整个世界。周重能《齐天乐·三十三年八月二十三日,盟军自英伦渡海,登陆屡捷,遂克法京巴黎,感赋》则述巴黎光复之事,"壮士横空,楼船跨海,飞弹频抛如雨。鱼龙漫舞。笑涂染衣冠,粉柔儿女。夜晓腾欢,竟忘颠覆苦。"⑤马一浮《水调歌头》(独客听巴雨)关注莫斯科战争;潘受《满江红·新加坡东海岸勿洛为 1942 年日本占领军大屠杀华人之一处,

① 叶圣陶:《叶圣陶集》,第 8 卷,南京:江苏教育出版社,1989 年,第 141 页。
② 丰子恺:《丰子恺全集·文学卷 6》,北京:海豚出版社,2016 年,第 214 页。
③ 郑光昭编:《抗战丛刊》第一辑,长沙:商务印书馆,1938 年,第 196 页。
④ 曹大铁:《梓人韵语》,南京:南京出版社,1993 年,第 249 页。
⑤ 周重能著,张学渊校注:《水竹山庄诗文集》,自印本,成都市新都华兴印务公司印刷,2002 年,上册,第 53 页。

今成歌台舞榭、呼卢喝雉之场所,月夜过此,茗坐感赋》等揭露日军侵略新加坡时的罪行。这类中国诗词理应侧身世界文学之列,并给予充分关注和重视。

其次,作为投枪、匕首的鼓吹之词。鼓吹方法众多,就题材讲大体有两个方面:一是重塑民族英雄形象。或是历史人物凭吊,或是当下前线勇猛战将的感人事迹。如陈沧海《满江红·吊文信国》:

> 敌忾同仇,痛敌国、山河变色。便从此,玉楼罢吹,金戈歼敌。公子生涯曾是梦,男儿肝胆原如铁。只伤心、回首望南朝,风云歇。　三载狱,无天日。利难诱,威空胁。到头来、不屈胡廷双膝。碧血香凝青史卷,丹心光夺中天月。问世间、有几读书人,如公节?

文天祥的事迹妇孺皆知,不难从"金戈歼敌,肝胆如铁"形象的歌咏中,明白作者对眼下英雄再世的呼唤。而"利难诱""不屈胡廷双膝"则警醒人们切勿触碰民族气节的道德底线。王沂暖《金缕曲·谒武侯祠》透过诸葛亮之口,吟出"讨贼精神光日月,尽鞠躬尽瘁原无死。为两间,留正气"的慷慨之音。马祖熙《念奴娇·1942年端阳节厦大诗社有悼屈之会,为赋此词》借悼念屈原之机,欲招"不信江山长沉睡,只有悲凉滋味。赤帜谁擎,黄天未死,洒尽英雄泪"的民族之魂。其他李广、霍去病、岳飞、杜甫等历史人物皆成为词人抒发爱国之情的常用素材。当然,也有对前线战士的讴吟,如邵力子《满江红·挽张自忠将军》:"寇患亟,仇待雪。殁犹视,恨未灭!问谁能、忍恝金瓯残缺。黄土萋萋宿草泪,沙场汩汩军人血。是丈夫、皆应继风徽,收京阙。"叶剑英《满江红·悼左权同志》:"会雄师踏上,长白山雪。风起云飞怀战友,屋梁月落疑颜色。最伤心、河畔依清漳,埋忠骨。"抗日战争,涌现出众多视死如归的民族英雄,他们的事迹至今令人扼腕长叹。

另一方面是对前线时事的歌咏。由于武器的差距和军事领导不得力,中国大片领土很快沦入敌手,报端充斥各种前线败退消息,导致人心惶惶。基于此,词人们试图通过豪言壮语,洗刷当下靡靡之音。由于贴近现实,主语所产生的鼓舞效应比诉诸历史更加强烈。读易君左《绮罗香·闻义勇军迫近辽阳》:

> 塞雁南飞,江云北渡,画角悲凉如诉。锦绣河山,霭霭碧云将暮。正风吹、落日荒城,又雨打、乱烟飞絮。莽男儿、为国牺牲,长枪匹马杀仇去。　辽阳谁问白骨,但有人间孤愤,哀哀无主。胡骑燕尘,梦里

犹怀惊惧。恨书生、多负时艰,还作甚、断肠词句。黯中宵、尚在酣眠,
闻鸡应起舞。

易君左诗较多,词不多作,其一直强调文学书写的现实功用。"长枪匹马杀
仇去"足以牵动所有爱国青年的心绪。再如刘鹏年《金缕曲·闻卢沟桥战
讯》:

> 怒竖冲冠发。最伤心,边疆万里,等闲沦没。射眼惊沙东北望,一
> 片青磷碧血。又云掩卢沟斜月。鼙鼓秋风嘶战马,赋无衣,朝野精诚
> 结。桑乾水,正鸣咽。　　顶天立地男儿节。报韩仇,沉舟破釜,死中
> 求活。振旅长驱寒贼胆,铁骑三千雄杰。看日暮,捷书层叠。收拾河山
> 初发轫,算亡秦三户非虚说。歌破阵,宝刀缺。[①]

不必作多余的阐释,词意较为简单,甚至有失粗率直白。然而"顶天立地男
儿节""沉舟破釜,死中求活"之英勇精神确实令人侧目,"报韩仇"及"振旅长
驱寒贼胆"亦道出了数万国人的真实心声。类似的表达俯拾皆是,如胡朴安
《满江红·一九三七年十月》:"几许敌人飞炮火,拼将血肉与之搏。我中华、
历史五千年,宁示弱?"[②]陈国柱《贺新年·庆祝八路军前方大捷》:"看薄海,
同仇奋斗,尽一切忠心,卫山川。弹雨枪林,金戈铁马,喊杀喧天。"从词体当
行本色角度看,或确实有"政治牺牲品"的嫌疑,毕竟"文学战斗性、时代性的
获取,不免要以文学性的部分丧失为代价。"[③]面对这些作品,无暇纠缠于词
之音律是否工整,也不可斤斤于所言是否有据可查,只消领略"黄河之水天
上来"的气魄,继而有所触动,其鼓吹目的已经达到。抗战词之时代性是靠
此类作品完成的。

第三,对政治腐败及社会乱象之辛辣品评。文人眼中是绝不容许政治腐
败的蔓延和卖国求荣之徒的逍遥法外。读林庚白《水调歌头·闻近事有感》:

> 河北不堪问,日骑又纵横。强颜犹说和战,处士盗虚声。拼却金瓯
> 破碎,长葆功名富贵,草草失承平。岂独岳韩少,秦桧亦难能。　　尊
> 国联,亲北美,总求成。横磨十万城下,依旧小朝廷。古有卧薪尝胆,今

---

① 刘沐兰:《南社三刘遗集》,上海:华东师范大学出版社,1993 年,第 363 页。
② 杨子才:《民国五百家词钞》,北京:线装书局,2008 年,第 296 页。
③ 张大明:《中国文学通史(第 9 卷)》,南京:江苏文艺出版社,2013 年,第 70 页。

有金迷纸醉,上下尚交征。安得倚长剑,一蹴莫幽并。①

自九·一八事变后,日军一直没有停止侵略步伐,占领东北后逐步蚕食华北,然而长城抗战的鲜血却被欺世盗名之"处士"和"长葆功名富贵"之肉食者轻易抹去。下片矛头直指"尊国联、亲北美"的国民党。林庚白词出,恐怕得罪不少朝廷大员。但词人从来就没有因为惧怕或得罪而退缩过。再如刘永济《菩萨蛮》:"花边谁唤娉婷出。柔肠别有丁香结。未办缕金衣。清歌只自奇。　　还君青玉佩。宛转千重意。眉样画难工。何关心不同?"词人以闺音代言讽刺国民党免费提供摄影券邀其入党一事。至于汪兆铭投降日本行径更是立刻受到词人谩骂,如段熙仲《忆旧游·报端转载汪精卫落叶词,赋此斥之》、钟树梁《忆旧游·报载汪精卫在南京作〈忆旧游〉萧公权先生嘱即以此调斥之,先生亦有作》等,后者讽刺其诗词"强说情怀苦,向胭脂井照,忸怩尊颜。凤钗携手齐赴,同是失心肝。"如果说段、钟是因为身在国统区,才可以任意发表以上作品的话,那么在沦陷区的吴眉孙,对伪政府的冷嘲热讽就显得更加珍贵。他的《鹧鸪天·读史》云:

　　　　一子轻投悔已迟,顿教全局变输棋。猢狲入袋成儿戏,傀儡登场听客为。　　蜗角小,燕巢危,几人不可语期期。分明炉火将身蹈,始信君侯固自痴。②

吴眉孙不过是羁留上海沦陷区的小职员,其词常常感慨"兵火劫,归无计,盐米价,朝来贵。叹萧斋图籍卖余无几"(《满江红》)的生活不易,然贫穷并未掩盖其借史论今、品鉴时政的炯炯雄心。其《寒竽阁词》中诸如"休冷眼,肯低头,公然敌国许同舟。老来晓事原非易,投阁难磨寂寞羞。"(《鹧鸪天·读史》)"甘卖国,苦和戎,浮云富贵转头空。最怜平楚楼中鬼,输与曹王得病终""颜甲厚,眼花开,倾身障篷亦堪哀。缘何骂世钱愚论,奉敕偏教急毁来"(《鹧鸪天·续读史吟》)等皆是明有所指,肆口咒骂而不失粗率叫嚣的优秀佳作。

　　同样令人气愤的还有阳奉阴违、发战争财的不法之徒。杜兰亭《金缕曲·市楼醉饮,醉后作》下片:"苍茫世变玄黄斗。正纷纷,封侯作贼,窃钩函首。踞坐狂呼谁堪骂,眼底诸公十九。漫自道,龙吟狮吼。相对儒冠真绝

① 林庚白:《丽白楼遗集》,北京:中国人民大学出版社,1996 年,第 226 页。
② 吴眉孙:《寒竽阁词》,1957 年油印本。下文所引皆自此本。

倒,看吾徒痛饮高阳酒。成与败,笑功狗。"对沦陷区各地方伪政府人员嗤之以鼻。石声汉《鹧鸪天》则对国统区口是心非、虚伪做作之人,大肆挞伐:

> 冻馁驱人剧可哀,鹧鸪牵上凤凰台。恭签誓约(国民公约)真无耻,不发牢骚假学乖。　　浑是戏,更休猜。任人提线不关怀。自从羞恶都忘后,俯仰人丛当活埋。

透过林庚白、吴眉孙、杜兰亭、石声汉等人作品,足见绵延数千年的士大夫批判精神依然传承不息,他们敢于以文字作匕首投枪积极参与抗战、揭露社会弊病。也再次证明,词并非仅仅是"意内言外""要眇宜修""软语香艳"之一种色泽,其现实功能是不亚于其他任何文体的。

至此,词之叙事题材有限、表达广度不够、批判力度欠缺等言论可以休矣! 以上所举仅是冰山一角,我们有充足理由论证词在刻录战争历史层面的优势和现实意义。而自词体反观战争,貌似熟悉的抗战史也开始变得别样,甚至陌生。

二、"留不得,归不得,行不得":心灵史的探寻

如果说文学的社会性多聚焦于外部大环境的书写,如上文抗战词之正面鼓吹和对时政的讽刺;那么文学的抒情性则将目光转移至作家内心,剖析心灵的颤动和体验,如下文战乱中南社词人忧国忧民、悲天悯人的复杂情怀。

抗日战争是中国历史上波及范围最广,战斗情形最激烈,死伤人数最多的一次国难。其惨烈现象可谓"极古今一时之创"。田星六《晚秋秋词自序》云:"自卢沟衅起,海水群飞,戎马生郊,万方多难,……历时忽忽八稔矣。问故国之山川,几千涕泪;惊满天之烽火,都化劫灰。矧又遍野鸿哀,当关虎暴;鸱声吓鼠,獭影驱鱼。狐狸工于作伥,猶猱舞而向人。昔时繁华之地,血块草花,到处阴雨之天,鬼声磷火。……多前善贾,信好官所自为;高舆安驰,见死人而不问。其余怪奇,尤难枚举,真可谓极古今一时之创矣。"[①]抗战时期旧体诗词的勃兴再次印证了"国家不幸诗家幸"的千古谶语。面对此情此景,家国悲悯情怀成为词人着重抒发的主题之一。如汪东《蝶恋花·病起重入渝州市作》:

---

① 湖南省少数民族古籍办公室主编:《中国少数民族古籍·土家族古籍之五》,田星六:《晚秋堂诗词选》,长沙:岳麓书社,1992年,第451页。

变幻休论当世事,深谷高陵,只在人心里。醉踏春阳欢未已,烦忧从此如云起。夹岸楼台灯火市,步步重经,步步伤心地。一寸山河多少泪,江南塞北三千里。①

"一寸山河,一寸伤心地"成为战时吟咏最广的名句。而汪东"一寸山河多少泪,江南塞北三千里"亦别开手眼,自成高格。异曲同工者还有朱庸斋《临江仙·庚辰秋望》:"故国登临多少恨,惊心片霎沧桑。野旗戍鼓满空江。重寻葵麦径,犹识旧斜阳。 信道青衫无泪湿,何堪半壁秋光。网风惊雁欲辞行。江山如梦里,无处问兴亡。"江山兴亡之叹背后联系着的是每位词人忧国忧民、难以宣泄的复杂心绪。很多词人并没有汪东、朱庸斋这般胸怀,他们多于日常生活及常见景物之间寄托江山沦陷的哀思。如张素《减兰·七月十三夜大风》:"长空有月,天籁刀刀连夜发。风自何生,杂沓金戈铁马声。萧斋独卧,欹枕乍惊残梦破。虎啸龙吟,中有扶摇万里心。"②沈尹默《青玉案》:"舣船载得愁多少,酒易尽、愁难了,归燕帘栊人悄悄。子规才住,新蝉又噪。斜日明林表。 故国山河云浩渺,目断长安旧来道,离乱心情难自好。高楼花近,当时杜老。一样伤怀抱。"③前者比兴自"大风",后者则借"归燕""子规""新蝉"等意象,表达与杜陵野老相同的"扶摇万里心"。

另外,诸如战乱过程中食不裹腹、居无定所等一类羁旅行驿词,时常受日军空袭干扰的"躲警报"生活词,及山川破碎之风景词更是数不胜数。如欲真实了解战时民众的具体生态,这些作品可以提供更全面的人生体验。读高亨《沁园春·1938 年作于四川嘉定》:

东望神州,滚滚烽烟,莽莽边荒。叹金瓯形缺,铜驼影暗,沙虫泣月,猿鹤惊霜。河浪腥风,江潮血雨,麦秀黍离对夕阳。涂毒处,是千秋仇恨,一度沧桑。 思量往事堪伤。记当日仓皇去沈阳。更燕台飘泊,梁园羁旅,武关南下,鄂渚西航。万里流萍,八年零雁,直把他乡作故乡。家何在,有白山邈邈,黑水茫茫。

高亨,吉林双阳人。抗战后即远离家乡,迁往内地。词中"记当日"数句缕述辗转沈阳、燕台、梁园、武关、鄂西等等行旅历程。"直把他乡作故乡"是所有

---

① 汪东:《梦秋词》,济南:齐鲁书社,1985 年,第 71 页。
② 张素:《南社张素诗文集》,北京:大众文艺出版社,2008 年,第 791 页。
③ 沈尹默:《念远词》。杨公庶编:《雍园词钞》,1946 年刻本,吉林大学图书馆藏。

避难人民最真实、最无奈的表达。1937 至 1938 年,受战乱影响,词坛掀起数百年来行旅词的新高潮。如汤国梨《潇湘夜雨》"玉关消息,将疑将信,涕满衣裳。怨天涯迁客,犹滞他乡。思千里、凭高纵目,镇幽幽、暗断回肠。兴亡恨,离情别思,两两黯难忘。"词中感慨一·二八事变时,与仲弟音书间阻、遥相思念的深厚情谊。王沂暖《浣溪沙·为避日寇轰炸,自成都迁居崇庆。途中有感》更是声泪俱下:"烽火西川也数惊,天涯倦客老行程,百无聊赖是乡情。 更远还深春草色,如悲似诉蜀鹃声,劝人归去怎堪听。"从白山、黑水,至太行、岳麓,再至渝都江畔,都留下了词人们迁徙流亡的足迹。而更危险的是时刻受到日军空袭的骚扰,于是"躲警报"成为抗战历史时期独有生活体验的"符号"之一。读周重能《高阳台·二十九年六月十一日,敌炸成都已一年矣。追赋一阕以志哀愤》:

> 哀角惊天,殷雷震地,沉沉暮色昏黄。锦里繁华,可怜一炬炎光。焦头烂额凭谁问,剩春风、吹遍城厢。待重来、栋烬梁灰,败瓦颓墙。
>
> 成都自古笙歌盛,有崇楼丽宇,裙展冠裳。窈窕如云,钿车过后留香。春花秋月江南好,看游人、老此柔乡。怎禁他、雨打风吹,陆海茫茫。

词笔剧哀,虚实转换之间,揉进难以言表的沧桑感,深得重拙之法。这也构成了抗战生活词的基本格调。那些勇往直前,大胆批评时政的文人固然值得钦佩,但须知大部分人还是在个人交游范围内平凡度日,或许没有那么高扬的抗战激情,也不想过多的参与到战争中,能够保全自我及家人是其最大的希望。因而,这些聚焦个人身世之感和穷苦生活的写作才是对战时百姓最真实的反映。如石声汉一家避居四川,据子嗣回忆,"当时定机十一岁、定杜七岁、定杖五岁、定朴三岁、定桓不到周岁,父亲要供养奶奶,接济三个叔叔上大学,又要养活自己的七口之家"①,十分不容易。其《浣溪沙·嘉州自作日起居注》记录词人一天举止,六首选三:

> 十号才能几日过,频翻挂历待如何。纵教发放也无多。 寄卖行前低问讯,旧书摊畔再巡逻。近来交易有成么?
>
> 双袖龙钟上讲台,腰宽肩阔领如崖。旧时元是趁身裁。 重缀白瘢蓝线袜,去年新补旧皮鞋。羡它终日口常开。

---

① 石声汉:《荔尾词存》,北京:中华书局,1999 年,第 38 页。

> 骤雨惊传屋下泉，短檠持向伞边燃。明朝讲稿待重编。　　　室静自闻肠辘辘，风摇时见影悬悬。半枝烧剩什邡烟。

首篇谈及薪水微薄，卖书接济；次篇衣带渐宽，鞋袜补丁；三篇屋漏写稿，饥肠辘辘。从早到晚，忙于稻粱，一家七口都难糊生计，更无暇顾及前线抗战。而石声汉的一天，恰恰是战时大多数人的真实情况。高燮、吴眉孙、杜兰亭、顾衍泽等词人皆是如此。陈运彰《吹万楼望江南词序》云："丁丑东南被兵，金山首当其冲，先生（高燮）避地来此，始久作客，不得归。一椽不足容家人，则分别僦舍以居之，东西相间隔，距数里而遥，往还省亲，若宾客之相访答也。"[①]高燮《百字令·题孙沧叟春申避地图……》云："谁令烽烟来遍地，胡马驰驱南北。兵盗豺狼，人民蝼蚁，有土皆焦黑。最惊心处，绛云灰烬纹织。""人命从来不值钱"是他们一致的感受。

此期女性词人开始强势登上词坛。既有不让须眉的慷慨之音，如汤国梨、李祁、陈家庆、徐自华等，又有沉痛悲咽，感伤国事之语，如沈祖棻、吕碧城，当然也有大量继承古典女性词特有的细腻动人，如丁宁。先读《谒金门》：

> 留不得，肠断危楼孤客。苦雨凄风寒恻恻，眼枯头未白。　　　一自瞻依痛失，不得承亲颜色。夜夜梦魂空绕膝，觉来何处觅？
>
> 归不得，肠断门庭犹昔。几案生尘迷手泽，蟏蛸当户织。　　　一自音容惨隔，不得闻亲消息。泪湿麻衣都化碧，清温何处悉？
>
> 行不得，江上鹧鸪声急。满目烽烟思故国，茫茫何所适。　　　一自牵裾无术，不得寻亲踪迹。月暗青林云似幂，路遥儿莫识。

《还轩词》中也没有对战争的正面描写，他是透过一位普通女性的双眼，观照战火中词人的心灵世界。词集中只是记录作者离乡避居、痛失双亲、孤苦伶仃、离魂落魄的心路历程。而那泪眼干枯，肠断九回，茫然不知所适的形像逼似眼前。作为二十世纪词史的重要一端，女性词本来就是古典与现代、性别与女性主义、社会与家庭等多元并行的复杂研究对象，其笔下的抗战同样是五彩缤纷的世界，有待深入探讨。

随着相持阶段的到来，抗战诗词中一直紧绷的鼓吹心弦也越来越松懈，总是《满江红》《六州歌头》一类声调难免令人审美疲劳，词体婉约本色在特

---

① 　陈运彰：《吹万楼望江南词序》。高燮：《天人合评吹万楼词》，民国三十四年（1945）铅印本，吉林大学图书馆藏。

定时空下也再次回归。比如 1940 年之后,词坛创作格局呈现多元化面貌,其实"战时与平世本无绝对分界……常态即使在最紧张的历史瞬间也存在。由毁灭中的再生,其速度也往往超乎想象。……"①诗歌娱乐酬唱功能在抗战后期迅速膨胀,不管是沦陷区、国统区,还是革命根据地,都掀起结社唱和的高潮,作品所展示的情怀似乎已经脱离了令千万生灵涂炭的战争。如果说京津一带延秋词社、金陵汪伪西园和桥西雅集等因为沦陷区现实语境的控制,欲借"雅"词、"同声"来装饰"和平运动"的话,那么福建寿香词社,桂林朱荫龙、章士钊,重庆诗群,革命根据地的怀安诗社、湖海艺文社等,都出现大量雅集诗词,其产生机制是启人深思的。不必纠缠于作品内容的脱离现实,文人雅集本身就是对自我压抑情绪的释放,更何况有拉拢文人等政治手腕在作祟。

综上所述,以时间顺序审视,1931 至 1937 年间的时事作品主要集中于"九•一八"、"一•二八"、长城抗战等具体事件,虽构成一定影响,并未撬动词坛主流;七七事变至 1940 年汪伪成立,词坛高度集中于围绕抗战书写;此后由于生活的暂时稳定及审美效应、词体娱乐酬唱功能再次焕发,婉约与豪放风格并存,不同区域的词坛形态亦更加复杂。抗战时期词体内容在政治性与文学性两方面都取得了不菲成绩。就政治性角度看,卢前《中兴鼓吹》及其领衔的"民族诗坛"词群自然占据抗战文学的主流,他们秉着"以韵体文字发扬民族精神,激起抗战之情绪"的宗旨,通过古典韵文,积极鼓吹抗战,是引领时代文学的重要创作力量构成。自文学性观之,战乱背景下的词人将千年词艺技巧与家愁国恨融为一体,创造出一批既有宏大叙事,又兼具沉郁顿挫笔法的高质量作品。因此,在叙述广度、历史深度、情感烈度等方面,抗战词坛都开辟近百年词史的新局面。

第三节　传承与创新:抗战词坛之现代性考察

关于文学现代性的话题一直是学界争论不休的热点,学者不懈追问的根本目的是想确立古今文学的界限,挖掘现代文学的独特性标志。这对文学史的梳理与建构是十分有意义的探究。基于这种有意义的前提,晚清民国古典文学领域也涌现出诸多"现代性""现代转型"等同类话题的相关成

---

① 赵园:《想象与叙述》之《〈流星雨〉——如何想象抗战时期的"大后方"》,北京:人民文学出版社,2009 年,第 229 页。

果。单以词学而言,就有朱惠国、曹辛华、陈水云、彭玉平、马大勇师、杨柏岭、傅宇斌、胡迎建、袁志成、李剑亮、李遇春、陈友康、曹顺庆、江腊生、周萍等众多学者参与讨论。然据笔者梳理,对词学现代性的研究大都集中于词话批评、词学思想、文献史料、研究方法等方面,一定程度轻视了词作本体研究的同步推进。目前仅见马大勇师《晚清民国词史稿》、李剑亮《民国词的多元解读》两部专著偶有涉及。而民国词之现代性问题恰恰是廓清其与宋、元、明、清词界限,彰显独立特征的重要议题。

马大勇师指出朱祖谋(1857—1931)的去世标志着"古典词时代的终结"①,关于"古典词"的论点很容易引起追问"现代词"开始于何时?若粗率地将其定为 1931 年,则不免有失学理性,毕竟文学的发展不可能聚焦到某个人单线条推进。我们也可以从词史内容角度申论民国词是对风云复杂的民国史的反映,继而框定为 1912 至 1949 年。然而这种时间角度的划分根本无法确立民国词的主要特征,当然无法解决民国词现代性判断的问题。学者在民国概念的基础上开展更详细的切割,如曹辛华的三段论(1912—1923,1924—1937,1938—1949)、朱惠国的三期法(1912—1927,1928—1936,1937—1949)②,这种阶段性发展差异地概况确实有利于看清民国词史的发展脉络,但以某某时间为转折标志的探讨并不是解决民国词现代性问题的有效突破口。我们也可以顺着"诗界革命"的思路,去晚清民国词中寻觅新事物、新思想对词坛的冲击,乃至探索南社词中"革命"和"民族主义"的具体表现;以及抗战词中宣扬民族精神、承担历史使命的重大叙事等等,但似乎都难以归纳创作层面"现代转型"的共性特点。

不妨转换视角,抛弃时间切割的历史思维,也撇开文学思想内容、艺术特色等宏观概括套路,从文本中表现出的作者立场和素材使用等微观角度,分析民国词对古典诗词的传承与开拓。比如前者从"遗民"和"新民"的身份定位切入,将词人作品中对民国是否认同作为主要的衡量标尺,确立民国词之新旧转型的标志;后者以庾信典故这一创作素材为个案,分析不同时代、不同区域汲取相同素材时的内涵差异,来进一步彰显民国词之独立性和创新性。通过立足文本的具体分析,民国词现代性的产生与发展或许会明朗得多。为了更深入地走进文本以及更精确的把握文献,本节仅以抗战词坛(1931—1945)为主要研究对象,展开全面考察,以此反观民国词之现代性

①　马大勇:《二十世纪诗词史论》,长春:时代文艺出版社,2014 年,第 271 页。
②　曹辛华《民国词史综论》1912—1923,1924—1937,1938—1949 三段论(《民国词史综论》,《2006 词学国际学术研讨会论文集》);朱惠国《民国词研究的现状及其思考》(《现代中文学刊》,2014 年第 6 期)中 1912—1927,1928—1936,1937—1949 三期法。

特征。

一、词体功能的强化:悼挽词中不同群体的心声

文学界对悼亡词有约定俗成的理解,即其对象只能是妻妾。① 本节将悼念恩师长辈、同侪好友、弟子后生等妻妾以外的作品统称为"悼挽词"。宋代悼挽词中以周密《徵招·九日登高(一作"九日有怀杨守斋")》最为后人称道。杨守斋即杨缵,号紫霞。因而"紫霞凄调"常被用作悼挽词典故。不过宋代及明末清初,还未大量出现用词来悼挽友人,他们通常用文章或诗歌等比较严肃的文体来抒写此类话题。这意味着尽管词体意识不断加强,但仍没有拓展至此范畴。经过清词的全面深化,至晚清民国时期,词体观念进一步改变,几乎诗歌所能表现的题材、范围,词都可以涉猎。悼挽词的频繁出现就是重要标志。

抗战时期有两大群体性悼挽事件,一是朱祖谋,一是吴梅。② 前者是民国词坛盟主,其仙逝意味着古典词时代的终结,不同身份作者的悼亡之词中存在许多值得挖掘的情感寄托与期待;后者弟子众多,影响广泛,1939 年正是全面抗战爆发第二年,国民政府西迁重庆,战线拉长,前线吃紧,众人心头对祖国未来存在很大担忧、迷茫或恐惧,悼挽词的情感抒发也成为悼念祖国的另一种表达。以此两件大事为切入口,可以更深入地窥探抗战词坛传承与新变情况,亦是透视抗战词史截面的重要窗口。

(一) 遗民故国之思与新民家国之叹:彊村悼挽词的叙述差异

朱祖谋(1857—1931),一名孝臧,字古微,号沤尹、彊村,浙江湖州人。光绪八年举人,光绪九年进士。有《彊村词》。与王鹏运、郑文焯、况周颐并称为"晚清四大家"。朱祖谋是晚清民国时期中国词坛执牛耳人物。1931年去世时,整个文学界有大量悼念朱祖谋的诗词作品。悼挽篇什常见两种模式:其一,回顾与主人交往经历,抒发友谊之情。如陈洵《木兰花慢·岁暮闻彊村翁即世,赋此寄哀》:

> 水楼闲事了,忍回睇,问斜阳。但烟柳危阑,山芜故径,阅尽繁霜。沧江,悄然卧晚,听中兴琶笛换伊凉。一暝随尘万古,白云今是何乡。
>
> 相望,天海共苍苍,弦敛赏音亡。剩岁寒心素,方怜同抱,遽泣孤芳。难忘,语秋雁旅,泊哀筝危柱暂成行。泪尽江湖断眼,马塍花为谁香。

---

① 胡旭:《悼亡诗史》,上海:东方出版中心,2010 年,前言页。

② 另外林铁尊、陈三立、张自忠等人去世,也出现不少凭吊词作,但都没有朱、吴两位典型。

陈洵原本在岭南并无声名,生活亦十分贫困。凭好友李雪芳北上出演机会,得介绍与朱祖谋相识,朱氏评《海绡词》"神骨俱静,此真能火传梦窗者",并刻入《沧海遗音集》,且荐为中山大学教席,改变了陈洵一生轨迹。因而视彊村为"平生第一知己"。词中"弦敛赏音亡""马塍花为谁香"皆由此发,"泪尽江湖断眼"之悲痛极有感染力。堪为彊村悼挽词之压卷。

其二,概括平生功绩,给出准确历史定位。彊村为"晚清四大家"之一,王鹏运去世后,更是超越郑文焯、况周颐,而跃为"词坛盟主",其《彊村语业》素有"六百年来,最得梦窗精髓"的超高评价。诸如"冠绝一代"(陈三立《受砚庐题记》)、"词流之大殿"(张尔田《望江南》)、"清季词学之大成"(叶恭绰《广箧中词》)等美誉,都是承受得起的。挽词中也有不少语句,如吴梅《水龙吟·古微丈挽词》:"还是悲歌无地,结沤盟、沧江鼎沸。东华待漏,中兴作颂,纷纷槐蚁。忍泪看天,十年栖息,天还沉醉。算平生孤愤,秋词半箧,付人间世。"林鹍翔《透碧霄》:"剩飘零、吟社觞筹。便枉抛心力,词人一席,占断千秋。"刘肇隅《鹧鸪天》:"病榻恹恹忍乍分,词林坛席几曾温。蚕缫到死丝将尽,犹绻金门待漏恩。""词人一席,占断千秋"已经够惊艳的了,比之创作成就更高的评价是人格定位,人们常将其与杜甫、屈原并论,突出其心系国家之忧,而终不被重用之怨。如张尔田《玉漏迟》:"白头饱阅兴亡,又浅到红桑,海尘扬了。万里吞声,凄绝杜陵愁抱。"蔡嵩云《徵招》:"秋意,黍离深,词心远、恻恻杜陵声调。短棘早弥天,甚辽东名帽。"唐圭璋"白头憔悴灵均,谁怜枉作词人。从此吴山越水,料应都带愁痕。"夏敬观《徵招》:"帝所奏钧天,唤颓魂不起。为君图玉笥,问谁识女罗山鬼。"

且不论比对是否贴切,值得关注的另一问题是,杜甫和屈原"黍离愁抱"的对象是李唐和楚国。而彊村挽词中频频出现的"铜仙泪""汉家陵阙"寄寓的山河破碎到底是哪个国?是已经覆灭的清廷,还是彼时九·一八事变后,日军蚕食下的"民国"?对比洪汝闿《木兰花慢·挽沤尹社长》和夏承焘《徵招·闻彊村先生十二月三十日上海讣,用草窗吊紫霞翁韵》两词,问题会更加突出:

> 锦鲸仙不返,过茹雪,水云愁。正故国鹃啼,荒皋鹤怨,遗恨藏舟。繁忧暗凋鬓影,抚危阑身世寄商讴。一卷柴桑甲子,汉家残腊曾留。
> 神州。谁分陆沉休,往事泪难收。向野史亭边,月泉社里,几度盟鸥。山邱早拚共尽,有斜阳何处更登楼。剩得霜花句在,年年海上悲秋。

> 乍惊辽鹤尧年语,骑鲸又传仙杳。楚些漫相招,正昏昏八表。半生

垂钓手,应不恋、棘驼残照。一暝同忘,九州幽愤,五湖高操。　愁眺海东云,幽坊宅、花时梦游长绕。佛火数扬尘,念看桑垂老。鄞山青未了。更谁续、四明孤调?听鹃恨、怕有来生,奈暮年哀抱。

前首"故国鹃啼""遗恨藏舟"已明确暗示指清廷,"一卷柴桑甲子,汉家残腊曾留"更是很容易"联系到'眷恋前朝'这一命题"①。而后者"正昏昏八表"指当下日军侵华的神州陆沉。"应不恋,棘驼残照"指并不对清廷有太多留恋。何以出现如此巨大反差?窃以为主要是"遗民"与"新民"之别。因此,有必要具体统计一下悼挽词人的生卒及历史身份:

彊村悼挽词统计表

序号	姓名	生卒	关系	词 作
1	潘飞声	1858—1934	沤社社友	菩萨蛮·读彊村词集,追悼彊村先生
2	汪兆镛	1861—1939		声声慢·遁堪先生以追怀彊村翁词见示,惜往悲回,百感迸集,依调寄答,含毫泫然。翁督粤学,乞病别西园词有花药澄湖句,今涇废矣
3	陈曾寿	1861—1949		浣溪沙·阅彊村词,忆及望予南归、悬榻以待者经岁,中间数寄词相问,凄然有作
4	廖恩焘	1864—1954	沤社社友	三部乐·彊村下世二年有半矣,遗书以次毕铅椠。春杪,榆生书来,言翁语业卷三将付影印,属题词。泫然拈此。
5	周庆云	1864—1933	沤社社友	徵招·挽沤尹社长
6	杨铁夫	1866—1944	师生	瑞鹤仙·哭彊村师
7	洪如嵩	1869—?	沤社社友	木兰花慢·挽沤尹社长
8	陈洵	1870—1942	好友	木兰花慢·岁暮闻彊村翁即世,赋此寄哀。
9	林鹍翔	1871—1940	师生	透碧霄·彊师遽逝沪上,往哭之恸,归后即病,沉迷四阅月,不复知有人世间事,兹甫清醒,赋此敬挽,时壬申四月。
10	林葆恒	1872—1950	沤社社友	石州慢·挽彊邨丈
11	张尔田	1874—1945		玉漏迟·古微丈逝世海上,读弇阳翁吊梦窗锦鲸仙去句,怆怀万端。即用其调,以当哀些 声声慢·闲步郊原,追念彊邨翁,凄然成咏

---

① 林立:《沧海遗音:民国时期清遗民词研究》,香港:香港中文大学出版社,2012 年,第353 页。

序号	姓名	生卒	关系	词　作
12	刘肇隅	1875—1938	沤社社友	鹧鸪天·辛未冬至,彊村老人口占《鹧鸪天》一阕,绝笔词也。余前五日为按脉病榻,神明不乱,后七日逝矣。腊八前夕,梦老人宛若生前,因依韵谱之。
13	夏敬观	1875—1953	沤社社友	徵招·花朝社集,追念沤翁下世,各拟挽章,五旦征调最哀,为燕乐所不备,白石寻韵作谱,音响巉峭,覆杯堕泪,漫倚此声。
14	郭则沄	1881—1947	沤社社友	水龙吟·挽彊村词丈
15	吴　梅	1884—1939		水龙吟·古微丈挽词
16	陈匪石	1884—1959		木兰花慢·彊村翁下世一年矣,追念成赋
17	寿　鉨	1885—1950		鹧鸪天·辛未岁暮彊村翁讣至,烽烟海上,南望凄然,追和绝命词原韵
18	邵瑞彭	1888—1938	师生	木兰花慢·彊邨师挽词
				徵招·客有依草窗韵挽彊翁者,要同作
19	向迪琮	1889—1969		鹧鸪天·辛未残腊薄游海上,适值倭警,哭彊村翁不得,旅社凄黯,追和绝命词原韵
20	王　易	1889—1956		水龙吟·集彊村词句吊彊村先生
21	蔡嵩云	1891—1944		徵招·古微翁骑箕,适值一二八之变,臞禅赋此调见寄,倚草窗韵答之
22	夏承焘	1900—1986		徵招·闻彊村先生十二月三十日上海讣,用草窗吊紫霞翁韵。
23	黄孝纾	1900—1964	沤社社友	浪淘沙慢·挽彊邨丈
24	唐圭璋	1901—1990		清平乐·悼彊邨老人
25	龙榆生	1902—1966	师生	莺啼序·壬申春尽日,倚梦窗此曲,追悼彊村丈。
26	詹安泰	1902—1967		大酺·为吴君懋题彊村先生遗墨,时甲戌十二月,先生下世三年矣

　　仅以此近30首,涉及26位词人作粗略统计。根据生卒年可大体分为两个层次,分别是与朱祖谋年齿较为接近的六七十年代群体,如潘飞声、汪兆镛、陈曾寿、廖恩焘、杨铁夫、洪如闿等,他们大都曾在清廷做官,或受儒家思想影响较深,入民国后以遗老自居。八、九十年代出生者多是彊村弟子晚辈,如邵

瑞彭、陈匪石、龙榆生、寿鉌、蔡嵩云等,他们多成长于清民之际,对民国认同感较强。当然也有交叉现象,如生活于清朝较长时间的廖恩焘(1864—1954)、夏敬观(1875—1953)等入民国后积极出仕者;而历代受清廷垂青,有很深家族印记的郭则沄(1881—1947),年岁并不大,却极力塑造遗民身份。

正是因为有错位交叉,他们词中叙述的异同更有典型性。作为遗民,郭则沄《水龙吟·挽彊村词丈》更关注彊村在清廷时期的过去"功绩",如"故国兵前,浮名梦后,料无回顾。"而新民夏敬观《徵招·花朝社集,追念沤翁下世,各拟挽章,……》则聚焦于当下的民国,"眼底破家山,空凭吊、凄凉故人身世。"廖恩焘《三部乐》也认为彊村能够适应清民时代的更迭,"凭阅尽、楸枰几局。兰佩自结,千秋下、人被芬馥。"将此差别放大到以上表格中的词人,则会更加清晰。先看遗民:

> 林鹍翔:"陆沉忧,廿年封泪与神州。**抗颜有疏**,回天无计,往事悠悠。文章羁旅,**功名故国**,身世浮沤。"
>
> 潘飞声:"河山犹剩铜仙泪,汉家陵阙愁无地。琴调水云寒,花前那忍弹。　　**两朝传谏草**,海角飘零老。我意比黄苏,诗中人境庐。"
>
> 周庆云:"涯一暝登楼眼,凄凉**望京遗绪**。故国几繁霜,忍声移宫羽。拜鹃心最苦,更幽咽笛边低诉,玉局添愁。金尊斟泪,恨留臣甫。"
>
> 杨铁夫:"**老臣心词人一席**。问百年垂死中兴,病榻几番寻觅。"
>
> 林葆恒:"江湖卅载,此去晞发阳阿,苍茫望眼中兴杳。苦语念真泠,尚**拳拳忠孝**。"

遗民群体悼挽时调动的素材大都是朱祖谋为官礼部侍郎时对义和团事件的"抗颜直疏"。据李岳瑞《纪归安朱侍郎直言事》载:"庚子拳匪之变,举国若狂,盈廷缄默,偶发谠言,辄触奇祸。其官居侍从,身无责言,而折角批鳞,终始不挠……首抗疏力争拳匪妖妄,不可倚以集事。"需知彼时慈禧等已有借义和团剿灭外国入侵的"双重算盘",朱祖谋此举或可招致杀生之祸。遗民群体将此作为彊村平生功业最称道事,反复提及,试图在追忆往事中抚慰他们自身"拳拳忠孝"的"老臣心"。

而新民群体词中的"江山""江关"则更突出朱祖谋对整个中华民族的忧虑,尤其是1931年受到外族入侵导致的"狼烟匝地",民不聊生:

> 邵瑞彭:"**严城鼓角**夜三更,孤月此心明。话别殿春雷,空林夏雪,一例吞声。"

吴梅:"暮年萧瑟江关,举头惟见<u>河山异</u>。抗声殿角,回槎岭表,乱云如戏。"

蔡嵩云:"旅魂返,<u>忍睇江山</u>,剩晚鸦颓照。"

向迪琮《鹧鸪天》小序:"辛未残腊薄游海上,<u>适值倭警</u>,哭疆村翁不得,旅社凄黯,追和绝命词原韵。"

其中以龙榆生《莺啼序》词,成就最高,读下片:

> 巢沤未稳,旅魄旋惊,夜台尚碎语。咽泪叩天阍无计,道阻荒蔓,日宴尘狂,懒移官羽。狼烟匝地,胡沙遗恨,他年华表归来鹤。望青山,可有埋忧处。伤心点笔,元庐早办收身。怨入历乱箫谱。　流风顿歇,掩抑哀弦,荡旧愁万缕。漫暗省传衣心事,敢负平生,矗墨盈笺,瓣香残烛,疏狂待理,沉吟何限。心期应许千劫在,怕共工危触擎天柱。萋萋芳草江南,戍角吹寒,下泉慣否。

不用再一一点出新民群体着眼当下的本意。此处龙榆生将问题引到了更深的层次,即朱祖谋"心期应许千劫在"中的"心期"到底是什么?龙榆生《彊村晚岁词稿题跋》中给出了自己的答案:"先生病日笃,一日强起,邀予往石路口知味观杭州餐馆小酌,语及东北事,相对欷歔者久之。复低声太息云:'吾今以速死为幸。万一逊帝召见,峻拒为难。应命则不但使吾民族沦胥,即故君亦将死无葬身之地。'嗣是遂卧床不能复兴。一日,予走谒先生于牯岭路寓楼,既出所作《鹧鸪天·绝笔词》见示,复就枕边取平生所用校词双砚授予,因曰:'吾未竟之业,子其为我了之。'"由此判断,其心期有二,一是校词"未竟之业",一是东北伪满洲国,逊帝召见之事。而后者"以速死为幸"的肺腑之言是前者无法比拟的。从某种意义上说,朱祖谋的去世,是病逝之偶然,也是"峻拒为难"下的必然。逊帝溥仪后来确实下召招集前贤,与郑孝胥等名士在饱受垢议中还是投奔伪满相比,彊村的远虑是有先见之明的,其挣扎的心态反映的是整个遗民群体的共同困境。

综上所述,由相同题材之彊村悼挽词中的不同情感寄托,引出的遗民词与新民词的叙述差异,所折射出的文化现象是值得反思的。不仅意味着民国"悼挽词"全面继承了宋词优秀传统,更重要的是不甘于仅仅以悲痛指数或情真意切来作为悼挽词的衡量标准,而是横向扩展到整体词坛两大群体之间的心态层面。同时,为解决"古典词"与"现代词"界限问题,提出了值得参考的思路,即"新民"群体对"中华民国"的认同。当然,这一问题的解决同样面临彊村悼挽词中相同意象不同寓意的难题,如果不是发生在 1931 年关键时刻,很多作品中的典故和意象依然无法准确辨析。

(二)"中原北定"的期盼:吴梅、林鹍翔悼挽词

彊村挽词中还存在不少遗民情节,而吴梅、林鹍翔等悼挽词在当下"家国情怀"的道路上走的更加干脆。对日军侵略的控诉和"中原北定"的期盼成为贯穿作品的中心思想。两位大家悼挽之作的区别主要在表达策略上。作为迁徙西南的难民,吴梅带病辗转的经历最能表现流亡群体的真实境遇,挽词直接表达的也是国统区政治语境下的产物;林鹍翔则滞留上海孤岛,沦陷区毕竟较为敏感,词人通常借用典故或意象委婉传达心声。当然,这也只是整体印象。

1937 年 9 月,吴梅"携家人离苏州,经南京,达武汉,寓江汉路新联保里口。"[1]后又漂泊湘潭、昆明、桂林等地。吴梅身患多病,行动不便,其曰:"余自丙寅(1938)秋中,饱受风鹤之苦。日趋岩穴,亭午始出,遂有怔忡之疾。榕坦浮桥,步急易溺,日日往返,不胜其疲,于是有喘哮之病。"[2]终在 1939 年 3 月去世。瞿安学生众多,留下诸多悼挽作品。部分发表在《戏曲月辑》(1942 年,第 1 卷,第 3 期)的《吴霜厓先生三周年祭特辑》上。[3] 先读吴白匋《水龙吟·哭瞿安先生》下片:"陪坐斠宫斠徵,荡琼箫、船灯在水。酡颜照客,刚肠敌酒,古欢还记。沧海尘飞,西州恸哭,思量何地。待收京痛饮,石桥重过,洒羊昙泪。"在其笔下,类似"收京痛饮"之语是毫不避讳的。再如唐圭璋《虞美人·悼瞿安师》"两年避寇走天涯。白发飘萧、日日望京华。"陈匪石《水龙吟·吴瞿安挽词》"但相期早了,中原北定,丁宁嘱,蒸尝事。"蔡嵩云《木兰花慢·吴霜厓挽辞》"炎边。老去念家山,吴苑锁风烟。慨蓬瀛氛恶,桑田世换,魂返何年。烦冤唱酬旧侣,忍荒春、遥听折哀弦。"等等,都在借悼挽来倾诉"中原北定"的共同心愿。最值得一提的是叶恭绰的《浣溪纱·为徐一帆题〈霜厓归魂图〉,图为追悼吴瞿庵作》二首:

> 凄瑟云车黯大姚[4]。骚魂万里若为招。可堪吴雨正潇潇。　　恨血秋坟添鬼唱,新声乐府断仙韶。剧怜人事尽萧条。

---

① 王卫民:《吴梅评传》,石家庄:河北教育出版社,2002 年,第 311 页。

② 卢前:《霜厓先生年谱》。《北京图书馆藏珍本年谱丛刊》,北京:北京图书馆出版社,1999 年,第 199 册,第 754 页。

③ 柳肇嘉《水龙吟·吴瞿安挽词》、夏承焘《水龙吟·题瞿安先生大姚遗扎》《八声甘州·吴瞿安挽词》、仇埰《十二时·霜厓逝于大姚倚声悼之倚屯田体》等,皆是悼挽吴梅之词。

④ 按:作者自注:瞿庵殁于滇之大姚,吴县亦有大姚,即米虎儿妹所嫁地。

谁道人间不可哀。夕阳愁满旧池台。辽天何事鹤归来。 斫地歌声余抑塞,凌霜诗抱足低回。怀中倘有未然灰。

前首下片数句情感层层推进,至"剧怜"而悲苦极矣。后首开口即扣人心弦,整篇完全抛开悼挽限制,尽情宣泄心中愤慨,煞拍"未然灰"句雄心再起。虽是题画,而可作史读。

相比较而言,午社词人悼挽林铁尊之作则相对要含蓄的多。如林葆恒《水龙吟·林铁尊挽词》:"回忆前年把臂。说兵间、犹留余悸。"仇垛《离别难·倚屯田,悼半樱》:"为竚想、饮海当年,飘镫今夜,频断回肠。更抱憾、渺渺违心一事,留眼看归艎。"夏承焘《木兰花慢·半樱师遗稿题辞。》"相望。夜台心眼,剩江南一片郯山苍。辛苦水楼残笔,鹃边无限斜阳。"就连胆大如吴眉孙者,也并未有太多时事笔墨,"可怜发白,恨万方多难识君迟。半亩园樱弄色,销魂邻笛声凄。"

抗战词坛悼挽之作甚多,远不止彊村、瞿安、铁尊三人,此处不再展开。想要多说的是,悼挽词的大量出现,固然与战争等外部大环境有关,但也是词体功能加强的表征。尤其是群体身份以及区域政治环境的异同,都可以借悼挽寄托情愫、心态的差异来体现,更进一步论证了民国时期词体传承基础上的新特质。

二、乡关之思与倡家强聘:走进庾信意象的深处

上文论述吴梅、林鹃翔悼挽词异同时,稍稍谈及国统区与沦陷区词人寄托情感的差异。不过叙述较简,未做深入分析。与从题材角度相比,更能凸显区域性词人书写差异的是相同意象的不同解读。每逢战乱,中国古代文学史上有几个典故引用频率一直很高,如"蕨薇西山、黍离之悲、兰成哀赋、铜驼荆棘、新亭泣泪、西台痛哭、井沉心史、孝陵烟草",所举都涉及家国沉沦之痛。如"蕨薇"意象指伯夷叔齐居首阳山采蕨而不食周粟,寓忠贞爱国。就抗战词坛而言,这常出现在沦陷区作家作品中。南社词人张素,江苏丹阳人,抗战时期避居乡里①,有《寿星明·甲申人日,石如兄七十生朝,以述怀四首见似,倚此寿之》:"历劫仅存,随缘且住,何处深山无蕨薇。"②以明其虽在

---

① 郑逸梅1944年元旦的《新岁杂识》:"(张素)以舌耕糊口,然馆穀薄,颇感长安居之不易,于去岁返里。……晚境颓唐,老怀殊恶,予屡欲修书慰问未果也。"金建陵,张末梅编:《南社张素诗文集》,北京:大众文艺出版社,2008年,第907页。
② 张素:《瘦眉词卷》。金建陵,张末梅编《南社张素诗文集》,北京:大众文艺出版社,2008年,第792页。

沦陷区而不同流合污之态。寓居北京的向迪琮《满江红·辛巳重九,和孟劬翁》说的更直白,"吹帽侣,成追忆。题糕事,休重说。且篱头一笑,醉红呼白。乱后亲知谁与问,望中薇蕨还堪活。整敧冠扶病强登临,飘零客。"挣扎于社会底层的上海市民杜兰亭,亦有"如梦一灯黄,手订诗篇古色香。说起旧游千万里,昂藏,壮志何妨鬓上霜? 来日正茫茫,心力抛残为底忙?便到首阳蕨薇尽,堪伤,人道夷齐是楚狂!"(《南乡子·陪病骥翁话旧》)一类贞刚语句。

然而在抗战词坛这一敌友对抗、三足(沦陷、国统、根据地)鼎立时期,貌似统一的意象下却有着不同的指向,比如对庾信用典的接受就是值得挖掘的个案。先读汪东《西平乐·匪石来静石湾,夜谈甚乐,归而赋此见寄,依韵奉酬》与龙榆生《浣溪沙·辛巳秋尽日,留影于桥西草堂之幽篁怪石间,自题曰〈枯木竹石图〉,漫缀此阕》:

> 秉烛浑如素约,一夕宽愁旅。垂老天涯涕泪,拚逐风萍浪梗,来看朝云暮雨。流光似水,尊酒相逢几度。黯吟绪。 淹滞久,情味苦。共是飘零异国,佇许穿帘度幕。社燕依人住。甚咫尺高阳伴侣。萦思断梦,俯仰陈迹,空寄恨,庾郎赋。寂寞花岩隐处。也应念我,新绿深沉院宇。

> 梦醒南柯亦可咍。聊将槁木认形骸。小园争寄庾郎哀。 倚竹新寒生翠袖,耐霜黄菊出荒台。朔风飘送雁音来。

两首词中都用了庾信意象,前者"空寄恨,庾郎赋",后者"小园争寄庾郎哀",似乎并无区别。但若联系作者创作时、地背景,问题就会迎面而来。彼时汪东身在国统区重庆,背井离乡,漂泊不定,如词中"天涯涕泪""风萍浪梗""淹滞久"云云,联系庾信的节点在"飘零异国"。庾信诗赋中常有"江关""乡关"之思。杜甫诗云:"庾信平生最萧瑟,暮年诗赋动江关。"刘禹锡《荆州道怀古》云:"风吹落叶填宫井,火入荒陵化宝衣,徒使词臣庾开府,咸阳终日苦思归。"历代诗词接受时也常作为漂泊流亡、羁旅哀伤的形象出现。

而龙榆生则供职沦陷区,词题"桥西草堂"为汪伪印铸局局长李宣倜私人园林。这是钱仲联、冒孝鲁、陈寥士、陈柱尊、李拔可等"落水"文人经常雅集之地。他们内心对自己出任伪职是有羞愧或疑虑的,因此常在诗词作品中有对身不由己的辩解,"小园争寄庾郎哀"由此而发。古今典故的节点在于庾信被扣留北国而不得归的遭遇。庾信出使西魏期间,国度覆灭,自此被羁留北方。其《哀江南赋序》云:"粤以戊辰之年,建亥之月,大盗移国,金陵瓦解。余乃窜身荒谷，公私涂炭。华阳奔命，有去无归。中兴道销，穷于甲戌。三日哭于都亭，三年困于别馆。……下亭漂泊，高桥羁旅。楚歌非取乐之方，鲁酒无忘忧之用。追为此赋，聊以记言，不无危苦之辞，唯以悲哀为主。"《拟咏怀三》更云"燕客思辽水，秦人望陇头。倡家遭强聘，质子值仍留。""倡家强聘"道出欲归而不得的困境。汪伪文人"争寄庾郎哀"之本质是借庾信的"倡家强聘"而言当下相同的身不由己。

那么，同样是庾信意象，在不同区域词人笔下就产生了"乡关之思"和"倡家强聘"的分歧。此分歧既是意象本身的多义性造成，也是词人寄托情感的复杂性而引起。其实二者之间是一个集合体，只是后世词人索取古今联通时，作了单方向的引申。而今典引申的意义恰是抗战词坛"传承"基础上的"创新"之处。

国统区词人笔下固然有不少体现乡关之思的语句，如沈尹默《拜星月慢》："叹瑶池、阻绝云千里。传芳讯、未有青鸾使。盼断细字银钩，抵千金一纸。渐鸣蝉、断续残阳里。催词赋、又动悲秋思。怎奈向、庾信生涯，老江关独自。"潘受《鹊踏枝·避寇归国，小住黔中，花溪听雨赋此》："身世因风全似絮，他乡况又闻秋雨。……谁解秋心人独苦，江关检点兰成赋。"王用宾《风入松·清明日雨，用介民韵》："疾风寒雨过清明。迁客若为情。哀时再写江南赋，怕文章、老更无成。"以上"庾信生涯""兰成赋""江南赋"等皆是表达迁客对故园的怀念。

但更值得赞赏是超越庾信之哀，而述抗战悲痛之史及富国强兵之希望。读沈祖棻《浣溪沙》：

> 今日江南自可哀，不妨庾信费清才。吟边万感损风怀。　　应有笙歌新第宅，可怜烟雨旧楼台。谢堂双燕莫归来。

此处庾信哀伤意象出现反转，下片更是借"谢堂双燕"而道伤时感事之语。再如詹安泰《玲珑四犯》"玉殿啸狐，宫花围屐，江南哀赋无地。乱山腾野火，故国浮新垒。相看月明泪洗。惜分飞、寸心千里。泛海迷槎，叩阍无路，孤剑向谁是。"朱荫龙《金菊对芙蓉》："几度劫，老人天。是忧谗意绪，总怕缠绵。况梦伤幽邈，约误婵娟。屈骚庾赋萧条甚，更为谁、料理词笺。无多豪泪，纵横挥入，恩怨间间"等，都是跳出庾信形象束缚，而自成一体的佳作。其中缪钺《念奴娇·寄友人沪上，时余自保定违难开封，而沪战方起也》更接近"史"的意义：

> 羯胡无赖,又群飞海水,欲倾天柱。十六燕云瓯脱地,赢得伤心无
> 数。杜甫麻鞋,管宁皂帽,萧瑟兰成赋。凉飙惊起,晚花开落谁主。
>
> 闻道佳丽东南,玄黄龙血,一掷成孤注。地变天荒心未折,薪胆
> 终身相付。玉貌围城,哀时词客,健笔蛟龙怒。江干烽火,几回相望
> 云树。

庾信"兰成赋"与"杜甫麻鞋""管宁皂帽"相提并论已清晰表明作者所取故国
之悲的寓意。下片转向对友人坚决抗战的赞赏。"地变天荒心未折,薪胆终
身相付"是颇有豪侠气质,而不失粗率的英雄之词。卢前《减字木兰花·渡
江赴无为,南望,不胜庾信之悲》则直白道出"都忘小我。到处为家无不
可。……切齿深深。益固同仇敌忾心"的统一抗战之情。至此,国统区词人
之庾信意象已由"乡关之思"上升到"故国之悲",乃至坚定抗战必胜的层面,
"史"的比重越来越大,开始跳跃出庾信本身形象局限,迈向取历史素材而自
创新境的道路。

沦陷区词人较为复杂,并非所有人都有"倡家强聘"之叹,尽管身陷"囹
圄",但对投奔伪政府的行径是极力讽刺批判的,因而作品中常有勉励自身
保持气节的决心。读黄孝纾《浪淘沙·白门秋感》:

> 万叶战荻声,雁起遥汀。秋来竞作不平鸣。老去江关萧瑟感,愁损
> 兰成。 潮打石头城。梦断春灯。更无人解泣新亭。一片秦淮呜咽
> 水。依旧无情。

执教伪政府大学的黄孝纾并没有屈服于"和平文学"运动,反而大言"不平则
鸣",描写金陵城"江关萧瑟"的真实情景。在枪炮生死面前,"无人解泣新
亭"之下,黄孝纾的微弱呻吟显得十分珍贵。再如张伯驹《木兰花慢·题枝
巢翁〈清宫词〉》,将夏仁虎比作庾信,借《清宫词》而大谈时事:

> 郁巫间莽莽,钟王气,定幽燕。看万国衣冠,六宫粉黛,歌舞朝天。
> 无端,祸兴燕啄,竟河山、大好误垂帘。鼙鼓惊残绮梦,胭脂染作烽烟。
> 长安,剩粉拾钗钿,遗事说开元。似杜陵幽抑,颍川敧侧,花蕊缠
> 绵。谁怜。北来庾信,有飘零、前代旧言官。不见白头宫女,落花又遇
> 龟年。

张伯驹的高贵是藏在骨子里的,他不会在诗词中咒骂贼人,即便是讽刺挖

苦,也要显得有文艺范,词中"河山大好误垂帘""胭脂染作烽烟"都不是过去时,而是现在进行时。而"飘零前代旧言官"者,是夏仁虎、张伯驹、郭则沄、俞陛云、张尔田等一批北平词人的共同写照。

沦陷区词人并不局限于一己身世之感,而是着眼于整个中华民族的未来命运。如杨寿枏"青袍一例伤憔悴。似老去、庾郎身世。衰萤化碧照秋坟。是万古、伤心地"的悲悯(《双调忆王孙·秋草》);蔡嵩云"庾信生平,江淹才调。骚词半箧秋多少①。……子规啼断巴山道。西河一泪洒人间,荆榛满地衰兰老"的沉痛(《踏莎行·吴晋丞挽辞》);最伤心欲绝者属吴眉孙《永遇乐·读孟劬翁旧京近作,乱离身世,其音绝哀,和韵倚声,不胜依黯》:

> 白雁啼霜,苍葭隔水,书到秋馆。杼轴悲怀,琼瑰热泪,人共天涯远。文章才老,江湖岁暮,萧瑟庾郎禁惯。黯销魂,登楼北望,淡日冷烟遮断。　　莺花故国,欢场如梦,零落清商曲变。往事心头,模糊一醉,莫放闲尊浅。连床书卷,闭门风雪,白发青灯依恋。谁听哀弦夜弄,再三唱叹。

词笔未着抗战一字,而字字牵涉家国热泪,深得《哀江南赋》神髓。

综上所述,庾信意象在历朝历代都有传承接受,然至抗战词坛却出现这般明显的两级分化,这是战时区域性政治格局在文学中的特殊体现。当然,此期词人结合自身遭遇也对庾信意象作了新的补充和引申,沦陷区作家在寄托"身在曹营心在汉"的不得已基础上,着意抒发国家沦陷的悲痛和忧国忧民的思绪;国统区词人除了延续乡关主题外,开始有意降低哀苦成分,词笔格调高亢,坚定抗战必胜的信念。意象内涵的传承是抗战词坛吸收优秀古典文化的正常演进,而内涵的丰富与拓展则是此期词人走向创新之路,建立二十世纪之词的表现。如果我们从更多的细节之处深挖,厘清传承与新变的具体特征,那么抗战词坛或二十世纪词的独立性将会更加显著。

总而言之,探究抗战词坛现代性问题的根本目的是为了理清此期词体创作层面的特质。相比于宏观视角的归纳总结,立足文本的公共事件及意象运用等微观视角,更有利于洞悉抗战时期词体的传承路径与创新表征,为现代性特征的抽绎提供新思路。词坛盟主朱祖谋仙逝后,围绕此事的相关

---

① 按:刻本"秋多少"疑当为"愁多少"。

词作在传承抒发友谊之情和概括历史功绩的共性基础上,扩展成遗民与新民两大群体心态的集中展示,此书写差异反推出创作者的身份定位与政治认同是判断抗战词坛现代性的重要衡量标准。庾信典故因抗战时期区域政治的复杂性呈现出不同的寓意,国统区词人强调"乡关之思"基础上抗战必胜的信念,沦陷区作家则寄托"倡家强聘"处境下的忠贞气节。庾信意象内涵的丰富与拓展恰是抗战时期词体走向创新之路的主要表现。基于以上微观考察,抗战词坛现代性特征的探究路径将变得更加明朗。

使用庾信意象作品统计

序号	姓名	生卒	战时所在区域	身份	涉及庾信意象作品
1	夏孙桐	1857—1941	北京	遗老	瑞鹤仙·吴兴姚蒪素为王半塘姻旧。乱后复侨居吴门。以填词图征题,并寄示近作,倚此奉报
2	汪曾武	1867—1953	北京、江苏	入伪	台城路·和枝巢用竹屋韵兼酬见和南楼令同社诸君子
3	杨寿枏	1868—1948	南京	遗民	双调忆王孙·秋草
4	冒广生	1873—1959	上海	教师	霜叶飞(搴蘅怀杜)
					惜红衣(药裹惊秋)
5	张尔田	1874—1945	北京	教师	虞美人·奉答瞿禅之江
6	陈曾寿	1878—1949	长春	伪满	疏影·忆湖上旧月移梅花
7	吴眉孙	1878—1961	上海	文秘职员	永遇乐·读孟劬翁近作,乱离身世,其音绝哀,和韵倚声,不胜依黯
8	傅岳棻	1878—1951	北京	教师	渡江云·喜丛碧归自海上
9	徐沅	1880—?	沦陷区		蝶恋花·客中春老倚此写怀
					踏莎行·自题词卷
					紫萸香慢·题迦厂词卷
10	王用宾	1882—1944	国统区	国民政府官员	风入松·清明日雨,用介民韵
11	汪兆铭	1883—1944	南京	汪伪头目	满江红(蓦地西风)
12	沈尹默	1883—1971	重庆	教师	拜星月慢(地覆轻阴)

序号	姓名	生卒	战时所在区域	身份	涉及庾信意象作品
13	刘永济	1887—1966	武汉、重庆	教师	浣溪沙·戊寅春夏间,予再至珞珈山,独居易简斋。时江淮战事方亟,人情汹汹,触物兴怀,辄以此调写寄惠君长沙。今稿已全失,追惟当时情景,有不能忘者,补成六阕,亦庾兰成所谓去故之悲也。
14	蔡嵩云	1891—1944	扬州	教师	踏莎行·吴晋丞挽辞
15	张伯驹	1898—1982	北京	艺术家	木兰花慢·题枝巢翁清宫词
16	汪东	1890—1963	重庆	国民政府、教师	绮罗香·居竹楼时日以丹青自遣,醇士为余作扇头小景,题遗山句云:可怜旧隐抛何处,一片伤心画不成。盖唯易十年二字为可怜耳,检示惘然,漫拈此解
					西平乐·匪石来静石湾,夜谈甚乐,归而赋此见寄,依韵奉酬
17	黄孝纾	1900—1964	南京	入伪,教师	浪淘沙·白门秋感
18	詹安泰	1902—1967	广州、广西	教师	三姝媚·送人之广右
					玲珑四犯·廿四年七月,余自沪之杭访夏瞿禅教授于秦望山,因与纵游湖上,忽忽用三年矣,大好湖山已非复我有。余寄食枫里,瞿禅亦避地瞿溪。寇氛载途,清欢难再。月夜怀思凄然欲涕。因做白石旧谱倚此寄瞿禅
19	龙榆生	1902—1966	上海、南京	入伪	浣溪沙·辛巳秋尽日,留影于桥西草堂之幽篁怪石间,自题曰《枯木竹石图》,漫缀此阕
					玉漏迟·夏悔盦丈逝世旧京,因用遯堪乐府弔彊邨翁韵以当哀些
20	缪钺	1904—1994	四川	教师	念奴娇·寄友人沪上,时余自保定违难开封,而沪战方起也
					淡黄柳·己卯冬日,旅泊都匀,客馆无俚,赋此自遣

序号	姓名	生卒	战时所在区域	身份	涉及庾信意象作品
21	卢前	1905—1951	重庆	国民政府、教师	减字木兰花·渡江赴无为,南望,不胜庾信之悲
22	高文	1908—2000	四川	教师	烛影摇红(烽火惊心)
23	沈祖棻	1909—1977	重庆、四川	教师	浣溪沙(今日江南自可哀)
24	潘受	1911—1999	南洋		鹊踏枝·避寇归国,小住黔中,花溪听雨赋此
25	朱荫龙	1912—1960	桂林	教师	金菊对芙蓉(细拨炉灰)

第四节　转向与崛起:抗战词坛之艺术风格论

　　抗战对整个词坛风格影响甚大,打破了原来梦窗风"一统江湖"的格局,形成稼轩风占据主流,梦窗风为羽翼的新形态。守梦窗者并非完全抛弃已有基础,他们尝试作出技术层面的让步,谋求梦窗与稼轩的相机融合,扬长避短,自成一体;而反梦窗者则借战争契机,彻底清算词坛"选涩调、守四声"的不良风气,降低对声律技巧的过于重视,倡导抒情言志,全面激活自鸦片战争以来,绵延不断的豪放词风。当然,由于沦陷区形式复杂,在京津、金陵一带出现较为浓厚的复古现象,表面看是对伪政府"和平运动"的正面回应,实质是以词体"雅化"为背景,作隐藏性抵抗的叙述策略。另外也存在少数以乐景写哀情和追问人生哲理的新动向。总之,抗战的复杂环境催生出了与时代更适应的新风气,也造就了一批新的词坛领袖。

一、从"守四声"到声情并重:梦窗风的转向

　　二十世纪初,王鹏运、郑文焯、朱祖谋、况周颐四大家的创作思想几乎统治了整个词坛。王、朱二人承乾嘉学术理念,倾毕生之力校勘词集。至今《四印斋所刻词》《彊村丛书》仍被誉为精良版本,广为沿用。他们尤其对《梦窗词》用力甚深,原因之一是该词集多年来缺乏善本,讹误杂陈,亟待整理。王鹏运《校刊梦窗四稿跋》云:"梦窗以空灵奇幻之笔,运沉博绝丽之才,几如韩文杜诗,无一字无来历。复一误于毛之失校,再误于杜之妄改,庐山真面,

遂沉埋云雾中,令人不可复识。"①原因之二是梦窗乃常州词派标榜"意内言外、比兴寄托"的典范②,其词"举博丽之典,审音拈韵,习谙古谐,故其为词也,沉邃缜密,脉络井井,缒幽抉潜,开径自行"③的美学特征,深得四大家推崇。后经词坛盟主朱祖谋及同道师友辈多方标举,"梦窗风"席卷南北。以致作词不学梦窗,就不足以跻身于行家之列。

抗战前,守梦窗群体势力庞大,高手如林,诸如朱祖谋、陈洵、杨铁夫、詹安泰、仇埰、王蕴章、庞树柏、陈匪石、邵瑞彭、廖恩焘等皆是中坚力量。从柳亚子与庞树柏词体辩论一事可窥探彼时梦窗地位,柳氏云:

> 讲到南宋的词家,除了李清照是女子外,论男性只有辛幼安是可儿,梦窗七宝楼台,拆下来不成片段,何足道哉! 这句话不要紧,却惹恼了庞檗子和蔡哲夫。……于是他们便和我争论起来。一方面,助我张目的只有朱梁任。可是事情不凑巧,我是患口吃症者,梁任也有同病,……我急得大哭起来,骂他们欺侮我……④

评论者多举此例作为南社趣闻,且突出柳亚子性情一面。岂知柳亚子"争论不及"并非仅仅是"口吃症",而是同道者只有朱梁任。也就是说当时大部分南社词人都认同梦窗。从《南社词集》词题和韵周邦彦、吴文英比重之大也可见一斑。⑤ 庞大驳杂如南社者依然如此,遑论整个词坛。

梦窗风有两大表征,一是注重词体艺术技巧,尤其是章法上强调顺逆提顿、曲折变化。如杨铁夫《吴梦窗词笺释自序》云:"所谓顺逆提顿转折诸法,触处逢源,知梦窗诸词,无不脉络贯通,前后照应,法密而意串,语卓而律精,而玉田七宝楼台之说,真矮人观剧矣。"⑥二是质实凝炼、涩而不晦境界的追求。陈匪石《旧时月色斋词谭》载:"世人病梦窗之涩,予不谓然。盖涩由气滞;梦窗之气,深入骨里,弥满行间,沉着而不浮,凝聚而不散,深厚而不浅薄,绝无丝毫滞相,浅尝者或未之知耳? 但必有梦窗之气,而后可以不涩。"⑦追步梦窗本无可厚非,朱祖谋、陈洵、陈匪石等人皆在学梦窗基础上有

① 王鹏运:《校刊梦窗四稿跋》。吴蓓《梦窗词汇校笺释集评》,杭州:浙江古籍出版社,2007年,第815页。
② 周济《宋四家词选序》:"问途碧山,历梦窗、稼轩,以还清真之浑化。"
③ 朱祖谋:《梦窗词集跋》。《彊村丛书》,上海:上海古籍出版社,1989年版,第4395页。
④ 柳亚子:《柳亚子自述续编》,北京:人民日报出版社,2011年,第47页。
⑤ 汪梦川:《南社词人研究》,上海:上海古籍出版社,2015年,第146页。
⑥ 杨铁夫:《吴梦窗词笺释》,广州:广东人民出版社,1992年,前言第10—11页。
⑦ 陈匪石:《宋词举》,南京:江苏古籍出版社,2002年,第219页。

所独创。然而若一味地将梦窗"神化",就难免出现文过饰非、不够冷静的认识。比如"选涩调、守四声"创作风气的形成就与过度推崇梦窗有一定关系。(参见本书第四章第三节)

九·一八事变后,随着国体动荡的愈加剧烈,注重声律和艺术技巧的梦窗风已经不能适应爱国热情日趋高涨的社会环境。彼时依然沿着固有轨迹滑行的作家作品遭来评论家的严厉批判,如吴眉孙云:"当代词人,务填涩体,字荆句棘,性梏情因,心力虚抛,语言鲜妙,此其一也。谓填牣调,必依四声,本不能歌,乃矜合律。……一声不易,如斯泥古,大可笑人,此其二也。……近代词坛,瓣香所奉(梦窗),类皆涂抹脂粉,破裂绮罗,字字饾饤,语语襞绩,土木之形骸略具,乾坤之清气毫无,作者先难其详,读者更莫名其妙,此其三也。"[①]吴眉孙并非危言耸听,所列问题皆是有的放矢,得到张尔田、龙榆生、夏承焘等多人肯定。

追步梦窗者也认识到了自身出现的问题。他们并没有固步自封,而是积极探寻解决方法。大体有两种转向:第一,继续沿着梦窗风的创作路径,坚持"审音持律"的词体本位,但在"面貌"与情感内容上作出相应调整。丢弃"七宝楼台""炫人耳目"等华丽辞藻,改为灰色暗淡、凄凉沉郁。降低对声律技巧的过于偏爱,增加情感内容的比重。如陈匪石,"其于词也,穷极幽眇,虽一声一字,阴阳平仄之间,考之唯恐不至,辨之唯恐不精。观其所为《声执》一书,可以见也。"[②]然抗战时期的《麻鞋集》,则在声律谨严基础上,更有诸如《西平乐》:"极目江关甚处。可堪遍野,残血哀啼杜宇。"《夜半乐》:"逝波愁竭,危烽惨照,画中腕晚楼台,可怜焦土。"《玉楼春》:"春花秋月无长计。梦到年时行乐地。夕阳一片可怜红,三五寒鸦差解意。玉颜憔悴浑闲事。金掌分明倾别泪。泪波留到九廻肠,把酒问天天已醉。"等既哀乐无端,又寄托遥深,感伤国事之词。诚所谓"上法清真、白石、梦窗、碧山,守律严细,炼字稳惬……又能济以东坡、稼轩之骨力",继而做到"涩而不晦,幽而能畅"。[③]

表现更明显是以"守四声"围护者自居的仇埰。对于"宫徵之求协,格律之遵循,恨不起古人而与商……一字未洽,一声未协,一调未谐,或撦持往籍,或邮伻投赠,或风雨一庐,聚谈竟日"[④]的仇埰来说,拗体涩调格律的工整

① 吴眉孙:《致夏瞿禅书》。《同声月刊》,第一卷第三号,1941年2月,第156页。
② 钟泰:《陈匪石先生遗稿序》。《陈匪石先生遗稿》1960年油印本,第2页。吉林大学图书馆藏。
③ 刘梦芙:《二十世纪名家词述评》,合肥:安徽文艺出版社,2006年,第142页。
④ 王孝煃:《仇君述盦传》,仇埰:《鞠谳词》,民国三十六年(1947)铅印本,南京图书馆藏。

恐怕无人能出其右。然王孝煃《仇君述盦传》却指出:"丁丑之秋,倭难作,(仇埰)出亡汉上,又蛰沪滨,苦思缠绵,辄讬吟咏,皋返故庐,度门谢客,……忧患之余,词心丕变,读君词可以觇志节,观世殊,与吟风弄月,摅写胸臆不同。"①自避难回来之后的《鞠谭词》俨然已不是一味审音求律者可比。读《鹧鸪天·过汨罗》:

> 到眼澄清认汨罗。难中方许此经过。鸣鹈逆耳仍今日,服艾盈腰唤奈何。　　看逝水,发悲歌。灵修欲叩梦都讹,虬龙鸾凤同漂泊。千古伤心歧路多。

汨罗畔发千古伤心悲歌的仇埰令人眼前一亮,"词心丕变"于此可见。至于《八声甘州·癸未岁除遇雨赋此遣怀》:"咽铜龙,听雨倚书城。年光换匆匆。甚黄尘千里,中原一发,歌啸无从。数到春江变酒,荏苒屈纤葱。犹有辛盘暖,休负琼钟。"及《迷神引·倚屯田。柯亭谱此调索和,遂写丁戊以来流浪过程答之》"看尽林峦,瞬转绡屏换。倏粤云淞波翦。去年今日总凄绝,凭高眼。故园荒,东川阻,耿幽怨。风雨供吟箧,情绪短。淮边秦时月,照谁苑"一类,既保有梦窗词创作技法和格律谨严特征,又融入"觇志节,观世殊"的情感意蕴,仇埰词已逐渐摆脱古人,走上创造自我的道路。

第二,试图将梦窗与稼轩有机融合。以梦窗格律之严修正稼轩之粗疏,以稼轩之情感浓烈改革梦窗之幽狭。吴白匋早年学词自梦窗入,1934 年如社期间的创作,恪守四声格律章法。"字研句炼,功力深至。"②但他并不固守门庭,对梦窗用典晦涩、跳跃过大、人工雕琢太甚等缺陷作出适当修正,并着力抬高意境的重要性,形成欲语还休、清丽而兼沉郁的整体风貌。读《青玉案·闻三弟道姑苏沦陷时事感赋》:

> 笳边小雁归来暮。说怕过、横塘路。兵气连天迷处所,血痕碧化,劫灰红起,星赏纷如雨。　　苏州自古词人住。顷刻繁华水流去。借问千秋断肠句。斜阳烟柳,天涯芳草,能写此情否。

积淀雄厚的苏州经此浩劫,恐再难恢复。纵有断肠丽句,也难以排遣忧愁。词人嗅觉敏锐,视野宏阔,他是有意识的在用诗词记录历史,但不是苏辛那

---

① 王孝煃:《仇君述盦传》,仇埰:《鞠谭词》,民国三十六年(1947)铅印本,南京图书馆藏。
② 刘梦芙:《冷翠轩词话》,《二十世纪中华词选》,合肥:黄山书社,2008 年,中册,第 776 页。

般"以诗为词",字里行间总带着梦窗般的幽怨,然此"怨"不关风月,而是家国。

再如汪东,他自称"服膺清真数十年如一日"。① 清真与梦窗本就一脉相承。汪东抗战前作品喜"以张弛控送之笔,使潜气内转,开合自如,一篇之中回环往复,一唱三叹"。② 而战后作品,不惟《摸鱼儿·闻桂林柳州相继失陷之信》《花犯·九龙香港相继陷没,并崮江亲友亦久不得消息矣》等时事词不少,且特意作《国难教育声中发挥词学的新标准》一文,明确提出"不如注重慷慨悲壮,甚至粗厉猛奋的声调,予以刺激,使人心渐渐振作起来,这才见文学的功用,也才是文学家或者说词家所应当分担的责任。"③当然,汪东并非完全抛弃清真、梦窗笔法,只是格调稍有转变。如《贺新郎·有辞行归隐者,留书告别,用稼轩韵赠之》:

> 内热那堪说。尽消他、含风翠筱,蔽天黄葛。直向峨嵋凌绝顶,蹴踏阴崖残雪。更北指、中原一发。慷慨悲歌多燕赵,想苍茫、正堕临关月。谁为鼓,由之瑟。　　功名无分长离别。叹人生、云龙鱼水,古来难合。黄祖辈人何足道,冠带聊加白骨。也休怨、媒劳恩绝。柳下清泠圜波绕,好科头、自锻嵇康铁。又却恐,肺肝裂。

词中须注意"直向""更"等增一倍写法,和"尽消他""叹人生""又却恐"等故意顿挫回环的技巧。整首词既有稼轩格高调响、声韵铿锵的气势,又具清真、梦窗起承转合之运笔特征。显然是二者相融合的结果。

总而言之,抗战时期梦窗风的缺陷是明显的,但并未如"革新派"所说般"字荆句棘,性梏情囚"。只有将整个词坛置于动态变化中考察,才能避免随意轻信和武断否定。战时梦窗接受者并非一成不变的传承民初的创作风气,他们在内外困境中积极改革自身弊端,不放弃严四声、精雕琢的固有技法,但力求降低声律限制,扩大叙述视野,将前线战事和忧国忧民的心绪投之于词,拓宽作品情感空间。绵延数十年的梦窗风随之一变。此转向既是为适应爱国热情高涨的社会环境作出的宏观调整,也是受词坛越发激烈的稼轩风影响而产生的微观变化。

---

① 程千帆:《梦秋词跋》。汪东《梦秋词》,济南:齐鲁书社,1985年,第495页。
② 夏敬观:《梦秋词序》。汪东《梦秋词》,济南:齐鲁书社,1985年,第1页。
③ 黄阿莎的《世乱中的文化坚守与词体创作——论汪东词学思想及其对沈祖棻的影响》首次着重探讨此文对理解汪东词学思想的重要意义,本节则结合汪东词体创作详细论述其风格转变。《解放军艺术学院学报》,2016年第1期。

二、从"别建一宗"到中兴鼓吹:稼轩风的崛起

抗战对词坛影响更大的是掀起了一股慷慨悲壮、气吞山河的稼轩风。此风向自"九·一八"事变时已经出现逆转。经龙榆生《词学季刊》和卢前《民族诗坛》的推动而逐渐达到顶峰。以上两大期刊型词人群体扮演着扭转词风的重要角色。探索稼轩风的崛起脉络就是认清抗战词坛塑造自身特质的成长历程。

龙榆生早已看清梦窗风的种种弊端,然彊村仙逝未久,作为传人,他不便大张挞伐恩师门楣。只能从理论研究、操持选政、实际创作等方面间接倡导苏辛,以期转移一代风会。首先,相关论文就有《辛稼轩年谱》(暨南大学讲义,1929)、《东坡乐府综论》(词学季刊,二卷三号,1935)、《苏辛词派之渊源流变》(文史丛刊第一集 1933)、《东坡乐府笺》(商务印书馆,1936)等。其次,又有《唐宋名家词选》(1934)、《唐五代宋词选》(1937)、《近三百年名家词选》(三四十年代)等数部以苏轼、辛弃疾为首的选集。第三,其自身作品毫不讳言对东坡的崇拜,"今古几词手,我自爱东坡。浩然一点奇气,哀乐过人多。合付铜琶铁板,洗尽绮罗芗泽,抗首且高歌。昵昵儿女语,恩怨竟如何"。

当然,最终拨动风帆的是其借《词学季刊》之利,以主编审稿人身份,有意打压梦窗,倡导苏辛。[1] 他在《今日学词应取之途径》中明确提出"私意欲于浙、常二派之外,别建一宗,以东坡为开山,稼轩为冢嗣,而辅之以晁补之、叶梦得、张元干、张孝祥、陆游、刘克庄诸人。以清雄洗繁缛,以沉挚去雕琢,以壮音变凄调,以浅语达深情,举权奇磊落之怀,纳诸铿鏕铿鎗之调,庶几激扬蹈厉,少有裨于当时。"[2]"别建一宗"之目的正是纠正梦窗风过于注重声律技巧而轻视词体情感内容的严重弊病。

词史自身发展的需要和编辑发表的大权很容易将创作风尚导向苏辛一路。于是《词学季刊》周围聚集起百余人审美标准较为一致,创作风格也趋于统一,核心人物主要是龙榆生、张尔田、邵瑞彭、邵章、蔡嵩云、胡汉民、黄濬、叶恭绰、黄孝纾、郭则沄、汪曾武及女性词人丁宁、陈家庆、徐小淑、吕碧城等。该群体致力于豪放词风的全面振兴。特别注重以词书写时事,扩大词体视野。如向迪琮《虞美人·舟中对鄂赣水灾,感赋》:

---

[1]　参见《词选季刊》各期"近人词录""现代女子词录"栏目。

[2]　龙榆生:《今日学词应取之途径》,《词学季刊》,第二卷第三号,1935 年 1 月。

崩涛日夕喧扬子。处处流民泪。三年疏凿库储空。谁信滔天势急竞无功。 扁舟一叶和愁载。不尽风波在。人间随地是风波。望里风波如此怎么过?

就表现时事内容来看,苏辛词风较之周邦彦、姜夔、吴文英等人更便于言说。苏轼"以诗为词"理念正是对"诗之境阔,词之言长"的反驳。此创作倾向自然也十分不满于注重格律技巧的梦窗风。

经《词学季刊》词人群体的大力宣扬,苏辛词风迅速成长。不少词人的作品风貌开始出现转变。陈家庆青年时代作品清丽秀逸,颇有东坡神韵,如"西风无恙流年早,有三分秋色,一寸眉心。玉镜高悬,碧天万里沉沉。幽闺坐对年时事,问婵娟、可忆清吟。祇而今。月子天涯,梦里追寻。"(《庆春泽·中秋寄姊,同澄宇作》)①随其年龄增长,关切家国之心愈重,词笔也沾染不少"凄凉幽咽之音",如《高阳台》"百年兴废寻常事,听寒潮呜咽难平。莫沉吟。螺碧深杯,且洗愁襟。"然"当国难之时,词人英气勃发,热血奔涌,乃成激昂悲壮之章,匣剑龙吟,警顽起懦"②,俨然有脱苏驾辛之势。请读《如此江山·辽吉失守和澄宇》:

西风容易惊秋老,愁怀那堪如许。胡马嘶风,岛夷入犯,断送关河无数。辽阳片土。正豕突蛇奔,哀音难诉。月黑天高,夜阑应有鬼私语。 中宵但闻歌舞,叹隔江自昔,尽多商女。帐下美人,刀头壮士,别有幽怀欢绪。英雄甚处。看塞北烽烟,江南笳鼓。不信终军,请缨空有路。

"断送"二字蕴藏多少无奈和愤慨,直逼"夜阑应有鬼私语"之惊人句。下片美人歌舞及英雄无用武之地与上片形成鲜明对比,更增"愁怀"。再如《扬州慢·过上海闸北》:"河山大好,又无端、弃掷堪惊。叹血饮匈奴,肉餐胡虏,一篑功成。百万雄师何在,君休笑、留待蜗争。想神京千里,不闻画角悲鸣。"《满江红·闻日人陈兵南翔,感赋》:"三户图强惟有楚,廿年辛苦终存越。问中原又见几人豪,肠空热"等等,字里行间英气逼人。《词学季刊》中类似声口比比皆是,如胡坤达《金缕曲·叠韵再答星伯》:"五十年来天不骏,销尽神州元气,待呵壁、问天知未,去日韶华吾不恨,恨书生、空袖平戎字。击

---

① 引陈家庆词皆自《澄碧草堂集》,合肥:黄山书社,2012年。
② 刘梦芙:《冷翠轩词话》。王翼奇等:《当代诗词丛话》,合肥:黄山书社,2009年,第498页。

楫事,阿谁继。"甘大昕《少年游·九月十九日与方南渚重过扫叶楼纵饮,醉后赋此》:"清凉山色冷悠悠。相对发深愁。把酒论兵,请缨杀贼,饮马海东头。"

若以正常蓝图规划,龙榆生将借助《词学季刊》成为新一代词坛盟主。然而 1940 年的"倒戈"(入伪政府)断送了他的大好前程。《词学季刊》也因全面抗战的爆发而停办,虽然《同声月刊》有相似运转背景,但沦陷区整体语境已经不可能让其大张旗鼓的倡导苏辛。词坛接力棒传到了卢前《民族诗坛》手中。

卢前、易君左等一批爱国诗人提出了创作"民国诗""民国词"的口号。即"以新材料入旧格律,用旧技巧写出新意境,拿诗来发扬我民族精神"。这一理论内核逐步演变为"以活泼、生动之形式与格调,扬示我民族特有的雍容博大之精神,为民主政治时代之产物,发四万万五千万民众之呼声。"①既而创造出既不同于汉魏唐宋明清,又异于英、法、德、印度,堂堂正正卓异独立的"民国诗词"。卢、易等人通过《民族诗风之倡导者》《中华民国诗之建立》等系列理论文章和《民族诗选》《中华民族英雄故事》等选政;以及卢前《中兴鼓吹》和《烽火集》、易君左《中兴集》等文学创作,对其提出的"民国诗词"理论详加阐释。正是他们的努力,在民国旧体文学中逐渐旋起与抗战更契合的民族诗风。

与龙榆生类似,《民族诗坛》是卢前等引领抗战词坛主流风尚的新平台。核心人物有于右任、卢前、王陆一、张庚由、江洁生、缪钺、陈匪石、朱輲等等。与前期抗战词派的苏辛并举不同,他们更强调的稼轩。卢前《中兴鼓吹》"代序"云:

> 渐觉摩胸剑气沉。问谁肯作狂吟。辛刘语,冷落到而今。　　新词鼓吹中兴乐。雄风托。莫嫌才弱。将我手,写余心。

从龙榆生的"我自爱东坡",到卢前的"新词鼓吹中兴乐,雄风托",不仅是两大词人内部由苏轼至辛弃疾的顺承及微变,更是《词学季刊》至《民族诗坛》两大词群的转变。作为主编,卢前明确提出"今日所收到词稿,仍多歌咏风月者,与本刊旨趣不合,往往割爱。自兹以往,盼多以雄壮亢爽之音,写此伟大时代,不独本刊之幸已也。"很少有诗词类期刊如此鲜明地提出创作审美倾向,随着期刊创作量和销量的陡增,"雄壮亢爽之音"的稼轩风逐渐占据整个词坛。类似李蕙苏《大江东去·拟被难者哭江浙,用张叔夏夜渡古黄河与

---

① 卢前:《民族诗风之倡导者》,《卢前文史论稿》,北京:中华书局,2006 年,第 295 页。

沈尧道曾子敬同赋韵》的声调,不胜枚举:

> 腥云万里,叹经年烽火,漫江南北。嗟自都门沦陷后,尘海荒江遍历。枯柳啼鸦,昏林斜日,一路伤心直。晓风暮雨,青衫瘦损病客。
>
> 闻道越水吴山,刀兵浩劫地,无非血迹。扬子积尸流欲断,故井颓垣依立。玉树歌残,胭脂井坏,月黯秦淮碧。重涛埋骨,狂风时或露白。

此期不少词人都出现转向稼轩的演变趋势。王芃生早期对柳永之俚俗词推崇备至,如其云"盖两宋词家,精音律,能旖旎者多矣。然播之管弦。传诸口耳,无能如柳词势力之深厚者。非因其最能深入浅出,近俗易解,故感人深而传之者多欤?倘俚俗而能工致,则白话词有未可厚非者。予学词聊为自遣。无家数亦无成就。好柳而未能学。今兹所作,仅取其近俗易解之遗意而已。"①然在抗战时期,也有如《归国谣》:"悲浩劫。东去伯劳呼曲突。无花解语空啼血。风诗遭变陈七月。输忠烈。元戎未许金瓯缺。"及《西江月》:"卅八年前旧恨,九千里外遗民。宗周无恙独沉沦。积愤孤愁难泯。   狼子依然蠢动,卢沟又起烟尘。七年苦战一朝伸。共喜归期将近"等一类浑不似柳七郎风味,而更近辛弃疾的斩钉截铁、刚猛遒劲之作。

至于刘鹏年、胡汉民、王用宾、苏鹏、王陆一、章士钊,本身就苏辛路数,战时作品更增英雄之气,如刘氏《满江红·用岳王韵》上片之豪迈:"极目神州,看霸气,绵绵未歇。重整顿,健儿百万,迅雷风烈。龙战突掀黄浦浪,鸢飞紧掠秦淮月。请长缨,到处有终军,丹忱切。"《水龙吟·悼佟副军长麟阁、赵师长登禹》下片之悲壮:"飒爽英姿争视。蒇凶顽。指麾如意。庸奴叛国。降幡暗竖。大功全弃。五丈沉星。三军浴血。伤心遗志。望云车风马。忠魂万古。洒英雄泪。"与此同调者较多,兹不赘举。

当然,抗战词坛并非梦窗风和稼轩风能够全部牢笼。那些宗法唐五代及北宋令词的人并不愿混迹此两大潮流。他们本身就与世无争,抗战后期难得的短暂平静令其深度反思人生命运价值与意义。所作之词貌似平淡自然,实则饶有哲理趣味。如沈尹默《渔家傲》:"盖代功名从所用,不须更试炊时梦,今日为梁他日栋。非戏弄,卧龙本自堪陪奉。   唯有骚心难控纵,天长水远谁相共,蕙盼兰情吟又讽。都惊动,牛腰新卷沉沉重。"《采桑子》:"人间成毁原难料,莫著忙时。若有天机,待问天来只自知。   平生弘愿

---

① 王芃生:《白话词》。沈云龙主编:《近代中国史料丛刊》第98辑《王芃生先生纪念集》,台北:文海出版社,1973年,第231—232页。

区区是,尽力为之。组练生辉,梭往梭来但一丝。"整体格调貌似与抗战毫无关系,然而若不是经历大风大浪后,庆幸可以享受一方宁静之人,又怎能吟出"卧龙本自堪陪奉"及"待问天来只自知"等惊人之句。更有"奇人",将战乱悲痛沉潜于心底,出之以"欢愉之辞",即以乐景写哀情,如高燮六十四首《望江南》。前举六十三阕,叙述避乱山庐之好,如:"山庐好,一笑物能容。傲慢向人鹅步稳,迷离对我兔睛红。何必辨雌雄。""山庐好,策杖一盘纡。草际跃过青蚱蜢,路旁蹲得老蟾蜍。物态野而迂。"一切美好遐想都被最后一首"山庐好,虽好不思归。劫后残书聊可读,穷来赁庑倘堪栖。故里且休提"全部打破。词人是学汉大赋骚体讽谏笔法,一如作者自白:"处羁旅之地,而写洄溯之情;穷欢愉之辞,而屏愁苦之语。所自信言皆真实,意出肺肝,读者亦相喻于音声之外者耶?"无论是哲理思辨,还是骚体造境,都寄托着各种"弦外之音"。凡此构成抗战词坛不同流俗的另类风格。

　　值得一说的还有四十年代汪伪政府在南京、北京、上海一带营造的复古氛围。他们试图以旧体诗词的典雅特征来粉饰"大东亚共荣"的政治想象。期间所支持的报刊如《国艺》《同声月刊》《古今》《新亚》等,大量刊载考证、游记、唱和、赠答等文言散文小品、诗词,显得与世隔绝,不着现实,不触时事。貌似其乐融融,实质却衍生出一批借典故伪装和历史经验暗中抵抗的新风尚。延秋词社"五色鹦鹉""秋日海棠"等唱和就是典型例证。

　　总之,战争对抗战词坛词风造成了很大影响,部分词人在原来宗法清真、梦窗的基础上作出适应社会和词史演变需要的内外调整,表现出梦窗与稼轩相融合的新面貌;而更多人开始直接转向稼轩,使得整个词坛掀起席卷南北的豪放词风。后者较之晚清时期更猛更烈。需要指出,引领词风丕变的除了核心人物和理论旗帜外,现代期刊也扮演着重要角色,它的传播特性和效应不必多说,提供群体交往和聚集的平台以及文献形态,却是清晰认识抗战词坛风格演进、群体流变、历史价值不可低估的新视角。同时,词坛还汇聚着其他多种不同音色的创作力量,构成了此期主次分明、风格多元的文学史格局。

　　本章小结:"九·一八"事变后,中国词坛发生了重大的转变。首先,词坛布局重新建构,由东部向西部转移。1931 至 1937 年间,京津、沪宁等地词业发达,而全面抗战爆发后,大量作家随高校西迁,川渝、滇桂逐渐成为新的词人聚集地。其次,词人生态更加复杂,题材内容更加丰富。有的不畏艰险,投笔从戎;有的以隐士自居;还有的投奔日伪政府。各角色之间多有交叉,甚至集于一身。不同身份、不同处世心态及生存方式丰富了写作的题材与内容,拓宽了词体叙述的广度和深度。第三,词体功能外向拓展,由个人抒情转向宣传抗战。基于扩大文艺宣传的现实需求,"旧形式"重新获得正统文学的合法地位。词不再局限于唱和娱乐,而是参与抗战,其社会功能陡然增强。第四,词坛固有风尚被打破,由梦窗风转向稼轩风。民初以来的梦窗热逐步降温,部分词人开始降低声律平仄的限制,抬高情感意蕴比重,作出融合梦窗、苏辛的内部调整,而更多词人则出现直接转向雄壮之风的新趋势。

第三章 期刊"词录"专栏与新型词人群体的生成及发展演变

期刊是诗词传播进入现代化的重要媒介,我们惊叹文学影响发生巨大变化的同时,也应该反思诗词自身创作格局、群体意识、内容风格有何相应变化。这是研究期刊诗词最本质的意义,也是晚清民国诗词不同于古典文学的显著特征。而以期刊为平台,聚集起一批具有相同审美倾向的文学同人,围绕某一理念,创作一定数量的作品,继而形成新的文学流派,是期刊诗词特征中最值得关注的新形态。

抗战时期,社会上产生了一批影响较大的旧体文学刊物,如《青鹤》《词学季刊》《民族诗坛》《同声月刊》《雅言》等。不惟遗老遗少继续传承优秀古典文化,打通与时代互动的双向渠道。一批接受现代学术训练的新锐也开始登上文坛,将古典诗词与现代传媒相结合,落实开辟旧体文学新领地的宏伟计划,大有势欲与新诗再争高下的苗头,尤其是龙榆生的《词学季刊》和卢前的《民族诗坛》,明确提出"别建一宗"和创造"民族诗歌"的流派宣言,掀起声势浩大的推尊苏辛、变革文风的诗歌运动,旧体诗词的现实意义由此发生逆转。

第一节 抗战时期期刊诗词概述:兼论围绕期刊 形成群体流派的理论依据

抗战时期不少期刊都有发表诗词,如果将范围扩大到报纸,数量会更多。现在很难精确统计期刊诗词的体量,只能有针对性的考察部分专刊。在新文学领域,以某一个或几个期刊形成文学流派的现象已经成为常识,然在旧体文学领域,目前只有曹辛华教授提出的"期刊型词人群体"[1]的新观

---

① 曹辛华:《民国词群体流派考论》,《中国文学研究》,2012 年第 3 期,第 19 页。

点,还有很大空间亟待深入拓展。

一、战时期刊诗词概述

1931 年前,凡以"弘扬国粹为主题的刊物,多半要评论诗词,并要刊登诗词作品"①。据周银婷《民国报刊与词学传播》初步统计,就有《南社》《春声》《国学丛刊》《国学丛编》《国学杂志》《国学丛选》《东方杂志》《双星杂志》《小说月报》《晨报·副刊》《京报·副刊》《时事新报·副刊》《中央日报·附册》等等,数量较多。以刊登过"与词相关内容的期刊就有 400 种"②来考量,刊载与旧体诗相关的期刊数量就更多。这也证明了民国早期旧体诗词确实比较繁荣。

九·一八事变至七七事变之间。主要有《青鹤》(1932—1937)、《词学季刊》(1933—1937)、《诗经》(1935—1936)三大旧体诗词专刊。《词学季刊》本章第二节有专论。《青鹤》是由陈灨一一手创办的,旨在弘扬国学传统的旧文学刊物。他痛于"吾国灿烂光华之古学,不亡于历代专制之朝,而亡于今日共和之世,不尤重可哀耶?"继而指出西学东渐带来的各种弊端,"自欧风东向,浅陋者拾唾余鸣高,摭浮词傲世。偶举他邦典章一事,法规一篇辄张大其辞谓如何如何,且曰此当跻三代之郅治"。陈氏并非反对新文化,而是反对不分青红皂白,肤浅的接受,以致"一旦倾覆数千年来之学术,举孝悌忠信、礼义廉耻一扫而尽,吾殊未见其可也"③。因此,在对西洋、东洋先进文化选择性接纳的基础上,有必要继续传承中国古典文化的优秀知识。除了"论评""文荟""考据""述记""杂纂"等文言外,其中特设"词林",刊载"近人诗录""近人词钞"。词钞作者大都是与陈灨一私交不错的友人。如吴眉孙、冒广生、夏敬观、张伯驹、林葆恒、陈方恪、黄孝纾等。所收作品较为庞杂,与抗战直接相关者较少。不过作为响应保存国粹的重要刊物,其聚集起的词人群体仍有值得深入拓展的必要。

《诗经》乃上海大夏诗社社团刊物,社团于 1934 年 10 月筹备④,同年 12 月 1 日正式成立⑤,活动止于 1936 年 4 月。《诗经》本定位双月刊,实际出版情况比预期困难许多。主要原因是社团成员都是在校学生,变动比较频繁。

① 张霖编:《张晖晚清民国词学研究》,南京:南京大学出版社,2014 年,第 130 页。
② 周银婷:《民国报刊与词学传播》,华东师范大学 2010 年硕士学位论文,第 5 页。
③ 陈灨一:《本志出世之微旨》,《青鹤》,1932 年第一卷第一期。
④ 《发起大夏诗社》,《大夏周报》,第 11 卷第 6 期,1934 年 10 月 15 日,第 176 页。
⑤ 《大夏诗社开成立大会》,《大夏周报》,第 11 卷第 10 期,1934 年 12 月 12 日。

大夏诗社由钟朗华①、刘策华领头发起创建。钟朗华等人发起的动机是"自欧风飚骇，国学蓬转，诗歌之作，各体云搆，立异标新，逐奇失正。其弊所及，刻鹄类鹜，响声背实，六艺之旨，荡然靡存。"②诗坛太过于追步西方思想，导致新诗完全丢弃传统，失去中国本位，这是很危险的。《诗经》中同时刊登新旧体诗的现象正是对"逐奇失正，响声背实"的反驳。它们认为诗歌新旧之分不在形式的格律、声韵，而在所写内容情蕴的先进与倒退。这不啻是对一味鼓吹新诗而贬低旧诗的当头棒喝。

> 有许多人总以为：用文言写的都叫做旧诗，用白话写的才叫做新诗；有一定格式的都叫做旧诗，无格式的才叫做新诗；严格限韵的都叫做旧诗，不严格限韵的才叫做新诗；把新诗和旧诗的界限分得格外地清楚，以为新诗是前进的，旧诗总是落伍的，这未免过于偏见。其实，诗的新旧并不在这几点上区别。的确，诗内容的新鲜与陈腐可以说即是诗的新旧。凡白话诗所能描写的事物，文言诗绝对没有不能描写的理由，文言诗所能表现的情绪，白话诗也没有不能表现的理由，诗本是生的冲动，灵的叫喊，真情流露的结晶品，在一刹那间的感觉，自然地写下，只求章句的适当，音韵的自然，情感的丰富，无论用文言写或白话写都是诗，都是完美的诗。因此，我们并不反对白话诗，且乐观白话诗的成功；但另一方面确信文言诗并不像一般人所说的那么没价值。所以我们就把文言诗和白话诗合在一起来研究了。③

胡迎建先生考索抗战时期旧体诗词的复兴表现时指出1938年"教育短波社出版的《抗战诗选》，内收有……新旧体诗共56首，标志着新旧诗人为宣传抗战而走到相互宽容的道路上来"，其实在三年前的《诗经》这里已经出现融合新旧的努力。更值得提醒注意的是他们皆为二十几岁年轻人，代表了彼时大学生对诗歌的基本认识。为进一步认清整个诗坛的生态面貌作一侧面参考。

以上诗体认识，构成了《诗经》"文言诗""白话诗""词曲""译诗""歌谣"的基本格局。根据稿源来看，一方面是大夏诗社的主要成员，如钟朗华、胡

---

① 钟朗华(1909—2006)，四川自贡人。抗战时在五战区孙震部任少将文职，胜利后返乡从事教育工作。

② 《发起大夏诗社》，《大夏周报》，第11卷第6期，1934年10月15日，第176页。

③ 第一期《编后》。南江涛选编：《民国旧体诗词期刊三种》，北京：国家图书馆出版社，2013年，第1册，第37页。

友三、侯汝华、王廷熙、陈配德、刘策华、袁愈婺、王承姚、李惩骄、庄幼民、胡坤达等;另一方面是吸收诗词界名家的加入,如陈石遗、陈柱尊、柳亚子、杨铁夫、黄宾虹、夏敬观、张尔田、潘飞声、王蘧常等人皆有数首作品发表。显然在新诗领域,较少名流参与,而旧诗界则有大量老一辈先生积极引导,以致《诗经》虽有打通新旧之本意,而实际刊发作品仍是旧体诗词占据较大篇幅。

形式关注度的降低,必转移到重视题材内容。正如主编自言:"我们理想的完美诗歌是形式与内容的调和,社会价值与艺术价值的并重。……在目前多难的环境中,我们更应该注重诗歌的内容和社会价值,扩大自己生活的注意范围,摒除闲情逸致,抒写新的题材,暴露社会缺陷,使能强烈地刺激读者的情感。"①尽管实际情形不尽如人意,但这些审美导向都是正确而不失重要意义的。单以词体而论,由于《诗经》作品大多出自学生之手,艺术水平上或许还不够老练,有些字句也过于直白,但整体风格较为清新明朗,既表现出学生时代愉快的生活图景,又将面临未来社会工作的压力而出现的迷茫、不安表露无遗,其他有关国共内战、东三省沦陷等国难现状都有涉及。如蒋挺勋作于一·二八事变后十日的《秦楼月》"春申歌舞无消息,吴淞江上惨戚戚,惨戚戚,寒鸥三两,暮烟凝碧。"乱后上海,一片萧条,尽收眼底。《采桑子·平津道中与友谈天》大谈"国难当中,剿共声中,客子伤怀感慨同。"陈配德是大夏词人群十分活跃的人物,其《绿头鸭·渡鸭绿江》寄托东三省沦陷的悲痛之情,着实感人。另外李挚宾《满江红·自题毕业纪念册》《台城路》(暮烟凄绕台城路)等既有未来不定的迷茫彷徨,又有"常憾妖氛,难扫空愁绝。莽莽神州谁是主?离离幻梦耻未雪。愿同仇、铁血注金瓯,应无缺"的家国情怀。这些作品是真正做到钟朗华所说"在大时代中,我们应该有些什么觉悟?担当什么使命"的深层思考。

《诗经》起初销路极好②,但并不以盈利为目的,故售价极低,根本不足以支撑运转。第三、四期合刊时采取"募股"形式继续刊行。编者交代,"本期为了各种原因,诗社正式宣告解散,诗经由我们几个认股的人来负责继续刊行。"③然随着在校生的陆续毕业,尤其主编钟朗华自身学业时间的紧迫,已经无暇过多的投入期刊编辑中。第六期《编后》交代:"惩骄赴宁,廷熙回闽,

---

① 第五期,《编后》,南江涛选编:《民国旧体诗词期刊三种》,北京:国家图书馆出版社,2013年,第1册,第172页。

② 《大夏诗社改选执委》,《大夏周报》,第11卷第20期,1935年3月25日,第595页。

③ 第三、四期《编后》,南江涛选编:《民国旧体诗词期刊三种》,北京:国家图书馆出版社,2013年,第1册,第129页。

愈婪返黔,策华回桂。现在留沪的人数无几,各人都为工作忙！而我自己在大学的时间再一学期就要混满,毕业论文要动手做,应该读的书也特别多！若按照以前把时间精力都化在这上面,别的事便不能做了。"①随着核心成员各奔前程,《诗经》就此停刊。

全面抗战爆发后,大量期刊停办,与民国初期的繁荣景况相比,1937下半年至1938年间,报刊业可谓一片萧条。至1939年,各地报刊才逐步复苏,但其景象也不可与之前同日而语。数量不多的报刊中,发表旧体诗词的专有刊物更是有限,比较重要的有《民族诗坛》《同声月刊》《斯文》《国艺》《民意》《文史季刊》《中国文学》《雅言》《中华乐府》等。值得注意的是,在以新文学为主要载体的期刊上,依然有旧体诗词的身影,如《七月》《抗到底》《抗战文艺》《小说月刊》等。这似乎传达出旧体诗词在叙述"抗战"题材时,同样能博得部分编者与大众的青睐。随着文学界"改造旧形式扩大文艺宣传"观点的统一落实,旧体诗词迎来了全新的发展契机。无论是在宣传民族抗战的内容艺术方面,还是在社会各阶层传播接受方面,旧体文学都有重大突破和广泛影响。正如学者所言:"抗日战争的主旋律也给原本四面楚歌的旧体诗带来了新生命。"②

此期影响较大、发表词作较多的主要有《民族诗坛》《同声月刊》《雅言》《斯文》等几大期刊。

1938年5月,《民族诗坛》在于右任等人倡导下创刊,后迁至重庆发行,由独立出版社出版。计划每月一刊,六册一卷,然而至1945年12月停刊时,却只出版五卷二十九册,出版过程较为坎坷。首刊至1939年10月间是每月一刊,自第四卷起出版时间呈不定期波动,短隔一二月,长则半年以上。《民族诗坛》体例上分为诗录、词录、曲录、新体诗录、译诗等部分。主编卢前负责审阅,他积极贯彻"以韵体文字发扬民族精神,激起抗战之情绪"的宗旨,出色的完成了时代赋予的艰巨任务,使得旧体韵文再次登上时代文学的浪尖。期刊撰稿群有数百人,诗词部分以于右任、卢前、潘伯鹰、陈家庆、马一浮、章士钊、王陆一、江洁生、张庚由、汪东、缪钺、唐圭璋等为核心,是国统区影响最大的诗歌专刊。

《同声月刊》创刊于1940年底,龙榆生主编。由于此刊乃汪伪政府资助刊物,且其创刊宗旨是"为东亚和平"重振雅音,几乎是日伪文化宣传的工

---

① 第六期《编后》,南江涛选编:《民国旧体诗词期刊三种》,北京:国家图书馆出版社,2013年,第1册,第221—222页。

② 黄曼君,朱栋主编:《中国现代文学史》,武汉:武汉大学出版社,2012年,第501页。

具，惨遭国人痛骂。但在主编龙榆生努力下，《同声月刊》逐步转变格调，去除政治色彩，慢慢演变为抗战时期重要的诗词学专刊。发表作品的学术性成分大大提高，当时词坛大家夏敬观、俞陛云、张尔田、赵尊岳、冒广生、吴眉孙、丁宁等皆有作品刊载，大有接续三十年代《词学季刊》学统的气势。然毕竟物是人非，个中不能自由言说的大环境亦非龙榆生能够逆转。

《雅言》是余园诗社编的旧体文学期刊，1940年1月创刊于北京，社长为傅增湘，资助人多是日伪官员，如王揖唐、铃木美通、齐燮元、周作人、汪时璟、殷同、喻熙杰、汪兆铭、陈公博、周佛海等。一部旧文学刊物居然使这么多伪政府高官慷慨解囊，在判定其"灰色"性质的同时，是应该严肃反思个中缘由的。本书第五章有详述。期刊凡例云："是编为北京余园诗社所辑，洙泗之教，诗与书礼，竝属雅言，而诗为称首，故以雅言标目；所录多属时贤，诗与史通，不嫌断代，文以友会，当有同情；虽以诗为主，但有专门以尽其长，亦宜博涉以昭其趣，凡题跋游记之属，有资考古，不厌多闻，如有佳文，亦当采录。"又因傅增湘、董康等人皆有搜罗珍贵典籍的爱好，因此，期刊中有大量考证经史子集版本源流的文章。根据叙例"声气叶应求之雅。草堂云甃，与世相忘。吟社月泉，其人宛在。加以西崐南岳，竝著倡酬，北地东溟，争图主客，元音所萃，正轨斯存"①的创作定位，及董康、郭则沄、夏仁虎、桥川时雄、今关天彭、瞿宣颖、李元晖、杨秀先、溥儒等诗词作者群，大体明确这是聚集在北平、天津的一批旧式名流雅集唱酬、接续风雅的发表阵地。

从抗日民族统一战线角度出发，《同声月刊》和《雅言》皆不在"统一"之列，其所刊诗词多吟风弄月，采风唱酬，即便对抗战有所触及，也是隔靴搔痒，更谈不上政治宣传。而《民族诗坛》是国民党主办，致力于鼓吹抗战，激起人民战斗热情，为政治宣传服务的期刊。它是此期唯一一份以旧体诗词为主要内容，站在中国人民立场上，正面反映抗战时事动态，宣扬全民抗日的文学刊物，其史料价值不容低估。期刊所载诗词不仅是传统文化精英群体的内心读白，更是所有中华儿女的心声，有着重要的文学价值和时代意义。

二、期刊型文学流派形成的依据

一部清词史，几乎就是各个词派史的整合。从晚明云间派，到反映易代之际士人心态的阳羡词派，再至政治趋于稳定后的浙西词派，前后笼罩词坛百余年。嘉道时期，才被倡导比兴寄托的常州词派超越。进入民国后，词学

---

① 参见《雅言叙例》。《雅言》，第一卷第一期，1940年。

事业比之清代更加繁荣,但却没有一个词派出现,到底是真的没有？还是因发生转型而被遮蔽漠视？

清代词派的产生大都有亲缘、学缘、地域等各种千丝万缕的关系,其中地域性最为突出。如阳羡、浙西、常州等等。进入二十世纪后,地域性文化圈被发达的现代交通逐渐瓦解。交流的便利、频繁直接导致了各词学圈地域性特色的消亡,继而失去了构建词学流派的可能。另外,现代职业的细化和学校教育模式的改变都是传统词学流派衰落的重要因素。文学成为与理工类平等的独立学科,不再是科举道路上人人必学的技能。而旧体诗词更是沦为古董,不再受到追捧。师承关系亦由门徒跟读形式转变为现代学堂,各阶段学校的更换,使得师生之间很难建立亲密联系。学缘凝聚力因此淡化。民国社团兴起,值得关注,然社团形式松散,创作自由,组织时间大都不长,且没有统一的宗派意识,很难形成风格倾向较为一致的文学现象。

旧格局的打破必伴随着新格局的产生。报刊业的强势崛起使得文学流派的建立成为新的可能。在新文学领域,不少流派的产生之初就是以报刊为主要平台。学者指出:"上世纪二、三十年代,文学社团林立、同人刊物如繁花竞相开放,几乎所有当时的文学流派都与期刊关系密切,以至于我们在提到一个流派时,总能很自然地联想到一份与之几乎同名的期刊。"[1]如创造社,就以《创造》季刊、《创造周报》《创造日》等刊物逐步建立起自己的流派格局。再如《现代》和《论语》分别催生出"现代派"和"论语派"两大阵营。张玲丽《在文学与抗战之间:〈七月〉〈希望〉研究》直言"文学刊物是流派的一个重要的构成成分,甚至是关键因素,没有刊物,就没有流派得以形成的阵地。现代文学史上任何一个具有影响力的流派都有一个或几个文学刊物的支撑,'人生派'之于《小说月报》,'浪漫派'之于《创造周报》《创造季刊》,'现代派'之于《现代》杂志,'九叶派'之于《中国新诗》和《诗创造》等。在这种意义上,可以说,'七月派'与《七月》《希望》也是相融共生。"[2]可以认为,整个现代文学的生产及流派的成立、命名,大都与期刊有着直接的关系。似不必再举更多的例子重复证明以期刊为平台成立文学流派的理论依据。那么同处于民国时空下的旧体诗词,也存在不少专业同人刊物,我们有理由联想到由这些刊物形成诗词流派的可能。

流派的产生大都有刊物的支撑,但并非任何一部期刊都可以形成流派。

---

[1]　段艳文:《风骚各领的文学流派期刊》,《出版人》,2016 年第 5 期。

[2]　张玲丽:《在文学与抗战之间:〈七月〉〈希望〉研究》,武汉:武汉大学出版社,2016 年,第 248 页。

这里需要先对流派成立作一标准。严迪昌先生认为一个流派的形成,必须有旗帜、领袖、作家群、审美倾向和作品集等几大因素。[①] 梅新林总结之五大标准与严先生相近,又稍有出入:"有一定数量,在创作上有共同追求并已形成鲜明风格的代表作家的群体结合;有对本流派的创作进行较为系统的文学批评或理论总结;有明确的文学理论主张和共同的文学纲领,并与观点不同的其他流派展开论争;有一定的社团组织形式,且有持续或定期的群体文学活动;有连续发表创作、批评、理论成果的阵地。"[②] 严先生所论多就清词而言,梅先生所论更针对新文学。作为新文学背景下的词体流派,有必要结合二人所论,综合判断。比如上文所举《青鹤》《诗经》《斯文》《雅言》《同声月刊》《群雅》等,暂还未达成派要求。而《词学季刊》和《民族诗坛》相对而言则已具备一定的成派条件。本章第二、三节将重点论述。另外,《雅言》周围聚集的京津词人群和《同声月刊》笼络的金陵、上海词人群是认识"沦陷区文学"的重要文献,本书第五章将分别探讨。

第二节 龙榆生"别建一宗"与《词学季刊》
词人群的生成及成就

三十年代初,龙榆生提出"别建一宗"的理论主张,发起反对梦窗、倡导苏辛的变革运动。他以《词学季刊》为平台,通过理论阐释、选本推广、专题讨论及主编选刊的方式,逐步聚集起有着共同审美倾向的百余名词人,宣告"《词学季刊》词人群"的正式成立。这是民国词坛比较特殊的期刊型词人群体,它的形成改变了近百年词史的发展进程,也昭示着词坛繁荣局面的到来。

一、龙榆生"别建一宗"的提出及阐释

受晚清四大家及梦窗风影响,民初词坛逐渐出现"四声竞巧,生意索然"的不良现象。四大家原本是借"炫人耳目"又别有幽怨的梦窗词化解政治环境与现实生存、词体功能与审美标准之间的复杂矛盾。始料未及的是人们在追逐梦窗过程中,越来越陷入讲究四声格律等形式层面而轻视情感内容

---

① 严迪昌:《清词史》,南京:江苏古籍出版社,1990年,第4页。
② 梅新林:《从一个新的视角重述中国文学史——中国文学流派研究刍议》,《学术月刊》,1997年第5期。

抒发的泥淖。即使如吴梅这般大作手,填词也"概依四声,至习见各牌……安敢乱定。……又上去之分,当从箓斐轩韵,阳上作去"①。才力不逮者则出现"专选僻调,悉依其四声清浊,一字不敢移易"②的极端,最终形成"以涂饰粉泽为工,以清浊四声竞巧,挦撦故实,堆砌字面,形骸虽具,而生意索然"③的词坛弊病。

"时代对审美的情趣、习惯、倾向以及艺术风格有其特定的选择性和促迫性。"④自"九·一八"事变后,国势削弱,士气低迷,文学领域更是商音满纸。张敬云:"自沈阳变作,失地四省,卢沟兴兵,半壁沦陷。一时国士,或辑录演绎南宋晚明忠臣义士之作,以国难文学标榜者;或倚声属韵,凄厉哀思,以商音感人者;充栋满架,令人志气消沉。"⑤此时,自然不容得词人"雍容揖让于坛坫之间,溺志于选声斗韵",而须以激扬排宕、至大至刚的雄词壮语,力挽词坛"凄厉哀思"的颓废现状。

基于此,龙榆生提出"别建一宗"的革新主张,即"私意欲于浙、常二派之外,别建一宗,以东坡为开山,稼轩为冢嗣,而辅之以晁补之、叶梦得、张元干、张孝祥、陆游、刘克庄诸人。以清雄洗繁缛,以沉挚去雕琢,以壮音变凄调,以浅语达深情,举权奇磊落之怀,纳诸镗鎝铿鍧之调,庶几激扬蹈厉,少有裨于当时。"⑥一代文风的变革与形成有着多方面的机缘和努力,既能呈现出九一八事变后,中国日趋衰微,而急需变革的政治形势,又能彰显词体刚柔相继的审美特质和词人内心热忱救国的期望,龙榆生倡导清雄悲壮的苏辛词风是众望所归、顺势而为。

龙榆生三十年代的词学论著基本围绕"别建一宗"展开。大体有三类:第一,词律研究。提出反对"四声竞巧"是基于深入研究的理性判断,如《词体之演进》(《词学季刊》,一卷一号,1933)、《词律质疑》(《词学季刊》,一卷三号,1933)、《论平仄四声》(《词学季刊》,三卷二号,1936)、《唐宋词格律》等。他认为填词固须守律,但不必严守四声,自画牢笼。第二,苏辛等个案探讨。如《东坡乐府综论》《东坡乐府笺》(商务印书馆,1936)《辛稼轩年谱》(暨南大学讲义,1929)。另外《周清真词研究》《论贺方回词质胡适之先生》等考察,则是对苏辛粗犷缺陷的补救。第三,词史梳理及词风流变。相关研究都与

---

①　吴梅:《霜厓词录自序》,《霜厓词录》,贵阳:文通书局,1942 年。
②　龙榆生:《晚近词风之转变》,《同声月刊》,1941 年 2 月,第一卷,第三号。
③　龙榆生:《今日学词应取之途径》,《词学季刊》,1935 年 1 月,第二卷,第二号,第 3 页。
④　严迪昌:《清词史》,南京:江苏古籍出版社,1990 年,第 133 页。
⑤　张敬:《中兴鼓吹二卷》题语。任中敏:《中兴鼓吹选》,贵阳:文通书局,1942 年,第 11 页。
⑥　龙榆生:《今日学词应取之途径》,《词学季刊》,1935 年 1 月,第二卷,第二号,第 5 页。

时代环境及当下创作有一定联系。如《苏辛词派之渊源流变》(《文史丛刊》第一集,1933)《两宋词风转变论》(《词学季刊》,二卷一号,1934)。以上三大类又都可揽入《今日学词应取之途径》麾下。借助现代传媒,他将这些理念推广至整个词坛,不仅实现了中国词学由传统向现代的转型,而且建立起完整的"别建一宗"理论体系。为肃清词坛弊病,改革词风作充足的准备。

《今日学词应取之途径》			
个案研究	辛稼轩年谱	暨南大学讲义	1929
	周清真评传	南音	1930 第 3 期
	周清真词研究	未见①	
	清季四大词人	暨南大学文学院集刊	1931
	论贺方回词质胡适之先生	中国语文学会丛刊	1933 第一集
	苏门四学士词	文学	二卷六号,1934
	东坡乐府综论	词学季刊	二卷三号,1935
	清真词叙论	词学季刊	二卷四号,1935
	东坡乐府笺	商务印书馆	1936
词律研究	词体之演进	词学季刊	一卷一号,1933
	词律质疑	词学季刊	一卷三号,1933
	论词谱	语言文学专刊	一卷一期,1936
	论平仄四声	词学季刊	三卷二号,1936
	令词之声韵组织	制言	37/38 期,1937
	填词与选调	词学季刊	三卷四号,1939
词史梳理与词风流变	苏辛词派之渊源流变	文史丛刊	1933 第一集
	两宋词风转变论	词学季刊	二卷一号,1934
	晚近词风之转变	同声月刊	一卷三号,1941
	论常州词派	同声月刊	一卷十号,1941

二、旗帜与地位:开宗立派的手段

每个群体或流派的产生都有鲜明的宗旨,而选政常常是亮明旗帜的有

---

① 张晖:《龙榆生先生年谱》,上海:学林出版社,2001 年,第 245 页。

效途径。如果仅仅将龙榆生《选词标准论》作为重大词学成就,就低估了它在推进词风变革中的现实意义。文章开篇云:"选词目的有四:一曰便歌,二曰传人,三曰开宗,四曰尊体;前二者依他,后二者为我,操选政者,于斯四事,必有所居;又往往因时代风气之不同,各异其趣。"①词体流传至民国时期,"便歌"已消失殆尽;"传人"亦多为选家摒弃,如龙氏朋友告诫:"以词选之目的,原在示人以模范,而非为其人传与不传计也"②;因此,为我"开宗""尊体"的功能才是龙榆生操持选政的真正用意。那么他的《唐宋名家词选》(1934)、《唐五代宋词选》(1937、1956)、《近三百年名家词选》(三四十年代)等,就不啻是竖起"别建一宗"大旗的有力手段。

词史上以开宗为目的的唐宋词选,主要有三:朱彝尊《词综》、张惠言《词选》、朱祖谋《宋词三百首》。此后,或可再增一部《唐宋名家词选》。前三部词选的宗派意义,龙榆生《选词标准论》已有简要分析,学者彭玉平、沙先一、李睿及赵昕③等也有深入探讨。而大家对龙选的关注度显然不够,目前只有沙先一、许菊芳两位学者有论文分析相关问题④,大家还没有注意到1934年与1956年两版本的变化。将龙选与他选同类相比,更容易发现各选本传承演变的关系。

词选对比表

朱彝尊		张惠言		朱祖谋		胡 适		龙 一		龙 二		龙 三	
周 密	54	温庭筠	18	吴文英	24	辛弃疾	46	吴文英	38	辛弃疾	44	辛弃疾	33
吴文英	45	秦 观	10	周邦彦	23	朱敦儒	30	辛弃疾	30	苏 轼	42	朱敦儒	17
张 炎	38	李 煜	7	晏几道	18	陆 游	21	苏 轼	28	晏几道	31	晏几道	16
周邦彦	37	辛弃疾	6	姜 夔	16	苏 轼	20	贺 铸	28	周邦彦	31	苏 轼	15
辛弃疾	35	冯延巳	5	柳 永	13	秦 观	19	周邦彦	24	贺 铸	29	欧阳修	15
王沂孙	31	朱敦儒	5	苏 轼	12	周邦彦	19	姜 夔	23	欧阳修	27	冯延巳	14
张 先	27	韦 庄	4	晏 殊	11	刘克庄	16	晏几道	22	柳 永	25	贺 铸	11

① 龙榆生编:《词学季刊》,第一卷,第二号,1933年8月,第1页。
② 汪兆铭:《双照楼遗札·与龙榆生书》,龙榆生编:《同声月刊》,第四卷,第三号,第44页。
③ 彭玉平:《朱祖谋〈宋词三百首〉探论》,《学术研究》,2002年第10期;沙先一:《朱祖谋〈宋词三百首〉三论》,《河南大学学报(社会科学版)》,2010年第3期;李睿:《清代词选研究》,合肥:安徽大学出版社,2011年;赵昕:《朱祖谋〈宋词三百首〉研究》,河北大学2009年硕士学位论文。
④ 沙先一:《论〈近三百年名家词选〉选词学价值》,《徐州师范大学学报(哲学社会科学版)》2009年第2期;许菊芳:《龙榆生〈唐宋名家词选〉选学价值探微》,《北京社会科学》,2014年第2期。

续 表

史达祖	26	周邦彦	4	欧阳修	11	张 先	13	李清照	19	冯延巳	23	李 煜	11
姜 夔	22	李清照	4	辛弃疾	10	张 炎	12	张 炎	18	姜 夔	23	秦 观	9
晏几道	22	王沂孙	4	史达祖	9	晏 殊	11	李 煜	16	韦 庄	20	李 珣	9

注：各选取数量前十名。朱彝尊《词综》只取朱氏所选，汪森增入数首不在统计之列。朱祖谋《宋词三百首》数易其稿，版本众多，兹依唐圭璋笺注《宋词三百首笺》（神州国光社，1948）去除附录部分。龙一为《唐宋名家词选》1934 年版，龙二为《唐宋名家词选》1956 年版，龙三为《唐五代宋词选》。

选本排名基本能看出各自词学宗尚和深层动机。朱彝尊将周密、张炎等南宋旧臣置于最前端的目的是对在野群体的拉拢，吴文英、周邦彦的炫目醇雅则是对"在朝"的积极回应。朱祖谋将吴、周置于篇首，与朱彝尊以醇雅掩盖哀思不同，梦窗词"超逸之中见沉郁之思"[①]"潜气内转，荡气回肠"[②]的特质是常派"比兴寄托"与"重拙大"完美结合的典范。龙氏《唐宋名家词选》（1934）也以梦窗为首，不难理解此举是对先师朱祖谋的尊敬。彊村刚刚下世三年，若此时即大张苏辛，挞伐先师"道统"，难免受人责难。待至 1956 年再版时，时风世变，他也无所顾忌，苏辛分别以 42、44 首高居榜首，而吴文英只有 10 首入选，龙氏本意昭然若揭。

其实，早自 1937 年，此"本意"在《唐五代宋词选》中已有明确体现。作为中学国文补充读本，此选很少引起学界关注。但恰恰是"基础读本""标准不严"的掩饰，反而可以更清晰地显露龙榆生个人审美倾向。从选苏辛各15、33 首，而姜、吴只有 4 首的巨大反差足见编者良苦用心。另外，下册所选南宋词人大部分皆可归入辛派，如张元干、叶梦得、陈与义、岳飞、朱敦儒、张孝祥、陆游、陈亮等，南宋格律词派其他成员几乎空白。作为中学读本固然有多种考虑，但难以抹煞龙榆生的别有用心。

词选中苏轼排名折射出的不同寓意需一并说清。朱彝尊、张惠言、朱祖谋对东坡兴趣不高，胡适虽重苏而动机不正。就选目看，胡适推崇苏辛词派比龙榆生有过之而无不及，但走进具体篇目，视野褊狭的"短板"立刻显现。整部选集以通俗易懂，有民歌味的小令、中调为主，极力排斥醇雅之作。他推崇辛弃疾，目的是将词体纳入新文学阵营，并没有深刻理解稼轩风"既有排奡激荡的悲慨雄放，又有猿啼娟泣的凄苦哀怨，更不乏貌为萧散闲逸风神"[③]的本质。因此，龙选除开宗外，还有纠正胡选流弊，以示后学正途的目

---

① 吴梅：《词学通论》，上海：复旦大学出版社，2005 年，第 71—72 页。
② 陈匪石：《旧时月色斋词谭》，《宋词举》（外三种），南京：江苏古籍出版社，2002 年，第 215 页。
③ 严迪昌：《清词史》，北京：人民文学出版社，2011 年，第 149 页。

的。如其所言:"如近人胡适之词选,力主苏辛,而于稼轩之词,专取其浅鄙不经意之作,贻害词林,实非浅显。"①龙氏"别为一编,示学者以坦途,俾不至望而生畏,转而求词于胡适《词选》,以陷迷误忘归。"②

在唐宋词选后,龙榆生继续操持《近三百年名家词选》。所选陈维崧 34首,是贯彻苏辛主张的表现。值得一说的是此选还具有反对声律束缚,以词见史的现实意义。表现在对"意格"的特殊重视。"所谓意格,恒视作者之性情襟抱,与其身世之感,以为转移。三百年来,屡经剧变,文坛豪杰之士,所有幽忧愤悱缠绵芳洁之情,不能无所寄托,乃复取沉晦已久之词体,而相习用之,风气既开,兹学遂呈中兴之象。"③此标准意义有二:首先,对意格的重视,意味着对声律要求的降低,也是对词体抒情性和社会功能的凸显。其次,"词史"价值观的张扬。《后记》云:"……继此有作,其或别创新声,以鸣此旷古未有之变迁乎?是固非区区之所逆料,而三百年来词坛盛衰之故,与世运为倚伏,盖庶几于此帙觇之矣。"④通过词来反映世运变迁,是对今日抗战词坛的大声呼吁。

一个群体的成立不仅需要亮明旗帜,还需受世人瞩目并全力拥戴的词坛地位。龙榆生欲发起"别建一宗"时,还不到四十岁,其名声与陈维崧、朱彝尊、朱祖谋等,都不可同日而语。他推销自我的策略是借盟主朱祖谋的词坛影响,通过整理《彊邨遗书》,邀画坛好友作彊村校词、受砚图画,并向文坛广征题画诗词,短时间迅速成为人尽皆知、争相交游的名士。先后作图者有吴昌硕、吴待秋、夏敬观、吴湖帆、汤涤、徐悲鸿、方璧君、蒋慧等著名画家。题词者则更多,囊括当时大部分重要诗词人。⑤ 诗词内容多有想象美化,无甚趣味,但背后的文化意义不可忽视。对龙榆生个人而言,无疑是最高尚的"礼遇"。此后,词坛名宿与龙榆生的书信往来与日俱增,仅以《词学季刊》所载论词书即有吴梅、张尔田、查猛济、夏承焘、邵瑞彭等人共 27 封,遑论其他未刊者。另外,刊物"词坛消息"栏目有"本社最近所得之词集",皆是由词坛认识或不认识的友人自愿寄呈,大有借《词学季刊》"扬名"之意,随着收到词集的稳步增加,似乎已经传达出,只有经龙榆生手订选刊之词,方为佳作,足当可传。龙氏"别建一宗"词人群的中心地位因此确立。

① 龙榆生:《读词随笔·清词之选本》,《同声月刊》,第一卷,第二号,1941 年 1 月,第 69 页。
② 龙榆生:《晚近词风之转变》,《同声月刊》,第一卷,第三号,1941 年 2 月。
③ 龙榆生:《近三百年名家词选》,上海:上海古籍出版社,2012 年版,第 235 页。
④ 龙榆生:《近三百年名家词选》,上海:上海古籍出版社,2012 年版,第 236 页。
⑤ 如"夏敬观、黄孝纾、叶玉麟、陈三立、潘飞声、谭祖壬、邵章、夏孙桐、曹经沅、李宣龚、李宣倜、周庆云、汪兆镛、石光瑛、胡汉民、吴则虞、向迪琮、姚鼋素、梁鸿志、仇埰、汪精卫、钱仲联、俞平伯、陈声聪"。沈文泉:《朱彊村年谱》,杭州:浙江古籍出版社,2013 年,第 324 页。

进入民国后,传统词派已经失去生存土壤,但并不是说词坛将继续一盘散沙的状态。时代的巨轮和文学审美的公共诉求很容易将"散乱"归于"统一"。置身其中的龙榆生自然明白要想掀起词坛共鸣,既需借助操持选政以开宗明义,也需要些手段塑造"名士"形象。还需利用现代传媒,寻求志同道合的友人共谋大事。

三、引导与规范:从同人聚集到统一思想

以晚清四大家为首梦窗宗尚几乎笼罩整个词坛,受此风气影响的词人很难改变根深蒂固的偏见。作为彊邨传人的龙榆生,对此弊端心知肚明,但他不能明目张胆的反对,只以"王、朱诸老前辈之所不忍言"①含糊表达。清晰认识到身份的尴尬和个人能力的薄弱后,他开始借助《词学季刊》的平台,寻求更多志同道合者的加入。同人聚合的过程正是该群体蜕变成型的开始。

首先,营造词学鼎盛声势,借期刊建立关系网络。《词学季刊》所载"论述"与"专著"成就甚高。不必说龙榆生《研究词学之商榷》的纲领性意义,其《选词标准论》开启后来"词选学"的新天地;也不必说唐圭璋词学文献学和夏承焘词谱学等论文所开辟的研究新格局;即便是夏敬观《忍古楼词话》、张尔田论词书札、赵尊岳明词籍提要等成果,在整个二十世纪词学史上都有重要地位。作为稳定的撰稿人,夏承焘、张尔田、唐圭璋等人的加入,既抬高了《词学季刊》的专业水准,又扩大了期刊的影响。

龙榆生与词学专家的交往逐步建立起密切私人关系。主要成员又引入其他同人,由此形成以龙榆生为核心,夏、张、唐等为羽翼,其他师辈、词友、弟子为支撑,建立起庞大的词学关系网络。② 以丁宁为例,她原本生活空间较狭,交际范围有限,青年时期随扬州名流陈含光学诗词,后又拜入程善之门下,经程氏推荐,得与夏承焘订交。夏承焘将其作品推荐到《词学季刊》发表,由此受到龙榆生激赏。此后,丁宁与龙榆生一直保持书信来往。以上所及数位词人,后来都曾在刊物发表作品。丁宁只是词学网络中的普通个案。据傅宇斌统计,《词学季刊》词人群先后达123人,③足见网络之广大。

其次,以期刊所设理论研究、专题讨论、书信交往、词坛消息等板块,聚

① 龙榆生:《今日学词应取之途径》,《词学季刊》,第二卷,第二号,1935年,第2页。
② 傅宇斌:《现代词学的建立:词学季刊与20世纪三、四十年代的词学》,北京:商务印书馆,2013年,第95页。
③ 傅宇斌:《现代词学的建立:词学季刊与20世纪三、四十年代的词学》,北京:商务印书馆,2013年,第106页。

焦"四声竞巧、生意索然"的词坛弊病,规范"以苏辛壮音转移一代风气"①的审美祈向。从传播学角度看,"文学编辑就是'把关人',有什么样的编辑就会出现什么样的作家作品。因而在期刊的实际运转中,编者的文学趣味、文化理念极为关键,他在扮演着引导与规范的角色,尽量使作者能按照自己的文学趣味'出牌'。"②

通常人们都将四声之争与1940年前后午社内部成员的分裂结合起来考察。其实早在30年代,龙榆生已经质疑用四声衡量词体格律工整的合法性,③他说:宋词所言不合律"其最大者为不合乐句,其细者必准之弦管……未以四声平仄,当曲中之音律"④。《词律质疑》开启了四声讨论的序幕。此专题既有利于当今词坛"四声竞巧,生意索然"问题的聚焦与剖析,也是筛选志同道合者的隐形手段。龙榆生所选文章都贯穿一个核心思想,即如姚华《与邵伯絅论词用四声书》所云:词学之考订不可作为填词的金科玉律,"四声当依声情时地而活用之。文章之事,关才情,不关学问,太放纵则杨升庵之流优为之,太拘泥则乾嘉考据诸老,所以不能蜚声艺苑也。"⑤因此,将"专题讨论"视为分清"敌友"的政治谋略亦不为过。

至此,有必要系统梳理一下核心成员的共同审美倾向。其一,对当下急需"变风变雅"之声的认同。如邵瑞彭《山禽余响序》云:"每取《遗山乐府》随意讴吟,觉其缘情感物,芳烈动人,信乎古诗之遗意,词林之变雅矣。"⑥胡汉民《满江红·民十五年自题旧稿》下阕:"删不尽,风雅变。续不尽,离骚怨。祇抒情而作,感深顽艳。庾信生平人不识,魏收轻薄吾知免。且归来,随分引芳樽,春何限。"⑦变风变雅在词中表现为对社会问题的关注,以及家国情怀、身世之感的抒发。与龙榆生宣言中所说抬高词体社会功能,力求"有裨于当时"的理念一脉相承。其二,对四声问题的批判,及词体抒发性情的呼

---

① 龙榆生《忍寒漫录一》:"往年予居沪上,举办词学季刊,颇主苏辛,谬欲以壮音转移风气。"《同声月刊》,第一卷,第二号,1941年1月。

② 李相银:《上海沦陷时期文学期刊研究》,上海:上海三联书店,2009年,第90页。

③ 四声问题首先在音韵学领域引发争论,源于是使用汉字,还是走西化式的音标(余瑟:《废除四声论》,《学艺杂志》,1930年,第十卷,第5号);后来转为保留汉字,以北京方言为官话推广全国,而京话无入声,这又引起是否废弃四声的讨论。(戴冠峰:《四声相对论》,《教育周刊》1931年第69期,第4—8页)在古典韵文领域,四声涉及平仄格律问题,无可争辩的不容亵渎。作为对自身文化保存的"正当防卫",词体内部出现重四声偏向,可能也是对彼时危险的积极回应。以上也只是从时代背景角度的猜疑。

④ 龙榆生:《词律质疑》,《词学季刊》,第一卷,第三号,1933年,第3期,第4页。

⑤ 姚华:《与邵伯絅论词用四声书》,《词学季刊》,第二卷,第一号,1934年10月,第133页。

⑥ 邵瑞彭:《山禽余响序》。孙克强,杨传庆,裴喆编著《清人词话》(下),天津:南开大学出版社,2012年,第2169页。

⑦ 本节所选词,如未特殊说明,皆自《词学季刊》"近人词录"和"近代女性词录"。

唤。夏承焘日记中多次论及词坛四声怪状,深不以为然,其"不破词体,不诬词体"观念广为世人接受。蔡嵩云也持相同观点,《柯亭词论》云:"填时须不感拘束之苦,方能得心应手。故初学填词,实无守四声之必要,否则辞意不能畅达,律虽叶而文不工。似此填词,又何足贵。"另外,张尔田、叶恭绰、冒广生、夏敬观等人都基本赞同以上观点。反对"四声竞巧"而力求"辞意畅达"是他们共同追求的目标。

通过刊物的传播及影响,龙榆生基本完成了"别建一宗"所需的理论准备,并聚集起一大批致力于发扬词学的同道中人。他以设置专题讨论的政治谋略,既将同仁目光聚焦于当下词坛所面临的创作弊病,又隐形贯彻"别建一宗"的审美思想。至此,若以流派成立的几大标准衡量,一个以期刊为平台的新型词派已经呼之欲出,他们拥护龙榆生及"别建一宗"论,反对"四声竞巧",力求"辞意畅达",以充分发扬词体社会功能为共同审美追求。践行"无背于诗人'兴观群怨'之旨,中贵有我,而义在感人"[1]的创作思想。随着日军侵华事变的爆发,逐渐演变为苏辛词风的大潮,成为占据民国中后期词坛创作主流的新局面。

四、苏辛词风的整体取向

不论领袖、旗帜、词人群、审美倾向等条件多么成熟,检验一个词群或词派是否成立的最重要标准还是创作成果。《词学季刊》"近人词录""近代女子词录"作品皆是经龙榆生一手挑选而出。整体形成的苏辛词风与"别建一宗"理论基本契合,尽管距离满足词派成立还有争议,但若宣告一个新型词人群的成立是绰绰有余的。

据统计,词录总计作者 116 人,收词 695 首。其中男性 92 人共 537 首,女性 24 人共 158 首。选登数量前六名男性词人,分别是龙榆生、张尔田、邵瑞彭、邵章、蔡嵩云、胡汉民。女性词人则以丁宁、陈家庆、徐小淑、吕碧城为主。除了数量还须结合刊登次数综合比对,如夏承焘、汪兆镛、陈洵、易大厂等人都有四次以上的刊载率。

卷期	1.1	1.2	1.3	1.4	2.1	2.2	2.3	2.4	3.1	3.2	3.3	小计
女/首	21	24	14	0	19	17	31	0	16	16	0	158
小计	61	52	67	30	60	81	95	36	89	62	62	695

---

① 龙榆生:《今日学词应取之途径》,《词学季刊》,第二卷,第二号,1935 年 1 月,第 1 页。

卷期	1.1	1.2	1.3	1.4	2.1	2.2	2.3	2.4	3.1	3.2	3.3	小计
男/人	11	12	19	11	16	20	18	16	20	14	16	92
女/人	3	6	3		7	6	3		6	2		24
小计	14	18	22	11	23	26	21	16	26	16	16	116

作为词群成果的集体展示,不可能是千篇一律、异口同声,定是百花齐放的面貌。如同盛推稼轩的阳羡词派本就有很多醇雅工整的白石风味,标举姜张的浙西词派亦不乏接近苏辛的篇章。只是创作上与各自所提理论有着更契合,并相互印证的倾向。那么,需格外关注接近苏辛品味的作品。

龙榆生"古今几词手,我自爱东坡"的偏好已在《水调歌头·为林子有题填词图》直白道出。就所选30首词而言,用苏调尤多,而风味似更接近辛稼轩。他极力倡导的以词"觇世风"并非空口无凭,如反映一·二八事变的《一萼红·壬申七月自上海返真如,乱后荒凉,寓居芜没,……》。再有《水调歌头·乙亥中秋海元轮舟上作用东坡韵》"休叹浮萍离合。试问金瓯完缺。二者孰当全。击楫一悲啸,风露媚娟娟"的中情激荡。目睹国势日衰,悲愤交加,发之于词,多为雄壮之声。其他人词中可随意拈出与龙榆生相统一的杰作。如梁启勋《水龙吟·庚午重阳前四日谒南海先生墓》:"可怜无限江山,未应短尽英雄气。悠悠万古,沉沉长夜,人间何世?独立苍茫,呼天不语,碧空无际。念当年杖履,森森万木,更谁道,凄凉意?"胡汉民《金缕曲·既和李八寄内词更作此以广之》上片:"识我平生矣,十余年,韩檠杜椠,祗君相似。斫地狂歌歌未罢,且复纵横自喜。漫赢得江山如此,云梦胸中吞八九,间谁堪豪杰,同生死,成败恨,徒为尔。"其他张尔田《水龙吟·闻晦闻丧,为位而哭,赋此招魂》、夏承焘《水龙吟·秦望山席上》等词都不谋而合的发出振聋发聩的"大汉天声"。

值得深究的是严守声律的群体,他们大都难以割舍梦窗情节。如邵章"词境上追梦窗,守律极严,纯取生涩,不袭故常,可谓尽能事。"[1]再如刘梦芙论蔡嵩云"宗法清真、梦窗,……工力颇深。惜规摹宋贤,局促辕下",[2]与其同类者还有仇埰、吴梅、易大厂、寿鉨、溥儒等等。龙榆生化解他们与词派思想不一致的策略是大展主编"删选权"。如邵章、蔡嵩云选刊一半篇幅皆是

① 夏敬观:《忍古楼词话》。张璋等编纂:《历代词话续编》,郑州:大象出版社,2005年,上册,第410页。
② 刘梦芙:《二十世纪名家词述评》,合肥:安徽文艺出版社,2006年,第358页。

小令,以二人毕生对声韵格律的专研,其用力勤恳处必在长调,龙榆生不无避重就轻之嫌。而他又特意拔高声律群体中有稼轩雄健笔力之作,如邵瑞彭《西河·十八年前曾和美成金陵怀古今再为之》:"征战地,繁华事去难记?临春殿阁委蒿莱,夜潮怒起。数声铁笛响秋风,哀歌人在云际。 露台上,和泪倚,辘轳古井绳系。降幡又出石头城,梦沉故垒。送他六代好江山,秦淮依旧烟水……"词虽重视格律,但情境亦十分饱满,且集稼轩"笔力雄健"与梦窗"藻采丰赡"于一体。

受此导向,其他词人开始有目的的配合龙榆生,逐渐激起稼轩风的洪流。如陈大法《水调歌头·月夜放歌》:

> 谈笑惬心赏,好景苦无多。几人知我怀抱,对酒且高歌。十载征尘如梦,欲待层云销尽,夜起舞长戈。明月照荒野,银漠漾金波。 顾清影,空怅望,旧山河。莫将少壮功业,一掷等飞梭。负剑长驱漠北,突骑深临虏穴,痛饮醉颜酡。但愿身长健,不使气销磨。

文中难以遏制词人负剑杀敌的英勇气概,此"冲动"几乎是整个词坛的共同心声。如胡坤达《金缕曲·叠韵再答星伯》:"五十年来天不骏,销尽神州元气。待呵壁问天知未。去日韶华吾不恨,恨书生、空袖平戎字。击楫事,阿谁继。"甘大昕《少年游·九月十九日与方南渚重过扫叶楼纵饮,醉后赋此》:"清凉山色冷悠悠。相对发深愁。把酒论兵,请缨杀贼,饮马海东头。"

稼轩风并不局限在"请缨杀贼"一隅,而是内化为词人忧国忧民的士大夫精神,一洗"香泽绮罗"之态,发以刚强威猛、苍凉悲壮的词坛新声。具体到个人,又千姿百态,如关注民生疾苦的向迪琮《虞美人·舟中对鄂赣水灾,感赋》:

> 崩涛日夕喧扬子。处处流民泪。三年疏凿库储空。谁信滔天势急竟无功。 扁舟一叶和愁载。不尽风波在。人间随地是风波。望里风波如此怎么过?

三年"疏凿",却依然水漫金山,"谁信"句控诉贪污腐败官员,但最可悲的还是流民。再如陈配德《木兰花慢·送友人由日本归国》下阕的家国怀念:

> 中原。处处是烽烟,恨海苦难填。看一片横流,三分割据,瓯缺依然。何堪?壮怀永别,便娲皇乏术补情天。努力须教杀贼,散冠重与君弹。

当然,雄壮之语并非只关涉国事,日常生活中的孤独寂寞、离愁别绪同样能激起词人内心压抑不堪的身世之感。尤其是为生计而不得不背井离乡,选择客居漂泊的孤苦无依。"故乡"与"离别"主题的吟咏本就是中国古典文学突出的情感指向之一,而抗战词坛更增添了一抹"江山国土"的民族认同。

相较男性词人,女性群体的稼轩风祈向更加鲜明。民国时期,女性词个体意识逐渐增强,但就整体风格和创作水平看,还未跳脱传统格局。随着参与社会热情的高涨,开始出现由"闺音"向"雄豪"的转变过程。尤其在龙榆生《词学季刊》周围,聚集起一批秉承苏辛传统,抛弃纤婉故习,力求创作新女性词的别样群体。

"近代女性词录"总24人。丁宁、吕碧城选词总数各居第一和第四,二人词作研究已经较为全备,此处不再具体论述,需要指出的是,丁宁词用典甚少,平易朴实,风格"清冷澈骨,悱恻动人"①,她"第以一生遭遇之酷,凡平日不愿言不忍言者,均寄之于词,纸上呻吟,即当时血泪"②般的创作历程,是龙榆生倡导"别建一宗"里"以沉挚去雕琢""以浅语达深情"的最佳典范。然综合来看,"女性词录"整体风貌仍是清雄豪放。

期刊第二卷第三号录徐蕴华21首词,单次刊载最多,其用意值得深挖。徐蕴华(1884—1962),字小淑,号双韵,崇德人。蕴华之名因秋瑾《致徐小淑绝命词》而天下共知。受秋瑾影响,蕴华也积极为社会变革而奔走。她的诗词一改从前闺秀纤弱之音,逐渐开启苏辛之门。先读《金缕曲·题忏慧词》:

> 漱玉清音歇。可颉颃、女儿溪畔,犹留词笔。慧业忏除焚稿矣,黄鹄歌成凄绝。更又是、掌珠坠失。身世茫茫多感慨,抱愁怀、天地为之窄。谁解得,词人郁?　残山剩水悲家国。最伤心、秋风秋雨,西泠埋骨。风雪山阴劳往返,今日只留残碣。叹一载、空喷热血。造物忌才艰际遇,剩裁云缝月金荃集。恐谱入,哀弦裂。

本词源自誓死保护秋瑾墓碑一事③,情深义重,感人肺腑,慷慨豪迈的气息随处流动。《金缕曲·题贰香词》亦是不让须眉的佳作,读上阕:"夙负匡时志。竞蹉跎、名场黾勉,壮怀莫遂。万种伤心多少恨,写向清词托意。叹才人、每

---

①　郭沫若:《郭沫若答丁宁书》,《还轩词》,合肥:黄山书社,2011年,第115页。
②　丁宁:《还轩词自序》,《还轩词》,合肥:黄山书社,2011年,第1页。
③　《半夜盗碑的徐小淑》,《南湖晚报》,2006年12月27日。

遭时忌。嫉俗徒然存气骨，问茫茫大地何人会。挥一掬，灵均泪。"再如《满庭芳·送别宗孟词人》："好展须眉志，不为封侯。此去乘风破浪，卜他日、事业千秋。望南浦、片帆挂矣，云树两悠悠"，干净透澈不矫揉造作。她虽"身不得男儿列"，却有着"请缨破浪待成功"（《浪淘沙·和宗孟词人忆旧感事》）的雄心壮志。古来女子作雄音者本就不多，而能做到知行合一的更是寥寥无几。徐蕴华社会活动频繁，先后参加"秋社""南社"，称之"革命诗人"①是实至名归。

龙榆生花如此大的篇幅刊载徐氏词作，正是与其所倡导的苏辛词风完全契合，且徐蕴华以广阔的视野吟唱出了与时代环境紧密结合的"变风变雅"之音，是当今词坛变革急切需要的范本。不妨再看刊载数量前三的陈家庆，先读《满江红·闻日人陈兵南翔感赋》：

> 残照关河，听几处、暮茄声切。更休唱、大江东去，水流呜咽。越石料应中夜舞，豫州肯系横流楫。怕胡儿、铁骑正纵横，愁千叠。　　长城陷，金瓯缺。黄浦路，吴淞月。照当年战垒，霜浓马滑。三户图强惟有楚，廿年辛苦终存越。问中原又见几人豪，肠空热。（第三卷，第一号）

自九·一八事变后，日军就已经启动蓄谋已久的对华侵略步伐，然而即使东北、长城一线相继沦陷，似乎也未激起词坛多么剧烈的回应。面对国土沦丧，陈家庆悲愤愈加，词中急切召唤英雄复生，重定乾坤。再如《高阳台·新历除日》："兵尘满眼沙场泪，望玉关、烽火惊心。恨难禁，半壁江南何处登临。"《秋霁》："幽居漫辑，闭门夜夜孤灯碧。念故国，遥听空山，应感鬼神泣。"对政府的卑弱不无怨恨之语，如《蓦山溪》下阕："尧封旧地。忍把从头记。偏坏好家居，恨纤儿无端自弃。范滂何在，慷慨忆登车，金瓯碎、铜仙泪。谁揽澄清辔。"正如刘梦芙所评："当国难之时，词人英气勃发，热血奔涌，乃成激昂悲壮之章，匣剑龙吟，警顽起懦。"②在这般女子面前，那些仍然囿于风花雪月，以选声斗韵为能事的男性词人都该为之汗颜。

龙榆生着意塑造一支代表中华女子词界最飒爽英姿、热情饱满、旗帜鲜明的新队伍。"女性词录"中有大量"巾帼不让须眉"的苏辛余韵，如汤国梨《贺新郎》（王气兴吴越）、程情薇《扬州慢》（金寸山河）、刘思敏《金缕曲》（故国依然否）等等。至此，创作层面有"共同追求并已形成鲜明风格的代表作

① 周永珍编：《徐蕴华、林寒碧诗文合集》，北京：社会科学文献出版社，1999年，第5页。
② 刘梦芙：《二十世纪名家词述评》，合肥：安徽文艺出版社，2006年，第357页。

家群体"的特征已然形成。

综上所述,1937 年全面抗战的爆发成为"别建一宗"理论走向全国的历史契机。面对流离失所、国土沦陷的残酷现实,词坛涌现出比两宋、明清之际更为激烈的豪放词风。由于战争的干扰,《词学季刊》的停办使"别建一宗"词人群失去了继续集体展示的平台。但翻检此时词人别集,不难得出苏辛词风大倡其道的结论。若假以时日,龙榆生必将成为继陈维崧、朱彝尊、张惠言、朱祖谋之后,创立新一代词派的开山祖师。但事与愿违,1940 年 4 月 2 日公布的汪伪各院部委员会名单中[①],龙榆生赫然在列,词坛为之一片哗然。龙榆生的"落水"使其失去了角逐词坛"祖师""盟主"的资格。纵然在伪政府下,他又创办《同声月刊》,希望接续已经形成的大好势头,但沦陷区政治气候的变化已经不允许他再倡导苏辛词风,汪伪政府"东亚共荣"的文化目标需要以"风花雪月""浅斟低唱"的雍容华贵来粉饰太平。

内外交困中,《词学季刊》词人群宣告解散,但"别建一宗"的理念并没有就此消失。如果仍然以期刊为中心纵向考察,全面抗战后,"别建一宗"所倡导的创作理念被卢前主编的《民族诗坛》选择性的接纳继承。在建立抗日统一战线的呼声中,苏辛词风无疑是国统区朝、野各方都热情拥护的创作旗帜。于是,以卢前为新的领袖,以《民族诗坛》为平台,再次聚集起一批更偏向于稼轩风的新词人群,他们部分是《词学季刊》的核心成员,部分是国民党政府职员,究其实质,仍然是期刊型词人群的界内新变。

《词学季刊》"词录"数量统计表

龙榆生	30	仇 埰	7	谢玉岑	3	赵尊岳	2
张尔田	29	赵汝绩	7	曾仲鸣	3	杨熙绩	2
邵瑞彭	26	汪辟疆	7	钱十严	3	魏在田	2
邵 章	25	林鹍翔	6	唐圭璋	3	罗时旸	2
蔡嵩云	19	溥 儒	6	何达安	3	孔宪铨	2
胡汉民	19	蒋兆兰	6	鲍亚白	3	叶 麐	2
黄 濬	18	陈匪石	5	林葆恒	3	缪 钺	2
叶恭绰	17	夏孙桐	5	柳肇嘉	3	董 康	2
黄孝纾	15	朱师辙	5	汪 东	3	杨钟义	1
郭则沄	14	黄孝平	5	吴 梅	2	黄 侃	1

① 刘寿林,万仁元,王玉文,孔庆泰编:《民国职官年表》,北京:中华书局,1995 年,第 1039 页。

汪曾武	14	寿鉨	5	谭祖壬	2	刘永济	1
夏承焘	12	汪兆铭	4	龚逸	2	程善之	1
向迪琮	12	石凌汉	4	章柱	2	陈文中	1
夏敬观	11	陈配德	4	陈大法	2	蔡伯雅	1
易大厂	10	杨易霖	4	李宣倜	2	楚士铮	1
路朝銮	10	卢前	4	辛际周	2	朱衣	1
陈方恪	10	梁启勋	4	黄福颐	2	桥川时雄	1
汪兆镛	9	朱守一	4	任援道	2	郑秋铎	1
冒广生	9	汪怡	4	甘大昕	2	蔡宝善	1
廖恩焘	9	郭延	4	詹安泰	2	唐兰	1
李权	9	金兆蕃	3	胡坤达	2	李宣龚	1
吴梅	9	洪汝闿	3	夏仁虎	2	吴湖帆	1
陈洵	7	王易	3	雷崧生	2		

丁宁	28	陈家庆	24	徐小淑	21	吕碧城	15
罗庄	11	马素藟	7	翟贞元	6	李澄波	6
蒯彦范	6	王兰馨	5	张默君	5	陈翠娜	4
刘敏思	4	叶成绮	3	吕凤	2	俞令默	2
翟兆复	2	汤国梨	1	章璠	1	张荃	1
李瑷灿	1	刘嘉慎	1	程倩薇	1	黄庆云	1

第三节　卢前"民族诗歌"理论与《民族诗坛》
词人群的时代书写

　　经过龙榆生数年努力和大量词人的积极支持，围绕《词学季刊》周围建立起响应"别建一宗"的新型词人群体。随着战火的蔓延，上海失去继续办刊的客观条件，词群活动暂告一段落。彼时龙榆生、夏承焘等人仍留在上海，组织午社唱和。当午社内部仍在为"四声"问题争论不休时，卢前主编的《民族诗坛》已在汉口悄然发行。作为《词学季刊》词人群的前期成员，卢前传承了"别建一宗"的核心思想，极力推崇苏辛词风，并以更激昂澎湃的姿态,提出建立中国本位的"民族诗歌"口号。他们秉承的"发扬民族精神,激起抗战情绪"的创作宗旨与彼时中国面临的战争处境及人民大众内心的期望达到高度契合。随着成员组织趋于稳定及办刊条件的更加成熟,《民族诗坛》由此迎来历史发展的高峰期,一度成为大后方畅销杂志。从卢前个人身份,到刊物编辑思想、群体审美取向、创作成果等方面所体现出与《词学季刊》的紧密关系,我们有充足的理由将其视为《词学季刊》词人群体的界内传承与新变。所不同的是,《民族诗坛》不仅包括词,还有更加广阔的旧体诗、新诗、曲、译诗等各种诗歌形式。本节仅以词体为主要研究对象,论述卢前"民族诗歌"的理论建构与龙榆生"别建一宗"及《词学季刊》词人群的发展演变。

一、卢前民国诗宣言与"民族诗歌"论

每一部产生较大影响的期刊都有其贯穿始终的办刊理念,理念的正确与否直接决定期刊的生命强度。《民族诗坛》主编卢前有感于当前中国旧体诗仍在固有轨迹上滑行,没有走出属于新时代的新道路,而新诗又表现出惟西方文化亦步亦趋,失去中国自身本位的稚嫩,改革诗歌已经迫在眉睫。他在《现代诗坛鸟瞰》中说:"综论现代中国诗坛,古老的如彼,新创的又如此。都陷入坠眠状态,而日渐沉寂,使民气无从振起。这抗战的伟大的时代,我们如何可以匆匆放过。只要为国家为民族而歌唱,无论是新的,旧的,我们都需要的。"①

需要回顾抗战时期新旧文学从争论到握手言和的变化才能看清卢前办刊理念的宏大视野。1935年大夏诗社创办《诗经》期刊时,鲜明亮出"无论是深奥的文言,通俗的白话,绅士们的吟咏,贩夫走卒的歌唱,都愿意虚心地去研究"②的旗号,只是《诗经》刊期少,影响有限。随后1938年教育短波社的《抗战诗选》,将"国内三十几种重要刊物上精选出来五十六篇新旧体诗"③辑于一编,是新旧融合的新动向。如果以1939年艾思奇《旧形式运用的基本原则》的发表,作为理论层面新旧文学关系的转折。那么,1938年卢前《民族诗坛》的创立及"诗词录""新体诗录""曲录""译诗"等栏目的设置,就已经早早的走在创造"民族文艺新形式"的前列,其倡导的不论形式新旧,只要是"为国家为民族"而歌唱就是诗坛需要的文学史观,将《民族诗坛》的

---

① 卢前:《现代诗坛鸟瞰》,《民族诗坛》创刊号,汉口:独立出版社,1938年5月,第5页。
② 第三、四期《编后》,南江涛选编:《民国旧体诗词期刊三种》,北京:国家图书馆出版社,2013年,第1册,第129页。
③ 教育短波出版社编:《抗战诗选》,出版地不详,教育短波出版社,1938年,第1页。

定位摆在了抗战文学的制高点。

"为国家为民族"的创作思想直接催生出创造中国本位的"民国诗"的大目标。如第二卷第三辑《今年本刊之期望》:"四、抗战成功! 俾'民国诗'随以完成。"①第二卷第四辑:"此后来稿,望多赐真挚活泼之作品,俾本刊气象日新,不负建立'民国诗'之使命。"②第二卷第五辑:"吾人欲创'民国诗',至少能创若干体裁上之新型。"③第三卷第一辑:"于此卷中,将充实建设'民国诗'之理论。"④他在《民族诗风之倡导者》中进一步解释:"民国诗云者,以活泼、生动之形式与格调,扬示我民族特有的雍容博大之精神,为民主政治时代之产物,发四万万五千万民众之呼声。纵从历史观,上不同于汉魏唐宋明清之诗;横从地域观,并亦异诸英、法、德、印度、波斯之诗。于是,而有不蹈袭古人,不规抚域外,堂堂正正卓异独立之'民国诗'。"⑤如果说梁启超等人是首次提出诗界革命,并取得晚清诗歌与新时代第一次变革;以胡适等人提倡的白话诗是五四以来第二次诗界革命;那么吴芳吉⑥、卢前、易君左、于右任等人倡导中国本位的"民国诗"就是振聋发聩的诗界第三次革命。建立"民国诗"的宣言成为引领抗战时期中国诗歌走向未来的纲领性指导理论,即使在二十一世纪的今天,仍有其不可抹煞的现实意义。

宣言的推广需要借助健全的诗学阐释和与之相呼应的创作来落实完成。诗学阐释层面,易君左《建立"民国诗学"刍议》提出必须具备民族主义的灵魂与肝胆;有组织有系统的规模写作;力求诗与音乐、绘画三位一体的三个条件和相关具体操作。⑦ 虽然"刍议"有其时代局限性,但努力付出不可抹煞。与此相似的是卢前建构"民族诗歌"的设想。他在《廿七年来我中华民族诗歌》中提出"把民族精神与时代精神反映到诗歌之中",并"从个人的诗,推展成为大众的","舍弃以往诗人晦涩、居奇、鄙陋、享受诸旧习。发挥诗的力量,给他成为全民族的歌声。"⑧卢前是通过民族诗史研究、树立典范、操持选政等途径来完成"民族诗歌"理论建构的。

民族诗史上,卢前认为"选体诗派""新学诗派"都不可学,惟"南社诗派"

① 卢前:《今年本刊之期望》,《民族诗坛》,1939 年,第 2 卷,第 3 辑。
② 卢前:《编余琐识》,《民族诗坛》,1939 年第 2 卷,第 4 辑。
③ 卢前:《编余琐识》,《民族诗坛》,1939 年第 2 卷,第 5 辑。
④ 卢前:《编余琐识》,《民族诗坛》,1939 年第 3 卷,第 1 辑。
⑤ 卢前:《民族诗风之倡导者》,《卢前文史论稿》,北京:中华书局,2006 年版,第 295 页。
⑥ 卢前:《吴芳吉评传》,《民族诗坛丛刊》,1941 年,第 1—4 页。
⑦ 易君左:《建立'民国诗学'刍议》。卢前:《民族诗歌论集》,重庆:国民图书出版社,1940 年,第 16—18 页。
⑧ 卢前:《廿七年来我中华民族诗歌》。《民族诗坛》,第二卷第一辑,1938 年 11 月。

可兹借鉴。① 而面对"散曲运动"的难以为继和"新体白话诗的失败"。他强调抗战时期诗歌必须与时代紧密结合。期刊先后发表《抗战时期文学应负的使命》《战时诗歌的积极作用》《诗的三色——桃色、湖色、血色》②等文章，继而参考吴宓③观点，提出"以新材料入旧格律，用旧技巧写出新意境，拿诗来发扬我民族精神"的创作途径。树立典范上，期刊显要位置出现介绍于右任、夏完淳、丘逢甲、杜甫④等文章，这些人契合主编心中优秀"民族诗人"的标准。树立典范是对"民族诗歌"理论点的深化，而操持选政则是对悠久历史的考察。如《民族诗选》。彼时有不少人同操此戈，如胡才甫《民族诗选注》⑤、吴贯因《国难文学》⑥等。卢前认为他们所录"不足于忠烈之气"，乃"亡国之音。"卢选始终贯彻"发扬民族之精神，激起抗战之情绪"的宗旨，尤重生新活泼，明白晓畅，有忠烈之气的佳作。以上三大举措基本廓清"民族诗歌"的理论维度，具体如何操作理论下的"民国诗"，还看创作层面的实验。

实验核心是对新体诗的探索。它承载着"开辟新时代文学"的重担。卢前特意开辟《征集当代诗人'对于创造新体诗歌之意见'》的专题讨论：

一，新体诗之试验已十余年，何以不能普遍流传？是否本身有其缺点？请申论之。

二，今日我国所需要者，为何种新体诗歌？请各就理想中之"形式"言之。

三，创造新体，以我国固有乐府体，古近体诗、词或曲为依据乎？抑一概摒弃？请裁夺之。

四，创造新体，以异域之各种体制为依据乎？抑一概摒弃？请裁夺之。⑦

作为回应，郑伯奇《门外谈诗》和蒋山青《创建今体诗刍议》两文强调新体诗形式较为松散，且存在押韵随意的现状，希冀多从古近体诗中攫取营养。而

---

① 卢前：《民国以来我民族诗歌》，《卢前文史论稿》，北京：中华书局，2006年，第271页。

② 作者为虞愚、戈浪、少华。

③ 吴宓教授夙主"以新材料入旧格律"。

④ 分别见民族诗坛第一卷第二辑，第二卷第一、五、六辑，第三卷第五辑。《于右任先生及其诗》《三百年前一位青年抗战的民族文艺家——夏完淳》《民族诗雄丘逢甲先生》《杜甫今论》。

⑤ 胡才甫：《民族诗选注》，上海：商务印书馆，1937年。

⑥ 吴贯因：《国难文学》，北平：东北问题研究会，1932年。

⑦ 卢前：《征集当代诗人'对于创造新体诗歌之意见'》，《民族诗坛》，1938年，第一卷，第四辑。

《民族诗坛》倡导"以新材料入旧格律,用旧技巧写出新意境,拿诗来发扬我民族精神"的创作途径已经从理论层面很好的解决了新旧诗间的矛盾。只是,理论与创作实践的差距还很大,从期刊刊载栏目的不平衡可见一斑。卢前自己也交代,"外间来稿,仍以古近体诗为多。词曲较少,新体诗尤缺乏"①,乃至有时不得不转载已经发表过的新诗。

综合而言,自提出建立中国本位的"民国诗"后,卢前等人从内涵阐释、操持选政、沟通新旧文学的专题讨论等方面逐步建立起充实完整的"民族诗歌"理论。并通过期刊,对旧诗词、散曲、新体诗、歌谱、译诗等各韵体文学都作出适合自身及时代需要的创作指导,抗战文坛的整体气象为之大变。

二、卢前与龙榆生及《词学季刊》词人群之关系

身为《词学季刊》词人群的成员,卢前早在三十年代初已经大力批判四声竞巧问题②,他接受了龙榆生"别建一宗"的基本理念,结合全面抗战的需要,稍作调整,既使词体能够吟唱出四万万同胞的真实心声,又不完全为政治左右,保持自我独有的特色,向创立民国之词的宏伟目标迈进。

龙榆生与卢前的交往主要集中在同执教上海暨南大学的四年期间(1932—1935)。据张晖《龙榆生先生年谱》记载:

> 1934 年,"暮春,夏敬观、梁鸿志、黄孝纾、陈运彰、卢前同访先生于真如暨南新村,重游张氏园。皆有作。"
>
> 1935 年,夏敬观组织声社,龙、卢皆为核心成员。(见《词学季刊》二卷四号《词坛消息》)
>
> 1935 年 9 月,龙榆生赴广州中山大学,"夏敬观、黄孝纾,卢前等有诗送先生南行。"见卢前《次韵送榆生南游兼呈映庵墨巢颙士》。
>
> 1937 年撰《卢冀野饮虹乐府序》。
>
> 1938 年秋,卢前致函龙榆生道及重庆生活。卢前有《奉怀榆生兄上海》《仙吕游四门》③。

龙榆生和卢前同事关系及治词曲学的旨趣很容易拉近二人距离,而促进深交的内核应是审美理念的相似。龙榆生交代:"曩与冀野共事暨南,值

---

① 卢前:《编余琐识》,《民族诗坛》,1938 年,第一卷,第六辑。
② 卢前:《我是怎样写中兴鼓吹的?》,永安:建国出版社,1943 年,前言页。
③ 张晖:《龙榆生先生年谱》,上海:学林出版社,2001 年,第 53、61—63、83、93 页。

淞沪战后,外侮日亟,国势阽危,思以激扬蹈厉之音振聋聩,期挽颓波于万一,乃相与鼓吹苏辛词派。"①

《民族诗坛》对《词学季刊》创作理念的认同是二者传承的主要纽带。龙榆生"别建一宗"的出发点是"藉以引起读者之同情,无背于诗人'兴观群怨'之旨,中贵有我,而义在感人,应时代之要求,以决定应取之途径。"(《今日学词应取之途径》)卢前"民族诗歌"的缘起是"诗,非一人事也。国风十五,可以论世。兴观群怨之效,尼山既言之矣。……自抗战军兴,万民沸腾,怒吼之声,响彻大地。武穆冲冠之愤,文山正气之歌,必有雄辞,而非其世。越汉跨唐,是在此当前之大时代也!"(《民族诗坛缘起》)两人所论相同处有二,一是"兴观群怨"观,一是应时代之要求。前者导向真挚活泼、辞意畅达、注重感情抒发的韵文特质;后者重视诗歌宣传、教育、诗史等社会功能。缘起的相同促使文学审美倾向趋于一致。(四十年代龙榆生创办《同声月刊》本欲定名为"中兴鼓吹"②,与卢前词集同名,可反证二人审美相似性)

龙榆生"别建一宗"明确提倡苏辛词风的取向,③这与卢前"民族诗歌"风格不谋而合:"以我个人的嗜好来说,在朱、况之外,萍乡文芸阁先生的《云起轩词》是不可多得的,他有豪迈的气度,以苏辛的笔调,与当时学南宋的风气相抗。……这几年我们正提倡苏辛体,主张以词体来歌咏民族精神,合乎时代需要。"④龙榆生倡导苏辛的主要目的是对彼时词坛四声竞巧的反拨和词体社会功能的反思。而卢前则是社会功能的具体落实,彼时沿海各省相继沦陷,民族存亡的危机时刻,必须将词与教育宣传的时代使命和反映民众心声、记录历史的实际功能相结合。因此辛刘一派的"狂吟雄风"比苏轼的"清雄潇洒"更贴合时代环境。着重抬高辛派词人的地位是卢前对龙榆生理论的继承与修正。因此,不难分辨出从"别建一宗"到"民族诗歌"之间的传承与新变关系。

在编辑审稿方面,卢前比龙榆生更加苛刻。龙氏倡导"苏辛词风",并不排斥山川自然美景、雅集赠答、题画和韵等词。面对当时词坛复杂形式及开宗的艰难目标,他不可能明确提出录与不录的原则性标准。而卢前却明确表示排斥"歌咏风月",激赏"雄壮亢爽"、慷慨激昂的作品,甚至直言只录"豪壮之词",若能在豪放基础上融入民族气节、抗战时事则更佳,如其所言:

① 龙榆生:《中兴鼓吹跋语》。卢前:《中兴鼓吹》,南京图书馆藏本,年月不详,第 79 页。
② 汪精卫:《双照楼遗札》,《同声月刊》,第 4 卷,第 3 期,第 46 页。
③ 龙榆生:《今日学词应取之途径》:"私意欲于浙、常二派之外,别建一宗,以东坡为开山,稼轩为冢嗣,而辅之以晁补之、叶梦得、张元干、张孝祥、陆游、刘克庄诸人。以清雄洗繁缛,以沉挚去雕琢,以壮音变凄调,以浅语达深情,举权奇磊落之怀,纳诸镗鞳铿鍧之调,庶几激扬蹈厉,少有裨于当时。"《词学季刊》,1935 年,第 2 卷,第 3 号。
④ 卢前:《卢前文史论稿》,北京:中华书局,2006 年,第 277 页。

今日所收到词稿,仍多歌咏风月者,与本刊旨趣不合,往往割爱。自兹以往,盼多以雄壮亢爽之音,写此伟大时代,不独本刊之幸已也。①

原旨在提倡"苏辛"一派,专取慷慨激昂之作,以与此大时代相辉映,但获有佳构,能激励民气,虽不尽同苏辛词风,亦所必录。②

以前因词稿投来不多,选择至宽,分述改善之标准,如下:(一)非豪壮之词,不录。(二)应酬之词,不录。(三)艰涩而不足感人之词,虽工力精至,亦不录。③

两大主编间的紧密联系及两大期刊表现出的共同审美倾向及选词标准,使我们有理由将后者纳入期刊型词人群体的发展历史中来综合考量。如果说《词学季刊》百余名词人内部还存在审美倾向的偏差,那么经过卢前选刊的《民族诗坛》词人群则无可挑剔的整齐划一,新型词人群体的努力方向与词作声音达到前所未有的高度一致。

三、期刊动态与创作分歧

战乱背景下创办期刊是困难重重的,抗战期间涌现出很多爱国进步刊物,但因各种缘由,经常出现出版数期即寿终正寝的现象。数次迁移,并惨遭轰炸的《民族诗坛》居然能够坚持到抗战胜利的到来,本身就折射出此刊物与众不同的光辉形象,何况这是一部诗歌专刊。明晰其坎坷发展历程,无论是对抗战诗歌生成史,还是抗战文化史,都是十分有意义的探究。同时,也有利于厘清词人群变迁始末,便于进一步解读词风演变的分歧所在。

以下表1为《民族诗坛》各辑发表数量统计;表2为词人各辑作品统计及分布;表3左侧是词人发表数量排行榜,右侧是刊载次数排行榜。(注:下表 1.1 表示第一卷第一期,以此类推)

表 1　各辑词作数量表

1.1	1.2	1.3	1.4	1.5	1.6	2.1	2.2	2.3	2.4	2.5	2.6	3.1	3.2	
31	31	20	39	16	7	15	20	20	17	13	17	35	33	
3.3	3.4	3.5	3.6	4.1	4.2	4.3	4.4	4.5	4.6	5.1	5.2	5.3	5.4	总计
17	7	12	24	13	22	11	10	21	26	20	22	23	27	569

---

① 卢前:《编余琐识》,《民族诗坛》,1939 年,第三卷,第四辑。
② 卢前:《编余琐识》,《民族诗坛》,1939 年,第三卷,第三辑。
③ 卢前:《编余琐识》,《民族诗坛》,1939 年,第三卷,第一辑。

表2　词人各辑词作数量分布

词人	1.1	1.2	1.3	1.4	1.5	1.6	2.1	2.2	2.3	2.4	2.5	2.6	3.1	3.2	3.3	3.4	3.5	3.6	4.1	4.2	4.3	4.4	4.5	4.6	5.1	5.2	5.3	5.4	总计
于右任	2	2	1			1	1			1				1											1				10
王陆一	3	3	1	22							3	2	2	8	3	1	3	9	4										64
仇埰	10	10													1				7			4							32
张庚由	1		2	1		3		1		1															5				14
卢前	4	3	1	1										1															10
江洁生	2							1		1		2		2		1					1								10
缪钺	1				2		1				1			1															6
易孺	2																												2
陈匪石	3				1	1									2														7
陈逸云	2			3																									5
杨山	1																												1
赵尧生		1																											1
龙榆生	1	2		1								1																	5
甘豫源	2	1	1																										4
贺敏生	1	1	1																										3
王东培	2																				1								3

续 表

	1.1	1.2	1.3	1.4	1.5	1.6	2.1	2.2	2.3	2.4	2.5	2.6	3.1	3.2	3.3	3.4	3.5	3.6	4.1	4.2	4.3	4.4	4.5	4.6	5.1	5.2	5.3	5.4	总计
潘大年		1																											1
朱鹴		4		1		1	4			1	1																		12
张镜明			2						1														3						6
陈瑞林			2																										2
唐圭璋			2				3			2													2	1					10
陈海天			1							1																			2
苏渊雷			2																										2
周沛霖			1																										1
汪巨伯			1																										1
吴隆赫			1																										1
范雪筠			1							6						1													8
邓蔚梅			1																										1
汪精卫				2																									2
曾仲鸣				1																									1
曾小鲁				3	1			1	1				1																7
谢树英				1																									1

续 表

	1.1	1.2	1.3	1.4	1.5	1.6	2.1	2.2	2.3	2.4	2.5	2.6	3.1	3.2	3.3	3.4	3.5	3.6	4.1	4.2	4.3	4.4	4.5	4.6	5.1	5.2	5.3	5.4	总计
陈苍麟				2																									2
林鹍				1																									1
吴白匋					8						1		2																11
许凝生					2																								2
董巽观					2				1																				3
孙澄宇						1			1												1	1					3		7
林庚白							1	3																					4
何鲁							1																						1
施绍文							2																						2
赵文炳							1			1																			2
何雪梅							1																						1
吴梅								1					6																7
周癸叔								2							1														3
汪东								3					1																4
王驾吾								1																					1
刘翼凌								2																					2

续 表

	1.1	1.2	1.3	1.4	1.5	1.6	2.1	2.2	2.3	2.4	2.5	2.6	3.1	3.2	3.3	3.4	3.5	3.6	4.1	4.2	4.3	4.4	4.5	4.6	5.1	5.2	5.3	5.4	总计
许伯建								2												2									4
杨熙绩									2				2									1							5
曾缄									5																				5
刘衡如									2			1																	3
刘冰研									2	1	2		1																6
谢芸皋									1																				1
黄荣									1					10			1												12
蔡济舒									1							1													2
漆颂平									1		2																		3
洪守方									1																				1
翟贞元										1																			1
谭振民										1																			1
张元群											1																		1
巴壶天											1																		1
周礼											1			1										1		2	3		8
顾佛影												1																	1

118

续　表

	1.1	1.2	1.3	1.4	1.5	1.6	2.1	2.2	2.3	2.4	2.5	2.6	3.1	3.2	3.3	3.4	3.5	3.6	4.1	4.2	4.3	4.4	4.5	4.6	5.1	5.2	5.3	5.4	总计
朱经农												1																	1
胡健中												1																	1
陈曼若												1																	1
李蕙苏女士												3	8																11
陈家庆												2	5			2	2											9	20
周国新												2																	2
陈配德													4																4
丰子恺													1																1
易君左													1																1
夏承焘														1															1
陈蒙庵														1															1
汤国梨														1															1
许崇灏														1															1
冯　飞														1															1
曾继一														1															1

续表

	1.1	1.2	1.3	1.4	1.5	1.6	2.1	2.2	2.3	2.4	2.5	2.6	3.1	3.2	3.3	3.4	3.5	3.6	4.1	4.2	4.3	4.4	4.5	4.6	5.1	5.2	5.3	5.4	总计
熊昌翼														1															1
朱守一														1						3									4
无名氏														1															1
沈尹默															2	1			1										4
吕碧城															3														3
蔡嵩云															1														1
林少和															2														2
朱荫龙															1														1
顾毓秀																1													1
马一浮																	1												1
冒鹤亭																	1												1
张尔田																	1												1
石戗素																	2												2
刘彦韬																	1												1
王去病																		3		9			1	2	1		6		22
廖辅叔																		1											1

续 表

	1.1	1.2	1.3	1.4	1.5	1.6	2.1	2.2	2.3	2.4	2.5	2.6	3.1	3.2	3.3	3.4	3.5	3.6	4.1	4.2	4.3	4.4	4.5	4.6	5.1	5.2	5.3	5.4	总计
成善楷																		11	1		3	1			4			12	32
贺衷寒																				1									1
阿植																				1									1
胡伯孝																				1				4					5
殷芷沅																				4			1						5
果玲																				1									1
管雪斋																					2								2
萧家霖																					1								1
杨白华																					2								2
陈瘦愚																						1							1
朱居易																						2							2
叶恭绰																							6						6
乔大壮																							1						1
王用宾																							2						2
沈天泽																							5						5
王隺村																								1					1

续　表

	1.1	1.2	1.3	1.4	1.5	1.6	2.1	2.2	2.3	2.4	2.5	2.6	3.1	3.2	3.3	3.4	3.5	3.6	4.1	4.2	4.3	4.4	4.5	4.6	5.1	5.2	5.3	5.4	总计
黄介民																								1	1				2
汪辟疆																								1					1
李证刚																								1					1
方东美																								2					2
何兆清																								2					2
李法白																								1					1
黎照庭																								3					3
周仁济																								1					1
金启华																								2					2
宋树屏																								1					1
陈守礼																								1					1
张恕																								1					1
李靖烈																									4				4
章士钊																									4				4
朱乐之																										10	7	4	21
王季思																										1			1

续　表

	1.1	1.2	1.3	1.4	1.5	1.6	2.1	2.2	2.3	2.4	2.5	2.6	3.1	3.2	3.3	3.4	3.5	3.6	4.1	4.2	4.3	4.4	4.5	4.6	5.1	5.2	5.3	5.4	总计
黄绍庭																										2			2
葛天民																										1			1
胡家祚																										2			2
施亚西																										1			1
胡　附																										1			1
张德舆																										2			2
卢韵原																											3		3
周方骏																											1		1
汪岳尊																												2	2

注：此表按作者出现顺序排列（表1）

表3　右侧刊载次数排行，左侧数量排行

王陆一	64	王陆一	12
仇埰	32	于右任	8
成善楷	32	张庚由	7
王去病	22	江洁生	7
朱乐之	21	成善楷	6
陈家庆	20	王去病	6
张庚由	14	朱鎛	6
朱鎛	12	仇埰	5
黄棨	12	陈家庆	5
吴白匋	11	卢前	5
李蕙苏	11	唐圭璋	5
于右任	10	周礼	5
卢前	10	曾小鲁	5
江洁生	10	孙澄宇	5
唐圭璋	10	缪钺	5
范雪筠	8	陈匪石	4
周礼	8	刘冰研	4
陈匪石	7		
曾小鲁	7		
孙澄宇	7		
吴梅	7		
缪钺	6		
张镜明	6		
刘冰研	6		
叶恭绰	6		

　　期刊的兴衰直接表现在刊载词作数量的增减。由表1可知，前四期篇幅数都在20以上，1.5、1.6两辑突然锐减，原因有三：一是战火烧至武汉，刊物由汉口迁址重庆，中转过程中难免存在应接不暇的遗漏；二是主编交代，外间来稿词曲尤少，可资选择的空间较小；三是作为陪都的重庆，"制锌版所费甚巨"，经费是掣肘刊物延期及限制发表量的重要因素。此后数辑渐

有恢复。2.5辑又出现低谷的原因是通讯处的变更,由原米花街二十号,变为"重庆上清寺陶园监察院李翘君收转"。3.1、3.2形势逐渐好转,大有洗心革面的趋势,且3.1期明确提出"以前因词稿投来不多,选择至宽,分述改善之标准"即"非豪壮之词,不录;应酬之词,不录;艰涩而不足感人之词,虽工力精至,亦不录"的系列要求,说明此辑前后稿件量越发增加,只有与本刊宗旨一致者才能选登。然好景不长,3.3至4.4八期内一直处在"萎靡不振"的状态,一个不容忽视的客观因素是3.2辑前后,《民族诗坛》编辑部遭到敌机轰炸①,大量稿件被毁。当然与期刊选择标准的严苛也不无关系,考虑到来稿的锐减,卢前3.3辑随即提出修正,他说"原旨在提倡'苏辛'一派,专取慷慨激昂之作,以与此大时代相辉映,但获有佳构,能激励民气,虽不尽同苏辛词风,亦所必录。"②从"非豪壮词不录"的自信,到"不尽同苏辛词风,亦所必录"的妥协与放宽,透露出期刊词稿的后继乏力。

不难发现,3.2期为刊物发展显著分界点。前期尽管有少数锐减情况,但整体趋势良好,一旦环境稳定,就表现出稿源充足、质量臻善的复苏局面。而后期则相对势弱,直至4.5辑叶恭绰、乔大壮、王用宾、沈天泽等一批著名词人的加入,才稍有改观。其实,改观也是建立在数月,乃至半年才出一期基础上的,1.1至3.6是每月一期,从1938年5月创刊,至1939年10月,不足一年半时间,出齐三卷十八期,而4.1至5.4,历时五年左右,才出齐十期。其实3.3期前后已经出现严重拖延现象。如3.3出版时间为1939年7月,而根据《编余琐识》落款知见刊已是9月8日之后,同样,3.4、3.6等都有见刊时间滞后的现象。

从作者群的变更更能清晰看出后期下滑及演变关系。除了于右任、王陆一、仇埰、卢前、张庚由、江洁生、唐圭璋、孙澄宇等数位稳定撰稿人外,前期表现活跃的词人还有刘冰研、吴白匋、曾小鲁、范雪筠、朱疃、陈匪石、缪钺等一批著名词人,但不知何种因素,他们刊载大都止步3.2期。而后期则以王去病、成善楷、朱乐之等为主力,不惟创作力量有所下降,且审美风格也表现出与"豪壮词"疏离的迹象。

随着抗战相持阶段的到来及整个词坛风气的演化《民族诗坛》所坚持的"豪壮词"基本原则和"以韵体文字,发扬民族之精神,激起抗战情绪"的宗旨受到严重挑战。首先,词社现象的复苏必然伴随着应社酬赠、观花赏月词的增加,而前线战争的相对松缓也导致抗战时事词生长土壤的贫瘠,社会环境

---

① 卢前:《编余琐识》,《民族诗坛》,1939年,第三卷,第二辑。
② 卢前:《编余琐识》,《民族诗坛》,1939年,第三卷,第三辑。

和词人活动的变化都在侵蚀着民族诗坛试图建立的民国诗歌大厦。其次，一味的鼓吹抗战，或一味的品读铜琶铁板的豪壮词，势必造成审美疲劳，而相对活泼自然的山水风景词会重新获得读者青睐。第三，有两条线索促成了《民族诗坛》词人群的产生，一是以于右任为首，王陆一、张庚由、江洁生、曾小鲁等为羽翼的国民政府官员；一是以卢前为中心，与其交善的仇埰、唐圭璋、成善楷、王去病、缪钺等大学老师或古典文史学者。前者事务繁忙，以词为余事，或企图将诗歌视为教化宣传的目的，以致牺牲词体固有审美特质，而强行灌输政治理念；后者多抒发个人身世之感，抵制粗俗，注重词体艺术美学。凡此皆导致吟唱"豪壮词"的空间越来越狭窄。

仔细透视期刊核心词人群对豪放词风的理解，更能抓住"合"与"分"的本质。政府官员群体极力强调战时诗歌的宣传鼓吹、教育感化作用，将其比作匕首、投枪，参与文字抗战。而教师群体则更坚持词体本位。先看前者，于右任所持"时代精神必反映于诗歌……发挥诗歌之用，应充实其内容，取为宣传之具，然后始有生命。……诗人应使读者易于了解其作品。含义不可过于晦涩"[1]等观点，已成为《民族诗坛》词人群共同遵守的原则性理念。王陆一、张庚由、江洁生等人的词体观和于右任也是一脉相承。江洁生《吟边札记》论述最多：首先，时代性的弘扬。他说"凡诗必有时代性，此即诗史之说也。然创造之初，每遭横议。且开新合故，尤易召旧人鸣鼓之攻。故非心志坚贞，魄力雄伟者，辄不能成此大业。"抗战时期时代性的突出特征是时事关注和民族意识的贯彻。前者，王、张、江等人相关作品极多，下文举例时具体论述；后者，则如江洁生所说："庚由词兄诗笔日进。……近负为余题巫峡清秋图一诗，尤富民族意识，发扬抗战，情见乎词，亦泱泱大国之风也。"[2]其次，"文艺大众化"导向浅白通俗。江氏《札记》云："诗词之本身为美术，故必以唯美为依归。除争胜立意外，格调不必过于新奇，用字亦不必过于生涩。盖诗以陈义，辞则达意而已。……（杜甫诗歌），率皆辞意明显，音节谐和，用字平凡，取材切近。绝少劳苦艰难之态，亦无声牙诘屈之声。故能易于上口，便于成诵，见之悦目，咏之怡神。信乎佳文不在求奇，虽诗圣亦莫能改也。"不难理解，此论是"文艺大众化"路线在诗词领域的理论表现。若典故过多，或字词聱牙，势必使本来就受众不多的古典诗词更加走向绝境。王陆一、张庚由并没有留下相关词论资料，然从其创作能够领略他们认同以上立场。

---

① 《于右任先生及其诗》，《民族诗坛》，1938年，第一卷，第二辑。
② 江洁生：《吟边札记》，《青年向导周刊》，1938年，第12期，第7页。

与站在政府角度,较为偏向政治性的词体观不同。缪钺、唐圭璋、仇采、陈家庆、吴白匋等人倾向于保持词体本色基础上有限度地反映社会时事。如仇采,就强调四声格律和"觇志节,观世殊"词史意义相互并重。与卢前等人相同点是以词写抗战大事,出大意义;不同点是不能因为迁就政治宣传而使词变成"句读不葺之诗"。正如缪钺所云:"自古忠义之士,爱国家,爱民族,躬蹈百险,艰贞不渝,必赖一种深厚之修养,绝非徒特血气者所能为力。最高之文学作品,即在能以精美之辞,达此种沉挚之情,若喊口号式之肤浅宣传文字,殆非所尚。"①《论辛稼轩词》又云"稼轩作壮词,于其所欲表达之豪壮情思以外,又另为一内蕴之要眇词境,豪壮之情,在此要眇词境之光辉中映照而出,则粗犷除而精神益显,故读稼轩词恒得双重之印象,而感浑融深厚之妙。"①无论是唐圭璋的"雅婉厚亮"②;还是吴白匋"国家大事,毕见令慢之中,托讽微显,不愧词史"③基础上的融合稼轩、"出入梦窗";抑或成善楷"词者最后出,宛转徐丽,上足以喻芬芳,下足以宣情性而已"④等等,都在强调坚持词体本位的书写原则。

简言之,卢前、于右任和缪钺、仇采两大群体对稼轩风审美风格的接受上出现了貌合而实分的情形。这直接导致了创作层面的两大分野。一部分人继续沿着稼轩雄壮豪放的声调前行,将鼓吹抗战、宣传斗争的主题鲜明的写入词中;另一部分词人则开始有意识的排除政治干扰,回归词体"浑融深厚""要眇宜修"的抒情文学本质,有限度、有章法的反映抗战历史。二者的合与分既是时代大环境使然,也是文学定位差异的外化。就词体创作思想而言,无疑是客观冷静的正确道路;然就《民族诗坛》词人群体发展进程来说,又是难以调和,走向分裂的暗流。

四、民族词史的书写与鼓吹的不同选择

无论是标举姜、张的浙西词派,还是倡导比兴寄托的常州词派,在操持选政时,都没有像卢前《民族诗坛》这般明确提出"非豪壮词不录"的限定性条件。龙榆生"别建一宗"之初,虽然理论层面旗帜鲜明,但落实到词作刊载时也未能做到卢前这般"公正执法"。这意味着《民族诗坛》词人群体已经相对定型,开始走上文学流派逐步成型的发展道路,然审美风格的整齐划一也间接导致了该群体进入褊狭之境,开启了人才流失、衰落式微的闸门。

---

①　缪钺:《论辛稼轩词》。《思想与时代》,1943 年,第 23 期。
②　唐圭璋:《论词之作法》,《词学论丛》,上海:上海古籍出版社,1986 年,第 862—865 页。
③　吴白匋:《晚清史词》,《斯文》,1942 年,第 2 卷第 7 期。
④　成善楷:《白石道人词研究叙》,《四川教育评论》,1937 年第 5 期,第 83 页。

（一）民族词史的书写：词人群体之巅峰

《民族诗坛》的创作宗旨是"以韵体文字，发扬民族之精神，激起抗战之情绪"。就卢前自身创作而言，发扬途径有二：一是"用词反映时代之重大历史事件"；二是歌颂民族英雄。激起策略亦有两面，一面以词坛新领袖的身份，解放词体格律束缚，提倡苏辛词风；一面以期刊编辑身份，侧重筛选具有政治宣传功能的作品，尤以"豪壮词"最佳。但不同身份的词人对"宣传"与"豪壮"的理解接受程度是不同的。官员词与文人词的显著区别即在于此。从风格角度看，期刊后期豪壮词锐减，婉约词的陡增，也隐约揭示出后者对词体当行本色回归的内在诉求。以上几大出发点，共同构成了《民族诗坛》抒写抗战词史不同维度的时代特色，也彰显出期刊型词人群体发展演变的基本轨迹。

《民族诗坛》就是一部全方位、多角度、内容广博、风格多样的抗战诗歌史。面对如此痛彻心扉、山河变色的局面，词与诗一道，共同扛起了如实记录历史的重担，谱写出一首首感人肺腑、响彻天地的人间悲歌。

首先，南京大屠杀的黑色影像。日军攻陷国民政府都城后，为了震慑人心，摧毁国人意志，实施令人发指的大屠杀政策。据史家统计，足有三十余万人惨死日军刀下。词人以亲历者的身份记录下这段不堪回首的痛史，并描绘出与史书不同的震撼场面。如李蕙苏《大江东去·拟被难者哭江浙，用张叔夏夜渡古黄河与沈尧道曾子敬同赋韵》：

> 腥云万里，叹经年烽火，漫江南北。嗟自都门沦陷后，尘海荒江遍历。枯柳啼鸦，昏林斜日，一路伤心直。晓风暮雨，青衫瘦损病客。
>
> 闻道越水吴山，刀兵浩劫地，无非血迹。扬子积尸流欲断，故井颓垣依立。玉树歌残，胭脂井坏，月黯秦淮碧。重涛埋骨，狂风时或露白。

词题特意点明用张炎《壶中天》韵，并非追步四声的家法，而是借张词家破国亡、异族统治的创作背景来扩大今昔异同的情感空间。上片嗟叹连年战争时，还能收敛伤心情绪。下片至"扬子积尸流欲断"的黑色恐怖画面时，以"故井残垣"对比貌似不相谐衬，实际上已是"无语凝咽"至极点的冷漠。煞拍不啻是对今天日本抹杀历史举止而终为徒劳的语讖。

此词是日军屠杀罪恶的有力明证。李蕙苏是少有的如此清晰、直接书写南京悲剧的词人，更多的作品仍是较为模糊、宏观的远镜头观照。如王陆一《减字木兰花·南京垂破矣……》、夏承焘《水龙吟·慈山谒水心先生墓时闻南京沦陷》等，其中漆颂平《满庭芳·戊寅春日书怀》下阕较佳："当年金粉

地,龙盘虎踞,祇剩残烟。看歌楼舞馆,断瓦颓垣。处处荒城鬼火,那堪听,
鼙鼓山川。重来日,楼船去处,高唱大刀环。"昔日秦淮楼畔的繁华变成今日
的残垣鬼火,并非沧海桑田,而是日军数月内一手造成,况且悲剧还远不止
如此。

其次,空袭制造的人间惨剧。抗战时期,国民政府的防空武器较为简
陋,不足以抵挡日军精锐战斗机,制空权缺失的后果是使手无寸铁的平民完
全暴露在随意轰炸的攻击范围。炸弹所及处是断头残肢、血迹斑斑。如丰
子恺《忆江南·广州所见》:

> 狂炸也,娘背乳儿逃。未到防空壕畔路,玲珑脑袋向天抛。热血怒
> 于潮。

读到"玲珑脑袋向天抛"的血淋淋语句时,不得不为之惊颤、愤怒。如果说丰
子恺是聚焦于"娘背乳儿"个案,那么,唐圭璋《凄凉犯·火鞭图》则更具有普
遍性:

> 万家避地,如惊雁,弥天劫火无托。仓皇四窜,平林古垒,天涯海
> 角。妖氛更恶。度云隙,机声隐作。渐盘旋纷纷掷弹,裂地震山岳。
> 铁片飞腾处,断臂牵枝,残躯填壑。红颜白发,但模糊,碧血凝着。一
> 缕游魂,应重返、承平画阁。复深仇,待磔丑虏,试刃锷。

诗词能引起广泛共鸣的特质是其所写超越私人范畴,而承载人人皆欲言而
不能言的体会。战火从东部沿海逐步蔓延至大后方,万家迁徙逃避,仓皇四
窜。最可怕的是死神随时萦绕上空,一如压在人们心头的噩梦。相似词作
还有熊昌翼《廿八年五月三四两日,寇机袭渝,焚烧甚惨。追怀今昔,怆然赋
此》、卢前《金缕曲·五月二十五日,入城,遇警报。……》,后者对噩梦体会
更为深刻:

> 久亦齐生死。便埋身、一抔黄土,等闲间耳。只惜未能将革裹,孤
> 负平生豪气。剩一点、丹心无昧。自此从容归上界,信诗书、沾溉垂危
> 际。何苟免,我行矣。　　钢鸢过尽群呼起。戴吾头、敛魂收魄,又来
> 人世。但觉眼前森鬼域,弹片枪痕而已。炸不了、坚强意志。以齿还牙
> 终必报,肯投降、屈服非人子。重誓约,洗兹耻。

上片还在哀叹就此"埋身",轻如鸿毛,孤负大志。待知绝处逢生,惊魂未定,恍如隔世。抗战文学中记录敌人空袭文字甚多,但还未见将生死体验写的这般刻骨铭心。面对"弹片枪痕的鬼域",词人并未延续恐惧,而是更增豪气,誓欲雪耻报恨。其胸襟和气度令人敬佩。

日军在中华大地上所犯的罪行不止是屠杀和空袭,还有如曾小鲁《高阳台》中所载窃夺中国文物的事实:"劫余文字弥珍重,换兼金剩简零绡。最伤心,梦断吴船,目极扶桑(吴门沦陷敌搜括文物悉运东京)。"当然,最严重的还是战火迫使数千万人口无家可归,走上流亡的险途。唐圭璋《雨霖铃·题梁鼎铭兄战画三帧流亡图》云:

> 风狂雨急。向前途去,不辨南北。乡关极目何处?但迷雾里,千山遥隔。负老怀婴,浑不管衣履都湿。只念念白骨谁收?庐舍成灰火犹炽。　　茫茫四野天如漆。问无村一饭何能觅?荒芦败苇深处,凝泪眼几星燐匿。忍死须臾,伫望三军,扫荡腥迹。会有日万井腾欢,相伴还京邑。

下阕"问无村一饭何能觅"既是唐圭璋流亡的切身体会,也是彼时迁徙大潮中难民生活状况的客观实录。

以上所述,仅是《民族诗坛》的少数代表作,于此,也足以窥见词在抒写抗战历史上的广度和深度。这些精光四射的作品进一步奠定了《民族诗坛》词人群体所取得的文学成就。

(二)鼓吹的不同选择:词人群体之消解

如果说"抗战词史的抒写"是对前期《词学季刊》词人群的延续,那么鼓吹抗战就是后期最突出的内容变化。为了配合政治宣传,词承担起"发扬民族精神,激起抗战情绪"的时代使命。作家在考虑抗战主题与"发扬""激起"之间的关系时,很容易选择"稼轩范式"[①]。稼轩的英雄个性投之于词,自有舍我其谁、刚健豪迈的气魄,而壮志难酬、报国无门的现实更在英雄与豪迈之间增添了几分悲壮和凄凉。需要特别提醒,稼轩词豪放中有节制,并非一任情绪无限喷薄,故而既有雄壮气象,又避免粗率庸俗。与两宋之际有相似背景的抗战词坛,是酝酿稼轩风的另一片温润土壤。但正如上文透露,不同背景的人在接受"稼轩风"时是有差异的,更宽泛讲是处理政治与文学之间关系时态度的不同。官员更强调文学服务于政治,作品直观特征就是豪气

---

① 参王兆鹏:《唐宋词史论》,北京:人民文学出版社,2000年。

冲天,常使用铿锵有力的语词,一任胸中愤慨喷薄而出,在激起公共情绪层面,效果显著。文人则不愿以牺牲词体固有本色来委身于政治,试图将政治或时事作为背景,着重叙述个人身世之感,稼轩词中壮志难酬的压抑和以绮语达深情的表述受到格外青睐。两大群体创作的分野导致《民族诗坛》词人群体走向分裂。

1. 向外转:官员词鼓吹宣传意识的贯彻

身为国民政府下辖机构的《民族诗坛》很容易被视为带有鲜明政治指向的文学团体。^① 于右任、王陆一、卢前等人的官员背景更增加人们的这种疑虑。如果说完全没有拉拢文人或扮演辅佐政治宣传的角色也难以服众。但不可将此因素抬的过高,分别对待是最好的选择。

走进官员词内部,鼓吹宣传意识十分明显。如谢树英《满江红·歼倭寇》:

> 弹雨枪林,倾耳听、轰轰不绝。齐奋起,冲锋前进,满腔狂热。战垒重重笳鼓动,飞机簇匕云天阔。好安排、割取敌人头,酬先烈。 城下耻,从今雪。同胞恨,从今灭。乘长风破浪,踏平岛国。谈笑分餐倭寇肉,欢呼痛泻皇军血。旧版图恢复更何难?凭血铁。

"踏平岛国""痛泻皇军血"当然不实,但却喊出了千万普通民众的内心渴望。鼓吹可以坚定人们必胜的信念,是对颓废消沉的有力反驳。当然,也有鼓励有志男儿踊跃参军的现实目的,如施绍文《夺锦标·劝从军》:"奋起从戎投笔。战死沙场,荣誉无殊今昔。"张庚由《菩萨蛮》:"男儿跃马趋前线。立志复中原。齐心事不难。"江洁生《江月晃重山·赠出征将士》:"响应圣时鼓角,飞扬新族旌旗。千军万马去如驰。从军乐,报国有深期。"深究起来,以上词作都不免粗率,不同程度的带政治口号、刻意宣传的生硬感,貌似情感激烈,却有不够真诚的嫌疑。

如果长此以往的迁就政治,而忽视词体自身的文学本位,势必使提倡稼轩风的《民族诗坛》词人群体走向另一个极端,卢前多次呼吁文学反映时代的同时,要注意"气象要活泼生动"(《编余琐识》第二卷第三辑)、"望多赐真挚活泼之作品"(《编余琐识》第二卷第四辑)、"吾人认为今日我民族所需之歌诗,为富有生命的节奏,文字要活泼泼的"(《编余琐识》第二卷第六辑)。

---

① [日]岩佐昌暲:《记抗战时期的旧体诗杂志〈民族诗坛〉》,《重庆师范大学学报》(哲学社会科学版)2006年,第6期。

但到底什么样才算"活泼",卢前并未从学理角度继续阐释,而是推出于右任和王陆一两位典范,如于右任《鹧鸪天·偕庚由自西安往成都机中》:

> 凭倚高风且觉迟。身悬万仞一凝思。山如列国争雄长,云似孤儿遇乱离。　秦岭峻,蜀山奇。西南著我此何时? 相随更是金天雨,洗净人间会有期。

短短小令,既写出战乱背后"列国争雄"的事实和人民乱离的悲惨,又在尾句从容传达坚定的信念,比声嘶力竭的怒吼更有穿透力。这或许就是"活泼生动"的特征之一。但全面抗战前几年,人们还难以掩饰内心澎湃的激情,无法做到这般气定乾坤。令人侧目的是王陆一,同为高官,且有参军经验的他,所作词却极似书斋文人口吻。如《卷珠帘·纪忆》:

> 江上单衣梅雨候。不是春阴,剪剪轻寒又。波浪黄河天际吼。中原万里军行后。　堤柳鹅黄歌粉透。铅水华年,气与山川秀。惯忆西湖浓似酒。花时卷土重来有。

其词不失真挚活泼,尽管被"梅雨""堤柳"包围,但字里行间,依然能品味出"万里行军""卷土重来"的豪情。

如果说官员词是更偏向于文学服务政治,以贯彻宣传意识的目的来指导创作,整体上表现出脱离个人范围,面向外部的广大群众,以稍损词体艺术为代价而激起抗战情绪的话。那么文人词则整体表现出向内转的特征,且比王陆一走的更远,常以一己感受的得失,来传达战争带来的苦痛和为抗战贡献薄力的心声。

2. 向内转:文人词震颤心灵的深挖

关于向内转与向外转的理论差别及互相联系并不是本节所要讨论的范畴,引进此概念是为了更加清晰的区别官员词与文人词在鼓吹抗战方面的异同。向内转的突出表现是诗人个性在作品中开始加强,"诗歌的外在宣扬,让位于内向的思考,诗歌的重心转向了内在情绪的动态刻画,主题的确定性和思想的单一性让位于内涵的复杂性与情绪的朦胧性"。[①] 文人词鼓吹抗战"向内转"的具体表现大体有三:

---

① 鲁枢元:《论新时期文学的"向内转"》,《中国当代文学批评大系》(1949—2009),苏州:苏州大学出版社,2012 年,第 4 卷,第 262 页。

一是以具体的令人或感动、或愤怒的事例激发起读者内心的情绪,而不是说教式的灌输。如唐圭璋《八声甘州·血刃图》:

> 对新图一片血淋漓,悲愤结心头。痛玉颜污损,仰天仆地,堆叠成丘。更有婴儿索母,啼哭不能休。惨绝人间世,魂魄悠悠。　万恶狰狞面目,逞森寒利刃,日黯云愁。想中原人人发指,誓从戎掣电定神州。千骑盛,拥霓旌处,剪尽凶仇。

词中并未鼓吹,更无宣传,只是将尸首堆叠成丘、婴儿啼哭索母等血淋淋的画面真实地呈现眼前,不用再多说一句杀敌报国的话,读者自会得出答案。

二是以中国传统佳节或特殊庆祝日、地方风俗为宣泄口,表达不负往日热闹的同时,以惆怅之语抒述愁苦,继而将矛头指向战争,激起共鸣。如蔡济舒《念奴娇》,上片缕述重阳佳节,漂泊异地的羁旅愁绪。过拍转向故乡江南惨遭敌骑蹂躏的现状,"叶落天寒身亦悴,耻向草间偷活。撼地飞鸢,弥天烽火,怒指冲冠发"。情绪由愁转向恨,逼出煞拍"一饮仇血"的激愤语句。类似作品很多,如仇埰《鹧鸪天》:"垂老何堪感乱离,镜中衰鬓不成丝。病魔历历犹惊胆,餐饭朝朝强及时。　瞻柳陌,妒花枝。青芜故国梦都迷。琼云千里神消阻,只是江皋日影移动。"其他如唐圭璋《点绛唇》(寒雨连江)、龙榆生《水调歌头·丁丑沪上中秋作》等皆有相同表述。

三是深入反思数年来抗战成果微小的原因,以审视自身的态度控诉政府抵抗不力,揭露战场、官场腐败,乃至文坛乱象横生的局面,通过讽刺批评的方式达到教育目的。如施绍文《青玉案·太原上海于十一月十一日同时沦陷,定倾扶危,统兵将校责无旁贷,词以勖之》:

> 幽燕忍使长凄切。问耻恨,何时雪?残敌侵吞无日歇。既沦绥察,又攻江浙,半壁河山缺。　劝君莫再分秦越,国破家亡种随绝。无限头颅无量血。气雄河岳,志坚钢铁,会把凶氛灭。

作者将太原、上海沦陷的矛头直指统兵将校,对前线军事节节败退提出批评。与施绍文相呼应,林庚白对当下文坛学舌南渡亡国的"鹦鹉"们表达不满,如《高阳台·读吴文英词……》上阕:"叹老嗟卑,愁红怨绿,怜渠意浅词深。七宝楼台,妆成只付愁吟。人前学舌多鹦鹉,是旧时南渡声音。几兴亡,弹破琵琶,尚有瑶琴。"

以上所列是文人词在鼓吹抗战、宣传教育方面整体表现出"向内转"的几个方面。诚然,《民族诗坛》中还有其他不同角度的叙述,但其整体共性仍然是强调个人内心的酸甜苦辣。通过个性化的点缀,或悲伤,或轻快,或抒情言志,或讽刺批评等不同格调和方式,不失文学本位配合政治的需要。

五、以沉挚绮语达贞刚之境

《民族诗坛》词人群体鼓吹宣传已经彰显出与《词学季刊》词人群不同的发展轨迹,而变化远远不止如此。随着抗战相持阶段的到来,词坛格局不再单一,表现出由团结一致的鼓吹到多元分化的整体趋势。风格也由豪壮向婉约本色倾斜。此变化一定程度的呈现在《民族诗坛》的词录上。究其实质,仍然是词体观的异同,是文人希冀摆脱政治左右,回归文学本位的诉求。

不必讳言,《民族诗坛》中艺术成就较高的并非那些秉承"以韵体文字,发扬民族之精神,激起抗战之情绪"宗旨而创作的诗词。文学毕竟是私人化的表达,尽管在特殊时期,需要承担一定的时代使命。但强行在文学中灌输某种思想,只会产生一批生命短暂的作品,时间的巨轮会残酷的将那些"口号式"的诗歌扫进尘埃中,保留下经得起考验的、辞意具美的优秀篇章。卢前的"民族诗歌"理论是顺应时代的选择,欣赏生动活泼的"豪壮词"也是大环境所需要。但其他人在接受此理论过程中误解了"豪壮词"与"豪壮之情"的关系。真正走进人们内心的豪壮词仍然需要痛定思痛、沉挚真诚的感情来酝酿,而空有"豪壮之情"是创作不出好作品的。这也是《民族诗坛》后期逐渐走向下坡路的主要原因。

全面抗战初期,针对词坛出现空前繁荣,但也良莠不齐、泥沙俱下的创作"豪壮词"现象,有些理论家已经作出学理性分析,如缪钺《论词》中所持"以沉挚绮语达贞刚"之境的创作思想就是典型代表:

> 盖豪壮激昂之情,宜用于演说时,以激发群众一时之冲动,若诗则所以供人吟咏玩味,三复不厌。而词体要眇,尤贵含蓄,故虽豪壮激昂之情,亦宜出之以沉绵深挚。以情感性质论,沉挚与豪壮乃精粗深浅之分。豪壮之情,可激于一时之义愤,而沉挚之情,须赖平日之素养。豪壮之情,譬之匹夫之勇,而沉挚之情,则仁者之大勇也。自古忠义之士,爱国家,爱民族,躬蹈百险,坚贞不渝,必赖一种深厚之修养,绝非徒恃血气所能为力。最高之文学作品,即在能以精美之辞,达此种沉挚之情,若喊口号式之肤浅宣传文字,殆非所尚。词中佳作,往往貌似柔婉,中实贞刚。[①]

---

① 缪钺:《论词》,《思想与时代月刊》,1941 年,第 3 期。

缪钺认为词体不宜表现"豪壮之情",尽管岳飞《满江红》、辛弃疾《摸鱼儿》等著名篇章确实足够的壮怀激烈,但仍有失之粗率的不足。相对而言,那些以含蓄蕴藉的辞语表达沉挚之情的作品,貌似柔婉,实则贞刚。他明确反对"喊口号式"的肤浅宣传,可视为对卢前"非豪壮词不录"标准的有力纠正。

《民族诗坛》词人群体发展至后期明显出现"豪壮"与"沉挚"两大分野。主"豪壮"者仍然在固有轨迹上滑行,但表现出后继乏力的不足和审美疲劳的弊端。统计表中以3.2为界点,前后期刊内容与格调的变化佐证了此观点的客观性。而另一批主"沉挚"的词人逐渐从非理性的呼号中清醒,开始深入反思文学与抗战之间的主体关系,不再一味的迁就政治宣传,而更注重内心真情实感的抒发,并开始以实际创作修正期刊前期不足,使《民族诗坛》词人群体回到偏重艺术的发展轨道。一批明显带有"以沉挚之情为主导","绮语中见贞刚和悲凉"的优秀作品随之产生。如刘冰研《金缕曲·接亚子寄词,有"残月晓风无恙否"之句,读后弥增怅触,次韵为报》:

> 花落东风嫁,莽天涯、从军书剑,累侬鞍马。梦里不知身是蝶,春梦等闲抛谢。孤负了笙寒瑶夜。解识江南肠断处,笑名山、事业多虚假。君不记,鹧鸪话。　　五陵豪气消磨也。初打算、商量残稿,水晶帘下。薄命词人霜后叶,一样冷红初乍。殊未免、鹭疑鸥讶。唱到流萤沾露草,恐秋坟、才是知音者。感时泪,向天洒。

不见一字抗战,却又字字描写抗战。所谓"绮语中的悲凉",正是这般满眼花草、梦蝶、流萤、鹧鸪等柔婉意象,貌似闺音,实则蕴藏着人间大悲大苦,感人至深。其他佳作如缪钺《齐天乐·乱离远客又值重阳阴雨经旬倍增闷损时在信阳》:

> 昏昏阴气迷清昼,孤城雨声凄断。木落惊寒,蛩啼怨别,多少羁怀零乱。青山照眼。奈流潦妨车,湿云封巘。古寺幽花,只应惟向梦中见。　　胡尘犹未净洗,故园今日菊,凉露增泫。玉液持螯,霜风落帽,争觅当年游伴?凭栏念远。正骨肉他乡,山河殊甸。愁绝秋宵,暗空时过雁。

词中所绘景象越来越繁复,反复逶染,且不断变换色泽,叙述情感在沉挚基础上也愈发朦胧,但不难窥探这位乱离远客感时伤世的词心。

"豪壮"与"沉挚绮语"激烈交锋的另一典型例证莫过于期刊 4.6《沙坪词集》的刊载。卢前曾提出"应酬之词不录"的严格要求,而 1941 年上巳日集会分咏"沙坪词集"的出现不仅消解了此标准的约束力,也昭示着词体当行本色的回归。作者有唐圭璋、汪辟疆、李证刚、方东美、何兆清、李法白、黎超庭、周仁济、金启华、宋树屏、陈守礼、张恕等十二人,总 17 首,全为小令,就风格而言,只有何兆清《虞美人》"全民奋斗一心同,将见泱泱大国展雄风"、金启华《少年游》"骄虏狂狙,神州未复,忍泪集新亭"词仍有鼓吹残余痕迹。更多的作品还是"绮语中见悲凉"的路数。其中有 7 首《点绛唇》同题词,借助花草鸥鹭、江山风雨等意象,表达战争背景下客居异乡,流离失所的愁闷。如汪辟疆、唐圭璋《点绛唇》:

> 如此江山,更愁一夕风兼雨。夜愁何处?不见湔裙女。　　明日佳辰,往事依稀否?台城路,伤心无数,只有鹃声苦。
>
> 寒雨连江,冥濛一片风帆灭。小楼吟彻,满院花如雪。　　春梦笙歌,犹记秦淮月。空凝咽。离愁千叠,分付孤鸿说。

至此,《民族诗坛》在不断探索修订中逐步转变格调,一定程度摒弃鼓吹宣传的政治掣肘,经缪钺等人的呼吁后,实现了新理论与创作的完美结合。可惜主编卢前已志不在此①,在多次衍期、拖沓的情况下,期刊宣告停刊。

苏光文《抗战诗歌史稿》指出,易君左等人欲将《民族诗坛》"绑在国民党当局的政治战车上,成为一党政治的附属物,这不能不说是它的可悲与厄运。自此以后,卢前等人,虽有挣扎之势,然而终不见该刊与这支人马有新的起色。"②这一现象固然限制了诗刊的发展,但我认为根本原因还是期刊原有选录标准与撰稿人之间的分歧导致了《民族诗坛》的衰落。而分歧的本质不外是文学创作思想与整体环境的背离,抗战进入相持阶段后,若仍然一味的以"豪壮词"为选录标准,就打破了文学走向与读者口味之间的平衡。且更重要的是抓不住作者心头的文学诉求,抗战后期文人急切需要恢复词体消遣娱乐、比兴寄托、酬唱赠答、思归言情等丰富功能,而不仅仅是正面反映抗战的一种格调。文学流派发展成熟自有创造一代文学格局的资本,然若

---

① 主编卢前由于政治、社会活动的繁忙,已无充足时间料理期刊出版事宜。如 1940 年前后曾以"参政会华北慰劳视察团团员"身份,赴冀、豫、晋、陕等地视察。1942 年,又调离重庆,任福建永安专科音乐学校校长。朱熹:《卢前大事年表》,《文教资料》,1989 年,第 5 期,第 9 页。

② 苏光文:《抗战诗歌史稿》,成都:四川教育出版社,1991 年,第 233 页。

过于执着某一审美标准,难免造成"带着有色眼镜"的不良后果。《民族诗坛》词人群体的逐渐消解就是这一后果的最好明证。

　　本章小结:民国以后,迅速发展的报刊改变了文学传播的方式,也改变了作家的群体意识及创作观念,尤其是形成以期刊为中心的词人群体,对整个词坛产生重要影响。三十年代初,龙榆生以《词学季刊》为平台,提出"别建一宗"的理论主张,发起反对梦窗、倡导苏辛的变革运动,并聚集起有着共同审美倾向的百余名词人,标志着新媒介背景下期刊型词人群体的正式形成。它是一个在流派构成的各个要素上都具备成熟条件的新型词人群体。七七事变后,《词学季刊》停办,该群体发展受到阻断,但并未就此消失。"别建一宗"理念被卢前主编的《民族诗坛》接纳继承,他们提出建立"民族诗歌"的新口号,试图"以韵体文字发扬民族精神,激起抗战情绪"。于是,以卢前为新领袖,以《民族诗坛》为新平台,再次聚集起一批更偏向于稼轩风的新词群。《词学季刊》词人群及《民族诗坛》词人群是旧体诗词领域比较严格的期刊型文人群体,它对词坛文风的嬗变及百年词史的发展都起到了积极的推动作用。

第四章　战时词人雅集结社与词体
写作的"情""格"博弈

　　数量众多、姿态各异的词社和词群是二十世纪词坛迥异于宋元、明清的特质之一,无论是词学史梳理,还是创作史的扫描,都绕不开他们举足轻重般的存在。近年来,相关研究成果较多①,但由于数量庞大②,性质复杂,还存在不少值得继续开拓的空间。比如宏观介绍的多,个案剖析的少;群体横向比较把握的较为到位,纵向词史成就的考察稍有不足;词人个性挖掘的深,群体共性总结的浅;词学理论关注较火,词体创作内容与艺术的提炼非常薄弱。

　　本章重点考察雍园词群和午社两大团体。前者是一批远离故乡、避居西南的伤心词客,生活经历的相似使其作品蕴含格调相近的抗战血泪、家国情怀和知识分子的忧虑彷徨,而词学观的共性则锻造出温柔敦厚、沉郁顿挫的整体风格,稳稳占据抗战词坛的艺术高地。后者是一群既不受国统区承认又被沦陷区严格监控的孤岛词人,诚然他们在创作上对词体格律的要求比较苛刻,但国破家亡之痛与身世的压抑处境非偏重技巧声律的"清真、梦窗"能够疏解,对情感内容、比兴寄托的强烈要求本能的促使他们改革民初以来的"梦窗风",以适应新环境的需要。作为词体美学的优秀继承者,两大团体分别代表了战争影响下偏重情感内容与偏重四声格律的创作祁向,也代表了不同区域的审美风格和文学成就。

　　与之相比,抗日根据地诗词社的整体创作水平不及雍园词群和午社那么专业,但他们也有相通之处,即都对词体偏重格律与偏重抒情作出严肃讨论,并最终一致认为词体写作当落实降低格律要求,抬高情感抒发的基本理念。综合来看,抗日根据地诗词社的文体改革意义比较突出,他们追求通俗

---

① 特别是朱惠国、曹辛华系列论文、马大勇师《晚清民国词史稿》、林立《沧海遗音——民国时期清遗民词研究》、袁志成《晚清民国词人结社与词风演变》、查紫阳《晚清民国词社研究》、马强《沤社研究》等,已经基本廓清所研究对象的发展脉络及成就。
② 曹辛华:《民国词社考论》,2008 年词学国际学术研讨会论文集。

易懂、强调民生的书写,确实走出了一条创新之路。

第一节　抗战时期词群与词社考述

与民初兴盛格局不同,抗战词坛词社与词群数量并不多,较为可观如《词学季刊》《民族诗坛》已在第三章详述,"同声社""雅言社"等安排于第五章,这些都有比社团更显著的"期刊型"特征,理当别论。其他影响较大的尚有午社、雍园词群、聊园词社、如社、延秋词社、玉澜词社、寿香词社等。午社与雍园词群本章另有专节讨论,下面简述其他群体。

1. 聊园词社。该词社成立于一九二五年冬,在谭篆青的寓所聊园。据亲历者夏纬明回忆:"逾二载乙丑(1925),谭篆青祖任乃发起聊园词社,不过十余人。每月一集,多在其寓中。盖其姬人精庖制,即世称之谭家菜也。每期轮为主人,命题设馔,周而复始。……一时耆彦,颇称盛况。……聊园词社自乙丑成立,屡歇屡续,直至篆青南归,遂各星散,前后达十年以上。"[1]首次词社以题谭篆青"聊园填词图"为主题,如寿鉨《法曲献音曲·乙丑嘉平聊园词社第一集为谭篆青题填词图》。后由社员轮流主持,不定期聚集,大多选择风俗节庆之日。词社组织形式比较自由,没有严格的入社、出社手续,但凡参加唱和,即算加入组织。词社存在时间确实达十年以上,直至"七七事变"爆发,才宣告结束。社集作品小部分连载于《艺林旬刊》,在当时北京文坛有一定的影响。

聊园词社成员存在动态变化的现象。邵章手批本《云淙琴趣》后,附《北京聊园词社姓氏》手稿一份,这是当事人所留材料,可信度最高。他列举了十八人,分别是:夏孙桐、金兆蕃、李哲明、谭祖任、洪汝闿、章华、路朝銮、溥儒、邵瑞彭、袁毓麐、向迪琮、汪曾武、三多、吕凤、朱师辙、许宝蘅、寿鉨、陆增炜。[2]又据词社成员许宝蘅日记载:一九二八年"闰二月十一日(4月1日)六时到藕香榭,夏闰枝、李星桥约,聊园词社第二集,到者赵剑秋、汪仲虎、三六桥、邵伯纲、袁文薮、陆彤士、谭篆青、邵次公、寿石工、章曼仙,未到者金篯孙、路金坡,……"[3]在邵章基础上,增赵椿年。赵与吕凤乃伉俪,自然是社中常客。又夏纬明《近五十年北京词人社集之梗概》载,有夏孙桐、章华、邵章、

① 夏纬明:《近五十年北京词人社集之梗概》。张伯驹编:《春游琐谈》,郑州:中州古籍出版社,1984年,第19页。
② 邵章批注《云淙琴趣》本,见 https://auction.artron.net/paimai-art0022210968/。
③ 许宝蘅著,许恪儒整理:《许宝蘅日记》,北京:中华书局,2010年,第3册,第1237页。

赵椿年、吕凤、汪曾武、陆增炜、三多、邵瑞彭、金兆藩、洪汝闿、溥儒、叔明偲、罗复堪、向迪琮、寿玺等十六人。另有天津词人章钰、郭则沄、杨寿枏等常往来北京,偶尔参与词社活动。① 据此,又增叔明、罗复堪、章钰、郭则沄、杨寿楠等五人。叔明即溥儒之弟溥偲,号易庐。显然他们皆是偶尔参与者。尤其天津三位词人实乃须社成员。又徐珂《仲可随笔·聊园词社》载:"岁丁卯(1927)之春,京师有聊园词社,入社者十二人。珂所知者,谭篆青、洪泽丞、寿石公;所识者,陈倦鹤、邵次公、邵伯绸、金镤孙同年。"② 徐珂特别提到陈匪石也是社员。但查阅相关史料,知陈匪石 1927 年即归上海,后一直在南方工作。③《倦鹤近体乐府》中也只有《兰陵王·柳》可能是社作,所以只是早期成员。又陈声聪《北京词社》载:"聊园由谭瑑卿主持,其家庖精美,借为饮馔之局,与会者不过十余人,爽召南、左笏卿、俞阶青、章曼仙、王书衡、汪曾武、夏闰枝诸老,是为常至之客。"④ 陈声聪所说爽良、左绍佐、俞陛云、王式通等四人,除爽良多次参加活动外,其他三人亦未常见。综合以上材料,确立聊园词社的主要成员是谭篆青、夏孙桐、邵瑞彭、寿鉨、李哲明、赵椿年、吕凤、汪曾武、三多、爽良、邵章、袁毓麐、陆增炜、章华、金兆蕃、路朝銮、洪汝闿、许宝蘅、溥儒、朱师辙、向迪琮等二十一人,另有溥偲、罗复堪、章钰、郭则沄、杨寿枏、陈匪石、左绍佐、俞陛云、王式通、张伯驹⑤、刘富槐等十余名偶尔参与者。

因聊园词社未汇编出版社集,具体活动情况暂时没有集中文献支撑,只能从各参与者别集中爬梳整理,而各别集作品又并未明确标明是词社社题,且编排常有不系年,或系年不准确情况,这给考订社集时地及参与者造成一定障碍。下文所列,皆是基于有具体文献支撑下的情况,限于篇幅,本节未一一列出词作,后文另附统计表以供参考(见附录二)。宏观来看,聊园词社活动可以分为前后两个阶段,前期是 1925(乙丑)至 1930(庚午)年。社集二十余次。第二阶段是 1931 至 1937 年。前期活动比较活跃,后期相对低落,主要由于多位词人离社所致,如 1930 年章华、姚华、爽良等先后逝世,又 1931 年邵瑞彭、金兆蕃、邵章等离都南下。但小范围雅集活动仍有发生,且与天津须社成员时有往来,互动频繁。社员早期因审美祈向及填词门径的

---

① 夏纬明:《近五十年北京词人社集之梗概》。张伯驹编:《春游琐谈》,郑州:中州古籍出版社,1984 年,第 19 页。

② 徐珂著,李云编校:《仲可随笔》,北京:中共中央党校出版社,1998 年,第 297—298 页。

③ 陈匪石著,刘梦芙校:《陈匪石先生遗稿》,合肥:黄山书社,2012 年,前言第 2 页。

④ 陈声聪:《兼于阁诗话全编》,上海:上海交通大学出版社,2018 年,第 734 页。

⑤ 参见张恩岭《张伯驹生平简表》:(1925 年)"冬,谭篆青发起聊园词社,仅十数人,张伯驹曾参与活动,但所作不多。"张恩岭:《张伯驹词传》,郑州:河南人民出版社,2018 年,第 215 页。

不同,出现偏重声律与偏重抒情的重大分歧,在夏孙桐、邵章、汪曾武、邵瑞彭等人努力下,最终以周邦彦为师法归宿,共同确立起推崇北宋、情格兼重的创作理念。在北京词坛产生了一定的影响。

2. 如社。二十世纪三十年代,整个词坛涌现出多个词学社团。初期,影响较大的有上海沤社和天津的须社,前者的中坚力量是朱祖谋、夏敬观、黄孝纾、潘飞声、周庆云、龙榆生、林鹍翔、林葆恒、杨铁夫、冒广生等人,并刊有《沤社词钞》;后者以郭则沄主其事,得陈曾寿、杨寿枏、徐沅、胡嗣瑗、陈恩澍、查尔崇、李孺、章钰等人回应,刊有《烟沽渔唱》。一时之间,两社正常的雅集活动就是整个词学界的大事记。然两大社团活动时间并不长,据一九三五年《词学季刊》所载《京沪词坛近讯》云:"往年津、沪各地,并有词社之组织,以倚声之学相切。既因人事推迁,渐归沉寂。"①继沤、须二社沉寂之后,重新引领词坛的是在南京成立的如社,参加者有吴梅、廖恩焘、林铁尊、仇埰、石凌汉、陈匪石、乔大壮、汪东、蔡嵩云、唐圭璋等,每月一集,前十二次雅集后,推出社作《如社词钞》。彼时上海有声社、天津有俦社、南京还有潜社、梅社等,单就词体创作而言,他们的影响和成就皆不及如社。一九三七年,抗日战争爆发后,唱和活动大都中断。

一九三六年刊刻的《如社词钞》,收二十四位作家,二百二十六首词作。但该词钞只有前十二次社课,自第十三次以后社团活动及具体创作,至今无人知晓。据吴白匋《金陵词坛盛会——记南京"如社"词社始末》载:"《如社词钞》出版之后,因日寇攻我益亟,局势紧张,如社同仁已不能如前之每月集会一次,然自一九三六年秋至一九三七年夏初,犹有四次集会……未几而'七七事变'起,紧接'八一三'全面抗战,词社不得不自行解散。"②这是最直接的关于如社后期活动的零星记录,另有吴梅《瞿安日记》及汪东《寄庵随笔》中也曾谈及后期社课事宜,但都较为简略,且有讹误。今在东北师范大学图书馆新发现《如社词钞》稿本,经考证确定是原刻本的续集。稿本列第十三至十七次社集活动时间、地点、参与人员、值社者等简讯,后附具体作品。至第十八、十九集,只有活动信息,没有作品。

如社文人对词体格律的要求极其严格,但并非表示他们只重形式而轻视词中的情感寄托。特别是十三集以后的创作,相比较前十二集,已经出现较大转变。在前十二集中,每次选择词牌时,都明确规定是用某某体,自十三集始,确立词牌后,并未要求必须遵守某某体。该条件的删除表明如社内

① 龙榆生:《京沪词坛近讯》,《词学季刊》,1935 年,第 4 期。
② 吴白匋:《吴白匋诗文集》,南京:南京大学出版社,1999 年,第 179 页。

141

部对四声问题已经有松动的迹象。此变化在作品中表现的十分明显。词人不再斤斤计较于某个字格律上的得失,而更加注重寄托家国情怀,叙述视野和抒情格局有所扩大。彼时日军正在逐步蚕食东北,如社词人已经敏锐地感到危险即将来临,词中大面积的忧虑即是明证。因为情感指向的转移,使得如社的风格随之偏向于沉郁悲凉。

3. 延秋词社。据《同声月刊》"词林近讯"载:"历年变乱,词人多集北京、上海,联吟遣忧……北京方面,近有延秋词社,作者为袁文薮(毓麐),夏枝巢(仁虎),陈纯衷(宗蕃),郭蛰云(则沄),张丛碧(伯驹),林笠似(彦京),杨君武(秀先),黄碧虑(孝纾),黄缃盦(襄成),黄君坦(孝平)诸人云。"①关于延秋词社,袁一丹《别有所指的故国之悲——延秋词社〈换巢鸾凤〉考释》有详细的解析,本书不再赘述。

4. 玉澜词社。玉澜词社发起于一九四〇年端午节(6月10日),最早发起人是冷枫诗社成员王寰如、王禹人和赵琴轩。据《玉澜词社成立》云:"天津文风凤盛,尤重诗章,以诗名世者,代有闻人。而于填词一道,似不甚重视,未始非文艺界之缺欠。刻有骚坛名宿王寰如、王禹人、赵琴轩三君发起,联合冷枫社友高守吾等,有词社之组织,命名为玉澜词社,公推老名士胡峻门先生为社长,已于端阳日在王禹人君恬静斋中举行第一次雅集,列席者均名诗人,颇极一时之盛云。"②本次活动主要是倡议成立词社,并未布置社课题目,不能算是"第一次雅集"。且暂时成员还比较少,力量薄弱。经发起人的多次介绍引荐,词社规模才有所改观。在前基础上增王莘农、姚灵犀、王伯龙三人。姚、王两人又介绍向迪琮、周公阜等人入社,经过近三个月的筹建,词社成员已经达到了十六人。

一九四〇年九月七日,词社成员在致美斋饭店举办筹建后的第一次雅集活动,并确立每月一集,每集必交社课的基本规范,标志着玉澜词社正式成立并进入常规化发展阶段。据目前所存史料看,活动时间一直持续到一九四三年二月。《新天津画报》有关词社的最后一条材料是《玉澜词社在玉波楼举行春宴创议为赵幼梅立碑》:"玉澜词社,于二十四夕,假玉波楼举行春宴,导师向仲坚先生,方自海上归来,颇感劳顿,故未参加。李择庐先生及姚灵犀、杨绍颜、金致淇、王寰如、杜衫庵、王禹人、赵琴轩、张聊公诸君均到。王伯龙亦因感冒未莅,特遣使来书道歉,书中并言及李海寰送来朱彊老所撰故藏斋老人赵幼梅先生碑文一篇,拟在红十字会院中立石,……饭罢由择老

---

① 参见《同声月刊》,1940 年第 1 期。
② 《玉澜词社成立》,《游艺画刊》,1940 年第 1 卷第 5 期,第 19 页。

命课题。'癸未春宴',调寄《临江仙》,至九时许始散。"①自此之后,天津词坛未见关于玉澜词社的相关活动讯息。需要提醒的是,一九四四年《新天津》报仍有陈友莲《冻蝇·玉澜词社课题》②发表,但实际上"冻蝇"是冷枫诗社的第十四期征诗课题③,因为冷枫与玉澜之间的社友多有重复,难免导致混淆误会。玉澜词社活动区域处于沦陷区,本书第五章将有专节讨论。

5. 寿香词社。成立于一九三五年,由何振岱发起,成员大部分是其弟子,有王德愔(《琴寄室词》)、刘蘅(《蕙愔阁词》)、何曦(《晴赏楼词》)、薛念娟(《小懒真室词》)、张苏铮(《浣桐书室词》)、施秉庄(《延晖楼词》)、叶可羲(《竹韵轩词》)、王真(《道真室词》)、洪璞、王娴(《味寒楼词》)等人。何振岱(1867—1952),字梅生,又字觉庐,晚号梅叟,闽县人。著《我春室词》。寿香社每月一集,曾举办多次比较有影响力的雅集活动,如荷花池上社集、初阳社集、艺兰社集、罗衫社集、烟江社集等。何振岱将弟子作品结集为《寿香社词钞》,因为皆为女性,在词坛颇有影响力。赵郁飞《晚清民国女性词史稿》对寿香词社有专节讨论。④ 本书则将其置于第六章作专题讨论。

抗战时期另有多个社团有词体相关创作,如饮河诗社、蚕社、湖海艺文社、怀安诗社⑤、燕赵诗社、湄江吟社、正声诗词社等,本书不一一详述。展开重点个案讨论之前,还需要厘清词社与词群界定问题。此问题源自于雍园词人的归属。2008 年,曹辛华《民国词社考论》首次提出"雍园词社",继而王桃明《新世纪以来民国词文化研究综论》(2011),马大勇师《近百年词社考论》(2012)、《雍园词群论》(2016)沿用了此观点。而施议对、刘梦芙、傅宇斌⑥、查紫阳⑦等相关论著中,并未以"词社"观之。许梦婕《民国时期雍园词人群体及其意义》(2016)则明确提出雍园乃词群而非词社。雍园到底是词社,还是词群?需要从各自内涵、标准及相互关系等基本概念出发,深入辨析。

词群是最宽泛的概念,任何一个词社或词派都可以被视为词群。而词社则相对严格,有必备的条件。但检点相关论著,貌似被人们广泛使用的词

① 《玉澜词社在玉波楼举行春宴创议为赵幼梅立碑》,《新天津画报》,1943 年 2 月 28 日,第 2 版。
② 陈友莲:《冻蝇·玉澜词社课题》,《新天津》,1944 年 3 月 22 日,第 2 版。
③ 《冷枫诗社第十四期征诗揭晓》,《新天津》,1944 年 3 月 7 日第 2 版。
④ 赵郁飞:《晚清民国女性词史稿》,长春:时代文艺出版社,2019 年,第 172 页。
⑤ 关于抗日根据地诗社及诗词创作情况,参见程国君,李继凯:《延安革命家的诗词创作实践及诗史价值》,《中国社会科学》,2020 年第 3 期。
⑥ 据傅宇斌《现代词学的建立》统计 1937 至 1949 年专业词社 12 种,分别是陶社、寿香社、瓶花簃词社、午social、延秋词社、玉澜词社、蚕社、藕波词社、绮社、瓶社、梦碧吟社、掘社。北京:商务印书馆,2013 年,第 228 页。
⑦ 查紫阳:《民国词人集团考略》,《文艺评论》,2012 年第 10 期。

社概念,发现并没有统一的口径。《辞海》说是"词人为填词而定期集聚的社团"。参考几位学者的定义,则各有侧重。如张晓利《南宋词社辑考》①定义标准有三:其一,诗社成员中若有词人参与,则可视为词社;其二,文献中有"社友""同盟""同社"之类记载,词作中有"分题""分韵"等唱和酬答活动的亦可称为词社;其三,"怡老社""遗民社"中有词人参加,并有作品传世的也作为词社来考察。南宋文献稀少,择取条件较为宽泛。清代词社发达,唱和活动频繁,万柳《清代词社研究》将词社分为狭义、中义、广义三种,狭义是组织严密、有社规章程、定期集会、正式社名;中义、广义指大凡有集体创作和相对稳定词人群。前者尚可理解,后者则似乎模糊了词社与词群的界限。查紫阳《晚清民国词社研究》拈出社长或盟主(宗主意识)、社约(立社宗旨)、社会(唱和活动)等要素。② 以上三位学者,就自己论文需要,对词社内涵及范畴作了适当调整。但即便如此,一个词社成立,都有最基本的三个标准:第一,定期集会;第二,有稳定的核心成员;第三,有同调、同题或集体唱和作品传世。至于社名、宗主、社旨、审美倾向等条件不必全部具备。

以此标准审视,显然午社、寿香词社等无可争辩。而雍园群体,仅仅满足稳定成员一个标准,至今未发现证明他们有定期集会的可靠文献。沈尹默、汪东、陈匪石、乔大壮、叶麐、唐圭璋、沈祖棻、吴白匋等人词集中连唱和词都很少,更无八人同题同调。杨公庶在《雍园词钞》序中交代:

> 仆往与内子溯江入蜀,卜居巴县沙坪坝之雍园,并嗜倚声,雅志搜访。越明年,抗战军兴,并世词客多聚西南,刻羽引商,备闻绪论,比九更寒暑矣。遂用弘基、公谨故事,裒为总集,兼志游从。……每得一集,辄付手民,未遑诠次,命曰《词钞》云。③

此序并不具备某种宣言或口号的性质。因此,"雍园"断定不是词社。那么,"雍园"是否可以称为"词群"? 貌似不必证明的问题,却有必要提出。因为沿用广泛的"词群"也没有确切衡量指标。

尽管概念十分模糊,但并非任何一群人在一起写写词就可以称为词人群。仔细辨认,他也有必备属性。严迪昌《清词史》④所列"毗陵词人群""梁溪词人群""无锡顾、杨词人群"等并非笼统概括,而是他们的创作表现出追

---

① 张晓利:《南宋词社辑考》,《古籍研究》,2013 年,第 57—58 卷,第 1 期,第 331 页。
② 查紫阳:《晚清民国词社研究》,南京大学博士学位论文 2008 年,第 33—34 页。
③ 杨公庶:《雍园词钞序》,《雍园词钞》,民国三十五年(1946)刻本,南京图书馆藏。
④ 参见严迪昌:《清词史》,南京:江苏古籍出版社,1999 年。

求性灵的共同审美倾向,且内部唱和往来,活动频繁,都存在或政治,或师承,或姻亲,或地域的内在关系纽带。再如王兆鹏《宋南渡词人群体研究》首两章即解决"群体关系""群体意识"等论题成立基础,而"漂泊者的心态、英雄的苦闷、迁客的信念、失意者的归宿"等,则抽绎出南渡词人作品的共同内容特点。"范式演进"又从历史纵向梳理词体艺术传承与新变关系。由严迪昌、王兆鹏两位学者所论总结,词群成立必须首先具备一定的人脉关系,成员之间交往活络,有聚集意识和群体认同感;其次,不否认词人之间的差异性,但所写作品内容能够抽绎出数条共性特点,尤其是高度凝聚力的精神性群体特征;第三,词体审美追求上不像词派选集、词社选调分韵那样作严格要求,大可百花齐放,但创作思想方面不能针锋相对,存在严重分歧的情况。

带着以上词社、词群的基本标准,方可更准确地追寻抗战时期词人的群体性特质,追问社团内部声律观的纷争,以及由此折射出的词学观演变历程。

第二节　高校迁徙与大后方的雍园词群

尽管雍园词人没有严格意义的集会、分题等活动形式,而从生命经历、感情基础,到词学观、思想内容与艺术风格等共性指标衡量,将他们归于同一"词群"是绰绰有余的。雍园词群因抗战而坚持八年时间,本身就是二十世纪词坛奇迹般的存在。同一时期几乎没有任何一个群体能有始有终,以于右任、卢前为首的民族诗坛词群后期创作乏力;午社则止步于太平洋战争爆发;《同声月刊》前后仅四年有余,唯有雍园词群自1937年迁徙伊始,至1945年胜利东归,最完整的记录下全面抗战八年的生命轨迹。其创作水平之高、内容之丰富、体量之宏大,是足以撑起抗战词坛半壁江山的。然至今天,雍园群体共性特征依然没有引起学界足够的关注。

文学史上不乏与"雍园"类似的群体存在。如唐安史之乱时奔赴行在的诗人群,两宋之际的南渡词人群[①]、明清之际追随晚明"弘光""隆武""永历"小朝廷的诗人团体[②]等,形成中国文学史上独特的文人迁徙现象,而这些时期恰恰都是文学发展的重要转折点、裂变期,其影响和意义不容小觑。有相似历史背景和创作空间的雍园群体是值得拿出与上述历史转折期同样的力

---

① 王兆鹏:《宋南渡词人群体研究》,南京:凤凰出版社,2009年。

② 张晖:《帝国的流亡:南明诗歌与战乱》,北京:中国社会科学出版社,2014年。

度和篇幅来考量的。

一、雍园词人的群体特征

抗战时期西迁词人很多,大后方聚集的群体也不少,"雍园"不过是其中之一。主要成员有沈尹默、陈匪石、汪东、乔大壮、叶麐、唐圭璋、吴白匋、沈祖棻等八人。活动时间伴随抗战始末,内容以创作为主,形式不拘一格,没有词社那么严密。然其群体特征却十分明显。因此,对雍园个案的考察也是对整个西迁群体的共性抽绎。

(一) 情感的认同

重庆立为陪都后,瞬间成为全国新的文化中心,四地文人蜂拥而至。其中自也有不少著名词人,而雍园词群何以只接纳汪东等八人,这并非纯属偶然。当然不能否定杨公庶、乔大壮的纽带作用,但更应关注促使他们团结的内在情感认同。

其一,职业身份的统一。雍园词人皆是大学教师,有执掌古典文学的共同经历。如吴白匋、唐圭璋、沈祖棻、沈尹默、叶麐等。即便是有政治抱负的汪东、陈匪石、乔大壮等,也都在仕途受阻后,选择回归学术。身份的统一便于拉近彼此的关系。

其二,漂泊迁徙、经济困顿的经历。唐圭璋、沈祖棻、吴白匋等随大学西迁重庆,一路走来,历经艰辛。各人词中皆有反映。后又辗转成渝之间,到处兼课,弥补家用。唐圭璋《梦桐词序》云:"外敌窥宁,万户奔亡。我亦孤身飘泊成渝,备尝艰辛,想念家国梧桐,更觉凄零,破国亡家之痛,时寄于词。"①沈祖棻《八声甘州序》亦云:"岁在丁丑,寇褫大作,余与千帆自南都窜身屯溪,教读自给。……是年冬,兵祸连结,名都迭陷。千帆以督课有责,不欲遽行。诸生乃先侍余出安庆,沂江至汉皋。榛梗塞途,苦辛备历。"②客居他乡、漂泊无依是雍园词群抱团取火、互相慰藉的现实驱动。

其三,成员之间的热情互动。三十年代,陈匪石、乔大壮、汪东、吴白匋、唐圭璋等都曾加入如社。每月一集,互相切磋,是当时南京最重要的词学社团。西迁后,他们又多住在重庆一带,往来十分频繁。程千帆《吴兴沈先生手书词稿四种跋》记载沈祖棻向汪东、沈尹默问学经过,以及汪、沈、陈、乔等人交游情况:"往者抗日军兴,东南名德违难入蜀,每假吟咏,以抒家国之思,而吴汪先生旭初、吴兴沈先生尹默之为,尤世所宗仰。亡室沈氏夙从汪先生

---

① 唐圭璋:《梦桐词》,南京:江苏古籍出版社,1987 年,第 1 页。
② 沈祖棻:《沈祖棻全集》之《涉江诗词集》,石家庄:河北教育出版社,2000 年,第 95 页。

学,以两先生交谊之笃也,复缘以请益于沈先生,余亦幸得窃闻其绪论之一二。汪先生尝乞沈先生钞其词,而江宁陈先生匪石、华阳乔先生大壮,更为评泊其后……"①交游往还,研讨气氛十分融洽。

部分雍园词人之间还是多年故友。如汪东与沈尹默。不必举《寄庵随笔》中《诗战中健将》《斗韵分题》等记监察院时期汪与章士钊、沈尹默等人诗酒娱乐事宜。② 也不必举《沈尹默之诗兴》(一、二、三)来突出汪对沈词及书法的推崇。③ 只需透露,汪东因脊骨结核卧床一年多,是沈尹默"躬护侍之"并延至家中照顾这一细节,就足以见出二人的深厚情谊。再如陈匪石与乔大壮。陈氏《倦鹤近体乐府》本就不多的唱和词中记载大壮最多。④

总之,驱使文人由分散走向群体的因素很多,或政治,或血缘,或诗文,或学缘,但通常都是多向合力叠加使然。比如雍园词群,除抗战外,不可忽视他们职业身份的统一、迁徙的经历、成员间的互动等共同情感基础。

(二) 词学观的共性

足够的情感认同为群体的聚合奠定充实基础,而最终促使他们以"词群"面世的,是词体意识的共性,这些宏观理念与创作又犬牙交错,紧密相关。

第一,词史意识。直至晚清四大家时,词体创作依然与"史"有不小距离。亲身体验战争炮火的惨烈后,整个词学界的文体观念实现了颠覆性的转变。雍园词群正是国统区一支谱写生命之歌的劲旅,将词当做批评武器和历史记录者,积极声援前线。汪东《国难教育声中发挥词学的新标准》堪称群体意识的宣言:

> 现在人心颓废到了极点,浮靡之音,固足以加其麻醉,便是愁苦的话,也足以促其消沉。不如注重慷慨悲壮,甚至粗厉猛奋的声调,予以刺激,使人心渐渐振作起来,这才见文学的功用,也才是文学家或者说词家所应当分担的责任。⑤

---

① 程千帆:《程千帆全集》(第十四卷)《闲堂诗文合抄》,石家庄:河北教育出版社,2000年,第91页。

② 汪东:《寄庵随笔》,上海:上海书店出版社,1987年,第101—102,121—127页。

③ 汪东:《寄庵随笔》,上海:上海书店出版社,1987年,第128—130页。

④ 如卷四《声声慢·履川、兔公见过,并招大壮饮》《内家娇·妇亡十有三年矣,适逢诞日,读大壮新词,遂同其调》《蕙清风·大壮和东山,余同作》、卷五《齐天乐·归后半载,波外翁至,执手相劳,喜极而悲》等。陈匪石著,刘梦芙校《陈匪石先生遗稿》,卷四、卷五。合肥:黄山书社,2012年。

⑤ 汪东:《国难教育声中发挥词学的新标准》,《文艺月刊》,1936年,九卷二期,第12—17页。

词家责任不就是拿起手中如椽巨笔,或讴歌动人的抗争事迹,或鼓吹激情的号角,或刻录生灵涂炭、尸横遍野的历史现实。吴白匋特别推崇那些"国家大事,毕见令慢之中,托讽微显,不愧词史"的鸿篇巨制。他曾希望编著一部《晚清史词选》,虽未遂愿,而其推尊词体的意识昭然若揭:"今日倭寇未灭,漂泊西南,读此变雅之音,能毋腹痛耶! 铸尝欲尽收晚清以来感事词,都为一选集。推扬风气,使学词者务知其大,不复以词为艳科。"①不仅吴白匋一人响应汪东号召,陈匪石《中兴鼓吹序》亦云:"今者蛮夷猾夏,九县飚驰,凡为含生负气之伦,咸抱敌忾同仇之志,无待同甫目穿,后村口苦,其言其行,皆与武穆合符。炎黄有宁,安攘可必。"②这是继阳羡词派之后,又一个大声疾呼作词要"拈大题目,出大意义"的群体。他们与卢前《民族诗坛》一道,以不同的笔墨,书写着抗战词史的共同篇章。

第二,格律谨严。群体成员学词门径各异,沈尹默以珠玉、六一为宗;沈祖棻被誉为"易安再世";陈匪石、吴白匋走的是梦窗一路;汪东则服膺清真。虽法门各殊,而审美风格走的都是婉约雅正一路。即便偶有追范苏辛,也不是纯粹的豪放派门徒。从他们对待声律的严格、韵调的标准可见一斑。唐圭璋说,作词"若须依四声之调,必字字尽依四声,决不可畏守律之严,辄自放于律外,或托前人未尽善之作以自解。"③陈匪石亦云:"作者以四声有定为苦,固也。然慎思明辨,治学者应有之本能,否则任何学业皆不能有所得;况尚有简捷之法、自得之乐乎?"④唐、陈二人都认为,遵守四声是守卫词体当行本色的基本原则。汪东对此也有相近观点,他将词律分为"歌者之律"和"作者之律",前者辨宫调、曲度,后者分阴阳、清浊、平仄,且将作者之律视为词之为词的根本属性。⑤ 当然他们并非盲目的尊崇四声平仄,如果遇到情格冲突时,宁可适当违背声律。如吴白匋《论词之句法》云:"今词既不可歌,排比而得律,自当恪守,以示郑重。但如有自然美妙之句,不可移易,而句法或不免乖舛者,亦不必拘守过甚也。"⑥可见,雍园词群并非步"四声竞巧,词意索然"的梦窗风后尘,而自有其合乎法度,灵活运用的词体声律观。

第三,强调情境。雍园词人固然对声律有很高要求,但他们同样非常重视作品的内容意境。且已洞悉词坛追逐梦窗风带来的严重弊病。吴白匋指

---

① 吴白匋:《晚清史词》,《斯文》半月刊,1942年2月16日,第二卷第七期。
② 陈匪石编著,钟振振校点:《宋词举》,南京:江苏古籍出版社,2002年,第231页。
③ 唐圭璋:《论词之作法》。钟振振编:《词学的辉煌:文学文献学家唐圭璋》,南京:南京大学出版社,2001年,第272页。
④ 陈匪石编著,钟振振校点:《宋词举》,南京:江苏古籍出版社,2002年,第182—183页。
⑤ 汪东:《词学通论·审律》。汪东:《梦秋词》,济南:齐鲁书社,1985年版,第438—439页。
⑥ 吴白匋:《论词之句法》,《斯文》半月刊,第1卷14期,1941年6月,第15页。

出,"晚近风气,注重声律,反以意境为次要。往往堆垛故实,装点字面,几于铜墙铁壁,密不通风。静安先生目击其弊,于是倡境界为主之说以廓清之,此乃对症发药之论也。"①赞成王国维"境界说"的同时,也对其偏颇作适当修正。如唐圭璋云"予谓境界固为词中紧要之事,然不可舍情韵而专倡此二字。……上乘作品,往往情境交融,一片浑成,不能强分。"②若说对"境界说"理解最深刻的,当属乔大壮。他强调的有境界是就整篇诗词情境而言,与王国维拈出的名句不同,具体"是指在特定时间、特定空间词人的感受。……不是指一般诗歌中的佳句,……而是指那些展现在词篇中波澜起伏,变换奇横的词人思想感情和生活情节。"③雍园词群强调词作"思想感情和生活情节",既是对追逐四声格律梦窗风的拨乱反正,也是对王国维空言境界而舍弃情韵的补充,还是词体社会功能增强的表现。

第四,雅正取向。首先,师承渊源上"雍园"与晚清四大家有密切联系,陈匪石曾从朱祖谋学词,吴白匋、唐圭璋等出自吴梅门下,而吴梅也亲受彊村点拨。沈尹默曾向郑文焯、朱祖谋问学④。雍园词人对四大家之"重、拙、大"多有传承。⑤理论批评中也经常引用。如《乔大壮手批周邦彦片玉集》:卷三《一落索》(其二):"此首取境尤重大。"卷四《点绛唇》:"送别似不经意,然小词能臻重大之境。"唐圭璋"雅、婉、厚、亮"说也与此相近:"况蕙风所标重、拙、大之旨,实皆特重厚字。惟拙故厚,惟厚故重、故大,若纤巧、轻浮、琐碎,皆词之弊也。……清真词处处沉郁,处处顿挫,其所积也厚,故所成也既重且大,无人堪敌。"⑥综上而言,尽管雍园词人心中各有衡量美词的标准,但他们都或多或少的脱胎于晚清四大家的"重拙大"思想。其次,雍园词人还注重自然天成与人工雕琢的相辅相成。吴白匋云:"今日论词而曰自然美妙之句为前人说完,固庸儒之说,若曰作词必完全求美妙,一切人工可废,则亦

---

①　吴白匋:《评〈人间词话〉》,王国维著,周锡山编校:《人间词话汇编汇校汇评》,上海:上海三联书店,2013 年,第 192 页。

②　唐圭璋:《评〈人间词话〉》,王国维著,周锡山编校:《人间词话汇编汇校汇评》,上海:上海三联书店,2013 年,第 2 页。

③　黄墨谷:《乔大壮手批周邦彦片玉集·后记》,济南:齐鲁书社,1985 年。

④　早期《秋明集》得到彊村高度赞扬。朱祖谋:《题〈秋明小词〉》。吴耀辉,卢之章主编:《尹默二十年祭》,北京:北京燕山出版社,1991 年,第 17 页。

⑤　他们早年参加如社时,吴白匋就指出"斯社宗旨在于继承晚清四大家遗教,不作小慧侧艳之词,为求内容雍正,风度和美,构思着笔则坚守朱、况所启示之'重、拙、大'三字。"吴白匋:《金陵词坛盛会——记南京'如社'词社始末》.《吴白匋诗词集》,南京:南京大学出版社,1999 年,第 175—176 页。

⑥　唐圭璋:《论词之作法》,钟振振编:《词学的辉煌:文学文献学家唐圭璋》,南京:南京大学出版社,2001 年,第 293 页。

为不知甘苦之言,皆不足信也。"①落实到具体创作则如唐圭璋《忆词坛飞将乔大壮》云:"于严守四声之中,更求自然妥帖,……固不仅以雕琢为工,盖翁深入西蜀南唐及两宋诸家,用赋比兴诸体融会贯通,自臻上乘。"②所谓自然者,即"哀乐之情感于中,则咏歌之辞形于外,所以发舒而调节之,使盈溢郁勃之气,复归于中和,此自然之节也"。③

综合而言,雍园词群一定程度传承了晚清四大家"重拙大"的审美思想,但也根据自己喜好和理解,作出不同的取舍。他们视野开阔,对南北宋词态度中肯,无先入为主的偏见。力求做到声律准确、章法谨严、自然妥帖、沉郁厚重的整体取向。

(三) 家国情怀与坚定信念

相似的生命历程和词学观造就了他们词作内容情感的同频共振。从早期千里奔徙时的羁旅行驿,到后期稳定时期西南自然风光和宁静田园生活的描绘。从尸横遍野战场走过时的惊心触目,到企盼胜利、早日归乡的低吟。无不浸透着每一位雍园词人的心血和热泪。而横亘所有作品深处的是一代知识分子忧国忧民、彷徨不安的士大夫精神和坚定胜利的信念。《雍园词钞》既是一部精光四射的抗日斗争史,也是一部凝练厚重的心灵史。

首先,文史结合的典范。南京大屠杀史料文献十分丰富,而以词刻录国殇的还较为少见。读吴白匋《百字令·闻首都沦陷前后事,挥泪奋笔书愤》(其二):

> 腥膻扑地,恸五云城阙,竟沦骄虏。醉曳红襦侵病媪,马足模糊血土。刳孕占胎,斫头赌注,槊上婴儿舞。秦淮月上,沉沉万井如墓。
>
> 不信天眼难开,天心难问,啖食终由汝。从古哀师能敌克,三户亡秦必楚。挥日长歌,射潮连弩,雪耻扬神武。虞渊咫尺,炎炎欲返无路。

上片实录,句句沥血,尤其"刳孕"句,令人发指。关于此类抗战时事的词作,吴白匋成就突出。但词人毕竟没有亲赴战场,多从报刊、广播处听闻消息有感而发,情感笔墨远大于史实的记载。当枪弹自头顶掠过时,才激发出他们更多的"词史"篇章,比如空袭就是挥之不去的心头噩梦。读唐圭璋《兰陵

---

① 吴白匋:《评〈人间词话〉》,王国维著,周锡山编校:《人间词话汇编汇校汇评》,上海:上海三联书店,2013年,第176页。
② 唐圭璋:《忆词坛飞将乔大壮》,《湖湘诗萃》,第1—2合期,长沙:岳麓书社,1985年,第141页。
③ 汪东:《唐宋词选识》,汪东:《梦秋词》,济南:齐鲁书社,1985年,第459页。

王·成都遭敌机空袭》：

　　　　晚烟幂。云里残阳渐匿。千家院、消受好风，隔沼临花卧瑶席。哀
　　音恨警急。赢得。仓皇四逸。通衢上、争走竞趋，一霎黄尘乱南北。
　　　　郊行长叹息。奈犬吠篱根，鹊诉林隙。长堤分水新秧碧。嗟忽溜
　　珠钿，骤遗鸳履，排空机阵似雁翼。但潜避茔侧。　　悲恻。弹雨密。
　　料血染游魂，楼化瓦砾。城闉火炬连天赤。记曲岸酹酒，翠帘飞笛。伤
　　心今夜，冷露里，万户泣。

　　"好风、瑶席"与"血染游魂，楼化瓦砾"的极度反差令人心悸。哪里只是"伤
心今夜"，据统计，仅湖北一省日军空袭就达 1209 次，投弹 18296 枚，死亡
23354 人，损毁房屋 20161 栋、41127 间。[1] 这般疯狂肆虐，分明是"夜夜伤
心"。躲警报就是"家常便饭"，如沈祖棻《霜叶飞·……过渝州止宿。寇机
肆虐，一夕数惊。久病之躯，不任步履，艰苦备尝，幸免于难，词以纪之》《蝶
恋花·……寻帆因事先返嘉州，居停又以寇机夜袭移乡。流徙传舍，客况愈
难为怀矣》。如果没有词人惊汗浃背后的刻骨体验，数十年后的今天，仅凭
伤亡数字，又如何追寻西南地区人民惊心动魄的生活景象。
　　放眼整个抗战词坛，如果以历史事件和时代影响两个标准衡量，卢前
《民族诗坛》词群的声音和气势无疑是当时最突出的团队。然而，词体有其
固有属性，如果不加以改造，一味的移植诗文功能，很容易使词变成"句读不
葺之诗"。当然也不能像部分有失民族气节的词人那般，沉溺在风花雪月、
诗酒娱乐之中。雍园词人既没有因为环境的惨烈而丢失历经千余年的词艺
传统，也没有将词视为娱宾遣兴的小道、艳科，而是一方面以词史之笔，记录
切身体验的空袭灾难，更多的另一方面是将现实悲痛、家国情怀寄托于饱含
血泪的江山草木之间，凝炼成一首首感人肺腑的时代悲歌。
　　其次，知识分子的忧虑彷徨和坚定信念。翻检各位词人别集，充斥满眼
的大都是江山沦陷后的感伤。或许各人所表达的方式不尽相同，然而家国
存亡之痛的根源是一致的。雍园词人以血泪之笔谱写国殇：

　　　　变幻休论当世事。深谷高陵，只在人心里。醉踏春阳欢未已。烦
　　忧从此如云起。　　夹岸楼台镫火市。步步重经，步步伤心地。一寸
　　山河多少泪。江南塞北三千里。（汪东《蝶恋花·病起重入渝州市作》）

---

① 田子渝，黄华文：《湖北通史·民国卷》，武汉：华中师范大学出版社，1999 年，第 568 页。

高楼酒醒怕闻歌,倾泪易成河。钿蝉金凤飘零尽,算年来、惯识干戈。雁外不逢芳讯,鸥边还起惊波。　　江山缺处聚愁多,风雨奈秋何。吟螿留得商声住,更萧萧、霜叶辞柯。有限残笺断阕,那堪夜夜销磨。(沈祖棻《风入松》)

不作嚎啕大哭的真率直白,也不是代言闺秀般的掩面抽泣,汪、沈师徒以重、大之笔,将沉甸甸的江山风雨之叹,沉潜于"步入陪都""醉酒残笺"之间,哀感动人。雍园词人叙述愁情姿态各异。乔大壮效阮籍、嵇康,佯狂终日,将丧妻之痛①和国家沉沦之恨一寄于词,笔墨回环往复,沉郁之至,如"镜槛尘昏,久嗟双鬓白,自正危冠。四野夷歌暗起,最高楼、未忍望长安。一时会上题襟,梦中解珮,惟恐金尊浅"(《戚氏·夏口作》)。吴白匋游览山水,讴歌田园生活,貌似宁静致远,实则根本无法按捺"斫地高歌兴不酣,新来别恨醉中谙"(《浣溪沙》)的蠢蠢欲动;沈尹默遁入禅思,以哲理性的人生体悟看淡尔虞我诈、功名利禄,而从其字里行间,分明能读到"舴艋船载得愁多少,酒易尽,愁难了"(《青玉案》)的无奈和"往事易成今日恨,闲身应为看花忙,非关老杜爱癫狂"的故意掩饰。

历史上有大量与雍园词人相似的流亡抗战经历。催促文人宁愿抛家弃子,背井离乡也要追随朝廷脚步的最大驱动力,还是千年来"华夷之变"②的大防意识。如唐代安史之乱时,杜甫"麻鞋见天子";两宋之际,南渡词人的紧追不舍;晚明方以智、钱澄之等人的流亡历程③等。可理解为君主或政权的认同,也可视为对文化道义的坚守,而我更倾向于是作品中展现出的反抗精神和终将胜利的信念。一如汪东"醒时痛饮,醉后狂歌。冷眼不知,今昔蟠胸,自有山河"的豪迈(《朝中措》),及吴白匋"西征万里仍邦国,久役何悲身是客。凭高回首阵云深,不信骄阳光不匿"的刚毅。(《木兰花·渝州永川道中作》)乃至沈尹默"蜃楼海上参差起,八表阴霾,试转轻雷,会见天关诀宕开"的自信。(《采桑子》)这些是《雍园词钞》与《乐府补题》在"家国存亡之痛"抒写上最本质的区别。

第三,从漂泊客居的羁旅行驿词,到西南稳定后的田园生活词。每逢战

---

① 唐圭璋《忆词坛飞将乔大壮》:"天祸壮翁,妻亡室毁,翁顾影凄清,怅怅无所之,念重庆万人如海,一身逼仄,乃日日杜门倾壶,夜夜和衣而卧。"《湖湘诗萃》,第1—2期合刊,长沙:岳麓书社,1985年,第140页。

② 张仲谋:《忏悔与自赎——贰臣人格》,北京:东方出版社,2009年,第6—8页。

③ 参见张晖:《帝国的流亡:南明诗歌与战乱》,北京:中国社会科学出版社,2014年,第67、75页。

争或易代之际导致政治中心的迁移，总会在文学领域掀起一番行旅文学的兴盛。雍园群体的羁旅行驿词就是抗战文学中独具特色的一种。《词钞》中不难找出"纪行""避地"的佳作。尤以沈祖棻、唐圭璋、吴白匋三人最为集中，虽声调各异，而表达情绪则殊途同归：

> 塞迥洲荒何处住？南雁相逢，解道飘零苦。目断平芜来日路，碧云四合山无数。　欲仗江鱼传尺素。愁水愁风，还恐无凭据。已向天涯伤日暮，黄昏更送潇潇雨。（沈祖棻《蝶恋花》四首其一）
>
> 飘沫湿鹑衣，禁惯风波苦。镫岸千家爆竹喧，催我悲羁旅。　村店进残醪，浅笑当炉女。幽墨林峦盏外深，难识归时路。（吴白匋《卜算子·除夕抵渝州》八首其一）
>
> 峰际雾初收。峡束江流。狂涛如雪阻轻舟。断壁摩天千仞立，万古悠悠。　烽火乱神州。消息都休。便无猿啸也生愁。自念江南憔悴客，不是英游。（唐圭璋《浪淘沙·过夔门》）

同类题材，在不同人笔下必有差异，吴白匋性情直率，出语干脆，一任悲苦愁绪自然宣泄，不加阻拦，如"禁惯风波苦，催我悲羁旅"。沈祖棻词笔细腻，委婉含蓄，"于流移转徙间，写之以雅言，鸣之以哀韵。离鸾别鹄，心伤漆室之叹；抚事忧时，肠断楚骚之赋。"①且善于沉郁顿挫笔法，如上词"欲仗""还恐"的回环，"已向""更送"的加深。唐圭璋胸怀广阔，常在入手处大开大阖，先声夺人，《浪淘沙》气势磅礴，而其情韵浑厚，又不是吴白匋那般直接。不难体会词中行驿劳顿的艰难困苦和现实无奈。流亡途中所见所闻，又进一步扩大了此类题材的历史含量，总其价值并不亚于战争时事词。

随着西南生活的逐步稳定，羁旅词减少，田园生活词大增。如叶麐《山花子》："大地沉沉入睡乡，但闻村犬吠声长。"《鹊踏枝》"闲眺小腮千树裸，临空更有山横过。"大多词人，于平静中总会勾起故乡的怀念，如陈匪石《虞美人》："一年一度桐花冻。独醒翻疑梦。伯劳东去燕西飞。惟有啼鹃夹道劝人归。　高楼望眼长空暝。箫鼓风前竞。隔墙吹送卖饧声。才信客中时节近清明。"思归情节与战争胜利的企盼交织一起，形成雍园词人集体性的伤离别怨。

总之，思想内容和作品主题的相似将雍园词人的群体属性推向了历史

---

① 施蛰存：《北山楼抄本·涉江词钞后记》，巩本栋编：《程千帆沈祖棻学记》，贵阳：贵州人民出版社，1997年，第451页。

新高度。《雍园词钞》中的家国存亡之痛和个人身世之感是远超《乐府补题》的。而在战争时期文学与政治间的角逐中，雍园词群比《民族诗坛》词群更坚持文学本位，他们的创作也显得厚重扎实，经得起历史风云的洗刷。

（四）温柔敦厚与沉郁顿挫

雍园词人战前创作，风格各异，仔细深究，不难发现在艺术追求和情感内容两大方面，他们更偏向于前者。然全面抗战爆发后，又集体转向后者。如果此前因为审美的不同，使作品风格差异还比较大，那么，重心的转变直接导致抒情风格走向统一。或许江山沉沦令本不推崇苏辛词风的他们也曾一度大放悲慨雄壮之声，但并非就此归入豪放门庭，他们骨子里仍然是婉约一脉，表现为温柔敦厚、委婉含蓄的基本特征。具体到创作技巧，则小令上，是将长调笔法融入令词，既不失意象丰富，自然纯情，又多曲折变化；长调中，充分吸收清真、白石、梦窗词优点，尽量避免各自缺陷，做到融会贯通，沉郁顿挫。基于风格和技巧的统一，其群体共性显得更加突出，词坛地位亦随之攀升。

1. 自然性灵，温柔敦厚

往者，汪东等人参加如社时，多"选涩调，守四声"①。抗战后，各人创作由词艺规范，转向内容追求，尤其讲究真情实感的自然流畅。如唐圭璋"早年社集词，多随当时风气……严守四声。"②而战时《南云小稿》几乎全是小令，性灵十足。施议对评曰："所写家国存亡之痛及个人身世之感，都是内心真情实感的自然流露，颇能动人心魄。"③沈尹默恰恰相反，他早期专做小令，"直到六十以后，才学会作四声长调"④。夏敬观评云，"兼采南北宋之长，故为慢词，虽涩调亦出之自然，不觉艰苦。……又闻君论诗论词之旨，皆主放笔为之，纯任真气，不规规于字句绳墨间。"⑤唐先生由长调转入"自然流露"的小令，沈先生又由小令，转入"出之自然"的长调，不论他们创作形式怎样变化，不规矩于字句绳墨的"性灵""自然"是一致的追求。

风格转变的不止唐圭璋、沈尹默。沈祖棻、汪东、吴白匋等毕生创作的转折点皆在抗战时期。"国家不幸诗家幸，赋到沧桑句便工"的谶语再次得

---

① 吴白匋：《金陵词坛盛会——记南京'如社'词社始末》，《吴白匋诗词集》，南京：南京大学出版社，1999年，第175—176页。

② 程千帆：《圭翁杂忆》，程千帆：《桑榆忆往》，上海：上海古籍出版社，2000年，第122页。

③ 施议对：《当代十词人述略》，《中华诗词》第1辑，北京：中国民间文艺出版社，1990年，第45页。

④ 沈尹默：《沈尹默自述》，《文教资料》，2001年第4期。

⑤ 夏敬观：《念远词序》，吴耀辉，卢之章主编：《凝静——尹默二十年祭》，北京：北京燕山出版社，1991年，第18页。

以验证。如沈祖棻词:"方其肄业上庠,覃思多暇,摹绘景物,才情妍妙,故其辞窈然以舒。迨遭世板荡,奔窜殊域,骨肉凋谢之痛,思妇离别之感,国忧家恤,萃此一身。言之则触忌讳,茹之则有未甘,憔悴呻吟,唯取自喻,故其辞沉咽而多风。"①汪东、吴白匋与其他词人稍有不同,他们稍偏向于稼轩。殷孟伦《梦秋词跋》云:汪东"晚年乃转益激昂慷慨,且远过于静安之所评骘者,诚希世之鸣凤矣。"②程千帆说白匋"初为白石,为梦窗,而参之以昌谷之冷艳,玉溪之绵渺,以寄其俊怀幽思。及抗日军兴,违难西蜀,遂更进以稼轩为师,而杜老忠愤感激之情,亦往复于其笔端。"③不必再一一罗列各位词人抗战前后风格转变的证据。只需将转变后的形态统一整合,就能从"国忧家恤""忠愤感激""断肠心伤""自然纯真"等不同情感表征中总结出"温柔敦厚"的本质。

"温柔敦厚"出自《礼记·经解》,早期只是诗教意义,后指代作品"哀而不伤、怨而不怒"的风格特征。即情感表达注重委婉含蓄,"发乎情,止乎礼仪"。晚清时,温柔敦厚说被谭献、谢章铤、陈廷焯、况周颐等论家由诗体转移到词体品评,一是"立意"的强调,"由初期主张写个人之哀怨升华到后期要求表达家国之情怀,出现了在晚清词史上影响甚远的'词史'说;一是"要求词对诗之'比兴''寄托'的发扬,要有'含蓄不露''神在言外'的审美效果。"④雍园群体创作内容上的家国情怀及对"情境""性灵"的强调已见上文,而审美效果的则亦非常吻合。如刘梦芙《冷翠轩词话》论沈祖棻"以委婉幽深、空灵馨逸为主要特色,……苍凉中寓绵绵温厚之忱。"⑤唐圭璋《回忆词坛飞将乔大壮》:"部分词作,曾刻入《雍园词钞》中,深婉密丽,烂如舒锦。"⑥汪东《沈尹默之诗兴》(一):"倚声则转以珠玉、六一为宗,赋物纾情,并归沉厚。"⑦至于陈匪石、吴白匋、汪东等模仿白石、梦窗、清真词者,就更与强调比兴寄托的常派理念(倡导"问途碧山,历梦窗、稼轩,以还清真之浑化")相接近了。

① 汪东:《涉江词序》,沈祖棻:《涉江诗词集》,《沈祖棻全集》,石家庄:河北教育出版社,2000年,第3—4页。
② 殷孟伦:《梦秋词跋》,汪东:《梦秋词》,济南:齐鲁书社,1985年,第496—497页。
③ 程千帆:《吴白匋先生诗词集序》,程千帆:《程千帆全集(第十四卷):闲堂诗文合抄》,石家庄:河北教育出版社,2000年,第87页。
④ 陈水云:《晚清词学'温柔敦厚'说之检讨》,《台大中文学报》,2014年6月,第45期,第233—268页。
⑤ 刘梦芙:《二十世纪名家词述评》,合肥:安徽文艺出版社,2006年,第295页。
⑥ 唐圭璋:《忆词坛飞将乔大壮》,《湖湘诗萃》,第1—2合期,长沙:岳麓书社,1985年,第140页。
⑦ 汪东:《寄庵随笔》,上海:上海书店出版社,1987年,第128页。

需要提醒,"温柔敦厚"是创作形态,而非词体观,与浙西词派所倡导的理念有着本质的不同。前者以个人身世之感和家国存亡之痛为侧重,后者故意淡化易代之际带来的政治抵触,甚至连个人情怀也有悄然隐藏于咏物的趋势;前者以比兴寄托、神在言外淡化悲痛情绪,后者则着力强化家国情怀,落脚点在内容实质。

将"温柔敦厚"的风格置于抗战词坛审视更能看到它的与众不同。经龙榆生《词学季刊》、卢前《民族诗坛》的鼓吹,重振慷慨悲壮的稼轩风自是大势所趋。但依然能够看到,上海午社词人群成员在孤岛恶劣环境下,坚持以选调分韵的形式创作;也不能忽视金陵地区《同声月刊》词群和京津一带《雅言》词人群将情感埋藏在重重叠叠的典故和风花雪月、诗酒酬唱之间。相比较而言,国统区似乎只有卢前《民族诗坛》词群与雍园词群真正扛起了词坛的大旗。前者慷慨悲壮,后者温柔敦厚;前者气势磅礴,声调铿锵,可与辛派词人一较高下。后者委婉含蓄,一波三折,情韵呜咽,如泣如诉,比之宋末词人不遑多让;前者似浓烈烧酒,一饮而尽,浑身痛快,后者似淡绿香茶,仔细品味,神清气爽;卢前偏重词的时代效应,积极与政治互动,极大提高词体社会功能。雍园词人偏重词的抒情性,注重个人内心情感的提炼,艺术技巧高妙绝伦。总之,雍园词人"温柔敦厚,委婉含蓄"的创作风格在整个抗战词坛群体分布中是独一无二,引领潮流的。

2. 融通令慢,沉郁顿挫

雍园词人在艺术技巧上也表现出一定的相似性。上文分析词学观时已经拈出"声律准确、章法谨严、自然妥帖、沉郁厚重"等几大特征。他们融通令慢的入手门径,也奠定了婉约雅正的审美基础。面对不便于直接宣泄的家国感伤,词人多以"香草美人"、沉郁顿挫笔法,完成难以言表的心灵寄托。

短调上的突破是将承转暗接,曲折变化的长调笔法运用于令词中。在原本辞意简单,以抒情为主的基础上增加其叙事性和情感表达的丰富性。先读唐圭璋《行香子·匡山旅舍》:

> 狂虏纵横。八表同惊。惨离怀、甚饮芳醽。忍抛稚子,千里飘零。对一江风,一轮月,一天星。　　乡关何在,空有魂萦。宿荒村、梦也难成。问谁相伴,直到天明。但幽阶雨,孤衾泪,薄帷灯。

篇幅虽短,而其营造的气势和言语空间堪与慢词相比。尤其承转脉络的清晰,远超唐五代北宋词。上片"狂虏纵横""忍抛稚子""千里飘零"三大惨境,主题集中。过片接江风轮月而来,"问""但"两句沉郁回环,深受长调影响。

真正拓展令词叙事性的是组词的大量出现,如唐圭璋《浣溪沙·成都和友人》十首、沈祖棻《临江仙》(昨夜西风波乍急)八首、《蝶恋花》(日影已高帘乍卷)八首、沈尹默《浣溪沙·酬湛翁》四首等等。篇首之间不是毫无关系的罗列,而是模仿杜甫《秋兴八首》的形式,前后有序,浑然一体。比较而言,唐圭璋常将缠绵思念投射于宏大广阔的抗战背景下叙述,以时空转换、虚实对比营造独特意境;沈祖棻则注重挖掘内心细腻情绪波动,一腔悲愤化作绕指柔情,以委婉含蓄笔法从容道出;沈尹默巧用哲理思辨平息战争烟火气,以香草美人技巧品评时政。三人组词都内容充实,变化多端,代表了此期令词的较高水平,也标志着二十世纪令词开始摆脱前人窠臼,走向融通令慢,自成一体的新道路。

长调上特别讲究章法曲折变化,潜气内转,以能达到沉郁顿挫的境界为终极目标。沉郁顿挫本是杜甫诗歌特质的高度概括[①],后陈廷焯将其引入词论中[②]。"所谓沉郁者,意在笔先,神余言外,写怨夫思妇之怀,寓孽子孤臣之感。凡交情之冷淡,身世之飘零,皆可于一草一木发之。"[③]而顿挫是"笔势飞舞,变化无端"的技法。

陈廷焯认为,周邦彦最得沉郁顿挫之三昧:"词至美成,乃有大宗。前收苏、秦之终,复开姜、史之始。自有词人以来,不得不推为巨擘。后之为词者,亦难出其范围。然其妙处,亦不外沉郁顿挫。"[④]汪东"服膺清真数十年如一日"[⑤],深得美成"张弛控送""潜气内转"[⑥]之法。同时,他还随着时代环境的改变作出与稼轩词风相结合的适当调整,形成熔铸周辛、自成机杼的特质。请读《贺新郎·有辞行归隐者,留书告别,用稼轩韵赠之》:

> 内热那堪说。尽消他、含风翠篠,蔽天黄葛。直向峨嵋凌绝顶,蹴踏阴崖残雪。更北指、中原一发。慷慨悲歌多燕赵,想苍茫、正堕临关月。谁为鼓,由之瑟。　　功名无分长离别。叹人生、云龙鱼水,古来

---

① 杜甫《进雕赋表》云:"臣之述作,虽不能鼓吹六经,先鸣数子,至于沉郁顿挫,随时敏捷,而杨雄、枚皋之流,庶可企及也。"仇兆鳌:《杜诗详注》,北京:中华书局,1979 年,第 2172 页。

② 《白雨斋词话》的理论核心就是"沉郁顿挫说"。彭玉平:《诗文评的体性》,北京:北京大学出版社,2012 年,第 294 页。

③ 陈廷焯著,屈兴国校注:《白雨斋词话足本校注》,济南:齐鲁书社,1983 年,第 20 页。

④ 陈廷焯著,屈兴国校注:《白雨斋词话足本校注》,济南:齐鲁书社,1983 年,第 74 页。

⑤ 程千帆:《梦秋词跋》,汪东:《梦秋词》,济南:齐鲁书社,1985 年,第 495 页。

⑥ 夏敬观《梦秋词序》云:"耆卿用六朝小品赋作法,层层铺叙,情景兼融,一笔到底,始终不懈。美成特行,以张弛控送之笔,使潜气内转,开合自如,一篇之中回环往复,一唱三叹。作者深得此诀,可谓善学周柳者也。其最上乘者泯迹蹊径,直入堂奥,意到辞谐,超然神理……"汪东:《梦秋词》,济南:齐鲁书社,1985 年,第 1 页。

难合。黄祖辈人何足道,冠带聊加白骨。也休怨、媒劳恩绝。柳下清泠
圜波绕,好科头、自锻嵇康铁。又却恐,肺肝裂。

用稼轩"发、瑟、铁、裂"等铿锵有力的入声韵,却毫无粗率习气,当得力于
沉郁顿挫笔法的妙用,如首句情感骤聚,貌似黑云压城,只用"尽消他
……"就悄然荡开。尾句"好科头"的激愤,以"又却恐……"来化解。使得
情感回环,愈积愈厚。另外有"直向、更、叹、也、又"等词粘合上下,过渡自
然。"想苍茫""叹人生"等句的时空转换,虚实结合,都足以彰显汪东词出
入清真、稼轩的一面。

　　吴白匋、陈匪石也是熟练运用"沉郁顿挫"笔法的当行高手。就学词门
径看,他们都以梦窗为宗。梦窗变化无端甚至超越清真。但吴、陈二人并未
坠入"四声竞巧、生意索然"[1]的魔道,反而对此弊病作出适当的拨乱反正,如
对四声的放宽,典故的摒弃,晦涩字面的改正,意境的强调等等。论家多认
识到吴、陈学梦窗,而不知其超越梦窗处,惟刘梦芙所论最得吾心,吴白匋
"变梦窗怀恋情侣之词旨为家国之忧,其境乃大。艺术风格则清丽而兼沉
郁,亦与梦窗原作迥异,继承中有新创,词业乃生生不息。"[2]陈匪石"取法清
真、白石、梦窗、碧山,守律严细,……又能济以东坡、稼轩之骨力,故气格高
浑,意境广邈,涩而不晦,幽而能畅,诚所谓'齐梁书体,屈曲洞达'。"[3]刘先生
所论或较过于宽泛,但"清丽沉郁"和"涩而不晦,幽而能畅"的论断显然是看
到了吴、陈对梦窗缺陷的弥补。

　　当然,雍园词人令慢兼擅,汪东、乔大壮的小令也是侧艳动人,沈祖棻的
长调也堪与清照比肩,以上不过是就各词人成就的粗略分类。综合而言,温
柔敦厚、委婉含蓄的词作风格和融通令慢、沉郁顿挫的创作技巧是雍园词人
艺术品质上的群体共性。不过,大作家自古都是多面手,我们也不要求此特
征能穷尽所有,如果八位词人都是千篇一律,毫无自我个性的抒写,也不可
能在抗战词坛获得如此高的地位。

　　综上所述,秉着严格定义词社与词群区别的原则,判断雍园词群的成
立,需从情感的认同、词学观的共性、思想内容的一致和艺术技巧的相似等
几大维度来考察。有着早期成员关系的互动,以及职业身份、业余爱好的统
一,尤其是迁徙漂泊的共同经历,我们很容易将松散的雍园词人纳入"群体"

---

① 龙榆生:《今日学词应取之途径》,《词学季刊》,第2卷,第3号,1935年1月,第3页。
② 刘梦芙:《冷翠轩词话》。刘梦芙:《二十世纪中华词选》,合肥:黄山书社,2008年,中册,第
　776页。
③ 刘梦芙:《二十世纪名家词述评》,合肥:安徽文艺出版社,2006年,第142页。

研究的视野。再有杨公庶的慷慨,乔大壮的积极,以及词人们客居他乡、惊魂未定的内在诉求,"词群"的成立已经水到渠成。不过一切外在形式都不如创作更有说服力。详细考察八位作者的词学观也是为了厘清创作理念而准备。如强调情境的重要和"诗有史,词亦有史"的文体意识,使他们的作品不约而同的浸透着抗战血泪和家国情怀;严格遵守四声平仄的格律观和"重、拙、大"的审美祁向,一定程度促成了融通令慢、曲折变化等艺术品质的形成。在与《民族诗坛》、午社、《同声》《雅言》等词群横向比较中,雍园词群终以"温柔敦厚"、沉郁顿挫的独特风格傲然矗立于抗战词坛。这一风格也成为继宋南渡词群、明清之际后,又一彰显战争环境下,词史转折裂变的重要特质。因此,雍园词群的文学史意义是可以放到易代之际文化价值重估与审美形态重新确立的同一坐标系上衡量的。

二、熔铸周辛,自成机杼:论汪东词

沈祖棻是雍园词群创作成就最高者,汪东次之,其他成员各有优劣。因章节安排,沈词置于"女性词群"中讨论。汪东乃沈祖棻之师,且是雍园词群实际上的群主,当先论其词。

常派骁将周济曾提出"问途碧山,历稼轩、梦窗,以还清真之浑化"的学习途径,并操持《宋四家词选》,成为晚清词风变革及引领整个词坛走向的重要范本。所列四家中,周邦彦被推为宋词第一。仔细梳理近代词史,不乏学碧山、稼轩者,更有大量追步梦窗者,而清真却不免受到"冷遇"。可资辨认学清真者只有朱师辙、庞树柏、邵瑞彭、黄侃、汪东等数位。[1] 能够在"众人皆醉"时保持心底的这份执着和纯真,本身就显得鹤立鸡群。尤其汪东(1889—1963),被夏敬观誉为"能为周、柳,今世惟君一人"[2]。他自己也承认"服膺清真数十年如一日"。[3] 值得称道的是汪东并不亦步亦趋,他能自成一家的特质是认清词作风格与时代环境的紧密关系,情随事迁,不固守成规,找到与词坛风会最恰当的宣泄口。将清真"沉郁顿挫"笔法,与稼轩慷慨豪迈的气势相融,刻画抗战背景下词人内心的凄然孤独和家国情怀,锻造出《梦秋词》悲壮深沉、哀而不伤的整体风格。

---

① 朱师辙有《清真词朱方和韵合刊》。汪东:《和清真词序》:"蕲春黄君……平生友善,唯东与黄安刘仲蓬。岁在壬子,侨居海,遭世艰屯,意思萧瑟,进无弭乱之方,退乏巢居之乐,酒醑相对,泣下沾襟。一夕相约,重和清真词。"汪东:《汪旭初先生遗集》,沈云龙编:《近代中国史料丛刊》第 2 辑,第 40 册,台北:文海出版社,1974 年,第 376 页。

② 夏敬观:《梦秋词题语》,汪东:《梦秋词》,济南:齐鲁书社,1985 年,第 2 页。

③ 程千帆:《梦秋词跋》,汪东:《梦秋词》,济南:齐鲁书社,1985 年,第 495 页。

（一）法乳周柳，托意遥深

慢词创自柳永，至清真而集大成。前辈学人对柳、周关系有清晰揭示，如蔡嵩云曰："周词渊源，全自柳出，其写情用赋笔，纯是屯田家法。"[1]柳永"以赋为词"，多平铺直叙，而周词更进一步，变直为回环往复，即顿挫笔法也。汪东深谙个中技法，如夏敬观《梦秋词序》云：

> 耆卿用六朝小品赋作法，层层铺叙，情景兼融，一笔到底，始终不懈。美成特行，以张弛控送之笔，使潜气内转，开合自如，一篇之中回环往复，一唱三叹。作者深得此诀，可谓善学周柳者也。其最上乘者泯迹蹊径，直入堂奥，意到辞谐，超然神理，功力至此，曷胜佩赞。[2]

理解《梦秋词》当首先注意"层层铺叙，情景兼融"的赋笔技法；其次，应格外关注"潜气内转，回环往复"的顿挫之词，尤其是"泯迹蹊径"，自然通脱者。先读《蝶恋花》：

> 又堕缠绵辛苦里。侬是春蚕，到死丝方已。欲颂清扬还自制。灵台深处镌名字。　　相望千重元尺咫。无计寻君，或者君能至。见又逡巡成退避。傍帘鹦鹉知人意。[3]

与晚唐五代意象跳跃的小令有很大不同，此处将赋笔引入词中，刻画欲见还休的缠绵心理，生动传神。尤其起承转合处的匠心独运，如"又""欲""或者"等字，将原本较为割裂跳跃的碎片化意象有机结合，使得情感叙述流畅，直入心田。其他相近作品有《新荷叶·杨园主人有看荷之约，病未能也》《祭天神·和耆卿韵》。

梳理《梦秋词》中近耆卿者，是为更清晰揭示汪东在"以赋为词"基础上，进一步模仿清真变平铺为曲折，化白描为顿挫的学词门径。"清真词以纤徐曲折的顿挫章法制胜，其具体手法经常采用逆笔"[4]，此特点当然成为汪东效法对象，如《别怨》：

> 蟒领云鬟。好春浓、犹怯余寒。绣屏双倚处，今宵何意却成欢。细

---

① 张响编：《蔡嵩云词学文集》，郑州：河南文艺出版社，2015年，第157页。
② 夏敬观《梦秋词序》。汪东：《梦秋词》，济南：齐鲁书社，1985年，第1页。
③ 本节引词皆自汪东《梦秋词》，济南：齐鲁书社，1985年。
④ 钱鸿瑛：《周邦彦研究》，广州：广东人民出版社，1990年，第271页。

挽娇姿烛下看。　　后约重追算,丁宁了、总是难拚。谁知梦觉,凄凉斜照阑干。忍寻花嫋娜,还怕对竹檀栾。

自上片至"后约"句,读者还沉寂在"今宵剩把银缸照,犹恐相逢是梦中"。"谁知"句陡然一转,打破美梦,方知此乃倒叙笔法。其他逆入、插叙、转折、虚实结合等技巧在汪东手下也是信手拈来,如《三部乐·用清真韵》,词眼在"细书密字",整篇绕此展开,数次暗转。前数句由近及远,以"赋情""月破""浪发"紧贴书信谁寄。过片用"他生""自今"时间对比,扩大张力,"休说""羞发"二言使得情感回环往复,直逼"自揩泪睫"的宣泄。尾二句痛定思痛,转入内心,思绪愈加深沉浑厚,堪为得清真神韵。

　　清真词堪称"集大成"并非一二技法能够囊括,而是将字句锤炼、声律限制、叙述策略、情感烈度等多维标准打叠一处,达浑然深厚之化境。汪东对周邦彦词特质及于宋代词史有清晰定位,他说:

　　"词至清真,犹文家之有马、扬,诗家之有杜甫。吐纳众流,范围百族,古今作者,莫之与京也。余曩有评述,略申大概,兹节录如下云:'两宋词家,钜乎辈出,若与清真相校,品第略得而言。晏、欧诸公,承五代之余绪,所作唯多小令,体格攸殊,未宜同论。耆卿崛起,慢词始兴,清真实从柳出,其铺叙长调,气力相钧,而沉郁之思,秾挚之采,固柳所不及也。苏、辛天资卓绝,别立门户,苏格尤高,苦多率直;辛才实丽,时患粗犷。清真奄有其长,并绝其短。少游婉约,逊彼浑成。梅溪隽快,患在纤巧。白石孤标绝俗,或时意竭于篇。碧山雅正为宗,稍乏闳肆之气。梦窗学清真最似,可谓遗貌取神,其佳处殆不多让。然馇饤晦涩之病,即亦未能为讳也……'"[①]

反观此论,也可视作汪东词体审美观,拈出几大关键词,即当有"沉郁之思,秾挚之采,不率直、粗犷,不可馇饤晦涩,须以浑成隽快,雅正闳肆"等几大标准。

　　在汪东看来,清真词艺术层面已达化境,但也有美中不足:"顾犹或以托意不深为清真病。此则身逢宴乐,不宜为无病之呻,假令清真生丁末叶,其麦秀黍离之感,义岂在周、张诸人下耶。"[②]历史不容假设,如果说清真"托意

---

① 汪东:《梦秋词》,济南:齐鲁书社,1985 年,第 473—474 页。
② 汪东:《梦秋词》,济南:齐鲁书社,1985 年,第 474 页。

不深"之病是因为"身逢晏乐"的时代所限,那么汪东生活的国破家亡的抗日战争年代恰恰具备了清真不曾有的历史机缘。《梦秋词》中是不乏麦秀黍离之作。如《摸鱼儿·闻桂林柳州相继失陷之信》中"君细认。看桂粟香残,柳也凋零尽。霜空四警。怕寒到巴山,乌啼绕树,落叶已成阵。"再读《八声甘州·雁》:

> 又霜钟警梦夜凄清,雁阵破空来。自榆关风紧,芦沟月冷,秋思难排。应羡六朝金粉,嚜唤度长淮。铁索沉江后,楼殿成灰。　　本是随阳信鸟,甚浅洲远渚,不肯徘徊。历间关烽火,毛羽屡惊摧。倘遭逢、青冥矰缴,剩衔芦、孤影亦堪哀。何如共、泛沧溟去,游戏蓬莱。

全篇未脱写雁,而又句句切合自身。雁之视野十分广阔,从榆关、卢沟,到金陵、长淮一带,楼殿成灰,尽收眼底。下片"不肯徘徊""毛羽屡惊摧""孤影堪哀"等分明是汪东一类西迁文人的形象写照。这般以小见大、托意遥深之词与"后主被羁,怆思故国;稼轩愤时,讬怨烟柳;白石嗣响于黍离;碧山沉恨于落叶,岂非假物喻情。所谓'称文小而其指极大,举类迩而见义远'者"①有异曲同工之妙。其他《百字令》(万松围岭,听子规终日)、《霜叶飞·同大壮作,和清真》等词,皆是难得佳作。

凭借深得周柳法乳的"模仿",已经能够使《梦秋词》在二十世纪词坛独占一席。更身逢千年未有之变的抗战,使汪词避免"托意不深"的历史局限,相关直接描写战争的词史巨作和间接抒发悲痛的感慨,确实是"每一呻吟泪痕湿"②。

(二)以清真顿挫笔法,言稼轩豪迈情调

《梦秋词》并非纯是清真面目,学者对此早有揭示,③马大勇师更进一步挑明汪东与辛弃疾、陈维崧之间的特殊联系。本节单论汪东抗战时期词,则需着重注意《国难教育声中发挥词学的新标准》。④它清晰揭露汪东战时词学观的变化:

---

① 汪东:《繡华词序》,《国故》,1919 年,第 2 期,第 9 页。
② 尉素秋《梦秋词跋》:"天地长留国风什,鬼神护呵六丁立。我公笔势人莫及,每一呻吟泪痕湿。"汪东《汪旭初先生遗集》,沈云龙编:《近代中国史料丛刊》第 2 辑,第 40 册,台北:文海出版社,1974 年,第 138 页。
③ 薛玉坤:《汪东与民国词坛宗周之风》,《苏州大学学报》(哲学社会科学版),2010 年第 6 期。
④ 黄阿莎《世乱中的文化坚守与词体创作——论汪东词学思想及其对沈祖棻的影响》(《解放军艺术学院学报》2016 年第 1 期)首次着重探讨此文对理解汪东词学思想的重要意义,本节则结合汪东词体创作详细论述其风格转变。

现在国难严重期间,大家注重实用科学,心目中几乎觉得文学不过
是承平时代的一种装饰品,在此时,是不切实用的。……要知文学者,
小而言之,为一人意志情绪之所托;大而言之,即为一国民族精神之所
系。民族精神不灭,则国恒存,反是则亡。①

将文学与民族精神、国家存亡相提并论,并非危言耸听,确实看到了二
者间遥相呼应、唇亡齿寒的紧密关系。在《唐宋词选识语》中,汪东还小心翼
翼的指出清真词"托意不深",而《新标准》中则已经大张挞伐:"周柳的技巧,
确是最高,而他的意境,是安乐的,是欢愉的,虽未尝不作愁语,只是限于伤
春、惜别、旅恨、闺情。……我们今日环境既与周柳大异,倘再作歌颂升平之
语,固是言不由衷;即专为伤离感旧之辞,也有点未暇及此。"抗战特殊时
期,"不如注重慷慨悲壮,甚至粗厉猛奋的声调,予以刺激,使人心渐渐振
作起来,这才见文学的功用,也才是文学家或者说词家所应当分担的
责任。"

上文论及清真时,言之凿凿的说词要有"沉郁之思,秾挚之采,不率直、
粗犷,须雅正闳肆",此处变为不当有"愁苦之音",应重"慷慨悲壮,甚至粗
厉猛奋"的声调。从不率直粗犷,到提倡粗厉猛奋的转变足见汪东创作思想
已经发生重大转变,其文学成就亦更加多元。夏敬观所谓"能兼取南北宋之
长,其涉南宋者亦多佳什。惜杂厕一编之中,稍嫌色泽不纯,宜另列为集外
词"②,真乃狭隘之论。如果一部词集自开篇至末尾,皆一种色泽,纵然艺术
成就愈加圆熟,亦不弱风格转变带来的惊喜更大,《梦秋词》恰因不主一家、
风格多元而名垂词史。

以上词学思想的转变,自然让人联系到同属一脉的豪放词及同时代推
崇者龙榆生、卢前。他们皆推尊"慷慨悲壮"的苏辛,龙更偏重于苏轼,以其
疏朗通透、自然活泼来洗刷梦窗词风流衍的四声竞巧、晦涩难懂等弊病,大
有引领词坛的责任意识;卢前是以"天下兴亡、匹夫有责"的政治角色出现,
一方面将词作为鼓吹号角,配合政治宣传,激发抗战热情,另一方面视词为
匕首、投枪,既揭露政治腐败、社会怪像,又痛斥日军的滔天罪行;汪东的定
位较为暧昧,词坛革新意识不及龙强烈,也没有卢那般热衷政治宣传,他倡

---

① 汪东:《国难教育声中发挥词学的新标准》,《文艺月刊》,第9卷第2期,第12—17页。
② 夏敬观题语。汪东:《梦秋词》,济南:齐鲁书社,1985年,第1页。

导苏辛更多的抒发个人的悲欢离愁、家国沉痛。① 格调似乎也不那么纯正。究其原因,当然与其在"政治与学术间徘徊"②的人生轨迹大有关联③,但更本质的是其带着清真法度来创作稼轩情调的思路。

抗战时期,毅然投笔从戎的他,其性格必有刚烈豪侠的一面。而当抗日战争愈加残酷,汪东词中英雄气势更加凸显。先读《鹧鸪天》《破阵子》二首:

> 鹏翼遥抟万里风。如何壮志又成空。日从尘尾清谈会,夜课蝇头细字功。　书咄咄,意忡忡。莫将闲闷苦萦胸。灞桥冲雪寻梅去,也拟头衔署放翁。

> 卉服但余鸟迹,蓬山那有仙京。日出僭称天子号,蚕食翻渝上国盟。神人愤共盈。　海水垂天皆立,火云射地通明。万翼回旋风雨势,千里遥闻霹雳声。芙蓉峰已倾。

不必赘言阐释,只消对比师法周柳的前词,已然泾渭分明。稼轩"以文为词",将创作辞赋古文的经验移植到词中,议论纵横,硬语盘空。

须知稼轩"以文为词"实际上是打破了词体回环往复、委婉曲折的当行本色。然而汪东对此别有见解。他说"苏辛并为豪放之宗,然导源各异。东坡以诗为词,故骨格清刚。稼轩专力于此,而才大不受束缚,纵横驰骤,一以作文之法行之,故气势排荡。……顾以诗为词者,由于诗境既熟,自然流露,虽有绝诣,终非当行;以文为词者,直由兴酣落笔,恃才自放,乃其遒敛入范,则精金美玉,豪无疵类可指矣。"④汪东认为"以诗为词"是词之变,终非当行,而"以文为词"是"遒敛入范",乃词之正,且锦上添花,无所瑕疵。暂且不论此说是否准确,追述其自周柳入的学词门径,不难理解他是在试图打通清真"沉郁顿挫"与稼轩"以文为词"之间的界限,以此弥补后者粗率的缺陷。读《满江红·送顾希平从军,时予先有请不得》能见证此用意:

---

① 《新标准》一文的前身是发表于《国立中央大学日刊》上《国难声中研究词学之新途径》的演讲辞。

② 薛玉坤:《汪东:政治与学术间的徘徊》,《中国社会科学报》,2011 年 8 月 4 日,第 17 版。

③ 他早年参加同盟会,追随孙中山共举革命,以《民报》主编身份,品鉴时事,胸有大志。民初入北洋政府,历任总统府咨议、内务部佥事等职。抗战时期,又投笔从戎,任西安行营秘书长、重庆行营副厅长。在革命、北洋政府、国民政府转换间隙,都不约而同的回归学术,而其词学成就比龙榆生有很大不足,较卢前也稍有差距。其"彷徨纠结的心态,迂回曲折的人生姿态",一如其词体创作一般受环境影响甚大。

④ 汪东:《唐宋词选识语·辛弃疾条》。汪东:《梦秋词》,济南:齐鲁书社,1985 年,第 475 页。

　　　　幕府清秋,正摇落、凄凄井桐。搔短鬓、闲阶伫立,思和寒蛩。地近周原方筑垒,星连吴野更传烽。叹几家、骨肉尽飘零,随转蓬。　　鱼吐沫,池水空。鸟啄屋,夕阳红。又萧萧班马,旌旆摇风。羽扇挥军非我事,围棋一局笑谈中。盼君行、连夜捷书来,清昼同。

　　上片以井桐、寒蛩述此时此地的凄清,地近、星连二句横向拓展至前线抗战时事,自然谈及因战乱而"骨肉飘零"的惨状。过片鱼、水由上片"转蓬"而来,班马、旌旗又与夕阳红辉映,顺接"羽扇挥军"句。煞拍点题,展望。整首词一气呵成,起承转合之间,过度自然,隐现交替,很容易辨认出是脱胎于周柳笔法,而全篇气势又分明接近稼轩。再读《贺新郎·有辞行归隐者,留书告别,用稼轩韵赠之》(见第 157 页)。上片多以层层铺叙展开,且"勾勒"处较多,明转如"尽消他""直向""更""想"等,暗接如翠竹峨嵋,登高北指,燕赵临关。下片并未明显使用"以文为词"笔法,然议论感慨颇多,且相关痕迹消化在转接与勾勒之间,情感悲壮深沉,而又显得控制有度。

　　由周柳入,深得沉郁顿挫法乳,为配合时代环境变化,将此法乳与稼轩慷慨悲壮的情调相结合,他以个人惨痛情怀写家国沦陷之苦,弥补了清真词"托意不深"的不足;又平息了稼轩词过于率直而有失词体当行本色的气焰,形成《梦秋词》悲壮深沉、哀而不伤的整体情调,在抗战词坛堪称独树一帜。

(三) 凄然孤独中的凝思

　　论述至此,已经基本揭示《梦秋词》特质。然古来词史上精光四射的大家几乎都是多面手,如陈维崧,有人赞其绝似苏辛,也有人叹其酷效清真、白石,其小令与晚唐词或不遑多让。其实,评论家誉其词似某某者,终是为了凸显作者自成机杼的一面。论汪东词亦当作如是观。刘梦芙《冷翠轩词话》云:"寄庵则落笔即法清真,兼及柳三变,取径高骞。顺流而下,由北及南,于白石、梅溪、梦窗、碧山、玉田,皆采纳精髓,亦不废稼轩、后村乃及陈迦陵,融通变化,遂成大家。"[①]若汪东所作仅仅是像柳永、周邦彦、苏轼、辛弃疾,那么也只能说是名家,而非大家。刘先生所论之"融通变化"已见上文,而最终奠定其在抗战词坛大家地位的还离不开其作品中暗流汹涌的悲悯情怀和不畏身心劳苦、坚强不屈的人格。

　　抗战艰难时期,汪东身患脊骨结核,手术后卧床十五月,仍孜孜不倦的创作。据薛玉坤《汪东年谱》载,1941 年秋末,汪入中央医院治病,全身敷以

---

① 刘梦芙:《二十世纪中华词选》,合肥:黄山书社,2008 年,第 434 页。

石膏，[1]饮食便溺，不许转侧，至1943年春，去石膏易以钢马甲，犹不能行走。[2] 考1937至1945年间词，总190首，去除首尾数首，抗战期间当不低于170首。其中97首，是在病痛中写就的。

长期卧病，难免孤独凄然，词作中触目可见相关语句。然而"人若能享受孤独，寂寞也就是一种美了"[3]，汪东所写并非排遣愁绪，打磨时光的泛泛之作，更多的是经过深思熟虑，似经历生死轮回后的哲理名言。如《蝶恋花》：

> 日日登楼千百度。咫尺人间，更比仙山阻。断尽柔肠无说处。而今才解相思苦。　　独坐沉吟还独语。独展芳尊，泪落空盈俎。独自寻春春又去。绿阴总化相思树。

上片貌似简单，实则蕴涵斫地悲苦，又有多少人能体会其中三昧。下片数句"独"字，不仅无重复累赘感，反生一唱三叹效果。词人并未因孤独而消沉。再读《蝶恋花·病起重入渝州市作》：

> 变幻休论当世事。深谷高陵，只在人心里。醉踏春阳欢未已。烦忧从此如云起。　　夹岸楼台灯火市。步步重经，步步伤心地。一寸山河多少泪。江南塞北三千里。

因病数百日未踏足陪都，再临此地，感慨万千，以致普通步伐，竟生出"一寸山河多少泪，江南塞北三千里"的沉重体悟。若没有发自内心的爱国忠心和悲悯情怀是不可能吟唱出这般动人心魄的语句。"祸兮福之所倚，福兮祸之所伏"，患脊骨结核是不幸的，而此期间却给词人足够的时间放空身心，宁静下来，思考人生，再读《鹧鸪天》：

> 已觉人间万事哀。凉风仍送凛秋来。身如团扇终遭弃，心共炉香欲变灰。　　斟浊酒，上高台。故乡惟是白云堆。此生准拟长漂泊，又恐侵寻老病催。

基调着实悲凉，但无颓废之感。应作看破生世浮沉观照。周济倡导"问途

---

① 薛玉坤：《汪东年谱》，郑州：河南文艺出版社，2013年，第164页。

② 汪东：《寄庵随笔·客窗病榻》，上海：上海书店出版社，1987年，第126页。

③ 袁行霈主编：《中国文学史》，第二卷，北京：高等教育出版社，2005年，第199页。

碧山,历稼轩、梦窗,以还清真之浑化。"龙榆生亦云:"近人论词之最高标准,为一'浑'字。"①《鹧鸪天》或已稍稍触及浑化境界。比此更加优秀的还有《醉翁操·余独卧山中……》:

> 泠泠。清音。鸣琴。乃非琴。惛惛。空山月明萝之阴。忽闻锵佩璆琳。俄又瘖。蕙带与兰襟。我所思兮如有临。　　乱松动晓,其上幽禽。弯松静晚,无复哀猿怨砧。彼拂云之崎崟。与逝波之渊深。修柯千万寻。风烟周其岑。凄感动微吟。庶几千载知此心。

醉翁之意不在酒和山水,而在感之于心的若有所得,作品散发出的淡淡禅意,已然非清真、稼轩可比。这是属于汪东自己的声音。一如夫子自言,"苟其情蕴宏深,即随地有所据写,要当直而不俚,曲而不晦,工于组织,故无浮艳之辞,巧于运思,自有清新之美。"②《醉翁操》一曲堪当此论。

回望二十世纪词坛,前三十年梦窗风笼罩南北,一时才俊,争相效仿。抗战军兴,受外部环境刺激,人们又极力鼓吹稼轩雄风,彼时也顾不上当行本色,一味追豪迈,求悲壮。期间固然有很多佳作极似梦窗、稼轩,但又有多少人能熔铸各家神髓,并突破樊笼、自成机杼? 汪东非曲高和寡之人,自也不免情随世迁,但他内心始终有着衡量美词的独立秤杆,且不因流俗而乱改砝码。仕途上三入三出,政治上的左顾右盼,终难有作为,坎坷经历反而促成了文学创作的不朽。秉着对词体当行本色的执着,通过合理调动清真、稼轩作词技巧,结合自身个性和历史机缘,终于创造出近百年词史上这段打着汪氏标签的华丽乐章。

三、哲理与笔法:论沈尹默词

在现代文学史上,沈尹默的名字并不陌生,他曾与陈独秀、胡适等人一起创办《新青年》,是早期新文学的弄潮儿。尤其是新诗方面,他与刘半农是较早一批成功创作白话诗的突出代表,凭借《三弦》《人力车夫》等优秀作品,稳稳地建立起自己的文学史地位。然而,新诗在沈尹默一生创作中的比重相对于旧体诗词是不可同日而语的。一些数字能简单说明问题。从时间和体量上看,新诗创作时间较短,今仅存 18 首。旧诗词创作伴其终生,存诗

---

① 龙榆生:《清真词叙论》,《龙榆生词学论文集》,上海:上海古籍出版社,1997 年,第 316 页。
② 汪东:《词学通论·征式》,《梦秋词》,济南:齐鲁书社,1985 年,第 461 页。

1100 余首,词曲 450 余首。① 以此审视,沈尹默无论如何都应该首先是一位旧体文学家,评断其在二十世纪文学史上的地位,缺失了成就颇高的旧诗词,无疑是有失偏颇的。

沈尹默旧诗研究已取得可喜成绩,胡迎建、朱文华、周龙田、李真波等人都有不少篇幅论及②,而其词却至今少有问津。③ 观其一生创作,可分三个时期。早期《秋明词》获朱祖谋称赞,云"意必造极,语必洞微,而以平淡之笔达之,在汲宋与苏晁为近,把臂九能,殆无愧色"④,彊村所论,简明扼要,但推誉不免过当,集中作品还未摆脱前人藩篱;中期《念远》《松壑》词,作于避乱西南前后,词作基调由风花雪月转向故国伤叹,于继承前贤基础上有所独创。且开始涉笔长调,虽不及好友汪东、乔大壮那般成熟,亦可圈可点,能独挡一面。晚期建国后笔耕稍惰,佳作无多。综合而言,抗战时期近二百首作品是其创作高峰期,判定沈尹默百年词史地位当以此为重。

抗战军兴,沈尹默与汪东、陈匪石、乔大壮、唐圭璋、沈祖棻、叶麐、吴白匋等人,西迁重庆,共住沙坪坝。因杨公庶夫妇雅好诗词,遂常聚集雍园,切磋词艺。1946 年,杨氏汇集八人作品为《雍园词钞》。沈尹默年岁较长,是"雍园词群"代表性人物。其词抒写抗战背景下,一代知识分子忧国忧民的悲悯情怀,意念深沉,感人肺腑。由沈词前后内容与风格的转变,可窥探抗战前后词坛风气的整体嬗变趋势。而从其书法理论切入,论述词作技巧的曲折变化,不失为二十世纪诗词研究的新思路。

(一)家国痛恨与人生体悟

与不甚用力,即取得新文学先驱地位的历史机缘十分相似,评论沈尹默词居然首先得从其"直到六十以后,才学会作四声长调"⑤的慢词说起,文学风会与历史变动间的微妙关系确实令人惊叹。尽管没有贬低伤春别怨、吟风弄月等一类作品的前置观念,然判定一首词的思想价值,终究有几条不可动摇的标准,最突出的标签莫过于"诗有史,词亦有史"的"史词"意识。

---

① 沈长庆:《沈尹默家族往事》,北京:中国文史出版社,2013 年,第 147 页。
② 胡迎建:《民国旧体诗史稿》,南昌:江西人民出版社,2005 年,第 197—199 页;朱文华:《风骚余韵——中国现代文学背景下的旧体诗》;周龙田:《论沈尹默抗战时期的诗歌创作》,《安康学院学报》,2012 年第 3 期;周龙田:《自写情怀自较量不因酬答损篇章——论沈尹默的〈秋明集〉》2008 年第 3 期;李真波:《浅说周作人〈偶成六章〉并沈尹默〈和知堂诗五首〉》,《上海鲁迅研究》,2010 年第 3 期。
③ 仅见两篇文章:戴承元:《由〈浣溪沙〉透视沈尹默〈秋明词〉中的生命意识》,《安康学院学报》,2009 年第 1 期;周宵,杨玉锋《沈尹默词论略》,《湖州师范学院学报》,2015 年第 11 期。
④ 吴耀辉、卢之章主编:《凝静——尹默二十年祭》,北京:北京燕山出版社,1991 年,第 17 页。
⑤ 沈尹默:《沈尹默自述》,《文教资料》,2001 年第 4 期。

　　抗战时期转而创作长调的沈尹默，或可能是囿于小令篇幅有限的固有不足，难以满足其愈发不堪抒发的家国情怀。请首先领略《高阳台》的中情激荡：

　　　　无限山河，无穷壁垒，更看无尽遥天。痛饮长吟，输他几辈豪贤。
　　旌旗未共残虹卷，又西风、鼙鼓阗然。最惊心，独自登临，花近危阑。
　　　　大河流阻长淮阔，送双鱼尺素，不到江干.柳意槐情，都应付与鸣
　　蝉.黄云万里行人少，莽中原、葵麦迷烟.说荒郊、戎马新来，犹自屯田。①

且不说内容取向之大，也不说情感郁积之重，即便是较难操作的章法构思方面，都令人难以相信，这是初涉长调者的作品。面对山河破碎，一向冷静②的沈尹默也无法按捺心中不平，愤然吟唱豪情壮语。不难领会字里行间弥漫着痛心疾首的悲慨，然与卢前、于右任、王陆一等稼轩风不同，全篇无一丝粗率叫嚣痕迹，悲痛是沉潜在"长淮江干""双鱼柳槐"之间的。因此，与雍园词群中的陈匪石、汪东、沈祖棻等类似，想要剖开沈尹默词中的家国情怀，是需要到自然山水、迷离草木中追寻的。再读《莺啼序·用梦窗韵》截片：

　　　　登楼望极，去国愁多，四方正兵旅。别后叹、轻孤兰盼，未损英气，
　　万里相关，晦明风雨。新亭忍泪，功名非愿，阑干还见垂杨陌，况流波、
　　涨绿临江渡；从来总说，吴城老却今生，底缘更离乡土。

看似在模仿梦窗，实则脉络清晰，转承有序，字面也不见密丽质实③，反而疏朗通透、大开大阖。忍泪新亭，功名非愿，英气未损般的悲愤情绪更非梦窗可比。小令中也不乏类似情愫，然格调似与后主的黯然神伤较为贴近，如《青玉案》：

　　　　舣船载得愁多少，酒易尽、愁难了，归燕帘枕人悄悄。子规才住，新
　　蝉又噪。斜日明林表。　　　故国山河云浩渺，目断长安旧来道，离乱心
　　情难自好。高楼花近，当时杜老。一样伤怀抱。

---

①　本节所引沈尹默作品皆自《雍园词钞》之《念远词》《松壑词》。1946 年，杨公庶刻本。
② 　沈尹默"有一种与生俱来的静气处之，不能不说这与他的家庭出身和长期研习书法有关。或许只有这种静气在身的人，才会在陈独秀口出诤言的时候，保持清醒和冷静，使得两个性格如此不同的人，也能保持一生的情谊。"沈长庆：《沈尹默家族往事》，北京：中国文史出版社，2013 年，第 136—137 页。
③ 　梦窗词以"密丽质实、转承跳跃"著称。参孙克强：《梦窗词在词学史上的意义》，《文学遗产》，2006 年第 6 期。

拈出文中愁、噪、乱、伤等情感词汇,及"故国山河"的指向,很容易将其与李煜《虞美人》相提并论。李氏以国君身份感伤已失故国,不免颓废失落;而沈氏面前的中国正与侵略者顽强拼斗,虽有哀伤而并不气馁。忧国忧民的知识分子心声昭然若示。

萦绕在以上诸篇中的家国情怀足见沈尹默词品格之高尚。然翻检《念远》《松壑》二集,类似感人肺腑,触及时事的词作并不多见。尹默对前线战事似乎不怎么积极,至少他在词中是笔墨吝啬的。与其他雍园词人相比,汪东、吴白匋、陈匪石、唐圭璋等,都或多或少有"沦陷""大捷""抗战"等贴切战争的历史再现,而尹默仅仅止步于"故国""山河",就连"鼙鼓""兵旅"等字眼也少的可怜。这与其宁愿背井离乡、抛家弃子,也要奔赴西南的勇敢举止实不相吻合。当然,各人对待时局的看法及书写方式千差万别,将刀枪弹雨、生死命运埋藏在扑朔迷离的景物之下,或许正是沈尹默独特的自我创作形式。不论怎样,其词中忧国忧民的悲伤情绪是无法抹煞的。

动乱时代最能彰显人的本性。一向不卑不亢,颇有大师风范的沈尹默,自迁入重庆、成都一带后,也自然的坠入安分守己的交际模式中。好友汪东就是躺在病床上,也不忘监察听政。而尹默则一贯以他"黑色幽默"的方式泰然静处。这些性格特征是不难从哲理词中探查的。请读《虞美人·答湛翁见寄(其三)》:

> 此生一任兵间老,莫负清樽好。众禽百卉是吾邻,看取一番风雨、一番新。　　乾坤整顿知非易,也是寻常事。石林茅屋有湾碕,与子平分风月、复何疑?

前者是"一任兵间老",后者又以"众禽百卉"为邻,二者关系,不难领会。过片"乾坤整顿"句最见胸怀坦荡,尾句设无问之问,饶有思辨韵味。自此,方辨认出饱含看破红尘的人生体悟和哲理思辨乃是沈尹默词最显著的特质。再读《渔家傲·旭初病腰吕久卧寡欢,固取所关杂事戏成是解,以博笑乐。此中人语,外间正未易知也》:

> 盖代功名从所用,不须更试炊时梦,今日为梁他日栋。非戏弄,卧龙本自堪陪奉。　　唯有骚心难控纵,天长水远谁相共,蕙盼兰情吟又讽。都惊动,牛腰新卷沉沉重。

难道真的仅仅是词题中"以博笑乐"般简单？功名不过是黄粱一梦，"今日为梁他日栋"句最有深意，栋为基础，数栋才撑起一道梁，梁为最后的荣誉，无梁则栋亦淹没。然有多少人注意到栋的付出？连诸葛卧龙都不过是"陪奉"，遑论他人。一切都不如徜徉骚心吟咏来的自在。若能明白这点，龙榆生、汪东等人就不会在政治与学术之间摇摆不定，汪曾武、廖恩焘等词人亦不会晚节不保。[1] 正是这般超然的心态铸就了沈尹默人生哲理词的突出成就。再如《减字木兰花·共寄盦谈，感而赋此，即呈寄盦》：

> 浊醪清醴，风味平生应视此。不惠不夷，人物前头食蛤蜊。　　翰林风月，各有千秋何用说。能者得之，一笑相看尽我师。

上片将风味平生比作"浊醪清醴"，以及怡然食蛤蜊的洒脱已经别有情思。下片文坛"各有千秋"的宽阔胸怀也令人敬佩，而煞拍的举重若轻更是拍手叫绝。二十世纪词坛，还没有人将颠沛流离、动荡不安的抗战人生轨迹看的如此坦然，沈尹默是独一无二的。

人生哲理词境界甚高，剖析问题，深入浅出，比之王国维《人间词话》，亦不遑多让。王国维受西方哲学，尤其叔本华悲剧理论的影响，所作哲理词思辨性极强，较为集中的体现在"我"与世界之间的玄幻关系。而沈尹默则侧重于乱离漂泊中的人生感悟，立足于历史、生活、荣誉、生存轨迹等普泛化观念，审视反思，生出新意。王、沈二人的试验，开启了二十世纪哲理词的先河，为新世纪网络哲理词的高速发展奠定重要基础。[2]

然而作者终究无法超越时空，脱离现实。柴米油盐的生活仍然是每日重复的主题。当哲理与枯燥生活打叠一处时，孕育出的是脱俗去媚，无烟火气的自然平淡。如《清平乐》：

> 送春归处，便是秋来路。林表斜阳红易暮，泛泛草头清露。　　小窗晨鹊昏鸦，短篱紫蓼黄华。雁阵霜风凄紧，倚楼人在天涯。

清新自然，得天独厚，只消煞拍"凄紧""天涯"四字，就悄然捏动前数句营造

---

① 参考薛玉坤：《汪东：在政治与学术间徘徊》，《中国社会科学报》，2011 年 8 月 4 日，第 017 版；张晖：《龙榆生：徘徊在文化与政治之间》，《粤海风》，2006 年第 5 期。汪曾武曾任伪江苏省省长秘书，廖恩焘晚年投奔汪伪政府。
② 马大勇：《"偶开天眼觑红尘"：论王国维词——兼谈 20 世纪哲理词的递嬗》，《文艺争鸣》，2013 年第 1 期。

的平静心情。抗战后期，西南静谧生活的抒写是雍园词人群着重涉笔的主题之一，沈尹默也不例外，诸如《鹧鸪天》："四月山居物候移，子规声里啭黄鹂。水纹乍展琉璃簟，树色还分翡翠帏。"《鹧鸪天·拟稼轩》："年少何因总白头，白头仍作少年游。逢花便觉三春在，有酒犹能一醉休。　　松底涧，柳边楼，更看云起听溪流。闲忙浓淡平平过，且说人间有底忧"等，相关田园笔墨是不少的。对比吴白匋、沈祖棻等同题材作品，都不若沈尹默这般干净清澈，宁静致远。

回顾沈尹默词集，不乏抗战背景下家国痛恨的悲吟，也难以掩盖山河变色、流离失所、客居边陲等客观因素，带给词人的孤独寂寞和抑郁哀伤。但奠定其词主要地位的还是那些对人生哲理的深度思索。抗战词林中，违背良心的媚俗歌颂，以及故意的逃避，是应当贬低斥责的。沈尹默词并不是逃离现实的禅思，反而是立足当下的处世哲学和心灵轨迹。丰富多彩的词坛不可能是统一声口，也不要求所有词人都大声疾呼、鼓吹宣传。若能创作流传千古的词史巨作，自然欢迎。然而类似沈尹默这些"心灵鸡汤"式的人生体悟恐怕是战时中国人民更加需要的。毕竟大部分人都是战争中的受害者、无辜者，他们思考的或许只是平静的活着。

（二）书法与词艺

能取得以上卓越的成就，与其圆熟的创作技巧紧密相关。沈尹默交往密切的师友们都不约而同的指出，他的词与晏殊、欧阳修最近。如汪东《沈尹默之诗兴》（一）："倚声则专以珠玉、六一为宗，赋物纾情，并归沉厚。"[1]沈兆奎说他"学珠玉而去其艳，学稼轩而去其粗，学梦窗而去其晦，清隽之气，乃与六一为近。"[2]《念远词》命名即源于晏殊词作《浣溪沙》中名句"满目山河空**念远**，落花风雨更伤春"。而具体交代学词门径时，他的说法较为宽泛，并不主一家。"我最爱南唐后主及冯、欧、二晏、山谷、简斋诸人的小令。"[3]自我交代与汪东、兆奎所说的异同值得继续追问。

仔细对比，词集中确实很容易找到与晏殊相同的愁绪和生命意识。钱鸿瑛指出，《珠玉词》中大部分"充满了酒和愁，是借酒浇愁。其基本风格不是和婉而明丽，而是深沉的伤感。""伤感源于对生命感悟的深情和对自然人生的哲理深思。"[4]且不说上文拈出的大量人生哲理词，也不必再次强调尹默

① 汪东：《寄庵随笔》，上海：上海书店出版社，1987年，第128页。
② 转引自：周而复《与大海永存——怀念沈尹默先生》，《新文学史料》，1989年第2期，第22页。
③ 沈尹默：《沈尹默自述》，《文教资料》，2001年第4期。
④ 钱鸿瑛：《千回百折 哀感无端——晏殊词风格探微》，《北京大学学报》（哲学社会科学版），2012年第1期。

词中悲伤情绪,单就酒和愁两个关键词来考量,《念远》《松壑》二集就分别有37、50处之多,如果将酒放大到樽、醉,愁扩至悲、恨、痛、哭、伤等,统计数字会成倍增长。以这几个标准审视,沈词与珠玉词似最为贴近了。但深入挖掘词中"愁"之对象,悲伤之原因及创作背景,沈尹默与晏殊毕竟有很大不同。

晏殊身为宰相,享尽荣华,其词富贵气十足,尽管作品中有千万愁情,也多为太平年代的闲愁,以及生命易逝的古老话题。而沈尹默不过是一介文弱书生,仕途上与晏殊不可同日而语,其阅历自然有差距。更不同的是尹默身处乱世,词中愁绪显然不是伤春怨别,而是战争下的朝不保夕,乱离漂泊,以及一代知识分子面对前路茫茫、不知所以的彷徨。若就身世经历及作品情绪而言,较之同样处在动乱中,吟唱故国神伤的李后主和冯延巳倒十分接近。

其实,沈尹默的学词思路是有意融通晚唐五代和北宋词的。他自然意识到作词与时代环境的关系,身逢抗战,违难西南,此经历与晚唐词人有诸多共鸣。就其情感指向而言,当然更趋近于后主、延巳等深沉的故国之悲。但汪东、沈兆奎等人所论亦非不确,他们关注的是沈词的内在章法。晚唐小令结构句法上相对纯洁简单,而北宋柳永、晏殊、秦观小令叙述策略多元变化,逐渐向慢词过渡。沈尹默则更进一步,以缩放自如、"虽小令而具长调"[1]等艺术特质定格于百年词史。

沈尹默书法成就甚高,被人称作"沈体"[2],在艺术领域,能够自称一体的人都是创造历史的主角。今未见沈氏有相关谈词文章,但诗词与书法之间的共性,不禁让人将其专著《书法论》与词法相提并论。夏敬观在尹默《念远词》序中说:"闻君论诗论词之旨,皆主**放笔**为之,纯任真气,不规规于字句绳墨间。"[3]"缩笔"与"放笔"乃书法专业用语,即"在不影响字形准确的原则下,夸张结构部件的写法。"唐圭璋评价李煜《虞美人》"小楼昨夜又东风,故国不堪回首月明中"时云:"小楼句承起句,'缩笔'吞咽,故国句承起句,'放笔'呼号。"[4]那么,放笔就是较为坦诚直率,不加雕琢修饰的创作形式。沈尹默词中自不乏性灵侧露,"纯任真气"流淌的佳作。如《减字木兰花》《临江仙》:

---

① 俞陛云:《唐五代两宋词选释》,上海:上海古籍出版社,1985年,第156页。

② 《沈尹默书法辑评》,《中国书画》,2010年第3期。

③ 夏敬观:《念远词序》,吴耀辉,卢之章主编《凝静——尹默二十年祭》,北京:北京燕山出版社,1991年,第18页。

④ 唐圭璋:《唐宋词简释》,北京:人民文学出版社,2010年,第51页。

芳菲时节，容易繁红看非雪。醉句狂篇，此计平生信是贤。　　黄鹂三两，乔木空山堪胜赏。江上新来，岸草连云拨不开。

不信银屏犹有恨，宵来梦过墙东，归时已是五更钟。容光何皎洁，晓月在帘栊。　　自古游仙终有咏，杜兰荪绿应同，英雄老去美人空。悠悠山共水，长日镇相逢。（于公近有句云："似英雄，水美人。"）

上篇"醉句狂篇"，坦诚相待。下篇"不信""自古""英雄"等句皆掷地有声，不拖泥带水，直抒胸臆。

然而，对书法理论颇有心得的沈尹默，不可能不知道，一任放笔，即便偶有佳作，也仅能"称之为善书者，而不能称之为书法家。"①必须要把握好缩放结合的度。其实不惟缩放这一种笔法，其他各种笔法皆是如此。沈尹默《书法论》云：写字"不是平拖涂抹就的，其中必须有微妙不断的变化，才能显现出圆活妍润的神采。"②"用涩笔写便是勒，用快笔写便是刷，用笔重按着写便是画，用笔轻提着写便是描，这是讲用笔。涩、快、重、轻等等笔的用法，写字的人一般都是要相适应地配合着运用的，若果偏重了一面，便成毛病。"③创作书法与诗词是同一个道理，如果不能做到曲折变化，一任情绪毫无节制的宣泄，就不免流于平淡枯燥，很难产生余音绕梁、回味无穷的效果。

因此，评析沈尹默词，就需要仔细洞悉其中变化无穷的笔法。尤其是不以章法见长的小令，更能凸显其泯灭痕迹，自然纯真的功力。先说缩放句法。如《清平乐》"雁阵霜风凄紧，倚楼人在天涯。"前句缩笔，后句放笔，相得益彰。再看《临江仙》："往日有谁堪共惜，流莺不解伤春。离骚心事远游身，西江何限，水南陌，几多尘。"刚要说出"谁堪共惜"，又以"流莺不解"荡开。同样稍稍言及"离骚心事"，又转移至"江水"，缩放相间，使得情感吞咽回环，顿挫有致。当然，"缩放的结构是一组矛盾的组合，无缩就没有放，所以应当巧妙地将两者结合起来。……在放笔和缩笔过程中，还要注意……过分地缩放会使人感到做作，不自然。"④品读沈尹默词，貌如行云流水，并无太做作的语句。

再说"虽小令而具长调章法"。如果说沈尹默推崇后主、延巳更多的是情感内容方面的话，那么他追步晏殊、秦观、欧阳修就偏向于技法层面。请

① 沈尹默：《书法论》，上海：上海书画出版社，2003年，第5页。
② 沈尹默：《书法论》，上海：上海书画出版社，2003年，第2页。
③ 沈尹默：《书法论》，上海：上海书画出版社，2003年，第30页。
④ 中国教育学会书法教育专业委员会编：《大学书法草书临摹教程》，天津：天津古籍出版社，2010年，第72页。

读《江神子》：

> 清尊秀句漫相酬。蓼花洲,夕阳楼,不是梧桐。池馆也惊秋。临水登山闲送目,山脉脉,水悠悠。　　霜空鸣雁橹声柔。误归舟,记前游,抛却吴城。不住住他州。瓜苦三年仍在眼,除梦里,可无愁。

"清尊"至"池馆"句点明时间、地点、事件,过渡衔接自然,得益于慢词的铺平直叙。过片"橹声柔"接"水悠悠"而来,由"鸣雁"联想到思归。"记"字领起过去回忆,时空转移至故乡。煞拍乃沉重语,惟梦里无愁,现实中可想而知。晚唐五代小令多以意象跳跃见长,时空转换迅速,直至宋初慢词产生前夕,才逐渐有衔接过渡自然的现象,但并不成熟。沈尹默将长调各种笔法运用到小令中,达到"能写前人未尽之意"的高深造诣。

更举两例,如《相思儿令》下片:"为我且问流莺,啭新簧、分付谁听。如何千遍匆匆,不教一字分明。"自我设问,分明是稼轩以文为词笔法。《采桑子》组词五首,叙述三年来西南生活,将复杂情思以"香草美人"笔法道出,尤其最后两首,最为清晰：

> 西方有美人如玉,美目扬兮。舞袖傲傲,擅得坛场更莫疑。　　琵琶也是春风手,呼唤来迟。遮面多时,弄尽当筵绝代姿。
>
> 妒余众女工谣诼,阻绝蓬莱。凤去鸾猜,误尽平生鸩鸟媒。　　蜃楼海上参差起,八表阴霾,试转轻雷,会见天关跌宕开。

前篇"美人"当有指代自己或其他友人,非仅是字面意义,赞扬美人之丽是对指代者的肯定。后篇因色遭谣,控诉鸩鸟,讽刺群小。煞拍坚定信心,格高调响。源诗经、楚辞、赋体等入词,本是南宋长调中才大量出现的风貌,小令中非常少见。沈尹默词的出现标志着二十世纪令词开始出现总结前贤,融会贯通,继而有所独创的新局面。

不惟小令成就颇高,沈尹默的长调亦可圈可点。汪东《沈尹默之诗兴》(三)云:"尹默每作慢词成,以示余。余亦辄戏之曰:'清真转世。'"[1]小令中缩放之笔不无受清真启发,长调里更见痕迹。如《贺新郎》：

> 碧海看明月。奈几番、风惊雨横,银河俱没。已动秋来悲凉气,更

---

① 汪东:《寄庵随笔》,上海:上海书店出版社,1987年,第130页。

做荒庭凄绝。剩把卷孤吟自发。莫恨古人今不见，纵古人、得见何由说。千载事，乱于发。　　悲笳乍起声如裂。共窗前、长沟流水，尽情呜咽。不管愁人难安顿，总使伤心销骨。况强虏、今犹未灭。莽莽神州烽烟里，看青山、绿水经年别。又飞起，芦花雪。

整体上铺排直叙的影子很明显，与柳永慢词一脉相承，尤其词句承转之间，衔接自然，得力于"奈"、"已"、"更"、"莫"、"纵"等字的使用。然情感曲折，深沉悲咽，非耆卿能左右。如将"悲笳乍起""莽莽烽烟"的轰天震动，沉潜于"流水呜咽""青衫绿水"，控送得当，张弛有度，情绪表达显得跌宕起伏，若不是沉潜清真词多年，难道此语。再读《拜星月慢》：

> 地覆轻阴，空摇狂絮，了却一番春事。曲院回阑，忆当时同倚。最惆怅，尽日、江楼高处凝望，细数归舟天际。一霎羁愁，被惊风吹起。
>
> 叹瑶池、阻绝云千里。传芳讯、未有青鸾使。盼断细字银钩，抵千金一纸。渐鸣蝉、断续残阳里。催词赋、又动悲秋思。怎奈向、庾信生涯，老江关独自。

《拜星月慢》为清真创体，从"最惆怅"至"惊风吹起"，写羁旅行驿之感，十分传神。下片聚焦音讯杳隔，家书万金，不输杜甫西南草堂诗句。且清真原词述男女情事，尹默所抒发的战乱感慨较清真又有超越。当然，尹默并非只在清真藩篱下徘徊，如《蝶恋花》："商略眼中云锦字，日射疏棂，花影分明是"乃白石"数峰清苦，商略黄昏雨"的惯用笔法。《长亭怨慢》："游人易老，几禁得、绿阴芳树。万一是、缓缓花开，怕尘陌、归来迷路。算犹有高枝，忘了流莺啼处。""万一"句夺人心魂，得南宋词神髓。尹默转益多师，融合南北宋词的努力可见一斑。

由上可知，不同艺术之间确实是相互兼融的，从沈尹默总结的书法理论，来分析其词缩放结合，曲折变化的笔法，不失为探析其词高超艺术水平的良好途径。也为我们分析二十世纪诗词打开了新的窗口。

综上所述，如果说沈尹默抗战时期的诗体现了传统文人"忧国忧民、坚决抗战、决不投降的自信和诗墨怡情、自遣自首的生存理想"[1]两种进退精神模式的交错，那么他的词则更多的表现出伤感沉郁的整体风貌，以其诗句"四十年来家国恨，登楼赢得客心伤"（《读旭初忆海棠诗感而成咏三首》）来

---

① 周龙田：《论沈尹默抗战时期的诗歌创作》，《安康学院学报》，2012年，第24卷，第3期。

形容最为贴切。然作者并不一味失落,而是痛定思痛,向总结人生体悟的哲理性高度蜕变。成为继王国维之后,二十世纪词史上又一座哲理词高峰。就技术层面而言,小令成就十分突出,文中所论缩放笔法的结合与"虽小令而具长调"的运用,都是为了彰显其词艺与书法相通,曲折多变,灵活浑厚的美学特质。需要多说的是,新文学史上的"尊宠"掩盖了沈尹默作为旧体文学大家的固有身份,诗词中详细记录了他历经五四、北伐、抗战、建国等坎坷历程时的生命体验,而这些都是新诗中没有的。论定一位作家的历史贡献,不通盘考察其所有艺术样式的成就,所作出的结论难免是有缺陷的。这样一位在书法、新诗、旧体诗词等多方面皆卓有建树的人,理应还原他本该有的艺术史地位,而不是以偏概全,孤立看待,甚至故作漠视。评价二十世纪其他文人,皆当如此。

四、以当时语道当时事:论吴白匋词

无论是抗战时事书写的细腻程度,还是迁徙重庆、成都后,对国统区生活现状的描摹,吴白匋都不是成就最突出的词人。即便是艺术取向,他也仍在传承民初以来的梦窗风,未作较大的转折。然与当时词坛追步梦窗,坠入魔道者相比,他并不死守四声格律,认为如果有自然美妙的语句,是可以打破平仄束缚的。同时对梦窗用典晦涩,跳跃过大,人工雕琢太甚等缺陷作出适当修正,其强调意境的重要性就是缘此而发。尽管他批评王国维《人间词话》"境界说"中重北宋轻南宋的先入为主观念,但还是非常肯定王氏试图剖析晚清以来重形式、轻内容的整体诟病。在此词学观念指导下的《凤褐庵词》,不仅十分重视抗战事件、心灵轨迹、生活情调的细节呈现,且在艺术层面显得既有梦窗密丽质实、空灵奇幻等妙处,又章法整饬,浑然一体,并风格多元,比如田园小令取法陶渊明、王维、辛弃疾,轻松情调中融入律诗笔法,读来别有风味。总之,吴白匋词取得的文学成就是被埋没了的,抑或为其戏曲创作所遮蔽。百年词坛,如若失去这样一个以词反映抗战时期知识分子出处矛盾、彷徨心态的优秀作手,是十分遗憾的。

(一)文人西迁的词史实录

《凤褐庵词》为白匋建国前词集,内收"灵琐""西征""投沙"三卷,作于全面抗战时期者近百首。尤其《西征集》,详细记录自金陵迁徙重庆、成都的坎坷历程,并对相关战事有堪称实录般的刻画。此集浸透了白匋半生呕吟的心血,断不可轻易放过字里行间的歌哭声泪。

吴白匋(1906—1992),原名征铸,号陶甫,江苏仪征人。历任金陵大学、南京大学中文系教授。有《凤褐庵诗词集》《吴白匋戏曲论文集》《热云韵语》

等。师事胡翔冬，文学渊源有自。同门程千帆有云："先师之论诗，以言之有物、辞必己出为宗旨，谓不独当为今人之所不为，且当为古人之所不为，乃可以当时语道当时事，足以信今而传后。"①将"以当时语道当时事"的创作原则落实于词上，不难联系到陈维崧"拈大题目，出大意义"的词史观。吴白匋《晚清史词》载：

> 晚清之世，"遇数千年来未有之强敌，成数千年来未有之变局"。辱国丧权，实同南宋。海内词人，感时倚声，愁苦易好。加以考订校雠之风，已由经史而流播于集部，审音校字，益趋精严。于是意境格律，内外不亏，可以直承天水而无愧焉。尤有可观者：国家大事，毕见令慢之中，托讽微显，不愧词史。②

文中特别指出，自晚清以来，"国家大事，毕见令慢之中"的词史创作，"直承天水"，大放异彩。白匋早就有编选《晚清史词选》的想法，期望以这些令人"腹痛"的"变雅之音"，冲击词坛不良风气，"使学词者务知其大，不复以词为艳科"，惜生活动荡，未能实行。然以上理念与其诗词创作是息息相关的。具体而言，《凤褐庵词》有较为集中的三大主题：

第一，坚苍刚健的战事书写。请读《百字令·闻首都沦陷前后事，挥泪奋笔书愤》二阕：

> 山围故国，甚于今、还说龙蟠虎踞。十万横磨成一哄，谁信仓皇似此？塞道抛戈，争车折轴，盈掬舟中指。弥天炬火，连宵光幂江水。
>
> 可怜十二年间，白门新柳，历尽荣枯事。楼阁庄严如涌出，霎眼红燋翠圮。乌啄肠飞，燕投林宿，净土知无地。东来细雨，湿衣都是清泪。③

> 腥膻扑地，恸五云城阙，竟沦骄虏。醉曳红襦侵病媪，马足模糊血土。刳孕占胎，斫头赌注，槊上婴儿舞。秦淮月上，沉沉万井如墓。
>
> 不信天眼难开，天心难问，啖食终由汝。从古哀师能敌克，三户亡秦必楚。挥日长歌，射潮连弩，雪耻扬神武。虞渊咫尺，炎炎欲返无路。

---

① 程千帆：《程千帆全集·闲堂诗文合抄》，石家庄：河北教育出版社，2000 年，第 14 册，第 87 页。
② 吴白匋：《晚清史词》，《斯文》半月刊，1942 年，第 2 卷，第 7 期。
③ 本文所引词皆自《吴白匋诗词集》，南京：南京大学出版社，1999 年。

1937 年年底,首都金陵沦陷,大多数人以为淞沪一战都能坚持数月,作为政治中心的首都更应似铜墙铁壁,难以攻克。然而结局却是兵败如山倒,数十万国军仓皇逃窜,"塞道抛戈,争车折轴,盈掬舟中指"的历史惨象再次上演。南京自此跌入千年来最黑暗的屠杀时期。"刳孕占胎,斫头赌注,槊上婴儿舞"般毫无人性的事件震惊世界,这应该是抗战词坛最血腥的记载,仅凭此句,足以传世。再读《浣溪沙·重过泸州,方毁于轰炸,唯一塔幸存》:

> 船笛凄音荡急流,劫余山市北风秋。一江烟雨望泸州。　　坏堞老兵闲坐啸,残墟饥妇苦寻搜。书空塔颖为谁留。

"1939 年 9 月 11 日上午,日寇飞机 30 余架分两批轰炸泸州,城中房屋大半被毁。"[1]"坏堞老兵""残墟饥妇",哀嚎遍野。《西征集》中类似硝烟战场下的悲吟举手皆是。如《渡江云·题郦衡叔画〈归去来图〉》:"堪悲。盎波沉陆,炬火崩天,早山河破碎。何处有、岫云闲出,倦鸟还飞。"其中《青玉案·闻三弟道姑苏沦陷时事感赋》尤其歌哭无端:

> 笳边小雁归来暮,说怕过、横塘路。兵气连天迷处所,血痕碧化,劫灰红起,星赏纷如雨。　　苏州自古词人住,顷刻繁华水流去。借问千秋断肠句。斜阳烟柳,天涯芳草,能写此情否。

令作者悲哀的是文化的损失,积淀雄厚的苏州经此浩劫,恐再难恢复。纵有断肠丽句,也难以排遣忧愁。词人嗅觉敏锐,视野宏阔,他是有意识的在用诗词记录历史,其笔端甚至触及到同一时期的法国战事,如《湘春夜月·哀巴黎》:"欲借短墙遮护,乃薜萝难隔,密雨斜侵。竟万人解甲,降幡一片,重到郊林。"尽管首都沦陷,半壁江山落入敌手,但地大物博的中国不是那么容易被霸占。吴白匋与唐圭璋、沈祖棻、程千帆等一道,举家迁徙西南。纵使衣不蔽体,口腹常饥,他们心中始终坚持着必胜的信念。正如《木兰花·渝州永川道中作》下片所云:"西征万里仍邦国,久役何悲身是客。凭高回首阵云深,不信骄阳光不匿。"这恐怕是四万万中国人共同的心声。未能编成《晚清词史选》确实遗憾,然吴白匋这些书写抗战的词史巨作,不比相隔数十年的晚清作品更有冲击力,更能激起文坛的滔天巨浪吗?

第二,颠沛流离的生命历程。羁旅行驿词在柳永手中成熟,他善于以铺

---

① 周正举:《泸州诗话》,北京:中国文化出版社,2011 年,第 44 页。

排赋笔,将所经之地的山水风景与彼时心境相融合,使作品既有自然清新之美,又不失身世之感的浑厚韵味。吴白匋在技术层面,传承了柳永的很多方法,不仅局限于长调,他更青睐用小令组词来传达彼时辗转迁徙的经过。且在抗战背景下身世之感的感喟上比起局限于个人的柳永确实高出很多。如《卜算子·峡江纪行八咏》,八首小令分别叙述自西陵峡出发,过新滩、巫峡、神女峰、夔门、万县太白厓、秦良玉故里,除夕抵达渝州。词中不乏对各风景名胜的惊叹、赞美,然总抹不去战乱下的人世沧桑。如"西去行山东逝波,浩渺何时息""今日滩声更断肠,不用啼猿听。"其中《新滩》一词最佳:

> 拥石怒涛飞,遥若层城起。谁信穷冬见采霓,日照盘涡水。　　舟子啸歌收,行客朱颜死。千载崩崖险自新,愁绝人间世。

上片写长江怒涛奔流之景,下片叙迁徙逃亡的愁情。"行客朱颜死"将难民表情的冷漠麻木和沉默无奈刻画的十分到位。此时作者的心情如《踏莎行》所说般:"冉冉孤云,茫茫歧路。竹枝声里愁无数。劝君休去独凭栏,楼高却近乌栖树。　　大野鸿征,幽阶蛩诉。黄花打尽仍凄雨。残杯眼底起波澜,新亭浊酒非俦侣。"前路茫茫,不知何时能结束这段本不该有的浩劫。

吴白匋所有羁旅行驿词都以沉重悲凉著称,此沉重当然离不开个人的身世坎坷,如《浣溪沙·发成都》:"濯锦千花对客孤。四年抛泪竟何如。"但更令人心动的还是那些视野较为开阔,跳出个人抒写,凝聚着千万大众家国血泪的鸿篇巨制。如《兰陵王·宿双流村店,忆扬州少年事。用清真韵》下片:"寒恻。皓霜积。念蜀土沦飘,乡讯寥寂。金闺万里愁何极。奈一望烽火,数声羌笛。池沤身世,付乱雨,夜半滴。"羁旅词发展至南宋姜夔时,已经由最初的平铺直叙,变得回环往复,一波三折,深谙梦窗、白石家法的吴白匋,特别善于在沉重悲凉基础上,巧用叙述技巧,使情感变得浑厚顿挫。如《燕山亭·过丰台》:

> 轮转空雷,窗纳暗尘,几叠征车东去。孤驿解鞍,满目生悲,南客易忘骄暑。淡日无言,对千帐、谁家旗鼓。凝伫,恨灌木昏鸦,也学胡语。
> 春逝还不多时,怎斜径全迷,柳塘花坞。明年芍药,纵有残枝,知他避愁何处。望极舳舻,犹自绕、乱山无数。归路,又万里、沉沉天暮。

此篇置《西征集》之首,当是抗战初始作者车中作。全词围绕"满目生悲"展开,"凝伫"句显然有"托讽微显"寓意。下片全篇写景,以景带情,将战乱下,"避愁"无路的现实无奈委婉道出,情蕴技巧俱佳。沈义父《乐府指迷》云:

"用字不可太露,露则直突而无深长之味;发意不可太高,高则狂怪而失柔婉之意。"①《燕山亭》词确有此风韵。能于抗战词坛数万行旅词中脱颖而出,也足见白匋深厚功力。

第三,西南田园生活的轻松格调。吴白匋并非一味沉寂在山河巨变的悲哀中,他遍游西南自然山水,足迹所经处,常有轻松活泼、格律整饬的风景词。如《南歌子·洪椿坪至仙峰寺道中口占》：

> 高鸟啼边立,飞泉断处行。野花绣蹬不知名。遥望一峰欲雨、一峰晴。　　攀翠寻岩路,闻钟辨寺瓴。老僧倚杖笑相迎。遥指苍猿跃下、涧头藤。

首句对仗工整,语词凝练,置诸魏晋律诗,难辨真假。野花句大有"采菊东篱下,悠然见南山"的神韵。过片似脱胎于王维《鹿柴》诗。整篇词浑然一体,自成高格。另值得一提的还有田园宁静生活的细腻描绘。如《阮郎归》"六街凡马密如蚕。闭门尘满衫。薄醪独引不成酣。贫知椒味甘。"《浣溪沙·白苍山居》："小院无花禽对谇,冷瓯剩粥蚁争寻。醒来长昼但阴阴。"貌似走进不知秦汉的桃花源,实则根本无法按捺下心中的愤懑不平,如此关心国事的词人哪怕深居山林,也不可能真的放空自己。《浣溪沙》组词前两首还在浅斟低唱的写山居生活的怡然自得,至第三篇声调陡然高亢,如"斫地高歌兴不酣。新来别恨醉中谙。照杯黄面似霜柑。""一夕成灰香不灭,三年化碧血长温。唯将此意答深恩。"哪里还有陶渊明、王维一般的恬静朴素,分明是绿林好汉的隐忍暗誓。

一部《凤褐庵词》,就是抗战时期一位知识分子真实心声的记录。坚刚苍健的战事书写,不仅是以词记史,更是试图发挥中兴鼓吹的宣传作用,认真履行文学的时代使命。羁旅行驿词中无家可归的万感苍凉,正是彼时中国人民面对抗战节节败退,感到前途渺茫的实际心态。田园生活词交织的轻松格调与愤懑不平,是抗战后期词坛发展新状态的个案透视。如此丰富生动的篇章却逐渐被人们淡忘,或者是受戏曲成就的遮蔽,至今相关研究文章寥寥无几。就以上分析而言,吴白匋及其词在抗战词坛及二十世纪词史上是值得大书一笔的。

(二) 出入梦窗,别开生面

吴白匋词深得梦窗家法,方家对此早有揭示。如刘梦芙《冷翠轩词话》

---

① 沈义父著,蔡嵩云笺释:《乐府指迷笺释》,北京:人民文学出版社,1963年,第43页。

论其"为词取法清真、梦窗,字研句炼,功力深至。"①程千帆也说其"初为白石,为梦窗,而参之以昌谷之冷艳,玉溪之绵渺,以寄其俊怀幽思。"②有此倾向,得益于早年如社吴梅、廖恩焘、林琨翔等词人的影响。白匋曾回忆:"斯社宗旨在于继承晚清四大家遗教,不作小慧侧艳之词,为求内容雍正,风度和美,构思着笔则坚守朱、况所启示之'重、拙、大'三字。"然在具体操作上,则较为偏重梦窗词风,"每次集会所选词调,大都为难调、冷调、孤调","填词务求四声相依,不易一字。"③入手如此严格,逐渐使其词形成字面凝练雕琢,句法变化多端,修辞典故巧妙,表达委婉含蓄等接近梦窗、白石的基本特征。

梦窗词以"密丽""质实"著称,尤其是四字句,名词、形容词交错叠加,几无缝隙。④ 翻检《风褐庵词》,相同笔法,俯拾皆是。如"铁壁埋烟,银沙堆浪,水月冥迷一片。峡里尖风,逼征衫针线。"(《拜星月慢》)"绣脉灵香,散泉幽语,无奈病客愁何。红寂宫墙,翠寒乔木,遥怜未识干戈。"(《西平乐慢》)"压盏霞光,飘席灵芬,含醒笑拥伶铦。"(《疏影》)对于如此绵密的风格,千余年来评论家一直争论不休,有人当面贬斥,如张炎《词源》"七宝楼台"说,然也有不少人辩解维护,戈载就称词当"以绵丽为尚,运意深远,用笔幽邃,炼字炼句,迥不犹人。貌观之雕缋满眼,而实有灵气行乎其间,细心吟绎,觉味美于回,引人入胜。"⑤发生争论主要是审美标准的异同,前者欣赏北宋自然疏朗的风格,后者更青睐于南宋雅词的精雕细刻。评价后世学梦窗者,当然不能心存芥蒂,而应主要以南宋审美眼光发现其用心用力之处。更何况吴白匋视野开阔,并不是死守门庭之徒。其《论词之句法》云:"今词既不可歌,排比而得律,自当恪守,以示郑重。但如有自然美妙之句,不可移易,而句法或不免乖舛者,亦不必拘守过甚也。"⑥

吴白匋不仅重视质实绵密的字句雕琢,他还特别强调整首作品的谋篇布局。究其渊源,仍与梦窗词有关。杨铁夫坦言:"所谓顺逆、提顿、转折诸

---

① 刘梦芙:《冷翠轩词话》,《二十世纪中华词选》,合肥:黄山书社,2008 年,中册,第 776 页。
② 程千帆:《程千帆全集·闲堂诗文合抄》,石家庄:河北教育出版社,2000 年,第 14 册,第 87 页。
③ 吴白匋:《金陵词坛盛会——记南京'如社'词社始末》,《吴白匋诗词集》,南京:南京大学出版社,1999 年,第 175—176 页。
④ 田玉琪:《吴文英词的句法风格》,《文学前沿》,2004 年,第 1 期。
⑤ 戈载:《宋七家词选》卷四,马志嘉,章心绰编:《吴文英资料汇编》,北京:中华书局,2006 年,第 45—46 页。
⑥ 吴白匋:《论词之句法》,《斯文》半月刊,第 1 卷,第 14 期,1941 年 6 月,第 15 页。

法,触处逢源,梦窗诸词,无不脉络贯通,前后照应,法密而意串,语卓而律精。"①试读白匋《倦寻芳》:

> 腻苔掩瓷,残絮沾棂,重闭孤馆。铸就相思,难共暮春偷换。曲沼波添蛙渐响,空坛花尽蜂犹乱。理清欢,奈朱弦语涩,蜡簧谁暖。
> 漫夜拥单衾凝想,年少抛人,嘶骑行远。蝙拂帘旌,惊认寄书归燕。空里浮云能厚薄,中天明月无深浅。柳阴成,莫轻悲,乳禽声变。

"腻苔""曲沼"句实写,"铸就""理清"句虚提,虚实相生,错落有致。过片漫夜句为二三二结构,故意拗折,突出夜长孤独,"拥单衾"起承"谁暖"而来,"凝想"句将时空转移至"年少"。"蝙拂"句貌似断层,其实有"行远"与"归燕"暗连,思乡情结更添愁绪。"空里"句对仗工整,将客居他乡,孤独无依的心情描绘的十分传神,又终究没有道破。且此情此景是经历了"暮春偷换"至煞拍"柳阴成"的漫长时间的。《凤褐庵词》集中与《倦寻芳》同等艺术水平的还有不少,兹不多举。

章法上人工痕迹如此明显,难免遭来不够自然的批评,对此,吴白匋举经典自然传神诗句"池塘生春草"予以反驳。谓其下句"园柳变鸣禽"之"变"字乃是花人工大力气而成。继而说"今日论词而曰自然美妙之句为前人说完,固庸儒之说,若曰作词必完全求美妙,一切人工可废,则亦为不知甘苦之言,皆不足信也。"②一篇优秀的诗词,必是自然与人工相辅相成,不可偏废,白匋词学观的通达可见一斑。

其实吴白匋并没有一味的迷恋梦窗家法,如晦涩、用典过多等缺陷就遭其摒弃。另外,他强调意境重要性的本质也是对彼时梦窗风弊端的有力修正。上世纪的文学史家,都不约而同的指出吴文英词重形式、轻内容的不足。如胡云翼认为"吴文英作词基本上是重形式格律而忽视内容的"。③ 刘大杰说"因为他只注重形式,忽略了文学的内容,所以他的作品,缺少血肉和生命"。④ 此言尽管有失偏颇,但大体不误。吴白匋充分认识到梦窗词的不足,并将其置于词史演变中考量,他说"晚近风气,注重声律,反以意境为次要。往往堆垛故实,装点字面,几于铜墙铁壁,密不通风。静安先生目击其

① 杨铁夫:《吴梦窗词选笺释自序》,吴文英著,杨铁夫笺释,陈邦炎,张奇慧校点:《吴梦窗词笺释》,广州:广东人民出版社,1992年,第10—11页。
② 吴白匋:《评〈人间词话〉》,《斯文》,第1卷,第21—22合期,1941年8月,第8页。
③ 胡云翼选注:《宋词选》,上海:上海古籍出版社,1982年,第363页。
④ 刘大杰:《中国文学发展史》,上海:古典文学出版社,1958年,中册,第285—287页。

弊,于是倡境界为主之说以廓清之,此乃对症发药之论也。虽然,文学之事,最不宜有执一之谈。博采众长,转益多师,能入能止,始可成一家之面目。若夫崖岸过高,反生阴影。"①既注重词作技法,又强调意境内容的重要,且转益多师,是吴白匋词不同流俗的特质。

抗战时期,白匋词意境主要是"对国家民族未来命运的忧虑与关切,而这种关切与词人自身的际遇纠缠激荡时,便酿成那种欲语还休的情素。"②先读《春从天上来·夏庐师返自昆明,为述飞机中所见,谨记以词》:

> 驭气排空。趁断峡云开,俯展方瞳。世间几许,猿鹤沙虫。扰扰似水光中。认蜀滇山色,劫灰起、犹别青红。感朝饥,奈权枒肝肺,霞景难溶。　　登楼已多秋思,况鸢翻迟回,万里悲风。历乱喧云,谁家鸡犬,此时响满苍穹。纵长安能见,奈飞客、路阻惊烽。莽连峰。挟清愁堆浪,奔凑朝东。

欲语还休的妙处是"能藏颖词间,昏迷于庸目;露锋文外,惊绝乎妙心。使蕴藉者蓄隐而意愉,英锐者抱秀而心悦。"(《文心雕龙·隐秀十四》)上词中"权枒肝肺"分明是词人自道,却说是"霞景难溶"。"猿鹤虫沙""谁家鸡犬"云云,岂能不无指代!作者情绪本激荡澎湃,然发声时故意用犹、况、奈、凑、又等字,使潜气内转,回环曲折,一唱三叹。此类笔法甚多,如《莺啼序·壬午七夕巴东登舟,再入巫峡,感怀有作》》"狂歌下峡,雅乐还京,愿境非梦寐。但只恐、垂杨堤上,细马来迎,俯鬓蒲塘,共惊霜起。"就连坚定抗战胜利的信心也用酒债、天意等曲折表达,如《甘州·渝州词》:"有酣歌妙舞,说为犒师留。料痛饮、黄龙日迮,便寻常、酒债未须愁。非烟雾、障神京处,天意悠悠。"欲语还休所创造的含蓄蕴藉意境,使白匋词变得沉郁浑厚,不失"重拙大"之美。

需要多说的是,将梦窗与白匋比较的前提是二者有很多共性,且确实有一较高下的可能。当然,更重要的还是凸显吴白匋词的特质。不可否认,他是学梦窗高手,然其词集并非只有一种色调,上文列举抗战时事和羁旅行驿词,已经完全非梦窗能够牢笼,尤其是田园生活词,显得更接近稼轩晚年时期的韵味。刘梦芙曾感叹,吴白匋词"变梦窗怀恋情侣之词旨为家国之忧,其境乃大。艺术风格则清丽而兼沉郁,亦与梦窗原作迥异,继承中有新创,

---

① 吴白匋:《评〈人间词话〉》,《斯文》,第 1 卷,第 21—22 合期,1941 年 8 月,第 10 页。
② 侯荣荣:《梦窗才调老词仙——读吴白匋诗词集》,《中国韵文学刊》,2003 年第 1 期。

词业乃生生不息。而今日喜倚声者,每弃前贤法度如敝屣,一空依傍,大言'改革',所作词味全失,粗劣不堪,不值一哂也。"①刘先生所论是深得《凤褐庵词》三昧的。以白匋半生出入梦窗的经历,作词自然精雕细琢,但有些貌似随意直白的篇章,倒显得真挚活泼,灵动感人。如《鹧鸪天·癸未元日立春,雨中揽景》:"写闷炉灰早拨残,石梁吟啸理清欢。低峰挂雨眉犹绿,孤鸟捎烟影自闲。　尘袂湿,别肠宽,遥村爆竹警愁还。今朝才识人间味,管领新春是峭寒。"与刘先生所说的"一空依傍,大言改革,所作词味全失"者不同,吴白匋此类篇章必有深厚积淀。如"写闷""低峰"两句若无多年律诗功底则不可能写就。

吴白匋能取得这般优异成绩,当然与其通达的词学观有密切联系,他虽学梦窗而不囿于梦窗,强调意境又不废词体章法布局和当行本色,在风捲云涌的抗战词坛,既坚守住梦窗风后期"四声竞巧"弊端的侵扰,又未被后来居上的稼轩风影响而完全失去本性,这份坚韧是值得钦佩的,也因此走出了一条属于自己的词史之路。但更值得肯定的是他将词作为寄托身涯的重要载体,个中心酸体验,一如李贺呕心,小山痴情。其《浣溪沙》如是说道:"不薄无能遣有涯。别裁癯意付腴词。十年冷暖曙灯知。　长吉骚心人诧诡,小山幽恨客嘲痴。鱼膏自煮不曾疑。"这份感人肺腑的心曲,已经被埋没半个多世纪,而百年词坛类似白匋这样的词人还有很多。或许他们不如龙榆生、沈祖棻、夏承焘、詹安泰等巨星那么耀眼,然丢失了这群别开生面自成一家的小行星,二十世纪词史的整个夜空会显得暗淡异常。

第三节　四声之争与上海孤岛午社词群

晚清民国时期,词坛掀起"选涩调,守四声"创作风气,不可简单将其等同于"梦窗热",二者既有紧密联系,又有异同。前者是后者声律层面的重要特征,后者加快了前者产生与传播的步伐;但"守四声"并不局限于梦窗一家,且其生成演变的主要因素是民国词社的勃兴。依四声填词源自朱祖谋的提倡,经春音词社、沤社的强化,至如社达到"限调限体"的极致。抗战时期,在午社内部引起强烈反弹,经龙榆生引导,由反四声转向反梦窗,并呼吁增强词体社会功能。"四声之争"纠正了民国词坛过于追求艺术技巧,忽视情感内容的弊病,逐步恢复词体抒情文学的本质。

---

①　刘梦芙:《冷翠轩词话》。《二十世纪中华词选》,合肥:黄山书社,2008年,中册,第776页。

词学思想及学术史观与词体创作通常一脉相承,但因文献史料的不足,也存在偏差的可能。受四声之争的遮蔽,人们对"保守派"词人的创作存在很大误区。固然他们有偏重声律的缺陷,但并非不注重词中深厚情感的抒发,仇埰就是被严重扭曲的典型。因此,在考察作家成就时,有必要先排除各种前置观念影响,方能作出客观判断。

一、"守四声"风气的生成演变与午社词人的拨乱反正

午社四声之争的实质是"对梦窗词风的反思与反拨"及词体社会功能的重新定位。① 但"四声"与"梦窗"之间到底何种关系,反对四声如何过渡到清算梦窗,从朱祖谋至"守四声"者间又是怎样发展演变等一系列问题,学界还未说明。诚然,仇埰与吴眉孙、夏承焘等人的分歧正是持律与主情两派的交锋。不过,持律派并没有像后者那样,以论文形式参与到"四声平仄"的围护当中,而是任其"炮轰",不闻不问,至少报刊中未见相关辩护文章,这似乎有违常理,值得深入探究。我们审视四声之争文献时,明明看到龙榆生、吴眉孙、夏承焘、冒广生等人箭头所指的是"选涩调、守四声的风气",而将此风气简单的等同于"梦窗热",就模糊了二者间的界限。不免产生模棱两可、指代不明的情形。风气之形成绝非一二人之事,必然是众多追随者及创作的共同现状,绝不可能只有仇埰一人。因此,想要全面了解四声之争,仅仅站在持反对态度的"革新派"一边发声立论也是不妥的,需要认清当下词坛的整体面貌。那么,就有必要先摸清"选涩调,守四声"是如何形成,哪些人推波助澜,哪些人忠实追随,他们采用了什么方法和传播途径掀起了此不良风气? 如此,方能更清晰明了午社词人争论的焦点和拨乱反正的方向。

(一)"守四声"与"梦窗"之关系

朱祖谋实是依四声填词的大力提倡者。吴梅《词学通论》载:"定四声之法,实始于蒋鹿潭。……谨守白石、梅溪定格,已开朱、况之先路矣。"②蒋春霖只是开风气之先者,真正全面推崇者乃是"朱、况"。冒广生更进一步指明:"吾所纳交老辈朋辈,若……王幼遐给谏、文芸阁学士……皆未闻墨守四声之说。……迨庚子后,始进而言清真,讲四声。朱古微侍郎填词最晚,起而张之;以其名德,海内翕然奉为金科玉律。"③朱祖谋以盟主身份强调"讲四声""言清真",词坛风气随之一变。

---

① 朱惠国:《午社四声之争与民国词体观的再认识》,《中山大学学报》(社会科学版),2014 年第 2 期。
② 吴梅:《词学通论·曲学通论》,上海:上海古籍出版社,2013 年,第 6 页。
③ 冒广生:《四声钩沉》,《冒鹤亭词曲论文集》,上海:上海古籍出版社,1992 年,第 111 页。

　　为何要讲四声？原因有二：第一，遵守四声是评定格律工整的主要标准。吴梅云："紫霞论词，颇严协律。然协律之法，初未明示也。近二十年中，如沤尹、夔笙辈，辄取宋人旧作，校定四声，通体不改易一音。如《长亭怨》依白石四声，《瑞龙吟》依清真四声，《莺啼序》依梦窗四声。盖声律之法无存，制谱之道难索，万不得已，宁守定宋词旧式，不致僭越规矩。"①第二，在词谱失传前提下，遵守四声是维护词体音乐本色，追寻偕乐便歌的唯一途径。吴眉孙曰："今词家仅仅拘守每字平上去入之四声，谓如此乃可歌。"②其《四声说》（一）又云："晚近词坛，主张逐字依旧谱四声，浸成风气，……说者谓不依四声，恐有一声之误，将致拗折歌喉。"③需要追问从"依旧谱四声"到"浸成风气"又是如何演变的？通过什么途径？

　　简而言之，四声风气实由"梦窗热"引起。冒广生坦言"近二三十年，人人梦窗，谓其守律之严也。"④而遵守四声恰是"守律"之先。反过来，朱祖谋等人推崇梦窗，主要是更加注重其声律与技巧的深奥。其《梦窗词集跋》云："君特以隽上之才，举博丽之典，审音拈韵，习谙古谐，故其为词也，沉邃缜密，脉络井井，……"⑤几乎未着一字有关情境内容，而特别强调字面色彩、用典、音韵、脉络章法等等。夏承焘更进一步挑明："自万红友为词律，清馆臣为四库提要，谓方千里、吴梦窗《和清真词》，尽依四声，不但遵其平仄，后来词家，欲因难以见巧者，辄奉为准绳，不稍违越。"⑥因此，"四声风气"与"梦窗热"的声律层面就可以划上"等号"。也就是反对派所讥讽的"填词必拈僻调，究律必守四声，以言宗尚所先，必惟梦窗是拟"。⑦那么，二十世纪"梦窗热"形成的过程其实也就是"依四声填词"迅速传播扩展的过程。

　　不过，还不可轻易的将"四声风气"与"梦窗热"完全等同。梦窗热指创作上模仿其"明艳亮丽""绵密质实"的面貌，章法脉络分明，但多曲折变化，并营造"涩"的语境。而"守四声"指的是"审音持律"的严格，并非仅是学梦窗者，其范围扩大到任何词，哪怕是小令，只要作词都要按照前人某体四声平仄的规范，一字不可移易。以此来完成格律工整的追求，并守护偕乐可歌的音乐属性。如创作中既有依清真、梦窗体，也有大量依柳永、

---

① 吴梅：《词学通论·曲学通论》，上海：上海古籍出版社，2013 年，第 6 页。
② 吴眉孙：《与张孟劬先生论四声第一书》，《同声月刊》，1941 年，第 1 卷，第 8 号。
③ 吴眉孙：《四声说》（一），《同声月刊》，1941 年，第 1 卷，第 6 号。
④ 冒广生：《四声钩沉》，《冒鹤亭词曲论文集》，上海：上海古籍出版社，1992 年，第 152 页。
⑤ 朱祖谋：《梦窗词集跋》，《彊村丛书》，上海：上海古籍出版社，1989 年，第 4395 页。
⑥ 夏承焘：《四声平亭》，《之江中国文学会集刊》，1941 年第 5 期，第 1 页。
⑦ 龙榆生：《晚近词风之转变》，《龙榆生词学论文集》，上海：上海古籍出版社，1997 年，第385 页。

晏几道、周密、史达祖、温庭筠等人，不可能将此所有创作都纳入"梦窗热"范畴。

"梦窗热"的产生与朱祖谋有直接关系。据曾大兴《朱彊村与 20 世纪词坛上的'梦窗热'》①讨论，彊村标举梦窗有五大动作：其一，整理校勘《梦窗词》；其二，自己作词模仿梦窗；其三，词话评论；其四，扶持同道；其五，词选，如《宋词三百首》，推吴文英为第一。而四声风气的形成除了受以上几大动作影响外，还有自身特殊的传播形式——词社。尤其是以定调定题，并依某人四声严格创作，每月一集，集必有词的社课形式，其传播影响力甚至超越以上数条。二十世纪初，朱祖谋分别参加春音社和沤社两大词学团体。聚集在其周围的同辈后生，对梦窗与四声耳濡目染，深受影响。继而他们又各自组织词社，如南京如社，京津聊园、趣园、须社，上海午社等等，是这些大大小小、热热闹闹的民国社团活动将"选涩调，守四声"的风气灌输到词坛各个角落。

（二）词社勃兴与"选涩调，守四声"风气的生成

民国词社勃兴，数量不菲。如果将参加过社团的词人统计一下，几乎可以囊括词坛大部分作家。千年词史上，还没有哪个时期能像此期这般社事众多，活动频繁的。② 如果从主要参与者考察，社团之间有一定的传承关系。不仅是活动形式的限调分韵，更是创作理念的统一。尤其以盟主朱祖谋为中心的几大词社，一直秉承严守声律的创作原则，由此逐步掀起"选涩调，守四声"的作词风气。

1915 年，由陈匪石、王蕴章、周庆云等人发起，在上海组织春音词社，推举朱祖谋为社长。春音第一集社题为《花犯·咏绿樱花》。词成，由朱氏评定甲乙。王蕴章云："榜发，余列第一，檗子第二。花犯为涩调之一，其中上去声不可移易者，共有三十七字。余词并不佳，特仿方千里和清真词例，上去声皆一一遵守原谱而已。"③或许王氏有自谦成分，然特意点出仿方千里"一一遵守原谱"的创作原则，却直白道出朱祖谋的审美理念及春音词社的整体创作风气。第二集《眉妩·河东君妆镜拓本》，庞树柏为第一。庞氏被著名学者马大勇列为"南社格律派"首座，其守四声之严比王蕴章更甚。词社成员间的排名或许只是娱乐助兴，然确实很"容易引起嗷名争胜之心"，直接的后果是词社创作将以"四声格律"为审美导向发展。

---

① 曾大兴：《20 世纪词学名家研究》，北京：中华书局，2011 年，第 189—192 页。
② 参见曹辛华：《民国词社考论》，《2008 年词学国际学术研讨会论文集》。
③ 王蕴章：《春音余响》，《同声月刊》创刊号，1940 年。

　　检点春音所有社集，大都是定调定题之作，且多为涩调、难调。如《花犯》《眉妩》《微招》皆压仄韵，《绿意》《秋霁》，更压入声韵。其他《霜花腴》《新雁过妆楼》《雪梅香》等等也较为少见。不过，春音词社并非所有人都只注重技巧声律，其中李孟符、恽毓龄、况周颐、周庆云、曹元直、夏敬观、袁思亮、恽毓珂等一大批清朝遗老，所模仿对象有意偏向张炎、王沂孙等宋末遗民，作品中仍有沉郁之感。随着遗民群体的衰微，彊村传人及朋辈逐渐崛起，迨至1930年沤社成立时，"主情"与"持律"的天平才愈加偏向后者。

　　沤社成员中的部分词作，已经将朱祖谋强调的"选涩调，倚四声"发展至更深的地步。潘飞声《沤社词选序》载："辛未之秋，夏君剑丞招集映园，同人议倡词会。时朱古微先生以词坛耆宿，翩然戾止，厥兴甚豪，遂推为祭酒。……嗣后每月一会，以二人主之。题各写意，调则同一，必循古法，不务艰涩，……由是遂成沤社。"①除了朱祖谋外，夏敬观、潘飞声、周庆云、袁思亮、王蕴章等几大核心成员都来自春音社。足见二者紧密关系。

　　自文本分析，恐怕潘飞声所说的"不务艰涩"只是托词，"必循古法"方是正的。作词"和韵"现象无可厚非，但若变成"四声悉依之""依XX人体""依XX人XX字体"，就真的变成"凑字成句，凑句成篇，只谓填声，不得谓填词"了。如下表所列《沤社词钞》中"用美成韵，四声悉依之""依东山体，用梦窗韵""用乐章八十字调，即次其韵"等等。如果说长调依宋人体还有"谐律可歌"理由的话，那么还未分"四声"的小令《东坡引》，居然也出现"用青兕五十九字体写之"的现象，就着实令人惊诧了。如果仅仅是偶尔为之，或个别人的娱乐，也不足为虑，但若是一月一集的社课群体性创作，并抬高到"非不如此，不足为倚声"的高度。那么，就会逐渐形成"四声竞巧"的不良风气。

　　春音词社时，朱祖谋虽有偏重格律的倾向，但其他人作品词题中还未出现如此集中的"倚四声"现象，而至沤社，统计已见下表，这还不包括其他未标明，而实际创作是"未敢逾越半步"的人。足见"四声"风气在沤社前后已经形成。然沤社活动时期恰逢九一八及更贴近自身的上海一·二八事变，期间彊村先生又驾鹤西去，各种令人悲痛伤心事件使得《沤社词钞》中部分作品也潜藏着复杂心绪，一定程度上弥补了"审音持律"的不足。不过这些大事件本应该激发起类似《春蛰吟》般"词史"性的描绘和反思四声束缚等问题，却终究被历史车轮悄然划过。

------

① 潘飞声：《沤社词选序》，《词学季刊》，第一卷第四号，第186页。

《沤社词钞》中依四声词

第二集	《芳草渡》	叶恭绰《病院深冬,忽闻燕语,怅然成咏。依清真体韵,并协四声清浊。》林鹍翔《用美成韵,四声悉依之。》
第四集	《东坡引》	袁思亮《庚午嘉平立春后三日,……用青兕五十九字体写之。》
第五集	《瑞鹤仙》	朱祖谋《庚子岁晏,尝赋此调,……倚声见怀,重依美成高平调报之。》林鹍翔《西溪词人祠落成后,梦坡丈曾有词纪游,和者甚众,成此奉赠,从清真四声。》
第十一集	《安公子》	袁思亮《辛未七月,……黯然倚声,用屯田体。》袁荣法《送公渚丈之青岛。用乐章八十字调,即次其韵。》
第十二集	《被花恼》	林鹍翔《菊花。依紫霞翁四声。》
第十四集	《洞仙歌》	洪汝闿《从柳耆卿一百二十六字体。》、姚景之《感事。集梦窗句。据《词律》载,屯田三体,字句均有讹错,兹仍依梦窗体赋此。》
第十八集	《一萼红》	林鹍翔《姚劲秋久居京口,性耽山水,尤豪于吟,绘图征题,倚此应之。用白石韵,并同四声。》
第十九集	《石州慢》	林鹍翔《九日京沪道中作。用东山韵,依彊村选刻《宋词三百首》,订正东山此调四声。》
第二十集	《天香》	高毓浵《咏桂。第二体。》、叶恭绰《今秋从汪憬吾丈家见罗浮仙蝶,属为题咏,久未成。冬日偶有所感,补填此阕。依东山体,用梦窗韵。》

　　至 1935 年前后的如社,既无朱祖谋等人坐镇,又无特殊国仇家恨,坚守彊村规范的门徒、师友们,将"选涩调,守四声"的弊病发挥到了无以复加的极致。如社乃廖恩焘、林鹍翔牵头创立,林鹍翔是沤社中最倡导四声作者之一,上表已有不少例子。其他辈分较长的核心成员如杨铁夫、夏仁虎、吴梅、陈匪石、寿鉁等皆有参加春音、沤社的经历。白匋曾回忆:"斯社宗旨在于继承晚清四大家遗教,……每次集会所选词调,大都为难调、冷调、孤调。填词则如南宋方千里、杨泽民、陈西麓三和周清真,务求四声相依,不易一字。"①比如作《倚风娇近》僻调,"当时对于原词断句、押韵,引起争论。一说上阕'玉'字作去声叶韵。又一说'城'、'屏''亭'三字改叶平韵。……经过详细研究,大家公认:全词系押居鱼仄韵,自'倾城'句起,换押三句庚春平韵,上阕最后一句,又复仄韵,'玉'字为仄韵暗叶,'素'字亦暗叶。格律始

---

① 吴白匋:《金陵词坛盛会——记南京'如社'词社始末》,《吴白匋诗词集》,南京:南京大学出版社,1999 年,第 175—176 页。

定,大家遵之。"①如此吹毛求疵的要求,令吴白匋生出"在我国古典文艺中,无
与伦比,诚大苦事"的感慨。另外仇埰、孙濬源、石凌汉、王孝煃（非如社）等成
员曾经结"蓼辛词社",他们作词"期四声之必合,督责甚于严师;因一韵之相
商,往复不嫌辞费。……往往一日之间,数函相续。致劳当局之窥详,惯被邮
伻所窃笑。"②对待四声的严厉和痴迷,比社内其他成员有过之而无不及。

　　沤社社课中尽管已经有不少人严格按四声要求作词,但并没未作为硬
性条件让所有成员必须遵守,依然有人按照自己的原则在创作,而如社所选
不惟《倾杯》《换巢鸾凤》《泛清波摘遍》《绕佛阁》等冷涩调,且明确规定"限
XX 体",不得违背。如第一集"限屯田'木落霜洲'体",第六集"限贺东山
体",第十集"依清真声韵谱之",也同样出现小令《诉衷情》"限用温飞卿体"、
《女冠子》"限用牛松卿体"等极端现象,即便其他各集没有明确标明限体字
样,而由实际作品,仍能清晰厘清各篇所遵守的四声"母体"。

《如社词钞》1936 年排印本

社集	词调	限体
第一集	倾杯	屯田"木落霜洲"体
第二集	换巢鸾凤	梅溪体
第三集	绮寮怨	清真体
第四集	玉蝴蝶	柳永体
第五集	惜红衣	白石或梦窗体
第六集	水调歌头	东山体
第七集	高阳台	
第八集	泛清波摘遍	小山体
第九集	倚风娇近	草窗体
第十集	红林檎近	清真体
第十一集	绕佛阁	清真或梦窗
第十二集	诉衷情	温飞卿体
	女冠子	牛松卿体

---

① 吴白匋:《金陵词坛盛会——记南京'如社'词社始末》.《吴白匋诗词集》,南京:南京大学出
　版社,1999 年,第 175—176 页。
② 仇埰:《蓼辛词叙》,《清词序跋汇编》,南京:凤凰出版社,2013 年,第 2127 页。

至此,"选涩调、依四声"的风气在如社手中全面定型。从朱祖谋社课评定甲乙开始,以春音词社庞树柏、王蕴章等小范围的"一一遵守原谱"创作,到沤社林鹍翔、袁思亮、叶恭绰等较大范围成员的"依四声",再至如社所有成员的"限XX体"。四声风气的形成过程及参与者、推动者和围护者已经基本揭示。他们主要是通过词社形式,由老一辈词人,濡染年轻一辈词人,逐步传播发展起来的。尤其以王蕴章、庞树柏、廖恩焘、吴梅、林鹍翔、仇采等词坛地位尊显者为核心,组成一道难以攻破的壁垒。片面传承晚清四大家"重拙大"审美思想,以清真、梦窗词的艺术成就为重要典范,特别注重声律的工整,四声的严格,章法结构的曲折变化等技巧层面,一定程度忽视了情感内容的重要性。

发展至全面抗战时期的午社时,选涩调、依四声的创作风气受到冒广生、夏承焘、吴眉孙、夏敬观等一批人坚决抵制,并在龙榆生引导下,由"反四声"开始转向"反梦窗",一场革新词坛风气,要求重视词体情感内容和社会功能的文学运动悄然启幕。

(三) 词体内外环境的变迁与午社词人的拨乱反正

午社是 1939 至 1942 年抗战时期,一批滞留上海租界内的词人组织起来的词学团体,由夏敬观、廖恩焘等倡议,林鹍翔、冒广生、吴眉孙、仇采、夏承焘、吴湖帆、林葆恒、吕贞白、何嘉等人参与,每月一集,仍以限调限体形式创作。从成员看,林鹍翔、廖恩焘、夏敬观、仇采、林葆恒等都是沤社、如社的核心。他们深受"依四声"风气的影响,并顺其自然将此带到午社中来。如第一集《归国谣》,限"温庭筠体";《荷叶杯》,限"皇甫松体";第三集《绿盖舞风轻》,依"草窗体"等。然而限调限体的社课形式,却遭到午社部分成员坚决反对。据夏承焘《天风阁学词日记》载,似乎主要是四声围护者仇采,与反对者冒广生、吴眉孙之间的争锋相对,如:

> (1941)2 月 1 日,早九时过眉孙翁。谓近以撰《午社词刊序》,隐讥社中死守四声者,仇述翁不以为然,坚欲其改,眉翁执不肯易,各其愤愤。眉孙欲退社。予劝其何必认真游戏事。[1]

> (1941)2 月 23 日,夕,冒雨赴廖、夏二翁午社社集……述翁为论守四声事,与眉翁意见参商,席间颇多是非。[2]

> 彼于仇述翁每词死守四声极不满。谓此期社课定西番,仇翁作三

① 夏承焘:《夏承焘集》(六),杭州:浙江教育出版社、浙江古籍出版社,1992 年,第 271 页。
② 夏承焘:《夏承焘集》(六),杭州:浙江教育出版社、浙江古籍出版社,1992 年,第 279 页。

首,尽守飞卿四声,一字不易。不知飞卿词但有平仄而无四声。①

其实午社大部分成员都加入到四声的争论之中。反对者除了冒、吴、夏,还有龙榆生、陈运彰、夏敬观等。如夏敬观《谭军部词序》云:"拘以句豆不足,又限之以四声,非必若是始合于乐工所用均调。然好之者,必习而为之,不苦其束缚,才思久而出于自然。此非柳子厚所谓凡人好词工书皆病癖者耶?"②陈运彰《双白龕词话》:"入声字在词中,用之得当,声情激越,最是振起其调……盖出天成自然之音节,有定法,即非有定法。当验诸唇吻齿牙之间。不能泥守一字一声,锲舟守株以求之也。"③

而"守四声"派的阵容也着实强大。仇埰的基本原则据王孝煃《仇君述盦传》最能洞悉,谓其"喜吟咏,尤肆力于词,宫征之求协,格律之遵循,恨不起古人而与商,……一字未洽,一声未协,一调未谐,或撵挦往籍,或邮帏投赠,或风雨一庐,聚谈竟日……期四声之必合,督责甚于严师。"④其他根据上文春音、沤社、如社传承情况分析,恐怕林鹍翔比仇埰有过之而无不及,相关作品见上表《如社词钞》,其他廖恩焘、林葆恒、吕贞白、胡士莹、何嘉等人,皆对四声格律有不同程度的推崇。如各家赞廖恩焘词,异口同声的说其"规抚梦窗"(夏敬观序)、"中岁为稼轩,晚乃折入梦窗"(夏承焘序)、"素习倚声,于宋贤特崇梦窗"(龙榆生序)⑤。如此,很容易将其划入梦窗派阵营。词集中更不乏《春从天上来·次均彦高"四声同"原作》《红窗迥·检元人〈抚掌词〉有此调,爱其拗涩,依声慢作》等"涩调、四声"词。胡士莹《霜红词》与此类似。⑥ 再如吕贞白,夏承焘有言"得贞白寄眉孙四声三说、四说。此翁颇主词不守四声之说,而其自制又兢兢不敢踰越。"⑦而何嘉(1911—1990)《斋词话》亦强调"词贵守律,……坊肆有所谓词谱者,每于古人词旁,乱注可平可仄,最为误人。微特平仄须当注意,即四声阴阳,亦以不苟为是。"⑧

---

① 夏承焘:《夏承焘集》(六),杭州:浙江教育出版社、浙江古籍出版社,1992年,第216页。

② 夏敬观:《谭军部词序》,《青鹤》,1934年,第2卷第6期。

③ 陈运彰:《双白龕词话》,杨传庆,和希林:《辑校民国词话三十种》,新北市:花木兰文化出版社,2016年,第310页。

④ 王孝煃:《仇君述盦传》,仇埰:《鞠谳词》,民国三十六年(一九四七)铅印本,南京图书馆藏。

⑤ 卜永坚,钱念民主编:《廖恩焘词笺注》,广州:广东人民出版社,2016年,第355—357页。

⑥ 王焕镳《霜红词序》云:"(胡士莹词)脆而不腻,涩而愈腴。虽未知于古人奚若,盖亦浸淫于片玉、梦窗两家最深。……以寝春之词之工,穷日夜为之,其终能侪于作者无疑。"《宛春杂著》,杭州:浙江人民出版社,第318页。

⑦ 夏承焘:《夏承焘集》(六),杭州:浙江教育出版社、浙江古籍出版社,1992年,第306页。

⑧ 何嘉:《斋词话》,杨传庆,和希林:《辑校民国词话三十种》,新北市:花木兰文化出版社,2016年,第298页。

由此，午社内部私下里构成了两大阵营，一方以仇埰、廖恩焘、林鹍翔、林葆恒、吕贞白、何嘉等人"守四声"，另一方以冒广生、夏敬观、夏承焘、吴眉孙、陈运彰、龙榆生等人反四声。上文分析守四声者的动机是遵守格律工整的文体属性和传承偕乐可歌的音乐属性。理由冠冕堂皇，且有盟主朱祖谋亲自参与，貌似难以撼动。对此，反四声派有其高明的理论策略。

首先，将朱祖谋与"守四声"者划清界限。夏敬观《风雨龙吟室词序》所论最为清晰："侍郎出，斠律审体，严辨四声，海内尊之，风气始一变。侍郎词蕴情高夐，含味醇厚，藻采芬溢，铸字造辞，莫不有来历，体涩而不滞，语深而不晦，晚亦颇取东坡以疏其气。学者不察，或饾饤破碎，填砌四声，甚且判析阴阳，以为此即符合音律。古今文人操笔，未有若是之自求梏桎者也。"①反对派并不否认朱祖谋强调四声，但因其词"蕴情高夐，含味醇厚"，造诣卓绝，其批判指向有意避开彊村，而直指死守四声者。

其次，以四声准确与否论格律之工并不准确。吴眉孙《覆夏瞿禅书》云："顾今之以梦窗自矜许者，愚以为率堆砌填凑，语多费解，乃复以四声之说，吆喝向人，殊不知四声便算一字不误，其词未必便工也。"②夏承焘在《唐宋词字声之演变》中，从永明四声发源起，梳理赋、律诗、词之平仄四声详细脉络，继而得出"夫声音之道，后来加密，六代风诗，变为唐律，元人嘌唱，演作昆腔。持以喻词，理无二致。谓四声不能尽律，固是通言……"③这就否定了守四声派的"词体格律说"。

第三，用四声契合来逆求谐乐可歌亦古板无聊之法。夏承焘《四声绎说》"谓四声与宫调乐律本非一事，守四声不足为尽乐，此无疑也。"④他在《词律三义》中再次申辩"'依月用律'之说，本出大晟诸人附会古乐，词家佇兴之作，但求腔调谐美……张炎、杨缵论词之书，张皇幽邈，以此自炫；由今观之，亦缘饰之辞，不足信也。"⑤对此，吴眉孙《四声说》（二）⑥、夏敬观《词调溯源》

---

① 夏敬观：《风雨龙吟室词序》。龙榆生：《忍寒诗词歌词集》，上海：复旦大学出版社，2012年。
② 吴眉孙：《覆夏瞿禅书》，《同声月刊》，1941年，第1卷，第3期，第157页。
③ 夏承焘：《唐宋词字声之演变》，《夏承焘集》（二），杭州：浙江教育出版社、浙江古籍出版社，1992年，第52页。
④ 夏承焘：《四声绎说》，《夏承焘集》（二），杭州：浙江教育出版社、浙江古籍出版社，1992年，第428页。
⑤ 夏承焘：《词律三义》，《夏承焘集》（二），杭州：浙江教育出版社、浙江古籍出版社，1992年，第10页。
⑥ 吴眉孙《四声说》二："究以为纵有四声，亦不过取便吟讽。若歌诗入乐，从古说须协宫商而配律吕。从今说须配工尺。仅仅分别四声，不足以言歌也。诗如是，词亦可推。"《同声月刊》，第一卷第六号，第7页。

之四《腔调与律调》^①皆有相同结论。因此,以四声围护词体音乐属性的理论根据也被破除。

既然"守四声"不能使词完全合律,又无法还原合乐可歌。那么,是否可以废除? 对此,反对派内部出现很大分歧。今人讨论四声之争的导火索亦在于此。冒广生《四声钩沉》认为词中四声乃"宫商角羽"而非平上去入,这就全面推翻了四声的存在;而夏承焘《四声平亭》梳理个中发展脉络,有理有据的证明四声不仅存在,且有其合法性、必要性。同样龙榆生《论平仄四声》也指出"拗体涩调应严守四声",因"其句法组织特异,……遇此等处,即对于四声之辨,不容稍忽。盖一字之配合,各有其声律上之作用,稍经移易,便不复成腔矣。"^②但作词并不能一味的"选涩调,守四声",仅注重声律技巧的"炫才",而忽视词体抒发情感意境的根本。

最终夏承焘"不破词体,不诬词体"的中肯态度广为他人接受。即"词可勿守四声,其拗句皆可改为顺句,……此破词体也;……谓词之字字四声,不可通融,如方、杨诸家之和清真,此诬词体也。……前者出于无识妄为,……后者似乎谨严循法,而其弊必至拘手禁足之格,来后人因噎废食之争。是名为崇律,实将亡词也。"^③夏论一出,立刻得到吴眉孙"不蔑词理,不断词气",施则敬"不违声律,不失词心"^④等积极响应。四声之争至此似可结束,然而正如朱惠国先生指出,这次争论的根本实质是"以推崇梦窗为标志的词风发展到这一时期面临困境,要求再次转变的一种体现",是词坛对词体功能定位的重新思考。^⑤ 因而,本来是午社内部的争论迅速上升到词坛风气的改革层面,乃至词生死存亡的高度。

风向的转变源自龙榆生的"别有用心"。早在三十年代初创办《词学季刊》时,龙榆生就发表过《论平仄四声》文章,并在《今日学词应取之途径》中,提出改革词坛"以涂饰粉泽为工,以清浊四声竞巧,捬搪故实,堆砌字面,形骸虽具,而生意索然"^⑥的严重弊病。而彼时条件尚未完全成熟,待全面抗战

---

① 夏敬观《词调溯源》之四《腔调与律调》:"今人所词,遵守四声,以为即可合律,于音乐之学,实是茫然,不知平上去入中,字音不同,即不一样。以'谱字'相配,未必能合。合'律调'不合'律调',不仅在四声,全视'谱字'能配否。"上海:商务印书馆,1931 年,第 6 页。

② 龙榆生:《龙榆生词学论文集》,上海:上海古籍出版社,1997 年,第 163 页。

③ 夏承焘:《唐宋词字声之演变》,《夏承焘集》(二),杭州:浙江教育出版社、浙江古籍出版社,1992 年,第 81—82 页。

④ 施则敬:《与龙榆生论四声书》,《同声月刊》,1941 年,第 1 卷,第 10 号。

⑤ 朱惠国:《午社四声之争与民国词体观的再认识》,《中山大学学报》(社会科学版),2014 年第 2 期。

⑥ 龙榆生:《今日学词应取之途径》,《词学季刊》,第二卷,第三号,1935 年 1 月,第 3 页。

爆发，龙榆生"别建一宗"的主张才得到大量词人支持，并席卷南北。他敏锐的抓住午社内部这场四声之争，且将争论的焦点由反四声变成了词风的改革。吴眉孙、夏承焘、张尔田等人论著及书信被统一刊登于《同声月刊》，引来词坛耆宿及其他名人的广泛讨论。继而龙以《晚近词风之转变》，将四声问题直接放大到"梦窗风"。上文已经言明，"四声"风气并不完全等同"梦窗热"。但欲破除四声之弊，必先推翻清真、梦窗的崇拜神话，这样反对派的矛头就由单纯的四声问题集体转向反对梦窗词风过于注重声律技巧，导致性梏情囚的严重弊病。一如吴眉孙《覆夏瞿禅书》中的三大批判总结："当代词人，务填涩体，字荆句棘，性梏情囚，心力虚抛，语言鲜妙，此其一也。谓填炒调，必依四声，本不能歌，乃矜合律。……一声不易，如斯泥古，大可笑人，此其二也。……近代词坛，瓣香所奉（梦窗），类皆涂抹脂粉，破裂绮罗，字字饾饤，语语襞绩，土木之形骸略具，乾坤之清气毫无，作者先难其详，读者更莫名其妙，此其三也。"[①]

至此，破除四声的呼吁就与反"梦窗热"紧密挂钩。午社反对派亦不再仅仅纠缠于四声问题，而是转向"情感内容""气韵意境""比兴寄托"等方面申说。如吴眉孙《清空质实说》有云，当今词坛，"一误于艳羡梦窗，再误于盲守四声……字字饾饤，语语襞绩，无情无理，文质两伤，更安有清气之可言。"[②]张尔田《与龙榆生论词书》云："弟所以不欲人学梦窗者，以梦窗词实以清真为骨，以词藻掩过之，不使自露，此是技术上一种狡狯法，最不易学，亦不必学。……盖先有真情真景，然后求工于字面。近之学梦窗者，其胸中本无真情真景，而但摹仿其字面，那得不被有识者所笑乎？"夏承焘所论更切："词固然是合乐文学，更重要的，它是抒情文学。南宋人如方千里、杨泽民诸家因为要严守周邦彦的字声，结果妨碍了文学的内容情感，这就走上错误的道路了。"[③]原本只是午社内部的四声之争，经大有力者发扬，转变为压低声律，抬高境情的词体改革运动。

这场运动在午社内部产生，并非偶然。他们置身于"四面楚歌"、混乱动荡的上海孤岛中，不仅随时面临生命威胁，而且也饱受内外精神的压抑。避居租界一隅，不如奔赴国统区、根据地那般决绝，时常被误解为沦陷区"伪民"；而孤岛又是沦陷区中的奇葩，不受日本管辖，且常以抗日集中区被重点监视。午社词人犹如"蝙蝠"般不被野兽、飞禽所接纳。国破家亡之痛与身

---

① 吴眉孙：《覆夏瞿禅书》。《同声月刊》，1941年，第1卷，第3期，第156页。
② 吴眉孙：《清空质实说》，《同声月刊》，1941年，第1卷，第9期，第81—84页。
③ 夏承焘：《唐宋词声调浅说》，《夏承焘集》（八），杭州：浙江教育出版社、浙江古籍出版社，1992年，第133页。

世的压抑处境非偏重技巧声律的"清真、梦窗"能够疏解。对情感内容、比兴寄托的强烈要求本能的促使他们改革词体,以适应新环境的需要。"时代对审美的情趣、习惯、倾向以及艺术风格有其特定的选择性和促迫性"①,不同社会、时代、政治环境就有不同的风格取向。随着吴眉孙、夏承焘、龙榆生等一批新锐词人登上舞台,展露头角,词坛风气开始由梦窗转向苏辛。

二、《午社词钞》词心探微

通常一个社团的作品集,与其奉行的创作观都有紧密关系。由于四声之争,使得午社内部大体分为情志与格律两大阵营。不同阵营间的针锋相对,使《午社词钞》的整体面貌更加复杂。限调限体的统一创作形式,或多或少限制了词人个性的发挥,但总有一些蛛丝马迹,可以觉察出词人内心的触动,也有些浓烈的情感是声律根本无法束缚的。本节仅以《午社词钞》②前七集为中心,探析午社词人群体创作成就。

午社活动基本有三大现实功用。其一,在四面楚歌的孤岛环境下,本身人们内心就极度的不安全,急切需要群体性娱乐活动来释压。如仇埰所说"相与蓼忘辛,笳声凄黯四边尘,弹泪到吟尊。"其二,国破家亡之痛横亘胸中,需要寻找途径宣泄,词社为这批滞留上海的词人提供了交流互动的平台。即陈匪石《鞠谶词序》云:"东夷入寇,各散之四方,述盦避地沪渎,与吴兴林铁尊、新建夏敬观⋯⋯寄其哀时念乱,百无聊赖之情。"③其三,历来文人特别重视民族节操,而道德壁垒的树立与维护很大程度就依赖于文人的评论和定位,词社活动有利于互相激励督促,保持人格尊严。当成员龙榆生投奔汪伪政府后,引来其他词人一致鄙视抨击。如夏承焘《天风阁学词日记》载:"途过仇亮翁,谓沪上学生甚不满于俞君(龙榆生),甚为俞君太息。""今日遇孙翁,于俞君甚不满。"而"亮翁有家在南京,可归而不归,甘在沪市忍穷。武如谷尚在此为律师作书记,恃刻图章写字为活,各方招邀不肯往。"④仇埰堪称词人中保持民族气节的楷模。

从以上动机切入《午社词钞》,很容易抓住这群孤岛文人的复杂词心:

第一,江山之思,国家存亡之叹。滞留上海孤岛者多是不愿苟延残喘于日伪统治之下,又无法奔赴国统、解放区的文人。面对当下复杂生存环境,

---

① 严迪昌:《清词史》,南京:江苏古籍出版社,1999 年,第 146 页。

② 本文所引作品,若为特殊说明,皆自《午社词》,民国二十九年铅印本,下不另注。

③ 仇埰:《鞠谶词》,仇埰:《鞠谶词》,民国三十六年(1947)铅印本,南京图书馆藏。

④ 夏承焘:《夏承焘集》(六),杭州:浙江教育出版社、浙江古籍出版社,1992 年,第 191、193 页。

他们的社课"作业"必然有所隐喻。如首次为题画词,咏冼玉清《极乐寺海棠》和《崇效寺牡丹》。两图出自 1930 年所作《旧京春色图》,之所以引来四五十位文人题咏①,一方面是图画精美,撩得文人骚客诗性大发,重要的另一方面还是借此追思山河破碎之感。题咏人中大部分都与清朝有密切联系,如陈诗题诗曰:"极乐春棠不染尘,竟烦彩笔为传神。于今国破花残旧,冼氏高凉尚有人。牡丹传说已移根,都市萧条掩寺门。惟向卷中看春色,清于宗派可同论。"再如汪兆镛词《调寄虞美人》:"卅年梦绕长楸路,肠断经行处。画图省识旧东风,只是一般画事可怜红。僧庐窅窱前香在,谁念芳韶改,唬脂怨粉奈春何,空有半钩海月照烟萝。"虽然比较隐晦,然对"旧京"的留恋,以及沧桑巨变的感喟是一致的。

1939 年,午社再题此图,则又变成孤岛文人寄托家国存亡之叹的隐形编码。林鹍翔"蕊宫何事沦谪,露浓和泪滴",及"国华堂畔句空题,此恨问谁知"说的还较为模糊;林葆恒"市朝惊几换,黍离情更远";吴眉孙"牡丹一例感兴亡,飘泪国花堂"就相对直接了。此情感主题越到后面长调,表现的越明显。如第五集《霜叶飞》,冒广生"叹岁晚天涯,庾信在、平生都尽,家山何处?"林葆恒"倦游王粲怕登楼,信美非吾土。……但盼将浓氛扫,红树苍厓,旧游重补。"词人们当然明白家国沦陷的罪魁祸首是日军,但孤岛的言语空间不便于直接表达对日本侵略的控诉,只能藏头露尾的借庾信、浓氛、关河、故国等不着边际的字句来曲折传达心意。

当然,也有不顾生命危险,以词讽刺时政的艺高胆大之人,如吴眉孙《雪梅香·二十九年一月二十二日作》:

> 手亲押,蛮笺尺幅订鸳盟。看斜行密字,模糊麝墨盈盈。障扇颜容尽羞涩,梦鞋消息不分明。太狼藉,镜里蛾眉,犹道倾城。 浮萍,此身世,独抱琵琶,诉尽飘零。但得量珠,那堪再忍伶俜,半晌含情恼鹦鹉,一心疗妒觅鸰鹩。拚禁受,幻影因缘,怜我怜卿。

吴眉孙特意注明词作于 1940 年 1 月 22 日是有确切指向的,此日香港《大公

---

① 题咏达四十余人,分别为:汪兆镛、叶恭绰、顾二娘、袁思亮、陈祖壬、周达、陈诗、廖恩焘、叶玉麟、林葆恒、夏敬观、何之硕、吕贞白、金兆蕃、龙榆生、林鹍翔、刘承干、陈夒龙、王福厂、吴庠、吴湖帆、冒广生、江孔殷、杨圻、黎国廉、黄慈博、桂坫、罗球、商衍鎏、林志钧、邓之诚、罗复堪、陈云诰、黄复、夏仁虎、黄君坦、张伯驹、柳肇嘉、向迪琮、陈运彰。朱万章:《冼玉清画学著述及画艺考论》,《中国美术馆》,2016 年第 1 期。

报》披露震惊中外的"高陶事件",头条为"汪兆铭卖国条件全文"①,即词中"手亲押""订鸳盟"云云。吴眉孙将汪伪比作飘零无依、楚楚可怜之羞涩女子,极尽装模作样、崇洋媚外的丑态。一旦得日本垂青,便"恼鹦鹉""妒鸽鹓",小肚鸡肠,甚至不如那些得腐鼠而沾沾自喜者。需知,此前上海就有不少人因辱骂汪兆铭而殒命的,午社人能创作并刊刻这般大胆的史词,真乃抗战词坛的奇迹。《午社词钞》凭此篇即可闪耀文学史。

第二,客居漂泊,身世危苦之感。家国存亡之痛与身世危苦通常是紧密相连的。几乎没有作品截然将二者区分。滞留孤岛的他们似蝙蝠般不为飞禽走兽接纳,而又不甘于以"良民"身份含糊苟活。只能背井离乡的暂居在这片"楚歌四起"的孤岛。第七集《雪梅香》对此有集体性的心迹表露。如吕贞白《雪梅香·寒夜简大盦、榆生》:"飘蓬,泛枯梗,十载浮家,共听寒风。负却清欢,那堪意窄歌慵。茗椀多情慰孤客,药炉扶病忆衰翁。还相问,岁暮心期,持与谁同?"冒广生"家园,曲阑外,白白朱朱,蕊密花繁。自客江湖,无人与伴天寒。斗室琴书耐岑寂,瓦盆几案抚盘桓。徘徊久,未须人日,思发花前。"二人皆将目光锁定自身及故乡,"无人与伴天寒"的共同感触,道出大部分经济贫困的午社词人的心声。一石激起千层浪,几乎人人都在感叹倦旅浮尘,如何嘉"感寂寞天涯倦旅,登临空有哀时句。"林葆恒"饥驱,遍南北,胜事料街,绝忆皇都。压担携来,能销几许青蚨。"金兆蕃"叹老去、萍梗江湖,更苦念、分飞征雁。风尘满,天涯自近,乡山偏远。"

语句较多,不一一枚举。实际情况或许并非真是如此,他们表达的更多是此时此地的心态。但似很有必要特别关照一下执"守四声"大旗的仇埰。读其《霜叶飞·已卯羁栖淞滨,虚度重九。倚清真书感》:

> 戍台笳鼓。秋心荡,江潭频滞风雨。故山松影罩萸囊,讶梦程今古。只极目、寥天黯数。呼群零雁凋霜羽。镇海角伶俜,未称得、题糕意旨,笔倦慵赋。　　休论燕麦前尘,苍波人远,乱叶飘怨如诉。望京今夜怕登楼,剩此身羁旅。甚插菊新畦换土,东篱回首浑无据。愿凤城、消烟瘴,螯酒明年,后期先许。

词虽受"倚清真"四声的极大限制,字句之间也有些聱牙,但并未消解其中的"题糕意旨",尤其"乱叶飘怨如诉""剩此身羁旅",及煞拍期盼胜利的呼声,都算是直抒胸臆的了。其实,受情志派人的批判,格律派词人也在反思自身

---

① 参见陶恒生《"高陶事件"始末》,武汉:湖北人民出版社,2003 年。

创作的弊端。《午社词钞》中情感因素的大增也是对反格律的某种让步,相比较沤社、如社而言,已经改进了许多。

第三,选声斗韵,极词艺之能事。午社传承了沤社、如社以来,限调限体的形式。尽管此形式引起部分成员的强烈反对,但从前七次创作情况看,大部分成员还是严格落实的。当然也有如冒广生、夏承焘等人,在第二集《卜算子》咏荷花时,各人多是六七首情况下,他俩仅塞责一首了事。不过并不影响《午社词钞》在格律、技巧层面的高艺术水准,所谓"效《乐府补题》故事",自是有与之一较高下的底蕴。况周颐曾说:"严守四声,往往得佳句、佳意,为苦吟中之乐事,不似孰调,轻心以掉,反而不能精警。"而孤岛又是"岁晚心期,可怜噤似寒蝉"(黄孟超《雪梅香·岁暮》)般的语境。因此,午社词人必然不可能全像吴眉孙那般大胆讽刺,慷慨直书。更多人选择注重声律的同时,或以香草美人,曲折达意;或以典故、和韵形式,制造迷雾;抑或追忆过去情境,来间接影射当下。因此,剖析《词钞》选题命意的别有用心之处,正是观照其词艺水平的独特窗口。

午社每次选题,都非任意而为,仔细探微,很值得玩味。如第二集《卜算子》"咏荷花"。窃以为大体有三大寓意。其一,自我高洁品格之象征。"效白石《梅花八咏》"不可作普通"依四声"韵看待,当别有深意。缪钺《灵溪词说·论姜夔词》云:"姜白石所以独借梅与荷以发抒而不借旁的花,则是由于荷花出淤泥而不染,其品最清;梅花凌冰雪而独开,其格最劲,与自己的性情相合。"①而宁愿穷苦也不妥协的孤岛词人又何尝不是与之"性情相合"呢!如金兆蕃所咏"同出淤泥不减香,人似还花似","净业复昆明,一匊灵均血。自此当名烈士花,谁续濂溪说。"将荷比作"烈士花",其民族心迹昭然若示。

其二,借《梅花八咏》连章形式,回忆往事,抒发江山破碎的感伤。林葆恒题序说"海上乃无荷花",真乃障眼法,午社第三集词题就是"约(上海)李文忠祠看荷",而《卜算子》所谓"有荷"者,乃是北京什刹海、南京玄武湖、莫愁湖、杭州西湖,及各自家乡之荷,貌似回忆自己往年看荷之景,实则是寄托"自遭丧乱,遍地烟尘,追忆前游,情怀惘惘,亦昔贤所谓'风景不殊,举目有河山'之感也"②(吴眉孙《卜算子》词序)。

其三,托荷花言词人出处矛盾、内心迷茫之思。如廖恩焘"叶叶现如来,花现大千界。玉井应输咒钵生,历劫浑无碍。　　不嫁汝南王,底事兰舟载。解佩年年赠与谁? 一鹭烟汀外。""解佩赠与谁"之问句最是无奈。再如

---

① 缪钺,叶嘉莹:《灵溪词说》,上海:上海古籍出版社,1987年,第458页。
② 吴眉孙:《卜算子》。午社辑:《午社词》,民国二十九年铅印本,上海图书馆藏。

仇埰"重过乌龙潭上游,惆怅情谁觉""来路牵牵换旧题,花事从谁说";夏敬观"瑟瑟秋声那忍听,欲诉凭谁诉""谁与繁华作主来,夜夜西风警";金兆蕃"柳外斜阳,危阑谁与同感"等等。无人能解答午社词人轮番追问。

以上所用伎俩,常常显得欲盖弥彰,不过是自欺欺人罢了。在国将不国、四面楚歌情况下,又有多少人能够心安理得的选韵填词呢,更何况是秉承"天下兴亡,匹夫有责"精神传统的午社文人。《午社词钞》本意是"效《乐府补题》",寄托哀时念乱、百无聊耐之情,却根本做不到周密、王沂孙那般,按捺下抑郁不平,低调的吟咏龙涎香、白莲、莼、蝉、蟹。他们自身"出污泥而不染"甚至冷傲傑驯的性格,注定这是一次超越普通民国词社的文学盛事。而无论从四声格律,还是情感意蕴等维度衡量,《午社词钞》都是一部绘声绘色、才胆具备的优秀作品集,其文学价值堪与《庚子秋词》《春蛰吟》等相提并论。

三、四声遮蔽下的仇埰词

仇埰是民国时期著名教育家、词人,今存生平资料甚少,文学活动事迹亦不彰显。仅有黄汉文《金陵词人仇埰》[1]《金陵"蓼辛四友"和〈蓼辛词〉》[2]稍有介绍。学者薛玉坤之《仇埰〈鞠谭词〉情感内涵及审美特征探赜》后出转精,所论前后期词风变化,[3]颇见眼力。不过,至今未有人将其置于午社四声之争及抗战词坛文体变革的背景下考量。作为四声风气的积极围护者和梦窗风的忠实追随者,仇埰词之创作成就很大程度上被其词体观念和学术史定位所遮蔽,其《鞠谭词》确实有严守四声的现象,但并未完全抛弃情感抒发。有必要重新审视他在抗战词史上的地位及文学史意义。

(一)情格兼重

仇埰(1873—1945),字亮卿,号述庵,时称"鞠谭词人",世居金陵。1909年选拔贡,1911至1927年,担任江苏省立第四师范学校校长,期间特增设"艺术专修科",是我国现代美术教育活动的开拓者。1927至1937年间,与金陵石凌汉、孙濬源、王孝煃等同辈结词社,先后有《仓庚》《蓼辛》结集,被时人誉为"蓼辛四友"。抗战起,弃书避难[4],先后"转徙汉、粤诸地,羁客松

---

① 江苏省政协文史资料委员会编:《江苏文史资料集粹·文化卷》,《江苏文史资料》编辑部,1995年,第97—105页。
② 南京市秦淮区地方史志编纂委员会政协,南京市秦淮区文史资料研究委员会编印:《秦淮夜谈》,第九辑,1994年,第47页。
③ 薛玉坤:《仇埰〈鞠谭词〉情感内涵及审美特征探赜》,《阅江学刊》,2012年第3期。
④ 书屋"鞠谭斋"藏书甚丰,于此前后渐成规模。徐雁编:《沧桑书城》之《仇埰的鞠谭斋》详述藏书及后世流传始末。长沙:岳麓书社,1999年,第132—135页。

滨……大洋战起后一年赋归,家园破碎,人物皆非,数十年来珍藏书籍散失殆尽,何堪一顾。遂以出世之志,闭门读书,时年七十余。"①

仇埰作词,"宫徵之求协,格律之遵循,恨不起古人而与商"②,同人唱和时"甚不满社中拈调太草草"。③ 如此吹毛求疵,并非一无是处。夏承焘《四声绎说》云:"凡四声别异处,虽不知当时合乐音调如何,今但施之唇吻,亦自别有声情,不得概以仄声代其上、去、入。苟一盖泯淆其界,则成长短句不葺之诗矣。"④龙榆生《论平仄四声》谈及拗体涩调四声时亦云,"一字之配合,各有其声律上之作用,稍经移易,便不复成腔矣。"⑤另外,涩调限体的严格有利于作常用调的工整。参加如社的吴白匋有切身体会:"余当时努力追随诸老,虽每感穷于一字,然苦尽甘来、因难见巧之乐颇亲尝之……且经此磨练后,再填习见词调,乃觉用笔舒捲自如。"⑥唐圭璋所说的"一词作成,虽经苦思,但也有乐趣"⑦,也在于此。

四声风气固然要摒除,但不能完全忽视"涩调、四声"对于词音声相协、格律工整的裨益。论及仇埰、林鹍翔、廖恩焘等人词皆当作如是观。当然,若在守声基础上并不轻视情境,那么这类"保守派"词的价值就有很大的挖掘空间。

贯穿始末的"词史"观念,是重新审视仇埰作品的突破口。早年与石凌汉等人组织"蓼辛词社"时的起点是学晚清四大家"庚子唱和",借词述史。然二者创作原则颇有不同。不妨对比王鹏运《庚子秋词记》与《蓼辛词序》:

> 光绪庚子七月二十一日,大驾西幸,独陷危城中。于时归安朱古微学士、同县刘伯崇修撰先后移榻就余四印斋……约夕拈一二调以为程课,选调以六十字为限,选字选韵,以牌所有字为限。虽不逮诗牌旧例之严,庶以束缚其心思,不致纵笔所之,靡有纪极。⑧

面对"商音怒号,砭心刺骨"的庚子变乱,王、朱等仍倚旧诗牌之严,"束缚其

① 方长玉:《鞠谙词跋》,仇埰:《鞠谙词》,民国三十六年(1947)铅印本,南京图书馆藏。
② 王孝煊:《仇君述盦传》,仇埰:《鞠谙词》,民国三十六年(1947)铅印本,南京图书馆藏。
③ 夏承焘:《夏承焘集》(六),杭州:浙江教育出版社、浙江古籍出版社,1992年,第226页。
④ 夏承焘:《夏承焘集》(二),杭州:浙江教育出版社、浙江古籍出版社,1992年,第428页。
⑤ 龙榆生:《龙榆生词学论文集》,上海:上海古籍出版社,2009年,第163页。
⑥ 吴白匋:《吴白匋诗词集》,南京:南京大学出版社,2000年,第178页。
⑦ 唐圭璋:《我学词的经历》,钟振振编:《词学的辉煌:文学文献学家唐圭璋》,南京:南京大学出版社,2001年,第10页。
⑧ 王鹏运:《庚子秋词序》,王鹏运辑:《庚子秋词》,清光绪二十七年(1901)刻本,上海图书馆藏。

心思,不致纵笔所之"。而仇埰则是"岂能豪发无憾,只以藉束其心思耳。"我们往往拈出"期四声之必合,督责甚于严师"来论证他们守四声之痴迷,却忽视了反对王鹏运等人思想束缚的立足点。他们想要放开的心思,恰是身逢九一八国难的"厚幸",如其云:"复堂谓词至今日,前人所不能限也……故士生末世,忧患万端,独于此事,转为厚幸。朋辈平居,素衷此论,遭时感事,时有咏歌。"如果说王鹏运、朱祖谋等在庚子唱和之际"确乎看轻了词,没有把词当成可以'存经存史'的文体,也没有做到——或没有想做到——周济所云'绸缪未雨''太息厝薪''见事多,识理透'"[1],那么仇埰等人的《蓼辛词》虽未及四大家艺术成就之高,但"词史"意识及身世之感是做到了后来居上,读其"识理"自白:

> 时则洪水泛滥,天下滔滔。恨饮西江,尘扬东海。泽鸿无告,风鹤频闻。吾数人者,或则陷家居于霾潦,或则捡寒枝而难栖。不殊阮籍之穷,况有相如之病。天下如彼,我躬如此。试易一地以衡之,此何时乎?此何境乎?顾犹于兹事不废,岂真有不能已者耶?无惑乎习蓼之虫,忘其辛也。[2]

一·二八事变前后,不仅东北、上海惨遭血光之人祸,而且长江洪水肆虐,沿河流域,更遭百年不遇之天灾,死伤遍野。此时此境,仇埰等人依然不废讴吟,非不忘其辛也,而是情郁于中,"不能已者"也。由此审视,《蓼辛词》《仓庚词》的价值是远远被"联句""分韵""四声"等外在形式遮蔽了的。

或许因为仇埰五十后始填词,积淀不厚,前期成就确实有限。然"丁丑秋,倭寇称乱……世事日非,忧患交迫,梗于心而抒于词,每有所成,必呼家人共赏,诚离乱中仅有之乐"[3]的坎坷经历,使其词由仅重四声格律,转向亦重比兴寄托的双管齐下。王孝煃《仇君述盦传》对此已有揭露:

> 丁丑之秋,倭难作,出亡汉上,又蛰沪滨,苦思缠绵,辄讬吟咏,臬返故庐,度门谢客,……君息影留沪凡三四年,瞻近吟侣,若映庵、退庵辈诸先生,多与酬唱,忧患之余,词心丕变,读君词可以觇志节,观世殊,与吟风弄月,摅写胸臆不同。

---

① 马大勇:《晚清民国词史稿》,武汉:华中师范大学出版社,2015年,第70页。
② 仇埰:《蓼辛词序》,仇埰辑:《蓼辛词》,民国二十年(1931)刻本,南京图书馆藏。
③ 方长玉:《鞠谭词跋》,仇埰:《鞠谭词》,民国三十六年(1947)铅印本,南京图书馆藏。

"忧患之余,词心丕变"点出《鞠谳词》"前稿"与"近稿"之区别与转变。"觇志节,观世殊"则高度评价抗战后词之文学史价值。

(二) 心志危苦

仇埰词作观念已昭然若示,创作上的"词心丕变"主要反映于《鞠谳词》"近稿"八十首作品,几乎每篇都无法掩盖乱离身世的感伤喟叹。其抗战时期经历,以寄泅《卜算子·画鞠谳填词图》总结最为准确:"身世暮云遮,只望西楼月。满眼尘扬起海东,孤愤灵均托。　八载劫中过,梦笔花生秃。情写幽情检韵时,夜雨苦薇蕨。"灵均以《离骚》《九章》《天问》等楚辞托其孤愤,仇埰则以"填词"传其幽情。开篇《鹧鸪天·汉皋杂感》十六首,将避乱流亡的切身体验抒写的淋漓尽致,读一、二、四、十四:

> 倦鸟仓皇绕别枝,壮年辙迹几追思。图书敝篓成今我,烟树晴川又一时。　新酒浊。旧弦迟。降心重理鹧鸪词。南楼花月东山雨,说与旁人浑不知。
>
> 琴剑飘零溯上游,江波摇荡欲回舟。秋风愈长相如病。歧路宁宽阮籍忧。　心惝恍。梦夷猷。与谁博睿叩前修。故园东望多青草。况是新来嬾上楼。
>
> 垂老何堪感乱离。镜中衰鬓不成丝。病魔历历犹惊胆,餐饭朝朝强及时。　瞻柳陌,妒花枝,青芜故国梦都迷。龙山千里神消阻。竚看江皋日影移。
>
> 病骨支离尽九秋,才知远戍为从周。本来佛国无双品。散作壶天第一流。　无我相。迈前修。青天碧海寸心悠。如斯世变生奚补。却喜逢君鹦鹉洲。

首篇"追思"总领组词,"图书敝篓成今我"道出仇埰一生执着于"读书人本色"的信念。而倦鸟仓皇,壮年辙迹,个中辛酸,恐怕"说与旁人浑不知"。次篇中引"相如病""阮籍忧"典故,逐步分解所追之思。仇埰所指当然不是相如逃避政治的伎俩,而是文学作品中寄托的万千忧愁。如"中原好景已微茫",而中国各种势力却仍然是"一样东风各主张"(其三)。以及"垂老乱离,鬓不成丝,病魔惊胆",却仍要"餐饭及时"的身世之感。根本缘由,恰是十四篇所揭露的"才知远戍为从周",足觇其志节之高。《鹧鸪天》组词跳脱出记录行驿的范畴,直接抒发漂泊者内心五味杂陈的感受,颇动人心魄,弹奏出抗战流亡词史不同流俗的格调。同调《过汨罗》《抵九龙》等也非泛泛漂泊之词,尤其前篇,蕴藏作者与屈原相近的爱国悲愤:

到眼澄清认汨罗。难中方许此经过。鸣鵙逆耳仍今日,服艾盈腰唤奈何。　　看逝水,发悲歌。灵修欲叩梦都讹,虬龙鸾凤同漂泊。千古伤心歧路多。

这哪里还是那个与冒广生、吴眉孙为词中某字不合四声而争的面红耳赤的仇埰,分明是站在历史转折处,发千古悲歌的伤心词客。"四声竞巧,生意索然"用在仇埰身上显然是不妥的。或许更需挑明,应将社课形式的"作业",与私下自由创作分别对待,似更能看清"保守派"与"革新派"之间的异同。也更利于准确定位倡导四声群体的文学价值。

除此羁旅行驿之作,谱写战乱下的人间百态及复杂心声,才是"观世殊"和"词心丕变"的真正着力点。请读《薄幸·太猖故于云南马龙近一年矣,时欲以词悼之,而百感交萦,吐词不出,秋宵不寐,枨触悲怀,枕上率成此解,似犹未称情于十一也》:

凤饥巢邃,正郁郁、抛愁无地。便耐得、生涯虫蓼,领悟习辛情意。奈廿年、歌哭相谐,京台粉碎难为计。甚汉陌分携,辰溪流转,魂返枫凄如此。　　为退抱、藏山想,驹隙过,一番身世。只余江关赋,文章憎命,庾郎哀怨天犹忌。咽思君泪,便归航洒洒,秋潭顾影心先悔。危阑剩我,痴伫滇云默倚。

那些年引的"当局窥详、邮伻窃笑"的"蓼辛四友",如今已京台粉碎、东奔离西。"文章憎命,哀怨天忌"说的更是自己吧。词笔情感深沉,哀而不伤,怨而不怒,张弛控送,把握的十分到位。此类歌哭无端之语,着实不少,如《西平乐慢》:"肠断千家野哭,一反顾、事往忽疑非。"《八声甘州·癸未岁除遇雨赋此遣怀》:"咽铜龙,听雨倚书城。年光换匆匆。甚黄尘千里,中原一发,歌啸无从。数到春江变酒,茌苒屈纤蓂。犹有辛盘暖,休负琼钟。"《玲珑四犯·倚梅溪寄怀倦鹤、东川》:"野鹏哀鸣,乱阵俛、千门消歇机杼。隔雨相望,却怕缭藜心苦。韦杜旧记城南,看四海、浪扬亲怒。"最值得一说,还有仇埰晚年重新编订《金陵词钞续编》一事,其拳拳用心,非仅是徒好倚声,热心地方文献,而是"引商刻羽,殚心精微,突过前辈,深造于词之中者,则人以词传;至于身世凋零,门祚衰薄,著述散尽,片羽仅存,则以词而存其人"的"微旨"。读其《绛都春·辑〈金陵词钞续〉编成所采入博言……》更能洞悉个中酸楚:

吟欢已坠。向断简问蝉，凄迷重理。多少梦痕，流入哀丝闲宫徵。文章何与藏山事。叹词客、幽灵孤寄。旧狂尊酒，空尘巷晚，遣愁无地。

遗世。零弦剩拍，更寻访、替广可园风义。醉墨故人，金粉南朝伤心泪。同声谁解相思字。望天际、东川一水。为伊凭遍阑干，系情万里。

上海孤岛沦陷后，仇埰不得不回金陵，自此"寂寞城南宅，言归深闭门"（夏敬观语），"汪伪政府中有他的旧友，有他的词友，他隐居老屋，不与往来"[1]，此举博得不少人称赞。一代词客"幽灵孤寄""遣愁无地"，借编地域词钞寻访同声，其"系情万里"的抄写又怎能作普通辑录者观之。

至此，不能因为仇埰坚持社课四声创作，就对其词冠以"性梏情因，心力虚抛""土木之形骸略具，乾坤之清气毫无，作者先难其详，读者更莫名其妙"[2]等恶语。夏仁虎序言堪为"知音"："（仇埰）家山既破，淞滨寄居，念乱忧生，伤离感逝，所遇愈穷，所作愈富。……鞠谳近作，涩而不晦，缜而不缛，意内而言外，心危而志苦，其诸南宋名家之词与可以传矣。"[3]以"意内言外，心危志苦"评价《鞠谳词》，恐怕连保守派阵营自己都难以想象。

以上所论还未能穷尽仇埰作品情感之复杂。然已足够撑起一位著名词人的简单轮廓。要之，这位词人特别推崇朱祖谋、况周颐主导的词学梦窗，传播"审音持律"的美学观点。后参加如社、午社等活动时，以"选涩调、守四声"的主要围护者"闻名遐迩"。因而也成为吴眉孙、冒广生、夏承焘等"革新派"词人的众矢之的。直至今天，他仍然是被打上"守四声"标杆式的人物代表。此批判"标签"严重阻碍了我们评断其词丰富情感的实际情况。而仇埰本人的词史意识，也证明"审音持律"者并非全部都轻视情感内容，需要甄别对待。通过此个案，也揭露出另一个值得注意的问题，即吴眉孙、冒广生、夏承焘等革新派对词坛的整体认识及判断是存在一定误差的。也提醒我们不可将社课形式的集体"公共创作"，与包含个人身世之感的"私下创作"混为一谈。二者确实有密切联系，但也要具体问题具体对待。

---

① 黄汉文：《金陵词人仇埰》，《江苏文史资料集萃·文化卷》，《江苏文史资料》编辑部，1995年，第 100 页。
② 吴眉孙：《致夏瞿禅书》，《同声月刊》，1941 年，第 1 卷，第 3 期，第 156 页。
③ 夏仁虎：《鞠谳词序》，仇埰：《鞠谳词》，民国三十六年(1947)铅印本，南京图书馆藏。

四、金兆蕃与林鹍翔词合论

金兆蕃(1869—1951),字篯孙,嘉兴人。曾任清史馆总纂,所著"考核精详,语必有本"。于乡邦文献整理,功莫大焉,编有《槜李丛书》诗文各系。[①] 另有《安乐乡人诗》六卷、《药梦词》四卷。词总130余首。1931年后作品,别立《药梦词续》及《药梦七十后词》。

金兆蕃家学深厚,诗文典博有识,又身历清、民、新中国三次变迁,洞悉世事,睿智英明。"故虽抱悲天悯人之怀,乃无愤时嫉俗之语,其得力学养之深也。"[②]早期作品不自束于学识,有常州词派余韵,情感真挚,不作无病呻吟语。七十后,身逢日军侵华国难,乡关被兵,词笔愈哀。如《一枝春·藏园以文美斋百花笺徵书。……此笺初出即供涂抹,晚而南还,箧中尚有一二百番,乡县被兵,一时俱尽,睹物兴怀,咏叹深之》《疏影·……丁丑杭州被兵,图失复得,叔通出示徵题》《花犯·……游子不归,往往独赏自被兵后,老屋仅存,今又值花时矣》等,皆是战争背景下,睹物纪事之佳作。尤以《浪淘沙》《淡黄柳》二首小令最哀感动人:

> 浊浪起骄鲸。烽火相惊。饥鸟落叶月三更。难道荒寒如此夜,不算飘零。　　短梦绕空城。风雨柴荆。江潮呜咽断肠声。西去侬家槐树岸,知有谁听。
>
> 连村溅血,叹息铜驼陌。断梦焦原心恻恻。任汝新稊暗发,谁对婆娑道相识。　　尽沉寂。盟言怨频食。任孤立,道南宅。倚东风、黯淡无颜色。莫忆年时,水边林下,犹映春旗竞碧。[③]

前篇以浊浪、烽火、饥鸟等实景,直抒"呜咽断肠"胸臆;后篇借与黄柳对答,托物言情。二词表达方式不同,然慨叹深沉,孤独飘零的感触则一致。覆巢之下,焉有完卵,动乱时代人们对亲情、友情格外珍惜,作品中不止一次的劝慰他人,如"君自爱。盼万一河清,遥共苍髯待。巢痕尚在。倘相对轩渠,含元殿下,重倚树潇洒。"(《摸鱼儿》)"期百岁,愿更端进祝,劝醑琼卮。"(《沁园

---

① 屈强:《嘉兴金篯孙先生行状》,卞孝萱、唐文权编著:《民国人物碑传集》,南京:凤凰出版社,2011年,第407—409页。另编选地方文献时,与张元济交流甚密。参见《张元济全集》(第2卷)书信,北京:商务印书馆,2007年,第483—490页。

② 《金兆蕃先生传略》。金兆蕃:《安乐乡人诗续》,台北:文海出版社,2003年,第3页。

③ 金兆蕃:《药梦词》,民国二十年铅印本,吉林大学图书馆藏。本节所引金兆蕃词皆自此本,下不另注。

春》》"加餐饭,愿岁寒遥慰,贻我双鱼。"(《沁园春》)其实劝人也是一种自我安慰。最后读《水龙吟·补题六十二岁小影》,还是那张自画像,但十余年后再题,情景已截然不同:

> 十年魂梦柴荆,无端凄断家山破。东陵剪蔓,南山扫秽,得归聊可。此祸何来,风车雷斧,颓云狂堕。叹焦原如洗,寒枝莫拣,青衫被,缁尘涴。　　画里林阴独坐。紫鸟飞、隙驹轻过。枯筇慭负,黄杨庭角,绿槐门左。乡树回看,茫茫云物,重重烽火。问何当料理,青蓑绿笠,更沧江卧。

十年光阴,悄然轻过。多少如金兆蕃一类的清遗民感叹世事沧桑和身世浮沉,词中蕴藏的历史厚度是题画词无法容纳的。

林铁尊(1871—1939),字鸥翔,号半樱,吴兴人。曾发起瓯社,并参加沤社、如社等词学活动。师事朱祖谋,况周颐赞言"趾美彊村,非君莫属。"[1]他是梦窗风的积极支持者、围护者。然晚年遭逢国难,词中常有伤时念乱之思。一如夏承焘所说:"师之于词,固取径周吴,而亲炙彊翁者,今诵其伤乱哀时诸什,取诸肺肝,而出以宫徵,真气元音,已非周吴之所能囿持。"早自"一·二八事变"时,就有比他人更深沉的讴吟,如《安公子·〈秋山行旅图〉,从晁无咎体》:

> 古道悬孤垒,雁飞书绝愁无际。兵气沉沉山鬼啸,车驱何计?叹多少、牙旗锦帐经行地。烽燧扬、偏睹豺狼恣。剩倦途逆旅,洒尽兴亡闲泪。　　血战成何事?画图飞将今余几?塞草连天枯未尽,马肥如此。问华表、千年辽鹤归来未?试回首、何止人民异。料征鞍前路,定有南冠相对。

多个问句连发,无论所问对象是自己,还是战事、飞将、政府等,都没有答案。前途迷茫、他生未卜之感顿生。此格调、技巧、声面都不是周、吴余韵,而是林铁尊自己的心声。再如《大酺·乱后归昆山,吊龙洲道人墓》,势大力沉,"趾美彊村",绝非虚语:

---

① 夏敬观:《半樱词续序》,林鹍翔:《半樱词续》,民国二十七年(1938)铅印本,吉林大学图书馆藏。

　　峭北山寒,东风紧,芳草萋萋弥绿。池灰飞不断,伫桥南无酒,旧情怅触。赋笔空惊,儒冠早误,消受无聊歌哭。焦桐千年恨,算浮生一梦,梦沉难续。问黄鹤矶头,故人天上,健吟谁属?　　山丘森万木,最堪念、风雨啼华屋。此际便张骞槎到,李广侯封,恐陶轮,暗中催促。字漫征西勒,都剩得、夕阳荒麓。料归鹤、愁乡国,华表无恙,争信神州沉陆。夜长奈何短烛?①

　　视野十分开阔,由"吊龙洲道人墓",展开千年风云的回顾,"焦桐千年恨""山丘森万木"等句,大开大合,非胸有丘壑之人难道此语。而又能以四两拨千斤之力,将撒开的巨网以"梦沉难续""夕阳荒麓"巧妙收回。且情感立足于"神州沉陆",爱国之心,恻隐动人。似乎有必要再次强调,对四声格律的偏爱,并非都一视同仁的将其归于轻视情感内容的阵营,也有如朱祖谋、仇埰、林铁尊、陈匪石等情格兼重的大作手。

　　1921年,林铁尊与夏承焘、王渡、郑猷、曾廷贤、梅雨清等永嘉同里结瓯社。铁尊《瓯社词钞序》引况周颐语为词社旨归。第一"填词先求凝重",第二"要造句自然,又要未经人说过。其道有二:曰性灵流露,曰书卷酝酿。"②探究林铁尊词之特质亦当以"凝重"与"性灵"两大维度为切入点。

　　凝重之表现有二:一是字句凝练,精雕细琢。如《卜算子慢·得卢沟晓月画帧……》"长桥月暗,空戍夜寒,独客晓行秋晚。别绪荒沟,送尽怨红波面。回盼猎红林,准备鹰舒眼。甚健翮摩空,也逐城景夜半暾散。"词有质实痕迹,提供信息量很大,但并不繁缛,类似"独客晓行秋晚"句,直逼律诗般工整。二是着眼山河,情绪厚重。如《八声甘州·偕语仌由昆山之毘陵旋至邗江,触目惊心,黯然赋此》:"老天涯词客,归计问何如。③ 寄离愁、南楼雁断,又隔江、飞恨入吟壶。空明月、有东风处,声尽啼乌。"其实,这也是独抒性灵的一面。林铁尊原本就身体欠安,晚年逢难,漂泊无依,词中难免有泣极而笑、歌哭无端的真情流露。如"单于终至海内,请缨酬壮志,嗟我今老。野哭千家,尘扬万里,何日将军飞到?狼烟迅扫。解沉陆深愁,望云狂笑。一发中原,蒋山青未了。"(《齐天乐》)人的天性有时需要外在环境的压迫才能原形毕露。如此推崇四声,重视词格的铁尊,也有放下身段,一任情感宣泄的

────────────

①　作者自注:"行到桥南无酒卖,老天犹困英雄",龙洲断句也。苏绍叟忆龙洲词有:"任槎上张骞,山中李广,商略尽风度"之句。

②　林鹍翔:《瓯社词钞序》,《瓯社词钞》,民国十年(1921)铅印本,吉林大学图书馆藏。

③　作者自注:如社旧雨周无悔、吴白匋世居扬州,均远出未归。洪匀卢、蔡柯亭先见,恐亦它从。

时候。请读《雨中花慢》下片：

> 便桑田再阅,人世如何? 无垢吾仍落落,有生今且呵呵。拼愁来、一醉人似公荣,老比廉颇。中原万里青山,一发如烟。往事蹉跎。空记有,龙蟠虎踞,弹泪荆驼。天外遥情买海,人闲奇事挥戈。白头相向,都将瑶想,飞入红螺。

本词小序更值玩味"乱后无家可归,由扬州之沪。……疢斋议复沤社,即席拈复调归检,诵东坡、稼轩诸作。畏其难学,夜忽梦谒疆邨师于德裕里故居,招之曰:'古人谓放笔如直干,非独诗也。词亦宜尔子,盍加意于此。'私意词尚曲不尚直,正请问间,闻雷惊醒。因试拟苏辛各一首,略倚齐声韵。"以朱祖谋毕生研究梦窗,应该不会推崇"词如诗般放笔直写"的笔法,"尚曲不尚直"方是朱祖谋本意。而此处故意设置颠倒是非的梦境,恐怕是心有所想,不得不违背师意的托词。当然,即便是这般"落落呵呵"的抒写,也总有让人坠入冰谷的寒意。

相对于长调形式的谨严,林铁尊短调更贴近性灵,其水平亦"可谓升堂入室。"[1]读其《鹊桥仙·拟稼轩》《浪淘沙·拟遗山》二首:

> 昔为远志,今为小草,转首山空人老。自来策马问中原,称(去)世上功名多少。 浅人躁率,妄人漫傲,不值旁观一笑。输它功狗况功人,漫慨叹良弓高鸟。
>
> 游目到平山,浅水荒湾。好春也在有无间。燕语莺啼忙不了,偏是人闲。 襟袖泪痕斑,豪气销残,新亭醉后一凭阑。如此江山如此酒,莫放杯干。

前首超然,看破功名;后首放达,沉迷醉酒。但分明能感受到词人"不值旁观一笑"背后怀才不遇的慨叹,以及"豪气销残"的愤懑。这恐怕是遗民群体,再逢外敌入侵时,常常生出的感慨。然与朱祖谋又不同调,夏敬观所谓"君学于侍郎,而旨趣稍异,溯君乡先哲,张子野、刘行简、周公谨诸家,君于子野微近"[2]等判断当指此类令词。

---

① 叶恭绰:《广箧中词》,孙克强、杨传庆、裴喆编著:《清人词话》,天津:南开大学出版社,2012年,第3册,2073页。
② 夏敬观:《半樱词续序》,林鹍翔:《半樱词续》,民国二十七年(1938)铅印本,吉林大学图书馆藏。

第四节　抗日根据地诗词社的文体改革及创作成就

抗日根据地词坛是抗战词坛的重要组成部分,其立足人民的写作理念,创造出不少反映根据地百姓生活实录的优秀作品,在整个词坛显得独树一帜。然单就创作体量而言,根据地词坛整体规模确实比较小。目前,我们尚未看到有专门的词集,也没有专门的词社群体,大多与旧体诗共同出现。因此,在讨论抗日根据地词体写作时,将以此期的旧体诗词作为整体研究对象来综合考察,特别是聚焦地域性影响较大的怀安诗社、湖海艺文社、燕赵诗社等。

陕甘宁根据地的怀安诗社、苏北根据地的湖海艺文社和晋察冀根据地的燕赵诗社皆成立于抗日战争时期,活跃于 1939 至 1949 年间。以上社团分别由中共领导人林伯渠、陈毅、聂荣臻等人发起,以创作旧体诗词为主,旨在加强与地方士绅及文化人的交流互动,以达凝聚共识、团结奋斗、共筑抗日统一战线之目的。学界谈及根据地抗战诗歌时,往往只论新诗,而有意忽视旧体诗词,带着这种文体偏见的态度看待根据地文学或中国抗战文学,所得出的结论难免有偏颇之处。

根据地诗词社团不仅纠正了部分人民对共产党形象的误解,还成功团结起根据地的士绅阶层,进一步壮大了抗日队伍。社团成员秉持破除新旧偏见、强调民族旨归和降低格律要求、追求通俗易懂的先进理念,在创作层面取得了突出成就,具体是:其一,抗日斗争历程的微观透视;其二,多角度展示根据地人民的真实生态;其三,批判污浊现象,警醒愚昧民众。与其他文学社团相比,旧体诗词社团不仅拓展了根据地文学的表现空间,还是建构抗战诗词史的重要组成部分,与沦陷区、国统区诗词形成了鼎足而三的宏观格局。窃以为,如果要写一部根据地抗战诗歌史,显然是新旧诗歌平分秋色的格局,在特定场合,旧体诗词的影响力甚至超过了新诗。

一、抗日根据地诗词社的研究现状与不足

怀安诗社、湖海艺文社、燕赵诗社被称为抗日根据地"三大诗社",其命名最早见于丁茂远《抗日革命根据地的三大诗社》(《文教资料》1995 年第 1期)。但该文只是做了初步的社史简介,尚未继续深究。其实抗日根据地有众多文学社团,何以只有此三个社团可以并称? 最直接的渊源是他们皆以创作旧体诗词为主,且皆由各抗日根据地的中共领导人主动发起,参与者多

为地方士绅贤达。因此,文体属性及成员身份是三大诗社并称之基础。并称之深层因素源于他们审美理念和创作风格的相近,以及文学成就的相当。然而当下学界对三大文学社团研究多还停留在根据地文化制度建设层面,且往往只做史料性的概述,未能准确认知诗词社之现实功能,亦很少从文学本位的角度研究其创作成就及文学史地位。

关于怀安诗社研究专论有十二篇之多。尤以周健、李鸽、杨柄等学者视角独特,持论较深。周健揭示了作品中歌咏延安精神的价值。① 李鸽称赞其记录"从抗战中期到建国前的丰富的革命历史,对于我们今天了解革命斗争的艰难历程,学习老一辈无产阶级革命家的共产主义精神,具有一定的意义。"② 杨柄则首次将怀安诗社定义为"中国无产阶级革命文艺史上第一个古典诗词诗社"③。此外,尚有孙国林《林伯渠倡议成立怀安诗社》、江弘基《关于"怀安诗社"》、张可荣《延安时代的怀安诗社》、张培林《延河雅集唱新歌:延安时期的怀安诗社》等文,论及诗社的相关活动史实。袁小伦与霍建波则分别以叶剑英和毛泽东为窗口,纵论其与怀安诗社间的互动往来,进一步扩大了诗社影响力范围。④ 总体来看,怀安诗社经历了从忽视到逐步深入的过程,但必须看到,深入的程度还比较有限。

学者聚焦湖海艺文社时往往与苏北根据地文化制度建设结合起来考察。曹晋杰《陈毅与湖海艺文社》提供了不少艺文社活动的文献史料,并认识到艺文社为建构文化统一战线做出巨大贡献。⑤ 朱安平则突出了艺文社在"繁荣根据地文艺创作,广泛进行抗日宣传,鼓舞军民抗敌斗志"等层面的作用。⑥ 另有严锋、曹建林、李紫怡等都将湖海艺文社作为苏北根据地文化建设的典型事例。⑦ 以上文章都一定程度上忽视了该社团所取得的

① 周健:《怀安诗社和怀安诗》,《西北大学学报》(哲学社会科学版),1980年第3期。
② 李鸽:《论怀安诗社》,《昭通师专学报》(哲社版),1988年第2/3期。
③ 杨炳:《怀安诗社——中国无产阶级革命文艺史上第一个古典诗词诗社》,《甘肃高师学报》,2005年第3期。
④ 参见袁小伦:《叶剑英与怀安诗社诸老》,《党史纵览》,2007年第9期。霍建波:《毛泽东与怀安诗社》,《陕西理工学院学报》,2017年第1期。
⑤ 曹晋杰等:《陈毅与湖海艺文社》,《福建党史月刊》,2003年第5期。
⑥ 朱安平:《苏北抗战文化社团"文化村"和"湖海艺文社"述评》,《抗战文化研究》,2012年,第6辑。
⑦ 分别参见严锋:《苏北抗日根据地——解放区文学概况》,《中国现代文学研究丛刊》,1987年第3期;曹建林:《苏北根据地抗战文艺研究(1940—1945)》,苏州大学博士学位论文,2012年;李紫怡:《抗战时期新四军在苏北的文化建设——以阜宁文化村为例》,《盐城师范学院学报》,2017年第4期。

文学成就。燕赵诗社研究成果较少,只在《燕赵文艺史话》^①和《晋察冀文艺史》^②中谈及,其价值有待进一步开拓。

综合而言,不惟对根据地诗词社产生之缘由及其功能作用需要重新认知外,尤其需要跳出党史掌故和文化观照的视角,以回归文学本位的态度,方能准确探明诗词社之创作成就。不可回避的另一问题是,尽管学界已经有多篇论著,但根据地诗词并不被文学史研究者所认同。目前,仅有地域文学史简略涉及。就影响力最大的怀安诗社看,"当今通行的现代文学史教材中,大多没有对怀安诗社进行过概述,甚至没有只字片语的提及"^③,遑论其他两个诗社。导致产生该现象的原因并非他们的成就不足,而是固有的文体偏见在作祟。学者本能的认为现当代文学史关注的只有新文学,旧体诗词当然不在考虑范围。这俨然已涉及近年来争论不休的旧体诗词入史问题,非本书所能承载。但需要提醒的是,自古以来,中国文学就伴随着文体的新旧更迭而不断演进,没有任何一个朝代会因为文体的偏见而故意漠视同时空下存在的其他文学。何况抗战时期的旧体诗词正以崛起姿态重新站到了文学舞台的中心。

二、抗日根据地诗词社的产生背景、目的及功能

(一)参议会筹备与根据地诗词社的成立

根据地诗词社皆产生于 1941 至 1943 年间,并非偶然现象。溯其渊源,与根据地"三三制"政策的推进有密切关联。史料载:"1940 年 3 月,中共中央为全面地贯彻抗日民族统一战线政策,发展进步势力,争取中间势力,孤立顽固势力,调动各抗日阶级、阶层、党派,团结抗日力量。决定在各抗日根据地实行'三三制'。"^④"三三制"明确要求政权组织中非党员同志需占三分之二。所以,各根据地召开参议会时,特邀请地方贤达、士绅、文化名人等列席会议,共商共建根据地的未来发展。

根据地参议会的筹建是孕育诗词结社的主要机缘。以怀安诗社为例。陕甘宁边区政府参议会第二届第一次会议计划于 1941 年 11 月举行。会议召开之前,根据地领袖对参议人员已经做了前期铺垫性工作,成立诗词社就是有效策略之一。据 1941 年 9 月 7 日《解放日报》载:"9 月 5 日,林伯渠、谢觉哉、高自立等同志,于交际处宴请延安民间诗人墨客,到会者多为寿高六

① 王力平主编:《燕赵文艺史话》,石家庄:花山文艺出版社,2006 年,第 402—405 页。
② 王剑清、冯健男主编:《晋察冀文艺史》,北京:中国文联出版公司,1989 年,第 134—144 页。
③ 霍建波:《怀安诗社研究述评》,《延安大学学报》(社会科学版),2016 年第 1 期。
④ 甘棠寿等主编:《陕甘宁革命根据地史研究》,西安:三秦出版社,1988 年,第 57 页。

十岁或七十岁以上之老人,如东市遗老吴汉章先生、席老先生、白老先生等十余人,并请王明同志作陪。其中计有秀才五人,拔贡一人。畅谈当年入场及清末遗氏甚欢。因为在场多诗词之士,乃由林老发起组织一诗社,本'老者安之,少者怀之'之旨,定名怀安诗社……"①对比诗社成员与最终参议会成员名单,发现以上"诗人墨客""遗老秀才"皆赫然在列。再如湖海艺文社。1942 年 10 月 25 日至 31 日,盐阜区召开首届临时参议会。而艺文社的成立时间亦在此前后。据《阿英日记》载,1942 年 11 月 1 日:"午饭后,乃谈诗文社事,杨、庞等已拟名为'湖海诗文社'……经商讨,将'诗文'改为'艺文',以期能更广泛的吸收书画、金石诸方面人才。缘起系杨芷江先生起草,……当场签定之发起人为陈毅、彭康、李亚农、庞友兰、杨湘、唐碧澄、计雨亭、姜旨庵、王冀英、顾希文、沈其震、范长江、王阑西、白桃、车载、乔耀汉、杨幼樵、薛暮桥、叶芳炎、杨帆及余共二十一人,又应加李一氓一人。"②持此名单与盐阜区参议员互证,又十之八九重复。类似现象同见燕赵诗社,兹不赘述。

值得思考的是,各根据地为何都选择组建旧体文学社? 不得不承认,与此前占据文学主流的新文学相比,建立旧文学社团并非明智之举。其原因之一是参加的成员主要为遗老耆旧,他们大多创作旧诗词,而在接受新文学上尚有隔阂。同样重要的原因之二是社团发起人的喜好。比如湖海艺文社发起人陈毅,有《陈毅诗稿》,创作经历贯穿一生。他曾说:"我的兴趣不在军事,更不在战争,我的兴趣在艺术。"③郭沫若亦云:"将军本色是诗人。"④学者更是肯定其"运用传统诗歌形式讴歌伟大时代的成功艺术实践。"⑤再如怀安诗社发起人谢觉哉,毕生创作量达 1500 余首;又燕赵诗社发起人邓拓,有《邓拓诗集》等等。除了以上几位发起人,中共领导层的毛泽东、朱德、周恩来、林伯渠等都会创作诗词,平时常有酬唱赠答。所以,发起旧体文学社也与根据地领袖的文化基础也有一定关系。

附录:

湖海艺文社成员名单:

陈毅、阿英、彭康、李亚农、庞友兰、杨湘、唐碧澄、计雨亭、姜旨庵、王冀英、顾希文、沈其震、范长江、王阑西、李一氓、白桃、车载、乔耀汉、杨幼樵、薛

① 《怀安诗社成立》,《解放日报》,1941 年 9 月 7 日。
② 阿英:《阿英全集》第 11 卷,合肥:安徽教育出版社,2003 年,第 310 页。
③ 李普:《陈毅将军印象记》。雷加主编:《延安文艺丛书》第 4 卷《散文卷》,长沙:湖南文艺出版社,1987 年,第 506 页。
④ 郭沫若:《一九五五年五月赠陈毅同志》,《诗刊》,1957 年第 9 期。
⑤ 屈演文:《党人浩气,诗国雄风——陈毅元帅诗词论略》,《武汉大学学报》(人文科学版),2002 年第 5 期。

暮桥、叶芳炎、杨帆、张伯涵、周肖元、王蔚亭、朱智亭、刘岳荪、刘佩卿、刘季
宽、刘亦珠（女）、汪继光、顾潜光、贾建新、贾伯之、顾汝磊、孟天言、戴骥磐、
陈仲宽、何鹿门、何泉生、夏逸鼍、乔仲麟、张逸笙、胡启东、宋泽夫、陈曙东、
廖铁珊、吴继英、吴继颂、薛星垣、陶少甫、李卓我、廖楚卿、左竹樵、杨幼江、
徐小荔、吴彝伯、张博斋、金荔卿、黎明孝、裴竹庵、邵仲咸、张瑟卿、孙君嵩、
徐绳武。（根据阿英《阿英全集》第 11 卷所列湖海艺文社签名名单及邀请名
单整理）

怀安诗社成员名单：

林伯渠、李木庵、谢觉哉、高自立、鲁佛民、朱婴、吴缣、王明、汪雨相、安
文钦、戚绍光、贺连城、施静安、李丹生、吴汉章、白钦生、席老先生、张曙时、
朱德、叶剑英、吴玉章、徐特立、董必武、续范亭、熊瑾玎、钱来苏、黄齐生、刘
道衡、王铁生、罗青、陶铸、郭子化、古大存、敷扬、姜国仁、韩进、李少石、郭化
若、任锐、金白渊、吴芝圃、吴均、张宗麟、刘仁、傅伦、李健侯、陶承。（根据叶
镜吾《怀安诗社概述》、李石涵《怀安诗社诗选》、李木庵《窑台诗话》整理）

燕赵诗社成员名单：

皓青、聂荣臻、阮慕韩、张苏、刘定安、宋劭文、吕正操、于力、邓拓、成仿
吾、刘仁（女）、马致远、张临晓、曲凤章、田间、沙可夫、王承周、刘子容、段良
弼、魏孔音、七一山人、绍明、金新吾、元亨、李理、甄雨农、景川、杨子方、刘必
斋、杨牧云、常振文、杨宗昌、杨宗棠。（根据报刊所载《燕赵诗社成立经过》
整理）

（二）激发抗战热情的共同目的

特殊时期成立诗词社与平时不同，往昔更多的是雅集唱和、娱乐嬉戏，
而根据地诗词社有其鲜明的现实目的，正如杨芷江揭示："设徒精意于刻画，
肆情于风月，致贻雕虫之讥，更启玩物之诮者，则亦非同人等所敢闻命
也。"[1]反之，则如李木庵所说："无非是想把它们作为宣传武器，配合革命形
势，服从斗争要求，加强团结，发扬民族正气，鼓舞民心士气，暴露敌伪罪恶，
驳斥恐日病者和唯武器论者，为抗日的爱国战争服务……"[2]根据地诗词社
都特别强调创立的目的是"振中国之魂"，"作三军之鼓角"，从诗词社缘起即
可以得到佐证。如湖海艺文社缘起云："溯自倭寇内侵，凌轹备至，堂堂华
胄，牺牲于敌人铁蹄之下者，不知几多矣。凡属血气之伦，莫不切齿痛恨，因

---

① 杨芷江：《湖海艺文社·缘起》，《阿英全集》，第 11 卷，合肥：安徽教育出版社，2003 年，第
310 页。

② 李石涵编：《怀安诗社诗选》，西安：陕西人民出版社，1980 年，第 276 页。

之群起抵抗，以保我民族，以卫我国家，以争取我之自由。然处此暴力之下，文人志士，知识较高于群众，不甘作马牛，体力较弱于战员，不能执干戈；只有发为文章，形诸歌咏，以纾胸中愤慨之气，以写敌人残酷之情，……同人等有鉴于此，特创设湖海艺文社于阜宁县文化村，期文字之唱酬，俾声气之求应。海内爱国之士，具有抗敌观念，愿缔翰墨缘者，莫不竭诚欢迎，以求精神之集合，以求学术之发扬。藉可歌可泣之诗文，鼓如虎如罴之勇气，裨益抗敌，裨益建国，良非浅鲜。"①又怀安诗社缘起云："时至今日，四海横流，法西肇祸于西欧，倭寇称暴于东亚。吾国积弱，首遭侵凌，大好河山，竟居破碎。国中志士，敌忾同仇，义愤所激，恒多泣血椎心，歌哭无地。西北为抗日民主根据地，五载以还，相率艰苦奋斗之中，不无慷慨悲歌之士。披襟述怀，吮毫抒愤，情无间于儿女；而敷陈时艰、痛心国难，志不失为英雄。……既可扬民族之性，亦以振中国之魂。则心声所及，国运可回。军歌与战鼓齐鸣，吟坛共沙场并捷。直可辅翼武功，岂徒目为文艺。"②又燕赵诗社缘起云："古来燕赵，豪杰所聚，慷慨壮歌，千秋景慕。方今板荡山河，寇氛未消，黎明前夜，困难犹殷，有志之士，奋起如云，边区民主，谠议宏开，定反攻之大计，期必胜于来朝。窃谓盛会不常，机缘难遇，诚宜昂扬士气，激励民心，以燕赵之诗歌，作三军之鼓角，为此倡议立社……"③以上社团缘起都着重强调抗战背景下诗歌之社会功能，试图通过诗歌来激发人们的抗战热情。

（三）纠正误解、团结士绅的现实功能

在探索激发抗战热情过程中，根据地诗词社还有不可低估的政治功能。

第一，纠正形象误解。尽管根据地有各种党报多次宣传中共政权的真实主张，也不断的报道相关亲民政策，但是因为部分国民党官媒及日伪报刊的混淆视听，难免导致各地人民对共产党军队的作风和领袖形象产生误解。这从辗转来到根据地的文化人口中即可得以佐证。如黄炎培《延安五日记》载："我的一席主人朱德，陪坐者贺龙、陈毅、陈云、吕正操、陆定一等五人。大家随便谈天。只觉在座各位高级将领，一般定以为飞扬跋扈得了不起，哪里知道一个个都是朴实稳重，和我平时的想象完全两样。"④黄炎培的"想象"

① 杨芷江：《湖海艺文社·缘起》，《阿英全集》，第11卷，合肥：安徽教育出版社，2003年，第310页。
② 李木庵：《怀安诗刊首期序言》，刘润为主编《延安文艺大系·文艺史料卷》（上），长沙：湖南文艺出版社，2015年，第500页。
③ 《燕赵诗社成立经过》，《河北新文学大系·史料卷》，（上），长沙：湖南文艺出版社，2015年，第238页。
④ 中国人民解放军历史资料丛书编审委员会编：《八路军参考资料》（1），北京：解放军出版社，1992年，第969页。

具有普遍性,他是其他大部分未曾谋面者的典型。而根据地诗词社的成员中有很多是地方贤达,声誉甚高,他们主动澄清事实改变了当地人的"想象"偏见,也有力地反驳了奸诈之徒的抹黑行径。如 1942 年 6 月 18 日,阜宁县民主人士顾希文对《盐阜报》记者说:"今年五月份之前,我只知道陈军长是共产党中的模范军人,自参加韩紫老追悼会后,我才知道陈军长乃国中儒将。"①又如 1942 年 7 月 14 日,阿英来到盐阜根据地,"谒见陈军长及其夫人张茜。彼约至内室晤谈,窗明几净,长桌满陈书籍,真一儒将也。"②经过多次交流,才在《赠陈军长》中发出"融合马列成巾纶,敌后坚持贼胆寒。五年功成反扫荡,长驱倭寇出雄关"③的感慨。顾希文和阿英绝非趋炎附势之辈,其歌咏当是发自内心。又如庞友兰(1874—1947),晚清举人,盐阜有名士绅,有《和陈军长》云:"相期解敌围,万马疾如飞。寒破倭奴胆,曳兵夺甲归。"又杨芷江(1890—1947),盐阜区参议员,有《和陈毅〈梅岭三章〉》。又唐碧澄(1897—1984)《和陈毅军长》:"召开鸿会费心裁,筹备承蒙属不才。每忆风仪如月朗,追维战绩似山堆。"④汪继光《颂陈总》:"壮气凌云上,雄才一代中。孤军抗暴房,只手拯哀鸿。苏北长城倚,淮东障海功。人民四万万,翘首仰英风。"⑤数量较多,不一一罗列。盐阜区士绅名人对陈毅的歌咏并非个案,在陕甘宁根据地和晋察冀根据地也存在类似现象。三大根据地诗词社中士绅及其他文化名人有近百之数,作为党外人士,他们集体歌颂的力量是不容小觑的。这也意味着根据地诗词社俨然已经带有了政治上同气相求的社会属性。

第二,团结士绅阶层。共产党早期发起的土地革命,一定程度上损害了地主阶层的利益。而士绅阶层与地主阶层之间原本就存在交错状况。所以,士绅阶层对共产党的态度也比较复杂。为了建立全民族抗日统一战线,如何团结士绅是摆在各根据地领袖面前的难题。从身份属性看,他们是"外在于国家行政系统的,在地方享有一定政治和经济特权的知识群体,它涵盖了居乡的官员和所有科举功名之士。"⑥简言之,文化素质较高是该阶层的共性,因此以诗会友不啻是礼尚往来的有效媒介。陈毅与盐阜区士绅的交往就是典型。陈毅《记韩紫石先生》云:"余从军以来,每莅一地,辄乐与当地贤

---

① 王立树:《陈毅军长与顾希文的一段交往》,《射阳文史》,第 3 辑,1989 年,第 4 页。
② 阿英:《阿英全集》第 11 卷,合肥:安徽教育出版社,2003 年,第 177 页。
③ 计高成等编:《湖海诗存》,北京:中国文联出版社,2007 年,第 19 页。
④ 计高成等编:《湖海诗存》,北京:中国文联出版社,2007 年,第 27 页。
⑤ 计高成等编:《湖海诗存》,北京:中国文联出版社,2007 年,第 45 页。
⑥ 李世众:《晚清士绅与地方政治:以温州为中心的考察》,上海:上海人民出版社,2006 年,第 13 页。

士大夫游,能纳交长者,如韩紫石先生,固深以为幸也。"又云"庚辰春……韩手书一联见赠,联语为'注述六家胸有甲,立功万里胆包身'。……余旋以一联报之,联语曰:'仗国抗敌,古之遗直。乡居问政,华夏有人。'"①韩国钧(1857—1942),字紫石,光绪五年举人,曾任江苏省长。面对抗战,他积极奔走,号召"有钱出钱,有力出力"。1942年被日伪软禁致死。陈毅痛作《闻韩紫翁陷敌不屈,宛诗以赞之》,曰:"赤县神州坐沉沦,几人沉醉几人醒。彪炳大义持晚节,浩然正气励后生。不向党籍攘外寇,相期国是息内争。海陵胜地多风物,文信南归又见君。"语辞恳切而有力量,令人肃然起敬。是年五月开追悼会时,陈毅又作《悼韩紫翁》。由此,盐阜士绅名人纷纷以和诗形式集体凭吊。也正因与韩紫老交游、赠答及凭吊一事,陈毅受到当地士绅的高度肯定。从其《次韵答阜东庞、杨二先生》小序可以管窥:"前岁渡江,淮南耆宿先后以诗见教者踵接,余不敏,未敢一一如命,债台高筑,逃迁何所。"②《盐阜报》之《弦歌胜录》又载:该诗"一时和者踵至,吐珠漱玉,各尽其妙。"③相似现象还发生在盐阜区参议会现场,陈毅作《盐阜区参议会开幕感赋兼呈参议员诸公》,随即参议员王朗山、杨幼樵、乔耀汉、唐碧澄等人分别作《敬和仲弘公议会开幕感赋原韵》(仲弘,即陈毅)。基于诗歌之间的往来,陈毅与盐阜区士绅阶层有了更深的交往和相互认知,在召开参议会时他借势成立湖海艺文社。据《阿英日记》载,当场签订发起人的就有"陈毅、彭康、李亚农、庞友兰、杨湘、唐碧澄、计雨亭、姜旨庵、王冀英、顾希文、沈其震、范长江、王阑西、白桃、车载、乔耀汉、杨幼樵、薛暮桥、叶芳炎、杨帆及余二十一人,又应加李一氓一人。同时决定,拟邀入社者,有下列四十三人(名单略)。"④所以,湖海艺文社不仅具有纠正形象误解,同时它还兼有团结士绅,共筑抗日统一战线的政治意义。

需要指出,成功团结士绅是十分有助于中共政策的宣传及抗战热情的激发的,明于此方能进一步认清根据地诗词社的现实功能。以燕赵一带根据地为例。夏苇《热心生产合作事业的参议员史景桐先生》云:史景桐"曾是前清的庠生,在社会上久著声誉……史老先生把参议会的民主团结精神,向大家详细阐述,鼓舞人民团结一致打走鬼子。……拿出三百元投资合作社。全村民众在史老先生这种不断奔走、苦口说服的影响下,现已有三千元左右

① 陈毅:《记韩紫石先生》,《盐阜报》,1942年5月11日。
② 计高成等编:《陈毅在盐城》,北京:解放军出版社,2001年,第537页。
③ 陈毅等:《弦歌胜录》,《盐阜报》,1942年4月1日,第二版。
④ 阿英:《阿英全集》第11卷,合肥:安徽教育出版社,2003年,第310页。

的资金投入生产事业。"①类似情况也发生在湖海艺文社的士绅中："1944年10月23日,我县士绅座谈会第二天,前方即传来了合德被我军攻克的胜利捷报。……邹鲁山参议长立刻就在会上发动慰劳捐献,他带头捐献'钢版票'1000元;顾希文、戴品儒、周淑华、顾铁生、顾一阳、李益芝等亦照样捐献1000元……共集资8700元,连同大会慰问信一封,派人专送给前方作战部队。"②引用以上事例想要说明,士绅阶层在宣传鼓舞和经济资助两方面作出了不可忽视的重要贡献。而诗歌交游与社团组织是加深士绅对共产党认知、拉近二者距离,继而改变合作态度的前期基础。

三、抗日根据地诗词社之创作理念

创作理念的相近是文学社团凝聚的重要力量,而理念的先进与否将直接影响社团的创作成就。根据地诗词社虽是旧体文学社团,但却并不执著于文化传统,而是试图"利用旧形式,装置新内容,即旧瓶装新酿。"③关键是如何利用,什么是新内容,又怎样装置?

(一) 破除新旧偏见,强调民族旨归

自白话文取替文言文成为通行语言文本时,旧体文学已经失去其绵延千年的霸权地位。抗日战争时期,我们再次提倡创作旧体文学,是否是古板迂腐的表现? 这涉及1940年前后中国文坛十分激烈的新旧形式之争问题。根据地部分作家也参与了讨论,如时任中共中央文委秘书长、《解放日报》副总编辑的艾思奇在《旧形式运用的基本原则》中指出:"运用旧形式,其目的不是要停止于旧形式,而是为要创造新的民族的文艺",当然也指出必须降低格律要求,注重人民现实生活的反映。④ 艾思奇的观点得到各根据地诗人的普遍认同。怀安诗社李木庵《窑台诗话》云:"诗社宗旨在于利用旧形式,装置新内容,即旧瓶装新酿。"⑤燕赵诗社成员皓青又云:"窃维此社宗旨,欲沟通新旧,文言白话,均属诗材,不拘体格。鄙人不揣浅陋,草拟七律四首,抛砖引玉,即希粲政用作弁言。"⑥换言之,诗歌之优劣不在形式的新与旧,而在其内容思想的先进性、民族性与现实性。这是根据地诗词社有别于国统

① 夏苇:《热心生产合作事业的参议员史景桐先生》,《晋察冀日报》1943年4月16日第4版。
② 王立树:《陈毅军长与顾希文的一段交往》,《射阳文史》第3辑,1989年,第8页。
③ 李木庵:《窑台诗话》,长沙:湖南人民出版社,1984年,第2页。
④ 艾思奇:《旧形式运用的基本原则》,延安:《文艺战线》,1939年第1卷第3期,第17—20页。
⑤ 李木庵:《窑台诗话》,长沙:湖南人民出版社,1984年,第2页。
⑥ 皓青:《晋察冀边区第一届参议会志盛七律四章并序》。阮章竞主编《中国解放区文学书系·诗歌编》,重庆:重庆出版社,1992年,第1780页。

区、沦陷区诗词社的根本特质。

新旧之间的沟通是现实之必然。一方面,新文学表达通俗性层面确有其优势,但在艺术性上还有提高空间,否则难以抬高其传播性。谢觉哉《致钱来苏》信中云:"曾和一秧歌剧作者谈,我说剧作得好,只是唱词有些不好念。平仄阴阳不谐。他说是的,我们也知道,只是没有词汇可用。恐不仅此。做新诗的人少研究过旧诗,不是从旧诗中扬弃出来的。因此,象你这样旧诗作者来革新诗运,是份所应当罢。"①谢觉哉敏锐地发现部分新诗或歌剧不好传诵的根本原因在平仄不谐,这是所有新诗作者的痛点。而旧诗自魏晋时期发现汉语言的四声始,经千余年的锤炼打磨,已经在语言层面形成了一套约定俗成的音韵体系,它能够让诗歌吟诵时朗朗上口,便于传播,这是新诗短期内所无法企及的。

另一方面,旧诗也存在缺陷,往往因为格律的束缚,以及千年来封建思维的限制,在抒情和反映现实层面,因惯有的"温柔敦厚""典雅含蓄"等审美祈向而有所顾忌,导致批判性不够强烈。陈毅《湖海诗社开征引》已经注意到该问题,其开篇所云"不为古人奴,浩哥聊自试。师今亦好古,玩古生新意",是与上文艾思奇、李木庵、皓青等人相一致的观点。**下文又云**:"李杜长已矣,苏黄非我类。韩孟能硬瘦,温李苦柔媚。元白自清浅,刘陆但恣肆。降及元明清,风格愈下坠。……艺文官僚化,雕虫尽可废。岂无贤与豪,诗骨抗权贵? 仅存气节耳,高压即粉碎。封建为基础,流变益疡溃。晚近新诗出,改革仅形式。其中洋八股,列位更末次。"历代文人都将唐宋诗作为学习对象,而陈毅却用"已矣""非我类""苦柔媚""清浅""恣肆"等语一一否定,又对明清诗及近代"诗界革命"嗤之以鼻,并非他不自量力,而是看到了以上所有诗歌的立足点是"封建为基础"。自中国共产党成立以来,其目标就是要推翻封建主义、官僚主义、资本主义。所以,陈毅特别强调"我们的文化就是日常生活的反映……应当同封建势力作斗争,同一切封建思想和封建迷信作斗争。"②他心中诗歌的终极目标是"人民千百万,蓬勃满生气。斗争在前茅,屈伸本正义。此中真歌哭,情文两具备……若无大手笔,谁堪创世纪。"③理念的先进与否决定其成就的高低,该理念将根据地诗社与古代传统诗社划清了界限。

以上不拘体格、强调内容与新旧互补、堪创世纪的基本理念得到了诗词

---

① 谢觉哉:《谢觉哉书信选》,北京:中国卓越出版公司,1989 年,第 63 页。
② 计高成等编:《陈毅在盐城》,北京:解放军出版社,2001 年,第 98—99 页。
③ 陈毅:《陈毅诗稿》,南京师范学院中文系,1977 年,第 25 页。

社其他成员的积极响应。如湖海艺文社顾希文云:"我辈读书人,当此国难深重时期,无论在某种立场,皆当为国为民,鞠躬尽瘁,安可抱膝长吟。但如军长所作,不是吟风弄月,不是春鸟秋虫,更不是儿女情长、英雄气短,纯粹系公忠体国,希文安得不见猎心喜,工拙在所不计,道其性情而已。"①又怀安诗社朱婴《延水纪事》云:"怀安不为古人婢,愿为古人添新装。怀安不为今人笑,愿与今人共平章。"②顾希文、朱婴都认识到今日所作诗歌与古代诗歌之本质区别。这也是自晚清"诗界革命"以来的又一大进步。所以,视根据地诗词社为"业余性文艺社团"③的结论可以休矣。

(二)降低格律要求,追求通俗易懂

基于以上创作理念,如何进一步落实改造旧体诗词是摆在根据地诗词社领导者面前的大问题。否则,诗词社成员还会再次回到封建文化的轨道上去。怀安诗社李木庵首先在声韵层面作出调整:"在《佩文诗韵》的基础上,把同一韵母(包括复合韵母)的各韵和历代韵书中可以合并的各韵参观互证地合并起来,归纳为若干韵,而名之曰《怀安新韵》,作为怀安诗社同志写作韵文的押韵标准。并同时约定,凡写作新旧各体韵文的作家,除随自己的方便仍然可以用《佩文诗韵》押韵,或用方音押韵不加限制外,采用《怀安新韵》的同样认为合格。"④押韵范围的扩大就降低了旧体诗技法层面的限制,这对部分方言中无法辨别四声的同志是一大鼓励。如社员续范亭云:"怀安联诗社,流风迈畴昔。音律我未娴,列名增惭歉。幸居自由邦,有话能直说。问我何所道,抗战与统一。统一非统制,抗战贵团结。国家为至上,民族应第一。"⑤这类诗歌就是解放格律后的产物,评价其艺术水平显然不合时宜,而贯彻"抗战与统一"的意识是值得肯定的。

除了韵脚上的调整,诗词社成员不断探索新形势下什么样的旧诗词才能发挥更大作用,后来发现向民歌学习是重要途径之一。据李木庵记载:"林老(林伯渠)说:怀安诗社作者不宜长时停滞在旧诗形式内,应求作品通俗化,以起到现实的战斗作用。谢老(谢觉哉)也说:旧体诗市场不大了,诗人应翻然改图。……希各人放宽尺度,不拘格式,每人先写出几首,交换观摩,培养兴趣,转移风气。后商之钱老太微,亦表赞成,且谓标准就是使大家

---

① 计高成等编:《陈毅在盐城》,北京:解放军出版社,2001年,第539页。
② 人民文学编辑部:《怀安诗选》,北京:人民文学出版社,1979年,第9页。
③ 叶镜吾:《怀安诗社概述》,李石涵编:《怀安诗社诗选》,西安:陕西人民出版社,1980年,293页。
④ 李木庵:《漫谈旧诗的通俗化及韵律问题——记怀安诗社二三事》,李石涵编:《怀安诗社诗选》,西安:陕西人民出版社,1980年,第285页。
⑤ 李木庵:《窑台诗话》,长沙:湖南人民出版社,1984年,第4页。

能懂。现在语体新诗也确有叫人难懂、不知所云的,都应鉴戒。林老是怀安诗社发起人,此番作革新倡议,又以身作则,必能四方响应,佳作纷出,特为记出端倪。"①该文作于一九四六年八月,意味着经过多年的实践,诗词社成员已经做出相应的调整。如谢觉哉《满江红·闻日寇窜宁乡》(1944 年 6 月 19 日)

> 我梦家乡,便想到家乡梦我。第一是众老乡亲,两眉深锁。雏孙想象阿公容,大儿恐亦二毛可。更开门七字柴米盐,不易举。　　多少人,冻与饿;又遭上,大兵火。看大沩岭东,回龙铺左。豪吏缚民如缚鸡,将军避敌如避虎。老乡们换着老和幼,何处躲?

语言朴素而不乏温情,少了些格律上的雕琢而拉近了与读者的距离。又刘道衡讽刺内战与国民政府腐败:"一心内战逞威风,民主用来做口红。不怕独裁无出路,撑腰全仗高鼻翁。""草根吃尽树皮光,据说居民胃口强。救济物资何处去,大风吹起入官囊。"②以上作品的通俗性确实增强,批判性也有所提高,但诗之韵味也随之折损。这显然是吸收民歌养分后所呈现的风貌。毛泽东曾说:"要作今诗,则要用形象思维方法,反映阶级斗争与生产斗争,古典绝不能要。但用白话写诗,几十年来,迄无成功。民歌中倒是有一些好的。将来趋势,很可能从民歌中吸引养料和形式,发展成为一套吸引广大读者的新体诗歌。"③由于根据地诗词社活动时间都相对较短,形势又比较严峻,难有闲暇时间琢磨至深。

当然李木庵的改革并非全部可取,比如《改革旧体诗》载:"使旧体诗在革命运动中更好地发挥战斗作用,是怀安诗社努力的目标。旧体诗的要素有五:一,字、句数;二,格律;三,平仄;四,对仗;五,韵脚。除韵脚外,其他四者都是束缚性灵心思的桎梏,应废除。"④此原则完全颠覆了格律诗之根本特征,若长此以往,则律诗不能称其为律诗也。毛泽东给陈毅信中也谈及此事:"你叫我改诗,我不能改。因我对五言律,从来没有学习过,也没有发表过一首五言律。你的大作,大气磅礴,只是在字面上念觉于律诗稍有未和。因律诗要讲平仄,不讲平仄,即非律诗。"⑤

---

① 李木庵:《窑台诗话》,长沙:湖南人民出版社,1984 年,第 110 页。
② 李木庵:《窑台诗话》,长沙:湖南人民出版社,1984 年,第 112—113 页。
③ 周正举,闫钢编著:《毛泽东诗话》,成都:成都科技大学出版社,1993 年,第 44 页。
④ 李木庵:《窑台诗话》,长沙:湖南人民出版社,1984 年,第 32 页。
⑤ 周正举,闫钢编著:《毛泽东诗话》,成都:成都科技大学出版社,1993 年,第 44 页。

四、抗日根据地诗词社之创作成就

千古未有之抗日战争是根据地诗词社的现实素材,不拘体格、强调内容与降低格律要求、抬高民族旨归的先进理念为成员指明了创作方向。然其文学成就到底如何终究由作品来决定。一言以蔽之,曰:细节与心灵的透视。尽管我们取得了抗战的成功,但其中所经历的过程和人们的情感都是十分复杂的,并非相关战争史、抗战史,乃至党史等书所能反馈。根据地诗词社成员用他们的切身经历,以聚焦细节、展露心扉的方式"告诉我们青年一代人:革命的先辈们带着火一样的红心,蓬勃的朝气,坦荡的胸襟,坚强的意志,为新中国的诞生,英勇奋斗,前仆后继,不知抛了多少头颅,洒了多少鲜血。我们的胜利是来之不易的。"①

阐释根据地诗词社创作成就之前,有必要先交代一下其具体创作量,否则总有自吹自擂之嫌。总体来看,怀安诗社创作量最大,自 1941 年 9 月成立,至 1949 年结束,期间多次组织活动,既有专题性吟咏,亦有个人别集出版,现存《怀安诗社诗选》,乃发起人李木庵初步整理,又经其子李石涵、李杰南及叶镜吾多人校订而成,文献可靠性较强。据编者交代:"怀安诗社所收集各家诗稿凡五十余人,古风、近体、新诗、译诗约二千五百余首。……这里所抄存的仅是诸老部分诗稿而见投于怀安诗社者而已。"②又有李木庵《窑台诗话》,点评诗社成员诗歌。总之,怀安诗社是活跃时间较长,参与人员较多,且有理论批评同步推进的一个大型文学社团。湖海艺文社和燕赵诗社组织存在时间相对较短,前者是 1942 年 10 月至 1943 年底,后者是 1943 年 1 月至 5 月。其实以上诗词社的酝酿、产生及后期影响并不局限在这一时段。比如怀安诗社未成立前,延安能诗作词的革命家们经常会有小范围的唱和活动,我们盘点根据地诗词社的成就当然也不能死板的框定在以上数月之中。再如湖海艺文社,自 1941 年陈毅来到盐阜一带,已经与当地士绅有诗词往来,只是借召开参议会契机完成了成立的仪式,而社团史的考量需要前后绵延一段时间,方能厘清发展脉络。由此审视,《湖海诗存》卷一的 265 首作品皆可纳入艺文社创作量。燕赵诗社没有选集留存,但邓拓、董鲁安皆有别集存世,可作管窥。整体而言,根据地诗词社的诗歌体量还是十分可观的。且他们都有各自发表的渠道。如怀安诗社在《解放日报》开辟《怀

---

① 李石涵编:《怀安诗社诗选》,西安:陕西人民出版社,1980 年,前言第 4 页。
② 李石涵编:《怀安诗社诗选》,西安:陕西人民出版社,1980 年,第 300 页。

安诗选》专栏。湖海艺文社在《盐阜报》《拂晓报》开辟《弦歌腔录》专栏。① 又在《新知识》杂志开设《湖海诗文选》栏目，杂志先后出版六期（参见湖海诗画社、盐城博物馆编《湖海艺文社史料》，1982 年）。燕赵诗社则在《晋察冀日报》不定期登载诗歌。报刊发表进一步扩大了诗词社的社会影响。

（一）抗日斗争历程的微观透视

抗战当然是根据地诗词着重表现的内容，然从所见作品看，相关诗词毕竟叙事的少，抒情的多，只能从中管窥彼时抗战风貌。以张爱萍（1910—2003）为例，他曾任红三军团第四师政治部主任，第十一、十三团政治委员等，湖海艺文社成员。其《减字木兰花·东进》云："黄花香径，月照寒光刀枪影。运河横匐，夜渡大军跨险途。 公路连脉，突破封锁捣苏北。横扫敌顽，遍插红旗东海边。"词作于 1940 年 9 月 3 日，所述"东进"指新四军在淮安、盐城等苏北一带建立根据地的过程，实际情况远比词中描述复杂的多，相关作品还有《飞舟行·过洪泽湖》和《南乡子·解放陈家港》：

> 秋水逐一叶，看白帆雁列。渔歌嘹亮，鼍戏水拍，荷红絮袅乱飞雪。当年平洪泽，红旗卷风烈。千帆破浪，炮轰弹射，蛟蛇蟹鳖一网绝。
> （1944 年）
> 乌云掩疏星，夜潮怒号鬼神惊。滨海林立敌碉堡，阴森。渴望亲人新四军。 远程急行军，瓮中捉得鬼子兵。红旗飘扬陈家港，威凛。食盐千垛分人民。（1944 年）②

两词皆作于 1944 年，前者以追忆笔法，回顾当年洪泽湖战斗历程；后者则以陈家港人民视角，揭示陈家港战争必胜的民众基础。两词笔墨不多，但背后的战斗历程是可以想象的。中共抗日战争中确实有很多令人振奋的局部胜利，但必须明确，个中奋斗历程是十分艰苦的。时任中央军委卫生部第一副部长的沈其震有深刻体会，他也是湖海艺文社发起人，其《满江红》云：

> 夜色暝暝，天欲曙、征尘未歇。将走尽、恼人长路，霜凝似雪。百里宵行除旧岁，愁云一扫悬明月。唤晴空、北雁又南飞，声凄绝。 穿封锁，探虎穴。肩相催，履相接。共坚持，不忍见山河缺。谋国宁辞汤

---

① 段佩明：《〈弦歌腔录续稿（一一三）〉摘抄》，《中州今古》，1994 年第 2 期，第 38 页。
② 计高成等编：《湖海诗存》，北京：中国文联出版社，2007 年，第 16 页。

与釜,医时应呕心和血。任凭它、敌后尽周旋,堪嗟趺。①

该词发表于 1944 年《新知识》第五期,由"百里宵行除旧岁"推断创作于除夕前后。"穿封锁,探虎穴""敌后尽周旋"及"医时应呕心和血"云云,将根据地医护人员的工作状态和盘托出,个中复杂情形非身处其中者不可体会,而其坚定信仰和医者仁心也由此表露无遗,令人敬佩,这或许正是中国抗战取得最后胜利的根本所在。相似描写还有叶剑英《满江红·悼左权同志》(1942年 7 月 7 日):

> 敌后坚持,捍卫着、自由中国。试看那、攫枪满地,汉家旗帜。剩水残山容我主,穿沟破垒标奇迹。问伊谁、百万好男儿,投有北。　　崦嵫日,垂垂没。先击败,希特勒。会雄狮踏上,长白山雪。风起云飞怀战友,屋梁月落疑颜色。最伤心、河畔依清漳,埋忠骨。②

左权,时任八路军副参谋长,1942 年与日军作战中壮烈牺牲。叶剑英词中所说的"攫枪满地""穿沟破垒"是敌后抗战的真实生态,类似情形在陈毅作品中也经常谈及,比如《长相思·冀鲁豫道中》(1944 年):"山一程,水一程,万里长征足未停,太行笑相迎。昼蹒行,夜蹒行,敌伪关防穿插勤,到处有军屯。"根据地抗战斗争的危险性正在于此。抗战后期,日军多次发动大规模的扫荡行动,对根据地政权的生存造成很大威胁。在反扫荡斗争中,普通百姓作出了重要贡献。但当下却没有过多的史料记载,更少有文艺作品涉及。根据地诗词社则用诗歌记录下诸多感人细节。如张爱萍《苏北盐阜军民反扫荡二首》其一云:"千村人迎招手笑,百户犬卧抚怀中。"作者自注"1942 年苏北日伪军二万余,自 2 月 12 日至 4 月 14 日对我盐阜区进行扫荡。群众把家犬抱在怀中抚摸,不使其叫,以免我军行动被敌发现。"③其二云:"党政机关尽疏散,军民武装齐动员。赶筑河坎人进退,忙挖路壕村相连。大树丛中了望哨,敌进我进巧周旋。"如果没有人民群众的支持配合与鼎力相助,反扫荡面临的困难还要更大。不惟盐阜一带,燕赵诗社邓拓《反"扫荡"途中》云:"后路歼顽寇,前村问敌情。棘丛挥斧斤,伐木自丁丁。"④又怀安诗社李木庵《八年抗战述》云:"平原寇骑最纵横,三光计逞烧杀势。坚壁清野互为

---

① 计高成等编:《湖海诗存》,北京:中国文联出版社,2007 年,第 31 页。
② 范硕:《叶剑英诗词探胜》,广州:广东人民出版社,1997 年,第 72—73 页。
③ 计高成等编:《湖海诗存》,北京:中国文联出版社,2007 年,第 15 页。
④ 邓拓:《邓拓诗词选》,北京:人民文学出版社,1979 年,第 26 页。

防,空无一物资敌馈。杀贼救灾军勇为,护伤馈食民争致。……合力御侮人尽雄,构筑工事踊跃至。"①从"前村问敌情"到"护伤馈食民争致",都突出人民在抗战中的作用。根据地文人用旧体诗词记录了"军民大联防"②的点点滴滴,如果将此类作品汇集成册,那么我军反扫荡的历史细节将会更加饱满。

(二) 根据地人民生态的多维展示

从相关日记、回忆录中,我们经常看到抗战时期生活十分艰辛的语句。但根据地的日常生活到底如何,人民的真实心态又怎样,暂时未见比较集中的文学作品涉及。根据地诗词社对此有所关注,如燕赵诗社邓拓《清平乐》:"喧天锣鼓,卷地红旗舞。革命长征万里路,极尽人间艰苦。"③又如湖海艺文社顾希文云:"抢杀焚烧年复年,无边血案再难悬。"车载《杂诗》云:"滨海居家百虑煎,寇来处处满腥膻。荒滩地瘠人无奈,盐贼民贫情悯然。腹转饿肠难得食,眼看蔓草也垂涎。嗷嗷待哺收何继,惟有风涛空慰怜。"④不惟战争之残酷,更兼有自然灾害。如朱拙庵《宋公堤成志庆》云:"阜宁滨海邑,数载罹寇氛。长吏掇余烬,安抚不遑勤。哀哉东北隅,飓潮废耕耘。长堤修复溃,功过何足云?"邓拓《洪波》:"万里洪波儿女愁,一年生机付东流。嫣红姹紫非昨昔,北陆耕夫苦未休。"⑤类似现象也发生在人们向往中的陕甘宁。怀安诗社钱来苏《陕北行》曰:"原地苦旸燥,凿井不见泉。川地忌山洪,水暴田禾淹。此地昔贫瘠,兵旱灾相连。土地多荒芜,黎民无吃穿。"⑥李木庵《神仙几歌》小序说的更直接:"延安物质缺乏,日常用具,简缺不全,至舒体适神之精巧坐卧器物,则更窨无一见。"⑦以上诗歌提供了更清晰的细节,让人更易感知根据地生活环境的逼仄。这与经济史视域下冷漠的农业、工业生产数据形成鲜明对比。

正因生活之艰难,所以迫切希望结束战争,重新恢复和平。共产党领导敏锐抓住人们心理,一方面给予精神之鼓舞,另一方面则带领人民开辟荒原,自己动手,丰衣足食。前者目标的实现当然离不开旧形式的宣传,如谢觉哉《水龙吟·次韵答曙时同志赠词》(1945 年):"政学军民团结,遍南北,跃马称戈。不分青年、壮年、老年、男子、女子,都尽力地做,卷起革命洪波。

---

① 人民文学编辑部:《怀安诗选》,北京:人民文学出版社,1979 年,第 87 页。
② 计高成等编:《湖海诗存》,北京:中国文联出版社,2007 年,第 58 页。
③ 邓拓:《邓拓全集·诗词散文卷》,广州:花城出版社,2002 年,第 71 页。
④ 车载:《杂诗》,《新知识》,1944 年第 5 期。
⑤ 邓拓:《邓拓全集·诗词散文卷》,广州:花城出版社,2002 年,第 20 页。
⑥ 人民文学编辑部:《怀安诗选》,北京:人民文学出版社,1979 年,第 45 页。
⑦ 人民文学编辑部:《怀安诗选》,北京:人民文学出版社,1979 年,第 35 页。

喜全胜快来,放翁亲见,醉舞婆娑。"词作艺术或有再推敲的空间,但所表达的内容是通俗易懂的。再如钱来苏《满江红·即事》:

> 衡山楚望,毓灵奇,变化非常。晚赤霞,朝迎红日,气象堂堂。神龙起陆撼洞庭,天马飞空控大江。英杰出、风雷护陇亩,系兴亡。　　笑独夫,墓穴藏。看平民,已上场。挥赤帜,橄传北漠南洋。推翻旧阀进劳农,解放中华援列邦。东风好、自由花遍地,领群芳。①（1944）

钱来苏视野十分开阔,他不仅看到了中国抗战胜利的基础是人民大众,更以词的形式揭示未来解放战争的胜利的基础仍是劳动人民,"推翻旧阀进劳农,解放中华援列邦"一句具有极强的预见性。钱来苏相似作品还有《满江红·用岳武穆韵》（1943）:

> 白草黄沙,征人去,秋光暗歇。登雁塞,战场凭吊,英雄余烈。磨剑横挥辽海水,弯弓仰射胡天月。忍艰危、不改老臣心,歼仇切。　　洛阳道,花绽雪。乡里梦,如烟灭。问何时,复我九州无缺。献馘飞传西尾首,酬勋遍饮东条血。愿男儿、策马踏扶桑,犁庭阙。②

本词与上文谢觉哉作品相近,宣传价值大于文学价值,这也是旧体诗词承担宣传抗战、鼓舞士气的有力注脚。同类作品还有吴宗伦（1908—1940）《满江红·悲赋广州武汉相继沦陷》下片:"种族恨,何时灭?亡国惨,不堪说。对山河残破,冲冠沸血。挥戈直指扶桑日,拔刀重夺辽东月。问神明华胄忍旁观,金瓯缺。"又如陈毅取旧作《梅岭三章》赠于士绅,以表决心:"断头今日意如何?创业艰难百战多。此去泉台招旧部,旌旗十万斩阎罗。"又叶剑英《寄范亭司令并呈怀安诸老》:"剩有残躯效李牧,雁门关外杀敌回。"③以上诗词皆以雄浑豪迈著称,形成相同风格之根源来自于开阔的胸襟和必胜的信心。作为战争最前线的领袖,他们的诗词相当于是给普通百姓的一颗定心丸。从士绅和诗中多次出现的"笑颜开"即可管窥,如王朗山:"指顾之间完胜利,举行庆祝笑颜开。"杨幼樵:"我幸衰年逢盛世,乐而忘倦笑颜开。"乔耀汉:"天意须臾成转侧,海云漫漫曙光开。"唐碧澄:"万众一心跟党走,大展宏图

① 钱来苏:《孤愤草初喜集合稿》,出版情况不详,国家图书馆藏,1951年,第273页。
② 钱来苏:《钱来苏诗选》,长春:时代文艺出版社,1985年,第48页。
③ 人民文学编辑部:《怀安诗选》,北京:人民文学出版社,1979年,第5页。

笑颜开。"

后者则成为建构抗战诗词史的独特素材。如谢觉哉延安风景词《西江月·忆山居》："卧看天青云白,飘来细雨轻风。霎时景象九州同,勾起几重乡梦。 村外潺潺流水,门前郁郁苍松。七千里外未归人,问汝殷殷致问。"①由眼前延安之景联想到故乡湖南之景,交相辉映,既表达出思乡之情,又勾勒出延安之美。再如《怀安诗选》中的"南泥湾行"专题。南泥湾本是一片荒原,经人们开辟生产,景象大改。一九四二年七月十日,朱德、徐特立、谢觉哉、吴玉章、续范亭等怀安诗社成员集体赴南泥湾实地考察,皆有诗歌。朱德诗云:"去年初到此,遍地皆荒草。夜无宿营地,破窑亦难找。今辟新市场,洞房满山腰。平川种嘉禾,水田栽新稻。……熏风拂面来,有似江南好。"林伯渠《和朱总司令游南泥湾诗》有其他细节:"首事纺纱业,呢布罗毛绒。有草名马兰,制纸打浆浓。"又谢觉哉《南泥湾》:"黍粱蔬果稻,高下绿齐铺。水远逶迤溉,苗疏次第锄。"诗歌下的南泥湾是动态的、丰富的,充满生机和朝气。总之,根据地诗词社从战争现场、经济生活、精神面貌、改革举措等多角度展示了根据地士兵和人民的真实状态。

(三)污浊现象的批判与警醒

面对日军烧杀抢虐的本质,国民党却倒行逆施,不仅破坏统一战线,还通过主流媒体遮掩事实。根据地诗词社用诗歌撕下其伪装,批判其破坏团结的阴谋,还人民以事实和公道。请看谢觉哉《浣溪沙·卖尽江山犹恨少》两首:

> 以地事敌敌不饱,辽沈察冀早送了,犹斥催战论太早。 十年内战作虎伥,两面外交入狼抱,卖掉江山已不少。
>
> 抗战六年总检讨,内政不修战力小,蒋汪关系颇微妙。 大军西撤压边区,似为边区治太好。"卖尽江山犹恨少"。②

本词作于1943年,批判蒋介石领导的国民党消极抗日,却积极剿共,炮击边区,谋划夺取延安。作者借用郑板桥《念奴娇·金陵怀古十二首》中的"卖尽江山犹恨少"一句,予以辛辣讽刺,揭露其实为侵略者帮凶的本质。谢觉哉眼光独到,表达深刻,类似作品还有不少,比如《满江红》(1944年):"湖南官,胆如鼠。湖南民,气胜虎。要涤腐生新,锄凶雪耻。又建湖湘根据地,人民为兵政民主。让国党闹成大亏空,我们补。"再如《沁园春·食报》(1944年):

---

① 谢觉哉:《谢老诗选》,北京:中国青年出版社,1980年,第8页。
② 谢觉哉:《谢老诗选》,北京:中国青年出版社,1980年,第13页。

　　阶级血账,旧的要算,新的要偿。把旧账算清,历史推倒;新仇歼尽,公理才彰。惯杀好人,专做坏事,负嵎之虎当道狼。蒋陈孔,是希魔徒弟,秦桧儿郎。　　　　人民法官上场,一个个拿来审判忙。看大魔小怪,都要拘究;天涯地角,不许潜藏。宽大政策,自有限度,血还血债要身当。除非是,能立功折罪,难免刑章。①

　　本词与以上作品稍有不同,在揭露与批评的基础上,作者给误入歧途者一条补救性的生路,正是煞怕所说的"宽大政策,自有限度","除非是,能立功折罪"。这又是词体宣传中共政策的又一明证。根据地诗词社充分抬高了词体可以观、可以怨的社会功能,承担起历史赋予的时代使命。

　　在侵略、贪腐等现象面前,诗歌的批判力度毋庸置疑,令人担忧的是部分民众的冥顽不灵。面对日军刺刀的压迫和伪政府的"假和平",有人暴露出其封建奴性。这是自五四以来,鲁迅一辈文人,想要通过文艺改变国人的终极目标,然而现实却并不乐观。主要由于部分对象的文化程度确实有限,导致精英文学的教化范围及效果出现瓶颈。而做出调整之后的旧文学却别有天地。《呆子吟》就是成功代表作。作者宋泽夫(1872—1942),光绪二十一年乡试秀才第一名,湖海艺文社早期社员,盐阜区参议会副参议长。一九四二年不幸被敌伪逮捕,遭严刑拷打,"敌酋南部襄吉与臧逆卓施以怀柔,诱其出任伪苏北行营顾问、盐城县长等伪职。宋均严辞拒绝,面斥敌伪之罪恶"②。后得脱逃,作《被俘记》《呆子吟》,数月后病终。《呆子吟》以幽默笔法讽刺投日分子,因有被捕之经历,其感慨远超常人,诗云:"世人笑我呆,我笑世人乖……君子强者矫,那便叫做呆。小人和而流,那便叫做乖。愚忠和愚孝,无一不是呆。大奸和大恶,无一不是乖。……既在守府街,组织宪兵队。又在亮月街,特设安民会。假意与假仁,小恩与小惠。蠢尔支那人,来受甘露味。和平遮眼法,亲善掩身牌。东北四省地,何时还我来? ……临难图苟免,应该不应该? 身死不足惜,心死大可哀。视敌如手足,引贼作朋侪。有奶便是娘,见驴喊爸爸。……"③诗歌语言简单至极,通俗易懂,嬉笑怒骂,如歌谣一般,达到了上文所论创作理念的技术要求,自然便于宣传。然诗歌思想又深邃而有高度。所谓"呆子",貌似蠢傻,实则坚贞,他看透了日军与伪政府的伎俩和目的。而所谓"乖子",貌似聪明,实则卖国、可耻。作者悲哀

①　谢觉哉:《谢老诗选》,北京:中国青年出版社,1980 年,第 27 页。
②　周梦庄:《宋泽夫先生传略》。盐城县政协文史资料研究委员会《宋泽夫遗著选编》,1983 年,第 7 页。
③　盐城县政协文史资料研究委员会:《宋泽夫遗著选编》,1983 年,第 77—81 页。

的不是敌人多么凶残,而是某些国人的观望和摇摆。宋泽夫凭借一首警醒世人的《呆子吟》足以在根据地抗战诗词史占据一席之地。

五、抗日根据地诗词社之文学史意义

欲确立抗日根据地诗词的文学史意义,需将其置于整个中国文学的横纵坐标中多角度考量。自文体角度审视,根据地诗词社与同时期其他体裁的文学社团有何区别? 自区域角度观之,根据地诗词社与沦陷区、国统区诗词社又有何不同? 比较异同的根本目的并非决出优劣,而是为了抽绎其文学特质。

(一)旧体诗词拓展了根据地文学的表现空间

1941 年之前,根据地是没有旧体文学社团的,诗词创作相对比较单薄。因此,不管成就如何,至少在文体角度,他们的存在就有独特意义。抗战初期,根据地只有新文学社团,比较著名的有晋察冀区域的海燕社、战地社、铁流文艺社、文艺前卫社、太行诗社;陕甘宁区域有延安新诗歌会、战歌社、山脉文学社、鲁迅艺术研究会;盐阜一带虽没有社团,但在阜宁卖饭曹特别成立了文化村,聚集了阿英、沙地、许晴、贺绿汀、黄源、吕振羽、孙冶方等一批文化人。自毛泽东《在延安文艺座谈会上的讲话》发表后,整个根据地的文艺方向出现转向,确立了以"党的文学"观作为当下的主流意识形态。① 文化建设也朝着服务人民大众、政治宣传及团结斗争的方向努力。由中共领袖发起的旧体诗词社自然更有带头模范的必要,李木庵、陈毅、林伯渠、邓拓等人在创作理念及格律层面作出调整正是对"讲话"方针的积极回应。随着各类作品的产出,新文学团体确实在反映人民及子弟兵日常生活层面有所成就,比如影响较大的街头诗、朗诵诗等运动。但由于他们不少人是从国统区、沦陷区辗转而来,其早期教育及成长背景与根据地农民生活尚有很大差距,自然不易创作出走进工农兵内心的典型作品。关于这一点,根据地诗词社中的士绅阶层就有优越性。另外,在作品风格层面新旧文学差距也较大。根据地的"街头诗很少正面书写金戈铁马、硝烟弥漫的宏阔场景,也很少直观激扬刚烈、豪壮澎湃的灼人情怀,而是善于将宏大的民族精神具体化到生活细节中孕育诗思"②,而根据地诗词社的成员多是中共领袖,他们是前线战争的直接参与者,所作诗歌自是大气磅礴、振聋发聩。正如学者所评价:"这

---

① 袁盛勇:《"党的文学":后期延安文学观念的核心》,《中国现代文学研究丛刊》,2005 年第 3 期。

② 季臻:《论抗战时期的街头诗和朗诵诗运动》,《理论学刊》,2006 年第 9 期,第 123 页。

样的诗社,在中外文学史上都是空前绝后的。它的作品,反映了战争年代的现实和革命者的心声,有许多成为战争史料与革命掌故被保留下来,具有革命性、现实性和战斗性。"①所以,与根据地其他团体相比,诗词社至少有两大特点:第一,它们皆由共产党领袖带头发起,其影响力比普通文人更大;第二,它们往往在诗歌中体现自我胸襟与豪迈气概,吟唱出抗战必胜的最强音,为根据地的文化人及其他民众找回自信。

(二) 抗日根据地诗词社是建构抗战诗词史的重要组成部分

根据地诗词社与沦陷区诗词社截然不同。沦陷区作家分为两个部分,一是加入伪政府阵营的汉奸群体,一是未及西迁而隐居不出、默默抗争的文人群体。前者往往借诗歌表达不得已而为之的愧疚,如学者尹奇岭云:"整个汪伪时期繁盛的旧体诗词创作的一个基调可以说是悲凉哀婉的,诗词中最为常见的情绪就是郁结而不得舒展的哀伤和悲凉。"②后者则多借"固有概念的复活、典故系统的挪用、文类传统的拟构"③等叙述策略来间接表达不合作的本质,但毕竟声音微弱。相关社团有延秋词社、余园诗社、群雅诗人群、《同声月刊》群体等。因为所处言论环境的特殊以及日伪对和平共荣目标的推进,整个沦陷区的文学生态似乎在畸形中发展,他们试图通过诗歌营造出东亚共荣的想象国度。所以,表面看貌似旧体文学十分繁荣,其实本质上有很大差异。如史苏《目前华北文艺界批判》载:"当时所谓文艺,没有一篇是现实的东西,报纸的文艺版所刊载的全是笔记和考证一类的文章,甚至连白话所成的作品都少见得很"④,又陈冰若《一年来的华北文艺界》:"我们现在不反对旧文艺,因为旧文艺本身亦自有其不可废灭的价值。但是,旧文艺的从事者之不能自己力求上进,那却是不容讳言的……以旧文艺来表现新的意义,这当然不会有人以为是不可能的罢。至于诗词方面,更是只见些酬唱之作,而不见何有价值的有力量的诗歌出来。"⑤而根据地则截然不同,可以说,上文陈冰若批评华北文艺界的不足,恰恰皆是根据地诗词的价值所在。简言之,根据地诗词所呈现出的人民生态才是侵略背景下的真实情况。一方面受战争困扰而导致生离死别,痛苦不堪;另一方面因日军扫荡的"三光"政策而导致饥寒交迫、生活困顿。但人民抗战的信心始终坚韧。这得益

① 孙国林:《林伯渠倡议成立怀安诗社》,《湘潮》,2014年第6期。
② 尹奇岭:《民国南京旧体诗人雅集与结社研究》,北京:中国社会科学出版社,2011年,第174页。
③ 袁一丹:《隐微修辞:北平沦陷时期文人学者的表达策略》,《中国现代文学研究丛刊》,2014年第1期。
④ 史苏:《目前华北文艺界批判》,《国民杂志》(北京),1941年,第1卷,第9期。
⑤ 陈冰若:《一年来的华北文艺界》,《国民杂志》,第12期。

于怀安、燕赵、湖海艺文等诗词社沟通新旧、反映现实的理论倡导和慷慨悲壮诗风的建构。

根据地诗词社与国统区诗词社也存在差异。国统区旧文学社团较多，成绩突出的有昆明西南联大的椒花诗社，重庆陪都的雍园词群、饮河诗社、民族诗坛组织，广西桂林的八桂吟社和漓江雅集，依托华西坝高校的正声诗词社等。就作家身份看，国统区诗词人可分为两个部分：一是普通文人，以高校教师为主体；一是国民政府官员。前者群体文化水平较高，诗歌往往以个人情怀为主，表达战乱下的不同感慨，以杜甫为模仿对象，追求沉郁顿挫；后者则将诗词视为鼓舞宣传工具，试图"以韵体文学，发扬抗战精神"。根据地诗词人也分为两大群体，一是以共产党为主的官员，一是以地方士绅为主的遗老耆旧。就所处言论空间及诗词内容风格看，两党官员之间，及地方士绅与高校教师之间都存在很多共性。就诗词创作理念看，两地诗人都强调要"以新材料入旧格律，用旧技巧写出新意境，拿诗来发扬我民族精神"。比如国统区《民族诗坛》主编卢前强调："民国诗云者，以活泼、生动之形式与格调，扬示我民族特有的雍容博大之精神，为民主政治时代之产物，发四万万五千万民众之呼声。纵从历史观，上不同于汉魏唐宋明清之诗；横从地域观，并亦异诸英、法、德、印度、波斯之诗。于是，而有不蹈袭古人，不规抚域外，堂堂正正卓异独立之'民国诗'。"[1]这与根据地文人追求的不拘体格、强调内容与新旧互补、堪创世纪十分相近。

但仔细推敲，二者之间还有很大差异。**首先**，成立的目的及功能不同。国统区诗词社更多是因为工作、学缘、血缘及兴趣爱好等关系，自然结社。所以，交游唱和、嬉戏娱乐及情感倾诉是其基本目的。而根据地诗词社起源于建立抗日统一战线的共同目标，由中共领导人发起，士绅阶层参与，以参议会为契机而成立。所以，促进党与士绅的认知关系，维护统一战线，壮大抗日队伍是其主要目的。**其次**，作品呈现之风格严重不同。同是鼓吹宣传抗战，国统区作家更多是站在传统文人的角度，继承中国古代士大夫精神，充分调动历史上民族英雄的资源及话语体系，来发表悲天悯人之感慨。整体上守正的多，开新的少。根据地作家则试图站在人民大众的角度，以通俗易懂的语言，降低要求后的格律，少用典故，去晦涩字句，创作便于普通人读懂的诗词。整体上守正的少，开新的多。

我们确立抗日根据地诗词社成就的同时，也应洞悉其局限性。为了适应民众的文化水平而人为的降低声韵、格律要求，一定程度上是"以牺牲旧

---

① 卢前：《民族诗风之倡导者》，《卢前文史论稿》，北京：中华书局，2006 年，第 295 页。

体诗原本的特色与艺术为代价的"①。虽说没有牺牲,就没有创新,但古往今来,堪称不朽的经典文艺作品往往是思想性与艺术性二者兼备,作家也不会因为适应外部需要而削足适履。因此,抗日根据地诗词社所提出的先进理念还需要更多优秀的作品来支撑。

　　本章小结:战争中的词社和词群不可简单归于雅集逸乐,诸如缓解压抑情绪、相互砥砺坚持的现实意义不可忽视,而推尊词体、以词著史的功能尤值得重视。作为西迁大军中的"小团体",雍园词群以切身经历,谱写空袭悲剧、客居漂泊的"史词",充分展现大后方的文人心态和生存遭遇。与"民族诗坛"不同,他们坚守词体当行本色,传承晚清以来梦窗风的艺术技巧,但不囿于四声格律,向"温柔敦厚""沉郁顿挫"的至高境界迈进。《雍园词钞》既是抗战词坛的艺术担当,又具有不可低估的词史价值。蜗居于孤岛的午社词人,词艺雕琢比雍园有过之而无不及,尽管部分成员极力反对"选涩调、守四声",但限调限体的社课仍然束缚了可能释放的更大能量。将家国情愁寄托于典故意象之间的表达方式既是孤岛特殊环境所致,也是传承梦窗风而不作调整的必然结果。但若撇开《午社词钞》,将视野放大到午社词人战时作品集,结局将有所改观。吴眉孙《寒筝阁词》、夏承焘《天风阁词》不必多言,以守四声闻名遐迩的仇埰、林鹍翔、金兆蕃等,我们已然出现严重地遮蔽和误判。简言之,两大群体虽各自标榜"情境"和"声律",而实际创作中却是相互融合,并不严重倾斜歧视。二者词史经验传承的多,破旧立新处少,但身逢异族入侵之乱世,他们在叙述时事广度、题材新意和心灵感受等层面是远超晚清民初词坛的。

　　囿于党史掌故和文化制度的传统视角,人们对根据地诗词社的功能定位及历史价值认识得不够清晰。根据地诗词社不仅纠正了部分人民对共产党形象的误解,还成功团结起根据地的士绅阶层,进一步壮大了抗日队伍。诗词社成员秉持破除新旧偏见、强调民族旨归和降低格律要求、追求通俗易懂的先进理念,在创作层面取得了突出成就,具体是:其一,抗日斗争历程的微观透视;其二,多角度展示根据地人民的真实生态;其三,批判污浊现象,警醒愚昧民众。与其他文学社团相比,旧体诗词社团不仅拓展了根据地文学的表现空间,还是建构抗战诗词史的重要组成部分,与沦陷区、国统区诗词形成了鼎足而立的宏观格局。

---

　　①　孙志军:《现代旧体诗的文化认同与写作空间》,武汉:华中师范大学 2015 年,第 132 页。

第五章　沦陷区的生存策略与复杂心声

　　沦陷区的特殊处境孕育出与国统区不同的文学风貌。人们也往往因为此风貌的"异质"而将其排除在抗战文学之外。固然沦陷区文学有其自圆其说的概念体系,但凡是脱离或故意漠视以抗战为中心的研究结论都是危险的。"去战争化""纯文学"等概念不可抛弃,"隐微修辞""暗度陈仓"等叙述策略更应关注,挖掘政治高压下的复杂心声方是根本目的。

　　《同声月刊》和《雅言》是沦陷区两大重要旧体诗词刊物,是认识南京、北京一带词人生存状态及其作品风格的独特窗口。他们一面要承受来自日伪政权的生命安全压力,以典雅诗词来配合伪政府"和平文学"运动;一面又要扛住伦理道德压力,于典故比兴之间寓以批判抵制。这与国统区词人的慷慨表达形成鲜明对比,彰显出抗战词坛另一番丰富多彩、别开生面的词体特色。《同声月刊》通过倡导诗教,实现了朝野文人的统一,成为沦陷区影响最大、聚集作家最多、作品成就亦最高的旧体文学刊物。《雅言》则通过文体雅化策略,成功斡旋于政权压制和个人反抗之间。活跃于天津一带的玉澜词社相对来说影响较小,但他们仍能借助别有深意的历史素材和写作策略,间接表达"学舞刑天"的反抗心声,具有重要的词史意义。无论是诗教理念,还是文体雅化、活用素材,都是抗战时期沦陷区特殊地域空间的生存策略,同时又是生存与反抗的统一表现。从所取得的成就来看,他们都找到了实现自我价值的有效途径。

第一节　诗教理念下的朝野统一:论南京 《同声月刊》词人群

　　1940 至 1945 年间的沦陷区旧文学出现兴盛现象值得反思。是何种力量将伪政权"在朝"文人和身居沦陷区却保持忠贞的"在野"文人统一起来,共同协力制造连新文学都自愧不如的旧文学盛况。在分析"和平运动"政治环境压力和部分旧文学不问政治,便于保全等因素之外,应该继续追问伪政权文人建构文化空间的动机、目的和终极意义。龙榆生提倡诗教理念的本质,是希望从精神教育层面改变当下"生灵相杀"的现状,实现中华民族复兴,这是沦陷区所有文人的共同目标,但在汲取诗教内涵时,"在朝"文人不过是借用其千年道统的外壳,抽空"治世之音安以乐,其政和。乱世之音怨以怒,其政乖。亡国之音哀以思,其民困。故正得失,动天地,感鬼神,莫近于诗"的内核,仅仅模仿其"温柔敦厚"的风格,而使之成为配合"和平文学"的有力注脚。"在野"文人自然乐意接续自《诗经》《离骚》、唐诗宋词等韵文的比兴寄托传统,并且也以切实的行动建构"乱世之音怨以怒"的文学风貌。然大有力者又在"抒情传统"上动了手脚,开始再次抬高常州词派推行的"意内言外""恻隐盱愉"等抒情手法,巧妙的掩饰了原本"别建一宗"时大力张扬的苏辛词风。因此,在诗教观念的统一蓝图下,"在朝"与"在野"实现了创作思想层面的握手言和,围绕《同声月刊》,各自为心中的目标努力,从而形成了沦陷时期南京旧体文学的鼎盛格局。不管旧体文学成就如何,一个不可改变的事实是此期的新文学已经退居边缘,旧文学牢牢地占据着消费市场。这一二十世纪文学史独特现象,不能因为新旧文学的偏见而就此忽略或恶意改写。

一、"诗教"与沦陷区文化空间的建构

《同声月刊》是汪兆铭资助、龙榆生主编的沦陷区诗词刊物。因汪兆铭的特殊身份,期刊性质常遭质疑。发刊词中"为东亚和平""欲化暴戾之气,以致祥和,革浇诈之风,更归淳笃"[①]等宗旨又与中国军民统一抗战的路线背道而驰,更加深了人们对期刊的抵制。近年来,随着研究的推进,学界对附逆文人及汪伪文化不再一味的贬低、排斥,而是走进作家作品深处,还原历史更丰富繁杂的本来面目。张晖《龙榆生先生年谱》的出版,意味着对附逆文人的认识已由憎恶转向理解之同情。陈方恪、钱仲联、赵尊岳、廖恩焘等一批人受到关注,昭示着"理解同情"的步伐在逐步加快。但至今对《同声月刊》的研究大体仍停留在粗暴否定或搁置少论的阶段。与研究成果薄弱相对的另一现象是汪伪时期的旧体诗词创作确实可称为繁盛,它"摆脱了那种报尾刊角处于补白的尴尬地位,成为刊物的'贵客'"[②],而《同声月刊》是彼时贡献最大的期刊。仅词人就有近80位,诗人更多。能够集合如此多的重量

①　龙榆生:《同声月刊缘起》,《同声月刊》,1940年12月,第1卷,第1号。
②　尹奇岭:《民国南京旧体诗人雅集与结社研究》,北京:中国社会科学出版社,2011年,第178页。

级作家,本身就是奇迹,其文学成就很大程度上是被政治迷雾遮蔽了的。

根据作者身份,大体有两类,一是任职于伪政权,或任教于伪政权控制的高校,如汪兆铭、龙榆生、赵尊岳、李宣倜、董康、梁启勋、陈方恪、吕贞白、钱仲联、何嘉、黄孝绰、黄孝平、江亢虎、陈柱、任援道、廖恩焘等;一是寓居于北京、上海、南京一带的专业词人,如陈曾寿、夏敬观、冒广生、吴眉孙、仇埰、向迪琮、夏孙桐、俞陛云、张尔田、郭则沄、张伯驹、夏仁虎、朱庸斋等。前者毕竟沾染上了"色彩",我们统称为"在朝"文人;后者则较为"清白",统称为"在野"文人。①

龙榆生身份的转变很难使其再接续《词学季刊》的繁荣格局,而政治层面"和平运动"的推进却亟需附逆文人拿出相应的"业绩"。仅凭他们自己恐怕难成气候,如何建构"朝野"文人统一的抒情空间是摆在面前的首要难题。这既要回到伪政权提倡"和平文学"的历史现场,又要洞悉沦陷区文人所处的伦理困境,以及旧文学自身的演变发展情况。

第一,从日伪政府看,改变此前大屠杀造成的恐怖氛围是推进和平运动的第一步。他们开始有意的拓宽文学空间,创造言论自由、其乐融融、人文昌盛的和平气象,《同声月刊》就是主打产品之一。如其言:"晚近以来,欧风东渐,中日朝野,震于物质文明,竞事奔趋,驳忘厥本。驯致互相轻侮,同种自残,祸结兵连,于今莫解,言念及此,为之寒心。……今欲尽泯猜嫌,永为兄弟,以奠东亚和平之伟业,似非借助于声情之交感,不足以消夙怨而弘令图。此本刊为东亚和平,不得不乘时奋起者二也。"②其他如《中日文化》《雅言》《国艺》等刊物,都在为政治目的鼓吹宣传。

第二,自理解同情视角切入附逆文人心态,其忧国忧民的本意和"我不入地狱谁入地狱"之勇气值得反思。龙榆生云"今五洲万国,屠杀相寻,愍此有情,横被涂毒,而争雄争霸,又莫不竞以和平相揭橥,功利之念,炽于悲悯之怀,而人道几乎熄矣!"③《如何建立中国诗歌之新体系》又云:"今者惨杀相寻,河山破碎,人类浩劫,靡有穷期。吾辈生而为人,宜如何竭其所知所能,消此大戾。……所望今之作者,秉其'由仁心而生之勇气',制为歌诗,以导泄人类之烦冤苦毒,而激发其恻隐惨怛之天性。"④附逆文人并非完全沉潜于

---

① "朝"指庙堂朝阙;"野"是草野遗逸。参见严迪昌:《清诗史》,北京:人民文学出版社,2011年,第15页。本章所说"朝"指在沦陷区伪政府任职的文人。"野"指沦陷区避居安身、保持独立的作家。
② 龙榆生:《同声月刊缘起》,《同声月刊》,1940年12月,第1卷,第1号。
③ 龙榆生:《同声月刊缘起》,《同声月刊》,1940年12月,第1卷,第1号。
④ 龙榆生:《如何建立中国诗歌之新体系》,《同声月刊》,1942年第7期。

诗酒唱和之中，他们积极思考着如何终止这场人类浩劫，如何从精神教育层面，彻底改变"屠杀相寻"的现状。

第三，从旧文学自身发展看，到底什么样的创作理念，才能够将沦陷区朝、野文人都纳入同一书写系统。在朝者需要建构一个合理的文化空间，重新定位自己政治"失节"的人格形象，并找到既可在沦陷区自由宣泄情感的抒情方式，又能于千年文学道统中追溯出诗歌"新体系"的历史根源。在野文人则时常受到生命安全和精神救赎的拷问。如果与伪政府合作，良心谴责无法逾越，若不合作就必然要接受"宵小"窥门的"待遇"。而通过投稿诗词，不仅能获得不菲的收入，解决生活问题，还可凭借传承文化的理由，探索"化暴戾之气，复性情之正"的和平大道，不致碌碌无为。

综合以上三方面的诉求，龙榆生提出恢复温柔敦厚、比兴寄托的"诗教"观。"诗教"者，孔子之诗歌主张也。一如《诗大序》载："诗者，志之所之也，在心为志，发言为诗。情动于中而形于言……情发于声，声成文谓之音。治世之音安以乐，其政和。乱世之音怨以怒，其政乖。亡国之音哀以思，其民困。故正得失，动天地，感鬼神，莫近于诗。"其《诗教复兴论》详细阐述诗教"能化其暴戾之气"，足以达"引起社会之共鸣，于是激昂蹈厉之余，民怨其上，而革故鼎新之事发"的目的。[①] 具体措施有二，一是恢复诗人之六义；一是恢复诗乐合一。前者以真情实感创作旧体诗，而非白话诗；后者将中国韵文与西方音乐相融合，形成新体乐歌。受此影响，沦陷区陡然出现旧体文学全面复兴的景观。[②] 各报刊大量登载韵文及歌谱研讨文章。

在抗战声潮中，倡导"温柔敦厚"的"诗教观"显然不合时宜。沦陷区噤若寒蝉的叙述语境也根本无法落实诗教理念。但对附逆文人来说，不啻是既安全又机智的理论策略：首先，符合政治气候的需要。用恢复雅正之音积极回应"和平运动"，会得到日伪政府的支持，比如期刊的赞助商大都是汪兆铭、王揖唐、梁鸿志、安藤纪三郎等高官。其次，是"在野"文人实现自身价值的突破口。欲落实"乱世之音怨以怒"，就需要反映苦难现状，此"烫手山芋"不妨交给"在野"文人，他们常常在作品中揭露战争带来的家国灾难。第三，为"在朝"文人找到了理想的历史书写途径。创作上固然强调"反映民生时

---

① 龙榆生：《诗教复兴论》，《同声月刊》，1940年12月，第1卷，第1号。
② 经盛鸿《南京沦陷八年史》："南京在数年间涌现的50多种文学杂志和大量文学创作，……其思想内容多为远离政治、脱离现实的谈古忆往之作、风花雪月之谈、社会人情之绘，反映了日占区中国文艺家的矛盾、胆怯、回避、无奈与痛苦的心态；还有一些就是汉奸官僚的唱和之作，或是宣扬日伪的侵华殖民政策与'和平建国'思想的汉奸作品。这样的思想内容为日伪当局容许乃至倡导，是日伪当局殖民文化政策的主要内容之一，但却为中国广大人民所不齿。"北京：社会科学文献出版社，2013年，第759—760页。

政"，但其风格为"温柔敦厚""缘情绮靡"。具体到字面就有很大回旋余地，毕竟"温柔""绮靡"的特征是委婉含蓄。"在朝"文人只是借用"诗教"的外壳，而抽空了"治世之音安以乐，其政和。乱世之音怨以怒，其政乖"的内核。从《同声月刊》所载任援道、李宣倜、赵尊岳等人作品看，又有多少具备"诗教"内容和艺术水平？反而大量是"娱乐性"作品。甚至，常有借着"倡家强聘"的头衔而自我辩解。

综上所述，诗教内涵的丰富性、风格的特殊性和文学传承的历史性，满足了各方势力的不同诉求。于是围绕"诗教"理念，沦陷区在朝、在野文人及政权之间实现了貌似"和谐"的统一。他们都积极支持《同声月刊》的创办运转。可以佐证的事例是夏孙桐、张尔田、俞陛云等北京文人不在身边的《雅言》发表作品，却乐意投给《同声》，不只私人关系问题，[1]恐怕主要是对诗教观的认同。

随着旧文学的兴盛，沦陷区诗词创作逐渐形成三大方向。其一，作为"和平文学"相呼应的"台阁"文人越发活跃，各大报刊连载"重九雅集""星饭会""桥西草堂""祭祀活动"等作品。他们冠冕堂皇地认为此乃"诗教"文学生产。比如汪精卫随便一首诗词，都会引来"在朝"人的跟风唱和，而其情感内容不免有做作虚假的嫌疑，如和汪氏《满江红》（蓦地秋声，卷起我、乱愁如叶）者有张闳中《奉和汪精卫先生满江红词原韵》，下片云"谈主义，人惊赤。论抗战，燐成碧。怅河山非旧，土焦谁湿。皓月悬空撩客恨，悲风捲地吹头白。待伊人只手挽狂澜，回无力。"煞拍之恭维太露骨也。陈啸湖《满江红·再和双照楼韵》"我躬不阅心情窄。到于今始识舜弦熏。汤肩热"也是一丘之貉。再如王蕴章《满江红·和双照楼韵》"肝胆照。向人赤。冰霜净，后凋碧。仗中流砥柱。束薪起湿。填海心伤鱼尾赪，移山志矢乌头白。待咏歌重和太平春，回无力。"李宣倜《满江红·和双照楼韵》"但相从风雨挽漏舟，无遗力"[2]等，都是清一色的唱着"和平""风雨同舟"的调子。此类歌功颂德、阿谀奉承的诗词充斥报刊[3]，难怪人们批判沦陷区旧体文学的乌烟瘴气、倒行逆施。需要指出，并非所有附逆文人都这般失去自我，也有一批人试图借"意内言外"之词传达"恻隐盱愉"的复杂心声。

其二，身处沦陷区，而坚决不与伪政府合作，保持自身节操的文人开

---

① 俞陛云女婿郭则沄乃《雅言》核心，张尔田与夏仁虎、傅增湘等也是旧友。比起关系，他们比龙榆生都更亲近。

② 张闳中、李宣倜、王蕴章、陈歗湖词见《国艺》，1940年，第2卷，第2期，第6页。

③ 除了《同声》，其他《江海》《国艺》《新亚》《更生》《中日文化》《远东》《政治月刊》《上海民众》《古今》等刊物皆刊载伪政权文人诗词。

始发挥"言志抒情"的诗教传统,创作"怨以怒、哀以思"的高质量诗词。比如夏孙桐、张尔田、向迪琮等人,皆有杜陵野老般的深沉感喟。下文有详述。

其三,新体乐歌的大量产生并伴随歌谱的传唱,影响越来越大。比如《龙七歌曲集》中《玫瑰三愿》《小夜曲》[①]的妇孺皆知,都是此途径的成功尝试。

三大创作方向的词人群体风格各异,下文将选取部分代表性作家展开讨论。

二、在野词人的瘦硬风神:张尔田、俞陛云、夏孙桐

"在野"词人的创作大体还是延续了《词学季刊》时主调,但走的并不全是苏辛派的路子,他们对词体声韵、格调、辞藻、章法的把握都十分精到,誉为当世之"词教"并不过分。透过他们的作品足以反映沦陷区文人的艰苦生活及心态变化。下面以《同声月刊》刊载数量较多的张尔田、俞陛云、夏孙桐三位大家为中心,分析"在野"词人的创作成就。

与《雅言》词人群形成鲜明对比,在和平文学的大本营——南京,所呈现的叙述空间居然比北京更为宽松,与其说是语境的宽松,倒不如说是期刊主编的"放纵"。即便是受到"和平文学"的影响和制约,很多人依然抵制欢愉格调,取而代之的是发自内心的痛苦挣扎,张尔田就是典型个案。

张尔田(1874—1945),一名采田,号遁庵,浙江杭州人。近代历史学家、词人。抗战时期避居北京,日本人曾多方拉拢,皆遭拒绝。[②]哪怕是日人资助的期刊,他也拒绝发表作品。他与龙榆生交谊深厚,《词学季刊》《同声月刊》中收有二人往来书信和相关词作赠答。龙榆生倡导诗教复兴论也与张尔田有密切关系,邓之诚《张君孟劬别传》载:"(尔田)事有执持,不务徇人,慨世教之哀,乐崩礼坏,思有以扶之。……晚尤笃信孔孟,有犯之者,大声疾呼以斥之,虽亲旧无稍假借,谓人心败坏至此,必有沧海横流之祸,屡有论述,归本礼数,欲为匡救,未几,倭难果大作,而君竟憔悴忧伤以死矣。"[③]除了出自同门的特殊关系外,[④]以礼教匡世救国的信念也是张、龙二人惺惺相惜

---

① 龙榆生:《忍寒诗词歌词集》,上海:复旦大学出版社,2012年,第102—106页。
② 邓之诚《张君孟劬别传》:"倭人设东方文化会续修四库全书提要,重帑聘君,君峻拒之。君本殷顽,倭方纳逊帝,乃推中夏之义,不与倭并存,何其壮也。"张尔田:《史微》,上海:上海书店出版社,2010年,第186—187页。
③ 邓之诚《张君孟劬别传》。张尔田:《史微》,上海:上海书店出版社,2010年,第186—187页。
④ 张尔田曾问学朱祖谋,引为朱门。

的重要因素。

张尔田宗尚姜夔，早期词作即与"烟柳""残月"同步而行。孙德谦《遁庵乐府序》评其词云："幽情发藻，雅尚倚声。烟柳写其牢愁，沧桑感兹世变。往往残月在檐，则剔灯而起；狂花满屋，则横笛而吹。时或登涉江山，频屑青衫之泪；愀怆风雨，动兴白发之吟。君之于词，可谓孂矣。而其危苦之音，凄戾之旨，有不能卒读者也。"①孙德谦所言有意拔高寄托分量，不免有过誉之嫌。张尔田对此有自知之明，如其自道："珊瑚击碎有谁听，终贾华年气不平。此事千秋无我席，莫抛心力贸才名。"②如果以收入《沧海遗音》一卷词而想占得晚清民国词坛一席之地，确实稍有牵强。但若以己卯（1939）年两卷《遁庵乐府》来说，则晚年"危苦之音，凄戾之旨"词的陡增和风格的转变，在二十世纪词史必有其浓墨重彩的一笔。

仅就收入《同声月刊》的 21 首词来说，足以奠定词坛不可动摇的位置。当首先关注其毕生推崇的白石风味，读《永遇乐》：

> 落叶虫吟，疏花鸟度，人病孤馆。拄杖看云，剪灯话雨，心事遥山远。萧辰野吹，严更戍鼓，独自怎生听惯。念当前、茫茫百感，揭来尽成凄断。　　伤心十载，仓皇北顾，到此谷迁陵变。瘦柳荒宫，衰兰故岸，坐见蓬三浅。白头如许，青山何在，不信岁寒犹恋。夜深但③、梁间燕子，暗闻细叹。

战乱后的京城已是"谷迁陵变"，过片"伤心"云云紧接"凄断"而来，尾句将郁积情绪以梁燕荡开，整首词的气象确实是骚雅一脉，尤其开篇数句，四声平仄，工整凝练。但当悲情堆积到一定程度时，仅凭"骚雅"笔法是掩盖不住的。如《满江红·丁丑重九感赋》俨然已变得感哭无端：

> 泪眼黄花，浑怕问、今朝佳节。还记取、西风吹帽，萧萧余发。陇水助人添哽咽，燕山向我无颜色。更惊心、四远鼙声焦，千家泣。　　浮士梦，都休忆。明日事，从何说。叹臣之壮也，而今头白。已自摧残人下寄，那堪憔悴兵间活。把茱萸、插了再三看，南冠客。

---

① 孙德谦：《遁庵乐府序》。冯乾编校：《清词序跋汇编》，南京：凤凰出版社，2013 年，第 4 册，第 2002 页。

② 张尔田：《遁庵乐府》题辞。朱祖谋：《沧海遗音》本，吉林大学图书馆藏。

③ "但"字语意不通，似有讹误。

"已自摧残人下寄,那堪憔悴兵间活"不啻是张尔田最真实的形象写照。此言所述又何止是他一人,北京《雅言》词人群,南京《同声》附逆文人不都是这般心态!家国之痛和身世飘零促成了词风的转变。"流离北渡,投老依人,其阨穷之所遭"①的经历铸造出一位"晚年词赋动江关"的大作手。他逐渐走出亦步亦趋的阴影,开始谱写打着张尔田标签的独家词作。尤以《遁庵乐府》最后数年篇章最动人心魄。如《临江仙》《木兰花令》二首:

> 一自中原鼙鼓后,繁华转眼都收。石城艇子为谁留。乌衣寻废巷,白鹭认空洲。　万事惊心悲故国,青山落日潮头。此身行逐水东流。除非春梦里,重见旧皇州。

> 繁华催送。人世恍然真一梦。何处笙歌。水殿风来散败荷。饥乌啄肉。回首都亭三日哭。国破城空。残照千山泪点红。

国破城空的荒芜在词人手中,只消三五言即可道尽悲凉。此二首发表在《同声月刊》创刊号,不知是龙榆生故意为之,还是对尔田词坛领袖的尊敬。总之,生活在沦陷区的词人无视舆论环境的逼仄,以同样的《史微》之笔,诉说眼观心想,其勇气胆识都值得敬佩。与之相似作品还有《木兰花慢》下阕:"沾巾。今古一酸辛。往事恨难论。算更谁怜取,封中蜗土,地上蚁臣。蚩尤。五兵枉铸,浪滔滔、直欲尽生民。俯仰空悲去客,兴亡休怨陈人。"又《金缕曲·熊述陶自作生圹记,嘱为题词》:"何须死傍要离住。且徜徉、一邱一壑。胜他羁旅。我亦有家今安问。满眼凄然焦土。只片石、韩陵堪语。难得放歌人间世。羡归云、早办青山主。还盟取,旧鸥鹭。"以上都是比较优秀的代表作,但最终堪称遁庵词压卷之作的还属《满庭芳·丁丑九月客燕京书感》:

> 血照野江峰,连天海气,物华卷地休休。残阳一霎,怎不为人留?几点昏鸦噪晚,荒村外,鬼火星稠。伤高眼,还同王粲,多难强登楼。

> 惊弓如塞雁,林间失侣,落影沙洲。便青山纵好,何处吾丘?夜夜还乡梦里,分飞阻、重到无由。空城上,戍旗红闪,白日淡幽州。

愤笔直书之词固然值得夸赞,但如《满庭芳》这般既不失词体"要眇宜修"本色,又将乱世惨象和一腔悲情以"沉郁顿挫"笔法娓娓道来的,才是大家风范。蜕变后的张尔田几乎可以说是龙榆生所倡导的"文起轩派"与常州词派

---

① 龙榆生跋,张尔田:《遁庵乐府》,民国辛巳年(1941)刻本,吉林大学图书馆藏。

"意内言外"完美结合的范本。

俞陛云（1868—1950），字阶青，号斐盦、乐静居士、乐静老人、存影老人等，浙江德清人，素有"光绪探花"之名。著《乐青词》。《同声月刊》录其词高达 74 首，即使去除三十余首的小令《忆江南》，仍有近四十首。溯其学词渊源，与乃父俞樾一脉相承，走的是婉约一路，且更近唐五代。其《乐静词》整体上显得"安雅俊爽"①"柔曼婉贴，吉祥止止，无一毫轻薄怨苦语"②。如果时代年轮就这般稳步转动，俞陛云创作成就可能仅止步于此，但历史总会不经意间和人开个玩笑。"抗战烽火起，他艰守在沦陷的北平，坚决不与日伪合作，闭门著述，其高风亮节有目共睹。"③心态变化、人生轨迹与张尔田略微相似，而更趋于一致是词风的转变。以上陈兼与、钱仲联等人评论或仅限于抗战之前的作品，战火轻易将"柔婉"撕碎，"轻薄"之语确实不多，但"怨苦"之言恐怕不少。先读《清平乐》：

> 沙沉万劫。忍向胡僧说。虢覆虞亡同一辙。枉洒玄黄战血。
> 伏波铜柱摩空。天山卫霍铭功。博取数行残拓。误他多少英雄。

俞陛云《诗境浅说》中评论刘长卿《平藩曲》④云："裴岑纪功之碣，伏波铜柱之铭，因博取数行残拓，古今来赚尽多少英雄。一将功成万骨枯，诵此诗后二句，开边略远者，果何所图耶？"⑤词作于抗战时期，并不是倡导终止战争，而是以历史之眼，感叹英雄留名背后的艰辛和血泪。一首小令即与前期作品划清界限。同题材而调更悲者，还有《东风第一枝·秋蛩》："泣荒原家山已破。诉归心江帆又阻。生涯废井颓垣。旧梦珠阑玉砌。尽情啼煞。谁惜汝风酸月楚。委虫沙劫后残魂。好趁夜凉呼取。"《甘州·白塔登眺》："浩荡风轮火刼。扫霸图王迹。瞥眼消沈。忆钧天残梦。犹及见承平。听隔座嬉衣弦管。到愁边都作断肠声。凭阑望。绕城山色。冶碧无情。"标志俞陛云风格转变后的典范之作，还属《摸鱼儿·故宫》：

---

① 钱仲联：《近百年词坛点将录》。《梦苕庵清代文学论集》，济南：齐鲁书社，1983 年，第 164 页。
② 陈兼与：《填词要略及词评四篇》之《论近代词绝句》，广州：广东人民出版社，1986 年，第 174 页。
③ 朱炜：《湖烟湖水曾相识》之《光绪探花俞陛云》，杭州：浙江工商大学出版社，2013 年，第 134 页。
④ 刘长卿《平蕃曲》："绝漠大军还，平沙独戍闲。空留一片石，万古在燕然。"
⑤ 俞陛云：《诗境浅说》，北京：中华书局，2010 年，第 129 页。

> 数前朝江山几姓。兴亡千载何速。只余万瓦琉璃殿。结束帝王残局。人寂寞。任门掩金环、风雨花开落。沉沉哀乐,想玉玺晨传。漆车夜出。都付梦华录。　　重举目。换了嬉春绣毂。黍离谁问社屋。上阳宫女低鬟诉。亲见棋枰翻覆。珠泪掬。叹老大无归、冷溅湘娥竹。芒鞋踯躅。傍烟柳龙池。一枝折取。犹作旧时录。

由今日故宫联想到朝代更迭的沧桑,以玉玺、宫女等极具历史深度的意象为立足点,视野广阔,而又不空浮。纵然清朝腐朽,但毕竟曾给俞氏家族带来荣耀,身为清朝遗民,亲眼见证"棋枰翻覆",词中黍离、鬟诉云云,不正是陡云自身写照么。陡云暮年作《忆江南》三十余首,回忆一生坎坷经历,有数首堪称词史之作,录此作结:

> 怀前事。奇变破空来。一炬怒腾天泼墨。万枪齐逼地鸣雷。臣命贱蒿莱。
>
> 怀前事。独客怅无依。百结慈心空啮指。五更闺梦欲沾衣。消息断京畿。
>
> 怀前事。涉险且南行。夹道红巾单骑出。成堆白骨乱鸦争。雄县走三更。
>
> 怀前事。尘土黯征衣。雁背秋光辞岱岳。马头平野见淮沂。辛苦贼中归。
>
> ……
>
> 怀前事。白日去难回。旧梦翻如秋蒂散。乱愁时逐暮潮来。身世一徘徊。

夏孙桐(1857—1942)被龙榆生誉为"当代词坛尊宿"[1],先后与郑文焯、朱祖谋、谭祖任等人结鸥隐、恫村、聊园词社。著有《悔龛词》。至二十世纪三、四十年代,无论是年辈,还是创作成就,"尊宿"之名毫不过誉。钱仲联《光宣词坛点将录》将其纳入彊村派,推为"月旦"[2],很容易将其与"梦窗风"联系起来。实际上他较为推崇白石、玉田,受梦窗影响着实有限,正如严迪昌指出"其词清深雅饬,取尚南宋,然能不涩、不枵……少晚近晦涩词风之浸

---

①　龙榆生:《词林近讯》,《同声月刊》,1942年,第2卷第2期。
②　钱仲联《近百年词坛点将录》"此彊村派之月旦"。《梦苕庵清代文学论集》,济南:齐鲁书社,1983年,第163页。

淫"。① 据《悔龛词笺注》词作年表统计,作于抗战期间的不到 20 首,数量不多,却篇篇有名。

夏孙桐"平生不事表襮",为人低调,作词常关注时事,有感而发。其《广箧中词序》云:"夫词虽小道,有风会,有渊源。风会者,天时人事之所趋,无论正变,一代之特色存焉;渊源者,守先待会之所在,以持正变,一代之定论系焉。"② 品读其词自不能离开"天时人事"。先看《扬州慢·枝巢全和白石自度诸调……》:

> 沉锁寒洲,接烽岩塞。远邮阻断来程。便乡心一夕。梦影人磷青。无主哀鸿遍地。念家山曲。难唱休兵。忍看看、余粉东南。都作芜城。
>
> 燎原祸始。更何须身到才惊。纵燕幕拚摧。岷炎任炽。犹见豪情。半壁渐成孤注。听天堑黯咽涛声。和桓伊清笛。一般江上愁生。

夏氏晚年词笔老辣,出手不凡。身在北京,心系东南家乡战事,情绪焦灼,行诸文字却稳健得当,整体节奏顿挫,铿锵有力。严迪昌论其词"于时世人事不漓不脱,不饰绘以古锈铜绿,铸假古董;于词艺脉承不泥不滞,不描头画足,扮优孟装。"③ 理解《悔龛词》,当从此"数不"切入。再读《买陂塘·俞阶青为作山塘秋泛第二图。用旧作韵》:

> 悔蹉跎、薜萝心事。白头残客谁语。不堪重听吴娘曲。凄断五湖烟雨。开卷遇。只风景依然。已少晨星侣。忧危觅趣。念鹿上台荒。鹤归市冷。今古此情绪。　　江湖梦。壮岁投身早许。而今身在何处。山中杜宇情甚。频唤不如归去。凭证取。有招隐图成。导我还先路。春愁总迮。问画舸笙歌,岩关笳吹。云水万重阻。

避居北京期间,他与傅增湘、夏仁虎、郭则沄时相过从④,与夏、郭借晦涩典故、迷离物象来"雅化"包装不同,夏孙桐不避忌讳,也少有含蓄,将心中所感一任道出,显得干净凝练,而又沉重真挚。典故仅止步"吴娘""庾郎"一类,

---

① 严迪昌:《近代词钞》,南京:江苏古籍出版社,1996 年,第 3 册,第 1847 页。
② 夏孙桐:《广箧中词序》,叶恭绰辑:《广箧中词》,北京:人民文学出版社,2011 年,第 1 页。
③ 严迪昌:《悔龛词笺注序》,夏孙桐著,夏志兰,夏武康笺注《悔龛词笺注》,呼和浩特:内蒙古大学出版社,2001 年,第 5—6 页。
④ 《燕山唱和集》夏孙桐有和韵诗。《同声月刊》第一卷第六号《蕙兰芳引·为傅沅叔题万历本薛涛诗》,傅沅叔即傅增湘。《同声月刊》第一卷第三号有《长亭怨慢·偶过社园,花事垂尽。再和枝巢》。

而江关之思、黍离之悲却扑面前来,毫无阻隔。如《瑞鹤仙》上阕:"劫灰吟未了。正庾郎萧瑟。江关秋老。寒蛩夜乌绕。况相逢南雁。诉将怀抱。风烟坐啸。满奚囊愁缲恨草。盼春回节物关情,漫惜冻杯倾倒。"需要着重指出此处的黍离之悲与遗民之思完全不同,夏孙桐虽受清朝雨露颇厚①,在他人眼中,其遗民情节或很重,比如《闺枝先生乡举重逢纪恩唱和集》②中汪曾武、张一鹏、吴兆元等人多次提到。但他本人诗词中却很少流露对前朝的怀念,相反倒很关注中国当下的风云变化。这是区别夏孙桐与其他遗老词人的关键所在。正如章炯歌咏般:"叹息前朝武不宣,孤臣兴味本萧然。厌看世变翻棋局,惜别秋风拂讲筵。从此天涯同一慨,那堪烽火久相沿。明夷阅尽沧桑史。华顶春光覆大贤。"检点以上所列抗战时期词中的"断肠苦调"就更能够理解这位"大贤"眼中的沧桑了。

不惟长调别具特色,夏孙桐小令更重视以骚体笔法寄托情意,他在《临啸阁诗余跋》中评朱骏声词说道:"鄙意于艳体及应酬之作,皆可从略,继读自序,则美人香草之旨,乃寄意所在,不可忽视。"③先看《浣溪沙》二首:

　　　　　许为寒梅作后身。却怜眉靥衔鞾。依依别是一般春。　　梦雨飘时如有恨。颓阳抹处了艇痕。酡颜羞煞玉楼人。　　　白杏花

　　　　　射虎归来意寂寥。逃禅顾曲见风飚。金台余泪未全消。　　迦鸟偷声天乐妙。刲庐传谱大瀛遥。芳馨端不负兰苕。

前阕咏白杏花,不失含蓄蕴藉风味;后阕词意显露,"射虎""逃禅"云云,感叹"廉颇老矣"。既然无法挥戈上马,不如隐而著述。夏孙桐晚期笔耕不辍,修《清史》,辑《晚晴簃诗汇》《清儒学案》等等,耗心甚巨。④ 文中"迦鸟偷声","刲庐传谱",寄托遥深,不可轻易滑过。

以上所举三人,内容层面的共性是对沦陷区政治动态的积极关注和时事人心的深刻揭露。以"瘦硬风神"统称之,最为恰当。瘦硬本是书法鉴赏

① 《悔龛词及其作者简介》:"光绪十八年进士,选翰林院庶吉士。后多此任会试、乡试考官。清末任浙江湖州、宁波、杭州府知府"。夏孙桐著,夏志兰,夏武康笺注:《悔龛词笺注》,呼和浩特:内蒙古大学出版社,2001年,第1页。
② 《闺枝先生乡举重逢纪恩唱和集》,《雅言》,1943年2、3月,第2、3卷。
③ 夏孙桐:《临啸阁诗余跋》,冯乾编校:《清词序跋汇编》,南京:凤凰出版社,2013年,第2册,第890页。
④ 顾廷龙:《悔龛词附文存补遗跋》。夏孙桐著,夏志兰,夏武康笺注:《悔龛词笺注》,呼和浩特:内蒙古大学出版社,2001年,第270页。

之语,杜甫有诗云:"书贵瘦硬方通神。"①后来也被广泛用于诗词品评,如姜夔词就有"瘦硬通神"之妙。沦陷时期的张尔田、俞陛云、夏孙桐三位词人早已经到了"而今听雨僧庐下,鬓已星星也"的年纪,其作品以"神清气健,骨重筋劲,硬笔盘空,轻逸圆转"论之十分贴切,这是一群认真落实"诗教"比兴寄托的大词人。当然也是主编龙榆生的慧眼和胆识才能将这批词史作品刊于管制严密的沦陷区杂志。

三、朝野过渡:论汪曾武小令组词

汪曾武晚年投奔伪政府,本该置于"在朝"文人,但作品风格又与"在野"文人更为贴近。不妨在此附论,作为二者间的过渡。

附逆文人的作品该如何评判,本身就是十分复杂的问题。一口咬定词中爱国之情的虚伪当然不够准确,那些发自内心的哀吼悲鸣并非敷衍塞责能够达到;但如何解释其向伪政府投诚的不耻行径与爱国情感相矛盾的现实?窃以为应动态化的分别讨论,人的情感和心理会随环境的不同而变化,不能以某一思想或偶发事件判断某人毕生形象,尤其不应以先入为主的历史定位反推文学作品。毕竟入伪之前,谁也不能预测未来发生什么。

汪曾武(1866—1956),字仲虎,号鹣龛,江苏太仓人,有《趣园味莼词》六卷。1939 年夏秋之际,自北京南下回乡②,曾短住金陵。1940 年,他以 74 岁高龄出任伪江苏省长高冠吾的秘书长。③ 尽管可能是沦陷区的生存策略,但挂名之举令其晚节不保。从他与汪伪官员及文人交游可得佐证,如《满江红·寿汪精卫先生六十》中还有"救时经济还扪腹"等语,《民意月刊》《国艺》《苏铎月刊》等灰色刊物载有其多篇与陈寥士、李宣倜、江亢虎等人唱和诗文,如《寒山酬唱集》《辛巳先重阳二日瀛洲高公集饮寒山寺登霜钟阁即席赋呈》,陈寥士《汪仲虎丈自吴来都余招饮秦淮水榭……黄默园、陈伯冶、龙榆生、沈怀仲……》等。在此非常时期于《国艺》发表《纪日本川岛浪速义侠事》一文,也有动机不纯之嫌。

而他作品中又常有"一言两字惟忠恕,治己无欺。处世无私,愿学宣尼乐不疲"的表白,不禁令人对词中流露的家国情怀产生质疑。发生误解的根源是并未厘清作品的创作时间和具体语境所致。今日所见汪曾武词系年恰恰止于 1940 年。也就是说《味莼词》皆是入伪前所作,当然不能以身份转变

---

① 萧涤非主编:《杜甫全集校注》,北京:人民文学出版社,2013 年,第 4213 页。

② 参见汪曾武己卯(1939)年作《国香慢·小楼秋日即景,时客白门》。

③ 孙宅巍,王卫星,崔巍主编:《江苏通史·中华民国卷》,南京:凤凰出版社,2012 年,第 412 页。

后的准则讨论之前作品。

集中有 1937 至 1940 年间近八十首令慢,时客居京门,目睹山河巨变、都城沦陷、群丑登场的世间纷扰,词风陡然大变。早期作品走的是温婉雅正一路。"如绝代美人,却扇一顾,百媚横生……温婉如晏、秦,清丽如张、史,风韵天成,不假雕饰。"①后期则如郭则沄所说"危栏怨晚,清角愁昏,引横玉之一声,写回肠而九叠。感时箫槭,别有伤心抒绪。芳菲固宜,独步自来。词客多击乡愁,鲈鱼应好;石帚湘月之歌,季鹰未归;稼轩龙吟之曲,悲秋有触。"②先读《南楼令》两阕:

> 迷雾暗侵阶,幽居无好怀。怅飞鸿未度云回,怕听嗷嗷中泽畔,有多少雁声哀。　　抬眼望燕台,群公济世才。为联欢菊酒斟来,宾主东南秋志畅,指红叶,笑颜开。（乡音沉寂四郊不能安居闻颐和园中日联欢会三叠前韵）
>
> 风雨撼秋阶,连番搅旅怀。望乡□,音讯迟回。几度沧桑无限感,阅不尽,令人哀。　　傀儡笑登台,还矜命世才。问群雄,谁解纷来。破碎山河依旧在。影惨淡,眼愁开。（六叠韵示蔚如）

日军先后攻破北京卢沟桥及上海淞沪防线,而颐和园却大摆中日联欢宴席,不知出席的中国人是何种感想? 前阕"宾主"句还是不动声色的冷嘲热讽,后阕下片就直言不讳地以"傀儡"怒斥。郭则沄所谓"风轩盥诵,如元圃夜光,莲峰寒碧,天然幽隽,一洗浮埃"③者,当自此悟入。

汪曾武之词有明确的历史意识,其《清词玉屑序》云:"词以庀史,谈柄有资,事缀成文,香屑罔逮,以之作裨史观可也;即以之为遣闲愁,亦无不可也。"④闲愁与词史相交织的结果是一边对自身遭遇有不同流俗的排遣,另一边则洞悉时事,敢于大胆评论批判。《趣园诗稿自序》云:"予于诗学,本无师承,纵笔所之,只求达意,时或雕镂章句,偶先矩之遵循,时而荡涤心胸,若狂澜之回倒,不愿苟同流俗,亦不敢离畔古人。仁和吴伯宛评我《味莼词》有云:'斯事初无定向,要亦寒暖自知。'洵知言也。"⑤他的这些词学意识是以短篇小令形式来实践的。读《采桑子·戊寅七十三初度述怀》组词二十首:

---

① 杨寿枏:《味莼词题语》,汪曾武:《味莼词》,民国三十年(1941)铅印本,吉林大学图书馆藏。
② 郭则沄:《味莼词序》,冯乾编:《清词序跋汇编》,南京:凤凰出版社,2013 年,第 1837 页。
③ 郭则沄:《味莼词题语》,汪曾武:《味莼词》,民国三十年(1941)铅印本,吉林大学图书馆藏。
④ 郭则沄著,屈兴国点校:《清词玉屑》,杭州:浙江古籍出版社,2014 年,第 2 页。
⑤ 汪曾武:《趣园诗稿自序》,《国艺》,1941 年,第 3 卷,第 1 期。

春花秋月空闲度,做就华颠。笑我依然,马齿徒增又一年。　　人间此日知何世,万感萦牵。莫问苍天,老去填词把恨传。

煞拍"老去填词把恨传"可作组词一高度总结。三篇明其心志及做人原则。四篇点明词学渊源,汪曾武《味莼词自序》也交待:"余少好读长短句,小令宗南唐,长调喜南宋,虽心好之而未敢从事也。"[1]早期词确实是南唐风味,而晚年恐怕更近苏辛。以上还保持冷静,待谈及不平则鸣的历史事件时,锋利棱角就难以掩藏了。再读其六、十四:

抱冰堂上陈刍见,欲济苍生。翻误苍生,孤掌难鸣恨未平。[2]
楚材晋用言无补,负笈重瀛。议论纵横,怕听南蛮䳍舌声。[3]
照人肝胆心肠热,惯受讥嘲,不解牢骚,翻笑贞孤论绝交。　　尽教餐尽冰霜饱,义气弥豪,志趣弥高,让水廉泉饮一瓢。

前首谈及晚清效仿日欧发展工业浪潮,汪曾武有不可"图一时之利,流无穷之毒"等语提醒朝廷注意,未被采纳,而发"孤掌难鸣"之叹;后篇足甄"亢爽任侠"[4]的气质,二首皆非字面所说般简单。此气质面对抗战则瞬间转为金刚怒目,如"叹人心,已涣难回。看罢残棋柯已烂,千万恨,寸中哀"云云还在压抑愤怒,至"千羽舞尧阶,痴心欲抗怀。问何人,夺得标回。十载雄图流水逝,还自负,不知哀。　　梦冷凤凰台,休矜太白才。恨千重,铁索沉来。顿失长江天堑险,锦囊计,向谁开"时,矛头直指政府要员争权夺利,词中稼轩风的面纱俨然撕下。

对于词中大量流露的家国沉沦的悲伤情绪,不能因为以后政治选择而一笔抹杀,应该正视这份感情真挚的自然流露,不能以"一失足"而宣判毕生文学的死刑,而应区别对待。在沦陷区复杂形势下,汪曾武依然能够用诗词抒发心中悲愤,比廖恩焘、夏仁虎等人的委婉抗争要进步的多。再读堪称"词史"之作的《菩萨蛮》组词八首。组词脱胎于组诗,打破诗词篇幅短小、主

---

① 汪曾武:《味莼词自序》,《味莼词》,民国三十年(1941)铅印本,吉林大学图书馆藏。
② 作者自注:佐南皮幕陈石遗孝廉条陈鼓铸铜圆,以余利开织布等厂,文襄集议,余有各省踵行日本仿造,图一时之利,流无穷之毒等语,卒未采纳。
③ 作者自注:粤人张荫桓在总理衙门建议派员出洋游学,奏上,饬各省将军督抚议奏,廷寄到鄂,文襄开幕府会议,余与黄仲弢主张沪汉津港四商埠,建设学堂,延聘洋员教习,文襄首肯,属草说帖上,政府枢臣具奏报可,荫桓反覆辨论,所议遂不行。
④ 曹元忠:《趣园味莼词序》,《词学季刊》,1936 年,第 3 卷第 2 号。

抒情而少叙事的格局,使得原本单薄的小令变成纵横捭阖,随意发挥。《菩萨蛮》八首自卢沟桥事变述起,"阵云浓似墨,烽火连村黑""飞雨影如珠、白骨填沟洫"等句状激战之惨烈;第三首将目光投向日军,"藉口被前盟",而实则是"耽耽虎视思吞噉";四首镜头再换至国军,"倒戈弃甲兵慵曳,棘门灞上原儿戏",两两对比中哀其不幸,怒其不争。五至八首痛斥部分政府大员,摇身一变为优孟衣冠的"豪杰",实则为虎作伥,卖国求荣:

> 幡然变计为戎首,引狼入室嚅尸谷。翻覆任诗张,甘心作虎伥。
> 饮瓺消垒块,聊博胸中快。燕子不知愁,翩翩飞上楼。
> 登场优孟偏雄杰,重来坐镇中心热。卫鹤惯乘轩,路人见肝肺。
> 依然开幕府,甘与辽东伍。祗为稻粱谋,遑知后顾忧。
> 南强北胜将谁属,贪婪无厌宵知足。囊括展雄图,痴心欲沼吴。
> 貔貅屯百万,竖子军府绾。越国不知难,长驱拥入关。

"祗为稻粱谋,遑知后顾忧"直接撕下汉奸们的伪装面纱。如果寄希望于这群贪婪无厌之徒,江山河清不知何日矣。《菩萨蛮》组词的功能堪与如刺刀的杂文相提并论,讽刺辱骂的力度入木三分,振聋发聩。试想,如果因为词人晚年失节而丢弃了这些精光四射的优秀作品,不得不说是抗战文学的巨大损失。经此战乱,《味耘词》已然实现了"江花落尽"、以词厄史的成功蜕变。

四、在朝词人的意内言外之旨:龙榆生、汪兆铭

1937 年以前,龙榆生提出"别建一宗"的词学主张,并依托《词学季刊》试图创立抗战词派,共同致力于洗刷词坛梦窗风弊病的新局面。自任职汪伪后,龙榆生的词学观再次发生变化。1941 年《忍寒漫录一》载:"往年予居沪上,举办《词学季刊》,颇主苏辛,谬欲以壮音转移风气。"[①]明言"谬欲"云云显然不是谦虚之语。

沦陷时期,伪政权不可能允许苏辛词风继续蔓延,而常州词派所执"比兴寄托""意内言外"恰恰与"诗教"一脉相承。龙榆生以《论常州词派》《晚近词风之转变》等文试图打通二者之间的关系:"皋文以词能'道贤人君子幽约怨悱不能自言之情,低徊要眇,以喻其致'。止庵则谓'后世之乐,去诗远矣,词最近之。是故人人为深,感人为远。往往流连反覆,有平矜释躁,惩忿窒慾,敦薄宽鄙之功'(《词辨序》)。虽二家之说微有不同,而并尊词体一也。

---

① 龙榆生:《忍寒漫录一》,《同声月刊》,1941 年,第 1 卷第 2 号。

皋文崇比兴,止庵则言寄托。"①

落实到创作层面,主要还是抒情技法的攫取。《论常州词派》云"自讲求技巧之说兴,一洗粗犷径露之习,而学者遂专敝精神于'顺逆反正'之运用,转忽'恻隐盱愉'、'意内言外'之功。"对于民国初期常派末流追步技巧的问题,龙榆生曾以"但务迷离惝恍,使人莫测其命意之所在"②等语严厉批判。然此"恻隐盱愉""意内言外"的方式却是此时沦陷区抑郁难言语境的最佳叙述策略。此抒情技艺不仅是词体发展的自身选择,也是特殊政治时空下的历史必然选择。

下文以龙榆生、汪兆铭为例,分别剖析伪政权文人掩藏于作品深处的"意内言外"之旨,前者剖其"意",即想说什么;后者析其"言",即如何说。二人与《同声月刊》关系密切,又身处南京,因此并不局限于所刊载词作,而是将1940年至1945年间的所有作品皆纳入考察范围。

(一)龙榆生抗战时期词风转向与词心探微

龙榆生是二十世纪中国文坛成就卓著的知名学者,被誉为"中国词学学的奠基人"。③因为抗战时期加入汪伪政府,学界对其评价多有争议。张晖《龙榆生先生年谱》以大量历史文献为支撑,揭露了很多不为人知的细节,逐渐开启了对龙榆生的学理性研究。当下研究成果主要集中在词学成就的讨论。代表性论著有张宏生《龙榆生的词学成就及其特色》(《江西社会科学》,2004年第3期)、曾大兴《龙榆生的词学主张与实践》(《词学》,2011年第二十五辑)、段晓华《浅析龙榆生的词学观》(《江西师范大学学报》,1998年第4期)等。其实,龙榆生不仅是现代词学转型的重要建构者,还是二十世纪著名的词人,有《忍寒诗词歌词集》。关于其词作的探讨远不如词学研究丰富。目前只有马大勇师《论龙榆生标举苏辛的词学祈向》(《词学》,2014年第三十一辑)、胡迎建《风雨龙吟响彻空——论龙榆生诗词》(《中华诗词》,2013年第5期)等少数几篇文章。在谈及作品风格时,马大勇师和胡迎建都明确表示龙榆生词学苏辛,呈现出磊落奔逸、清雄俊爽的基本风貌。而笔者认为,龙榆生作品风格并非始终如一,以1940年加入汪伪政府为界点,前后出现较大反差。

1. 从清雄俊爽转向苍凉沉郁

晚清四大家朱祖谋临终之时,特将毕生所倚重的笔砚赠予龙榆生,明示

① 龙榆生:《论常州词派》。《同声月刊》,1941年,第1卷第10号。
② 龙榆生:《论常州词派》。《同声月刊》,1941年,第1卷第10号。
③ 施议对:《民国四大词人》,北京:中华书局,2016年,第173页。

寄托期望与衣钵传承之本意。此乃词坛佳话,有多位书画家作"彊邨授砚图"以纪事,引来唱和题画无数。朱祖谋向以格律谨严著称,填词以梦窗为标杆。王鹏运曰:"自世之人知学梦窗,知尊梦窗,皆所谓但学兰亭面者;六百年来,真得髓者,非公更有谁耶?"①又王易《中国词曲史》云:"专宗梦窗,订律精微,遣词丽密,……尤能一扫饾饤之弊。"②作为朱祖谋传人,龙榆生自当也应模拟梦窗,进一步发扬师门法度,然而他却严厉批判梦窗。其《今日学词应取之途径》认为当下学梦窗者多"以涂饰粉泽为工,以清浊四声竞巧,掎撦故实,堆砌字面,形骸虽具,而生意索然"。③ 基于此,龙榆生提出"私意欲于浙、常二派之外,别建一宗,以东坡为开山,稼轩为冢嗣,而辅之以晁补之、叶梦得、张元干、张孝祥、陆游、刘克庄诸人。以清雄洗繁缛,以沉挚去雕琢,以壮音变凄调,以浅语达深情,举权奇磊落之怀,纳诸镗鞳铿鍧之调,庶几激扬蹈厉,少有裨于当时。"④又《晚近词风之转变》强调:"私意欲窃取周氏《四家词选》之义,标举周、贺、苏、辛四家,领袖一代,而附以唐宋以来,下逮近代诸家之作,取其格高而情胜,笔健而声谐者,别为一编,示学者以坦途,俾不至望而生畏,转而求词于胡适《词选》,以陷迷误忘归。"⑤龙榆生还通过词选来落实其标举苏辛的词学理念,如《唐五代宋词选》中选苏辛词分别为 15、33 首,而选姜夔、吴文英皆只有 4 首。

龙榆生更在创作层面极力模仿苏辛。如《水调歌头》开篇即云:"今古几词手,我自爱东坡。浩然一点奇气,哀乐过人多。合付铜琶铁板,洗尽绮罗芗泽,抗首且高歌。"再如《减字木兰花·赠孔生北涯》和《减字木兰花·越秀山看红棉作》:

江湖滃洞,磊落奇才须致用。倦眼能青,竚看扶摇起北溟。 宗风岭表,临桂而还谁矫矫。斫地狂歌,指顾中原可奈何。

气凌霄汉,赖有交柯擎翠斡。肝肺权枒,迸出枝头似血花。 一隅争霸,赤帜高张人骇诧。待与移根,扶荔官前认梦痕。

字句干脆利落,情感磅礴直率,很容易辨别出是苏辛的路数。类似作品还有不少,如《六州歌头·感愤无端,长歌当哭,以东山体写之》《水龙吟·杨

① 王鹏运:《致朱孝臧》,杨传庆:《词学书札萃编》,天津:南开大学出版社,2015 年,第 83 页。
② 王易:《中国词曲史》,南昌:江西教育出版社,2018 年,第 287 页。
③ 龙榆生:《今日学词应取之途径》,《词学季刊》,第二卷,第三号,1935 年 1 月,第 3 页。
④ 龙榆生:《今日学词应取之途径》,《词学季刊》,第二卷,第三号,1935 年 1 月,第 3 页。
⑤ 龙榆生:《晚近词风之转变》,《同声月刊》,第一卷,第三号,1941 年 2 月。

花和东坡》《水龙吟·将之岭表赋示暨南大学诸生》《水调歌头·乙亥中秋，海元轮舟上作，用东坡韵》《满江红·曾杨雪公熙绩，即用其十八年三月生日原韵》等。明确其填词门径及词作风格的根本目的是为了进一步评价其词的成就，如果单与苏辛相比，笔者认为龙榆生仍处在模拟阶段，并未跳出门庭，自成一家。对此，陈兼与有相似见解，其《读词枝语》云："其《忍寒词》自是行家，行家制作，亦不一定皆好。榆生杂学宋诸家，自谓喜东坡，如咏红棉《浪淘沙》云云，意态駘荡，学东坡不足，比之文潜、无咎、或庶几焉。"①其实不难理解，龙榆生追随朱祖谋学词已久，耳濡目染，难免有清真、梦窗之痕迹。换言之，龙榆生词作带有梦窗之凝练顿挫与苏辛之雄奇飞动的双重因子。如《齐天乐·秋思》："冻柳迷烟，荒萤照壁，离恨冰刀难剪。孤帷暂掩。镇千叠烦忧，卧思冰簟。"又《红林擒近》："蠹墨磨渐懒，怨曲理逾欢。秦淮涨粉，溶溶谁浴冰盘。"字句雕琢，情幽语婉，逼似梦窗。与上文所举模拟苏辛之作形成鲜明对比。刘梦芙《冷翠轩词话》云：龙榆生"词喜东坡，实则未达髀苏清雄超放之境，惟苍凉沉郁处，有似遗山。"②如果我们将范围缩小到抗战时期，发现刘梦芙的观点更为准确。

龙榆生抗战时期词已经褪去俊爽风神，而是转向苍凉沉郁。如《霜叶飞·己卯重阳和贞白》："零乱暗泣啼螀，横林谁染，泪血流润枯草。半衾幽梦总荒唐，负海天凝眺。枉一抹、哀弦断了。"再如《雪梅香》："惊蓬。省前事、律鬓霜凋，怕更临风。惹得清愁，为伊意怯心慵。巧笑相逢断今夕，湿红难搵郁悲翁。歌传恨、到枕回潮，将梦谁同。"词笔缠绵悱恻，下字用语浑然不是早期苏辛风格，也不是清真、梦窗的家法，反而更接近宋末遗民词人风神。这一转向在龙榆生加入汪伪政府后变得更加突出，请看《摸鱼儿·庚辰重阳前一夕作》：

> 近重阳、喜无风雨，秋容妆点如许。萧萧不断经霜叶，飞傍小窗低语。旋起舞，甚醉脸春融，遮得愁来路。辞柯最苦。但绕遍天涯，梦魂长耿，邂逅总相遇。　　登临意，能送行人归否。征程遥指江树。题情未怕沧波恶，挹取泪花匀注。怀旧侣。恁展尽缠绵，难写伤高句。危弦独抚。正衰草黏云，低徊心事，闲共暗蛩诉。

① 陈兼与：《填词要略及词评四篇》，广州：广东人民出版社，1986年，第128页。
② 刘梦芙：《冷翠轩词话》，刘梦芙编：《二十世纪中华词选》，合肥：黄山出版社，2008年，第684页。

该词于孤寂清冷的整体氛围中渲染愁苦之情,已经与早期清雄俊爽大相径庭,更可追问是下片中"沧波恶"云云似别有所指。辛弃疾《鹧鸪天》有云:"江头未是风波恶,别有人间行路难。"白居易《太行路》又云:"行路难,不在水,不在山,只在人情反复间。"龙榆生此处指向的正是人情反复四字。直逼煞拍无处诉说的压抑和苦闷,沉郁之感油然而生。类似此类风格的作品在此后数年内占据主流,如《八声甘州》:"何许堪纫兰佩,对水明沙净,旅雁惊寒。便招携红袖,难揾泪痕乾。总输他中年陶写,又梦飞沧海漾微澜。空回首,旧题名处,万感幽单。"又《八声甘州》:"看赌乾坤未了,胜败两潜然。领取无言意,知向谁边。"作者正值壮年,但词中所叙之情倒是与晚年的李清照十分接近,给人物是人非的沧凉感。

　　基于以上分析,笔者认为学界对龙榆生词之苏辛风格的整体判断是有失偏颇的。这只是其抗战之前的特质。自1940年加入汪伪政府之后,龙榆生的人生轨迹发生逆转,词作风格亦随之变得沧凉沉郁。如果仅仅将这种转变的原因归于"入伪",则未免太过宽泛,也无法真正解释清楚《忍寒词》的复杂情绪,必须进一步追问"入伪"背后的动机和考虑。

　　2. 龙榆生入伪的真正动因

　　张晖《龙榆生先生年谱》试图以历史人文关怀为标准,降低因政治错误而受到的影响,重新审视他的文学成就,所得结论宏观上平允公正,然细节处或可推敲,尤其是"被迫入伪"与"自愿入伪"的问题尚需重新认知。据张晖分析,汪精卫曾派陈允文问先生,是否肯去南京任职。龙的回答是:"我是一个无用的书生,只希望有个比较安定的地方,搞点教育事业。"[1]此言不免暧昧,面对汪的邀请,龙氏并没有断言拒绝,而是将话题转到生活和教育上。从龙榆生1939年底所作《小梅花·己卯淞滨岁晏,同大厂、贞白》能约略窥探彼时动摇心绪:

　　　　将进酒。邀宾友。何妨椎埋与屠狗。抚枯桐。送飞鸿。揭开青史几个真英雄。分羹骨肉夸刘季。燕雀焉知鸿鹄志。辨忠奸。古来难。堪笑一篙春水走曹瞒。　　思北固。寄奴住。百万樗蒲乌足数。歹朱殊。帝城居。龙盘虎踞、付与秃头奴。仓皇急劫凭谁语。身外是非云外趣。口滔滔。乐陶陶。争放摩苍豪气委蓬蒿。(《忍寒词弃稿》)[2]

① 龙榆生:《干部自传》,张晖:《龙榆生先生年谱》,上海:学林出版社,2001年,第100页。
② 本节引诗词皆自《忍寒诗词歌词集》,上海:复旦大学出版社,2012年。

辨忠奸,古来难,胜者为王,败者为寇。历史的抒写大都源自现实的某点触动,此词大体是在阅读汪兆铭《落叶词》后,同情其处境①,继而生出此感慨。所论纵然公允,但对汪之态度不免失衡。这番同情和自我态度的"暧昧"终造成其人生轨迹的重大转折。

张晖《龙榆生先生年谱》认为,4月2日公布汪伪立法院委员名单时,并未征得本人同意。得此结论的直接史料是任睦宇《悼念龙榆生先生》:"龙师母曾亲口告诉我,当这一消息发表,榆生先生非常惊愕,……先生多夜不能交睫,忧思冥想,终抱万死不屈之心,存万一有可为之望,以为我不入地狱,谁入地狱,便鼓勇尝试。"②此乃后人回忆资料,龙榆生当时到底怎么想,恐怕无人知晓。然就任睦宇言语来看,仍然是"存万一有可为之望"的侥幸。这般饶舌难辞辩解之嫌。

据夏承焘《天风阁学词日记》1940年3月31日载:"座间闻XX将离沪,为之大讶,为家累过重耶,抑羡高爵耶?枕上耿耿不得安睡,他日相见,不知何以劝慰也。"③隐去名字的"XX"正是龙榆生。何以4月2日才公布的确切消息,会出现在3月31日的日记中,既然已经是座间所闻,那么龙榆生投奔汪伪事情必然已被不少友人得知,这就证明任睦宇的回忆与事实并不相符。

龙榆生《忍寒漫录》载:"予教授南北,已逾廿年。志在育才,无情禄仕,虽感知心切,且以激于先生'为苍生请命,为千古词人吐气'之语,勉至金陵。"④据此判断,理应得出龙榆生受汪精卫"为苍生请命"之语感动,勉强同意投入麾下。而不是如任睦宇和张晖所说的"先生未允"的判断。龙榆生《水调歌头·赠刘定一将军》更将"为苍生请命"的自我定位和盘托出:

> 剑气总难敛,射斗有光芒。出言曾见惊座,此士不寻常。凭藉一成一旅,但得知人善任,汉道定能昌。果报登坛拜,天马看腾骧。　　郁忠愤,披肝胆,事戎行。男儿待显身手,肯自负昂藏。子为苍生请命,我为将军传檄,宣化及雍梁。勉佐中兴主,换了未渠央。

可以看出,"为苍生请命"是龙榆生当时投奔汪伪最直接的动机。关键是此

---

①　张晖:《龙榆生先生年谱》,上海:学林出版社,2001年,第97页。
②　任睦宇:《悼念龙榆生先生》,《文教资料》1999年第5期。
③　夏承焘:《天风阁学词日记》(二)1940年3月31日,《夏承焘集》(六),杭州:浙江古籍出版社、浙江教育出版社,1997年,第189页。
④　龙榆生:《忍寒漫录》,《同声月刊》,1944年,第4卷第3号,第96页。

处所勉"中兴主"到底是谁？词题中刘定一，名刘夷（1890—？），时任汪伪警卫旅旅长。[1] 刘将军所拥护的中兴主当然是汪兆铭。"我为将军传檄"云云说的已经够直白了。再读《水龙吟·题高奇峰画易水送别图》：

> 所期不与偕来，雪衣相送胡为者。高歌击筑，柔波酸泪，一时俱下。血冷樊头，忍还留恋，名姬骏马。问谁深知我，时相迫促，恩和怨，余悲诧。　孤注早拚一掷，赌兴亡、批鳞宁怕。秦贪易与，燕仇可复，径腾吾驾。日瘦风悽，草枯沙净，飘然旷野。渐酒醒人远，要凭寒剑，把神威借。（《忍寒词》）

龙榆生自认为他和汪精卫都是抱着"我不入地狱，谁入地狱"的心理出任伪职的。"问谁深知我"正是当初无人理解的正面回应。下片孤注一掷、批鳞宁怕等语貌似言说荆轲，实乃自我心理真实写照。

所以，1940 年龙榆生加入汪伪政府并非因已经列入立法委员名单，而被迫赴宁。其真实情况恐怕是受汪精卫"为苍生请命，为千古词人吐气"[2]所激励，以及迫切希望为人民做点实事的爱国之心所触动，百般抉择之后自愿加入汪伪的。笔者就事论事，剖析疑窦，并非翻案。还原历史细节的本来面目，不过是为了更准确的解析龙榆生抗战时期词风转向的根本因素。

3. 龙榆生抗战时期词心探微

龙榆生这份初衷并不为世人理解，随着加入汪伪立法委员会的消息传开，立即遭来文学界同人的嘲讽谩骂。夏承焘《天风阁学词日记》载：

> 1940 年 4 月 10 日："途过仇亮翁，谓沪上学生甚不满于俞君，甚为俞君太息。"

> 4 月 11 日。"每日谈俞君，念其临行前如得晤予，予当极力挽之回。仇亮翁谓：读书人为人看轻坐此，诚痛心之言。今早一帆来，谈张君事，亦同慨叹。处身乱世，须十分谨慎哉。"

---

①　刘夷，别字定一，云楼乡蕉园村人。毕业于黄埔军校第二期工兵科、中央军官训练团将校班第五期、陆军大学特别班第二期。历任国民革命军第一军排、连、营长，第二师团长，独立第十四旅旅长。1930 年第一次"围剿"及 1932 年第二次"围剿"红军时皆任独立第三十二旅旅长，后任国民党中央党务训练团军训处处长。1936 年 2 月授陆军少将。抗日战争爆发后，在作战中被日军俘虏，1944 年 5 月任汪伪中央陆军军官学校总队长，汪伪军事参议院中将参议，兼中央陆军军官训练团团长。还兼任汪伪参赞武官公署中将参赞武官和汪伪中央警卫旅旅长。肖方远主编：《吉安县志》，南昌：江西人民出版社，2008 年，第 702 页。
②　龙榆生：《忍寒漫录》，《同声月刊》，1944 年，第 4 卷第 3 号，第 96 页。

4月15日。"得蒙庵函,谓俞君事,唯有一叹。今日遇孙翁,于俞君甚不满。"①

龙榆生"抵宁后,致函各处,告出处心间之迹"②的原因之一确实是生计所迫,当时他要"担负八个儿女的教育费,养活一家十五六口"③,挚友夏承焘、张尔田等人或许正因此并未大张挞伐,仍与其保持密切书信往来。然至 1942 年前后,不少友人已经开始质疑其初衷。如张尔田、钱锺书分别作诗质问龙榆生。

欲垫芦灰补不平,无穷霜露草间情。已撄大患怜身在,更践危机觉命轻。几见鸾飘巢阿阁,空看蝶舞出宫城。天荒地变俱终古,来信逃秦是为名。④

一纸书申渍泪酸,孤危契阔告平安。尘多苦惜缁衣化,日暮遥知翠袖寒。负气身名甘败裂,吞声歌哭愈艰难。意深墨浅无从写,要乞浮提沥血干。⑤

钱诗"负气"句还是含蓄讽谏,而张诗颈联中"几见""空看"就已是直截了当的横眉冷对了。夏承焘《洞仙歌》更有"怎初归金屋,便改冰姿。浑不管,容易樽前换世"⑥的当面质问。且巧合的是,此三人诗词皆作于 1942 年。其直接原因恐怕是 1941 年 12 月 8 日太平洋战争的爆发。不久美国对日宣战,中国因国际物资援助问题,直至 1942 年,才正式发表对日宣战声明。至此,中、美、英、苏等国签订联合国宣言,共同抵制德日法西斯。国内抗战情绪再次高涨,而龙榆生仍未退隐,因而遭到夏、张挚友的诘问。其实,自其踏出那一步起,就已经无路可走,日本、汪伪、国民党都不允许其随意退出。个中艰险,实难辩解。面对挚友们的追问、劝解,龙榆生无言以对,只能将抑郁苦闷诉诸于词。试读《金缕曲·闻瞿禅去岁得予告别书,为不寐者数日,感成此解》:

---

① 夏承焘:《天风阁学词日记》,《夏承焘集》,杭州:浙江教育出版社、浙江古籍出版社,1998年,第 6 册,191—192 页。
② 张晖:《龙榆生先生年谱》,上海:学林出版社,2001 年,第 101 页。
③ 龙榆生:《苜蓿生涯过廿年》,张晖编《忍寒庐学记·龙榆生的生平与学术》,北京:生活·读书·新知三联书店,2014 年,第 37 页。
④ 张尔田:《有感一章寄酬榆生》,《同声月刊》,第二卷第三号,1942 年 3 月,第 108 页。
⑤ 钱锺书:《得龙忍寒金陵书》,《槐聚诗存》,北京:生活·读书·新知三联书店,2001 年,第 63 页。
⑥ 夏承焘:《夏承焘词集》,长沙:湖南人民出版社,1981 年,第 77 页。

此意那堪说。数平生、几人知己,经年契阔。揽镜添来星星鬓,忍向神州涕雪。算咽恨、须拼一决。佇苦停辛缘何事,奈虚名、误我情难绝。肝共胆,为君热。　　故人自励冰霜节。问年来、栖迟海澨,梦余梁月。几度悲歌中宵起,和我鹃声悽切。诉不尽、口衔碑阙。填海冤禽相将去,愿寒涛、化作心头血。休更惜,唾壶缺。(《忍寒词》)

面对故人误解,作者自明“肝共胆,为君热”,且入金陵数月以来,每日战战兢兢,如履薄冰,常常中宵起悲歌。然终究是“诉不尽,口衔碑阙”。词中百口莫辩、无处伸张的“冤屈”心绪跃然纸上,读来催人泪下。再如《摸鱼儿·庚辰重阳前一夕作》,本想将“伤高句”说与旧侣,却发现已无人可懂,只能自谈危弦,与暗蛩相和。另有《甲申端午题张生寿平苦卧庵诗词课》也着实感人肺腑,诗云:“情无可忍身长卧,事有难言意未灰。呕出心肝琢佳句,断肠何止贺方回。”

之所以无人能明白其苦楚,因为一方面龙榆生是抱着救国救民的初心来加入伪政府,此举止被友朋误解为追求虚荣;另一方面,来到南京后看到的实际情形与其期望有巨大的反差,根本就无法为人民做实事,而沾上色彩后又无法摆脱,进退两难。① 即便如此,龙榆生依然未改初心。《同声月刊》创刊号有其署名“俞耿”《寒蛩碎语》一则,尾云:“每念山河残破,满目疮痍,平生师友知遇之恩,父母鞠养教诲之德,曾未能少图报效,心之忧矣,白发横生。”②一边是爱国热血,一边是情形太糟,怎能不令人愤慨。其实,刚到金陵不久,目睹汪伪政府的种种劣迹,龙榆生已经后悔当初草率决定。请看《木兰花慢·秋宵闻雨》:

滴空阶碎雨,和蛩语,诉秋心。正画角声酸,银潢信杳,海气沉沉。芳林。骤闻坠叶,带清砧、惊起绕枝禽。倦枕才醒短梦,旅怀悽入商音。

微吟。浊酒更谁斟。心事寄瑶琴。爱净洗浮埃,重悬明镜,不怨单衾。侵寻。鬓霜渐满,媚疏檠、牢落意难任。一卷陈编坐拥,宵阑四壁愔愔。(《忍寒词》)

---

① 龙榆生《干部自传》载:“我到了南京参加伪组织之后,我看到伪政府的情形太糟了,哪里谈得上争回权利,拯救人民? 我曾写过一封信给汪,希望他找点好人,培植若干比较有良心的干部,或者可以减少一些人民的痛苦。”张晖:《龙榆生先生年谱》,上海:学林出版社,2001年,第102页。

② 俞耿即龙榆生,龙榆生:《寒蛩碎语》,《同声月刊》创刊号,1940年,第176页。

"骤闻坠叶""清砧惊禽"刻画词人内心紧张害怕心绪十分到位,如此梦短恐怕非"旅怀"那么简单。下片"净洗浮埃,重悬明镜,不怨单衾"将战战兢兢的缘由明白道出。然而历史无法倒退,在抗战乱世,错误决定迈出后,想要回头就不容易了。词中悔恨意识较为明显。不妨与异曲同工的吴伟业《贺新郎·病中有感》稍作比较:

> 万事催华发。论龚生、天年竟夭,高名难没。吾病难将医药治,耿耿胸中热血。待洒向、西风残月。剖却心肝今置地,问华佗、解我肠千结。追往恨,倍凄咽。　　故人慷慨多奇节。为当年、沉吟不断,草间偷活。艾炙眉头瓜喷鼻,今日须难决绝。早患苦、重来千叠。脱屣妻孥非易事,竟一钱不值。何须说。人世事,几完缺。[①]

吴伟业本是明朝重臣,因降清后再次出仕而位列《贰臣传》名录。其诗词中一直为自己当初决定而悔恨嗟叹。如上词"追往恨,倍凄咽""草间偷活"等语。龙、吴二词都堪称"一失足成千古恨"心绪的最佳范本。龙词取平声韵,语气较缓和,然悲苦心情似游丝般缓缓流淌,着实感人;吴词取入声韵,音调铿锵,情绪激动,如斫地悲歌,嚎啕大哭,令人心折。龙词以景言情,且视听相结合,如碎雨、和蛩、画角、清砧等各声交织,秋心、银潢、宵阑四壁等景衬托,凄然困苦之感倍增;吴词以事言情,如所举龚生、华佗、故人等例,今昔对比,萧然沦落之感顿生。二词各尽其妙,堪称双璧。

综上所述,固然龙榆生一直标榜苏辛,大力倡导雄壮豪迈词风。然自从"失足"进入汪伪政府后,其词总是蒙上难以拨开的愁苦烦怨,纵有苏辛风神,也不似抗战前那般意气风发空澈通灵。四处渗透的压抑难耐,无法言说的苦楚冤屈,反而使《忍寒词》更接近于清真、梦窗"抑郁顿挫"的格调,但内在情感显然又比他们更加厚重。经此一变,龙榆生词已摆脱模仿寠白,于抗战词坛独树一帜。

(二) 汪兆铭诗词的抒情技艺

1938 年后汪氏所作词总数不过十余首,然无论是情感之真挚,内容之厚重,还是技艺之熟稔巧妙,都足以奠定其在词坛的名家地位。其作品不管何种题材,什么视角,总是牵引出自己对社会大时代的感喟。"这样一个人,一定是复杂的,一定不是平面的,一定不是简单化的。我们可以在他身上看见那个时代,看见中国的过去,一个文人在转型时代通过革命变成政治领

---

① (清)吴伟业著,(清)陈继龙笺注:《吴梅村词笺注》,上海:上海古籍出版社,2008 年,第 195 页。

袖,面对时代大变的内心苦痛。"①与汪曾武分段论不同,评价汪兆铭伪政府时期作品中的情愫是更复杂的难题。

以具体语句为例,如《朝中措·重九日登北极阁,读元遗山词,至"故国江山如画,醉来忘却兴亡"之句,悲不绝于心。亦作一首》:"城楼百尺倚空苍。雁背正低翔。满地萧萧落叶,黄花留住斜阳。   阑干拍遍,心头块垒,眼底风光。为问青山绿水,能禁几度兴亡。"《水调歌头·辛巳中秋寄冰如》"问天于世何意。岁岁眼常青。天上琼楼皎洁。人世金瓯残缺。两两苦相形。"《满江红》"邦殄更无身可赎,时危未许心能白。但一成、一旅起从头,无遗力。"如果他还是那个"刺秦"的烈士,国民党高级领导人,不会有人怀疑词中所言之"江山兴亡""金瓯残缺"和"邦殄"的真伪。但在越南所发"艳电"一出及伪政府的着手建立,所有与爱国有关的辩白都被汉奸身份抹黑。人们常通过其诗词中爱国之心的表白来讽刺汉奸的虚伪,其实这也不过是后人的一厢情愿罢了。汪精卫还不至于沦落到战争结束的某一天试图通过诗词来洗刷罪名。何况诗词证明的力度是如此苍白!其真正的悲剧一如胡适日记所云:"精卫一生吃亏在他以'烈士'出身,故终身不免有烈士的complex。他总觉得,'我性命尚且不顾,你们还不能相信我吗?'性命不顾是一件事,所主张的是与非,是另外一件事。"②当不顾生命的"曲线救国"与"松桧千年耻姓秦"③的现实同时对准一个人时,其内心苦痛是可以想见的。龙榆生《自传》中提及汪精卫时说:"我那时的心理,常是这样想着:他为什么出来干这种事?他以前不是没有地位的人,以后也不愁会饿死,我还把他当作刺摄政王时的汪精卫来看待。我看到他新做的诗词,内心也是很苦痛的。"《干部自传》中又说:"觉得汪也同样是个'可怜人',他那内心的苦痛,是要百倍于我们的。"④很容易从《双照楼诗词》中找出很多表达内心苦闷的语句,如《虞美人》二首:

空梁曾是营巢处。零落年时侣。天南地北几经过。到眼残山剩水已无多。   夜深案牍明灯火。阁笔凄然我。故人热血不空流。挽作天河一为洗神州。(《同声月刊》第一卷第一号)

---

① 傅国涌:《诗与政治:晚年汪精卫的心路历程》,"微信公众号:国语2017",2016年10月26日至11月1日连载。

② 曹伯言:《胡适日记全集》,台北:联经出版公司,2004年,第8册,第200页。

③ 陈小翠《题汪兆铭双照楼诗词稿》:"双照楼头老去身,一生分作两回人。河山半壁犹存末,松桧千年耻姓秦。翰苑才华怜后主,英雄肝胆惜昆仑。引刀未遂平生志,惭愧头颅白发新。"

④ 张晖:《龙榆生年谱》,上海:学林出版社,2001年,第102页。

秋来凋尽青山色。我亦添头白。独行踽踽已堪悲。况是天荆地棘
欲何归。　　闭门不作登高计。也揽茱萸涕。谁云壮士不生还。看取
筑声椎影满人间。(《同声月刊》第二卷第四号)

前首"夜深案牍明灯火,搁笔凄然我",后首"独行踽踽已堪悲,况是天荆地棘
欲何归"等都是大悲大痛之语。此孤独苦痛的心境贯串汪氏晚年诗词始末。

目前从《双照楼诗词稿》探索汪兆铭一生心迹的论著着实不少,尤其是
其发表"艳电",坠入深渊之后的心路历程一直是史学家热衷追问的话题。
诗词的朦胧性和暗示性成为解读心迹的绝佳材料。于是诸如叶嘉莹先生
"精卫情节"①、傅国涌剖析"孤独心境"②、刘威志"使秦、挟秦与刺秦的烈士
情节"③等,大都以文学作为重要佐证材料,剖析《双照楼诗词》中蕴藏汪氏的
丰富情感。笔者无意于再从 1940 年后汪氏有限的作品中提炼出更合理的
主题,也不是再去挖掘汪氏内心到底多么的孤独,多么的苦痛,以及何种原
因导致,而是探究汪精卫通过什么抒情技法呈现出足以令龙榆生都感动的
作品。笔者认为,汪之词是龙榆生倡导文起轩派和常州词派"意内言外"相
结合的绝佳典范。

首先,龙、汪词学观相近相融。上文在探究龙榆生诗教观及与之配套的
"常州词派"理论回归时,没有交代清楚,这一理念的形成其实与汪精卫有密
切关联。汪给龙书信中数次谈及词学观。比如《同声月刊》的命名、凡例及
龙榆生《近三百年名家词选》的探讨。其中"抒情技术"及"缘情绮靡"的核心
理念多自汪氏得来:

> "尊所学"尚矣,然知尊而不知所以尊之者,亦未为得。例如男女相
> 悦之辞,为文学之起源。自三百篇以迄于五代,言情之作,大家不废,及
> 宋则欲"尊诗体"。大家往往于所为诗汰去言情之作,而一发之于词。
> 此于诗未为尊,而于词则未为亵也。近来又有所谓"尊词体"者,**欲于**
> **词中删去言情之作,此真乃不可以已乎?** (周止庵氏似未免此弊)。
> 窃意词选于此,亦似宜留意。淫荡之作,固不当取。**若夫缘情绮靡,则**

---

① 叶嘉莹:《汪精卫的烈士情结》,汪兆铭:《双照楼诗词稿》,香港:天地图书有限公司新版,
2012 年。

② 傅国涌:《诗与政治:晚年汪精卫的心路历程》,"微信公众号:国语 2017",2016 年 10 月 26
日至 11 月 1 日连载。

③ 刘威志:《使秦、挟秦与刺秦——从 1942 年'易水送别图题咏'论汪精卫晚年的烈士情结》,
《汉学研究》,2014 年,第 32 卷第 8 期。

含英咀华，正当博搜而精取之，亦不必为"外集"集外词以强生区别也。 未知高见以为何如？

　　鄙意将"或关系民生疾苦"句删去。诗有赋比兴之分，原不限于一体，且恐千篇一律，转成为变相之应酬文字。……说理不如文言之深切详尽，而抒情技术，概置不论，此亦诗道之忧也。 在诗言诗，对国家民族之阽危，民生之疾苦，自然流露，斯为得之。①

汪氏十分看重"缘情绮靡"之作，显然与婉约词更近。而"抒情技术"的强调，与龙榆生指出当代词坛注重章法技巧，"专敝精神于'顺逆反正'之运用，转忽'恻隐盱愉'、'意内言外'之功"②的论述是相似的。且汪之苦痛、郁闷和孤独也只能借助"意内言外"之功来排解。

其次，以比兴之法，寄托足称词史的家国大事。汪氏《小休集序》有云，其诗"特如农夫樵子偶然释耒弛担，相与坐道旁树阴下，微吟短啸以忘劳苦于须臾耳。因即以'小休'名吾集云"。③ 简言之，他是把政治上的"劳苦"通通转移到了诗词中。叶嘉莹曾言"很多人只向往文采风流，但那一定是第二等，就是文采再美妙，再风流，也是第二等。凡是第一等的作家，都有一个最高的理念的层次。"④汪词中就存在这种"最高的理念"，即不管是何种题材、何种言说对象，他总是能将话题牵引到乱世中家国社会和试图改变而不得的苦闷中来。转移牵引的媒介是平凡意象中生出不平凡的情愫。如《浣溪沙·广州家园中作》上片还是普通的"画阑""盆山"，下片所言陡然变成"橄榄青于饥者面，木棉红似战时瘢。尚存一息未应闲"的不和谐场景。将橄榄青、木棉红与"饥者面、战时瘢"捏到一起实属大奇。再读《忆旧游·落叶》：

　　叹护林心事，付与东流，一往凄清。无限流连意，奈惊飙不管，催化青萍。已分去潮俱渺，回汐又重经。有出水根寒，拏空枝老，同诉飘零。
　　天心。正摇落，算菊芳兰秀，不是春荣。摵摵萧萧里，要沧桑换了，秋始无声。伴得落红归去，流水有馀馨。尽岁暮天寒，冰霜追逐千万程。（《扫叶集》附词）

① 汪兆铭：《双照楼遗札》，《同声月刊》，1944 年，第四卷第三号。
② 龙榆生：《龙榆生词学论文集》，上海：上海古籍出版社，2009 年，第 404—405 页。
③ 汪兆铭：《小休集序》，《双照楼诗词稿》，景泽存书库版，民国三十六年(1947)刻本，吉林大学图书馆藏。
④ 叶嘉莹：《汪精卫的烈士情结》，汪兆铭：《双照楼诗词稿》，香港：天地图书有限公司新版，2012 年。

普通落叶一经点染,极具灵性,不仅将漂泊经历巧妙道出,而且成为汪精卫自身形象的写照。词眼在首句"护林心事",对照《金缕曲》,寄托之情会更加清晰:

> 小聚秋声里。近黄昏、篱花摇暝,庭柯彫翠。残叶辞枝良未忍,**耿耿护林心事**。正呜咽、风萧易水。三十六年真电掣,剩画图、相对浑如寐。谁与揽,澄清辔。(《同声月刊》第一卷第八号)

"残叶"句出自林文《赠别汪精卫》"撼地风声万木悲,翻江狂雨暮来时,乱灯惨澹望城郭,孤桌怆惶怨别离。入夜浮云还蔽月,护林残叶忍辞枝。艰难蓄此新秋泪,朝暮相思未可知。"[1]背景是1906年萍乡醴陵革命起义失败后作。因此,为中华复兴的革命事业乃"护林心事"之根本。回到前词,上片"心事"之"付与东流,一往凄清"云云就皆是革命、抗战等时事政治的隐射;下片"要沧桑换了,秋始无声"无不与其坚持的"和平事业"密切关联。汪词在比兴寄托、意内言外的熟稔精妙上已可远逍常派各家,而所寄托"心事"之重大沉重又堪与文廷式等相提并论。

第三,以"缘情绮靡"之笔,含蓄表达心意。陈克文日记载:"汪先生之诗词固为至性流露之杰构,亦足反映其平日治事偏于感情。日来颇有人批评汪先生之诗词,谓为亡国之音,做不得,不无多少道理存乎其间。"[2]从《双照楼诗词》确实容易得出这一结论,但如果自汪氏"抒情词学观"入,就不会有此泛泛之论。他认真践行诗乃言志,词重抒情的基本观念。读《满江红·庚辰中秋》:

> 一点冰蟾,便做出、十分秋色。光满处、家家愁罥,一时都揭。世上难逢干净土,天心终见重轮月。叹桑田、沧海亦何常,同圆缺。　　雁阵杳,虫声咽。天寥阔,人萧瑟。剩闺中溅泪,沙场暴骨。挹取九霄风露冷,涤来万里关河洁。看分光、流影到疏巢,乌头白。(《同声月刊》第一卷第一号)

报载汪氏词"剩闺中"句未作完,即因公务而搁笔,陈璧君补充为"叹西风吹梦,了无痕迹。泪眼问秋秋不语,可怜心事谁能识。"如果说这个世上还有人

---

① 许涤新编:《百年心声:中国民主革命诗话》,北京:生活·读书·新知三联书店,1979年,下册,第102页。
② 陈方正编校:《陈克文日记》,北京:社会科学文献出版社,2014年,上册,第395页。

能理解汪之苦痛,陈氏算其中之一。补充数句固然能将原作心迹大白天下,只是汪氏很少这般直白的道出心意,如后来补充原词较陈氏就含蓄的多,紧贴"中秋月",借月之"涤来万里关河洁",寄托自己所作所为的本意。陈的修改,既成为认识汪心迹的最好明证,也是汪走常派之路的有力注脚。再如《木兰花慢·援道有辍弦之戚,赋词见示,依调慰之》,通常此类词多以较为平和之安慰语气叙述生命更迭之自然,而汪词倒像是一篇自传,大作手从来都不按套路出牌:

> 人生何所似,似渴骥,涌奔泉。叹一曲清泓,无穷况味,甘苦咸酸。几番。醉醒未了,早滔滔、哀乐迫中年。侠骨英雄结纳,情肠儿女缠绵。
> 萧然。落日照烽烟。夜枕绿沉眠。又孤梦初回,淋铃凄韵,和入惊弦。灯前。尚留情影,对丹心、华发耿相怜。离合从来一瞬,至情无间人天。(《同声月刊》第二卷第五号)

煞拍貌似常见语,却有千钧之力。汪词典故较少,亦不用晦字涩调,只就常见语句之间就彰显出浓厚的真挚感。龙榆生《双照楼诗词未刊稿跋》算是能够读懂其作品的知音:"孤灯恍然,如见颜色,而国家兴亡之痛,从容文酒之欢,梦影前尘,直同天上矣。"①汪词很容易走进人们心底最柔软处的魔力也在于此。

本节赞赏汪词技艺水平出众,并无政治翻案或其他同情理解的想法,仅是以词论词。

第二节 词体雅化与反抗策略:论北京《雅言》词人群

《雅言》的文学成就较为复杂,其所秉承的词体"雅化"创作思想用双刃剑来比拟,或不十分恰当,但也不失为最合适的描述。有利者,接续了抗战之前北平文学的繁盛局面,无论是诗词创作,还是文学活动的频繁,都堪称复兴。不少文人打破"七七事变"以来沉默不声的局面,积极投身到雅集唱和中来,奏出沦陷区古典文学的"第二春"。弊端是,所作诗文现实性因子大为减少,诗歌多赏花游玩,模山范水,文章则多为考证故实,序跋题录,相关政论或个人情怀的抒发较为罕见。长期沉寂于私人狭窄空间,作品纵有高

① 龙榆生:《双照楼诗词未刊稿跋》,《同声月刊》,1944年,第四卷第三号。

超技艺,亦恍如不是沦陷区人民所应有的正常生态。北平的文人们似乎已经遗忘了身处沦陷区的事实。视觉、听觉的双重蒙蔽使他们失去了本应该具有的民族反抗精神和政治意识。此现象或许并不适合整个北平,但至少有部分传统文人确实在享受着眼前的虚幻景象。不问现实自然能够在乱世中求得自保,岂知如此创作正中日伪统治者"和平文学"的下怀,他们正需要这样的复古风气来重振雅音,打造所谓的"东亚共荣"盛世。

需要提醒的是仍有一批不畏强权的作家,如夏仁虎、张伯驹、郭则沄、徐沅、黄孝纾等,面对严格管控的现实困境,他们充分调动古典文学丰富的历史经验和深厚的知识积淀,在作品中寄托反抗心声和家国情怀,让同时期的北平旧文学绽放出新文学无法比拟的耀眼光芒。有学者指出"新文学的表达限度,从根底上挖,则暴露出新文化的伦理困境,即在'五四'这个成功的文化断裂之后,如何调动固有的历史经验、思想资源、修辞策略,更灵活地处理新旧、雅俗的关系,缝合出一个连续的国族叙事,进而将国民捏合成一个稳固的道德主题。"①与其说这些是新文学的困境,不如说都是沦陷区语境下旧文学的特质。他们巧妙利用香草美人等骚体笔法和词体雅化的策略,以微言大义和富含特殊寓意的物象寄托复杂而饱满的情感,既迎合了政治的需要,也使得毕生所学和沦陷区的复杂境遇得以睿智呈现。拨开层层修辞掩盖的迷雾,总能发现背后博博跳动的、形态各异的中国心。而那些无畏生死、在政治高压下依然特立独行的词人,其作品更值得大加赞扬。

一、公开斗法的新平台:《雅言》的成立

首要问题是期刊末尾所附大赞助、评议及作者名单,清晰的揭示出此杂志的灰色性质。为何人们仍然心安理得的积极发表诗词,且并未十分明显的透露懊悔、羞耻、不安等负面情绪,背后的原因需从沦陷区的生存处境及"和平运动"说起。

《雅言》期刊创办于1940年日伪开始倡导"和平运动"的特殊时期。它的产生有着多种因素的机缘巧合。当然,政治气候的转变是最温厚的土壤。为了缓和日军早期快速侵略、大面积屠杀给沦陷区人民所带来的恐惧和敌对后果,早自1938年,日方媒体就已经着手捏造假象,不惜歪曲事实的报道南京城的和平气象,如《新申报》载《日本军亲切关怀难民,南京充满和睦气

---

① 袁一丹:《隐微修辞:北平沦陷时期文人学者的表达策略》,《中国现代文学研究丛刊》,2014年第1期。

氛》①,有意为日方提出建立"东亚和平共荣"新局面鼓吹宣传。并辅以出版发行的"严厉统制"和"大量制造"。② 前者通过伪政府《出版法》《查禁反动刊物书籍暂行办法》《维新政府出版法》等条令,严格控制不利于日伪形象的文章;后者则扶持、赞助一大批实为日寇喉舌的新报刊,如《支那阵中》《中华日报》《南京民报》等。

随着汪伪政府的成立,日本人一手操控的沦陷区以华制华局面得以形成。新傀儡政府的统一急需与其相匹配的文人及作品来共同装饰"东亚共荣"的美好假象。新文学界周作人、古典文学领域龙榆生的"落水"就是有计划的筹谋。于是在南京、北京伪政府周围聚集起一批撑起宣传门面的御用文人,他们或因战时生存艰苦,或因私交关系紧密,或文人固有的官本位思想作祟,自愿抑或被迫的成为"汉奸文人",共同操作伪政府喉舌期刊。如《首都旬刊》,既大肆宣传"和平建国宣言"③,又从经济、学术、文学等各个方面为其张目,诸如冯次衡《不应该再战了》(第一期)、曼云《和平的呐喊》(第二期)、刘乔云《孟荀学说与现代思潮》(第一、二期)、陶觉非《和平实现与前途》(第三、四期合刊)、玉生《文艺界应负起教养时代的责任》(第五期)等等。所谈内容不免歪曲、美化。

当然,严格意义上说,此类文人的数量十分有限,尽管伪政府成立前后,有百余种喉舌期刊面世④,不过执笔者大都是名不见经传的人,能笼络的著名文人仍然屈指可数,且其所支持期刊都较为"短命",毕竟刺刀与资金是无法长期支撑传媒界扭曲运转的。自古以来,民族气节观念在文人心中的地位是比生命更重要的。

为了与地域名人建立深入关系,日伪政府开始调整宣传策略,巧设名目,以创办文学期刊的形式,既表面上恢复作家创作自由,又变相的将声望卓著的大有力者揽入麾下,向不明所以的读者传达和平共荣的虚像。附在《雅言》期刊末尾的"作者题名录"和"组织成员"将此伎俩昭然天下。

通常期刊只在末尾列出组织委员即可,不必将作者名单同列,如此安排不过是群体性招安的编辑策略。大赞助人王揖唐、梁鸿志二人分别任伪华北政务委员会、伪南京临时政府高级官员。安藤纪三郎在"七七事变"时,任

① 《侵华日军南京大屠杀史料》,引自经盛鸿:《南京沦陷八年史》,北京:社会科学文献出版社,2005年,第692—693页。
② 藏剑秋:《敌寇在沦陷区的出版发行》,宋原放主编:《中国出版史料》,第2卷,现代部分,济南:山东教育出版社,2000年,第233页。
③ 参见《首都旬刊》1940年创刊号上的系列文章。
④ 蔡德金:《历史的怪胎:汪精卫国民政府》,桂林:广西师范大学出版社,1993年,第213页。

本期作者題名錄（以先後為次）

号	姓名	籍贯
枝巢	夏仁虎	江寗
蟄人	邢冕之	貴陽
娟净	傅嶽棻	武進
味云	楊壽枏	金熟
瘁生	趙椿年	常熟
葆逸	周玤生	添肥
聖公	沈同唐	合肥
鶴厂	彭天唐	合肥
什溥	王捂	上城
巨源	李元滄	晉白
雲友	俞象明	四川
易碧	郭叔駿	武進
龍芗	溥方康	項城
誦芬	蕭方駿	閩侯
叢碧	董伯蕃	行唐
節山	張宗和	閩侯
龍顯山人	陳秉和	
	郭嘯麓	

社長　傅增湘

大贊助　王揖唐　安藤紀三郎　梁鴻志　趙椿年

評議　林出賢次郎　岡田元三郎　橋川時雄　夏仁虎　瞿宣穎　李元暉　曹熙宇　白堅　黃燧　楊毓涑

編輯主任　李家璵　王嘉亨

日军第九师团长,后任华北伪新民会副会长,并任法西斯政治"大政翼赞会"副总裁。作为此三大头脸人物赞助的期刊,无论如何都不能抹煞其为伪政府服务的根本性质。总编辑王嘉亨也非善类,本名山嘉亨,与川岛芳子关系密切,时任北平日军特务组长,并兼任相关新闻宣传工作。从编辑到赞助人、评议人都清晰告诉我们这是日本人支持、监控下的刊物。值得深思的是,到底《雅言》有什么样的魅力,能够将彼时伪政府头目、日本高官都列入"大赞助"。支撑其背后的动机何在?

从社长傅增湘及"作者题目录"的超强阵容或可窥其大概。彼时华北一带文坛执牛耳者非傅增湘、郭则沄莫属,蜚誉文坛内外的还有夏仁虎、胡先骕、张伯驹、邵章、溥儒、袁文薮、徐沅、杨钟义、杨寿枏等,期刊各辑《名录》总五十余人,几乎囊括京津一带所有古典文学领域著名人物,如此多的大儒名士若能够为"和平文学"出一份力,其效果和影响在"大赞助"们眼中是心知肚明的。且梁、王本人对古典文学也有特殊爱好,分别有《爱居阁诗》《逸塘诗存》传世,他们清楚自己的所作所为不为人齿。因此,博得同人的理解和支持也是他们内心的渴望。

《雅言》在政治需要的酝酿下横空出世，但其正常高效的运转还离不开文人的参与。视民族气节胜过生命的大儒们自然能够一眼洞穿日伪伎俩，但他们仍然积极投稿，鼎力支持期刊运转的原因值得追问，窃以为应该是与伪政府激烈博弈后"妥协"的结果。1938 至 1940 年间，王揖唐多次请郭则沄出任"秘书长""国学书院第一院副院长""礼制会"等职务，皆被断然拒绝。1942 年，任伪职的周作人出面请郭则沄出任华北教育总署署长，又被郭氏以《致周启明却聘书》方式公开拒绝①，他以这种方式向世人表明其道德底线。夏仁虎亦有诗歌言志："七七事变生，京师遂沦陷。纷纷伪组织，时来相诱劝。金陵我家乡，极力复推挽。已筑三休亭，宁复从窃僭。严词坚拒绝，复我即汶上。微吟托比兴，借物寓讥贬。作赋哀江南，云树寄苍莽。刘四敢骂人，故人幸相谅。身在沦陷中，未受一尘染。"②张伯驹、胡先骕等人都是宁为玉碎不为瓦全的慷慨义士。但沦陷区的生存逼仄与白色恐怖时刻萦绕心头，他们既不想像周作人那般明目张胆的出任委员，而成为激进者暗杀对象③，乃至被后世诟骂；又因种种主客观因素无法奔赴国统区或解放区④，只能"苟且偷安"于日伪监控下，同意并支持在他们主办的期刊上发表诗词，是目前最明智的选择。一方面以烟水迷离、雍容华贵的表面辞语来满足日伪高层"和平运动"的政治需要，另一方面借助辞意复杂，甚至可暗度陈仓的修辞典故抒发心中悲愤。总之，在死气沉沉的华北文艺界，旧文学专刊《雅言》能够产生并坚持近四十余期，是日伪政界、文学界、出版系统等各方共同努力的结果。

《雅言》的产生对沦陷时期北京文坛具有举足轻重的作用。一方面，使原本因战争中断的文学再次得以延续，传承文化之功不可抹煞。尽管其最初的动机还值得商榷⑤，但对政治意识本就薄弱而又身体多恙的傅增湘，乃至沦陷区的传统文人群体，我们欲加之罪的前提是否过于苛刻。主动寻求途径"言说"总比闭口不谈、安身立命强上许多。值得着重强调的另一方面

---

① 郭久祺:《郭则沄传略》,《北京文史资料》第 57 辑,北京:北京出版社,1998 年,第 147—148 页。

② 王景山编:《国学家夏仁虎》,杭州:浙江文艺出版社,2009 年,第 135 页。

③ 周作人遭学生暗杀未遂。

④ 时傅增湘、郭则沄、夏仁虎皆年迈,且嗜书如命,无法转移。

⑤ 如《蓬山话旧图序》载:"丁丑岁中日启衅,万甲环城,拘战连月,都人奔进不遑,此会遂辍。洎今岁戊寅,战事稍息,近畿粗安,金以盛会不常,世变方亟,拟修文醮,稍被兵尘,爰以三月之望,仍循旧例,置酒藏园。""戊寅"即 1938 年,正是日军自东向西全面侵略中国时期,前线战火猛烈,而傅增湘却视而不见,欲以再次接续蓬山话旧的盛会。参见南江涛编:《民国旧体诗词期刊三种》,北京:国家图书馆出版社,2013 年,第 5 册,第 417—419 页。

是,以傅氏为首的余园诗社开创出了文人群体与伪政府公开"斗法"且较为安全的新领地,成为今天探究生活在沦陷区诗词人复杂心境的宝贵史料。尽管傅增湘本人的创作不如人意,但其复兴民族文化的拳拳衷心和积极努力是应该格外褒扬的。

二、雅化与寄托:创作思想的合流与背离

通常情况下,什么样的编辑就会有什么样的期刊,但《雅言》的审美走向完全掌握在社长及主要成员手中。编辑山嘉亨的作用除了审查外,在创作审美方面影响甚微。他也未曾参与诗词唱和。《叙例》对《雅言》的文学定位与期刊走向作出清晰说明:"性灵多陶冶之资,声气也应求之雅。草堂云墅,与世相忘。……遗编可录,类沅湘耆献之征。名下非虚,传湖海诗文之作。"[1]期刊志趣是"陶冶性灵""声气求雅",所录题材是"故事遗编"。历代文人都乐此不疲的追逐雅的至高境界,所不同的是,有的于雅中寄托特殊的家国情感,而有的是将个性与寄托全部掏空,仅留下"炫人耳目"的表象。《雅言》所处的时空恰恰是两种状态的同时上演。一方面是借此瞒过日伪的审查,并积极配合"和平文学"的倡导;另一方面则不失时机的透露诗歌本应该具有的"诗史""词史"功能,以及"诗歌合为时而著,文章合为事而作"的现实目的。

盘点沦陷后华北文艺界的整体走向,可证实前者所言情况不虚。1938至1939年间,就出版发行而言,文艺界可谓万马齐喑,与国统区、抗日根据地的蒸蒸日上形成鲜明对比。胡来《一九三九北京文艺界之展望》[2]、鲁人《一年来华北文艺界总检讨》[3]、南北人《卅一年华北文艺界麟爪》[4]等文章都统一指出华北文艺界令人痛心的沉寂、落寞,正如罗特《一年来的华北文艺界》所说:"当时所谓的文艺,没有一篇是现实的东西,报纸的文艺版所刊载的全是笔记和考证一类的文字,甚至连用白话写成的作品都少见得很。"[5]罗特此语当然是对彼时文艺界衰落的批评,但他指出了另一个重要现象,即古典文学的兴盛,尽管是扭曲的不正常的兴盛。与其说是兴盛,毋宁说是诉说空间的政治导向与保全自身的叙述策略。正如刘心皇所言,"掌故、轶事、传记、密史之类的文字特别多,特别走运:原因是现实的问题,在敌人枪刺之

① 参见《雅言》杂志"叙例"内容,1940年创刊号。
② 胡来,汉杰:《一九三九北京文艺界之展望》,《立言画刊》,1939年第15期,第23页。
③ 鲁人:《一年来华北文艺界总检讨》,《国民杂志》,1944年1月,第4卷第1期,第13—15页。
④ 南北人:《卅一年华北文艺界麟爪》,《新东方杂志》,1943年,第7卷第2期,第25—28页。
⑤ 罗特:《一年来的华北文艺界》,《华文每日》,1943年1月,第10卷第1期。

下,敌人的'特务机关'监视之下,不敢谈,不敢写,只有逃避现实,玩弄掌故轶事了。"[①]《雅言》"文录"所载就是明证。充斥眼前的是古代典籍的题跋序录及先贤遗文、碑传墓志和考证风土人情、历史掌故。诸如《卢沟桥考略》[②]一类与现实性关联稍近的文章都非常的少。其实社长傅增湘对自身所处险境及学术活动有深刻反省,他在与张元济通信中有明晰透露。[③] 但苦于社长身份,他又不能在诗中畅所欲言,抑郁而无法言说的苦闷只能借不着边际的雅集唱和、整理书目来排解。

结合桥川时雄、安藤纪三郎、冈田元次郎等日人创作实践,不难想到他们对诗歌的走向与控制会更加严密,其直接表现是《雅言》数千首诗歌中,大部分都是社课分韵、雅集赠答、赏花题画类作品,很少触及敏感话题。惟独"词录",因其当行本色就是"要眇宜修",反而并没有失去传统的言说取向。且历史上还没有哪个朝代因为词创作而受到政治牵连打击。在日本人眼中,创作的缺失和文体观的轻视,自然也不会过多注意到词。恰恰是这样的缺失,使得词再次成为能够瞒天过海、抒发独特情怀的最佳文体。

《雅言》所刊词作主要来自于延秋词社,核心成员是夏仁虎、郭则沄、董康、杨秀先、张伯驹、徐沅、袁文薮、黄孝纾、黄孝绰等人。其词学思想整体上表现为浙、常二派的融合。一方面追求词的雅化,宗尚清真、白石,善用香草美人等骚体笔法;另一方面将时事与身世之感潜入词中,求有寄托。夏仁虎早期作词取法乎冯延巳。他说:"余幼嗜倚声,犅谙令体。往得冯正中阳春集,读而爱之。间辄依韵和作,日月寖久,遂至卒章。"[④]他推崇冯词,并非如黄庭坚般,几近"鄙亵"[⑤],而是强调其性灵流转与身世之感的融合,尤其重视"香草美人"的骚体笔法和"心危志苦"的情感寄托。如其言:"性灵所锺,久而弗瀹,惧遂沦汩。……当夫曼声长吟,心危志苦;庄诐杂进,郑雅纵横。宁

---

① 刘心皇:《抗战时期沦陷区文学史》,台北:成文出版社,1980年,第38页。
② 《卢沟桥考略》:"山河不改,名胜长新。览古者方考金元往迹,话燕云遗恨,徘徊吟眺,以寄其悲慨之怀。熟料滔天之祸忽起于斗大之城。《雅言》癸未卷一。参见南江涛:《旧体诗词期刊三种》,第8册,第473页。
③ 张元济、傅增湘《张元济傅增湘论书尺牍》载,1937年8月23日:"沪战猝发,闻之震骇,炸弹横飞,伤亡至众……侍困守此间,已如异域,真可谓苟全性命,草间偷活耳。刻仍每日以文字为课,使此心得静定,亦是一法。所谓安心是药更无方也。"1937年10月5日:"祸难方殷,兵戈满地,我辈乃孳孳以考史拾遗为事,真所谓乾坤一腐儒也。"1940年11月17日:"睟怀身世,积感环生,故拉杂述之,以公知我之深,或不嗤我愚且妄也。"北京:商务印书馆,1983年,第357、359、378页。
④ 夏仁虎:《啸盦词甲乙稿》,民国辛亥(1911)刻本,南京图书馆藏。
⑤ 谢章铤著,刘荣平校注:《赌棋山庄词话校注》,厦门:厦门大学出版社,2013年,第60页。

自知其命意之何在耶。嗟嗟。仆与正中，同是江南，乃若身世之感，盖不侔矣。世有师旷，必知我心；微之本事，兹非其伦。或谓芳草香荃，寓言十九者，抑亦知二五而未知一十也。"①对骚雅的偏爱自然很容易将其与清真、白石归为一脉。夏仁虎在《枝巢四述·论词》中坦言："吾论学为词，北宋宜取清真，南宋宜取白石，此词家之正轨也。"②综上所述，夏氏词学思想整体上可以概括为寄托与雅化的融合。

董康的词学取向与夏仁虎不谋而合，其《铁琴铜剑楼词草跋》载："原夫声家之学，通于性灵；风人所言，腾诸藻采。……铁琴照眼，铜剑铭心。清娱为欢，淡泊明志。举世翘企，薄海钦迟。振其芳绪，托诸兰荃；阐兹丽唱，付之芸帙。一时倡雅，同流赏音。诸老风流，会心不远矣。"③董氏与瞿镛"会心不远"的是"通于性灵""一时倡雅""托诸兰荃"。而身为武进人的董康自然对常州词派有着特殊认同。赵尊岳为董康《课花庵词》作序时，屡述其远承乡学常州词派余绪："乡人后起犹得沐温柔敦厚之教化，重复有所涵濡煦噢于其间，以继往为开来之途辙，是主人之工词不徒为一身爱好之资，抑且有係于吾乡词学盛衰先后之责也。"④

相对于夏仁虎和董康的融合浙、常，徐沅更偏向于常州词派。然其追求雅化和求有寄托的创作观与夏、董完全一致。徐沅（1879—？），字芷升，号珊村，江苏吴县（今苏州）人，曾为袁世凯幕僚，著《珊村语业》《小薛荔园词钞》⑤等。晚清苏州词坛是常州词派重镇，作为广义的同乡，徐沅词学思想的形成深受张惠言影响。左运奎《小薛荔园词序》云："至其啸志歌怀，寓托深至，使人不敢薄倚声为小道，斯则微尚所惬，而愿与知音共证者焉。"⑥珊村自己也认为，"自辛丑以后，世变多端，意有所郁结不得通者，惟词得短长以陈之，抑扬以究之。凡身世所值，离合悲欢，略可陶写于兹焉。"⑦常派"比兴寄托"论⑧对徐沅影响甚大，其《烟古渔唱序》载："王、唐诸彦生当板荡，俯仰身世，所怀万端，危苦烦乱之情，郁不自达者，悉于令慢发之。托体虽小，寄慨则深。……综其大较，虽未必声声归宫，字字协律，而忧生念乱，托旨缪悠，

① 夏仁虎：《啸盦词甲乙稿》，民国辛亥（1911）刻本，南京图书馆藏。
② 夏仁虎：《枝巢四述·论词》，沈阳：辽宁教育出版社，1998年，第36页。
③ 瞿镛：《铁琴铜剑楼词草》，民国刻本，南京图书馆藏。
④ 冯乾编：《清词序跋汇编》，南京：凤凰出版社，2013年，第4册，第1732页。
⑤ 按：《苏州民国艺文志·下卷》第629页，作者为：徐沉，误。
⑥ 左运奎：《小薛荔园词序》。冯乾编：《清词序跋汇编》，南京：凤凰出版社，2013年，第4册，第2087页。
⑦ 徐沅：《小薛荔园词自跋》。冯乾编：《清词序跋汇编》，南京：凤凰出版社，2013年，第4册，第2087页。
⑧ 朱德慈：《常州词派通论》，北京：中华书局，2006年，第56页。

迹之宋末,社事其义一也。"①将"俯仰身世"和"忧生念乱"之情寄托于词,是徐沅词学思想的核心。他在《词综补遗序》中褒扬林葆恒词选重视长短句纪"非常变局"②的用意也在于此。

尽管夏仁虎、董康、徐沅等人都强调词中有寄托,希望最大限度的记录时事。但他们非常清楚,在沦陷区的政治气候下,是不可能随意在词中反映"非常变局"的,更不能大肆渲染家国仇恨。该心绪在其他人作品中有明确表现,如方德秀《诉衷情》"欲诉还羞。心事难陈";杨秀先《浣溪沙·白门新秋》"金尊不散古今愁。万千情味到心头。"陈能群《满江红·岁暮自寿用白石寿神姥体起丁丑讫庚辰得词四首》:"应悔言兵,避乱人犹惊问世。受廛我亦愿为氓,幸相逢笑语祝东风。欢太平。"以上文本将他们战战兢兢、如履薄冰的心境说的非常明白。面对随时随地被监视的危险及可能的迫害,通过雅化的小词来寄托郁闷成为较为畅快的渠道。因为"雅"既是"和平运动"的需要,也是词学创作思想的内核。

三、难以压制的心声:《雅言》词群的文学成就

雅化与寄托两种思想共同指导的创作,出现较为明显的两大分野。一种是作为积极配合期刊主旨的"和平文学",以堆砌典故、香艳华丽的面貌呈现;另一种是借助"雅"的外壳,牵引历史丰富经验和渊博学识素养来间接性表明忠贞心志和高洁品格。

盘点期刊近三百首词作,广义范畴的咏物词所占不少。如题画、印、书、砚,咏山、水、花、草等。以题印、砚为例,通常先述历史来源,再以见证历史的沧桑来抒发幽情。如徐沅《蝶恋花·濠园藏王百穀马湘兰双砚……》、太虚《壶中天·冷摊中得一砚……》、董康《丑奴儿令·题汉程愁人穿带印……》《绮罗香·拓曹新妇六面印……》等等。由此类题材不禁联系起南宋《乐府补题》③诸作品,可惜的是雅言词人群较少在词中寄托特别明显的"易代伤悲"。反倒是极尽典故堆砌之能事,比起"七宝楼台"的梦窗,有过之而无不及。另较为突出还有闺情词。以女子口吻,或将所咏对象比作女子,以香艳闺音,吟诵《花间》曲调。其中董康最为典型,所作词大多点明与"姬

---

① 徐沅:《烟沽渔唱序》。郭则沄辑:《烟沽渔唱》,民国二十二年(1933)刻本,吉林大学图书馆藏。
② 徐沅在《词综补遗序》中说:"是则词虽小道,托体并尊,光、宣以降,非常变局,赖长短句以纪之,寻微索隐,差于世运有关。瀼溪为之,实于黄、丁两辑之外,别具深怀,若仅以寻声选艺例之,乌能识其用心乎?"参见林葆恒辑,张璋整理《词综补遗》,上海:上海古籍出版社,2005年,前言第2页。
③ 参见夏承焘:《乐府补题考》,《唐宋词人年谱》,北京:中华书局,1961年,第376—382页。

人"有关。如《菩萨蛮·题闺人绣洛神镜奁》《木兰花慢·四忆词……》，后者以沈约六忆词"来、坐、食、眠"为引，和作五首，香艳处不减宋人，如"又鸡人报晓，移莲漏，蒸兰薰，乍好梦惊回。枕痕印赤，齿啮留春。温存。香衾久恋。怕华堂女伴议纷纷……"作为核心人物的董康，其创作实践几乎违背了他本应传承的常州词派寄托理论。

然并非所有词人都沉寂在扭曲虚幻的"和平""典雅"之中，郭则沄、夏仁虎、张伯驹、徐沅等一批中坚仍然坚持自己的创作理念，以特殊的叙述方式委婉含蓄地刻录心迹。与其说延秋词社是配合日伪政府复兴骚雅的唱和活动，不如说是对"和平文学"的变相反驳。社课所咏不可简单看作选声斗韵、文人撑才的一般行为。从题材看，咏"素心兰""海棠复花"就与以上董康等人作品截然不同。屈原《离骚》中多次引用"素心兰"，作为香草，是高洁品行的象征。正如莼衷、碧虑分别所咏般："寸心自赏，乍笑展、千红无色，想畹边泽畔，证得骚人心迹"。"铅华洗尽尘缘澹。九畹秋心谁与占。旖旎都房。省识人间第一香。　小园何似疑空谷。并影卷帘人是玉。打叠骚魂。写入生绡休露根。"两人皆谈到"骚人心迹"和"骚魂"，比照之心不言自明。

"赋故宫五色鹦鹉"比以上二题更为复杂。袁一丹《别有所指的故国之悲——延秋词社换巢鸾凤考释》[1]对此组词的典故背景、寄托"遗民之悲"等有详述。五色鹦鹉沦落惨境与不再学舌的坚持同此时的延秋词人有着多种情感共鸣。如夏仁虎《换巢鸾凤·再赋故宫五色鹦鹉》下阕："慈圣。曾只应。章黻已凋。偏与新旗映。鹤话尧年。燕寻谢垒。经眼沧桑愁更。目笑俳优沐猴冠。自怜文采山鸡镜。凡鸟群。且相随。却剩孤影。"尾句鸟群中的孤影云云，不啻是沦陷区留守文人的真实写照。以遗民心态自居的这群人，与苦守稷园，供人玩赏的五色鹦鹉有何不同？延秋词人以此同命相怜的笔调托物言情。此类作品与刘心皇所说的"逃避现实""玩弄掌故"大不相同，而是词人们利用心照不宣的黑话系统，对伪政府以雅文学装饰太平目的的有力反驳。或许是日本人注意到了此种苗头，延秋词社仅有四期，即告解散，目前没有更多资料保留下来。此后的雅集并不少，比如庚辰、辛巳、壬午连续三年，傅增湘、郭则沄等人都在北海镜清斋、画舫斋等地举行修禊活动，并分韵赋诗词。延秋词社原班人马也多有参与，但以词社之名同题唱和、蕴含深意的作品已不可见。

---

① 袁一丹：《别有所指的故国之悲——延秋词社换巢鸾凤考释》，《中国诗歌研究》，2013 年第10 辑。

	第一集甲题	第一集乙题	第二集甲题	第二集乙题
词调	兰蕙芳引	换巢鸾凤	绕佛阁	倦寻芳
发起人	张伯驹	郭则沄、夏仁虎	郭则沄	郭则沄
地点	丛碧山房	稷园	蛰园	亦云巢
内容	赏素心兰	赋故宫五色鹦鹉	赋秋阴和清真	秋日海棠复花
参与者	文薮、枝巢、莼良、蛰云、笠似、君武、碧虑	蛰云、枝巢、莼良、丛碧、笠似、君武、文薮、碧虑、缃盦	丛碧、枝巢、莼衷、蛰云	丛碧、枝巢、莼衷、蛰云、蓼厂

近有延秋词社,作者为哀文薮(毓廖)、夏枝巢(仁虎)、陈莼衷(宗蕃)、郭蛰云(则沄)、张丛碧(伯驹)、林笠似(彦京)、杨君武(秀先)、黄碧虑(孝纾)、黄细盦(襄成)黄君坦(孝平)诸人云。

除了咏物,雅言词人群亮明心志的"雅化"策略还有很多。比如诉诸同命相怜的历史人物,就是词人抒发情感的重要渠道。词人一方面是借古言今,以历史遮蔽当下的痛苦心迹;另一方面对心怡人物的膜拜、礼赞同样是自我形象的写照。以词中庾信意象为例:

> 萍泊寻芳寒食近。锦样春韶。丝样春人鬓。自琢新词疏酒困。无端又触空中恨。 庾信生平休更问。冷梦迢迢归计无凭准。鼓角关河商略尽。天涯没个青山隐。(《蝶恋花·客中春老倚此写怀》,姜盦)
>
> 江山犹似旧,繁华顿歇。斜日怕登台。断桥流水外,满眼荒墟。都是劫余灰。青楼燕语。料应愁、飞炬惊雷。休更问,者番心事。空剩庾郎哀。 归哉,偎红望海。倚翠聆潮,喜风光如画。浑不管江南勾当。何计安排。故乡旧雨频相问,问江梅曾否花开。游兴了,海鸥枉费疑猜。(《渡江云·喜丛碧归自海上》,娟净)

庾信《咏怀诗》中时常流露的故国之思和归隐之志成为雅言词人引经据典的重要背景。前首词"迢迢归计无凭","没个青山隐";后词"休更问、者番心事"云云,皆是櫽栝咏怀诗。词中的"归乡""隐逸"并非实指,而分别是"归国""逃禅"心迹的指代。不难看出,二者所调动的都是相同的话语体系,所寄托的也是同种情愫。

如果说用"雅化"叙述策略是为了避免不必要的麻烦,那么明知不可为却非要直说的行径就更值得关注。日伪创办《雅言》的根本目的是将声名卓著的文人揽入麾下,不能使他们做到歌功颂德,至少也应以典雅诗词,衬托门面。而秉承诗史、词史创作传统的文人宁愿冒着生命危险,也要记录下满目疮痍的沦陷区实景。如巽盒《一萼红·癸未重阳独登琼岛……》"寒意如许幽沉。听阵阵疏林败叶。战秋声。惊起伏巢禽。八表同昏。万方多难。含睇登临。"当然成就更高的还是那些将身世之感与家国情怀打叠一处,以沉郁顿挫笔法,含蓄而不失贞刚的表达。比如张伯驹《木兰花慢·题枝巢翁〈清宫词〉》:

> 郁巫间莽莽,钟王气,定幽燕。看万国衣冠,六宫粉黛,歌舞朝天。无端,祸兴燕啄,竟河山、大好误垂帘。鼙鼓惊残绮梦,胭脂染作烽烟。
> 长安,剩粉拾钗钿,遗事说开元。似杜陵幽抑,颖川旖旎,花蕊缠绵。谁怜。北来庚信,有飘零、前代旧言官。不见白头宫女,落花又遇龟年。

明眼人都看出大好河山"误垂帘"是别有所指的表达,张伯驹语词之犀利,视角之深邃令人佩服。"鼙鼓惊残绮梦,胭脂染作烽烟"句,对仗、比拟相融合,令人惊叹。整首词所散发出的历史沧桑直指沦陷区的现实悲痛。张伯驹词打动人处正是"别有所指"后的"寄托遥深"。再看《木兰花慢·题马湘兰山水》上片:"数南都艳迹,繁华梦,去如烟。看堑限金汤。城围铁瓮,无奈降幡。簾前。画眉彩笔。有佳人,写出旧江山。风月魂销故国,莺花劫换勾栏。"其吟咏对象就不仅仅指马湘兰山水画。《酹江月·客中清明》下片亦夺人心魄:"暝色千山虚霭暮,远树更听啼鹃。芳草招魂,东风不语,时簌纸灰钱。家乡此日,野花开遍坟园。"如其所言"清词丽句,看都是、离歌别赋"(《西子妆·己卯中元液池泛月》),日伪政府所执的创作理念根本束缚不了张伯驹,而夏仁虎、徐沅等人倡导的融合浙、常的努力倒在他身上实现了创作的成功。

比张伯驹更大胆的另一位词人是黄孝绰,字公孟,福建闽侯人,有《藕孔烟语词》。他的词完全突破"雅化"修辞掩盖,而以悲悯情怀,原汁原味展露心扉。如《念奴娇·移居南京三条巷庽庐感赋》上片"打头破屋只三掾。举目萧然环堵。拣得蜗居还近市。日与屠沽为伍"的蜗居生活,与下片"回首前游,珠帘画阁。到处连歌舞"的繁华,形成鲜明对比,彰显"兵燹"后南京城的颓废。当场戳破"南京气象融融"的谎言。其《摸鱼儿·将赴春申留别岛上亲友》也是难得佳作:

> 听催人几声箫笛。匆匆灯节初度。经年卧病惟赊死。揽镜痴肥如

故。申浦路,邻准备轻舟,满载离愁去。江南烟树,料破碎河山,春光补缀,哀怨入词赋。　　今何世。大错人间谁铸。挽枪晱晱天宇,浮生始信贫为累。啄食笑随鸡鹜。休更诉,算事业蹉跎,总被儒冠误。尘心渐悟。待他日归来,持竿有约,吟啸海深处。

词人一面反思"大错人间谁铸"? 一面为自身的穷困潦倒、乞食奔波的现状而自惭形秽。情感饱满丰富而不失粗率,如此哀怨词赋在沦陷区期刊上是十分难得的。其他同调者如:

> 茹噎愁肠结。记劫燹经年。川原碧血。荒城归鹤。旧恨缠绵能说。(《锁窗寒·沪宁道中作》)
> 雕戈中兴似梦,又轮回天地入修罗。谁念秦灰冷劫。迷离楼馆烟罗。(《木兰花慢·戊寅二月重游大明湖舟中遇风》)
> 钟山惯识兴亡。叹皓首而今雄姿都异。沽酒放歌。莫近高寒。琼楼托身非计。(《燕山亭·戊寅长至一日望雪》)

不难想到黄孝绰甘冒骂名出任"伪维新政府行政院秘书"①的本意只是稻粱谋。不幸的是才人命短,就作品情感而论,夺命魁首恐怕还是自身道德信念的挣扎。词中"茹噎愁肠结""琼楼托身非计""憔悴诗囚"云云,约可窥其抑郁难平的心绪。

"物不平则鸣",乱局中的政治高压是无法抵抗千万人迫切想要诉说的心声。徐沅《紫萸香慢·题迦厂词卷》云:"怪人间偏多秋气,是谁假物能鸣。"夏仁虎、徐沅等人"雅化"叙述策略的确是"假物而鸣",但上举张伯驹、黄孝绰诸篇更多的是降低"假物"成分,直接为自己内心的不平而鸣。作品具有的时代光芒陡然强盛,所谱写的一首首沦陷区生死悲歌,无论是寄托遥深的艺术手法,还是作为反驳"和平文学"的思想价值,都达到了二十世纪词史的新高点。

综上所述,《雅言》期刊所取得的文学成就需自文体和群体分别定论。文体方面,由于编辑王嘉亨的监视和数位日本作家的参与,诗文中几乎很难融入现实感慨,哪怕是"隐微修辞"式的曲折表达;而词中则因社长傅增湘及数位要员创作的缺失和文体轻视,得以逃过出版法和编辑的双重审查,继而吟唱出沦陷区文学不同流俗的新曲调。当然,词体内部也需甄别对待,董康

---

① 贺圣遂等选编:《抗战实录之三:汉奸丑史》,上海:复旦大学出版社,1999年,第40页。

一类群体并未抓住这一契机,仍然在"雅化"格局中蠕蠕前行,局限于山水题画、娱乐酬唱的狭窄空间;而郭则沄、夏仁虎、徐沅等人则以"雅化"为遮掩,行"比兴寄托"之实,传达家国沦陷、抑郁心伤、欲说还休的现实悲愤。由此,同样的词体雅化策略背后,形成了"空虚"和"质实"的不同风貌。"雅词"建构出的内在张力奠定了《雅言》词群的文学史地位,它与国统区词人形成鲜明对比,是抗战词坛区域性风格的特质之一。张伯驹、黄孝绰等人的写作则彰显《雅言》词人的另一番风貌,他们顶住政治高压,大胆直抒胸臆,不仅戳破日伪虚构"和平气象"的谎言,且弹奏出沦陷区文学的时代最强音。《雅言》文人创作的复杂形态揭示出沦陷区文学的丰富性,在没有深入解读作品之前,诸如战时华北文艺界沉寂、落寞,文人逃避现实,沦为伪政府附庸等结论是不符合实际的。

第三节　师法北宋与抗争内核:论天津玉澜词社

全面抗战初期,天津文坛受战争影响,原本鼎盛的文学格局被打破。相当一段时间持续着沉寂、萧条的状态。至 1940 年后,随着各类报刊的再次兴盛才有所改变。但兴盛的内容与抗战之前已经完全不同。战前主要是新文学占据主流,抗战过程中则是旧文学比较活跃。彼时各报刊发起了关于"文坛在哪里"的讨论。奇岚《关于文坛》有云:"天津的诗人组织了城南诗社,天津词人组织了玉澜词社,都是耆英隽秀,文艺名流,好像天津的文坛,便在'这里'了。有人喊着天津文坛在哪里,那真使人糊涂。这也许是新文艺家对于旧文艺不明白的原因。"①其实除了城南和玉澜,彼时天津还有冷枫诗社、俦社、水西诗社、不易诗社、河东诗社、丽则诗社等各类大小社团。他们频繁集会,盛极一时。玉澜词社是当时天津唯一专事词业的团体,显得格外与众不同。

目前学界对玉澜词社已有所关注,如潘静如《清遗民诗词结社考》、杨传庆《民国天津文人结社考论》、曹辛华《民国词史考论》等,以上虽是简介性概述,但披沙拣金之功不可抹煞。成就最突出者当属余意《玉澜词社发覆》,作者以不少新材料为支撑,纠正了词社成员及社集方面的部分讹误。然而当下人们对玉澜词社的基本认识与实际情形还有较大差距。首先,对词社存在的时间还有争议。其次,词社成员至今尚无完整统计。第三,社集次数及

---

① 奇岚:《关于文坛》,《新天津画报》,1941 年 4 月 7 日第 1 版。

具体活动情形还有进一步考证的空间。第四,词社成员之创作理念尚不明确。第五,因没有社集刊刻,且参与者别集较少,导致人们误以为只有社集而不大作词,限制了对该词社成就的宏观判断。笔者详细检阅了抗战时期天津一带的报刊,如《新天津》《东亚晨报》《新天津画报》《立言画刊》等,发现不少关于玉澜词社的信息,可对以上问题有所补正。

一、词社成立及主要成员

如众所知,玉澜词社之命名取自"京韵大鼓演员林红玉、张翠兰之'玉兰'二字",后改为"玉澜"。[①] 词社发起于 1940 年端午节(6 月 10 日),最早发起人是冷枫诗社成员王寰如、王禹人和赵琴轩。[②] 本次主要是筹划成立事宜,并未布置社课题目,不能算是"第一次雅集"。经发起人多次引荐,词社规模才有所改观。如《玉澜词社将放异彩》云:"该社拟再敦约王孝廉莘农督促指导,闻该社关系人前往接洽,想王君为倡导词坛及提携后进计,当不致推却也。并闻津市文艺作家姚君素君(即姚灵犀)⋯⋯名重一时,对于填词一项,饶有心得,现已加入该社。此君更有意约上谷名士王君伯龙参加,王君为诗词名宿,姚君日内向其说项,倘能参加,则玉澜济济一堂,当另有一番盛况也。"[③]姚灵犀正是后来《新天津画报》的主编,人脉遍及天津整个文坛。王伯龙也是地方名人,有"诗书画三绝之号,早年办报沪上,来津曾办《维纳丝》杂志,近与《立言》《银线》等报办专页,⋯⋯交游遍天下,名流皆友好。"[④]姚、王两人又介绍向迪琮、周公阜等人入社,玉澜词社队伍由此逐渐扩大。据《文艺消息》载:"本市玉澜词社,自成立以来,经社长胡峻门指导,王吟笙两孝廉倡导,加入新社友甚多,如上谷名士王伯龙等,皆一时词坛名宿,最近姚灵犀君又介绍词学大家向仲坚先生及政府周公阜秘书,张异荪先生介绍吾津大音乐家杨芝华先生,姚品侯先生介绍城南诗社社友张吉贞、金致淇两先生同时加入⋯⋯"[⑤]至此,经过近三个月的筹建,词社成员已经达到了十余人。

1940 年 9 月 7 日,词社成员在致美斋饭店举办筹建后的第一次雅集活动,并确立每月一集,每集必交社课的基本规范,标志着玉澜词社正式成立

① 谢草:《四十年代的天津梦碧词社》,天津市文史研究馆:《天津文史丛刊》,第 7 期,第 148 页。
② 《玉澜词社成立》,《游艺画刊》,1940 年,第一卷,第五期。
③ 文艺报导:《玉澜词社将放异彩》,《东亚晨报》,1940 年 7 月 21 日第 5 版。
④ 娱园老人:《王伯龙》,《新天津》,1942 年 8 月 29 日第 7 版。
⑤ 《文艺消息》,《新天津》,1940 年 9 月 5 日第 7 版。

并进入常规化发展阶段。报刊讯息载,本次活动参加者有向仲坚、童曼秋、姚灵犀、王伯龙、冯孝绰、胡峻门、张异苏、王寰如、王禹人、赵琴轩等,"当场由向仲老讲述词之发源,溯其源流,阐发精详……本期课题即由仲老拟定,(一)吊费宫人故里(望海潮),(二)中秋(好事近)……"①摄影照片最后刊登于《新天津画报》1940年9月26日第1版。本次活动有"周公阜、金致淇、张吉贞、杨芝华、杨轶伦、张国威、高鸿志或赴北京,或因事未到。"②

此后,词社大部分是每月一集。当然也存在因社员不齐或其他变故而推迟雅集的情形。据目前所存史料看,活动时间一直持续两年多。天津各报刊有关词社的最后一条材料是1943年2月28日的《玉澜词社在玉波楼举行春宴创议为赵幼梅立碑》:"玉澜词社,于二十四夕,假玉波楼举行春宴,导师向仲坚先生,方自海上归来,颇感劳顿,故未参加。李择庐先生及姚灵犀、杨绍颜、金致淇、王寰如、杜彡庵、王禹人、赵琴轩、张聊公诸君均到。王伯龙亦因感冒未苾,特遣使来书道歉,书中并言及李海寰送来朱燮老所撰故藏斋老人赵幼梅先生碑文一篇,拟在红十字会院中立石,……饭罢由择老命课题。'癸未春宴',调寄《临江仙》,至九时许始散。"③自此之后,未见关于玉澜词社的相关活动讯息。同是本年,寇逢泰等倡导组建癸未文社、甲申文社,正是梦碧词社之前身。据杨轶伦《梦碧沿革小记》载:"梦碧吟社者,吾友寇泰逢社长之所创立也,实为现在沽上唯一研究词学之组织。初成立于民国三十二年,名癸未文社………俟后冷枫、玉澜诸友好,亦多闻风加入,社友已至三十余人。"④简而言之,1943年是天津词坛由玉澜词社时期向梦碧词社时期的过渡转折阶段。

所以,玉澜词社发起于1940年端午节,同年九月正式集会,至1943年2月后才逐渐消解,前后持续两年半时间。基于以上出现的各类材料,梳理出词社的成员有王寰如、王禹人、赵琴轩、高守吾、胡峻门、王吟笙、王莘农、姚灵犀、王伯龙、张异苏、姚品侯、向迪琮、周公阜、杨芝华、张吉贞、金致淇、童曼秋、杨轶伦、张国威、高鸿志、李择庐、杨绍颜、杜彡庵、张聊公等二十四人。以及后来在历次雅集中不断加入的杨寿枏、马醉大、冯孝绰、张靖远、韩世琦、石松亭、杨轶伦、章一山、王益友、王仰伯、张筱江、高润田、项更生等。这一群体规模几乎占据了天津文坛的半壁江山。

---

① 梦:《致美斋中韵事宴会玉澜冷枫连日雅集……》,《东亚晨报》,1940年9月12日第5版。
② 莲谛:《玉澜词社雅集志略》,《新天津画报》,1940年9月14日第1版。
③ 《玉澜词社在玉波楼举行春宴创议为赵幼梅立碑》,《新天津画报》,1943年2月28日第2版。
④ 杨轶伦:《梦碧沿革小记》,魏新河:《词林趣话》,合肥:黄山书社,2009年,第300—301页。

二、玉澜词社雅集活动考

人们对玉澜词社认知不足的原因之一是囿于所见资料有限,认为社集活动较少,影响不大。然据笔者爬梳考索,确立玉澜词社至少组织了十九次雅集活动,在天津文坛是有独特地位的。现据相关文献整理如下:

第一集:1940 年 9 月 7 日,于法租界致美斋,到者十人(见上文)。社课是《望海潮·吊费宫人故里》《好事近·中秋》。

第二集:1940 年 10 月 8 日,仍于致美斋,到者有向迪琮、王伯龙、童曼秋、周公阜、姚灵犀、石松亭、韩世琦、冯孝绰、张国威、张异苏、王寰如、王禹人、赵琴轩、王仲伯、金致淇,张吉贞、孙正荪等人。社课是《苏幕遮》或《八声甘州》,命题为"庚辰重九"。[1]

第三集:1940 年 11 月 2 日,仍于致美斋,到者有向迪琮、姚灵犀、胡峻门、王伯龙、张吉贞、冯孝绰、张国威、童曼秋、韩世琦、张异苏、金致湛、王仲伯、王寰如、王禹人、赵琴轩等,新加入杨寿枏、马醉天(别署西冷词客)。社课《踏莎行》《台城路》。席间张吉贞、金致淇抚奏"平沙落雁"一阕,遂命题为"听张、金二君弹琴"。[2] 又杨味枏和向迪琮谈论词学渊源,博奥详尽。

第四集:1940 年 11 月 30 日,仍于致美斋。到者向迪琮、杨寿枏、胡峻门、杨芝华、张吉贞、冯孝绰、张靖远、姚灵犀、张异苏、韩世琦、王禹人、赵琴轩、王寰如等十三人。社课为《洞仙歌》(限东坡作三十八字体)和《鹧鸪天》。[3]

第五集:1941 年 1 月 11 日,仍于致美斋。到者有向仲坚、童曼秋、胡峻门、周公阜、杨芝华、姚灵犀、石松亭、韩世琦、张异苏、王寰如、王禹人、赵琴轩等。社课为《水龙吟》《阮郎归》,不限体韵。席间,补祝姚灵犀寿辰(农历十一月十九生辰)。又童曼秋、杨芝华、韩世琦三先生畅谈现在昆曲没落之感想,拟组织一曲社。[4]

第六集:1941 年 2 月 3 日,仍于致美斋。到者有杨味芸、王伯龙、周公阜、姚灵犀、杨芝华、张吉贞、石松亭、张国威、杨少岩、王禹人、王寰如、张异苏、赵琴轩等。杨味芸拟社课为《玉楼春》(首句平起)、《蓦山溪》。本月底,

[1]　莲谛:《玉澜词社再集简记》,《新天津画报》,1940 年 10 月 11 日第 1 版。
[2]　梦:《平沙落雁:致美斋里古琴声,玉澜社词人雅集,两先生席前奏乐》,《新天津画报》1940 年 11 月 8 日,第 1 版。
[3]　梦:《玉澜词社四次雅集向先生分赠词集》,《新天津画报》,1940 年 12 月 4 日第 1 版。
[4]　梦:《玉澜词社五次雅集补视姚灵犀先生寿宴》,《新天津画报》,1941 年 1 月 12 日第 1 版。

周公阜寿辰,社友预为庆祝。① 按:余意先生将本次社集确立为第五次雅集,实际上是第六次。

第七集:1941 年 3 月 3 日②,仍于致美斋。到者有向迪琮、童曼秋、周公阜、杨芝华、张靖远、张异荪、王寰如、王禹人、赵琴轩等。社课《满江红》《西江月》。评定上集作品,以姚灵犀、周公阜为最优。③

第八集:1941 年 4 月 4 日,仍于致美斋。到者向迪琮、杨寿枬、胡峻门、姚灵犀、韩世琦、王寰如、王禹人、赵琴轩、冯孝绰,及新入社者杨轶伦。向迪琮拟社课《倦寻芳》《雨中花》。④

第九集:1941 年 5 月 26 日之前某日,仍于致美斋。到者有向迪琮、胡峻门、童曼秋、姚灵犀、周公阜、石松亭、张异荪、王寰如、王禹人、赵琴轩等。社课《行香子》(仿东坡体)《更漏子》《望江南》(以"烟深好"为起句咏天津风物)。向迪琮携来《同声月刊》数册。⑤

第十集:1941 年 6 月 28 日之前某日,仍于致美斋。到者有向迪琮、周公阜、姚灵犀、张靖远、张吉贞、张异荪、石松亭、王寰如、王禹人、赵琴轩等,新加入者张聊公。社课为《长亭怨慢》《小重山》。⑥

第十一集:1941 年 8 月 7 日前某日,仍在致美斋。到者有胡峻门、周公阜、张聊公、姚灵犀、杨少岩、杨轶伦、张异荪、王寰如、王禹人、赵琴轩等十人。周公阜拟社课《绮罗香》《南乡子·消夏》。⑦

第十二集:1941 年 9 月 5 日,仍在致美斋。到者有章一山、金息侯、李择庐、杨寿枬、胡峻门、向迪琮、王伯龙、姚灵犀、周公阜、张吉贞、金致淇、王益友、冯孝绰、杨芝华、张筱江、高润田、项更生、石松亭、齐文清、张异荪、牟莲塘、韩世琦、王仰伯、王寰如、王禹人、赵琴轩等二十六人。社课为《金人捧露盘引·七夕感赋》《鹊桥仙·前题》。⑧

第十三集:1941 年 9 月 30 日⑨,向迪琮大公子向伯文在惠中饭店举办

① 梦:《冷枫玉澜两社雅集在致美斋次第举行》,《新天津画报》,1941 年 2 月 7 日第 2 版。
② 梦:《玉澜词社昨七次雅集兼为杨芝华先生七旬庆寿》,《新天津》,1941 年 3 月 10 日第 7 版。
③ 梦:《天津玉澜词社举行第七次雅集是日兼为杨芝华先生七秩庆寿》,《东亚晨报》,1941 年 3 月 9 日,第 6 版。
④ 梦:《津玉澜词社八次雅集》,《新天津画报》,1941 年 4 月 5 日,第 1 版。
⑤ 梦:《天津玉澜词社昨举行第九次雅集志盛杨味芸侍郎分赠诗集》,《新天津》,1941 年 5 月 26 日,第 7 版。
⑥ 梦龙:《玉澜词社十次雅集张聊公加入》,《新天津画报》,1941 年 6 月 28 日第 1 版。
⑦ 梦龙:《文艺圈》,《新天津画报》,1941 年 8 月 7 日第 1 版。
⑧ 梦龙:《七夕直到中元节词人墨客吟咏忙玉澜社庆祝寿辰》,《新天津画报》,1941 年 9 月 9 日,第 1 版。
⑨ 文:《风闻》,《新天津画报》,1941 年 9 月 29 日第 2 版。

婚礼。玉澜词社成员藉此雅集。到者有杨寿枏、王伯龙、姚灵犀、周公阜、胡简白、童曼秋、钱仲英、金致淇、张吉贞、石松亭、杨芝华、张靖远、韩世琦、张异荪、王寰如、王禹人、赵琴轩等。本期社课为《百字令·中秋和东坡》《人月圆》。①

第十四集:1941年10月28日,仍在致美斋。到者有向迪琮、姚灵犀、杨绍颜、项更生、杜彦庵、刘仲华、赵子久、曹烜五、石松亭、杨轶伦、王仰伯、胡峻门、韩世琦、张异荪、王寰如、王禹人、赵琴轩等十七人。社课为《霜天晓角·辛巳重九》《惜秋华》。②

第十五集:1941年12月4日,仍在致美斋。到者有向迪琮、周公阜、姚灵犀、张异荪、曾公赟、张国威、张聊公、杜乂庵、赵子久、刘仲华、王仰伯、韩世琦、王寰如、赵琴轩、王禹人等十五人。社课为《霜天晓角》《诉衷情》。③

第十六集:1942年4月17日,仍在致美斋。到者有向迪琮、胡峻门、王伯龙、姚君素、周公阜、石松亭、杜乂庵、韩世琦、杨轶伦、张异荪、王寰如、王禹人、赵琴轩等十三人。社课为《菩萨蛮》《谒金门》。④

第十七集:1942年6月25日,仍在致美斋。到者有向迪琮、张聊公、石松亭、刘仲华、赵子久、杨绍颜、杜乂庵、张异荪、王寰如、王禹人、赵琴轩等。社课为《青玉案》(用贺方回韵)、《减字木兰花》。⑤ 从本次社集开始,改为每年雅集四次,按春夏秋冬季举行。⑥ 前上巳一次算本年度春季雅集,本次即夏季社集。

第十八集:1942年9月2日,在鸿运食堂举办秋季雅集。到者有向迪琮、王伯龙、王寰如、石松亭、童曼秋、张聊公、姚灵犀、冯孝绰、王禹人、韩世琦、赵琴轩、王仰伯、杜乂庵等。社课为《抛绣球》(仿阳春体)、《如梦令》。席间,补祝向迪琮、王伯龙、石松亭、王寰如四位寿辰。石松亭答谢同人为其太夫人作寿诗。⑦

第十九集:词社原拟重阳节雅集,惟因多数同人系城南社友,遂改于国历新年举行。⑧ 然国历新年前后未见相关报道。目前,仅见1943年2月24

① 梦龙:《玉澜词社雅集昨在惠中举行》,《东亚晨报》,1941年10月5日第6版。
② 非词人:《冷枫玉澜两社昨举行重阳雅集登高赏菊逸兴遄飞》,《新天津》,1941年11月1日第7版。
③ 耳:《雅集玉澜·冷枫》,《新天津画报》,1941年12月8日第2版。
④ 非词人:《玉澜词社上巳集会》,《新天津画报》,1942年4月24日第2版。
⑤ 非词人:《玉澜雅集》,《新天津画报》,1942年6月30日第2版。
⑥ 冰:《玉澜社消夏雅集向仲坚氏讲解宋词》,《新天津》,1942年6月29日第7版。
⑦ 非词人:《玉澜词社秋季雅集》,《新天津画报》,1942年9月7日第2版。
⑧ 文:《风闻》,《新天津画报》,1942年10月14日第2版。

日社集。活动地点改在玉波楼。到者有李择庐、姚灵犀、杨绍颜、金致淇、王寰如、杜彭庵、王禹人、赵琴轩、张聊公等。社课为《临江仙》,题咏"癸未春宴"。①

以上即是笔者所知关于玉澜词社的雅集情况。不难看出,第十六集是词社前后两个阶段的分水岭。此后雅集频率由原来一月一集改为每季一集。频率的下降严重影响了社团的生存活力,最终难以维继。

上文词社讯息作者较多,如"梦""梦龙""非词人"等,其到底何人,至今未解。核查报刊中同类署名者,发现《征求诗钟揭晓》署名为"梦龙值课",文章最后又附录"王寰如谢教"②,可推测"梦龙"即王寰如也。又有《梦龙鼓话》一文署名亦为"王寰如"③,可资佐证。又恬静《王寰如》云:"近来与赵琴轩、王禹人、姚君素……诸先生所组织之玉澜词社,在各报披露社集纪事,均系寰如先生所撰。"④此又一证据。关于"非词人",轶伦《再谈笔名》载:"老友王寰如,笔名'非词人',君每作关于玉澜词社之消息稿件时,必用此署名焉,亦可以想见其扬谦之意矣。"⑤据以上史料,知"梦"是"梦龙"简称,而"梦龙"和"非词人"皆是王寰如笔名。

三、师法北宋的审美取向

从以上社集中我们看到导师向迪琮在该社团中的重要位置。也意味着,向迪琮的词学审美取向一定程度上决定了玉澜词社的群体走向。向迪琮(1889—1969),字仲坚,别号柳溪,四川双流人。先后任北京内务部水利科科长,行政院参议,天津海河工程局局长等职。后执教四川大学。著《柳溪长短句》《柳溪词话》。他多次向玉澜社员阐述词学渊源以及创作词体所应秉持的基本法则。如"学填词,固须多所试作,而尤要在多阅读前人之作,以资揣摩,又谓诗词之作法,与诗不同,要在悉心体会,明其变异,潜心追求,自有进步。"⑥又"席间向老畅谈词律,及与当代词家况夔笙、邵次公两先生之唱和。"⑦又评王寰如词曰:"词须注重句法及格律,古微翁言词为人籁,非经千锤百炼未易观成。"⑧从所见资料看,向迪琮似乎特别强调词律之重要性。

---

① 《玉澜词社在玉波楼举行春宴创议为赵幼梅立碑》,《新天津画报》1943年2月28日,第2版。
② 梦龙:《征求诗钟揭晓》,《东亚晨报》,1940年1月24日第5版。
③ 王寰如:《梦龙鼓话》,《东亚晨报》,1940年7月2日第5版。
④ 恬静:《王寰如》,《新天津》,1942年9月26日第7版。
⑤ 轶伦:《再谈笔名》,《新天津画报》,1943年3月29日第2版。
⑥ 耳:《雅集玉澜·冷枫》,《新天津画报》,1941年12月8日第2版。
⑦ 梦:《玉澜词社四次雅集向先生分赠词集》,《新天津画报》,1940年12月4日第1版。
⑧ 王寰如:《望海潮·吊费宫人故里》,《新天津画报》,1941年4月7日第1版。

导师杨寿枏也多次"畅述填词取法,须力求格律,可由浅人深,如熟练时较诗尤有兴趣,同人拜服"①。又如第十九集时,"席上李择老与灵犀诸君纵谈白石、屯田词律之严。"②对待格律之严谨还显示在社课命题上,如第四集社课《洞仙歌》(限东坡作三十八字体);第六集《玉楼春》(首句平起),又《蓦山溪》(后三字句均叶韵从黄山谷体);第九集《行香子》(仿东坡体)。限体意味着学员填词时在关键位置的平仄,乃至四声都必须与模仿对象一致。从这些迹象表明,向迪琮及玉澜词社是十分强调格律的。王履康《柳溪长短句序》云向氏"丙丁而还,邃于科律,是则傍柳系马,非四仄所能晐;废寝忘餐,缘一字而未惬"。③向迪琮《柳溪词话》也提出:"元明以后,倚声家仅循平仄,而于四声之说,皆淡漠置之。万氏《词律》,仅守上去二音,而于四声亦多疏漏。……今世不守律者,往往自托豪放不羁,不知东坡赋《戚氏》,其四声与乐章多合。稼轩之赋《兰陵王》,与美成音节亦无大谬。今虽音律失传,而词格具在,自未可畏难苟安,自放律外。蹈伯时所谓不协,则成长短诗之讥。"④基于以上梳理,我们很容易将玉澜词社纳入到彼时"四声之争"十分激烈的格律派阵营中。⑤

然而,与沤社、如社、午社等词学社团所不同的是,玉澜词社对格律的强调主要是因为大部分社员是非专业性词人,他们对词之文体属性的认知还不够深入。向迪琮和杨寿枏试图用词社这一平台向众人灌输遵守词体规范的意识,而并不是强调格律与抒情之间审美偏向的问题。

撇开以上容易误解的问题,单就审美祁向来说,向迪琮在词体"格律"与"抒情"抉择之间,更倾向于后者。从其反对师法南宋,而主张学习北宋的填词门径即可得到佐证,曰:"窃以为小令始于五代,迄于汴京已集大成。古今选本颇多,无须赘辑。惟慢词始于柳公,至美成而益光大。厥后词格渐摩,境界尤低。而有清一代流传选本,大多偏重南宋,北声寝微,良用怆惜。"⑥又《清声阁诗余序》云:"昔半塘翁论词三要,曰:重、拙、大。大不是豪,重不是滞,拙不是涩。此惟汴京诸老能之,临安以后不克逮也。"⑦晚清民国以来,词

① 梦:《冷枫玉澜两社雅集在致美斋次第举行》,《新天津画报》,1941年2月7日第2版。
② 《玉澜词社在玉波楼举行春宴创议为赵幼梅立碑》,《新天津画报》,1943年2月28日第2版。
③ 王履康:《柳溪长短句序》,向迪琮:《柳溪长短句》,民国十八年(1929)刻本,吉林大学图书馆藏。
④ 向迪琮:《柳溪词话》,《南金杂志》,1927年第5期。
⑤ 马大勇,杜运威:《民国守四声风气的生成与午社词人的拨乱反正》,《贵州社会科学》,2017年第3期。
⑥ 陈雪军:《向迪琮致赵尊岳词学手札考释》,《词学》,2017年第2期。
⑦ 冯乾编校:《清词序跋汇编》,南京:南京凤凰出版社,2002年,第4册,第2098页。

坛一度被主张南宋的梦窗风笼罩,以致所作之词貌似高雅醇厚,实则晦涩难解。吴眉孙《覆夏瞿禅书》说的很清楚:"顾今之以梦窗自矜许者,愚以为率堆砌填凑,语多费解,乃复以四声之说,吆喝向人,殊不知四声便算一字不误,其词未必便工也。"①玉澜词社社员王禹人对此有相同观点:"词在宋代是可歌唱的,不过后来被少数人们关在象牙塔内,把本质改变了,只用在一字一句对偶雕琢上加功夫,不如是不配给士大夫读阅,同时一般文人往此路追求,造成葬送词归墓中悲剧……"②基于此现状,向迪琮倡导师范北宋的理念得到了词社同人的一致肯定,如《玉澜词社雅集志略》载:"向先生初述词学源流……盛称蒋鹿潭词,皆为诸家所喜。从之入手,后始取法北宋,各专一家,小令以二晏最工,初学者所应揣摹……"③又词社参与者云:"在一个秋爽的晚上,曾举行一次谒师宴会,仲老(向迪琮)当筵发表词学心得,介绍读晏小山、周邦彦二氏作品。正合我们同人的意思,从此入门,定能达到我们理想的志愿。我们的志愿是人人能作,人人能懂,恢复词的本色。"④向迪琮倡导北宋的思路既满足了玉澜词社大部分非专业词人的现实需求,同时也是为了实现"恢复词之本色"的终极目标。

需要提醒的另一方面是,词社成员中不少人是当时报刊的主笔,他们毕生的主要创作是小说、随笔、漫谈、掌故、花边新闻之类。以报刊发销量为目的,所作多迎合大众口味。而强调词之抒情性,乃至娱乐性的审美诉求与他们平民化的文学主张是契合的。如姚灵犀(1899—1963),本名姚君素,字衮雪,号灵犀,江苏丹徒人。1940年,主编《新天津画报》,一时间声名鹊起。而玉澜词社社友王伯龙、赵琴轩、张聊公、杨轶伦等都是画报主笔,他们的文学品味有相似之处。以词社发起人赵琴轩为例,他著有《春在人间》《虹桥蝶梦》,擅长长篇小说。"他的风格以一种轻松的幽默为特色,他由各种的环境和动情的眼睛吸收了热力、想象、创造,他的作品是浪漫的,但是骨子里却含着严肃的意义。"⑤由此很容易看清赵琴轩强调文学之抒情性、娱乐性的根本特质。如果检索《新天津》《东亚晨报》等同时期的天津报刊,发现王寰如、王禹人、张异苏、高守吾、金致淇、马醉天、石松亭等社员,也经常发表各类短文随笔。《新天津》报主编杨春霖明确指出:"本报标榜平民化,不党不偏,为民

---

① 吴眉孙:《覆夏瞿禅书》,《同声月刊》,1941年第一卷第三期。
② 王禹人:《玉澜词社的前途》,《新天津画报》,1940年11月11日第2版。
③ 莲谛:《玉澜词社雅集志略》,《新天津画报》,1940年9月14日第1版。
④ 王禹人:《玉澜词社的前途》,《新天津画报》,1940年11月11日第2版。
⑤ 记者:《介绍青年作家赵琴轩》,《新天津画报》,1940年10月17日第1版。

众之喉舌,为贪污之仇敌,此早为各界读者之定评。"①所以,玉澜词社倡导北宋、偏重抒情的创作理念既是对晚清以来推崇梦窗、严守四声的反驳,也是大部分社员平民化文学思想的折射。

四、"学舞刑天"的反抗精神

很多学者指出,玉澜词社"虽有课题,但作者不多,只在饭店集会联欢,未几停办"②,最后也无词作结集。该认知与实际情况并不相符。王寰如的历次社集讯息中明确告知我们社员积极创作的具体情况,如第二集时,强调"首集尚有未克交卷者,已限期补作,不许曳白。"③第四集时,又交代向迪琮"将前两期所交课卷批改传观,并每篇详述应改正之处,力求改善。"④又第五集云:"向仲老发表上次课卷,均加以批改,及评语,对社友殊多奖掖,甚为欣悦。"⑤又第七集强调:"每月雅集一次,课作多佳什妙句,传诵一时,诚为文坛佳话,……席间觥筹交错,畅谈甚欢,并发表上期课卷,批评删改,以姚灵犀、周公阜两社友之作为最优,颇加赞许。"⑥所以,玉澜词社的实际创作量是十分可观的,但所交社卷后来有没有汇总,目前没有文献记载,也无流传。今天所能见到的只是小部分优秀作品被推荐到《新天津画报》《新天津》《东亚晨报》等报刊发表。笔者从数千页报纸间爬梳出 55 首社课词作(见附表一),另有此阶段社员其他作品 15 首(见附表二),以此管窥玉澜词社之整体创作成就。

表一

玉澜词社社课作品统计表			
社集	词牌	作家作品	来源
第一集	好事近 望海潮	王伯龙《好事近·中秋》	《新天津画报》1940 年第 10 卷第 3 期第 1 页
		王伯龙《望海潮·吊费宫人故里》	《新天津画报》1940 年第 10 卷第 3 期第 1 页

---

① 杨春霖:《敬向读者告别》,《新天津》,1944 年 4 月 30 日第 2 版。
② 谢草:《四十年代的天津梦碧词社》。天津市文史研究馆编:《天津文史丛刊》1987 年第 7 期,第 148 页。
③ 莲谛:《玉澜词社再集简记》,《新天津画报》,1940 年 10 月 11 日第 1 版。
④ 梦:《玉澜词社四次雅集向先生分赠词集》,《新天津画报》,1940 年 12 月 4 日第 1 版。
⑤ 梦:《玉澜词社五次雅集补视姚灵犀先生寿宴》,《新天津画报》,1941 年 1 月 12 日第 1 版。
⑥ 《天津玉澜词社举行第七次雅集是日兼为杨芝华先生七秩庆寿》,《东亚晨报》,1941 年 3 月 9 日,第 6 版。

社集	词牌	作家作品	来源
		叶效先《好事近·中秋》	《立言画刊》1940 年第 110 期第 18 页
		叶效先《望海潮·费宫人故里》	《立言画刊》1940 年第 110 期第 18 页
		向迪琮《好事近》	《新天津画报》1940-10-08 第 2 版
		向迪琮《望海潮》	《新天津画报》1940-10-08 第 2 版
		王寰如《望海潮·吊费宫人故里》	《新天津》1941-04-05 第 7 版
		王寰如《好事近·中秋》	《新天津》1941-04-09 第 7 版
		石松亭《望海潮》	《东亚晨报》1940-9-24 第 5 版
		石松亭《好事近》	《东亚晨报》1940-9-24 第 5 版
第二集	苏幕遮 八声甘州	王伯龙《苏幕遮·重阳》	《新天津画报》1940 年第 10 卷第 20 期页 1
		王寰如《八声甘州》	《东亚晨报》1941-02-03 第 6 版
		王寰如《苏幕遮》	《东亚晨报》1941-02-03 第 6 版
第三集	踏莎行 台城路	马醉天《台城路·玉澜词社雅集……》	《东亚晨报》1941-01-16 第 6 版
		马醉天《踏莎行·玉澜词社雅集……》	《东亚晨报》1941-01-16 第 6 版
		王寰如《踏莎行·玉澜词社雅集……》	《东亚晨报》1941-02-01 第 6 版
		王伯龙《踏莎行》	《新天津画报》1941-04-27 第 1 版
第四集	洞仙歌 鹧鸪天	王伯龙《鹧鸪天》	《新天津画报》1941-10-5 第 2 版
		姚灵犀《鹧鸪天》	《新天津画报》1940-12-08 第 2 版
		向迪琮《鹧鸪天》	《同声月刊》1941 年第 1 卷第 11 期
第五集	水龙吟 阮郎归	石松亭《阮郎归·贺骆君易儒续弦作》	《新天津》1941-05-23 第 7 版吟坛
		向迪琮《水龙吟·寿藏园老人》	《雅言》丁巳卷八、九合刊
		王伯龙《水龙吟》	《新天津画报》1942-3-30 第 2 版
第六集	玉楼春 蓦山溪	张异荪《玉楼春》	《新天津画报》1941-04-07 第 1 版

社集	词牌	作家作品	来源
第七集	满江红 西江月	高守吾《满江红》	《新天津》1941-05-24 第 7 版
		向迪琮《满江红》	《同声月刊》1941 年第 1 卷第 12 期
		王寰如《西江月》	《新天津画报》1941-6-14 第 1 版
第八集	倦寻芳 雨中花	向迪琮《雨中花》	《新天津》1941-04-08 第 7 版
		王伯龙《雨中花》	《新天津画报》1941-04-12 第 1 版
		姚灵犀《倦寻芳》	《新天津画报》1941-4-17 第 2 版
		王寰如《雨中花》	《新天津》1941-05-24 第 7 版
		高守吾《雨中花》	《新天津》1941-05-24 第 7 版
		向迪琮《倦寻芳》	《新天津》1941-05-26 第 7 版
		杨寿枬《雨中花》	《新天津画报》1941-05-28 第 5 版
		马醉天《雨中花》	《新天津》1941-5-28 第 7 版
第九集	行香子 更漏子 望江南	王寰如《更漏子》	《新天津》1941-05-23 第 7 版
		向迪琮《更漏子》	《新天津画报》1941-05-28 第 5 版
		向迪琮《行香子》	《新天津》1941-5-28 第 7 版
		王伯龙《望江南·津市风土人物》(10 首)	《新天津画报》1941-06-11 第 1 版
第十二集	金人捧露盘引/鹊桥仙	向迪琮《金人捧露盘引》	《新天津》1941-09-10 第 7 版
		向迪琮《鹊桥仙》	《新天津》1941-9-11 第 7 版
第十四集	霜天晓角 惜秋华	王伯龙《霜天晓角·辛巳重九玉澜课题》	《新天津画报》1941-11-08 第 2 版
		王伯龙《惜秋华》	《新天津画报》1941-11-08 第 2 版
第十五集	霜天晓角 诉衷情	王伯龙《霜天晓角》(江山平远》	《立言画刊》1941 年第 165 期第 19 页
第十六集	菩萨蛮 谒金门	周公阜《菩萨蛮》	《津津月刊》1942 年第 1 卷第 10 期第 66 页
第十七集	减字木兰花青玉案	周公阜《减字木兰花》	《津津月刊》1942 年第 1 卷第 10 期第 66 页

表二

同时期社课外发表词作		
作者	词作	出处
马醉天	《金缕曲·寿张异荪》	《新天津》1940－10－15第7版
马醉天	《天香》	《东亚晨报》1940－11－08第5版
马醉天	《采桑子》	《东亚晨报》1940－11－08第5版
王伯龙	《金缕曲》	《新天津画报》1940－12－21第2版
餐秀	《金缕曲》	《新天津画报》1940－12－21第2版
王伯龙	《浣溪沙》二首	《新天津画报》1941－01－11第1版
姚灵犀	《金缕曲》	《新天津画报》1941－01－24第2版
石松亭	《金缕曲》	《东亚晨报》1941－02－01第6版
王伯龙	《忆江南·赋得残春好》	《新天津画报》1941－04－28第1版
林茂泉	《暗香》	《新天津画报》1941－08－7第2版
林茂泉	《解佩令》	《新天津画报》1941－08－7第2版
林茂泉	《御街行》	《新天津》1941－08－18第6版
姚灵犀	《临江仙》	《新天津》1941－08－18第6版
王伯龙	《清平乐》	《新天津画报》1942－3－11第2版

1948年，王禹人邀请寇泰逢给"玉澜词社题名录"题词，寇氏词云："闲鸥劫外，词海玉澜分一派。学舞刑天，半壁斜阳费管弦。　　春星暂聚，杯底光阴弹指去。粉蠹笺零，旧约题襟墨尚馨。"[1]所谓"刑天舞干戚，猛志固常在"，寇泰逢自然看到了玉澜词社"学舞刑天"的反抗精神，但到底是如何反抗的？寇氏并未直说，我们只能立足社课作品进一步分解。

从词社第一集第一次社课之"吊费宫人故里"即可窥其端倪。费宫人，后人又名费贞娥，是明皇宫一侍女。甲申之变后，决心效法豫让、要离（古时刺客），刺杀李自成，为国复仇，然未遂。后杀其弟李固，并自刎。1937年6月4日，程砚秋所扮《费宫人》新剧在上海正式演出，因"描写亡国惨状，激发爱国热忱"而广受欢迎。[2] 而费宫人故里就位于天津"费家巷，在鼓楼东，即费家胡同。"[3]1940年，京津一带已经沦陷，且成立华北政务委员会，隶属汪伪政府。在此背景下，以"吊费宫人故里"为社课题目本身就有特殊旨向，请

---

① 寇泰逢：《夕秀词》，合肥：黄山书社，2009年，第26页。
② 《程砚秋初演费宫人》，《京报》（北京），1937年6月4日第5版。
③ 《天津的古迹》，《三六九画报》，1942年第16卷第4期。

看王伯龙《望海潮》:

> 明珰翠羽,神鸦社鼓,露筋犹有荒祠。僻巷黄昏,疏林斜照,行人难
> 觅遗碑。往事最堪悲。剩千家野哭,劫火横飞。孽子孤臣,凭谁只手拯
> 倾危。　　金台风雪凄迷。但惊沙铁骑,折戟残旂。大将殉忠,权阉误
> 国,刹那血溅宫闱。肝胆□蛾眉。叹渠魁未剪,侠骨先灰。小部梨园,
> 至今能貌古威仪。

貌似凭吊古迹,实则分明借此大抒"权阉误国"的愤慨,讴歌贞娥之反抗精
神,呼唤"拯倾危"之英雄再现。向迪琮给予该词高度评价,曰:"悲壮沉雄,
似东坡大江东去格调。"因为沦陷区言说语境比较复杂,报刊媒体上不可能
明目张胆的刊载抗日类文字,很多文人只能利用这种方式间接表达。"费宫
人故里"恰是天津词人最好的宣泄窗口。明于此,自能看清玉澜词社"学舞
刑天"之精神所在。再看王寰如、石松亭二词:

> 神京板荡,故宫禾黍,难寻遗烈芳踪。血渍丹墀,愁连青琐,谁能如
> 此从容。禁苑月朦胧。铜壶滴清泪,寒析匆匆。白刃飞霜,红妆替艳恨
> 无穷。　　昨宵偶步楼东。任肩担冷月,袖绾寒风。回忆前尘,缅怀故
> 里,令人徒吊孤忠。今也又何从。一醉千愁解,往事空空。万古坚贞,
> 时绕魂梦中。(王寰如《望海潮》)

> 蓬莱宫阙,渔洋鼙鼓,长安覆局谁论。东海水枯,西山石竭,贞娥故
> 里犹存。波浪撼津门。尚歌吹夜沸,商女如云。景物全非,永留坊巷属
> 宫人。　　流传曲谱翻新,道当能护主,刺虎奸身。篝火夜鸣,妖星昼
> 见,凭谁盪靖烟尘。斜月照遗村。倘回耕一看,一倍酸辛。休与明妃一
> 例,环珮望归魂。(石松亭《望海潮》)

向迪琮评王寰如词云"须注重句法及格律",主要因为最后一句"万古坚贞,
时绕魂梦中"有出律嫌疑。在守律层面,不少玉澜社友做的确实还不够,但
并不影响词作之情感烈度。王、石两词都以费宫人为牵引,将目光转移到了
当下。王寰如聚焦自身"今也又何从"的迷茫,石松亭则嘲讽今日天津仍"歌
吹夜沸,商女如云"的病态。二人共同吟咏出抗日战争背景下身处沦陷区文
人的真实心声。即迷茫、忧虑与批判、渴望相并存的复杂生态。前者相关作
品还有如高守吾《满江红》:"枝上鸟,声泣泣。幕上燕,闲闲立。正夕阳斜

照,断垣残迹。镇朔楼头惊鬼哭,爱春园侧行人织。莽尘寰谁与话兴衰,伤今昔。"又王伯龙《八声甘州·重阳》"一响营腾未解,蓦伤离感逝,吊梦哀吟,更黄华霜老,篱畔独徘徊。且商略几番风雨,叹兀龙豪气已全摧。危栏外,莽烟波处,断雁南飞。"后者类似作品有向迪琮《满江红》云:"乱后亲知谁与问,望中薇薇谁堪活。整欹冠,扶病强登临,飘零客。"石松亭《金缕曲》云:"挟霸气剑锋犀利,岳岳高楼吞湖海,溯英风为问何人比,龙川外恐无俪。"张聊公《秋夜闻蟋蟀于庭阶,适读宋史,叙贾似道事,怃然有感》诗歌说的更加直接:"赵氏江山为汝亡,当时艳说半间堂。从来玩物皆丧志,玉垒金盆梦一场。"①所以,玉澜词社的雅集唱和绝不仅仅限于嘘寒问暖、觥筹交错,它搭建起天津文化人相互沟通、勉励、督促、告诫的社交平台,又借助《新天津画报》《新天津》等报刊打通了与社会对话的渠道,藉此婉转表达了内心的政治诉求与期望。

当然也不可回避,因为雅集的应酬形式和娱乐属性,使部分社课内容限制在祝寿、咏物、节庆等范围内,难以激发词人更深邃的思考。又因为天津未直接经历战火淬炼,作家对抗日战争的正面书写还比较狭窄。加之部分社员是初学者,词体规范掌握的还不够熟练,导致玉澜词社的整体创作成就不够突出。

如果我们站到整个天津文学的生态维度俯视,更能看清玉澜词社局限性的根本因素。1941年春,《新天津》报发起关于"天津文坛在哪厢?"的讨论②,折射出部分文人对当时文学现状的不满和反思。杨莲笙《天津文坛》和二元《漫谈文坛》两篇文章揭露了该问题的关键。杨氏看到了媒体介质的局限性:"如今,我们(天津)的文坛确是病了,营养不足,而不是消化不良。……所谓文坛荒寞,也就是底盘太可怜,不用往大处说,写上一万字的短篇创作,在天津能够发表吗?写上五六百字的杂文小品,就很够可以啦,二三千字的论文就有点行不得也之势。"③二元则看到了作家和读者的局限性:"最近在某报看到一位某君谈起文坛来,说他最近未有写作,有人向他索稿,他不肯应酬,也便不写,因为应酬作品是不会好的。此公所谈,实获我心,我与此公相反者是专门写应酬稿子,文章内容如何,向不注意,其原因有二:(一)不是应酬的文字,未必有人肯看;(二)应酬的文字可以卖钱。我所注意的一点却是后者。卖文换钱,是为了生计。"④传媒介质、作家、读者等多

------

① 张聊公:《秋夜闻蟋蟀于庭阶……》,《新天津》,1941年11月18日第7版。
② 张嘉文:《建设声中文坛谈屑》,《新天津》,1941年4月9日第7版。
③ 杨莲笙:《天津文坛》,《新天津画报》,1941年3月18日第1版。
④ 二元:《漫谈文坛》,《新天津画报》,1941年12月29日第2版。

方面的因素促成了天津文坛的格局。这也是玉澜词社创作内容偏向应酬一类的重要原因。

但正如本节篇首奇岚《关于文坛》指出，天津文坛的萧条针对的主要是新文艺，而当时旧文艺是比较活跃的。究其本质原因还是新文艺的内在问题，即表达策略的捉襟见肘。处于沦陷区的京津文坛，本身就因为舆论环境的特殊而难以做到慷慨直言，尤其是 1941 年，日军对沦陷区发起"自强化治安运动"后，素以"不党不偏，为民众之喉舌"的几家报纸都被迫压缩版面，用于转载报道政务信息，这本身就是妥协的无奈表现。此期文学社会功能之脆弱更是可想而知。面对"和平文学""东亚共荣"的政治压迫，新文学家要么转入地下创作，继而面临着影响缩小的现状；要么只能创作应酬一类文字，继而连作家自己都难以持续。与新文艺不同，旧文学本身就建立在一定的文化基础上，内在渊源十分深厚，有丰富的典故系统、历史素材及表达策略，既能满足人们意内言外的情感寄托，也能适应舆论严峻形势下的批判讽刺，上文"吊费宫人故里"就是典型案例之一。

综上所述，玉澜词社是抗战时期活跃于天津一带的词学社团。1940 年6 月 10 日，王寰如、王禹人、赵琴轩三人发起筹建，后得到姚灵犀、王伯龙、向迪琮等人响应，经过近三个月的准备，于 9 月 7 日在法租界致美斋饭庄正是成立。会上确立了每月一集，集必有课的基本规则。1942 年 4 月第十六次社集时，修改为一季一集，但只维持了一年时间，就在 1943 年 2 月第十九次社集后逐渐消散。玉澜词社的灵魂人物是向迪琮，他特别强调词体抒发情感的重要性，提出师法北宋的新主张，该理念与许多社员的平民化文学思想有契合之处，遂得到了词社同仁的一致肯定，也激发了大家的创作热情。由于词社没有结集刊刻，具体创作情况已经难以厘清。但部分优秀作品被推荐到《新天津画报》《新天津》《东亚晨报》等报刊发表，给窥探词社创作成就提供了参考。基于所搜集的七十首词作，发现玉澜词社同仁多借助别有深意的历史素材和写作策略，来间接表达出积极反抗的心声。当然，面对抗日战争局势的不明朗，作家难免流露出迷茫、忧虑等复杂情绪。所以，玉澜词社的雅集活动为他们搭建起相互沟通、勉励、督促、告诫的社交平台。社员又借助各类报刊，实现了表达政治理想的诉求。看到以上成就的同时，也要承认部分成员对词体属性的认知还不够深入，社课内容存在应酬肤浅的缺陷。当然，与同时期的天津新文学比较而言，还是有可取之处的。

本章小结：在没有深入解读作品寓意基础上，仅凭借伪政府御用文人营造的"迷雾假象"，即简单粗暴的否定沦陷区诗词的整体成就是十分偏颇的。

阿谀奉承、自造牢笼的现象当然批判;暗度陈仓,乃至戳破谎言的斥责必须大加赞扬。面对沦陷区的艰难处境,古典诗词的范式潜能被全面激活。作为配合"和平文学"而又不同流合污的叙述策略,龙榆生、廖恩焘、夏仁虎等巧用"意内言外"和"雅化"两大笔法,躲过了政治审查,描绘出抗战词坛另一道别开生面、寓意深刻的风景。而那些不畏生死,借古讽今,直面现实的词人,更应大书一笔。"附逆文人"价值的重新确立标志着沦陷区文学正逐步排除政治干扰,深化学理性研究。尤其是一批灰色刊物文学史意义的再发现进一步抬高了旧体诗词的现代意义。

玉澜词社是抗战时期活跃于天津一带的词学社团。当下人们对它的基本认识与实际情形还有较大差距。基于天津各类报刊中发现的新文献,修正了该词社的存在时间是 1940 年 6 月至 1943 年 2 月,并考订出各类社集活动十九次,确立词社核心人物是向迪琮,重要参与者是杨寿枏、王伯龙、姚灵犀、王寰如、王禹人、赵琴轩等。向迪琮强调词之抒情性,主张师法北宋,该理念得到了其他社员的积极拥护,也激发了社友的创作热情。尽管沦陷区言说语境比较复杂,但玉澜词社仍能借助别有深意的历史素材和写作策略,间接表达反抗心声,具有重要的词史意义。

第六章　女性词人创作观念的转变
与词情词风的转向

　　无论从作家队伍,还是创作体量来看,女性诗词都无法与男性相提并论,但我们必须认清一个事实:明清以来,但凡缺失了女性作家的诗词史研究都是不完整的。从性别角度看,女性诗词有男性诗词所不具备的优势。王国维曾将诗词对比时说:"词不能尽言诗之所能够言,而能言诗之所不能言。"此论用之于男女诗词比较同样契合。简言之,女性诗词在表达心理情感的准确性和细腻程度方面确有过人之处。

　　从文体范畴看,笔者认为女性诗词固然属于女性文学,但如果单从女性文学的概念来审视,学界对此是颇有争议的。刘思谦《女性文学这个概念》认为:"女性文学是诞生于一定历史条件下的以五四新文化运动为开端的,具有现代人文精神内涵的,以女性为言说主体、经验主体、思维主体、审美主体的文学。"①刘思谦将女性文学的范围限定在五四以来,直接排除了古代女性文学。而王侃《女性文学的内涵和视野》则强调"一是以女性感受、女性视角为基点的对世界的介入,打破男性在这方面的垄断局面。二是挖掘超出男性理解惯性和期待视野的女性经验,实现对男性世界的叛离,以构造出具自身完整性的女性经验世界。"②相比较而言,王侃更注重文学作品本身,并未限定文体和时间范围。与之持相同观点的还有钱虹、沈红芳等著名学者。综合而言,女性文学有其特定的内涵,并非所有女性所创作的文学都算是女性文学,然而也不能一刀切的将时间划到五四以来,谁又能断言古代女性文学就没有女性视角、女性经验、女性语言呢? 而抗战时期的女性诗词本身就在五四以来的区间,更应该被纳入女性文学研究的视野之中。

　　当下对古代女性诗词研究大体有三大部分。一是女性诗词文献搜集与整理的快速推进。众所周知,上个世纪,关于女性文学文献的书籍还是比较

---

① 刘思谦:《女性文学这个概念》,《南开学报》,2005 年,第 2 期。
② 王侃:《女性文学的内涵和视野》,《文学评论》,1998 年,第 6 期。

少的。而新世纪以来,特别是近十年,古代女性专题文献整理成果越来越多,如肖亚男主编《清代闺秀集丛刊》《清代闺秀集丛刊续编》,胡晓明、彭国忠主编《江南女性别集》,徐燕婷主编《民国闺秀集》,张伯伟主编《朝鲜时代女性诗文集全编》,徐乃昌校刻《国朝闺秀正始集》,陆爱斌主编《平湖历代闺秀文学作品汇编》等。与此同时,相关诗词话文献也同步跟进,如王英志主编《清代闺秀诗话丛刊》,孙克强、杨传庆主编《历代闺秀词话》等。以上文献的出版,为更快的开展女性诗词研究奠定了扎实基础。

二是中国古代女性诗词特点的归纳与文学史发展脉络的梳理。邓红梅是较早关注古代女性文学的著名学者,她对女性词特质的把握也十分到位,其《女性词史》是继严迪昌《清词史》之后,首次清晰勾勒出清代女性词史的发展演变情况。随着女性文学研究的逐渐升温,近十年来,从断代、家族、地域等视角切入的女性群体研究产出不少成果。断代研究主要集中在宋及明清,宋代时期更多以李清照、朱淑珍为重要节点。如谢穑《宋代女性词人群体研究》(湖南人民出版社,2010 年)。明清时期则以叶小鸾、顾太清、柳如是、顾贞立、徐灿、顾藻、顾春等为中心,比如王郦玉《明清女性的文学批评》(华东师范大学出版社,2017 年)、王晓燕《清代女性诗学思想研究》(四川大学出版社,2014 年)、赵宣竹《顺康女性词研究》(人民出版社,2020 年)。家族与地域女性文学研究是近几年比较突出的新方向,相关论著有宋清秀《清代江南女性文学史论》(上海古籍出版社,2015 年)、赵厚均《明清江南闺秀文学研究》(上海古籍出版社,2020 年)、断续红《清及民国长三角地区文化家族中之女性文学研究》(上海社会科学院出版社,2015 年)等,以上研究成果立足文献,长于归纳,持论有据,在古代文学学术史上占有独特地位。

三是性别视角下的女性诗词研究。这类研究显然更具有现代性元素,受西方文学研究的影响也比较大。比如叶嘉莹先生《性别与文化:女性词作美感特质之演进》(商务印书馆,2019 年)十分注重女性词内在美感的挖掘及前后发展关系,解读文本的同时又旁及各类文化背景,阐释细致,令人叹为观止。叶先生文学功底深厚,学贯中西,文笔自然,其论著读起来很地道,并没有其他汉学家的"洋味"。还有不少学者充分吸收了新文学领域女性作家研究范式,揭示古典诗词中的女性意识、女性形象、现代转型等等。比如朱一帆《现代中国女性旧体诗词流变论》第二章专门谈到"抗战时期中国女性旧体诗词创作的中兴"问题。[①] 她从现代女性意识深化、题材聚焦和诗艺取向三个维度宏观透视此期女性诗词的新特征。由于作者具有新文学研究

---

① 朱一帆:《现代中国女性旧体诗词流变论》,华中师范大学博士学位论文,2017 年。

的学术背景，论述中对旧诗词与新文学之间的异同分析十分亮眼，这是古代文学研究者所不具备的特质。其他相关论文还有杨萍《清代女性词中女性意识的觉醒》①；康燕燕、谭东梅《女性主义批评视野下的宋女性词中的女性形象》②；聂欣晗、王晓华《女性词的时代转型：以豪宕悲慨的沈善宝词为考察中心》③；李小满《清代女性词观的近代转向》④等等。

　　近年来，晚清民国女性诗词研究越来越热，而且方法多元，视角多变，成为女性文学研究新的生长点。该领域有徐燕婷和赵郁飞两位学者最引人注目，大有"南徐北赵"，分庭抗礼之势。徐燕婷立足女性诗词文献，发表了多篇高质量论文，比如《民国女性词集二维研究》⑤、《论民国女性词的发展流变——以民国女性词集为中心》⑥、《民国女性词文化生态中的"传统范式"及其新变》⑦等。她注重从文献出发，开展女性词学理论的建构研究，并逐步梳理词史流变，所得结论详实可靠，令人信服。赵郁飞的研究特色在文本阐释，有《晚清民国女性词史稿》（时代文艺出版社，2019 年）及《近百年港台及海外女性词坛综论》（《吉林师范大学学报·人文社会科学版》2020 年第 5 期）⑧、《以"二斋"为领衔的前中期网络女性词坛》⑨等相关文章，文笔清秀，诗词解读很有见地，这与其自身擅长创作诗词大有关系。其他代表性研究成果还有曹辛华《民国女性词的创作》⑩、袁志成《女性词人结社与晚清民国女性词风演变》⑪、彭敏哲《闺秀·名媛·学者——民国女性诗词的多元书写》《梅社女性诗群的形成与承续》⑫、宋秋敏《晚清至民国时期广东女性词的

① 杨萍：《清代女性词中女性意识的觉醒》，《东北师大学报·哲学社会科学版》，2005 年第 6 期。

② 康燕燕、谭东梅：《女性主义批评视野下的宋女性词中的女性形象》，《华中人文论丛》，2013 第 3 期。

③ 聂欣晗、王晓华：《女性词的时代转型：以豪宕悲慨的沈善宝词为考察中心》，《船山学刊》，2010 年第 3 期。

④ 李小满：《清代女性词观的近代转向》，《学术探索》，2015 年第 1 期。

⑤ 徐燕婷：《民国女性词集二维研究》，《华东师范大学学报》，2017 年第 1 期。

⑥ 徐燕婷：《论民国女性词的发展流变——以民国女性词集为中心》，《北京大学学报》2019 年第 4 期。

⑦ 徐燕婷：《民国女性词文化生态中的"传统范式"及其新变》，《福建论坛·人文社会科学版》，2016 年第 3 期。

⑧ 赵郁飞：《近百年港台及海外女性词坛综论》，《吉林师范大学学报·人文社会科学版》2020 年第 5 期。

⑨ 赵郁飞：《以"二斋"为领衔的前中期网络女性词坛》，《泰山学院学报》，2018 年第 1 期。

⑩ 曹辛华：《民国女性词的创作》，《学术研究》，2012 年第 5 期。

⑪ 袁志成：《女性词人结社与晚清民国女性词风演变》，《贵州社会科学》，2015 年第 3 期。

⑫ 彭敏哲：《闺秀·名媛·学者——民国女性诗词的多元书写》，《学术月刊》，2019 年第 8 期；彭敏哲《梅社女性诗群的形成与承续》，《中南大学学报·社会科学版》，2017 年第 9 期。

发展及新变》①、习婷《〈燃脂余韵〉与民国的女性词批评》②、许菊芳《民国以来"女性的词选"类别及其意义探论》③等,都是该领域开创新格局的力作。

诚然女性诗词研究已经取得了一定的成绩,但尚未见到专题性抗战女性词研究的相关成果。将此单独列出考察,不仅因为抗战时期的女性词成就颇高,是整个二十世纪女性词史上的一个制高点;而且受女权运动的影响,女性意识进一步解放,作家的创作观念也发生了比较大的转变,最直接的表现是词作内容方面开始从闺阁生活转向社会时事,作家投入的情感境界由个人逐步升华为家国;词体风格方面也发生了较大变化,在传承闺阁文学清婉悱恻特点基础上,开始取长补短,有意识、有规模地向雅正沉郁和雄壮之风两个方向发展。总而言之,抗战时期的女性词自成体系,其成就是可以与古代任何一个时期的女性词相提并论的。

第一节　抗战时期女性词文献及作家概述

抗战时期到底有多少女性词人? 至今没有学者给出确切数字,恐怕以后也很难给出答案。不仅是因为战乱纷飞年代,文献损毁严重,导致文献考辨本身纷繁复杂,难免存在遗珠缺漏;更重要的是十四年抗战时间只占作家毕生创作的小部分,有些作品无法确切的划分时段归属。我们选择以此期成就比较突出的作家为中心,宏观介绍其创作历程,以此管窥整个抗战时期女性作家的基本生态。

一、抗战时期女性词创作力量构成

早在民国时期,已经有学者关注到女性词创作,如双龄《近人诗词曲钞》载:"曩者女权低落,而闺阁名秀,亦有善吟咏者,李清照、朱淑真以及随园女弟子等,均其中翘翘者也。降至今日,女学虽称发达,而其确有造就,非同凡响者,实寥若晨星,以余所知,仅有张默君、吕碧城、陈家庆、丁宁等人,……"④又有署名"一川"者,有《近代女子词录》一文云:"近代女子工倚声者,殆如凤毛麟角,就所闻见者采录一二,以见此学之不绝如缕,而此风之幸尚未泯也。"⑤其

① 宋秋敏:《晚清至民国时期广东女性词的发展及新变》,《中国韵文学刊》,2020 年第 4 期。
② 习婷:《〈燃脂余韵〉与民国的女性词批评》,《中南大学学报》,2019 年第 5 期。
③ 许菊芳:《民国以来"女性的词选"类别及其意义探论》,《文艺评论》,2015 年第 2 期。
④ 双龄:《近人诗词曲钞》,《新文化月刊》,1934 年,第 9、10 期,第 88 页。
⑤ 一川:《近代女子词录》,《铁报》,1935 年 7 月 21 日、22 日、23 日连载,第 3 版。

列举作家有徐一沸、蒯彦范、刘敏思、马素、丁宁、俞令默、张默君、李瑷灿、刘嘉慎。两位学者都谈到当时女性词家寥若晨星的现象。

但据笔者所见实际情况恐怕并非如此。比如一九三三年创刊的《词学季刊》,单独开辟"现代女子词录"专栏,该专栏为我们审视抗战时期女性词人提供了独特窗口。下表是《词学季刊》各期词录细目。有词家二十四人,收录作品总一百五十八首,大体反映出了此期女词人的基本情况。

	一卷一号	一卷二号	一卷三号	二卷一号	二卷二号	二卷三号	三卷一号	三卷二号	总计
吕碧城	8	7							15
丁　宁	7		6	3	1		3	8	28
陈家庆	6		2	3			5	8	24
汤国梨		1							1
罗　庄		11							11
叶成绮		3							3
翟贞元		1		1			4		6
章　璠		1							1
李澄波			6						6
吕　凤				2					2
陈翠娜				4					4
王兰馨				5					5
张　荃				1					1
张默君					5				5
李瑷灿					1				1
马素颦					7				7
俞令默					2				2
刘嘉慎					1				1
徐小淑						21			21
蒯彦范						6			6
刘敏思						4			4
翟兆复							2		2
程倩薇							1		1
黄庆云							1		1
	21	24	14	19	17	31	16	16	158

以上词人可以笼统的概括为"《词学季刊》女性词群",个中或多或少都与主编龙榆生有些关联。其实,抗战时期还有一个非常重要的女性群体——寿香词社。该词社成立于一九三五年,为何振岱一手创建,参加者有王德愔、薛念娟、刘蘅、何曦、叶可羲、施秉庄、张苏铮、王真、洪璞、王娴等。词社每月一集,集必有作,且定题限韵,最后评定甲乙,有《寿香社词钞》存世。

总而言之,抗战时期的女性词人并非"寥若晨星"。如果再加上笔者所知晓的沈祖棻、冯沅君、李祁、冼玉清、周炼霞、盛静霞、黄稚荃、傅嵩楣、江清远、童肖予等,以及曹辛华《民国女词人考论》、赵郁飞《晚清民国女性词史稿》、王慧敏《民国女性词研究》、袁志成《晚清民国词人结社与词风演变》等论著中谈到的相关女性词人,那么此期作家队伍将近百人。(参见本书后附录生卒、字号、籍贯信息明确的"抗战时期女性词人统计表",基本信息不全者未统计)面对如此可观的创作群体,我们理应重新思考邓红梅《女性词史》"结语"中的观点,她说:"直至当代,也还有女性在词流渐涸的河道内,孤独地掘着地泉……但是,词体的旧香虽然犹在,词史的潜力却的确已经所剩无几了。这些后代女性所写的词,大体缘惜前贤,……总体上难以翻出新境界。"①如果我们深入到二十世纪女性词文本中去,该观点是值得进一步商榷的。相反,不少学者认为此期女性诗词的成就是远超古代的。比如刘梦芙《二十世纪传统文学的玉树琪花——陈小翠作品综论》说:"在传统诗坛词苑,群芳竞放,吐艳飘香,诸如秋瑾、吕碧城、汤国梨……等诸多女诗人词家,其作品纷呈异彩,平睨须眉,总体成就远越古代。"②再如施蛰存《北山楼抄本跋》载:"维扬有女词人丁怀枫……并世闺阁词流,余所知者,有晓珠、桐华二吕、碧湘、翠楼二陈、湘潭李祁,盐官沈子苾,潮阳张苏簇,俱擅倚声,卓尔成家。"③马大勇师《晚清民国词史稿》、曹辛华《民国词史考论》等专著都积极肯定此期女性词的整体成就。总之,随着民国诗词研究的逐步推进,女性作家逐渐成为词坛上一支不可忽视的重要创作力量。

二、抗战时期女性词文献概述

随着女性作家文本研究的逐步推进,女性诗词文献的整理也渐有起色。除了上文谈及的《全民国词》《二十世纪诗词文献汇编》《民国词集丛刊》《民

---

① 邓红梅:《女性词史》,济南:山东教育出版社,2000年,第602页。
② 陈小翠著,刘梦芙编:《翠楼吟草》,合肥:黄山书社,2010年,第1页。
③ 丁宁:《还轩词》,合肥:黄山书社,2011年,第100页。

国词集选刊》《民国诗集丛刊》等大型典籍外,专题性文献也多有拓展。比如孙克强、杨传庆编《历代闺秀词话》(凤凰出版社,2019 年)汇集《香艳词话》《携李闺阁词人征略》《词女五录》《闺秀词话》《然脂余韵》等多部晚清民国时期的女性词话。徐燕婷、吴平编《民国闺秀集》则汇编此期女性别集五十四种。两部大著可以整体上了解民国时期女性诗词创作与文学批评的基本情况。当然,至今尚未出现抗战时期诗词文献汇编的丛书。

除了大型丛书,也有不少总集、别集类文献可资参考。需要说明的是,这些集子收录文献的跨度一般都大于抗战十四年。总集类如《寿香社词钞》,收有王德愔《琴寄室词》、何曦《晴赏楼词》、施秉庄《延晖楼词》、刘蘅《蕙愔阁词》、薛念娟《今如楼词》、叶可羲《竹韵轩词》、张苏铮《浣桐书室词》、王真《道真室词》等,是比较少见的女性词体总集文献。别集类如陈小翠《翠楼吟草》、刘聪辑录《无灯无月两心知:周炼霞其人与其诗》、沈祖棻《涉江诗词集》、丁宁《还轩词》、陈家庆《澄碧草堂集》、周永珍编《徐蕴华、林寒碧诗文合集》、李祁《李祁诗词集》、茅于美《茅于美词集》等,大都是建国以后才陆续出版。问题是,想要完整的从这些别集中单独抽绎出抗战十四年部分的作品确实有一定的难度。因为并不是所有别集都是按照编年顺序排列的,这也为进一步开展抗战时期女性诗词研究造成了一定的障碍。

如果从诗词文献的传播时效性角度看,报刊诗词的价值要远远大于别集。比如上文统计《词学季刊》的一百五十八首“现代女子词录”,在抗战前期的整个词坛是颇有影响的。需要提醒的是,该专栏不过是众多报刊诗词的冰山一角,然而欲全面集齐抗战时期报刊上的所有女性诗词也不是短时间内所能完成的事。笔者只能对部分重要报刊作简要性介绍。不必说前文已经详细阐述的《民族诗坛》和《中华乐府》的“词录”专栏,也不必再举《词学季刊》姊妹期刊《同声月刊》的相关作品,我们单框定在“全国报刊索引数据库”,时间范围设定在 1931 至 1945 年,检索“妇女词”“女性词”等关键词,即可检索到大量相关文本,比如迁居成都华西坝的金陵大学,创办《斯文》杂志,特设“诗录”“词录”栏目,沈祖棻、茅于美等著名作家常有作品刊载;民国时期上海著名小报《铁报》,设有“近代女子词录”栏目,发表不少女性词作。其他期刊虽然未设专栏,但也常有女性诗词刊载,比如《妇女月刊》(1941—1945),“文艺”栏目发表江清远、童肖予等人作品多首;北京《新妇女》(1939—1940)单独设立“词”专栏;《新女性》(上海,1940 年)刊载朱璇瑛词;《女铎》有文艺栏目,刊载杨祚职、徐仲可、张玉珍、陈家庆、陈沛之、增育、张辉光、周明亮等著名词人佳作;《苏州振华女学校刊》有严彦桢等人作品。综合来说,报刊女性诗词是作家与社会互动的重要窗口。一方面,作家通过报刊平台不断是将最新作品公之于众,开始有节奏的建构起抗战时期女性文学的新空间;另一方面,纷乱的时局动态成为女性诗词写作的重要素材,启发作家如何书写时代,也激励她们重新观照社会。

三、抗战时期女性作家生态概述

抗战时期的女性作家并没有躲在角落里,而是积极的为抗战大业而奔走。何香凝①就是典型代表,她在回复朱家骅夫人函中表示:"惟我妇女虽不能枕戈待旦,冲锋杀敌,而对于疆场上之战士,亦应尽力帮助,故饥者我当为之食,寒者我当为之衣,伤病者我当为之医治。"②1937 年 7 月,何香凝召开中国妇女抗敌后援会常务理事会,呼吁妇女参加抗日后援工作。具体有三个表现:一是募集物资,援助前线;二是接济难民,救死扶伤;三是制造舆论,痛斥伪佞。③ 受何香凝的感染,许多女性作家都加入到抗日救援的队伍中来。比如张默君④就善写政论,其《国难中之精神建设》:"溯自去岁九一八事变以还,所谓'国难',已成为时下之流行名词。但吾人对此不幸名词所谓'国难'宜凛兴亡有责之义,憬然自觉,谋一根本救济之道,即精神建设是已。……欲使民族精神之发扬蹈厉,当自促进民族精神之建设始。"⑤她另有《为教育与革命而艰苦奋斗》⑥《中国政治之基本精神》⑦《中国政治与民生哲学》⑧等诸多文章,启迪民众,影响较大。再比如冼玉清则为筹集物资而奔走,她曾发布《妇女对于募制寒衣之责任》,组织为前线募捐衣服。而汤国梨⑨与友人筹建伤兵医院,收容并治愈抗日将士 140 余人。⑩ 她在《抗战时奉老母携儿辈流亡之作,时老母七十,奇儿十三》中说:"平沙蔓草没荒烟,四面危峰势插天。日落征骑嘶故垒,风前断雁下惊弦。自搔白发悲亲老,更抚黄童想父怜。莫效楚囚相对泣,艰难家国要同肩。""家国同肩"可管窥其

---

① 何香凝(1878—1972),号双清楼主,广东南海人。中国女性革命家、妇女运动先驱,著名诗人,有《双清诗画集》。

② 廖仲恺、何香凝著,尚明轩,余炎光编:《双清文集》下册,北京:人民出版社,1985 年,第 243 页。

③ 余德富:《双清传略:廖仲恺与何香凝爱国革命的一生》,广州:广东人民出版社,1998 年,第 177—183 页。

④ 张默君(1883—1965),原名昭汉,字默君,湖南湘乡人。主持《大汉报》《神州日报》《上海时报》等刊物主编,有《默君诗草》《大凝堂集》。

⑤ 张默君:《国难中之精神建设》,《妇女共鸣月刊》,1933 年,第 2 卷,第 1 期。

⑥ 张默君:《为教育与革命而艰苦奋斗》《中国青年》(重庆),1940 年第 2 卷第 3 期。

⑦ 张默君:《中国政治之基本精神》,《考政学报》,1944 年,创刊号。

⑧ 张默君:《中国政治与民生哲学》,《龙凤》,1945 年,第 2 期。

⑨ 汤国梨(1883—1980),字志莹,号影观,耆上老人,浙江乌镇人,有《影观集》。

⑩ 汤大民:《汤国梨先生小传》,汤国梨:《影观集》,"文教资料"特辑,2000 年,第 5 页。

彼时坚决抗战之心绪。其他陈小翠、顾青瑶、冯文凤、谢月眉等女子，依托中国女子书画会，筹办画展募捐活动以慰劳前线将士，一时间传为文坛佳话。[①]

当然，抗战时期大部分女性作家还是以避乱隐居为主，但她们并没有就此搁笔，而是借诗词详细地记录下战乱中的艰难困苦。七七事变后，苏州很快沦陷，汤国梨秉承章太炎遗志，冒着各种艰险，在上海开办“太炎文学院”。太炎文学院迁徙内地后，汤国梨一直在沦陷区四处避难。有诗词记录下这段悲苦历程，如《丁丑吟》：“忽闻飞将下惊雷，画栋雕梁付劫灰。满地江湖催客去，漫天烽火逼人来。空城寂寞无鸡犬，旧院凄凉尽草莱。掩泪重寻池上路，清明于此记传杯。”[②]诗歌小序载“卢沟桥事变，日寇长驱而入，余家避居湖州。城将陷，辗转到妙喜村。”妙喜村之生活也并不顺遂，一方面生活十分艰苦，如《浣溪沙·补录避乱妙喜时作》载：“四壁萧然满目尘。茶铛酒盏冷无温。摇摇灯火闭柴门。　　哑哑栖鸟啼夜月，哰哰村犬吠黄昏。荒村真欲断人魂。”另一方面还经常有日寇骚扰，如《寇逼湖城避地妙喜》载：“货财岂计皆抛弃，老幼惟求得共携。才买扁舟来妙喜，俄闻铁骑下城西。家乡回首从今别，望断烽烟泪眼迷。”所以，她在妙喜短暂停留后又被迫离开而另寻避乱之地。汤国梨有系列诗歌详细记录了此期艰难的生活经历。如《自妙喜出走过弁山武康》《自妙喜步行赴杭州，已届冬令，故溪涧水浅，余及儿辈皆涉流而过……》《涉江后步行赴义乌》等。作者自云：“廿七年避乱去浙东，投宿荒村，合家藉草而卧。冷月照门，晓霜侵被，忽闻鸡鸣，凄楚悲凉，益增国破家亡之痛，恨不能起逝者于地下，相与一话此情也。”[③]汤国梨的避乱经历是沦陷区文人的典型，透过《影观集》能够管窥战乱背景下普通百姓的民生百态，也能管窥一代女文豪内心的黍离之悲和家国情怀。正如黄朴谨《章夫人词集题辞》所说：“中原多垒，倭寇方张，悼往哀来，情何能已。懿声音之道，自与政通，后之人由《影观词》以观世，其亦庶乎其可也。”[④]战争大事固然有诸多史家深耕细作，但是一部丰富的人民史，并非几个战争经过就能简单概括，我们需要更加丰富的细节史料还原抗战时期的生民百态和心路历程，这是诗词所独有的文献特质，也是我们文学史研究的根本追寻和价值所在。

避居上海的陈小翠用诗词记录下孤岛一带的生活处境。其《翠楼新语》

---

① 赵郁飞：《陈小翠年谱》，《词学》，2019 年，第 41 辑，第 384 页。
② 汤国梨：《影观集》，“文教资料”特辑，2000 年，第 169 页。
③ 汤国梨：《影观集》，“文教资料”特辑，2000 年，第 172 页。
④ 汤国梨：《影观集》，“文教资料”特辑，2000 年，第 13 页。

载:"丁丑秋,蝶庄筑地下防空室,一月始成。绮妹最胆怯,每闻警号,辄毛发悚然。至是,一家相聚于地下,妹大乐,予戏为诵:'大隧之中,其乐也融融。'妹应声云:'大隧之外,其声也轧轧。'众皆失笑。"①其乐融融之下折射出的是逼不得已的窘境。陈小翠《离乱音书》所说倒是更接近真实心境:"海上战后,沉寂如死,每一出户,辄令人有举目河山之感。近惟闭户读书,聊以解忧。"又有诗歌一首:"风雨天涯客思深,闭门愁病尚相侵。长闲骏马消奇骨,出塞秋鹰有壮心。患难与人坚定力,乱离无地寄哀吟。杜陵四海飘蓬日,一纸家书抵万金。"②与陈小翠相似,丁宁③也在扬州、镇江、南京、上海等沦陷区一带颠沛流离,居无定所。正如其《木兰花慢》云:"茫茫。甚处是吾乡。休更话行藏。念此日扁舟,匆匆归去,却似投荒。吟觞有谁共举,渺长堤无复旧垂杨。莫问重来消息,相逢只怎凄凉。"④陈小翠和丁宁诗词中所述心境恐怕是大部分沦陷区人民的共同遭遇。

彼时,也有不少女性作家辗转迁徙到大后方。沈祖棻就是其中之一,她用诗词记录了这段往事。如《菩萨蛮·丁丑之秋,倭祸既作,南京震动。避地屯溪,遂与千帆结缡逆旅。适印唐先在,让舍以居。惊魂少定,赋兹四阕》,作品中所说的"仓皇临间道,茅店愁昏晓""危楼敧水上,杯酒愁相向""何日得还乡,倚楼空断肠"⑤等语,是当时迁徙大军的共同写照。迁徙途中常有意想不到之事,据作者《霜叶飞》序载:"岁次己卯,余卧疾巴县界石场,由春历秋。时千帆方于役西陲,间关来视,因共西上,过渝州止宿。寇机肆虐,一夕数惊。久病之躯,不任步履,艰苦备尝,幸免于难……"⑥空袭下的躲警报成为彼时生活常态,沈祖棻笔下的"看劫火、残灰自舞,琼楼珠馆成尘土"不过是诗意的表达,现实场景要比诗词刺眼很多。与其他作家所不同的是,抗战时期的沈祖棻一直饱受疾病之困扰。翻检《涉江诗词集》,作者多次谈及此事,如"词赋招魂风雨夜,关山扶病乱离时,入秋心事绝凄其。"(《浣溪沙》)、"多病年来废酒钟,春愁离恨自重重。"(《鹧鸪天》)、"最凄凉、梦回漏残,影扶病骨衾重展。"(《锁窗寒》)、"暮云天北,趁归鸿说与、病中消息。"(《解连环》)1940 年,沈祖棻腹中生瘤,自雅州转至成都医治。然医院半夜突然失火,幸及时撤出。丈夫程千帆但知失火,并不知祖棻已获救,驰赴火

---

① 陈小翠:《翠楼新语》,《乐观》,1941 年,第 6 期,第 45 页。
② 陈小翠:《离乱音书》,《大风旬刊》,1938 年,第 6 期。
③ 丁宁(1902—),原名瑞文,后改怀枫,生于镇江,著有《还轩词》。
④ 丁宁:《还轩词》,合肥:黄山书社,2011 年,第 46—47 页。
⑤ 沈祖棻:《涉江诗词集》,南京:凤凰出版社,2019 年,第 35 页。本书所引沈祖棻诗词,皆自此本。
⑥ 沈祖棻:《涉江诗词集》,南京:凤凰出版社,2019 年,第 43 页。

场,四处寻觅不得。翌日天明方得消息,两人相拥而泣,浑如惊梦。① 总而言之,抗战时期,沈祖棻一方面身体上饱受颠沛流离和长期疾病的折磨,另一方面精神上还要承受着背井离乡、孤独冷寂的痛苦。

　　与沈祖棻有相似创作历程的还有陈家庆、张充和、茅于美、陈乃文等。一九三七年抗战军兴,陈家庆离开安徽大学去武昌,又举家前往四川。有诗曰:"客途迢递苦难量,烟树微茫别武昌。"此后,在重庆大学任教,又要照顾徐永端、徐永江、徐永明三儿,十分艰苦。② 女性作家大都承担着繁重的家务,因而对生活细节的感受也常常超越男性作家。比如张充和笔下的陪都重庆就十分与众不同,彼时她住在北培礼乐馆:"卢(前)家全家七口住两间,我住向北甩边一间,同卢家连墙隔壁。在他家后门的坡上有一个土灶,上搭着几块芦席,避雨而不避风,卢太太做菜时,即使不顺风也可以闻得出是什么。卢太太住的那两屋中还有个婆婆同三个孩子,从不听她高声说话。"③男性作家的笔下是断无这些细节的。《张充和诗文集》恰恰勾勒出了聚集于重庆北培作家群体的真实生态,涉及人物有汪东、杨荫浏、卢前、沈尹默、梁实秋、杨宪益等多位作家。而且张充和的诗词似乎少了些感伤,多了些生活的趣味。比如《临江仙·咏桃花鱼》:"记取武陵溪畔路,春风何限根芽,人间装点自由他。愿为波底蝶,随意到天涯。　　描就春痕无著处,最怜泡影身家。试将飞盖约残花。轻绡都是泪,和雾落平沙。"④若没有对生活的热爱,是很难在空袭不断、朝不保夕的背景下,仍有心情去河边捕捉桃花鱼,并"盛以玻璃盏,灯下细看"⑤的。

　　与陈家庆、张充和不同,彼时茅于美、杨静远等人正在迁徙大后方的高校读书,他们的诗词则记录了学生视角下的另一番场景。茅于美所作《夜珠词》并没有抗战的喧嚣,更多的是一个求学者锻炼创作技法和追求真善美的成长记录。她在《自序》中说:一九四○年前后,"我几乎是废寝忘食,刻意作词",但似乎仍未摆脱古人窠臼。"后来读作渐多,词乃变成我抒情的工具,心有所感,不得不写,于是进入为写情而作词的第三个阶段"。从一九四一年八月到一九四三年五月,"大半都是写梦想幻灭的悲哀和追求光明的迫切情绪。"一九四三年六月到一九四三年尾,"字里行间充满了李义山的'只是当时已惘然'的情绪。对着茫茫未来,既感到疑惧,便不免对那已逝的往事,

---

① 沈祖棻:《涉江诗词集》,南京:凤凰出版社,2019 年,第 52 页。
② 徐永端:《先父徐澄宇先生先母陈家庆夫人年谱简编》,《澄碧草堂集》,第 301—302 页。
③ 张充和:《张充和诗文集》,北京:生活·读书·新知三联书店,2016 年,第 371 页。
④ 张充和:《张充和诗文集》,北京:生活·读书·新知三联书店,2016 年,第 29 页。
⑤ 张充和:《张充和诗文集》,北京:生活·读书·新知三联书店,2016 年,第 29 页。

在怀忆中，十分依恋起来。"①作词成长历程既呈现出作者对美的追求，也折射出抗战背景下作者内心的焦虑彷徨。

受战争影响，当时也有不少作家避居海外，吕碧城就是典型代表。全面抗战时期，她先避居香港，后转至欧洲瑞士日内瓦。此时吕碧城已皈依佛门，与早年倡导女权运动时期形成鲜明对比。一九三八年前后，吕碧城与龙榆生有多篇通信，可大体得知其生存状态："城来欧半载余，见种种骇目伤心之事。……全球犹太人一千六百万，现有半数处地狱生活，不知沪报详载否？全家自杀者甚众。请看此世界尚能久居耶？不求往生佛国，将何往乎？"②或许正是频繁战乱，无处安身，才导致晚年吕碧城选择佛门之路。一九三九年，吕碧城信载："本拟往美国任《蔬食月刊》笔政，此报为亡友所遗，……城为护生计，毅然愿往，一切规例办妥，倚装待发。及诣美领事处签护照时，彼坚执限期六个月，不许久往，盖对东亚人一例如此。城遂临时取消此行。……城十月一日前仍将觅迁他处。"③吕碧城晚年几乎是在辗转迁徙中度过余生，一代女文豪就此香消玉损，想来不禁令人唏嘘。

综上所述，抗战时期女性诗词创作队伍至少在百人以上，并非"寥若晨星"。从文献角度看，目前不仅有大型丛书、总集、别集等各类丰富的基础材料，更有不少报刊单独开辟"女性词录"专栏，定期发表相关作品，极大地提高了女性诗词传播的效率和社会影响力。相比较男性作家而言，女性作家一般要承担着更多的家务活，因而她们对战乱背景下的日常生活有着更细致入微的观察，于诗词中往往有比较独特心境。同时，她们又不甘于仅仅操持着柴米油盐一类的事情，而是试图为抗战大业贡献绵薄之力。她们或募捐寒衣，或慰劳战士，或救治伤员，或制造舆论，从各个层面做力所能及之事。与过去相比，她们的写作生态开始变得更加丰富，诗词写作的空间和境界也变得更加开阔。

第二节　抗战时期女性词创作观念的赓续及发展

近年来，晚清民国女性诗词研究越来越火热，具体相关成果本章开头已经有所介绍。综合来说，学者们比较青睐于女性诗词别集刊刻、诗词史演

① 茅于美：《茅于美词集》，长沙：湖南人民出版社，1985年，第34—37页。
② 吕碧城著，李保民笺：《吕碧城集》，上海：上海古籍出版社，2015年，下册，第670页。
③ 吕碧城：《吕碧城集》，上海：上海古籍出版社，2015年，第670—673页。

变、学术思想等方面的考察,而忽视了关于诗词本体创作观念的研究。抓住创作观念的发展轨迹,无疑就能准确揭示诗词史发展的宏观趋势,也更能看清女性诗词的创新特点及文学价值。民国时期的女性诗词以抗日战争为界,大体分为前后两个时期,前期创作观念与晚清文学一脉相承,沿袭的多,变革的少;后期则表现出融合传统而自成一体的新局面,有必要拿出来单独考量。

一、古代闺阁文学的审美传统及在抗战时期的传承发展

"言关家国文章重,生在闺阁出处难",陈小翠这句话道尽古代闺阁文学难以突破的困境。正如素茵《清朝之闺秀诗》云:"我国女子教育,向不发达,偶能执笔记账,弄弄算盘即可哄动乡里,至于能诗能文者,尤属凤毛麟角,百不一遇。青楼中人,若稍通翰墨,艳名可益噪。然终不免有点不失本色,意乏纯正,词趋淫丽,殊非诗学正体。"①该现象从清人沈德潜《国朝诗别裁集序》可以得到验证:"闺阁诗前人诸选中,多取风云月露之词。故青楼失行妇女,每津津道之。非所以垂教也。选本所录,罔非贤媛。"所以,沈德潜的别裁集对所选闺阁诗歌作出新的标准,他认为"有贞静博洽,可上追班大家、韦逞母之遗风者,宜发言为诗,均可维名教伦常之大,而风格之高,又其余事也。以尊诗品,以端壶范,谁曰不宜。"②沈德潜敏锐地发现了闺阁文学的独特审美价值,也十分肯定其诗教价值。

需要追问的是,女性诗词的审美特征具体为何?抗战时期学者对该问题有过集中讨论,署名"洁"的作者有《女性的诗富静态美》一文载:"我喜爱诗,我更喜爱女作家的诗,婉约的,蕴藉的,清丽的。女性写的诗是富于静态美的。"③续篇又云:"女性是像诗一样的,而诗是有着女性一样的美的。——我国历代的女诗人,在她们湫猲的日常生活经验里,靠了丰富的情愫,独到的精细的文学素养写下了许多的诗,也可以算是很不容易的。"④该文总结出女性诗具有婉约清丽、静态精细的特质。所谓诗以言志,词以言情,与诗歌相比,词之文体特征与女性品格之间有更高的契合度。比如黄蕙《描写女性的词》说:"我觉得词有一种特色,便是描写女性分外的细腻,这是诗所作的,也许诗因为字数的限制,有许多不方便的缘故吧。我常留心诗与词的比较,

---

① 素茵:《清朝之闺秀诗》,《大同报》,1938 年 4 月 8 日,第 6 版。
② 沈德潜:《国朝诗别裁集》,乾隆二十五年刻本,国家图书馆藏。
③ 洁:《女性的诗富静态美》,《妇女新都会》,1943 年 3 月 3 日第 2 版。
④ 洁:《女性的诗富静态美》,《妇女新都会》,1943 年 3 月 4 日第 2 版。

尤其是描写旖旎的情态和缠绵的艳情的,词的确是胜于诗一筹的。"①又东皋《描写女性的词》载:"寒夜无聊,对灯读历代词集,觉词中描写女性者占十之八九,且文彩绮靡清丽,声调委婉悠扬,颇饶风趣。其长短句之形体及轻灵之音韵,与女性美似甚相近,故笙歌酬宴,闺阁幽情之作特多,或凄清,或艳丽,渺在字字纤美,句句风流,如春园花卉,各其天资。"②综合而言,关于女性诗词的整体美感,尽管各家说法有差异,但整体上不外是"纤婉""伤感""清慧"等几大特点。

从文学史发展角度看,抗战时期是中国女性诗词史的重要组成部分,此期作家必然也继承了古代闺阁文学的创作传统。比如海上名媛周炼霞(1908—2000),字紫宜,号螺川,江西吉安人。擅画能诗,有《嘤鸣诗集》《螺川韵语》。所作"多姚冶不可名状,虽有法秀呵山谷绮语为当坠马腹,螺川亦笑置之,仍本其乡先辈欧阳六一之余习,而风流自赏,如曾慥《乐府雅词》云云也。余所喜螺川之作,则为《采桑子》词,有云:'人醉花扶,花醉人扶',又'灯背人孤,人背灯孤',尝举以语人,以为此十六字置之《花间集》中,几于乱楮。"③以上是冒广生《螺川韵语序》,他在文中引用欧阳修词、《乐府雅词》及《花间集》等,都是想揭示周炼霞词与他们相一致的"艳丽"特点。再如温倩华,字佩萼,有《黛吟楼遗稿》一册,清词丽句,亦近代女士中之不可多得者。"倩华固聪明,然在今日言之,终不脱脂粉气,此其所以为女子之诗也。"④综上所述,评论家们明确点出了周炼霞、温倩华诗词"艳丽""不脱脂粉气"的特点,该特点其实正说明了他们与古代闺阁文学之间的深厚渊源。与周炼霞、温倩华相比,著名作家汤国梨更是鲜明道出自己对古代词体创作观念上的继承。她说:"词有豪放与婉约二派。词至东坡,一洗绮罗腻泽之态,摆脱绸缪宛转之度,使人登高望远,举首啸歌,逸怀浩气,超乎尘垢之外。然词究以婉约为正宗,若涉于豪放,则可为诗,可为文,何必填词? 填则词之特点失矣。毋怪当时有人评东坡:以诗为词,如教坊雷大使之舞,虽极天下之工,要非本色。东坡旷世高才,尚受人指摘,况在东坡下哉。且词皆羁人迁客,孤臣孽子,藉以发抒其无可告人之抑郁与隐痛,以婉约出之,使之诵之,同情心不觉油然而生,其功效岂不远在豪放之上乎?"⑤汤国梨坚持认为婉约特征乃

---

① 黄蕙:《描写女性的词》,《新民报半月刊》,1941 年,第 3 卷,第 10 期,32 页。
② 东皋:《描写女性的词》,《妇女新都会》,1942 年 1 月 3 日,第 3 版。
③ 冒广生:《螺川韵语序》。刘聪编:《无灯无月两心知:周炼霞其人其诗》,北京:北京出版社,2012 年,第 424 页。
④ 絮:《现代闺秀诗话》,《南报》,1937 年 3 月 19 日,第 2 版。
⑤ 郑逸梅:《郑逸梅选集》第 5 卷,哈尔滨:黑龙江人民出版社,2001 年,第 16 页。

是词之本色,对豪放词颇为不满。该观念与李清照、朱淑真、徐灿、吴藻等女性作家皆是一脉相承。

杨式昭《读闺秀百家词选札记》对女性诗词的传统特征有过精炼总结:"闺秀之词大抵均清婉悱恻,秀句可补。而通病则在词境不活,词味不厚。至若纵横豪放之气,犹不能求之于易安,况其余乎? 然此本不能以责于蕙心纨质之闺秀也。"①抗战时期的女性诗词本身就是闺阁文学史的重要发展阶段,自然没有完全摆脱"清婉悱恻"之传统,但在此基础上,我们也看到了作家不断摆脱历史囚笼的积极尝试,比如女性自主意识的觉醒,以及女性文学的专题化就是有力明证。

二、觉醒的自主意识与女性诗词专题的兴起

民国时期的女性文学与古代最大的区别在于作家地位及价值观念的改变。女性为寻求平等的社会权力,以及改变传统的性别观念而积极奋斗。吕碧城是中国较早倡导女权运动的代表人物。她曾在报刊公开发表多篇文论,产生了震动性的影响。比如《论提倡女学之宗旨》《敬告中国女同胞》《兴女权贵有坚忍之志》《女子宜急结团体论》《兴女学议》等。不惟吕碧城,中国女权运动的推动者还有秋瑾、张默君、郑毓秀、宋庆龄等。女权意识主导下的女性文学观念与过去相比产生较大差异。**首先最为突出的是文本中自我意识的增强。**欲厘清该问题需先对古今女性文学之异同稍作阐释。**从作家层面看,**尽管古代也有大量女性诗人,但她们并没有以主人翁的身份走进文学,往往作为男性文学的"点缀"或"附庸"而存在。诚然与男性文学主导地位和话语权的掌控有重要关系,但女性作家本身大多是处于无意识状态的。以比较繁荣的清代随园女弟子群为例,作家的体量十分可观,但有个性的作家却甚少。她们也没有提出令人耳目一新观念。尽管她们频繁雅集唱和,貌似有着繁荣的创作局面,实则并未对作家自身的创作观念产生较大冲击,所写作品自然也会有千人一面之嫌。署名"病僧"者,其《女性在诗词中的评价》对此有所揭示:"女性在诗人和词人的眼里,是多么伟大和神秘呢。他们把她们看成一朵娇花、一弯新月、一只美丽的小鸟。她们的一举一动,都会被诗人和词人们注意,于是他们用著色的笔调,写出传神的妙句。有人说这是对女性的歌颂。其实,他们——诗人和词人——早把女性看成了物品,后来人对女性都很轻视,未尝不是受了诗人和词人的荼毒。"②"病僧"所论虽有

---

① 孙克强、杨传庆主编:《历代闺秀词话》,南京:凤凰出版社,2019 年,第 3 册,第 965 页。
② 病僧:《女性在诗词中的评价》,《天声报》,1943 年 9 月 5 日,第 2 版。

不妥处,但确实道出了古代文坛上女性作家的尴尬境地。**从文本层面看,**表现为作品中自我形象塑造的缺失或模糊。盘点大量女性别集,发现集中多是和韵、赠答、咏物等常规题材之作。从女性作家的活动半径看,她们与男性作家是无法相提并论的,视野的局限性也成为了文学作品的局限性。其实,女性作家最擅长的是内心复杂情感的精雕细刻,而该发展方向又往往遭到评论家的大肆挞伐,动辄以"柔媚""孱弱""言之无物"等相批评,导致古代女性文学未能充分建立自己的审美空间,也很难在文学史中开辟一片属于自己的领地。

至民国时期,无论是作家层面,还是文本层面,自我意识都有较大变化。一个典型的现象就是"女性与文学"的讨论已经成为热点话题。我们在"全国报刊索引"数据库检索此期"女性与文学""妇女与文学"的相关文章有近百篇。如温光熹《女性文学》(《新川报副刊》第 261 期,1927 年 5 月 8 日)、姜书丹《中国妇女文学与女性美》(《妇女杂志》1927 年第 7 期)、赵希敏《女性与文学》(《立言画刊》1939 年第 44 期)、史铎民《中国女性作家在文学上的表现》(《国民杂志》1941 年第 5 期)等。《妇女杂志》专门开辟"女性与文学"特辑,连载多篇文章讨论该话题。随着问题讨论的深入,女性文学创作层面的诸多顽疾也被端上台面。红蕣《闺秀词话》载:"古人谓女子无才便是德,其说谬矣,称妇人四德,曰德,曰容,曰工,曰言,有才属于言。昔贤固不偏废,且圣人赞易离为中女系系,以文明兑为少女系之,以朋友讲习,若言女子有才,其所好者,多风云月露之词,其所感者,多耳目心思之欲,则尤不通之论,诗三百篇,半出闺人之手清者自清浊者自浊,于才不才无与,古来荡检踰闲败名失节之妇,何可数计,而目不识丁者,居其什之六七,其姑可深长思矣。"[①]正是基于女子"立德""立言"层面的深入思考,女性作家的自主意识有了显著的提高,开始逐步建构性别视角下新的文学史场域。

而且,女性文学与女权运动之间并不是单向作用的关系,前者也一定程度的反向促进了后者影响的扩大及深化。一九三一年,金仲华《近世妇女解放运动在文学上的反映》就已经关注到该现象。他认为"许多文学作品是在激发妇女运动者的勇气,启示妇女解放运动的进路,他们不时提出新的问题给妇女运动者去注意,去审查。它们又常常描出某种新型的妇女的意志、行为和性格,给解放的妇女作家参考,作模范。"[②]金仲华重点关注了新文学,而

---

① 红蕣:《闺秀词话》,《包头日报》,1936 年 10 月 19 日,第 2 版。
② 金仲华:《近世妇女解放运动在文学上的反映》,《妇女杂志》,1931 年第 17 卷第 7 期,第 2 页。

忽视了此期同样重要的旧文学,比如吕碧城、张默君、陈小翠等人卓越成绩
就是重要佐证。笔者以不大受人关注的陈小翠为例,聊做阐释。陈小翠
(1907—1968),又名璂、翠娜,号翠吟楼主,浙江杭县人。有《翠楼吟草》。陈
蝶仙《翠楼吟草序》载:小翠平时"庭帷琐屑不甚置意,日惟独处一室,潜心书
画,用谋自立之方。其母尝曰:'吾家养一书蠹,不问米盐,他日为人妇,何以
奉尊嫜,殆将以丫角终耶?'璂则笑曰:'从来妇女,自侪厮养,遂使习为竈下
婢。夫岂修齐之道,乃在米盐中耶?'母无以难,则惟任之。"①从"不问米盐"
中可清晰感知陈小翠独立的人格和不同流俗的生活观念,也正是女性意识
觉醒后的特质。小翠下嫁汤彦耆后,因为二人性格不合,她断然离家独居,
如此行径恐怕也不是普通女子所能承受。而该特质投射到文学观念上就显
得别具一格。她在《碧云仙馆遗稿序》中明确为女性文学打抱不平:"慨自渥
兰饮水,既绝响于艺林;漱玉断肠,孰追踪夫词苑? 盖生为女子,力学殊难;
身为樊禽,高谈何易。况议惟酒肉,职仅繁,而欲为超今逸古之思,作迈俗空
前之论,不亦难哉。是亦鲜矣。"②作为女性,陈小翠深知创作一路的坎坷,她
想要为女性文学跑马圈地,并建立性别视角下的专有领地。她曾试图编纂
一部大型《古今闺秀诗话》,其《古今闺秀诗话征诗启》云:"窃谓山川间气,恒
锺于妇人;闺阁英容,或逾乎男子。长兄蓬拟辑《近代诗话》,余亦见猎心喜,
以为当仁不让……愿得闺秀著作别为一帜。"③从以上材料看,陈小翠试图创
作摆脱过去纤细婉媚的闺阁传统,重塑"巾帼不让须眉"的当代佳话。她不
止一次表达相似观念,如《妇女旬刊题词》:"元论超超越古今,胜他漆室有哀
吟。衍波不作缠绵字,落纸能为万世箴。""季世愁闻大厦歌,漫天风雨泣干
戈。劝君莫唱卢骚语,已是清谈误国多。"④此类诗歌彰显出的个性气息说明
民国时期的女性作家已经突破闺阁藩篱。民国文坛,与陈小翠有相似观念
的女性作家着实不少。上文谈到的周炼霞就有金刚怒目的一面,其《菩萨
蛮·警告宋词人》曰:"女儿不配怜诗好。男儿便合沙场老。何故擘吟笺。
冤她只要钱。　　词人真气数。忘却来时路。借问令萱帏。男儿抑女
儿。"⑤又陈家庆《碧湘阁余沈》评论吕碧城作品:"觉其词胜诗,诗胜文,清贵
高华,不作寻常闺阁语,殊不可多觏之才也。"⑥相关事例不胜枚举。

---

① 陈小翠:《翠楼吟草》,合肥:黄山书社,2010 年,第 273 页。
② 陈小翠:《翠楼吟草》,合肥:黄山书社,2010 年,第 100 页。
③ 陈翠娜:《古今闺秀诗话征诗启》,《半月》,1923 年,第 18 期,第 18 页。
④ 陈翠娜:《妇女旬刊题词》,《妇女旬刊汇编》,1925 年,第 1 期,第 1 页。
⑤ 刘聪编:《无灯无月两心知:周炼霞其人其诗》,北京:北京出版社,2012 年,第 170 页。
⑥ 陈家庆:《碧湘阁余沈》,《新闻报》,1929 年 9 月 4 日,第 8 版。

伴随着女性自主意识的增强以及典型榜样的影响,专题性的女性文学研究与普及性读本开始脱颖而出。此期作家、学者、评论家都不约而同的有意识地重点关注女性文学。陈家庆有专文《历代女词人述评序》谈及历代女词人的发展脉络。她另有《古代妇女文学略说》文章发表在《中央日报》的"妇女周刊"上。小序载:"天地生人,男女齐寿,五官百体,靡有不同,则凡才力之表达,亦莫不与男子等,以文学而论,尤当并驾争衡,见诸史册者,盖亦多矣。……数百年间,妇学甚备,流风所被,蔚为大观。"①后来,在《申报》《益世报》《新中华报》发表的《丽湘阁雜掇》《碧湘阁余沨》《绣余谈屑》等诗词评论中,陈家庆十分偏爱女性作家,"表微"的小心思一目了然。陈小翠则在诗词评论中为女作家正名,也在多个女性主题杂志中发表文章。如陈小翠《画余随笔》云:"巾帼词人仅一易安,淑真犹病其弱,往年尝拟编《古今闺秀诗选》,殊有才难之叹。"②又陈小翠《翠楼新语》中专题评论河南诗人周丽:"易钗而弁,负剑从军;尝剿匪黄岭,为弹片所伤,绝而复苏,至今留创痕于玉臂,天阴犹隐隐作痛。感怀云:'十年磨剑心成铁,万里从军鬓未丝。衣上桃花战场血,不知何物是胭脂?'亦奇女子也。"③《翠楼新语》其实就是闺秀诗话。

二三十年代还涌现出一批女性诗词选本,也是女性诗词兴起的有力注脚。据宋秋敏《民国时期女性词选的特点和意义》粗略统计,此期单单女性词选就有 16 种之多。选本的出现有几大意义:首先,大部分选本都有存人存诗的基本功能;其次,作为群体流派的创作理念或推广文学观念的重要手段;第三,汇编一代文学。无论从哪个角度看,都必须有选的范围,比如地域性选本《永嘉词征》《山阳词征》等,支撑其产生的机缘是地域文学的兴起和认同。再如断代性选本,如《国朝诗选》《唐诗三百首》等,催生其产出的根本是古典文学的经典化以及历代自身文学的认同。再如文体性选本,如萧统《文选》、张惠言《词选》、卢前《散曲三百首》等,伴随着各类文体的成熟及经典化。显然,支撑女性诗词选大量出现根本动力正是"女性文学"开始作为一种选辑标准,她呈现出与地域、断代、文体等所不同的特质。该特质在各选本中已经有所揭示,如孙佩苣《女作家词选》:"男子们尽管博览群书,读破万卷,要是讲起美的文艺来,总归有些儿生梗,不及女子们的自然。李后主,总算是词中的圣,他做的词,没一阕不令人击节赏叹。然而比较着李清照,就觉得有些儿做作了,就是男子们天性差异的缘故。"④许菊芳《民国以来"女

① 陈家庆:《古代妇女文学略说》,《中央日报》,1947 年 9 月 11 日,第 9 版。
② 陈小翠:《画余随笔》,《大陆》(上海),1941 年,第 2 卷第 2 期,第 4 页。
③ 陈小翠:《翠楼新语》,《乐观》,1941 年第 6 期,第 42—45 页。
④ 孙佩苣:《女作家词选》,上海:上海广益书局,1932 年,第 2 页。

性的词选"类别及其意义探论》中明确指出,女性词选的产生"顺应了人性觉醒与女性解放的时代呼声。"①

总而言之,中国早期女权运动解放了女性思想,改变了女性的生活观念,全面激活了女性创作诗词的热情。而女性诗词中的现代性思考和时事内容也反向推动了女权运动的深化。最终,在三十年代前后,整个文坛涌现出一批专题性的女性文学研究及普及性论著,进一步呼唤女性文学时代的到来。

三、女性报国之志与词体雄壮之美的建构

抗战时期,随着女性意识的觉醒,中国妇女开始积极投身救亡活动,展现出前所未有的抗争精神。一九三一年,日军发动"九·一八"事变,举国震惊。中国女权运动先驱何香凝在巴黎得知此事后,毅然回国。她多次公开演说,分析国际形势,揭露国际联盟的掠夺本质。她说:"国际联盟者,帝国主义者宰割弱小国家之分赃机关也。……事实告我,此非诬言。"又曰"当国联在巴黎开会时,巴黎报纸竞载日本方面之宣传稿,中国方面者,往往不著一字。"②而国民党政府此刻仍寄希望于国联调停,东北沦陷之结局可想而知。何香凝还举办各类活动,为抗日大业积极奔走。为筹创妇女抗日救护养成所经费,她特举行书画展览会。报端对此多次报道评论:"夫妇女于救护之事,盖最为相宜,及今图之,则有益于将来,甚非浅鲜。何女士此举,既能使抗日无能之书画家得以心手之劳,而收间接抗日救国之效;又能使国人以救国抗日之金钱而易得赏心传家之珍物。"③女性报国情绪的高昂带动了女性文学观念的进一步转变。

古代女子将写作更多视为一种内心感情的寄托和宣泄,她们的诗词也一直被视作一种美的享受。而抗战时期的女性诗词则有新的用武之地。一九四二年,吕碧城《文学史纲自序》云:"文之为用亦大矣哉。所谓'大之为河海,高之为山岳,明之为日月,幽之为鬼神,纤之为珠玑华实,变之为雷霆风雨',随缘应用,獭祭于才人腕底,建其不世之功,跂予望之。刘氏《雕龙》曰:'道沿圣以垂文,圣因文而明道。'旨哉是言。"④当此论出自女性之口时,俨然标志着一个新的时代已经到来。女作家已经改变了过去对文学的文体认知,而是将其视为建功立业的不朽盛事。比如沈祖棻,创作诗词在其看来并

---

① 许菊芳:《民国以来女性的词选类别及其意义探论》,《文艺评论》,2015年第2期。
② 杨柳:《何香凝演说国辱》,《大晶报》,1931年12月27日,第3版。
③ 君强:《何香凝艺术救国》,《新闻报》1932年12月15日,第11版。
④ 吕碧城:《吕碧城集》,上海:上海古籍出版社,2015年,第682页。

不是附庸风雅,也不是嬉戏娱乐,而是托命之学。她在致学生卢兆显信中说:"尝与千帆论及古今第一流诗人,无不具有至崇高之人格,至伟大之胸襟,至纯洁之灵魂,至深挚之感情,眷怀家国,感慨兴衰,关心胞与,忘怀得丧,俯仰古今,流连光景;悲世事之无常,叹人生之多艰,识生死之大,深哀乐之情,为天地立心,为生民立命,夫然后有伟大之作品。其作品即其人格、心灵、情感之反映及表现,是为文学之本,本植自然枝茂。舍本逐末,无益也。此吟风弄月、寻章摘句所以为古今有识之士所讥也。因共数自灵均、子建、嗣宗、渊明、工部、东坡、稼轩、小山、遗山、临川等先贤不过十馀人,于是知文学之难、作者之不易也。"①无怪乎学者刘白羽盛赞沈祖棻为"浩然正气,岂古人能比,乃一当代爱国词人也",他的诗词"未停留于伤春悲秋,羁愁离怨;能于绮思丽句中寓天下兴亡之志……树立民族魂魄。"②"为天地立心,为生民立命"的远大抱负将女性诗词推向了新的发展阶段。

女性报国之志催生出与其相匹配的雄壮诗风。该风貌的形成并非一蹴而就,而是经历了从对脂粉气的批评,到建构雄壮之美的发展过程。孰谓"脂粉气"? 李东阳《麓堂诗话》云:"咏闺阁过于华艳,谓之'脂粉气'。"③具体指诗歌写得过于妖艳秾丽,整体格局偏于纤细。古代女性作家因为社交范围的局限性导致视野狭窄,所作之诗文难免纤弱。明代梁孟昭对此早有揭示:"我辈闺阁诗人,较风人墨客为难。诗人肆意山水,阅历既多,指斥事情,诵言无忌,故其发之声歌,多奇杰浩博之气;至闺阁则不然。足不逾阃阈,见不出乡邦,纵有所得,亦须有体,辞章放达,则伤大雅。朱淑真未免以此蒙讥,况下此者乎? 即讽咏性情,亦不得恣意直言,必以绵缓蕴藉出之,然此又易流于弱。"④经历了女权运动之后的女性诗词已经摆脱了阅历的困境,但是文学格局的改变却是需要涵养数十年,甚至百年的。抗战时期的文学评论家显然已经关注到这个惯性问题,他们首先严厉批评脂粉气现象。如一九三八年,蕙农《谈近代闺秀诗》云:"闺襜多才,自昔已然,咏絮啥柳,艳传千古,自其质论之,虽乏将军铁马之音,而孤情绮致,每饶荡气回肠之致……湛雅錬湛,淬然为学术之言者少,性灵之制,差多余则逸赋绮制,抒写情怀,其佳者,亦正能洗尽脂粉气,具苍遒高华之调也。……诗绝清奇,无纤巧脂粉气。"⑤又一九四五年,杨冠雄《诗人和诗的风格》云:"五代的诗人,在四面楚

① 沈祖棻:《微波辞》,石家庄:河北教育出版社,2000年,第234页。
② 刘白羽:《有斜阳处有春愁》,《书与人》,1996年第2期。
③ 李东阳:《李东阳集》,长沙:岳麓书社,2008年,第3册,第1516页。
④ 王秀琴编,胡文楷选订:《历代名媛文苑简编》,上海:商务印书馆,1947年,第45页。
⑤ 蕙农:《谈近代闺秀诗》,《庸报》,1938年8月17日,第7版。

歌,兵荒马乱的环境中逃避了现实,放下了伟大的爱国的工程,一溜烟跑到闺阁里或花月丛中,追求个人的享受,满心儿闲情逸致,一味留连在叹惜花开花落,像这样形成的风格,自然非常之小派。六朝的赋人,心儿醉倒在脂粉阵里,趋向浮华骄逸,走入形式主义的末路,像这样形成的风格,自然非常之弱质……"①"无脂粉气"甚至已经成为抗战时期文艺评价的审美标准,比如艾青《对于目前文艺上几个问题的意见》强调:"反对涂脂抹粉的文字,反对脂粉气和闺阁气的文章,反对文字的忸忸怩怩和装腔作态。"②马二先生有文章《谈谈孟小冬的戏》明确评价曰:"毫无脂粉气,允推第一。"③又《戏剧报》载评论文章《现时代要摒弃脂粉的美》④。相关材料较多,不一一罗列。

与"脂粉气"相反的自然是"英雄气",对前者的批评,其实正是对后者的呼唤。回顾历史,古代也有女子作豪放诗词的现象,比如《闺秀词话》论陈静英词"真巾帼英雄本色语也"。⑤ 又《林下词选》评董茹兰词"闺阁中之有侠气者"。⑥ 但此类现象毕竟少数。正如杨式昭《读闺秀百家词选札记》所说:"闺秀词中雄壮之作不多,盖心境阅历不能尔也。……左锡璇《碧梧红蕉馆词》……豪气纵横,直逾爱国健儿。此等句求之闺秀词中,百不得一。"又云:"闺秀词总是堂庑太小。读过《花间》及二主、《阳春》、东坡、六一、稼轩诸家词后,读二窗犹觉局促,读清代闺秀之作,真似漫游五大洲归来,复到乡下矣。"⑦晚清民初时期,国家动荡,战乱频发,闺秀诗词之豪雄特征有所传承,比如秋瑾就是典型案例,但似乎仍未形成较大气候。直至抗日战争的爆发,闺秀诗词之"英雄气"才被全面激活。**这与当时作家的创作观念的转向有重要关联。**1930 年,陈家庆有《论苏辛词》专文,是倡导豪放词风的先行者。与之前作家所不同的是,陈家庆深刻认识到了过去学豪放词的缺陷。文章载:"维时学者,追风入丽,沿波得奇,其衣被词人,功匪浅鲜。是为由北开南,为词家之转境。然自兹以往,创门户之见,开主奴之风。才高者,乐其豪纵以效法;童蒙者,猎其皮毛而嚣张。虽龙洲之精湛,究不免得其豪放而未

---

① 杨冠雄:《诗人和诗的风格》,《新疆日报》,1945 年 5 月 5 日,第 4 版。
② 艾青:《对于目前文艺上几个问题的意见》,《文艺阵地》,1942 年第 7 卷第 1 期,第 13 页。
③ 马二:《谈谈孟小冬的戏》,《时报号外》,1934 年 7 月 4 日,第 4 版。
④ 佚名:《现时代要摒弃脂粉的美》,《戏剧报》,1942 年 11 月 19 日,第 3 版。
⑤ 雷瑨,雷瑊辑:《闺秀词话》卷二,孙克强、杨传庆编《历代闺秀词话》,南京:凤凰出版社,2019 年,第 3 册,第 878 页。
⑥ 周铭辑:《林下词选辑评》,孙克强、杨传庆编《历代闺秀词话》,南京:凤凰出版社,2019 年,第 1 册,第 223 页。
⑦ 杨式昭:《读闺秀百家词选札记》,孙克强、杨传庆编《历代闺秀词话》,南京:凤凰出版社,2019 年,第 3 册,第 950—951 页。

得其宛转。然此非稼轩之咎,不善学者之咎也。"①认清当下作家学苏辛之弊端后,陈家庆提出了自己的解决途径:"吾意以为,当有东坡、稼轩之心胸,而加以人工之研求,庶使无往不佳,无懈可击,否则宁止铁绰板铜将军之诮也哉?"②与陈家庆相似观点的还有杨式昭,她说:

> 闺秀词能工而不能神,能好而不能妙。岂聪明不逮耶? 抑工力不到也? 其中新颖之作颇有之,欲求其豪气郁勃者则不可得。试取闺秀百家之词与东坡、稼轩比,则立觉得一是名山大川,一是小院方塘,此非独工力不及,亦学问经验修养不同也。……大抵大词家,一须修养好,二须天资好,三须观察力好。修养好则词品高,天资好则词意远,观察力好则词境亲切。③

　　杨式昭是抗战时期较早推崇苏辛词风的评论家。杨式昭,女,生卒不详,河北临榆人。著有《读闺秀百家词选札记》。札记总三十四则,是难得的女性作家论闺秀词的专题著作。一九三二年,《文学年报》发表杨氏昭的词话评论显然具有积极的导向意义。她比陈家庆更进一步,指出了当下创作"豪气郁勃"之词的有效途径。该途径背后指向的是自从**女性意识及女性诗词不断崛起之后,抗战时期的女性文学写作到底该走向何方的现实问题?不少作家都参与了讨论。**如茅于美《妇女与文艺》云:"我们现在的文学当然不再是那种伤春悲秋作风的文学。女子解放的结果,自然也不再冻结在家庭的小圈子里,用来为写作的对象和范围,可是,女子的成就,也因之加倍困难。她要在家务烦琐的余暇,来研究文学,还要把它弄得好,绝不是一件容易办到的事,何况经过这抗战建国的大时代文学的改变一定很大。中国新文学还在萌芽时代,需要不断的灌溉栽培才可以希望开花结果。将来的文学一定要与世界文学思潮交流,与作者的时代交响。"④在此基础上,茅于美给青年女性指明了方向,一是多读书,拓宽视野;二是多写作,勤于实践;三是细心体验生活,与时代接轨。

　　论述至此,我们可以认为,抗战时期女性诗词创作观念的转变主要由两大群体共同推动完成,一是比较前卫的文学批评家,如蕙农、杨冠雄、杨式昭

---

① 陈家庆:《论苏辛词》,《澄碧草堂集》,合肥:黄山书社,2012年,第224—225页。
② 陈家庆:《论苏辛词》,《澄碧草堂集》,合肥:黄山书社,2012年,第224—225页。
③ 杨式昭:《读闺秀百家词选札记》,孙克强、杨传庆编:《历代闺秀词话》,南京:凤凰出版社,2019年,第3册,第950页。
④ 茅于美:《妇女与文艺》,《女青年(南京)》,1945年,第2卷,第4期,第9—10页。

等;一是以创作实践引领改革的著名作家,如何香凝、吕碧城、沈祖棻、陈家庆、茅于美等。经过他们的努力,整个文坛的创作环境确实大为不同,正如杨冠雄《诗人和诗的风格》所说:"七七以还,所有的音乐和小说,都一变从前的作风,构成了新生的号角,把消失的民气,从新振作起来,这是大时代里雄壮精健的音籁,是民族复兴的呼声,象征着必胜必成信念底征兆。"①

　　总而言之,基于抗战的现实需求,中国女性作家表现出历代所没有的昂扬斗志。她们呼吁所有女性作家应将视野由家庭转至社会,写作内容由个人扩大至国家时事,积极建构起雄伟壮阔的审美空间。该特征不仅是过去闺阁文学所没有的,也是整个二十世纪诗词史上的独特现象。

　　综上所述,抗战时期的女性诗词对古代"闺阁文学"既有传承,也有突破。她们传承了女性诗词所特有的婉约清丽、柔美伤感的特点,但也突破了古代女性活动空间狭窄、境界格局不够开阔、语句带有脂粉气的多重困境,开始着力建构崇尚雄壮之风的审美新取向。产生以上转变现象的根本原因其实是女性作家创作观念的变革,具体来说有三个层面:第一,晚清民初时期中国女权运动改变了女性作家的传统价值观念,使得作者和文本两个维度的自主意识都显著增强。第二,女性文学的现代性思考和时事内容反向推动了女权运动的深化,使得作家以主人翁的姿态,重新建构女性诗词专题创作及专题研究的文学史场域。第三,女性作家开始摆脱过去男性文人所建构的审美标准,积极探索如何与时代紧密呼应的创作新路径。以上揭示抗战时期女性诗词创作观念的演变轨迹,有助于厘清此期诗词史的发展脉络,便于进一步把握新时期女性诗词的独特品质,也有助于看清女性、女性文学及时代发展之间的互动关系。

第三节　抗战时期女性词作内容的转向

　　盘点中国古代女性词的基本内容,往往觉得其视野比较褊狭,大体局限在闺阁所见之一草一木,或是妯娌姊妹之间的家长里短。文本意象的选择,以及典故资源的调动与男性作家相比也有不小差距。彼时女性词中的情感指向往往也是个人的爱恨情仇,或是家庭内部的生活纠纷,整体格局不够开阔。然而,伴随女性文学创作观念的进一步转变,女性诗词的内容与过去相比也呈现出较大差异,本节主要从"视角拓展"和"情感升华"两个维度宏观

①　杨冠雄:《诗人和诗的风格》,《新疆日报》,1945 年 5 月 5 日,第 4 版。

考察内容层面发生转向的基本情况。

一、视角拓展：从闺阁生活转向社会时事

一九三一至一九三七年间，不少女性作家仍然延续了古代闺阁文学的传统，诗词写作尚未跳出以前范围。上节谈到的周炼霞（1909—2000）就是典型，她有《螺川韵语》。今日所见为刘聪汇集周炼霞的散佚作品，收入《无灯无月两心知：周炼霞其人与其诗》一书中。宏观审视其六百余首诗词，很容易看出其词学花间的基本门径。请看《喝火令》和《减兰别体·桃花》二首：

> 风前飘紫绶，窗下染红黄，几回含泪诉心期。长任闲愁千斛，压损小山眉。　　才浅难消福，情深易惹痴。怎教相见不相思。况是残秋，总是别离时。况是疏灯小阁，写遍断肠词。①

> 无言有泪。一生错被斜阳媚。种自天台。谁向平原散漫栽。人间冷笑。等闲休怨飘零早。春水源头。为汝多情不肯流。②

冒鹤亭曾评价曰："自来作者多愁苦之言，以其易工，其实际有不尽然者，等于无病而呻，以求动人之听已耳。螺川词一破陈规，务为欢娱，以难好者见好，而有时流于骀荡。"③笔者认为《螺川韵语》真正令人心动的反而还正是冒鹤亭所说"有时流于骀荡"之处。如上二词，风流自赏，情致缠绵，与温庭筠有神似之处。但也正因如此，将其作品混迹于古代女性词中，似乎并无二致，不免沿袭的多，创新的少。

周炼霞是上海风云人物，见多识广，然笔端所述尚且如此，何况是其他仍在闺阁中度过一生的女子。当然，若再举那些"大门不出，二门不迈"的女性作家，又无法理清本节所讨论的诗词内容问题。不如以受过高等教育的王兰馨为例，相比而言，在传承闺阁文学这一点上，王兰馨的《将离集》更加的纯粹，也更有代表性。王兰馨（1907—1992），号景逸，广东番禺人。毕业于北京师范大学国文系。有《将离集》《晚晴集》，前者为抗战时期所作，后者为建国后相关作品，前后风格迥异。王兰馨亲身经历了"九一八事变"的那个年代，但是她的词中几乎未提及此事。作者大都用词来记录内心当时的

---

① 刘聪辑：《无灯无月两心知：周炼霞其人与其诗》，北京：北京出版社，2012年，第188页。
② 刘聪辑：《无灯无月两心知：周炼霞其人与其诗》，北京：北京出版社，2012年，第195页。
③ 刘聪辑：《无灯无月两心知：周炼霞其人与其诗》，北京：北京出版社，2012年，第423页。

情事和私人生活。请看《御街行》：

> 风来幽巷柝声碎，夜寂静，人无寐。书成揉碎衍波笺，千万心情难寄。红楼玉宇，人间天上，多少伤心事。　　潇潇夜雨滴疏翠，点点是，相思泪。年年花落又花开，那管愁人憔悴。锦书仍在，幽怀难讬，宛转相回避。①

单就作品来看，显然是刻画闺思一类。类似这般表露心扉的作品还有很多。比如《江城梅花引》："寂寞绿窗人一个，怀往事，谱新词，似那宵。那宵那宵太无聊。灯半挑，香半消。睡也睡也睡不稳，听彻琼箫，只有隔帏明灭一灯摇。"②整部《将离集》所写大多是关于个人的情感，创作格局稍显局促。刘梦芙《冷翠轩词话》也指出："词纯写孤身独处时思恋意中人与别后之情，缠绵凄恻，清丽幽窈，其小令置诸唐五代北宋人集中，可乱楮叶。惟情调单一，于世事时局绝无反映，俨若古代深闺被禁之女，且所写景物意象多有重复。"③尽管周炼霞、王兰馨所写之词确实比较清新自然，吐露隐秘情感时也含蓄有味，但该写作范式毕竟在清代之前已经成熟，以文学史发展的眼光看，确实是传承有余，创新不足。蕙农《谈近代闺秀诗》对闺阁文学的整体特点总结的很到位："闺襜多才，自昔已然，咏絮唅柳，艳传千古，自其质论之，虽乏将军铁马之音，而孤情绮致，每饶荡气回肠之致，尤亦园云：'生平尝集百恨，如苧萝西子，冠世国色，乃锦帆香径间，不留一韵语，一恨事也。'虽然，燕支之妇，都享厚福；翰墨之缘，每嗟薄命，……是则香闺锦字，半作枕中秘书，柳絮桃花，等付流水，不亦宜乎。"④蕙农所述，堪为定论。

　　需要强调的是，抗战时期的女性诗词除了传承有自，还有不少大胆创新之作。他们试图摆脱"咏絮唅柳"的意象限制，摆脱"孤情绮致"的情感限制，摆脱"香闺锦字"的交游限制。以更独立自主的女性意识，建构更广阔的女性文学空间。比如陈家庆谈及早期填词经历说："曩予负笈白门时，吴瞿安师以乙丑人日，为词学试题，调寄《点绛唇》，然小令须流利浑成，实难于长调也。余勉成四阕。其一云：'昨夜迟眠。起来无力搴罗幕。鬓鸦轻掠，呵手

----

① 王兰馨：《将离集》，徐燕婷，吴平编著：《民国闺秀集》，上海：上海古籍出版社，2019 年，第 6 册，第 501—502 页。
② 王兰馨：《将离集》，徐燕婷，吴平编著：《民国闺秀集》，上海：上海古籍出版社，2019 年，第 6 册，第 533 页。
③ 刘梦芙：《冷翠轩词话》，王翼奇，王蛰堪等著，刘梦芙编校：《当代诗词丛话》，合肥：黄山书社，2009 年，第 499 页。
④ 蕙农：《谈近代闺秀诗》，《庸报》，1938 年 8 月 7 日第 7 版。

梅粧薄。又值良辰,女伴璇闺乐。资谐谑。金尊共酌。怕负当时约。"①显
然,早期陈家庆走的还是闺秀一路,与李清照、吴淑真相近,正如蝶衣《陈家
庆之碧湘阁词》所说:"陈女士才思清越,所作小令,佳处不减李易安漱玉词,
吴淑姬《阳春白雪》,有《碧湘阁词》数卷。"②其他如《永遇乐·望乡》《夜合
花·寄诸姊》等都是同类之作。然自"九·一八事变"之后,陈家庆的关注点
开始转移到时事。比如《沪变集定盦句》:"寥落吾徒可奈何,侧身天地叹蹉
跎。田横五百人安在,独倚东南涕泪多。"③又如《如此江山·辽吉失守和澄
宇》:

> 西风容易惊秋老,愁怀那堪如许。胡马嘶风,岛夷入犯,断送关河
> 无数。辽阳片土。正豕突蛇奔,哀音难诉。月黑天高,夜阑应有鬼私
> 语。　　中宵但闻歌舞。叹隔江自昔,尽多商女。帐下美人,刀头壮
> 士,别有幽怀欢绪。英雄甚处。看塞北烽烟,江南笳鼓。不信终军,请
> 缨空有路。④

报端早已揭示,"九·一八"事变是日本发动蓄谋已久的侵华战争,然国民政
府的态度却令人大跌眼镜。国内诗坛对此事的关注也褒贬不一。陈家庆虽
是女子,却有着比男性更清醒的认识。《如此江山》堪称是早期宣传抗战的
优秀文本。其他作品还有《扬州慢·过上海闸北》《满江红·闻日人陈兵南
翔,感赋》:

> 海上繁华,江南佳丽,东风一夜愁生。看劫灰到处,尽化作芜城。
> 忆当日、春光满眼,红酣翠软,歌舞承平。但而今、枯井颓垣,何限伤情。
> 　　河山大好,又无端、弃掷堪惊。叹血饮匈奴,肉餐胡虏,一篑功成。
> 百万雄师何在,君休笑、留待蜗争。想神京千里,不闻画角悲鸣。⑤

> 残照关河,听几处、暮笳声切。更休唱、大江东去,水流呜咽。越石
> 料应中夜舞,豫州肯击横流楫。怕胡儿、铁骑正纵横,愁千叠。　　长
> 城陷,金瓯缺。黄浦路,吴淞月。照当年战垒,霜浓马滑。三户图强惟

①　陈家庆:《白门旧话》,《紫罗兰》,1930年,第4卷,第15期,第1—2页。
②　蝶衣:《陈家庆之碧湘阁词》,《社会日报》,1931年12月22日。
③　徐英、陈家庆著,刘梦芙编校《澄碧草堂集》,合肥:黄山书社,2012年,第161页。
④　徐英、陈家庆著,刘梦芙编校《澄碧草堂集》,合肥:黄山书社,2012年,第204页。
⑤　徐英、陈家庆著,刘梦芙编校《澄碧草堂集》,合肥:黄山书社,2012年,第204页。

有楚,廿年辛苦终存越。问中原、又见几人豪,肠空热。①

陈家庆显然不是拘束于闺阁之人,若对当时时事动向没有一定认知的话,都不会有以上颇有见地的言论。文中"百万雄师何在,君休笑,留待蜗争"的矛头直指国民政府将军队用于国共内战,而有意淡化日本侵略的政策。陈家庆另有《和澄宇孤愤诗原韵》十二首,堪称抗战背景下批判讽刺之杰作:"廿载艰危始奠基。飘摇风雨总堪悲。难期六代偏安日,却值四郊多垒时。鹿去狐鸣妖共起,龟迁马渡祚潜移。厉阶谁启君休问,清夜何人肯自思。"②诗歌之后有跋云:"曩者澄宇有孤愤十二首之作。神州颠顿,殷忧未已,长歌咏叹,语杂怨悱,一时和者如云。余亦勉步原韵,聊申所怀。诗谶吾生信有之,詎其然乎。"③很难想象以上皆是出自女子之手的诗词。陈家庆是抗战时期觉醒的女性诗人典型,标志女性文学写作已经进入了新的阶段,意味着一直被批评家讥讽格局狭窄、描写纤弱的女性诗词,已经有了新的文学气象。

这种气象的直接表现是女性作家开始普遍关注时事动态。比如何香凝(1878—1972),确切说她的身份更是民主革命家,而非文人,但其诗词在女性文学史上却颇有革命意义。何香凝所作诗词并非仅作个人抒情,而是作为一种政治理念的宣传载体,所以她每生产一篇作品会快速的通过报刊传播出去,比如歌颂"一·二八事变"中英勇抗争的《赠十九路师将士》《赠敬爱的伤兵》,被《中央日报》《时报》《精华日报》《人报》《平西报》《庸报》《民治旬刊》《天津商报画刊》等多家报刊转载。女性诗词不再是闺房内的娱乐遣怀,而是参与政治,传播理念,激发爱国斗志的时代文学。请看《为中日战争赠蒋介石及中国军人以女服有感而作》:

> 枉自称男儿,甘受倭奴气。不战送江山,万世同羞耻。
> 吾侪妇女们,愿往沙场死。将我巾帼裳,换你征衣去。

何香凝痛恨蒋介石对日军侵略的消极抵抗策略,特作此诗,并将一件女褂寄给国民党将领张治中。诗歌内容字面看很有挑衅意味,实则是勉励张治中及黄埔学生将领踊跃参战,不能退而不前。她另有《"一·二八"后寄黄埔学生》词一首,也是相同目的:

---

① 徐英,陈家庆著,刘梦芙编校:《澄碧草堂集》,合肥:黄山书社,2012年,第213页。
② 陈家庆:《和澄宇孤愤诗原韵》,《经世战时特刊》,1938年,第17期。
③ 陈家庆:《和澄宇孤愤诗原韵》,《经世战时特刊》,1938年,第17期。

沉沉寂寂,河山今非昔。不堪回首十三年,千点泪痕滴滴。问君入学欲何求?为民族生存杀敌。数年来,辜负了你,供内战牺牲,虚伪功绩,无分友敌。回忆历史,已成陈迹。悲愤极!叹我山河日下,向何方觅?惨戚!追怀祖逖。莫辜负你雄心,速向倭奴痛击!①

黄埔军校的学生后来大部分都成为中央军的骨干,而廖仲恺是该校的创始人,所以黄埔学生多尊称廖氏之妻何香凝为"师母"。何香凝振臂一呼,勉励黄埔学生勿将精力放在国共内战,而应一致抗日,其视野眼光和心中大义令人动容。一九三七年,何香凝有《赠冰莹》一诗,或可管窥此期女性文学从闺阁转向社会时事的基本动态,诗曰:"征衣穿上到军中,巾帼英雄武士风。锦绣江山遭惨祸,深闺娘子去从戎。"②何香凝诗歌具有不弱于男性诗歌的战斗性,她往往采用或讽刺或批判的方式,正面揭露时弊,上文送张治中之诗就是其中之一。再如一九三八年,她在香港妇女慰劳会上,对参会妇女满身绮罗文绣,涂脂荡粉的现象甚为不满,赋诗曰:"香港妇女斗繁华,七宝妆成艳似花。一夜缠头歌舞费,灾区能养百人家。"③她多次开办画展募集赈灾专款。她也多次公开场合呼吁"我辈女同胞,在今日国难严重当中,更应以极大之努力,以物质贡献于国家,以精神致力于抗战。"④

受何香凝影响,当时涌现出一批关注社会时事的女性诗词。如张默君《廿一年春暴日来寇战后过淞沪悼抗敌阵亡诸将士》、汤国梨《凤凰台上忆吹箫·读日报,见东北运动员留别书感赋,时东北方沦》《生查子·春长如岁,世乱如麻,家国飘摇,忧深漆室。时政府避寇西迁,还都之心甚切也》、张珍怀《风入松·九日》、盛静霞《大刀吟》《天都烈士歌》、沈祖棻《减字木兰花·闻巴黎光复》、陈小翠《大江东去·十一月十二日上海失守》《午夜闻炸弹声,知国军来沪喜占》等。不难发现,女性诗词的视野已经从过去的闺阁转向更广阔社会,且并不是如五四时只有三两个前卫作家的零星现象,而是整个女性诗词领域的普遍现象。

---

① 廖仲恺,何香凝著,尚明轩,余炎光编:《双清文集》下册,北京:人民出版社,1985 年,第 131 页。
② 本诗先发表于《宇宙风》,1937 年第 39 期,又见廖仲恺,何香凝著;尚明轩,余炎光编:《双清文集》下册,北京:人民出版社,1985 年,第 251 页。
③ 廖仲恺,何香凝著,尚明轩,余炎光编:《双清文集》下册,北京:人民出版社,1985 年,下册,第 289 页。
④ 廖仲恺,何香凝著,尚明轩,余炎光编:《双清文集》下册,北京:人民出版社,1985 年,下册,第 303 页。

二、情感升华：从个人情感转向家国情怀

家庭生活是女性文学着重表现的情感内容，抗战时期女性词也传承了这一特质。比如丁宁《还轩词》，就艺术水平来说，确实"非寻常闺阁所能及"①。但单就情感内容角度看，家庭生活仍然是其叙事的中心，请看《谒金门》三首：

> 留不得。肠断危楼孤客。苦雨凄风寒恻恻。眼枯头未白。　一
> 自瞻依痛失。不得承亲颜色。夜夜梦魂空绕膝。觉来何处觅。
> 　归不得。肠断门庭犹昔。几案生尘迷手泽。蟏蛸当户织。　一
> 自音容惨隔。不得闻亲消息。泪溃麻衣都化碧。清温何处悉。
> 　行不得。江上鹧鸪声急。满目烽烟思故国。茫茫何所适。　一
> 自牵裾无术。不得寻亲踪迹。月暗青林云似幕。路遥儿莫识。②

以上为丁宁悼念父母之作，她总是能抓住生活中常见的细节，稍加点染，即能产生很强的情感力度。丁宁身世非常坎坷，婚后因所嫁非人，生活并不幸福。育有一女，名唤文儿，是她坚持活下去的唯一念想，可惜文儿不幸早夭，这是形成《还轩词》凄苦情状的重要原因。比如《台城路·夜凉不寐，闻隔院小儿唤母声，极似文儿。悲从中来，更不能已》：

> 微凉一枕音尘远。喁喁绿窗何处。聒耳呢喃，惊魂隐约。兜转伤
> 心无数。低迷认取。似学步阶前。揽衣娇语。强起凭阑，絮蚕催泪堕
> 如雨。　　年来怕闻楚些，那堪温旧恨，灯下儿女。贴水犀钱，缨珠象
> 珥，肠断优昙难驻。重逢莫误。待沤灭空泯，白杨黄土。唤月啼烟，北
> 邙吾觅汝。③

文儿去世对丁宁打击相当大，她有许多作品都是依此而发。如《临江仙·秋宵不寐忆文儿》："心似三秋衰柳。情同五夜惊乌。柔肠已断泪难枯。愿教愁岁月。换取病工夫。　　只道相寻有梦。那堪梦也生疏。西风凉沁一灯孤。魂牵还自解。分薄不如无。"又《唐多令》："何处辨春声，香街箫鼓声。

---

① 周子美：《周子美学述》，杭州：浙江人民出版社，1999 年，第 58 页。
② 丁宁：《还轩词》，合肥：黄山书社，2012 年，第 39 页。
③ 丁宁：《还轩词》，合肥：黄山书社，2012 年，第 12 页。

旅魂惊顾影无声。往事如烟愁似水,蓦又听,唤儿声。"①以上对亲人的思念和个人家庭生活的描摹构成了《还轩词》的核心内容。七七事变爆发后,悲惨的家庭生活更增添了漂泊无依和颠沛流离。周延年《还轩词跋》载:"余识君近二十年,初以其郁郁寡言笑,秘不以所著示人,心颇疑之,及相处既久,始觉其甘淡泊,重然诺,迥非寻常闺阁所能及,以是时相过从,并得读其全稿。盖君身世抱难言之隐,故其词有不尽飘零之感也。……今君所遭较漱玉、幽栖为尤酷,而其词之低回百折,凄沁心脾,虽不外个人得失,亦未始非旧社会制度下呻吟之音也。"②丁宁在《作者自序》中也交代:"自丁卯春始稍稍留稿,至癸酉成昙影集一卷,多半感逝伤离之作。……自戊寅夏至壬辰秋,历时十五年,其间备经忧患及人事转变,成怀枫集一卷。"③随意阅读几首作品就很容易感知作者的飘零之感和悲凉心境:

小梅花·感怀

春醅绿。秋花馥。年时掌上珍如玉。掩双扉。锁双眉。浮沉若梦,无语恨依依。断魂怕见窗儿黑。别有伤心人莫识。要还家。定还家。一样飘零,终不是天涯。　拼寥寞。拼离索。从今万事都抛却。墨痕残。酒痕残。尘襟薄澣,休作泪痕看。伶俜帘外三更月。阅遍沧桑圆又缺。最难凭。似阴晴。未了今生。莫再问来生。④

临江仙·志恨

历尽酸辛偿尽泪。灯前病里吟边。珠沉沧海玉生烟。寂寥春似梦。迢递夜如年。　一瓣心香无限意。尘劳忧患都蠲。芳韶长驻月长圆。枣花多结子。柳穗莫飘绵。⑤

全面抗战后,《还轩词》的内容除了各种愁苦之情,也有了更高层次的家国情怀,这是过去所没有的。比如《蓦山溪》下片:"沉沉兵气,恍见星如雨。往事念干城,悄西风,神鸦社鼓。莼鲈秋老,何日是归期,烽北举。江东注,一息愁千缕。"又《金缕曲》:"抚卷增凄切,甚当时,残山賸水,竟多高节。渺渺苹花无限意,长共寒潮呜咽。算今古,伤心一辙,搔首几回将天问,问神州何日

① 丁宁:《还轩词》,合肥:黄山书社,2012年,第35页。
② 周延年:《还轩词跋》,丁宁:《还轩词》,安徽图书馆藏刻本。
③ 丁宁:《还轩词》,合肥:安徽文艺出版社,1985年,第2页。
④ 丁宁:《还轩词》,合肥:黄山书社,2012年,第43页。
⑤ 丁宁:《还轩词》,合肥:黄山书社,2012年,第28页。

烟尘歇。天不语,乱云叠。"①关于该转变轨迹,刘梦芙《冷翠轩词话》也有揭示:"《还轩词》早期作品以清丽婉转之笔,抒悲凉深挚之怀,如午夜哀鹃,声声泣血;中年以后,融个人身世之哀入社稷山河之慨,思力愈深,境界益广,苍茫沉郁,百感无端。"②作为典型个案的丁宁,她让我们更直观地看到了抗战时期女性词人从家庭转向家国的演变轨迹,也看清了作家情感由个人层面逐步上升到国家社会层面的嬗变趋势。

全面抗战时期,类似以上作品中呈现的转向现象还有很多。伴随着女性报国之志的崛起和多元审美批评观念的推进,女性诗词的情感变得更加丰富。由过去的家庭情感逐步升华为更广阔的社会情感,其笔端所述更旁及整个社会的民生百态。具体表现在以下几个层面:

首先,抗战背景下市民生活的微观透视。女性往往承担着家庭中日常生活的负担,如何打理好"柴米油盐酱醋茶"是她们的必备技能。受通货膨胀及日伪管控的影响,上海、北京、南京等地很多生活用品变得"洛阳纸贵",大米就是其中之一。一段时间,市民需携带棉被半夜排队抢购大米,是谓"轧米"。彼时周炼霞和陈小翠都避居在上海,周炼霞有《轧米》云:

> 重愁压损作诗肩,陋巷安贫又一年。相约前街平糴去,米囊还倩枕衣兼。
>
> 梦里曾留云髻香,缕金丝绣紫鸳鸯。从知煮字饥难疗,不作诗囊作米囊。③

乱世之中能独善其身已经十分不易,而作者却是"重愁压损",非为己也,而因民生艰难也。周炼霞《露宿》对轧米有详细记载:"这里的米店,上午四时就开始平卖,六七时休息一程,八时再卖……弄堂里人家,出钱雇人,每天半夜和天亮时,两次到弄堂里高声:'卖米啦,卖米啦'。……于是轧米的一群,都背了棉被,到米店门前,把身体裹住,头露在外面,有的坐,有的躺,挨挨挤挤地等着;等得久了,坐的也躺下来,各种不同颜色的被头筒,横排在人行道上,好像一只一只大春卷。从十一点钟等到大天亮,能不能到手一升米,那

①　丁宁:《还轩词》,合肥:黄山书社,2012年,第43、54页。

②　刘梦芙:《冷翠轩词话》,王翼奇,王蛰堪等著,刘梦芙编校:《当代诗词丛话》,合肥:黄山书社,2009年,第496页。

③　刘聪辑:《无灯无月两心知:周炼霞其人与其诗》,北京:北京出版社,2012年,第215页。本书所引周炼霞诗词,若无特殊说明,皆自此本。

就要碰运气……"①陈小翠也着重关注过此事,她的《壬午岁暮杂兴》云:

> 蠖曲龙蟠水一窪,冯驩弹铗出无车。觅粮蝼蚁街前阵,负屋蜗牛壁上家。
>
> 贫有旧醅仍晏客,居无隙地尚栽花。共逢四海艰难日,如此生涯已是奢。②

"觅粮蝼蚁街前阵"堪称是裹被买粮人的真实写照。陈小翠的诗歌比周炼霞要更加深邃,她往往借生活小细节而联想到更广阔的人民群众。比如小翠另有《戊寅感怀》刻画战时躲警报、钻地洞的日常生活:"独向芜城吊夕阳,扬尘东海恸沧桑。已看危局成骑虎,岂有邻翁证攘羊。避弹哀鸿都入地,牵丝傀儡又登场。心雄力弱终何用,拔剑哀歌望大荒。"③以上诗歌已然塑造出了诗人忧国忧民的高洁形象,其作品堪称是诗圣杜甫的现代回响。因此,关注战乱背景下的民生是小翠诗词的重要内容,相关作品比较多,如"为有性情忧社稷,莫将诗酒博虚名"(《题女弟子周丽岚诗剑从军集》)、"不闻鸡犬声,但见苍鹰翔。下民亦何罪,乃入屠杀场。"(《返沪》)、"中原白骨三千里,一纸家书掩泪看"(《除夕寄蜀》)、"千家野哭成焦土,半壁楼台尚管弦。"(《戊寅感怀》)总而言之,透过周炼霞、陈小翠的诗词能够管窥彼时整个市民阶层的艰难生活,也意味着女性诗词是透视战时民生百态的独特窗口。

其次,诗词批判讽刺功能的凸显。上文谈及陈小翠诗歌时,已经涉及到该问题,比如她的《读宋史有感》:"千古男儿陆秀夫,誓甘蹈海不为奴。年年割地和强敌,割到崖山寸土无。"明显是借读后感而讽刺国民政府割让东北以求苟安。又《壬午岁暮杂兴》:"长年蚌鹬争晴雨,四海烽烟起昼阴。莫向梁园歌七发,青山消息久沉沉。"也是对国民党坚持内战而忽视日军入侵的影射。再如《除夕又书》:"诸君作官又作贼,古人忧道不忧贫。病梅未蕊先生叶,小市将风更起尘。"④此诗则将矛头对准卖国求荣之徒。

再比如汤国梨,她的诗词固然十分关注前线战事,但并不停留于个人情感抒发,而是试图借诗词干预政治。如其《临江仙》:"辛苦天涯多是客,相逢乍慰飘零。逃禅还恐误虚名。艰难家国恨,俯仰涕纵横。　　天下兴亡原

---

① 周炼霞:《螺川小品之一:露宿》,《万象》,1942年,第1卷,第11期,第83页。
② 陈小翠:《翠楼吟草》,合肥:黄山书社,2010年,第204页。以下所引小翠诗词,若无特殊说明,皆自此本。
③ 陈小翠:《翠楼吟草》,合肥:黄山书社,2010年,第165页。
④ 陈小翠:《翠楼吟草》,合肥:黄山书社,2010年,第159,204—205页。

有责,是谁误尽苍生。燃萁煮豆恨难平。徒劳悲漆室,余痛话新亭。"①"燃萁
煮豆"之语揭示出当时国民政府"攘外必先安内"政策的错误。汤国梨是战
争的亲历者,其诗歌所述之战乱比他人更加真实。当日军入侵上海,飞机狂
轰滥炸之时,作者有《感怀》诗云:"城郭尽焦土,山林悉毁夷。杀人不投刃,
形骸惨成糜。市廛无完栋,枕藉无完尸。魂惊魄亦散,声竭泪还澌。闻之若
非真,见之还惊疑。残忍此已极,直为人道悲。"②当此民族存亡之际,本应该
激发更多人的抗战斗志,本应该有更多男儿投笔从戎,但现实却如其诗《强
寇入境,有壶浆以迎者,而有妇女惧受辱投缳赴水者》云:"纷纷龙血战玄黄,
强虏骄淫锐莫当。死节原来臣妾事,独留青史赋红妆。"③汤国梨诗与何香凝
诗同样具有讽刺批判的穿透力。另有《安危二首,时日军已进浙西》也是悲
愤之作:"江北江南事已非,巫山巫峡梦依稀。旌旗蔽日浮槎渡,魑魅联车载
女归。离乱浮生何潦草,恩仇在念肯依违。匹夫自有兴亡责,莫漫行吟歌式
微。"其他作品如《凤凰台上忆吹箫·读日报,见东北运动员留别书感赋,时
东北方沦》《题某君手册,时中日交涉未决,苏地极为紧张》等,都可以看出汤
国梨的高风亮节和胸襟格局。

第三,丰富多彩的异域风光。抗战时期有不少作家因为避乱及其他原
因,远离大陆,漂洋过海,谪居异国他乡。他们用旧体诗词描绘所见各类事
物,令人耳目一新。吕碧城笔下的异域风光是抗战诗词比较独特的新内容。
李保民编《吕碧城集》内收词集五卷,其中第三、四、五卷皆作于抗战时期。
与其他作家所不同的是,吕碧城更多的展示了二战背景下避居瑞士的经历。
吴宓评价吕碧城词"能熔新入旧,妙造自然"④,所指正是此期诗词特点。请
看《疏影》:

> 胡天岁暮。正千岩积雪,皑滞枯树。大野冥茫,险壁高低,十日都
> 迷樵路。人踪寂灭笳声断,但晚噪鸦争盟主。问阆风、䗖马当年,几许
> 霸才尘土。　　帘卷西楼嫩霁,又云分绮縠,奇艳惊觑。一抹残阳,红
> 遍瑶峰,塞上燕支应妒。春回黍谷知何限,暖不到灵犀深处。印如烟、
> 往事回环,销入冷灰檀炷。⑤

---

① 汤国梨:《影观集》,南京师范大学《文教资料》编辑部,2000 年,第 38 页。
② 汤国梨:《影观集》,南京师范大学《文教资料》编辑部,2000 年,第 178 页。
③ 汤国梨:《影观集》,南京师范大学《文教资料》编辑部,2000 年,第 183 页。
④ 吴宓:《吴宓诗话》,北京:商务印书馆,2005 年,第 228 页。
⑤ 吕碧城:《吕碧城集》,上海:上海古籍出版社,2015 年,第 224 页。本节所引吕碧城作品,若
　未特殊说明,皆自此本。

全面抗战爆发后，吕碧城避居瑞士阿尔伯士 Alpes 雪山，本词既是彼时雪山美景的真实写照，也是十分少有的描绘异域风光的诗词。吕碧城同类作品还有很多，整体建构起一个光怪陆离、赏心悦目的异域空间。比如《玲珑玉·阿尔伯士雪山游者多乘雪橇飞越高山，其疾如风，雅戏也。》《鹧鸪天·戊寅二月重返阿尔伯士 Alpes 雪山》《惜秋华·瑞士雪后》《夜飞鹊·英国诗圣雪蕾 percy bysshe shelley 思想繁化，出入人天，多遗世之作。女诗人儒斯谛 christina rossetti 惯以宗教之语入诗，奇情壮采，涵被万有，皆于骚坛别闢胜境⋯⋯》等，皆是独出心裁，有别他人的新鲜作品。其实，吕碧城词并非仅仅为了猎奇而作，其本质上是借词寄托思念故国的心绪，希望早日实现魂归故里的心愿。比如《长亭怨慢·欧战启后，遵海而南，谋归故土，止于国门之外》："汉家陵阙，恨绕树乌啼歇。咽翠涩宫沟，荡不返年时零叶。"又《烛影摇红》："蔺璧完归，乌头马角凭谁证？十年生聚训空传，但铸铜山鄧。"

抗战时期避居海外的不止吕碧城一人，其他作品还有如李祁《贺新凉·廿四年夏客德国亚兴答石声汉寄词》，也是借异域风情而大抒家国情怀的杰作：

> 忆京华清绝。尽年年、看尽花时，红酣碧洁。看到马樱无限好，十里长街开彻。便归去、幽情自别。绿叠重门帘影暗，更廊长院静灯如月。簪鬓底，有香雪。　而今倦向天涯说。对人家、河山美满，阵容胜铁。待展翻江腾海手，万木噤声候发。但听得、莱茵呜咽。极目神州天渺渺，望云霄有泪空抛泻。何以处，丹心烈。①

相关异域词作还有很多，此处不详细展开。需要再次强调的是，作家并非徒好猎奇，描绘海外世界过程中往往寄托对故国的思念，以及希望国家富强，能够早日魂归故里的期待。

总而言之，抗战时期女性诗词的情感内容确实实现了质的飞跃，由过去比较专著于个人内心的情感波动以及家庭妯娌的家长里短，过渡到关心底层市民的日常生活，关心国家前途命运，并试图通过发挥诗词批判讽刺的功能，实现改变部分社会污浊情形的现实目的。另有部分海外作品，貌似刻画异域奇异风景，其实个中寄托了作者深厚的家国情怀。

综上所述，基于抗战时期女性诗词创作观念的转变，此期诗词内容确实呈现出较大转向。从叙述视角看，呈现出从闺阁生活转向社会时事的大趋

① 李祁：《李祁诗词集》，台北文艺书局，1975 年影印本，无页码。

势。诚然别集中仍会有家长里短、爱恨情愁一类的闺秀之作,但随着女性活动空间的扩大,女性意识的进一步觉醒,关注社会时事已经成为彼时女性诗词写作的新内容。从情感指向看,呈现出由个人情感转向家国情感的发展态势。具体表现在三个层面:首先,女性诗词成为透视抗战背景下的市民生活的独特窗口。女性在承担家务方面确实超过男性,他们的诗词令人更深刻地体会到"柴米油盐"的来之不易。所以,女性诗词不啻是观照底层市民生活实况的新窗口。其次,批判讽刺功能的凸显。女性作家关注社会时事的同时,试图通过诗词干预政治,为社会不平之事而发声。从对国民政府割让东北以求苟安政策的当头棒喝,到对卖国求荣之徒的辛辣讽刺,再对平息国共内战的呼吁。女性诗词的社会功能越来越强,呈现出情感格局越来越开阔。第三,异域风光下的家国之思。受战争影响,不少作家辗转国外,以诗词建构起新的异域风光世界。需要点破的其实是寄托于异域风景背后的家国情怀,此类作品构成了另一个观照中国诗词价值及影响的切入点。总之,抗战时期女性诗词确实摆脱了"咏絮唫柳""香闺锦字"的束缚,建构起视野更大、格局更高、情感更深的文学场域。

第四节　抗战时期女性词艺术风格的新变

谈及女性词之风格,我们脑海中都会有一些共性的感知,比如李清照、朱淑真、徐灿等著名作家都表现出婉约清丽、柔美伤感等比较相近的文学风貌。民国初期,女性词基本延续了这一传统。然至抗战时期,女性词风突然出现了比较大的转变,具体有两个层面:一是传承基础上的内在调整,呈现出从清婉悱恻过渡到雅正沉郁的趋势;一是颠覆性的变化,掀起了声势浩大的雄壮之风。该转变现象既是抗战对文学的冲击,也是文学对战争的直接反馈。

一、从清婉悱恻到雅正沉郁

杨式昭《读闺秀百家词选札记》载:"闺秀之词大抵均清婉悱恻,秀句可诵。而通病则在词境不活、词味不厚。至若纵横豪放之气,犹不能求之于易安,况乎余呼? 然此本不能以责于蕙心纨质之闺秀也。"①"清婉悱恻"堪称是闺秀词的审美特质,也是抗战时期女性词风的重要一端,特别是福建寿香词

---

① 孙克强,杨传庆主编:《历代闺秀词话》,南京:凤凰出版社,2019 年,第 3 册,第 965 页。

社群体,他们试图打破"词境不活、词味不厚"之通病,但并不是通过杨式昭所说的寻求"纵横豪放之气",而是崇尚自然,追求雅洁,将深情寄托于朴素词语之间,令人唇齿留香、回味无穷。

寿香词社依托著名学者何振岱之寿香馆而成立。一九三六年,何振岱返回福州,当时有刘蘅、王德愔等几位女学生主动前来拜师,跟随何老学习诗词。后来,叶可羲、王真、薛念娟、施秉庄、张苏铮等人先后入门,吟咏之风渐有起色。何振岱遂组建"寿香社",定期布置社课,督促写作,最终结集为《寿香社词钞》,于一九四二年刊刻。换言之,《寿香社词钞》所收作品大部分是作于一九三六至一九四二年间。

盘点整部词钞,大都文笔清新自然,但有悱恻之情,断无纤弱之感。请看刘蘅《齐天乐·鸠声》:

> 抢榆那识鹏程远,瞳瞳只余朱眼。万里培风,千寻择木,未解昂头霄汉。营巢自懒。听传语阴晴,舌端多谩。绣羽华冠,一般文采最堪叹。　　纱窗午阴思倦。画帘开又掩,人在天半。驿柳沉烟,园花病雨,谁暖谁寒怎判?屏边枕畔。正好梦来时,数声惊断。却比流莺,更无情万万。(《寿香社词钞·蕙愔阁词》)①

首句视野开阔,毫无古代闺秀词纤狭之病,也足见作者胸襟抱负。下片借斑鸠而旁及自身,过渡自然,两相对照,确实别有会心。何振岱所说"蕙愔词笔清妙,较所选古今体诗尤近自然"②,当从本词悟入。再如《扬州慢·孤山探梅》:

> 山瘦拖青,雪残堆白,里湖绝好冬姿。记苍根古藓,有几本寒梅。正堤曲、商量放棹,夕阳迎客,红迤桥西。笑东风、情性先花,依旧南枝。
> 凝喑冻雀,算今番、消息差迟。认屐底苔香,襟头酒晕,长忆当时。总为素心人远,钟声懒、不度明漪。觅空亭芳迹,除他孤鹄谁知?(《寿香社词钞·蕙愔阁词》)

刘蘅词在寿香社词人群中很有代表性,她们秉承何振岱写作家法,在"雅洁"方面下了很深功夫。何振岱写给刘蘅信中强调:"诗、文、字三事最忌俗,一

---

① 本书所引《寿香社词钞》版本为民国三十一年刻本,南京图书馆藏。
② 何振岱:《何振岱集》,福州:福建人民出版社,2009年,第30页。

俗虽千好万好都算不好。何以谓之俗？无灵气耳。"①又《清安室词序》云：
"予昔居章门，与君论倚声之学，以为浚源风骚，无囿令、慢，含洁吐芳可以昭
真性焉。"②既然写诗忌俗，又需"含洁吐芳"，简言之就是追求"雅"与"洁"。
反观上词，不仅典雅工整、妙语如珠，而且清新俊逸，避免了晚清以来梦窗风
袭扰所致的晦涩之病。刘梦芙《冷翠轩词话》也持相同观点："其词写景清新
雅洁，抒情超妙深织，出语自然流畅，无女子词常见之娇柔态、绮艳风，如空
谷幽兰、凌霜翠竹，韵远神清，读之尘襟顿爽。"③相关作品在《蕙悁阁集》中是
比较常见的，比如《风入松》："思量碧海放征篷。鲸背揽长虹。神山仿佛琼
楼畔，指灵台自有崆峒。香里黄庭一卷，数声白鹤寥空。"又《浪淘沙》："燕带
夕阳归。红蒨涟漪。春尘如梦不胜吹。恰好风来完瞑色，融作烟飞。"④这些
都是灵气葱葱，兴会神到的佳作。

　　雅洁与清婉在审美内涵上其实是十分接近的。如《中国古代文学理论
词典》载：雅洁即"清真雅正，谨严朴素""刊落浮辞，删繁就简"。⑤寿香词社
追求雅洁的背后有更本质的情感诉求，正是自常州词派以来，绵延百余年的
意内言外之旨。如何振岱《竹韵轩词序》云："尝谓女子之有慧心者，于诸体
文字中学词最近。无论铁板铜琶与红牙按拍，取径不同，要其雅兴深情总不
越意内言外之旨。微慧心人安得喻之？"⑥而在"福州八才女"中，何振岱十分
推崇叶可羲，他说："叶生可羲，生长名门，赋禀颖异，能为文赋及古近体诗，
尤喜为词。学北宋而去其嚣，近南宋而濯其腻，益以深刻之思、幽窅之趣，远
追济南，近驾长洲，无多让也。慧心、善心，相承相引，故体立而用自神。"⑦叶
可羲有《竹韵轩词》。请先看其《踏莎行·悯旱》：

　　　犊背残阳，鸦边薄暮。红霞火色烘平楚。愁闻隔水桔槔声，声声如
诉农家苦。　　　旱魃方张，商羊罢舞。斑鸠枉是啼晴树。愿凭佛力起
焦枯，莲台弹指千村雨。（《寿香社词钞·竹韵轩词》）⑧

---

① 何振岱：《何振岱集》，福州：福建人民出版社，2009年，第63页。
② 何振岱：《何振岱集》，福州：福建人民出版社，2009年，第28页。
③ 刘梦芙：《冷翠轩词话》，王翼奇等著：《当代诗词丛话》，合肥：黄山书社，2009年，第494页。
④ 本节所引刘蕙作品，皆自《蕙悁阁诗词》，福州：福建美术出版社，1993年，下不另注。
⑤ 赵则诚，张连第等主编：《中国古代文学理论词典》，长春：吉林文史出版社，1985年，第620页。
⑥ 何振岱：《何振岱集》，福州：福建人民出版社，2009年，第31页。
⑦ 何振岱：《何振岱集》，福州：福建人民出版社，2009年，第32页。
⑧ 本节所引叶可羲作品，皆自《寿香社词钞》所收《竹韵轩词》，民国三十一年刻本，南京图书馆藏。

作者以侧面烘托之法,借"红霞""桔槔声""斑鸠"等视听意象,揭示"农家苦"之悲剧,笔法含蓄有力,但是类似这些关注民瘼,寄托家国情怀的作品,在《竹韵轩词》中毕竟少数,更多的还是感叹飘零之感和对亲朋好友及家乡的思念,如《金缕曲·台江舟次》:

> 目极天边树。乍回头江廻岸转,我家何处。岛屿星罗频指点,一片迷濛薄雾。空伫立心同乱絮。流水无情留未得,只蒲帆容易随风去。离合事,与谁诉。 怎知有志翻成误。算平生,南船北马,未忘归路。学画学书终何用,堪笑微名见妒。应自欺劳人如故。客馆从今伤孤寂,好宵来独写思乡句。归去雁,待分付。(《寿香社词钞·竹韵轩词》)

文笔清新俊逸,不拖泥带水,与刘蘅、王德愔十分相似。可能与寿香社使用典故的家法也有一定关系。何振岱强调"用典浑化"[1],寿香女词人大都遵循吸收。需要点出的是,与刘蘅、王德愔等人相比,叶可羲、王真、施秉庄等人词似更有缠绵悱恻之感。请再读王、施二词:

王真《望海潮·旅况》

> 星芒摇曳,笳声断续,江城一味凄迷。零露凋秋,狂飙沸海,茫茫那处言归。烟路趁微曦。正寒深岸苇,翠减苔衣。愁掠西风,怕看山外片帆飞。 谁能客里相依。但青溪邀影,纤月窥帷。蕉阁咏诗,梅窗索画,年来事事都违。沽酒認村旗。叹凭高还忆,蕈老鲈肥。无限乡心,暗灯廻梦到更迟。(《寿香社词钞·道真室词》)[2]

施秉庄《忆旧游》

> 甚年年作客,昔昔怀人,寸迹难忘。当日相逢处,似人来梦里,月出秋旁。片晌虚空桂子,为我落仙香。恁无限欢娱,几生缘会,湖水怎量。 廻肠。十年事,叹音书海隔,别恨天长。漫道渝州远,祇桃源异县,剑水殊乡。剩有镜中人影,萧寺隐疏篁。记断续钟声,南屏古塔流夕阳。(《寿香社词钞·延晖楼词》)

① 何振岱:《与刘生蕙愔》,《何振岱集》,福州:福建人民出版社,2009年,第62页。
② 本节所引寿香社词人作品,若未特殊说明,皆自《寿香社词钞》,民国三十一年刻本,下不另注。

330

《金缕曲》《望海潮》《忆旧游》三首表达的都是客居他乡、乱离漂泊的共同情感。将三词混迹于各自别集中，恐怕很难辨认出甲乙。换言之，三人之词的艺术风格比较相近。透过丰富意象，把个中离别伤感、思乡怀人的细腻情感拿捏得十分到位，呈现出缠绵悱恻之整体风貌。此乃寿香词人群之优势，然亦是难以逾越的瓶颈。本节开篇所引用杨式昭的言论就是想说明，寿香词人群在词体艺术的追求上确实达到了清婉悱恻的高度，但也存在不大关注时事的现象。当然，并非只要关注时事，聚焦前线抗战，就会显得"词境活、词味厚"，也并不是说一旦只关注个人情感，就会导致狭窄纤弱。其实清婉悱恻与"词境活、词味厚"之间是可以直接打通的。寿香词人传承何振岱家法，远绍常州词派意内言外之旨，近则追求雅洁自然、清新俊逸，用典浑化天成，恍如建构起抗战烽火中的世外桃源。然拨开文本中的重重意象，还是能够看到她们内心的焦虑和愁怨。比如王真《鹧鸪天·己卯重九作》：

> 黄满林泉落叶稠。乌山石磴忆前游。佩萸采菊初疑梦，携酒持螯不解愁。　　云展幕，月当楼。消沉南北望神州。平原一片伤心景，雁字寥天写晚秋。（《寿香社词钞·道真室词》）

词虽简短，而内容却与众不同，己卯年正是全面抗战时期，"消沉""平原"二句直指战场，而又点到即止，若即若离，所谓意内言外者固是此类笔法。但是，检点整部《寿香社词钞》，类似王真《鹧鸪天》之作还是比较少的。总而言之，如果从女性意识觉醒与自我形象重塑角度看，寿香词社确实是值得关注的重要群体。正如袁志成《晚清民国词人结社与词风演变》所说："他们借助词表达私人化的细腻的情感，让女性由顺从、被动的情感地位转变为叛逆、主动的情感动态。"①然若将之放到抗日战争的大背景下横向考量，其写作范式又显得有些保守，令人不禁想要继续追问背后的内在因素，限于文章逻辑体系，该问题只能另行探讨。所以，不论从哪个层面看，寿香词社都是民国词坛上值得细细观赏的一朵奇葩。

与寿香社词人群相比，吕碧城、沈祖棻等人的写作在传承清婉悱恻基础上，又有了新的变化。整体来说，可用"雅正沉郁"来概括。雅正强调格律、音韵等方面的规范；沉郁则指向情感内容关涉家国，与杜甫诗风之"沉郁顿挫"一脉相承。沈祖棻《风雨同声集序》云："壬午甲申间，余来成都，以词授金陵大学诸生。病近世侻言傀说之盛，欲少进之于清明之域，乃本凤所闻于

---

① 袁志成：《晚清民国词人结社与词风演变》，长沙：湖南师范大学出版社，2015年，第204页。

本师汪寄庵、吴霜厓两先生者,标雅正沉郁之旨为宗,纤巧妥溜之藩,所弗敢涉也。"①她又在《致卢兆显书》中云:"尝与千帆论及古今第一流诗人(广义的),无不具有至崇高之人格,至伟大之胸襟,至纯洁之灵魂,至深挚之感情,眷怀家国,感慨兴衰,关心胞与,忘怀得丧,俯仰古今,流连光景;悲世事之无常,叹人生之多艰,识生死之大,深哀乐之情,为天地立心,为生民立命,夫然后有伟大之作品。其作品即其人格、心灵、情感之反映与表现,是为文学之本。本植自然枝茂。舍本逐末,无益也。此吟风弄月、寻章摘句所以为古今有识之士所讥也。"②正因为有此胸襟和人格,才使得其诗词具有雅正沉郁之风貌。请看《一萼红·甲申八月,倭寇陷衡阳。守土将士誓以身殉,有来生再见之语。南服英灵,锦城丝管,怆怏相对,不可为怀,因赋此阕,亦长歌当哭之意也》:

乱笳鸣,叹衡阳去雁,惊认晚烽明。伊洛愁新,潇湘泪满,孤戍还失严城。忍凝想、残旗折戟,践巷陌、胡骑自纵横。浴血雄心,断肠芳字,相见来生。　　谁信锦官欢事,遍灯街酒市,翠盖朱缨。银幕清歌,红氍艳舞,浑似当日承平。几曾念、平芜尽处,夕阳外、犹有楚山青。欲待悲吟国殇,古调难赓。③

如果说寿香词人群因为追求意内言外之旨,而有意将家国沦陷之痛沉潜于个人情怀,那么沈祖棻则是将家国情怀显著的呈现在词中,明确抗战之主题,但又不是像何香凝那样呼吁抗战,而是坚守词体含蓄委婉的当行本色,章法整饬地勾勒出抗战背景下高级知识分子内心的忧虑和伤感。整体上既传承词体雅正之本,又具有家国层面的厚重情感,正是杨式昭所谓的"词境之高""词味之厚"。类似风格的作品在《涉江诗词集》中俯拾皆是,比如《烛影摇红·雅州除夕》:"彩燕飘零,玉钗连鬓愁难理。当筵莫劝酒杯深,点点神州泪。空忆江南守岁,照梅枝、灯痕似水。星沉斗转,北望京华,危阑频倚。"又有聚焦大后方空袭肆虐之惨景,如《霜叶飞》:"重到古洞桃源,轻雷乍起,隐隐天外何许?乱飞过鹣拂寒星,陨石如红雨。看劫火、残灰自舞,琼楼

① 沈祖棻著,程千帆笺,张春晓编:《涉江诗词集》,石家庄:河北教育出版社,2000年,第178页。
② 沈祖棻:《微波辞》(外二种),石家庄:河北教育出版社,2000年,第234页。
③ 沈祖棻:《涉江诗词集》,南京:凤凰出版社,2019年,第118页。本节所引沈祖棻词皆自此本,下不另注。

珠馆成尘土。况有客、生离恨，泪眼凄迷，断肠归路。"①汪东《涉江词稿序》揭示："迨遭世板荡，奔窜殊域，骨肉凋谢之痛，思妇离别之感，国忧家恤，萃此一身。言之则融忌讳，茹之则有未甘，憔悴呻吟，唯取自喻，故其辞沉咽而多风。……加以弱质善病，意气不扬，灵襟绮思，都成灰槁，故其辞澹而弥哀。"②所以，抗战时期的《涉江词》是"离鸾别鹄，心伤漆室之吟；抚事忧时，断肠楚骚之赋"③，堪为雅正沉郁之风格典范。

与沈祖棻相比，吕碧城词并没有那么哀苦，情感较为乐观，风格激越，但也并非苏辛路数，而是与沈祖棻相似，学识渊博，坚守雅正本色，饱含思乡念国之深情。请看其《一萼红·旅欧被困危城之作》：

> 暝烟中。听严城戍角，凄韵动边风。撑杵天低，通槎路尽，迁客始觉愁工。指云外、绳河西迤，叹莫测、银浪几多重。乌拣枝寒，箫吹芦瘦，夜语朦胧。　　孤绝藕花心事，泣野塘清露，不为香红。汉月轮消，楚歌环发，不堪起舞樽空。（时已绝粮）　便书付、衡阳回雁，怕残云、无计度高峰。悄掩灯帷，拼教一梦匆匆。④

吴佩孚称赞吕碧城词"端庄典雅，非末流俗辈所能步其后尘"。其典雅特征之一在于格律工整，字句锤炼，吸收晚清梦窗风之优点，而去其晦涩跳跃之不足。特征之二在于学问素养，操持典故，信手拈来，且不拘一格。沈轶刘《清词菁华》称赞道："碧城学力湛深，识见广博，风度高朗，尤精英、德、梵文，其英译梵经，颇著声誉。"⑤有学者指出，吕碧城词"极淋漓慷慨之致，真女中豪杰也"⑥，单就词风来说，似有不妥。特别是抗战时期，作者皈依佛门，已经消磨了早期女权运动时期的斗争锐气。上词《一萼红》就是此期代表作，沉郁之风与典雅之格相辉映。其他作品如《临江仙·奉和榆生词家七夕李后主忌辰之作……》："莫问仓皇辞庙事，南唐残梦凄迷。何须貂锦怨胡儿。教坊挥泪，娥监自相依。"⑦《归国谣·和龙榆生君拟飞卿之作》："红簌。残步共

---

① 沈祖棻：《涉江诗词集》，南京：凤凰出版社，2019 年，第 46、43 页。
② 汪东：《涉江词稿序》。汪东著，薛玉坤整理：《汪东文集》，郑州：河南文艺出版社，2016 年，第 357 页。
③ 施蛰存：《北山楼抄本涉江词钞后记》，巩本栋编：《程千帆、沈祖棻学记》，贵阳：贵州人民出版社，1997 年，第 451 页。
④ 吕碧城著，李保民校笺：《吕碧城集》，上海：上海古籍出版社，2015 年，第 230 页。
⑤ 沈轶刘、富寿荪选编：《清词菁华》，合肥：安徽文艺出版社，1986 年，第 400 页。
⑥ 洁清：《跋吕碧城〈满江红·感怀〉》，《大公报》，光绪三十年三月二十五日。
⑦ 吕碧城著，李保民校笺：《吕碧城集》，上海：上海古籍出版社，2015 年，第 664 页。

花摇踟蹰。征程听遍鹃哭。乱山犹似蜀。　　漫思旧游韦曲。暮云迷远目。不堪风雨华屋。燕归无处宿。"①这些都是风格相近的同类作品。学者指出:"碧城广闻博学,才情秀拔,小令远绍南唐,得力后主,多以单纯明净,准确凝练的语言设造意境,直抒胸臆。长调步武清真,直薄北宋境界,遣词精工富艳,结构往复回环,铺陈有致。……词人龙榆生亦誉之为近三百年名家词中之殿军。"②吕碧城词更值得称道的是其异域风光的描写,因为新奇独特,在女性词坛显得别具一格。比如《鹧鸪天·戊寅二月重返阿尔伯士Alpes雪山》《祝英台近·自题寒山独往图,为归隐欧西阿尔伯士雪山之作》等。词中以东方古典笔法,操持西方经典意象,不仅令人耳目一新,而且"膏润滂沛,为万籁激越之音,寓情搴虚,伤于物者深,结于中者固,日出日入之际,奇哀刻骨,有不可语者在。"(沈轶刘《繁霜榭词札》)③沈轶刘所论颇有过人之处,他其实是看清了吕碧城晚年词风的变化。简而言之,因为皈依佛门以及人生顿悟的相关缘故,作者性情明显变得淡泊许多,词作风格也一改早期慷慨淋漓的特质,而变得沉郁厚重。

综上所述,抗战时期女性诗词传承了古代闺阁文学"清婉悱恻"的特质,尤其是寿香社群体,她们受何振岱影响较大,规避了晚清以来梦窗风的侵扰,强调用典浑化,追求清新俊逸,自然流畅,在整个民国词坛显得与众不同。当然从文学史发展角度看,寿香社群体的作品毕竟沿袭的多,创新的较少。与之相比,沈祖棻、吕碧城等作家在传承前人优秀积淀的基础上,坚持词体当行本色,发挥女性作家的性别优势,并结合千年未有之抗日战争,开始建构与时代更匹配的雅正沉郁之新风貌,成为引领整个词坛走向的新特质。

二、雄壮之风的兴起

古代文学中有不少独具风骨的女性诗词,比如李清照的《夏日绝句》:"生当作人杰,死亦为鬼雄。至今思项羽,不肯过江东。"但这毕竟只是个案,即便是在明末清初、晚清民国等易代之际,也没有出现大范围的女子作壮声的现象。但在抗战时期,女性诗词确实掀起了一股雄壮之风。该现象至少可以从以下三个层面来审视:

第一,前卫作家积极倡导雄壮之风,并创作经典性作品,强化示范引领效应。诚然,女性诗词确实受到抗战时期整个诗坛风气的影响,而表现出对

①　吕碧城著,李保民校笺:《吕碧城集》,上海:上海古籍出版社,2015年,第674页。
②　吕碧城著,李保民注:《吕碧城词十八首》《中华活页文选》,上海:上海古籍出版社,1991年,第195页。
③　沈轶刘:《繁霜榭续集·词札》,自印本,浙江萧山文联印刷厂印刷,1995年,第13页。

慷慨悲壮一类作品的迎合,但并不能机械的将其归纳为谁受谁的影响,女性作家本身就是文学史的书写创作主体。比如何香凝,她的诗词自始至终都是巾帼不让须眉的典范。请看以下二首:

日寇侵占香港后回粤东途中感怀

水尽粮空渡海丰,敢将勇气抗时穷。时穷见节吾侪责,即死还留后世风。①

香港沦陷后赴桂林有感

万里飘零意志坚,怕为俘虏辱当年。河山不复头宁断,逆水舟行勇向前。②

何香凝为人处世与女侠秋瑾颇为相似,就连诗歌风格也十分接近,学者多称道其作品"铁骨铮铮"③。就连她的画也是"雄健浑厚,画风硬朗,气势豪迈,挥洒自如,有旁若无人之慨"。④ 类似诗词作品还有不少,比如《怀粤饥荒闻警报》:"危楼独坐看飞机,弹坠吾身有何归?赢得殉节酬死友,好将血谢万人饥。"⑤《感怀》:"怕听吹弹破国吟,徘徊道路倍伤神。牺牲权利何轻重,失去河山哪处寻?萧萧叶落雁南飞,万里飘零故国归。八载中原前后事,教人回忆泪沾衣。"可以说,在女性文学界,何香凝的诗词自始至终都是刚健硬朗之风的倡导者和积极实践者。

与之相似的作家李祁(1902—1989),字稚愚,长沙人。民国时期,首批留学英国,入牛津大学学习。抗战时期,执教浙江大学、岭南大学等。建国后,一直居住在美国,有《李祁诗词集》存世,流传不广,不大为人所知。请看作于一九四三年的《贺新凉》:

一住将三月。又重阳、枯荷衰柳,碧云黄叶。最喜山巅多灵气,缭绕烟云明灭。莫便是。神仙云窟。似忆前生曾驻足,坠尘寰便尔归途

---

① 廖仲恺,何香凝著,尚明轩,余炎光编:《双清文集》下册,北京:人民出版社,1985 年,下册,第 393 页。
② 廖仲恺,何香凝著,尚明轩,余炎光编:《双清文集》下册,北京:人民出版社,1985 年,下册,第 396 页。
③ 余德富:《何香凝铁骨铮铮的抗战诗词》,《团结报》(北京),2009 年 4 月 11 日第 3 版。
④ 蔡瑞燕主编:《家乡名人何香凝》,广州:羊城晚报出版社,2018 年,第 149 页。
⑤ 廖仲恺,何香凝著,尚明轩,余炎光编:《双清文集》下册,北京:人民出版社,1985 年,下册,第 385 页。本节所引何香凝作品皆自此本,下不另注。

绝。回首处,心空热。　　　人间几见真豪杰。笑群儿、鸡虫争斗,身劳神竭。学得糊涂随分过,风月自酬佳节。幸尚有、桂花堪折。独把一枝临风嗅,掷平生万事天之末。香惹袖,久逾冽。①

过片数句,最为精警,且霸气侧漏,凌冽逼人。施议对《百年词通论》指出:"李氏治诗词,视野甚宽阔,造诣非同一般。……李氏填词,颇喜苏、辛及姜白石,所作清刚柔婉并饶深长意味。"②又沈轶刘《繁霜榭词札》指出:"《吊写生友人》云:'从今明镜不须愁,已把朱颜皓齿笔端留。'化悲痛为力量,深得'吊'字古意。作者深求内外之微旨,而不涉虚无,砥砺肝胆,妙契天心,迹其志故未竟也。"③两位学者都看到了李祁词"颇喜苏辛""砥砺肝胆"的特点,该特质在抗战时期表现得更加强烈,只消走进诗词,就能体会作品中"心系神州,抒发思乡情绪,爱国之忱,老而弥炽"④的独特品格。比如李祁《念奴娇》下片:"门外江水溅溅,分流到海,知有路多少。送得年前分梦去,依旧怨怀难扫。寄隐无山,埋忧无地,独向天涯老。待寻霜剑,夜深长伴吟啸。"又《满江红》下片:"陪俊赏,惭辞拙,乡思乱,愁难数。叹燕鸿过尽,都归何处。老大久抛沧海梦,倦怀懒整冰弦语。只相宜、江畔玩滩声,鱼龙舞。"⑤虽然走的也是苏辛豪放一脉,但李祁与卢前领导的"民族诗坛"词群,以及何香凝都完全不同,她更加内敛,将悲痛寄托在各类意象中,款款道出,遒劲有力,而又韵味无穷。总之,何香凝和李祁都是抗战时期以具体创作实践,积极倡导雄壮之风的优秀作家。他们是整个抗战词坛风向转变的先行者。

　　第二,部分著名作家开始放弃过去写作范式,出现转向雄壮之风的特殊现象。受建立文艺界抗日统一战线的政治影响,以及众多作家的示范引领,不少词人一改过去柔弱风格,开始"逸赋绮制,抒写情怀,其佳者,亦正能洗尽脂粉气,具苍遒高华之调也。"⑥陈家庆就是典型。刘梦芙《冷翠轩词话》对此有所揭示:"女词人之作大都妩媚缠绵,《碧湘阁集》则风格多变,或清丽秀

---

① 李祁:《李祁诗词集》,台北文艺书局影印本,1975 年。本节所引李祁诗词皆自此本,原版无页码。
② 施议对:《新声与绝响:施议对当代诗词论集》,武汉:华中师范大学出版社,2015 年,第169 页。
③ 沈轶刘:《繁霜榭词札》。刘梦芙编:《近现代词话丛编》,合肥:黄山书社,2009 年,第 212页。
④ 刘梦芙:《冷翠轩词话》。王翼奇等著,刘梦芙编:《当代诗词丛话》,合肥:黄山书社,2009年,第 498 页。
⑤ 李祁:《李祁诗词集》,台北文艺书局影印本,1975 年。本节所引李祁诗词皆自此本,原版无页码。
⑥ 蕙农:《谈近代闺秀诗》,《庸报》,1938 年 8 月 17 日,第 7 版。

逸,或壮浪幽奇,或沉雄慷慨,不主一体,各臻其妙。予所读仅数十阕,多为青年时代作品,丰神爽朗,胸襟澄澈,殊少凄凉幽咽之音,盖词人少年得意,遇合良缘,词境乃如朝霞朗月也。而当国难之时,词人英气勃发,热血奔涌,乃成激昂悲壮之章,匣剑龙吟,警顽起懦。如此才人,丹忱爱国,其行芳志洁,可想而知。"①对比两个时期的代表作品,风格差距会更加显著,请看以下二首:

解连环·依清真韵寄怀馥姊

芳情难托。自绿波春去,素心人邈。倩玉箫吹起冰魂,正思绕兰丛,步流蘅薄。水样韶华,怎禁得、几番离索? 对琼楼玉阙,懒共嫦娥,暗窃仙药。　　汀洲漫采杜若。怅所思不见,空忆天角。念谢娘、咏絮多才,看秀句瑶笺,几曾闲却? 满树繁英,喜犹似、旧时红萼。望今宵、暮帆远浦,潮生月落。②

蓦山溪

幽燕蓟冀,自昔多奇气。百二古雄关,看千载山河壮丽。龙楼凤阙,霄汉郁葱茏,天横翠。星呈瑞。好景浑难绘。　　尧封旧地。忍把从头记。偏坏好家居,恨纤儿无端自弃。范滂何在,慷慨忆登车,金瓯碎。铜仙泪。谁揽澄清辔?③

不难辨认出,前者传承了晚清以来的梦窗风,但去其晦涩,保留了典雅的底色。陈声聪论家庆词"仙肌玉骨,冰雪聪明,湘水楚云,芬芳兰芷"④云云,显然更指向其前期作品。后者音调高亢,视野开阔,气势雄浑,与东坡、稼轩较为接近。家庆有《论苏辛词》专文,文中虽是论苏辛,却也是认知其词的独特窗口:"坡词净洗铅华,不著罗绮;豪情发越,逸趣横生,海雨天风,咄咄逼人。有浩然之气,无做作之态,迥非《花间》、耆卿辈所能望其项背者也。至其清俊舒徐,婉约缜密,则又何让飞卿、端己。……稼轩则沉雄畅茂,痛快淋漓,有辙可寻,无语不俊。……一腔忠愤,无由发泄,故所作悲歌慷慨,抑郁无聊而又磊落孤高,能具英雄本色,遂于唐宋诸大家外,别树旗帜。"⑤若非浸淫多

---

①　刘梦芙:《冷翠轩词话》,王翼奇等著,刘梦芙编:《当代诗词丛话》,合肥:黄山书社,2009年,第498页。

②　徐英、陈家庆著,刘梦芙编校:《澄碧草堂集》,合肥:黄山书社,2012年,第165页。

③　徐英、陈家庆著,刘梦芙编校:《澄碧草堂集》,合肥:黄山书社,2012年,第213页。

④　陈声聪:《兼于阁诗话》,上海:上海古籍出版社,1985年,第254页。

⑤　陈家庆:《论苏辛词》,徐英、陈家庆著,刘梦芙编校:《澄碧草堂集》,合肥:黄山书社,2012年,第224页。

年,不可能对苏辛词有如此透彻的见解。研究文学至深处,自身创作自然难免受其影响,评苏辛之"不著罗绮""逸趣横生""清俊舒徐""悲歌慷慨"等语句用来概括陈家庆《碧湘阁词》也是比较贴切的。当然,所有评论家都没有其丈夫徐澄宇的点评有说服力,他说"梦窗饮水水云楼,漱玉疏香讵尔侔。乳燕新歌宫柳细,寒猿夜啸大江秋。难消块垒千重恨,乍减苔华一字愁。留取吟魂依岳麓,他年同向碧山游。"①徐澄宇明确指出,陈家庆不是梦窗风、易安体、纳兰词等一类的路数,但也没有明说是苏辛风格,然从"寒猿夜啸大江秋""难消块垒千重恨"一句,还是能够看出这一风格取向的。换言之,徐澄宇更倾向于认为陈家庆的词是在学步苏辛基础上自成一体的新风貌。回到论述起点,不管家庆词最后风貌如何,其风格转向豪雄的轨迹是十分清晰的。该现象在陈家庆的诗歌中表现的更明显,聊举一例,如《沪变集定盦句》:"寥落吾徒可奈何,侧身天地叹蹉跎。田横五百人安在,独倚东南涕泪多。"②

与陈家庆相似,出现转变的作家还有丁宁、王兰馨、徐蕴华、陈小翠等。丁宁(1902—1980),字怀枫,号还轩,扬州人,有《还轩词》。据作者交代:"自戊寅夏至壬辰秋,历时十五年,其间备经忧患及人事转变,成《怀枫集》一卷。"③伴随人生境遇挫折起伏的是丁宁诗词风格的转变,原本的悱恻缠绵中更多几分沉痛和坚韧。一如施蛰存所说:"昔谭复堂谓咸同兵燹,成就一蒋鹿潭,余亦以为抗日之战,成就一还轩矣。"④录《满江红》一首,堪为转变后的代表作:

满江红·甲申七月

> 匝地悲歌,叹此曲有谁堪和。莫认作雍门孤唱,楚湘凄些。白日昏昏魑魅喜,清谈娓娓家居破。问鲁戈,何日振灵威,骄阳挫。　　繁华梦,烟云过;鸥波乐,何时可。笑鹦雏腐鼠,也言江左。灶下金鱼难作脍,盘中紫芡偏成果。剩钟山一逻向人青,遮风火。⑤

丁宁此类作品还有如《念奴娇·题虞美人便面》:"拔山歌罢,剩悲风千载,尚流鸣咽。多少英雄家国恨,都付霜花轻决。梦里关河,樽前儿女,弹指音尘绝。阳城朝市,汉家何处陵阙。"又《凄凉犯》:"愁绝烟尘夜,铁骑惊嘶,怒虹

---

① 徐英,陈家庆著,刘梦芙编校:《澄碧草堂集》,合肥:黄山书社,2012年,第128页。
② 陈家庆:《沪变集定盦句》,《申报》本埠增刊,1932年7月19日,第1版。
③ 丁宁:《作者自序》,《还轩词》,合肥:黄山书社,2011年,第1页。
④ 施蛰存:《还轩词存初校跋》,丁宁:《还轩词》,合肥:安徽文艺出版社,1985年,第139页。
⑤ 丁宁:《还轩词》,合肥:黄山书社,2011年,第56页。

寒掣。"①相关作品还有不少,兹不赘述。再如王兰馨,上文谈及其《将离集》时,发现整部别集中都是关于个人情感的隐晦表达,几乎未谈及抗战。然仔细检索,才发现作者将关涉家国之作放到了诗歌中,且风格与词形成鲜明对比,如一九三二年《岁暮感怀》有一句"凄绝中宵哀咽啼,传闻胡马压边篱。过江名士新亭泪,出塞将军老杜诗。"②还有《登临》一首云"四方多难怯登临,一寸柔肠百虑侵。明月东来空好色,夜乌南渡尽哀音。胡氛焻赫邦家急,春日迟回草木深。我有龙泉古剑在,匣中夜夜作龙吟。"③语言刚健硬朗,有金石声,一扫词作妩媚之风。其他作家如徐蕴华、陈小翠等也在全面抗战时期,出现不同程度的风格演变情况,此处不一一展开。

　　第三,处在成长阶段的年轻作家,受到雄壮之风的影响,而表现出模仿学习的趋势。所谓成长阶段,难以具体到某一年,我们一般以抗战时期的在校学生,或彼时三十岁左右的作家作品为考察对象。比如宋亦英(1919—2005),安徽歙县人,有《宋亦英诗词选》。"七七"事变爆发时,她才十八岁。她的作品鲜明地打上了时代的印记,正如作者自述:"真正教我怎样写诗的,还应该说是那个风雨如磐的年代,那个群众觉悟了的呼声,那个伟大革命斗争汇合而成的滚滚洪流。"④先看宋亦英《喝火令·读〈宝刀歌〉怀秋瑾烈士》:

　　　　报国头颅贱,抛家生死轻。辞亲仗剑海东行。凄绝秋风秋雨,千载不堪听。　　长啸鬼神泣,磨刀天地惊。壮怀豪气郁龙吟。唤起愚蒙,唤起睡狮魂。唤起万千恩怨,竟夕不能平。⑤

将此篇章置于卢前《中兴鼓吹》中也丝毫没有违和感。读这类作品是不可以用"要眇宜修"之类的词体标准来审视的,它是抗战时代的产物,其价值更着重于政治宣传和社会功能。类似雄壮之作还有很多,比如《和韩止水先生元旦感怀诗》:"安危天下谁曾问,风雨楼头窃自忧。营窟愿违惭狡兔,谋生计拙类庸鸠。"⑥《话剧花木兰观后》:"画眉自惜双蛾翠,杀敌能轻百万军。不作尚书归去也,英雄儿女喜平分。""解道兴亡都有责,直教生女胜生男。美人

① 丁宁:《还轩词》,合肥:黄山书社,2011年,第85页。
② 王兰馨:《将离集》,徐燕婷、吴平编:《民国闺秀集》,上海:上海古籍出版社,2019年,第6册,第420页。
③ 王兰馨:《将离集》,徐燕婷、吴平编:《民国闺秀集》,上海:上海古籍出版社,2019年,第6册,第399页。
④ 宋亦英:《宋亦英诗词选》,合肥:安徽人民出版社,1983年,第216页。
⑤ 宋亦英:《宋亦英诗词选》,合肥:安徽人民出版社,1983年,第38页。
⑥ 宋亦英:《宋亦英诗词选》,合肥:安徽人民出版社,1983年,第8页。

如玉刀如雪,此际应惭袖手看。"①宋亦英《沪居有恨》小序云:"客居沦陷后的上海租界,目睹身受半封建半殖民地痛苦生活,自谓报国有心,其奈请缨无路。赋此自慰,亦以自嘲。"②其《谢秋娘·醉后作》将报国之心表露无遗,语言直率,气势夺人:

> 明月下,长啸动鱼龙。破碎江山休瞬目,悲欢往事水东流。记起酒杯中。　　多少恨,枕上泪痕新。肝胆因人翻买怨,恩仇未报尚为人。此恨几时平。③

从以上作品可以看出,宋亦英也颇有女侠风范,快意恩仇,直抒胸臆,令人动容。学者刘梦芙指出,"宋氏词豪爽而兼婉丽,无旧时女性作品常见之脂粉气、忸怩态,时代气息破浓,与其青年时投身革命、新中国成立后长期从政密切相关。"④对此,宋亦英在自己诗词选集中也有明确说明:"我正式写作诗词,约起于一九三四年,开始所写,只是些即景、抒情之类。但也表示了对黑暗社会的厌恶、憎恨。'一二·九'学生运动后,才写出了一些对国家民族前途的以忧,对反动政权仇恨的诗篇。……上海沦陷后,更感风景不殊,举目有山河之异。……只有在经历着无数次残酷斗争的较量,怀着对敌人的无比仇恨,和看到战士们爱惜武器以及缴获到敌人枪支时的喜悦情景,才能体会到'枪杆子里面出政权'的重要性,才能写得出来。"⑤显然,成长于抗战时期的宋亦英确实是受到了时代风云的影响,其诗词偏向雄壮之风也是最好的证明。

与宋亦英有相似创作经历的年轻作家还有吕小薇(1915—2007)、张珍怀(1917—2005)、张纫诗(1911—1972)⑥、冯影仙(1917—?)⑦、茅于美(1920—1998)等,都在抗战时期写过不少慷慨悲壮一类的诗词作品。比如吕小薇,全面抗战爆发时才二十二岁,期间流寓江西,有《竹村韵语剩稿》。

---

① 宋亦英:《宋亦英诗词选》,合肥:安徽人民出版社,1983 年,第 9—10 页。
② 宋亦英:《宋亦英诗词选》,合肥:安徽人民出版社,1983 年,第 17 页。
③ 宋亦英:《宋亦英诗词选》,合肥:安徽人民出版社,1983 年,第 16 页。
④ 刘梦芙:《冷翠轩词话》,王翼奇等著,刘梦芙编:《当代诗词丛话》,合肥:黄山书社,2009 年,第 504 页。
⑤ 宋亦英:《宋亦英诗词选》,合肥:安徽人民出版社,1983 年,第 220 页。
⑥ 张纫诗(1911—1972),小名宜,又名换转,南海市人,有《文象庐诗》《仪端馆词》《张纫诗文集》。
⑦ 冯影仙(1917—?)广东顺德人,曾为香港丽泽中学教员兼训育主任,海声词社社员,有《美椿楼诗词稿》。

小薇词总体上来说,"小令得东山之神,而慢词则直摩梅溪之垒。"①然抗战时期却有不少刚健之作,比如作于一九三四年的《菩萨蛮》:"劝君休问今何夕。潮痕早没沙滩血。残垒在西边。哀鸦绕暮烟。　　霓虹灯似雾。歌媚'毛毛雨'。谁唱大刀环。长城山外山。"词后小注解释:"时指认淞沪抗战遗迹,国事苍茫,共起唏嘘".② 此期作品波澜壮阔,语言刚健有力,意象使用浓墨重彩,与小薇后期风格定型之作还是有些区别的,很容易辨认出有追步苏辛的痕迹。再看张纫诗《木兰花慢·读朱子范〈抗战史诗〉六十首》和冯影仙《念奴娇·读文天祥〈正气歌〉》两词:

木兰花慢

是新亭涕泪,染双袖、未曾干。任陵下蟠龙,城头踞虎,终换江山。春残。乱花逝水,到天涯、一样有人间。风卷云沉绝塞,碧芜前路漫漫。

悲叹。回首失秦关。望不见长安。问十年锋镝,兰成赋草,多少辛酸。生还。旧灯未暖,又惊心尘鹿走中原。太息无情日月,至今重照刀环。

念奴娇

浩然英气,塞苍茫大地,能吞胡羯。何限孤臣悲壮史,展卷教人凄咽。骂贼常山,渡江祖逖,肝胆皆如铁。高歌慷慨,唾壶应已敲裂。

缅想信国当初,从容就义,拼洒苌弘血。遗恨崖门沉玉玺,帝子随波澌灭。留取丹心,汗青长照,清操同冰雪。悠悠千古,永怀畴昔忠烈。

两词所读作品确实不同,但所抒情感是一致的。且丝毫没有闺阁之气,浑然天成,气势壮阔,"颇得鹿谭神韵,足可平睨须眉"③。

基于以上几个层面的特征,在全面抗战时期,整个**诗词领域确实出现一批具有雄壮风格的作品,形成了新的文学气象。但是,**如何学理性地判定该风气的规模及具体成就,仍然需要我们摆出确切数据。过去,我们往往通过诗词选,或具有群体流派的作品集为标志。然民国时期,文学传播的主流载体已经变成了报刊,不妨以《词学季刊》的"现代女性词录"为研究对象,该词

---

① 熊盛元:《师门学词散记》,刘梦芙编:《二十世纪中华词选》,合肥:黄山书社,2008 年,下册,第 1775 页。
② 刘梦芙编:《二十世纪中华词选》,合肥:黄山书社,2008 年,下册,第 1772 页。
③ 刘梦芙:《冷翠轩词话》,王翼奇等著,刘梦芙编:《当代诗词丛话》,合肥:黄山书社,2009 年,第 502 页。

录发表了 1933 至 1937 年间的 158 首作品，涉及 24 位女性词人，十分具有代表性。宏观审视百余首文本，其整体风貌确实与过去以清秀艳丽的闺秀词有较大反差，出现了更多的豪放之作。这一特质在前文第三章中已经有过简单介绍，尤其是徐小淑的作品，堪称稼轩风的现代回响。其他人的作品也有相似风貌，换言之，稼轩风已经成为"现代女性词"新的创作方向。（以下文本若未特殊标注，皆选自《词学季刊》之"现代女性词录"专栏）比如刘敏思的《金缕曲·归国有感》：

> 故国依然否，览江山，年时金粉，不堪回首。生不逢辰天方蹶，又值箕张有口。看起陆、龙蛇蜚走。阳战阴凝天地闭，慨民生此际同刍狗。谁分辨，苗和莠？　摩挲铜狄悲阳九。阅沧桑、团栾无恙，几家能有？大纛高牙人争羡，吾意毋为牛后。弹指顷、炎隆非旧。三径宁无干净土，赋归来记彼柴桑叟。松与竹，岁寒友。①

清代顾贞观与吴兆骞的《金缕曲》唱和一直被文坛传为佳话。刘敏思《金缕曲》与其有神似之处，然情感烈度有过之而无不及。"慨民生此际同刍狗"句，非普通人能道。该词视角多变，大开大合，悲呼愤慨，得稼轩之雄壮，而毫无粗率之弊。再如程倩薇《扬州慢·闻平津警报》：

> 金寸山河，铁围瓯脱，从教虏骑凭陵。问貔貅坐拥，甚面目谈兵。叹神州，微茫禹迹，膻腥染遍，谁误苍生。悄危阑闲凭，愁闻哀角秋声。
> 杞忧莫诉，便痴顽，也自心惊。怅虎豹当关，荆榛塞路，难请长缨。抚剑雄心犹在，浇清醑，块垒宁平。更伤情长望，龙沙凄黯征尘。②

类似雄壮之作在"现代女子词录"中还有很多，比如翟兆复《小重山》："家国两悽惶。高堂生白发，结中肠。羞看珠泪灿寒光，儿女态，负我志轩昂。"③汤国梨《贺新郎·为孙象枢题吴越王画象》："王气兴吴越，莽神州龙蛇遍野，几多豪杰。孤注危城争割据，宁使苍生喋血。"④相关作品较多，不一一罗列。需要强调的是，《词学季刊》的"现代女子词录"堪称是当时整个女性词坛的

---

① 刘敏思：《金缕曲·归国有感》，《词学季刊》，1935 年，第二卷第三号，第 180 页。
② 程倩薇：《扬州慢·闻平津警报》，《词学季刊》，1936 年，第三卷第一号，第 167 页。
③ 翟兆复：《小重山》，《词学季刊》，1936 年，第三卷第一号，第 167 页。
④ 汤国梨：《贺新郎·为孙象枢题吴越王画象》，《词学季刊》，1933 年，第一卷第二号，第 189 页。

独特窗口,其整体词作的基本风格,也代表了整个女性词坛的基本走向。

综上所述,抗战时期的女性诗词风格既有对古代闺阁文学传统的传承,也有抗日战争背景下的新变。传承方面主要是女性诗词普遍具有的清婉悱恻特征,其优点是笔法细腻,过渡自然,情感灵动,韵味无穷;其不足是词境稍有褊狭,词风有千篇一律的雷同感,个性不够突出。新变方面主要有两点,一是雅正沉郁之风的建构。以沈祖棻、吕碧城、张珍怀、叶嘉莹等为代表,他们皆出自名门,词学门径上渊源有自,遵守词体规范,坚守词体当行本色,充分吸收晚清梦窗风的优点,但又摒弃其晦涩难懂的不足。同时,他们拥有士大夫"忧国忧民"及"天下兴亡,匹夫有责"的精神传统,积极关心国家大事,将时事内容融入词中,最终建构起雅正沉郁的新风貌,该风貌既是对晚清梦窗风的修正,是适应抗战新形势的文体坚守。新变另一点是雄壮之风的兴起。基于组建文化界抗日统一战线的现实需求,旧体诗词被用来积极宣传抗战。女性诗词领域也兴起不让须眉的雄壮之风,该风气的形成首先由何香凝、陈家庆等人倡导,继而在《词学季刊》的"现代女子词录"中逐步铺开,产生了较大影响,使得处在成长阶段的年轻作家如宋亦英、吕小薇、张珍怀、张纫诗、冯影仙、茅于美等,都有意识地创作同类风格作品,在整个诗词界产生较大反响。

本章小结:受女权运动影响,女性作家的自主意识进一步觉醒,使得抗战时期的女性诗词在继承古代闺阁文学传统特点基础上,突破了以往女性作家活动空间狭窄、境界格局不够开阔、语句带有脂粉气的多重困境,逐步摆脱过去男性文人所建构的审美标准,积极探索与时代紧密呼应的创作新路径。**基于创作观念的革新,此期女性诗词在情感内容和艺术风格方面都出现比较大的转变。就内容来说:**从叙述视角看,表现为从闺阁生活转向社会时事的大趋势。从情感指向看,呈现出由个人情感转向家国情感的发展态势。具体有三个层面:首先,女性诗词成为透视抗战背景下市民生活的独特窗口。在家庭中,大多数女性都承担着繁重的家务,因而她们对底层人民生活细节有着更细致的观照和感知。其次,批判讽刺功能的凸显。女性作家关注社会时事的同时,试图通过诗词干预政治,为社会不平之事而发声。从对国民政府割让东北以求苟安政策的当头棒喝,到对卖国求荣之徒的辛辣讽刺,再对平息国共内战的呼吁。女性诗词的社会功能越来越强,呈现出的情感格局越来越开阔。第三,异域风光下的家国之思。此类作品构成了另一个观照中国诗词价值及影响的切入点。总之,抗战时期女性诗词确实摆脱了"咏絮唵柳""香闺锦字"的束缚,建构起视野更大、格局更高、情感更深的文学场域。**就风格来说,也有两个层面**:一是雅正沉郁之风的建构。以沈祖棻、吕碧城、张珍怀、叶嘉莹等为代表,他们皆出自名门,词学门径上渊源有自,遵守词体规范,坚守词体当行本色,充分吸收晚清梦窗风的优点,但又摒弃其晦涩难懂的不足。同时,他们拥有士大夫"忧国忧民"及"天下兴亡,匹夫有责"的精神传统,积极关心国家大事,将时事内容融入词中,最终建构起雅正沉郁的新风貌,该风貌是对晚清梦窗风的修正,也是适应抗战新形势的文体坚守。二是雄壮之风的兴起。基于组建文化界抗日统一战线的现实需求,旧体诗词被用来积极宣传抗战。女性诗词领域也兴起不让须眉的雄壮之风,该风气的形成首先由何香凝、陈家庆等人倡导,继而在《词学季刊》的"现代女子词录"中逐步铺开,产生了较大影响,使得处在成长阶段的年轻作家如宋亦英、吕小薇、张珍怀、张纫诗、冯影仙、茅于美等,都有意识的创作同类风格作品,在整个诗词界产生较大反响。

第七章　名家经典的写作特色及其词坛影响

在常规的断代词史研究中,作家地位的确立大都是通过其一生创作成就来综合判断。而抗战词坛研究只截取十四年时间单独考量,其长度几乎不能覆盖任何一位作家。因此,本章所指的名家经典仅仅是词人抗战时期创作水平的反映。词坛名家地位的确立一般围绕词史价值、词艺水平、词坛影响等几个维度,然三者之间比重分配又随时代而调整变化。抗战时期,词体社会功能(词史价值与词坛影响)被无限抬高,艺术追求相对降低。卢前《中兴鼓吹》将前线英雄事迹缀为长歌,声调铿锵,令人热血沸腾,成为战区难得的畅销词集,影响深远。他使词突破"艳科小道",与诗共同承担起宣传抗战的历史使命,尊体意义重大。尽管艺术造诣还有不足,然两大突出贡献,足以占据抗战词坛首席。学人词代表刘永济和"词人之词"典范吴眉孙,分别引领词坛两大群体的创作方向。前者驱使学识入词,典博厚重,言语老辣,坚守声律本色,艺术成就颇高;后者语言较为浅近,强调音韵谐和,注重一己情怀的宣泄,个性十足,评论时政犀利大胆,又不似"以诗为词"者那般粗率。三人各自占据不同领域的制高点,成就卓著,凭借他们批判社会丑相和揭露政治腐败的共性,誉为"抗战词坛三驾马车",乃实至名归。

第一节　卢前《中兴鼓吹》与"以诗为词"的传承发展

词史演进与尊体意识之间大体成正比例关系,尊体越强,"史"的价值越高,反之易流于艳科小道。卢前推崇苏辛固然是欣赏其慷慨悲壮的风格,而更根本的原因是对词体地位、意义、功能的全面认同。所以,"诗词一体"是卢前及其追随者的基本共识,"以诗为词""以词言志"是他们的表达手段。

一、卢前《中兴鼓吹》的词史价值

受曲学成就的遮蔽,或政治因素的影响①,卢前这样一位词作大家已经逐渐淡出人们视野,学界对其词体创作理论的革新意识和《中兴鼓吹》的价值估量得远远不够。②《中兴鼓吹》是贯穿十四年抗战,通过描写战争时事、歌颂民族英雄以达开拓新词境的独特词集。卢前“以新材料入旧格律,用旧技巧写出新意境”的创作思想,使词承担起发扬民族精神,激起抗战情绪这一时代使命。不论从思想内容,还是艺术价值,《中兴鼓吹》都堪称是民国旧体诗坛的扛鼎之作。

(一) 卢前词体意识

卢前(1905—1951),原名正绅,字冀野,号饮虹,江苏南京人。以擅作散曲名闻天下。著有《饮虹五种》《中兴鼓吹》等。其实,卢前之词亦很有特色,在抗战时期,用题语、诗词话、专著等形式引誉《中兴鼓吹》者,前后达 30 余家,足见其词名之盛。

《中兴鼓吹》是抗战时期唯一一部词集畅销书③,其版本众多。下表所列诸本大体可分两类:一类是选本,如黄氏茹古堂、贵阳文通书局、永安建国出版社等,少有新作,所选词多关乎抗战时事。另一类是逐年累积型词集,即自 1931 年以来,不断有新内容增入。以时间为序,分别是国闻周报、独立本、丛刊本、南京本。其中,丛刊本在增入新作的同时,删去部分独立本内容,以至数量减少。就传播接受角度看,独立本、丛刊本流行广,影响大。就收词完整度来说,抗战后的南京版最好最全,下文所引词作皆自此本(收入《卢前诗词曲选》中华书局 2006 年版)。

	时间	卷/首	序	备注
国闻周报	1937	不分卷 39 首	无	第 14 卷第 5 期
独立出版社 简称独立本	1938	三卷 119 首	陈立夫	1942 年再版
民族诗坛丛刊 简称丛刊本	1939	二卷 107 首	陈立夫	文中有汪辟疆、林庚白、唐圭璋等点评

---

① 朱禧:《卢冀野评传》,南京:江苏古籍出版社,1994 年,第 65—69 页。

② 马大勇、陈秋丽:《曲名遮蔽下的词坛名家:吴梅、卢前词合论》,《苏州大学学报》,2013 年第 5 期。

③ 卢前《中兴鼓吹亭记》:“〈中兴鼓吹〉西南诸省流布至十数万册”。《冀野选集》,上海:中国文化服务社,1947 年,第 9 页。

	时间	卷/首	序	备注
黄氏茹古堂	1940	二卷 61 首	无	按词调排序
贵阳文通书局	1942	二卷 24 首	无	任中敏选,首有任中敏评语,按词调排序
永安建国出版	1943	不分卷 53 首	卢前序	
南京版	1948?	四卷 206 首	无	张敬、郭沫若、锦公等评语

注:除此之外,还有四种版本,分别是由陆华柏、萧雨化作曲的《中兴鼓吹歌谱》,任中敏选汉民中学战时教材,沈子善教授选作行书范本《中兴鼓吹帖》,以及 1944 年开明书店英译本。

　　1937 至 1945 年间,《中兴鼓吹》几乎每年一版,作为旧体文学的词却能在新文学主导的文坛上博得读者的如此青睐,这本身就展现出旧体诗词的独特魅力,也意味着旧体诗词并不像某些人所说的已经退出文坛,它依然有着旺盛的生命力。当然,这与卢前词学观念密切相关。

　　其观念一言以蔽之曰:改革词体,书写时代。清代以前,词往往被冠以"小道""末技",大作手多不为也。至清初陈维崧、朱彝尊辈登上词坛,尊体意识才有较大改变。陈维崧《今词选序》大谈词体"存经存史"的历史价值。朱彝尊《陈纬云〈红盐词〉序》云:"词虽小技,昔之通儒巨公往往为之,盖有诗所难言者,委曲倚之于声,其辞愈微而其旨益远,善言词者,假闺房儿女之言,通于《离骚》变雅之义。"①二人都将词视为堪比经史骚赋之文体,更有阳羡词派、浙西词派大倡其道,词坛创作陡然繁荣,足以上追两宋,为词史发展之重大转折点。然若具体到词体社会功能层面,清初词坛虽有进步,却仍未摆脱窠臼,且无法与诗文同日而语。嘉道时期,张惠言以"寄托说"开常州词派,成为清代后期影响最大的词学流派。寄托理论的根本实质是抬高词体社会功能,所谓"《诗》之比兴,变风之义,骚人之歌,则近之矣"②。晚清民国时期,外有强敌虎视眈眈,内则政府腐败,人民起义频发,本应该是词体大力发扬社会功能之最好契机,却因王鹏运、况周颐、郑文焯、朱祖谋等追求声律,大力倡导梦窗,导致词体回归传统,失去良机,无法像其他文体一般,各自掀起"诗界革命""小说界革命"及"文界革命"。民国初期,梦窗风之流衍较之晚清有过之而无不及。随着"九·一八"事变的爆发,以及新一代年轻词人登上文坛,才逐步掀起了对梦窗流弊的系统清算。其改革先锋正是卢

①　朱彝尊:《曝书亭集》卷四十,《清代诗文集汇编》,上海:上海古籍出版社,2010 年,第 116 册,第 331 页。

②　张惠言:《词选序》,唐圭璋:《词话丛编》,北京:中华书局,1986 年,第 1617 页。

前、龙榆生、吴眉孙、张尔田、汪东、沈祖棻、唐圭璋等人。

卢前改革词坛之重要思想就是再次抬高词体社会功能,让词承担起吟咏时代、批判讽谏的历史使命。提出该论点并非凭空想象,而是建立在科学研究基础之上,他在《词曲研究》专著中,对词的起源创始、音乐属性、格律雅化、词人创作、词史演变等有深入的探究,又在《"词"是怎样发生和发展的》论文中认为北宋词之宏大的根本原因是"能保守,能创作,能革命,能集成……南宋之所谓'精'是以词的文章去依附词乐,除了'自变腔'稍有些创作的意味外,余则斩丧天趣,远不如北宋"。而当下的"王(王鹏运)、况(况周颐)之词,上袭乎南渡,尽声律藻辩之工,可以为词之结束矣。"[1]他在《因袭与开辟》中再次强调:"窃以为清社既屋,在政治上结束五千年之帝制,举一切之习俗、风俗、制度、艺术、文学罔不随之而结束。言建国者,无忘今日正一开辟之大时代也! 吾人对于今日文学上开辟亦必有其理想。"(《民族诗坛》第一卷第四辑)面对前古未有之抗日战争,如何创作新时代优秀之诗词,作者提出了几大标准:"一、时代精神必反映于诗歌中,则诗歌永存,此时代亦永存。二、发挥诗歌之用,应充实其内容,取为宣传之具,然后始有生命。三、基于以上观点,诗人应使读者易于了解其作品,含义不可过于晦涩。"[2]基于此,卢前一方面自己身体力行,以《中兴鼓吹》践行所倡理论;另一方面,他借助执掌《民族诗坛》杂志的机会,明确刊登之条件,即"(一)非豪壮之词,不录。(二)应酬之词,不录。(三)艰涩而不足感人之词,不录。"(《民族诗坛》第三卷第一辑)必须看到,卢前倡导抬高词体社会功能的意义堪称为晚来的"词界革命"。

为了进一步落实改革词体、书写时代的创作理念,卢前最终决定以推崇苏辛转移一代风会。他在《民族诗歌论集》之"词体之兴盛"一节明言:"这几年我们正提倡苏辛体,主张以词体来歌咏民族精神,合乎时代需要。"[3]主编《民族诗坛》时,在《编余琐识》中又多次强调"原旨在提倡'苏辛'一派,专取慷慨激昂之作,以与此大时代相辉映,但获有佳构,能激励民气,虽不尽同苏辛词风,亦所必录。"[4]"今日所收到词稿,仍多歌咏风月者,与本刊旨趣不合,往往割爱。自兹以往,盼多以雄壮亢爽之音,写此伟大时代,不独本刊之幸

---

① 卢前:《"词"是怎样发生和发展的》,傅东华编:《文学百题》,上海:上海书店出版社,1935年,第356页。
② 卢前:《于右任先生及其诗》,《民族诗坛》,1938年,第1卷,第2辑。
③ 卢前:《卢前文史论稿》,北京:中华书局,2016年,第278页。
④ 参见《民族诗坛》,1939年,第3卷,第3辑。

已也。"①之所以推崇苏辛,从外部来看,有两个因素:一是前辈于右任的影响。于右任曾明确表明其文学态度是"甜酸戏耳,苏辛为友,李杜吾师!"②受其引导,卢前在选编《民族诗坛》和《中华乐府》时,有意识地倡导苏辛审美风尚。二是彼时词史发展的需要。龙榆生给《中兴鼓吹》作序时谈到:"治世之音安以乐,乱世之音怨以怒,亡国之音哀以思,於斯三者何居,愿以质诸冀野,襄与冀野共事暨南,值淞沪战后,外侮日亟,国势阽危,思以激扬蹈厉之音振聋聩,期挽颓波於万一,乃相与鼓吹苏辛词派,以为生丁衰乱之秋,不见怨悱之言。"③换言之,推崇苏辛词风,是对彼时词坛"乱世之音""亡国之音"的拨乱反正,尤其是对严守四声、追求音韵格律等不良风气的批判和修正。从内部看,也有两个要素:一是卢前对苏辛词有利于畅然抒情的认同。他在《诗及诗趣》中说:"我从小爱读辛稼轩的词。这一位稼翁已是老矣廉颇况在破家亡国的当儿,人人怨苦,他地却振臂疾呼,吟他的哀歌,……那时候读了,不自主地喊著跳起来。文学的种子原藏在苦闷里,一旦倾山倒海而出,其势便不可止……这便是悲壮的诗情,这便是辛稼轩式的诗句。"④辛弃疾词给卢前最大的触动是"悲壮的诗情",自晚清以来,人们往往关注词体外在形式,而一定程度上忽视了对词体抒情性的重视,辛弃疾词在畅快抒情层面确实有其优势。二是卢前对苏辛词批判功能的肯定。他在《柴室小品》谈及洪汝闿《勺庐词》时说道:"蔡先生称:'是编独以稼轩笔法写之,极嬉笑怒骂之能事,机抒与平时迥异。'在我看来,《喘月吟》是一部以词作论的书,是前人所未有的道路。"⑤这里"以词作论"的本质其实是传承稼轩"以文为词"的手法。学界将柳永、苏轼、辛弃疾三人词艺特质分别概括为以赋为词、以诗为词、以文为词。后两种都特别重视词境及批判功能的开拓。《中兴鼓吹》正是以上词学观念的创作实践。

(二)《中兴鼓吹》词境的开拓

"词史"标准的首要条件就是要求词人跳出个人狭小空间,将目光投向社会,用词反映重大历史事件,也即所谓的"拈大题目,出大意义"。逢此前所未有之变的抗日战争,给予卢前开拓词境的绝佳契机。他以如椽巨笔大书特书战争时事,鼓吹抗战。《满江红·送往古北口者》发长城抗战先声:

---

①　见《编余琐识》,《民族诗坛》1939 年,第 3 卷,第 4 辑。

②　卢前:《战时文坛的领导者——迎于右任先生》,《中央日报》,1946 年 5 月 10 日《泱泱》第 105 期。

③　龙榆生著,张晖主编:《龙榆生全集》,上海:上海古籍出版社,2015 年,第 9 册,第 38 页。

④　卢前:《诗及诗趣》,《中学生》,1930 年第 1 期。

⑤　卢前:《柴室小品·丙集》,台北:酿出版社,2011 年,第 83 页。

如此乾坤,当慷慨、悲歌以死。君不见、胡尘满目,残山剩水。万里投荒关塞黑,几家子弟挥戈起。问江淮、若个是男儿,无余子。　　且按剑,从新誓。岂肯洒,英雄泪。纵天真亡我,死而已矣。叱咤风云惊四海,凭君一洗弥天耻。细思量、三十九年前,伤心事。(甲午年去今且四十年矣)

1933 年 3 月,日军进一步推动侵华计划,在长城沿线发起战争。此词是送给即将上前线的友人。[①] "如此乾坤,当慷慨悲歌以死" "叱咤风云惊四海,凭君一洗弥天耻"的悲壮亦不弱于"风萧萧兮易水寒,壮士一去兮不复还" "生当作人杰,死亦为鬼雄"等经典名句。"神肖龙洲"[②] "声情俱壮"[③]等评语已不足以展现此词之个性,这是人民大众集体的呼唤,是抗战时代的慷慨悲歌。

如果一首慷慨悲歌就已经使人心血澎湃,那么二重奏,乃至多重奏的悲歌又是怎样的壮观? 如《点绛唇·闻绥警,书愤》:"慷慨而前,壮气吞雄虎。堂堂去。吾何惧汝。藐尔穿墙鼠。"《减字木兰花·今从军乐》:"江河之势。谁了当前天下事。揽辔澄清。却向沙场万里行。堂堂七尺。悄立营门人未识。慷慨从戎。剑气飞腾贯白虹。"读卢前这类词是不必细细品其韵味的,胸中自然升起一股慷慨豪情,这股豪情激励着人们拿起武器,为了国家前途的命运,为了民族的生存,奋勇反抗。

类似反映抗战大小事件的"词史"之作还有很多,如《浣溪沙·一月二十九日》《浣溪沙·三月三日》记载"一·二八"事变始末,《点绛唇·招西北之魂》《点绛唇·百灵庙既收复,更招东北之魂》涉及不常关注的内蒙古西部抗战时事。全面抗战爆发后,特写"七七"事变的《水调歌头·七月八日得宛平之警》,记录"八·一三"事变的《浣溪沙·八月十三日敌复犯我上海》,庆祝平型关大捷的《满江红·平型关大捷》,描写台儿庄战役的《菩萨蛮·徐州北望》,至相持阶段湘桂之战《丑奴儿·闻湘北大捷,喜而不寐》……只要是重大的抗战事件几乎都成为卢前笔下素材。在兵荒马乱的年代,他还如此迫不及待的关心抗战前线的一举一动。用词这一文体如此密集的书写战争时事,宣扬民族正气,鼓吹积极抗战,使人热血沸腾、英勇抗争。这些"拈大题

---

①　卢前《我是怎样写中兴鼓吹的?》:"有一位朋友是现役的旅长,愤於国事,弃职跑到古北口去抗御敌人,过汴告别。有一晚,我正在酒后即席写了一首满江红送她,这便是中兴鼓吹的开始。"《中兴鼓吹抄》,永安:建国出版社,1943 年,第 3 页。

②　卢前:《中兴鼓吹》(民族诗坛丛刊本),重庆:独立出版社,1939 年,第 2 页。

③　任中敏:《中兴鼓吹选》,贵阳:文通书局,1942 年,第 2 页。

目"的词作足以标明他是抗战词史,乃至千年词史上的这一个。

卢前词境开拓的另一特征是对民族英雄的歌颂。抗战"时代是一个英雄的时代,文艺上也应是一个英雄的时代"!① 前者是用生命穿梭在硝烟炮火间的真英雄;后者是文学作品中讴歌赞美的英雄榜样,它承载着民族精神的宣传使命,这也正是战争年代文学的价值所在。先读《满江红·九月七日阎海文死事》:

> 蔽日拿云,君不见、中华飞将。冒九死、一身当敌,扶摇直上。俯视山河皆我有,万年坚壁旌旗壮。是自家、卧榻那容人,眠酣畅。阎典史,留榜样。阎烈士,真好汉。看两阎忠勇,后先相望。报国志酬身可死,健儿岂饮仇雠弹。写千秋、炯炯寸心丹,高声唱。

1937 年 8 月 17 日,阎海文架机轰炸日军时被高射炮击中,跳伞后落入敌营,用自带手枪击毙五名日军后不甘俘虏而自杀。"是自家卧榻,那容人眠酣畅"喊出了千万中国人的心声。我们悲慨之时,应该为他们的壮举"写千秋,高声唱"。

《中兴鼓吹》简直就是一部抗战英雄谱。这里有歌颂"白山黑水,我欲呼之起"的东北军魂;在卢沟桥上,有"卷地风沙刀过处,残敌头颅飞雨。……男儿死必如许"的将军赵登禹、佟麟阁(《百字令·吊赵登禹将军》);"飞来飞往尽天神"的空间战士任云阁、梁鸿云(《浣溪沙·黄浦江上空军之战》);"自由出没云霄转,敌机来,一见胆心寒,回头窜"的空军三勇士刘粹刚、高志航、乐以琴(《满江红·空间三勇士》);有"采玉章须凭血染,军人魂尚在腰悬"的愿君(《浣溪沙·愿君》);严湾旁,"炮火里,守天黑。潮水涨,前窥测",终于炸掉敌人浮桥的赵建奎、左崑之(《满江红·十月五日左崑之建破桥之功》);"下清丰""建奇功"的白首丁树本(《乌夜啼·丁树本率民团克清丰》);"独为渡河编筏,救伤抚病躬亲"的齐学启少将(《朝中措·齐学启……》)。还有"以牺牲的决心……奋斗到底",阻敌六次进攻,杀敌无数。"众口诵,征倭喜。望闸北,儿童泣""万国衣冠都下拜"(指英国军人感动而主动援助)的谢晋元、杨瑞符等守闸北八百壮士(《满江红·谢晋元团附杨瑞符营长共死守闸北据点者八百士》)。除了令人敬佩的军人,还有热爱祖国,为抗战尽心尽力的普通人士。如《满江红·闻张仲老倡老子军抗倭议》中的老翁张一麐,倡议六十岁以上老人组建"常备队",虽未成功,其勇气值得敬佩。《乌夜

---

① 蓝海:《中国抗战文艺史》,济南:山东文艺出版社,1984 年,第 3 页。

啼·上海陷,工人杨剑萍之死》叙述在大厦上修霓虹灯的杨剑萍"只为羞看骄虏过江滨",而以死殉国。从南北宋、明清之际,至今天的抗战词坛,用词如此集中的歌颂民族英雄还是少见的。其实,英雄就生活在我们身边,如果不去颂扬,不去追捧,他们的事迹将被历史残酷封存,他们的付出也得不到应有的回报,其精神更得不到广泛的宣扬,全国人民的抗战热情就得不到最大限度的激发。因此,卢前《中兴鼓吹》在这些方面的贡献无疑是巨大的,堪称英雄词史。

(三)削弱格律束缚,鼓荡稼轩雄风

若想达到"词史"的高度,仅有词境方面的开拓是不够的。还需娴熟的技巧"擅写时事",并与时代相符能激起强烈反响的词作风格。卢前创作《中兴鼓吹》是有野心的,他想借这部词集改革词体,扫除当下词坛惟四声格律马首是瞻,用典晦涩,而轻视词人情感抒发的不良风气。卢前回忆:"九·一八"事变时,本应是悲愤至脱口而出的词作,在著名词人邵瑞彭、蔡嵩云这里变成"依四声,次韵,甚至和原题,苦心焦虑,十日半月作成一两首,心里要说的话,因为种种限制,不能畅所欲言"。[①] 如果我们在下笔前,斤斤于平仄四声,反复的思考如何沉郁顿挫,又斟酌与众不同,怎样形成独特个性,反而会使一腔热情不得畅快倾泻。因此,要想准确评估《中兴鼓吹》的词史价值,还需从削弱格律束缚和变革词风两方面综合考量。

真诚是卢前改革创新的内核,也是他"至性至情"文学观的外化。对于词,他"只是赤裸裸地、真心的、诚意的写下来而已"。这种真诚的表现之一就是削弱格律束缚,"舍弃以往诗人晦涩、居奇、鄙陋、享受诸旧习"[②],建立晓畅通达、平易近人的语言风格。这方面,卢前受新文学影响较大,继承胡适白话诗理念,将现代人的口语和词类写入词中,以求与时俱进。先看《西江月·喜收复通县》《鹊踏枝·三十三年十一月十五夜书》二首:

> 久矣不知日月,今朝重睹青天。悬知欢跃我军前。高举国旗一面。争说睡狮醒了,金瓯残缺将全。吼声震动白山间。收泪出关相见。

> 伐桂为薪还折柳。曾几何时,斧落他人手。为问吴刚今在否。昂头欲向天追究。 莫道清辉如白昼。雁过衡阳,一去千回首。只怕乌云遮蔽又。恼人最是三更后。

---

① 卢前:《中兴鼓吹抄》,永安:建国出版社,1943年,第3页。
② 卢前:《卢前文史论稿》,北京:中华书局,2006年,第281页。

既要考虑大众阅读接受能力，又要将民族精神、时代精神融入词中，还要保有词体独有的韵味，"使他上不似诗，下不似曲……成为'民国之词'，的确不是容易的事"。而"重睹青天""国旗一面""睡狮醒了"这样语句是既简单明了，又充满爱国热情。《鹊踏枝》虽用吴刚、回雁峰、乌云遮蔽等多个典故，以暗喻衡阳兵败陷落，但并未造成阅读的障碍，将典故化于无形。用典已是如此，更何况《中兴鼓吹》中的大量词作是不用典故的。在民国词史上如此运用白话的也只有胡适、曾今可、顾随等人。如果说位列民国四大词人的顾随词是"非古亦非今"①的话，那么卢前词的特点就是立足当下，创造属于这抗战时代独有的"民国之词"。《南乡子·题蒯秀君手册》是"旧瓶装新酒"的成功案例：

> 奇侠当年亦艳妆。零脂残粉未能芳。桃花马上秦良玉，杨柳桥边聂隐娘。　刀脱鞘，剑生光。天人不数状头黄。秀君若问今何日，儿女风云正出场。

如果将此词置于工农群众爱看的通俗小说中，是不会造成任何字句、典故等阅读障碍的，整首词很有武侠小说的味道，而这正是文学界吵得沸沸扬扬的"利用旧形式"的佳作。《中兴鼓吹》的可贵之处不仅是语言浅显易懂，还于朴素字词间锻炼名句。如：

> "各抱忠贞骨，先从冷处香。"《南歌子》（岭上梅千树）
> "冷却故山眼，湖水夕阳钟。"《水调歌头·杨仲子六十，再用香宋韵》
> "十年尝遍江湖味，纵使无鱼也可餐。"《鹧鸪天·村居作》
> "前头才有青青意，转眼顿成袅袅丝。"《鹧鸪天·罗小梅寄梅子也》
> "人间恨事古今同。情知落墨处，泪与一般浓。"《临江仙·方密之江天晓雾图》

押韵方面，卢前一开始使用《词林正韵》，待其参与编纂的《中华新韵》出版后，他极力推崇用新韵，认为现代人就应该用现代的口语去叶韵，不必墨守陈规。翻检整部《中兴鼓吹》，很少用古韵的词作，且基本不用险韵、涩韵。

---

① 马大勇：《"我词非古亦非今"：论顾随词》，《文学评论》，2015 年，第 3 期。

陈匪石赞其"宁朴毋华,井水能歌,老妪能解"①,这是词集得以广为传诵的重要因素。

语言、用典、押韵等方面的用心不过是为了更畅快的抒发情感。其实卢前的这些努力,都是为变革词风服务的。民国初期笼罩词坛的主要是梦窗词风,龙榆生《晚近词风之转变》云:"(梦窗词)经半塘之校勘,先生(朱祖谋)复萃精力于此,再三覆校,勒为定本,由是梦窗一集,几为词家之玉律金科,一若非浸润其中,不足与于倚声之列焉。"②梦窗风的牢固一直延续至 1931 年朱祖谋去世。1931 年,不仅是抗战史的起点,民国史的转折点,也是民国词风的重要裂变点。抗日战争是词风裂变的推手。由于武器悬殊,中国军队节节败退,以致人心惶惶。文学界也一度消沉颓靡,"自沈阳变作,失地四省,卢沟兴兵,半壁沦陷。一时国士,或辑录演绎南宋晚明忠臣义士之作,以国难文学标榜者;或倚声属韵,凄厉哀思,以商音感人者;充栋满架,令人志气消沉"③。在内忧外患情况下,又"岂容吾人雍容揖让于坛坫之间,雕镂风云,怡情花草,竞胜于咬文嚼字之末,溺志于选声斗韵之微哉"?④ 至此,在词学界,一股强烈要求破除咬文嚼字、选声斗韵等格律束缚,变革软弱词风,"拯士习人心于风靡波颓之际""发我至大至刚之气"的呼声越来越高。

卢前是破除软弱词风,鼓荡稼轩雄风最有力的干将。他突出的风格就是悲呼愤慨、气贯纵横,常以铿锵有力的语词,或哭喊,或悲叹,或狂喜,似"乾坤正气,大汉天声,喷薄而出"⑤,以至龙榆生赞其"旁薄充盈乎宇宙间,浩乎沛然而莫之能御"⑥。此类词作在情感上皆较为激烈,意象跳跃性较大。如《水调歌头·七月八日得宛平之警》:"电讯忽宵至,不觉裂双眸。信中传语,残敌一队袭芦沟。直北此时危急,火焰已然眉睫,如箭在弦头。何以消吾恨,不共戴天仇。""裂双眸"三字瞬间拔高情感激烈程度,既而得知残敌偷袭卢沟,以至直北危急,情感复增一倍。用"火焰燃眉""如箭在弦"使悲愤之情再增一倍。如此深的"不共戴天仇",也只有通过这种悲呼愤慨、气贯纵横的形式才能发泄。悲慨雄壮的呼声几乎充斥整部词集,如:"炮火沸腾群众血,枪声激动万家情。仰天一笑泪纵横。"(《浣溪沙·一月二十九日》)、"被人羞耻已多时,耿耿恨难灭。雪耻今年可待,觉此心先热。"(《好事近·二十

---

① 陈匪石题语。《中兴鼓吹》南京版,第 81 页,南京图书馆藏。
② 龙榆生:《龙榆生词学论文集》,上海:上海古籍出版社,1997 年,第 381 页。
③ 张敬题语。任中敏:《中兴鼓吹选》,贵阳:文通书局,1942 年,第 11 页。
④ 龙榆生:《今日学词应取之途径》,《龙榆生词学论文集》,上海:上海古籍出版社,1997 年,第 107 页。
⑤ 陈匪石语。《中兴鼓吹》南京版,第 81 页,南京图书馆藏。
⑥ 龙榆生题语。《中兴鼓吹》南京版,第 80 页,南京图书馆藏。

五年元日》)"海沸天崩豁积霾。轰然排炮怒如雷。我军突起敌军摧。八字桥头胆已裂,天通庵口骨扬灰。六年前地一来回。"(《浣溪沙·八月十三日敌复犯我上海》)"何似艰危今日,顽倭犯我无名。亦惟抗战自更生。孰主议和曰佞。"(《西江月·客有二首》)当此震撼人心的语句鼓荡词坛时,得到了众多词人的积极响应。他们纷纷一改"温柔敦厚""选声斗韵""浅斟低唱"的姿态,以同样的气势遥呼唱和,最终在卢前、刘永济、夏承焘、詹安泰、龙榆生、沈祖棻、王陆一等人共同努力下,抗战词坛终于旋起席卷南北的稼轩雄风。

稼轩体自出身时就常被人冠以粗率、叫嚣的缺陷,卢前之词也不例外。他自己也承认,"放笔写意,岂能免夫叫嚣"①。如若在承平年代,这样的缺陷也许是致命的,而在此国破家亡、硝烟四起的战争年代,其承担历史使命、激起抗战情绪的时代意义比艺术技巧的得失更加重要。至此,《中兴鼓吹》的价值就不能仅局限于词这一文体来考量,而应将其放在整个抗战文学中,与新诗、报告文学、小说、话剧等综合比较。这部"以新材料入旧格律,用旧技巧写出新意境",歌颂民族英雄,用悲慨雄壮的格调"发扬我民族精神"的文学巨作是不应该排斥在抗战文学史之列的。而"《中兴鼓吹》只是士大夫阶级中的读物,……体裁,格调,和欣赏能力种种关系所限有以使然,我们当引为遗憾"②的偏见,乃至现当代文学史的漠视,或许应该自我反思。

抗战词林中,我们既需要鼓舞士气、振奋人心,悲呼愤慨、气贯纵横的豪放词;也需要感情跌宕、丰富多彩的婉约词。当然也欣赏诙谐有趣,既能博得轻松一笑,又能坚定胜利信念的幽默词。而要想词这一文体承担起鼓吹抗战、启迪民众的使命,就需要在语言上作出让步,由典雅转向通俗,将现代口语融入词中。而将现代语言和情感抒发完美捏合的纽带就是创作者叙述的"真诚"。卢前词之特质就是在"真诚"基础上,"锻炼新词入律,开词中未有境"③。空前浩荡的日本侵华事变和中国人民奋勇反抗中的各种英雄人物正是难得的历史"新词"。"词中未有"的新意境,也是《中兴鼓吹》中积极探索的"把民族精神与时代精神反映到诗歌之中"使它成为"民国之词",乃至"全民族的歌声!"④《中兴鼓吹》所取得的词史价值理应有其相匹配的文学史地位。

---

① 卢前:《中兴鼓吹》,《国闻周报》1937年,第15卷,第5期,第42页。
② 任中敏:《中兴鼓吹选》,贵阳:文通书局,1942年,第15页。
③ 《文学类获奖作品提要》,《高等教育季刊》,1943年9月,第三卷,第三期,第7页。
④ 卢前:《民族诗风之倡导者》,《卢前文史论稿》,北京:中华书局,2006年,第281页。

二、"以诗为词"的接受与创新:章士钊、王用宾、林思进、苏鹏

第三章论及《民族诗坛》时,简述聚集在卢前周围的于右任、王陆一、江洁生、张庚由等一批"台阁"词人群。他们秉承着"以韵体文学发扬民族精神"的宗旨,将词纳入抗战诗歌体系,使得这一文体摆脱浅斟低唱、边缘角料的局面,成为书写民族文学及世界二战文学的独特体裁。在卢前"民族诗歌"理论的旗帜下,还有章士钊、王用宾、林思进、苏鹏等数位成就卓著的词人,他们"以诗为词"的词学观与卢前民族诗歌论一脉相承,此处合并讨论。

(一)"以诗为词""以词言志"的共识

首先,四人皆为熟知好友,战时又都避居重庆、成都一带,是彼时巴蜀词坛的重要创作力量。尤以章士钊为中心,相互往来较密。如王用宾《半隐园侨蜀诗草》有《答章孤桐赠句》《再次答章孤桐》《酬章孤桐赐题绿芳阁》《奉答章孤桐和作》《十月菊用简斋书昌黎秋怀原韵答孤桐旧作并柬二适》《孤桐书来戒二适诗过于贪多……》等多首交游诗歌。林思进《雪苑词自序》云:"今检箧笥,存者仅五六阕而已。嗣是不复更作。前两年,章行严(章士钊)自渝中寄来词索和,小有往返辄罢。"其《清寂堂词录》卷一收《百字令·次答章行严桂林见怀韵》《百字令·再次行严韵奉答》《满庭芳·翙云偕妇丁寨探梅有诗,行严以词相和,予亦继声,韵依来次》《玉楼春·和翙云行严韵》等词记录二人交往始末。而苏鹏的《海沤词剩》也有章士钊题《百字令》追述二人因革命入狱的往事。

其次,四人皆在抗战时期才肆力填词。早期诗名较大,如潘伯鹰称章士钊诗"如杜公壮游昔游之作,乃司马自序之遗。……运迁、固之笔于声韵之间,皆沉雄浩瀚之诗史也。"[1]林思进成名较早,与赵熙并誉"西蜀派"之领袖。[2] 王用宾也是"优秀的陆游氏的爱国诗人"。[3] 苏鹏早年参加革命,《柳溪忆语》及《海沤剩沈》载有大量革命诗史作品,十分珍贵。[4] 诗歌创作伴随他们终生,而词则是"偶尔涉笔",如章士钊虽有《长沙章先生桂游词钞》《入秦草》《长沙章先生词集》等,总230余首,然1940年方始填词,且"两月余成

① 潘伯鹰:《近诗废疾跋》,《章士钊诗词集》,长沙:湖南人民出版社,2009年,第83页。
② 汪辟疆:《近代诗派与地域:西蜀派》,《汪辟疆文集》,上海:上海古籍出版社,1988年,第319—324页。
③ 马斗全:《爱国诗人王用宾》,见《王用宾诗词辑》,太原:北岳文艺出版社,2011年,前言页。
④ 参见苏鹏:《海沤剩沈》,新化:湖南新化文化书局,1948年石印本,新善本,国家图书馆藏。

词几二百首"①,经删削得十之三四,今存主要创作于 1940 至 1944 年间。林思进《清寂堂词录》五卷也不过是 1942、1943 两年所作。王用宾同样在 1937 年罢官"闲居"后才拈笔重题,且集中于 1940 至 1941 年间。唯有苏鹏创作时间较长,而抗战是其毕生高峰期。基于诗成就颇高,词是"偶然涉笔",又"缩手不作"的情况,他们的词受诗歌影响都较大。

第三,对"以诗为词"理念的认同。彭玉平有言:"以诗为词"不仅仅是化用诗句、增减诗句字数、隐栝诗语等形式层面,其本质是在"神理韵味",是把"原本属于诗歌的某种体性借鉴演变为词的主要体性。"②比如苏轼词中的抒情言志,辛弃疾词中的张扬个性就是典型。章士钊等人正是将诗歌的作法转移于词,以致形成与苏辛一脉相承的"雄壮"风格。章士钊《长沙章先生桂游词钞序》云:

> 窃思文章之道,无所不通,或谓词须别才,谊固未达。余自少小来,粗解行文律令,律令于诗古文词靡然,于词何莫不然?曾南丰不能诗,王半山不能词,疑未若世俗之所云云,藉曰如是,或两公于文辞理道,仍未尽洽,不然,则两公诗若词者,未尝著力于他文墨耳。……
>
> 惟恒生偶,以偶贞恒,词翰之事,遂无之而不可。人有谓东坡之词为词诗,稼轩之词为词论,即诗即词,即词即论,质之苏辛,二者或且樊然艰于别白,何也?恒偶之道,通内外之迹,往往沆瀣如一,骤不明其所以分也。吾于词作如是观,吾草词亦自作如是观。③

"沆瀣如一""即诗即词"别无二致的观点得到他人拥护。如林思进,庞俊《清寂堂词叙录》载"《花间》者,诗之余也,由诗入词,溯游从之,盘马于蚁封,乘车于鼠穴,俄而道剧骏,通莽苍,以游乎无极之野。若是者,盖有之矣。何则?其源合也。……今啼观诸阕,固㤉然两宋矩矱,与夫拾温韦唾余,以孤陋为大雅、瓠落为浑涵者,其相去何如哉?"④那么"诗以言志,词以抒情"及王国维《人间词话》所说"词之为体,要眇宜修,能言诗之所不能言,而不能尽言诗之所能言;诗之境阔,词之言长"的著名论断,在章氏等人看来,则词

① 章士钊:《长沙章先生桂游词钞》,长沙:湖南人民出版社,2009 年,第 117 页。
② 彭玉平:《唐宋语境中的"以诗为词"》,《复旦学报》(社会科学版)2009 年第 5 期。
③ 章士钊:《章士钊诗词集》,长沙:湖南人民出版社,2009 年,第 118 页。本文所用词皆自此本。
④ 庞俊:《清寂堂词叙录》,冯乾编校:《清词序跋汇编》,南京:凤凰出版社,2013 年,第 4 册,第 2160 页。

是既可以"抒情""言长",也可以"言志",可以"境阔"的。针对"以词言志",各人皆有明确表示,如王用宾《金缕曲》上片"游戏人间耳。半山林、半居朝市,隐埋名字。说甚稼轩姜白石,充做滥竽吹士。又几个、疏狂如己。残月晓风杨柳岸,更关西、铁板铜琶起。苏与柳,各言志。"在其看来,稼轩、白石、苏轼、柳永之词,都是"言志"之语。邹永敷为苏鹏《海沤剩沈》词剩作序云:

> 诗词胡为而作乎,言志而已矣。人心之不同,各如其面,而志亦异焉。夫志之大者,抱救国济世之心,觉世牖民之愿,富贵不能淫,威武不能屈,而其志又足以析天下之毫芒,明足以照奥隅之蔽陋。关览名胜,眼界恢阔,然后其诗可以兴,可以观,可以群,可以怨焉。……盖先生具救国济人之心,觉世牖民之愿,已昭昭在人耳目。不必藉诗词以重,而由诗词以见先生之志。则后之诵者,可以兴观群怨矣。

"以诗为词""以词言志"是章士钊等人的基本共识。解读他们作品内容及风格亦当从此切入。

(二)章士钊词之狂傲个性

既然诗词"沆瀣如一",那么论诗即是论词,论词也是论诗。章士钊《水调歌头·与人论诗作》云:"诗者求诚事,无物莫轻涂。""百般伪,真一点,在喁于。并此几希放去,暴弃复何如?"诗以"诚"和"真"为高格,词亦当如此。读《鹧鸪天·答琴可》:

> 抟搏苏辛我未知,读书万卷立诚时。晚从月府偷偷过,却劝吴刚养桂枝。　　先四印,(忍、默、平、直)。后三词,(重、大、拙)。依声立命旧相依。半塘风韵争沾溉,莫笑滋兰九畹迟。

开篇"立诚"语已明确诗词祈向,耐人寻味的是煞拍,词人对晚清四大家理论十分佩服,然激赏的并非各种技法,而是"滋兰九畹"之风骚精神。《满江红·酬琴可见赠万红友词律及四印斋所刻词》更有详言"四印遗书新着眼,秋风江上□重起。却微疑处处泥宫商,荒词旨。"显然对王鹏运"泥宫商"已经颇有微词。甚至在《临江仙·与琴可谈词理作》中讽刺那些"画得葫芦依样,几多傀儡登场。人间词话亦凄凉,云英谁得近,枉自说琼浆"的倚声填词、恪守声律之辈,乃至所有步前人后尘者。

章士钊特别强调词中之志、之旨的重要,如"词人应写词人意,莫管纷纷家数。君且住，有道是，钧天本自多歧路。绿杨不语，任竹垞开宗，观堂结响，多少飞飞絮"(《摸鱼儿·酬琴可检送〈清百家词〉见贻之作，用稼轩韵》)，并不称赞朱彝尊、王国维等大家开派立宗的成就，只为突出"词人应写词人意"。由此，很自然的联系到宗法苏辛的路数，章士钊也不止一次的谈及于此。比如《多丽·酬琴可为校词稿见贻之作，次韵》"扫叶频劳，剥蕉待证，与君齐唱大江东。更为我，连环劈断，一字欲研究。真思向，前身梦晋，细诘来踪。"《定风波·后章邹词……吾仿东坡后六客词意……》"三十八年同一梦，堪痛，家国仍是患蜩螗。妄学坡翁难得似，只取，苏张换作两邹章。"《摸鱼儿·酬琴可……》"能文最苦。蕴藉稼轩翁，斜阳怎比，天际轻阴处"等，皆毫不讳言自己"唱大江东""学坡翁""蕴藉稼轩"的填词门径。

然而，终究不能将其与苏辛并论，章士钊试图走出属于自己的词学道路。一方面将诗文中可言之境、之题材完全拓展到词，即"析理茂密、察物精微、举两间之事事物物、无不可入之于词"；另一方面，不拘于声律技巧的束缚，注重词中情感的表达，以浩然之气统摄全局，形成"遣辞敷意诡奇夸张，读之每令人气慑。以为词境恢张如是，盖自天水以来所未有也"①的整体气象。因此，就不能嘲笑其《迷仙引》"君说欧苏，吾说苏黄，一般风义。三十年来，此情随分相拟。笑东坡，独自个，好与人颃颉。只算作鞭影，终凭我辈，脊梁竖起"的自信；也不能低估《春从天上来·示方子》中的自负和责任感：

> 词学凋零，叹甲宗重拙，乙梦空灵。不出阿堵，捉搦无形。一往同堕玄冥。问何人鼓瑟，却枉道，江上峰青。到我来，只随风吹去，不管盈盈。　　元来不成乐府，尽装点衣冠，见笑优伶。何谓吟安，谩矜拍遍，无赖更说偷声。又顶天男子，写怀抱，焉用邦卿。（此指邦卿为平原墨吏事。）应分明，必古人似我，方有生平。

煞拍"必古人似我，方有生平"可与辛弃疾"不恨古人吾不见，恨古人不见吾狂耳"一争高下。然对人们因宗尚"重拙大""空灵"等审美思想，而导致词学"凋零"的局面，他再次重申"写怀抱"的意义。在改革词体层面，章士钊与卢前是站在同一理论高度的。正如朱荫龙所云"今词之弊，亦已甚矣！建安伟业，遗躅可寻，先生(章士钊)其有意于斯乎。先生昔为文章，固尝一扫清季

---

① 　朱荫龙：《长沙章先生桂游词钞跋》，《章士钊诗词集》，长沙：湖南人民出版社，2009 年，第138 页。

浮廓庸秽之习,蔚为大宗,沾溉多士。今之治词,微意所存,无殊畴曩,则此数十阕者,殆即扶颓振弊之先声也。岂特寻常游览之作,所可同日语哉。"①以此审视章词,其面目就会更加清晰。先读《永遇乐·北大同学招饮市楼,用稼轩韵》:

> 二十年来,重重师友,别无寻处。不合时宜,肚皮放大,出入由他去。偶然杯酒,宛然秋水,尔我书生如故。只当年,愿持风义,世间妄道如虎。　　诸君无恙,沙滩笼月,醉后尚堪回顾。一脉狂泉,几番钩党,彼是纷难主。吾今老矣,旧曲中郎,只许墙阴摇鼓。未须问,先生那里,作冯妇否?

当年苏轼小妾朝云巧答"先生一肚子不合时宜",被文坛传为知音佳话。此言移于章士钊,恐怕更贴切。② 这位二十世纪风云人物在同学聚会时也就"原形毕露"了。词中所绘,分明是词人活泼可爱、睿智英明形象的写照。《满江红·与琴可谈近事作》可窥"不合时宜"的锋芒:

> 整个江南,算有主,深谙文墨。最怪是,衣更酒薄,词华生色。啼笑背人都自诡,江山易得朱颜戚。况于今湖海纵流传,难如煜。　　江左建,夷吾出。中原没,新亭泣。只祸心未露,包藏多术。生擅王敦窥窃技,死轻郭璞神明责。笑西堂乐府殄奸谀,草花末。

作者题下特意注解:"尤西堂《百末词》有《满江红》一阕,称览稗史载王文成梦郭景纯,极言王导之奸,敦之反,导阴主之,因赋此"③,尤侗词上片云:"好个夷吾,渡江后、久窥神器。谁更念、神州未复,江河顿异。堪笑一生苏武节,曾无半点新亭泪。问乱臣、贼子出臣家,谁之罪。"④章士钊回顾东晋"王敦之乱"实由王导主谋及"贼子出臣家"的本意,是对当今抗战乱局下汪伪群

① 朱荫龙:《长沙章先生桂游词钞跋》,《章士钊诗词集》,长沙:湖南人民出版社,2009 年,第 138 页。
② 马大勇师总结章氏历史细节"1. 孙中山之大名系章氏误译而成　2. 袁世凯极为推重章氏,而"二次革命"讨袁檄文即出其手　3.1920 年曾资助毛泽东两千大洋作为留学经费　4. 创办《甲寅》,与胡适笔战　5."三一八"惨案中与鲁迅交恶,至于对簿公堂　6. 在杜月笙家里吃"流氓饭",月薪高达一千大洋　7. 与两位共产党肇造者"南陈北李"皆亲厚,李大钊遇难后为其经纪后事,又在陈独秀公审时为之仗义辩护,声闻天下。"《百年词史》未刊稿。
③ 章士钊:《章士钊诗词集》,长沙:湖南人民出版社,2009 年,第 121 页。
④ 南京大学中国语言文学系《全清词》编纂研究室编:《全清词》(顺康卷),北京:中华书局,2002 年,第 3 册,第 1544 页。

体出现的反思,"整个江南,算有主"的幕后黑手恐怕并非汪兆铭,而是奸诈之徒的"包藏祸心"。章氏虽未明言何人,但具体对象还是可以猜测的。这才是章士钊的英雄本色。其"以词言志"的价值也是通过此类极具现实批判意识的作品来体现。

值得补充的是,"以诗为词"的创作理念在章士钊手中开拓出了另一片"如鱼得水"的天地。其《入秦草》83首,只有两首是长调,其他全是小令。选调如此偏颇的缘由之一是部分令词格式与诗歌更接近,章法简单,不必在声律平仄、章法布局上浪费心思。更本质的还是便于传情达意。《入秦草》也确实锋芒毕露,读《鹧鸪天》:

> 乱世文章抵一尘,于今天道更难论。长公故自魁元佑,身后谁知端礼门。　　千古事,逐年新。人言祖法尽沉沦。已原顾籍浑无有,初解虚名不误身。

此类看破尘世纷扰和历史进化的大彻大悟,是词体章法技巧等"文字规范"束缚不住的。再如《玉楼春·省府门前》:

> 哑哑穿过黄云里,薄暮铃辕同闹市。参差枯柳不成行,黑点如花还溅地。　　长安遍是鸦孙子,羽后奈无鸦本纪。唐槐舞爪一千年,鸦老应知天宝事。

这般以省府门前之"鸦"戏言历史政治的人,除章士钊恐怕再无第二。诚然《入秦草》浑然没有了"小令"的韵味,甚至就可以看作是诗。但在抒情达意、批判讽刺上却开创了新局面。

章士钊笔下诗词两体融合的特征值得思考,词体自最初"诗余"及音乐歌词演变始,经过宋代慢词的拓展,尤其南宋雅词格律的形成,文体地位逐渐确立。经过千余年的分化、音乐性的丢失及抒情言志空间的拓展,至晚清民国时期,却又出现向诗体靠拢的情形。到底是文体性的消解,还是词体功能的继续扩大,暂时还不能作出判断。就目前词史成就看,我更倾向于后者,毕竟词体仍然有比诗体更严格复杂的格律规范。陈廷焯《白雨斋诗话》卷九云:"诗词一理,然不工词者可以工诗,不工诗者,断不能工词也。故学词贵在能诗之后,若于诗未有立足处,遽欲学词,吾未见有合者。"又说:"古人词胜于诗则有之(如少游、白石皆然。)未有不知诗而第工词者。……要其为词之始,必由诗以入门。"①结合章氏1940年甫填词,且《长沙章先生词钞》和《入秦草》皆是两三年内完成,将诗法之熟稔移植于词不啻是其"速成"的高明策略。② 因此,大可不必因为此类"偶尔染指"的词人出现"诗词融合"的现象而忧虑文体性问题。相反,这恰恰是章士钊等人"以诗为词"的鲜明个性。

(三)王用宾词中的"言志"主题

王用宾(1882—1944),字太蕤,一字利臣,号鹤村,山西猗氏(今临猗)人。曾任国民政府司法财政部部长。抗战时期,任中央公务员惩戒委员会委员长。③ 今仅见《山西文史资料》(1990年第5、6辑)载六十余首《半隐园词》。

"半隐"者乃半官半隐之意,抗战前,王用宾居国民政府要职,显赫一时。1937年被免,1938年重掌"惩戒委员会",虽为部级单位实乃"闲官",有职无权,他自称"吏隐"。④ 如词云"韶光不驻,无奈惜蹉跎,耽半隐,守闲曹,笑煞台前柏"⑤。今日所存作品大都作于1937至1944年间,当是"闲"者之余排解苦闷的重要寄托。用宾诗歌成就高于词,尤其律诗,工整凝练,发人深省之警句着实不少。而词则为短时间偶尔涉笔。受此影响,他常以"诗法"入词,《金缕曲》有词学观自白:"游戏人间耳。半山林、半居朝市,隐埋名字。说甚稼轩姜白石,充做滥竽吹士。又几个、疏狂如己。残月晓风杨柳岸,更关西、铁板铜琶起。苏与柳,各言志。"在其看来,稼轩、白石、苏轼、柳永之词,都是"言志"之语。解读王用宾之词亦当自此切入。

诸葛忆兵《以诗为词辨》云:"宋人评价苏轼以诗为词,就是指苏轼词摆脱艳情,抒写了种种人生志向,向'诗言志'靠拢,其创作功能指向教化。"用宾作品不难体察此共性特征。比如《百字令》:

> 雄藩客帝,尽摧枯拉朽,目无余子。平等自由还未得,日日侵陵胡底。边备犹虚,寇兵伺隙,缓急将无恃。频年征讨,九州依旧残碎。

---

① 陈廷焯:《白雨斋诗话》,南京:凤凰出版社,2014年,第210页。
② 章士钊词之不可取处一并论及,如吸大烟恶习,《虞美人》:"倦情只索胡床卧,辗转人一个。抛书重上一枝烟,烟里何人冉冉掠云前。 书奴烟婢扶吾醉,了却平生事。此情谁欲令人知,堕瓦颓墙伴我蓦来时。"《蝶恋花·用美成韵》:"徐吐烟环猜不透,相背无言,未见星眉秀。"
③ 《翁文灏、王用宾补行宣誓就职典礼》,《新闻报》1938年5月24日,0007版。
④ 参见《王用宾诗词序》、《王用宾传略》,山西文史资料,第71—71辑《王用宾诗词辑》,1990年,第4、13页。
⑤ 王用宾《蓦山溪·立春四次树五韵,和张予昕》:"韶光不驻,无奈惜蹉跎,耽半隐,守闲曹,笑煞台前柏。"《王用宾诗词辑》,太原:北岳文艺出版社,2011年,第236页。

> 徒自咄咄书空，毛锥安用，大戟长枪抵。词赋纵堪悬日月，莫补时艰狂费。倚剑长吟，凭鞍环顾，欲问天天醉。流光难返，几乎周甲平岁。

面对外敌虎视眈眈，我等还在醉吟词赋，真乃无用之人。这般掏心自白从曾经的"封疆大吏"口中说出与普通文人当然不同。那是"天下溺、饥思由己。不信屠龙无用处，忽空中、蜃气楼台起。山泽损，负初志"般的自我忏悔（金缕曲·元韵酬彭醇士赐和五九初度此词）和现如今解权去职，英雄无用武之地的不甘。

古来英雄之词本就夹带两种审美特性。一是"横绝六合，扫空万古"，至大至刚，有万夫不当之勇的豪放气概；一是空有一腔热情，却无处挥洒，不被重用的苦闷。两者结合形成悲壮之美。在这一点上，半隐词与稼轩词有相提并论的资格。读《金缕曲·元韵酬黄介民赐和五九初度此词》：

> 我辈虚生耳。把终身、功名误尽，问经研字。大戟长枪都不屑，枯槁自甘穷士。真学问、安人修己。天下兴亡原本分，遇非常、奋袂先鞭起。蓬矢发，四方志。　　千山万壑经砻砥。剩如今、元龙风概，尚遭时忌。纵有词章惊海内，莫挽狂澜颓势。劳故旧、嘉言宠异。一事无成怜坐废，怎流光、不舍还催替。深自儆，敢忘识。

悔平生为功名及学问误了"天下兴亡"之大事。整体风格豪放而不失严谨，英雄气贯穿之间又充满郁郁不得的无奈，与稼轩略近但还有差距，然聚焦战争的史实意识及批判力度或稍有过之。如《满江红·忆风陵渡》，1938 年 8 月，日军进攻山西，国军本可依靠中条山的陡峭地形，轻易取得保卫成功，却变成"潜师暗渡终无策"，以致"滗滗长河，冲破了、鸿沟峭壁。看一抹、雷崩陵岸，浪飞砂石。突兀雄关天半挂，苍茫古道斜阳窄。任胡骑、封豕卷长蛇，漩流隔。"最终退缩到"风陵渡"一带作最后抵抗。貌似冷静客观的回忆，却难以隐藏将帅无能、痛失国土的愤怒。

此愤怒还表现在对国民政府腐朽的冷嘲热讽。如《扬州慢·端午嘉陵江龙舟竞渡，适敌机袭渝颇惨，愤写此词》。值此抗战危亡时刻，端午龙舟依然不辍。更"看朱门紫陌，斗艾绿蒲青。便真个、朱缯辟恶，赤符厌胜，钻纸谈兵。"下片陡遇空袭，也成为"司空见惯"，乃至牺牲无数生命，亦不过是几阵"哭声"罢了。最可恨者，政府居然还在大兴土木，读《解珮令·陪都书感》：

> 繁华也见。凋残也见。算陪都、复兴还见。半载经营,是依旧、锦堆芳甸。又谁知、断垣颓片。　　上盘天堑。下吞江堰。纵环城、九衢迁变。筚路山林,似不重、玉墀华殿。怎而今、粉饰烂灿。

外敌入侵之侮辱和内政"粉饰"之腐溃聚焦一处,更增添了这位曾经叱咤风云,而今"闲曹"词人的痛苦。《半隐词》慷慨豪迈的字里行间总是渗透出难以言表的悲痛。其中固然夹杂着"有乡不能回,无家何处归? 官职乍免,一切困难无人过问,……家中财物损失殆尽,今后的日子又如何安排?"①等等现实困顿,但更本质的还是"陆游情节"。② 如《忆旧游·次予昕韵,题其燹余回忆词卷》:"问澄清何日,驰骋中原,已著先鞭。击碎江流楫,把一腔幽愤,洒上蛮笺。"

《半隐词》之不足有两端:第一,或因在词中过于直白的道出一己之思,就不免有不够含蓄的缺陷。如《沁园春·辛巳五月十六日谒北碚张荩忱将军墓》上片"于戏将军,人孰无死,死国为雄。忆短兵相接,长城破虏,临机制变,沂水摧锋。陷阵先登,挥军直指,虾寇闻名顿改容。如公者,是武安绝轶,武穆重生。"就流入辛派词之末端。第二,琐碎空洞。词集前二十首还算可读,后半部分本欲回归婉约,却反而失去了自我,既在情感层面显得空洞无聊,又在题材方面局限于赏花游玩。如《金缕曲》之水仙花、《台城路》之滇南山茶、《折红梅》之萼绿梅等。前后反差较大,浑然不似一家风格。导致"以诗为词"之粗犷美顿然流失,而婉约细腻美又未成型。章士钊也存在一味追求清晰表情达意,而轻视词体规范的不足。并非仅是王、章二人之病,而是"以诗为词"理念下大部分作家难以化解的困境,是坚守词体当行本色和倡导变体拓展语境的两相矛盾。此偏颇在林思进、苏鹏手中有所纠正,尤其苏鹏之词,找到了情格兼善的平衡点。

(四) 林思进词之现实反思

抗战时期有一批文人避居战争影响较小的乡村,俭衣缩食,躬耕劳作,重新过起农民的生活。林思进和顾衍泽就是其中典型的两位词人。经济贫困情况下,二位仍然笔耕不辍,将农村一年四季的田园自然风光和生活的点点滴滴化为词作,以文人之眼道出战乱背景下农民心头"欲言而不能言"的

---

① 《王用宾传略》,见《王用宾诗词辑》,山西文史资料,第 71—72 辑,1990 年,第 12 页。
② 王世泽《追忆慈祥而严厉的爷爷》:"他多次讲到陆游'王师北定中原日,家祭无忘告乃翁'的诗句,并把陆游的'夜闻湖中渔歌'长诗,以工整的大楷写成条幅挂在墙上,这首诗似乎和他当时的心境产生了共鸣。"参见《王用宾诗词辑》,山西文史资料,第 71—72 辑,1990 年,第386 页。

情感变化。林思进避居国统区四川沱水,顾衍泽在沦陷区徐州乡下辗转,二人堪称抗战田园词双璧。此处先说林思进,顾词置于本章第三节。

林思进(1873—1953)初字山瘦,改字山腴,别号清寂翁,一署青城室主,华阳(今双流县)人。其词有两种刻本,1941 年坊刻《雪苑词》和 1943 年刻《清寂堂词》五卷①,原版皆毁。笔者所见乃 1989 年,巴蜀书社版《清寂堂集》收录《清寂堂词》140 余首,为编者删削本。

《清寂堂词》是抗战时期,林氏避居乡村间所作。据其《雪苑词自序》交代,"予小年即喜南唐孟蜀诸家及柳耆卿、贺方回词,二十后,一意为诗,不复留念此事。……村居五年,心如废井,诗篇所寓,景沓情复,了无可说。去年秋中,偶阅越缦《满江红·咏霞》一词,意有怅触,叹其未能尽美,乃拈笔试谱……于是从业填词,计腊尾正初,约得百阕。"②早期词已不可得,今日所见乃 1942、1943 年居沱水间作。③ 词集中有大量田园生活的描写,如从"元旦开门,一声新喜,三朝恰并春元。晓钟才罢,爆竹绕村喧"的热闹(《满庭芳·癸未元日立春》),到春光普照,欣赏"嫩黄染雨。望十里平畴,潋摇金粟。翠茎簇簇,正烟霏露敛,叶开盘绿"的油菜花,以及美味的"荠菜饼"(《行香子·人日喜晴,偕闺人携诸孙近村小游》"荠嫩茸分。蕨脆拳伸。要挑回七种生春。烙成晶饼。共试盘辛")和各种节庆习俗(《高阳台·中元前三夕作》《澡兰香·端午日螃蟹堰竞渡,谢而未往》),大凡农村有趣之事,可资一写者皆成为笔下素材。那种"邻叟近分鲜菜,故人远饷生鱼。算来都是过年需。助我腊盘春俎"(《西江月·村居二解》)的生活状态,经词人点染,恍如世外桃源。乡村镜像描写尤其以农事最值得称道,读《庆春泽·看邻家种稻》:

> 布谷声中,筛晴沤雨,人家逐渐分秧。畎活风轻。连村万绿成竹,袈裟界作僧衣净。恍倪迂画里江乡。更溪头,白鸟平飞,穿过林光。
>
> 叱牛才能农歌起,正斜阳罩水,笠影低昂。五馌欢呼,塍边饼饵壶浆。力田漫说逢年好,问几年得到仓箱。且当前,暂慰耐饥,莫话秋穰。

煞拍虽显苍凉,然并不掩盖整篇作品田园牧歌式的风景。林思进《清寂堂

---

① 参见《清寂堂诗续录》卷七《毁刻词版,竟三日炊,感赋》,林思进:《清寂堂集》,成都:巴蜀书社,1989 年,第 519 页。
② 林思进:《雪苑词自序》,《雪苑词》癸未(1943)刻本,吉林大学图书馆藏。
③ 林思进《清寂堂词》卷五《齐天乐》序云:"予家自己卯(1939)避寇,转徙沱水,村居五年。今年(1943)七月始得诚城,而十月朔九日,适余七十初度,季子先期自渝归,诸故旧门人来媛寿者全集,赋以自贺。"林思进:《清寂堂集》,成都:巴蜀书社,1989 年,第 576 页。

集》文录三《村居集序》载:"归未三稔,东夷衅起,卢沟变闻,踏瑕肆虐……予家乃转徙郫县钟氏河湾,依内兄弟以居。其后省门两遭巨劫,炸毁万家,而警耗犹不时发,或连七夜无宁处。予则蛰居田野,不复入城,自刈麦播稻,以迄秋获,凡五阅月,而农家勤苦,无不在吾目中。"①战争是残酷的,但自文学看或许是幸运的。如果没有此村居经历,整个文坛恐怕很难产出这类别具一格的农事词。它们拓宽了抗战词坛的内容题材,于紧张激烈的稼轩风外吹进一股恬淡气息。

然而,真正奠定林思进词坛地位的是透过乡村生活词的真相及其反思。其《南歌子·雪苑词题辞》可稍窥堂奥:

> 绮语今生障,蛾眉夙世冤。空中传恨剧凄妍。未免自家失笑、自欺谩。 迹染瑶波赋,情笺锦瑟难。余年知己付婵娟。解得替人遮护、背人看。

这段剖白大有深意,是认识林思进所有词作的窗口。它们是"今生障、夙世冤",又是锦瑟难解般的"空中传恨",寄托着背人看的"自家笑谩"。经过数年乡居,词人才深刻认识到早期的田园牧歌不过是自己的"一厢情愿"而已。比如前文谈及的种水稻就常有"螟害"危机。《满江红·沿村新稻,颇遭螟害……》下片云:"问年年终亩,何时多稼。官里早传征购帖,民间但论妻儿价。任号呼泥佛总无闻,吁长夜。"本就颗粒无收,却"早传购贴",四川大后方虽可免战火波及,然"人祸"比之更惨更烈。读《满江红·田家告予,今年插秧后,阴曀无电露,故螟螣生而禾不茂,感而为再赋》:

> 布谷催阑,渐叶叶稻翻风举。问食节食心谁管,仰呼田祖。那得千骁壶戏电,顿叫万斛珠倾露。便豚蹄盂酒赛篝车,蹲蹲舞。 编刺急,严符伍。诛敛迫,悲逃户。又纵横远近,四惊桴鼓。自昔传闻天割降,如今始识生民苦。怕丰年一饱乏军兴,官人怒。

"苛政猛于虎也",历史有时会惊人的相似。当词体关注到"民生疾苦"时,它就触碰了"以诗为词"及"以文为词"的制高点。相同题材还有《浣溪沙·村夏近感》"算尽丁黄又算田。春霜杀菽减丰年。午晴犹喜见炊烟。 尺布买艰贫妇袴,伍符催急瘦男钱。眼中何事不堪怜。"彼时村民生活十分窘迫,

---

① 林思进:《村居集序》,《清寂堂集》,成都:巴蜀书社,1989 年,第 625 页。

《望江南·雨晴村步》注解云"近来尺布数十元,帛更无论,蚕桑则近村早绝,乡人终岁劳苦,欲得一衣难矣。"再读《鹧鸪天》:

> 一饱真须万万钱。更无饘粥度饥年。纵饶城市封椿满,其奈农家磬室悬。　珠溅米,货流泉。(米石涌至五千元。)催科法令正森然。复除漫说中兴事,删却兰台史数篇。

当"一饱"都面临如此困境时,就能够相信"新年节物俨承平。道是承平君信否,小县无丁"(《卖花声·还城》)并非虚言。至于"独苦连宵,犬吠邻村,惊闻吏捉人喧"之类情形已经司空见惯了。(《西平乐慢·繁江知旧,招游东湖,效梦窗体》)

《清寂堂词》一直试图在追问,是"谁酿此生人祸孽"①。至此,方能明白林思进所说"谱新词,暗把秋怀自记"②和"买得无端忧患独,如今尚累车连毂"③中"秋怀""忧患"的具体含义。从1927年他与章士钊对"是非"的辩解或更能洞悉个中所思:

> 但觉古来治乱之道,在于是非泯漠不泯漠而已。使吾国而终亡,则贤者所志已矣。使犹有是非也,所裨于学绝道丧者,其功岂在禹、稷下哉?昔汉有儒生蕙庄者,自谓吾口不能剧谈,此中多有,不肖颇类似之,故见人能箸书,论说当世事,而不倍于道理者,辄心仪焉。然非所谓今日华世取宠辈也。④

其诗词高妙之处也在关注"是非泯漠"及"论说当世事,而不倍于道理"的"贤者所志"。然在表达方式上,较之章士钊和王用宾稍显委婉,他常常借着读史或古人的话头,写对当下社会现实的忧虑和思考。如《沁园春·闲居读史》,哪部史书中写着"耰锄皆兵""江东全弃"?除了千古浩劫的抗日战争,又怎能造成"转粟观众还送丁"和"沙场骨白""悲传野哭"的惨象?类似欲盖弥彰的"谎言"还有很多,如《霜叶飞·大寒陨霜纪异》,一

① 林思进:《满江红·次韵李博父同年,生日悲愤,意在祈死,寄此广之》,《清寂堂集》,成都:巴蜀书社,1989年,第522页。
② 林思进:《西子妆慢·七月十四夜,月色皎然,露坐吟赏,今年第一夕也》,《清寂堂集》,成都:巴蜀书社,1989年,第562页。
③ 林思进:《蝶恋花·即事漫成》,《清寂堂集》,成都:巴蜀书社,1989年,第555页。
④ 林思进:《林思进致章士钊函》,章士钊:《章士钊全集·第6卷》,上海:文汇出版社,2000年,第524页。

场反季节的早霜,却演变为"玉腰颠倒擅威棱,直怕苍天死。恁号令寒温错拟。羲和也自屯车避。待道人京房来,涌水为灾,试推何史"的深刻。比兴寄托在林思进笔下显得游刃有余。赵熙评价其词"不莽不纤,语有内心"①,真乃知己也。

同样的"以诗为词",林思进词史成就比章士钊、王用宾更高之处就在既不破坏词体特色,保存了词之为词的韵味和格律特征,而又于作品中融入"是非泯漠""民生疾苦"等重大社会现实问题,凝聚成"万恨沧桑都在眼,劫灰认作新词卷"②的内容特质。表达方式上巧用"比兴寄托",由常见事物放大点染,取其一点联系,继而转移到自我情感的抒发上来,形成不莽不纤、情笺锦瑟般意味深长、余音绕梁的整体风貌。也就是说,并非所有崇尚"以诗为词"的作家都是以损害词体独立性的代价来移植诗歌风格,也有如林思进这般既拓展了词体语境、题材,又完全彰显其在表达"民生疾苦"一类沉重内容上的优势,避免了章士钊、王用宾等人作品中出现的粗率直白、严重诗化的不足。

(五)苏鹏词之浑厚气韵

苏鹏和卢前是抗战词坛"以诗为词"一脉的两大高手。在不遑多让的"词史"成就面前,卢前纯以刚猛气势取胜,并不计较章法艺术得失;而苏鹏则气势稍敛,改剑拔弩张为萧然肃穆、情韵绵密,更穿插比兴寄托、虚实结合等精妙技法,与卢前形成鲜明对比。卢前以理论和实践双重行动,走在时代最前沿,实现了词体与诗体的平起平坐,开启了二十世纪词史的新篇章;而苏鹏则是"以诗为词"理念指导下艺术成就颇高的词人,平息诗词文体互侵之争,化解了词体过于依附诗歌而失去自我的危机。然因《海沤剩沦》刊刻甚少,且苏鹏与词坛名流交往不多,几乎不为人知。

苏鹏(1880—1953),又名先鹥,字凤初,自号柳溪遁叟,湖南新化清塘人。著述散佚较多,仅存《海沤剩沦》数卷,分文剩、诗剩、词剩三大部分。从"精彩"的生平经历即可知其并非池中凡物。少时,与黄克强、蔡松坡、杨笃生等奔走革命。后自费赴日留学,与黄兴等组建"义勇队""欲效命疆场,冀有以挫俄人而箝日人之口,为日清两政府合谋所解散"。继而与杨笃生等组织"军国民教育会""以暗杀满廷君臣权要为对象",后秘密研制炸药成功,潜入燕京,谋炸西太后慈禧,伺居半年而不得。期间,陈天华自尽,苏鹏公然接

---

① 赵熙:《赵尧生先生笺》,林思进:《清寂堂集》,成都:巴蜀书社,1989年,第520页。

② 林思进:《清寂堂词》卷三《鹊踏枝·题于右任光宣间灵宝道中旧词卷子……》,《清寂堂集》,成都:巴蜀书社,1989年,第544页。

其灵榇葬于岳麓山,遭清廷追捕。① 民国后,曾数度入政界,凭其友人关系和政党旧老身份,很容易平步青云,博得高位,如其《遁叟自忏记》云:"使叟而际升平之世,充所学以济其天赋之聪,或不为爱国热潮所冲动,潜心留学,成一有系统之科学,其造诣必不仅此。又或能低首自贬,与世逶蛇,则一时显贵,多昔日故交,亦何尝不可跻高位,以炫耀时俗。"然而苏鹏之为苏鹏者,正因刚正不阿、愤世嫉俗的秉性,他不满政界"人争权利,事多黑幕"。自云"人与人争利,则启杀机;人与天地争利,则得生趣。又谓人群社会中之威权与财产,饱存于虚空中,有待于豪杰智能之士之措施如何以断。""若据要津而泽不及民,利惟肥己,功名云乎哉,罪恶云乎哉",以此可窥其襟怀。正如《瑞鹤仙·寄石参军醉六》云"一时显秩,百世修名,两般相易。貂裘换醉。功和利,总游戏。笑人间多士,迷离爵禄,博得平生咎戾。问千秋,得失乘除,又谁贱贵。"战时热心教育及农村经济,任青峰农校校长,撰《乡村建设问题之探讨》《论民生问题之重要》等政论②,影响颇大。

《海沤词沤》100 余首,战前 43 首不少"革命词",颇具史料价值。如《临江仙·戊申冬,黄克强、谭石屏诸君,有云南河口之役。粤中党人罗曙苍、葛覃等被捕。予因而去粤,轮发香港,邮寄周瑟铿、姜胎石诸同事》,序文已有清晰呈现。另外《高阳台·寄蔡松坡、赵百先》《南浦·怀女同志林宗素秋瑾陈缬芬在日本》《南浦·怀方叔章梅撷云在广州》《菩萨蛮·怀赵兰荪周瑟铿在粤》等,貌似怀人之作,实则对彼时苏鹏参与各种革命事件有不少细节性的揭露,如《台城路·怀杨笃生在燕京》记"同狙颐和园事未成"。再读《梦江南·辛亥反正客滞临武香花岭广场有感》五首词次第回忆数年来革命事业之"前尘留影",感慨深沉。这类作品"缅怀革命旧迹,激扬救国壮怀,本身便是宝贵的革命文献。"③

抗战时期 61 首词所载史料更丰富,然彼时苏鹏身体欠佳④,已无法如年

---

①　衡阳罗植乾题《绮罗香·有序》:"遁叟苏子凤初,以葬陈烈士天华于岳麓,被缉,犹曰满虏凶横,宜也。革命后又因团枪团款,为民自卫而疾呼,以触大吏之忌,遂尔侦网四布,是诚吾民之不幸,于叟也何伤。"苏鹏:《海沤剩沤·词沤》,新善本,国家图书馆藏,新化:湖南新化文化书局,1948 年石印本,第 2—3 页。

②　参考《苏君凤初事略》《柳溪遁叟》,苏鹏:《海沤剩沤·文沤》,卷末附,新化:湖南新化文化书局,1948 年石印本,新善本,国家图书馆藏。

③　苏仲湘:《辛亥革命活动家苏鹏事略》,《辛亥革命丛刊》第四辑,北京:中华书局,1982 年,第290 页。

④　《河满子·遣怀》"痼病经年";1940 年《卜算子·卧病医院自夏徂秋未愈偶成》:"独自卧胡床,命已医相托。历尽骄阳海暑天,又见梧桐落。昨爱葛衫轻,今怨秋夕薄。苦在刀环药饵中,病比魔还虐。"《玉楼春·辛巳(1941)中秋因病得解除青农校长》。苏鹏:《海沤剩沤·词沤》,新化:湖南新化文化书局,1948 年石印本,第 25、27、35 页。

轻时行"刺杀""起义"之实,只能将一腔忧愤遣之于词,作品情感意蕴较前期陡然大盛。《海沤剩沤弁言》载:"吾人浮沉尘海,刹罗刹罗。霜侵两鬓,在大宇长宙中,实大海一泡沤也。其间或百事劳其形,或万忧撼其胸。与夫俯仰今古,发而为文为诗为词,不过等诸节虫候鸟之鸣其所不容已而已矣。"① 然"不容已"又不得不鸣者,并非个人的功利得失,而是"观察人心之良窳,国计之凋促"②;是"忧时嫉俗之耿耿孤怀"③;是"为世料理其万劫也,几十年之社会,几千年之历史,又只此万劫海中之一沤。"④ 与此理念对应的是集有不少《更漏子·苦抗战》《生查子·叹世乱,祝胜利也》之类直抒胸臆、慷慨激昂的作品。另外,与早期革命词类似,借着怀念旧友、同事的话头,而感慨战争残酷者,亦别有深意。如《迈陂塘·怀省议会旧同事左云璈、颜伯基、孙宪章诸友在衡阳》记长沙保卫战大火一事:"天难度。侵略战,群魔肆虐天应怒。旧游瞵顾。剩劫后哀黎,郑图莫写,残砾炊烟暮。"《潇湘夜雨·怀省议会旧同事湘阴彭百涵》则面对"忽夜叉横海,吐焰成虹。烽烟逼,书焚厄火,鼙鼓急,泽满哀鸿。千秋业,艰难抗战,如障百川东"的现状,仍然大抒"千秋业,艰难建国,期奏补天功"的豪情壮志。相似情志表达还有《二郎神·病中罗植乾寄词步原韵以报》:

> 万方同慨,遭劫运,同悲阳九。纵封豕奔腾,长蛇荐食,赖有精神不朽。血海波涛翻不尽,仅有那沼吴时候。但满目鸿嗷,怆怀鱼颊,可怜黔首。　　依旧。多情雁系,书来秋后。报霹雳轰空,河山破碎,难认衡阳官柳。民元予监国选,驻车衡州府署东廱,庭前杨柳依依,今被炸故忆之。老骥鸣长,醒狮睡足,准取黄龙樽酒。只叹我,渴病相如,人比寒梅癯瘦。

词虽有"廉颇老矣",不复昔日雄姿之叹,然"老骥鸣长,醒狮睡足,准取黄龙樽酒"的赤诚胸胆并不减当年。他人所誉"如列子之御风。音高而铿锵,神远而雄奇。脱轶恒徯,自成体格,不必问其为唐为宋为元"⑤者,当指此类。

《海沤词剩》并非一种格调,可再读《河满子·遣怀。痼病经年,回肠百结,侵略战四年余,被害国家数十。人民更逾十万万,怆然赋此》下片:"征戍

---

① 苏鹏:《海沤剩沤·弁言》,湖南新化文化书局,1948 年石印本,新善本,国家图书馆藏。
② 邹永敷:《海沤剩沤诗沤序》。苏鹏:《海沤剩沤》,新化:湖南新化文化书局,1948 年石印本。
③ 苏鹏:《本书著刊大意》(第二条)《海沤剩沤》,新化:湖南新化文化书局,1948 年石印本。
④ 石醉六:《海沤剩沤序》,苏鹏:《海沤剩沤》,新化:湖南新化文化书局,1948 年石印本。
⑤ 邹永敷:《海沤剩沤诗沤序》,苏鹏:《海沤剩沤》,新化:湖南新化文化书局,1948 年石印本。

万方同慨,侵凌毕世兴悲。天视视民应厌乱,个中消息谁知。试向成都问卜,沼吴终有鸱夷。"彭熙治赞苏鹏词"骚魂雅怨,豪迈几欲与长公稼轩争席。而往复情深,又姜白石、王沂孙之流亚也。凡诗所未达者,又藉词以达之。"①所指当是《河满子》一类。词笔悲痛而不大哀,沉郁低徊,而视野所及二战数十国家,个中人道光环令人敬佩。《鹧鸪天·哭六内弟刘式如》四首则触摸到词人内心最柔软部分,情绪似有过激,词笔超越"雅怨",化为批判,隐隐可感其目光杀气:

> 痛今龙战正玄黄。风雨横飞动八荒。可叹烽烟方素杀,何堪疠疫又猖狂。　　真病竖,据膏盲。良医无术起贤良。天上岂须修史吏,人间难觅返魂汤。(本阕平仄为变体)

此与东坡、稼轩、白石、碧山又皆不同,豪放而内敛,冷静中蕴肃穆,寒气逼人。苏鹏重情重义更见于《悼凰词》9 首,为亡姬张锦凰而作,成为文坛"雅事",引来罗仪陆、左云璈、谢介僧、晏、文绪等多人答和慰问。②

《海沤剩沤》前期词所载革命事迹颇多,史料价值丰富;后期因病不便活动,然关注抗战的心迹却更加激昂迫切,感慨遂深,集中几乎没有如章士钊、王用宾等游山玩水、沉寂个人娱乐之作,他依然保持着年轻时参加革命的热情和爱民报国的初衷。早年并未求以文学传世,随作随失,世人但知其革命功业,而不闻文笔之才。奈此"剩沤"足以改观,词体可归入抗战词坛苏辛派主流一脉,于湖南一带拔得头帜当无异议。

苏词不仅内容充实,情感饱满,且艺术成就着实可圈可点。他对词体发展较为熟悉,认为早期"制谱度曲,长短平仄,皆有成规",然多年来"礼乐不作,谱之丝竹,被之管弦,邈焉难再"。自己所作皆是"茹则必吐,咸出性真,故持必有故,言必由衷。至风花水月之吟弄,摛藻缀绮之雕琢,则非所工,与其华而不实,毋宁质胜而野歌之"。③ "质胜""由衷"者已见前文;而"雕琢"者并非不工。恰相反,笔者认为《海沤词剩》中"比兴"技法远在章士钊、王用宾、林思进之上,或不及刘永济、吴眉孙等人精湛,亦足与卢前并驾齐驱。

---

① 彭熙治:《海沤剩沤诗沤序》。苏鹏:《海沤剩沤》,新化:湖南新化文化书局,1948 年石印本。
② 《海沤词剩》载《悼凰词》9 首《多丽》《花犯念奴》《庆清朝》《解珮环》《金缕衣》《念奴娇》《锁阳台》《鹧鸪天》《离亭燕》。罗仪陆赠示律二首,七绝二首;左全志云璈《齐天乐·二阕有序》;谢介僧《金缕曲》《蝶恋花》两阕;晏文绪五言古诗一首。见《海沤剩沤·词沤》,新化:湖南新化文化书局,1948 年石印本,第46—51 页。
③ 《海沤剩沤文沤》之《本书著刊大意》(第七条)。苏鹏:《海沤剩沤》,新化:湖南新化文化书局,1948 年石印本。

罗植乾十分推崇苏鹏词之"境界",其《绮罗香·有序》如是说道:"余最爱张叔夏《绮罗香》,以红叶之飘零,写亡国之痛苦,是叶是人,不能化分,人谓其词主清空,不知其情真事真,如天马健行,海鹏逍遥,……今叟(苏鹏)随物而寄于词……善造境界,虚者实之,实者虚之,是虚是实,令人不可摸索……方之张氏红叶,而上溯风雅,庶或近之。""境界"云云,颇为玄妙,只可意会不可言传。落之苏词,具体在"比兴寄托"和虚实结合的巧妙运用。先读《南浦·秋雁,用程垓体》下片:

> 频年南北回翔,叹榆塞新霜,潇湘旧地。城郭是耶非,狼烟外、剩有嘶风胡骑。月明唤候,声闻却洒征夫泪。凭高有意。只择尽繁枝,惊飞三四。余清末以党人被缉,民国又为何键所怒,两遭密缉。

不惟格律准确无误,且紧绕"秋雁"各种特性展开叙述,又恰当融入一己之思,二者虚虚实实,相得益彰,尤其"凌云志""征夫泪"等,充实了普通咏物词的体量。若程垓[①]"以红叶之飘零,写亡国之痛苦,是叶是人,不能化分";那么苏词则借"秋雁"而言个人身世与现实纷乱,二者不遑多让。另如《风入松·流萤》聚焦"流"字而大作身世飘零的文章:"飘零身世遍天涯。清影自参差。倚楼人正伤幽独,倩轻囊、携照孤帏。惯伴劳人苦读,逗牵骚客吟思。"《翠楼吟·蟋蟀》由秋后蟋蟀铩羽悲吟之声牵引出"胡笳天外动,促离妇频敲征杵。谁嗟硕鼠。怎作不平鸣,长鸣夜午。弹古调,把昆虫奏,入豳风谱"的现实触动。由秋雁、流萤、蟋蟀起兴,立足战乱纷扰中的家国情怀,词中高深"境界"相差不远矣。

以上比兴寄托笔法令词典雅含蓄,情景交融,确实有其妙处,但似乎仍未尽显《海沤词沨》的艺术成就。苏鹏《示仲孙书》有云:填词"小令与长调自有分别。短词要有弦外音,忌言尽而意兴俱尽;长词要有作意,要用气势去盘旋,若徒以辞藻堆砌而成,即是肉多于骨,亦非佳构"。[②] 简言之,苏鹏更看重词中"气势",气势浑厚者非自"辞藻",而自"作意",即前文所举"匡时正俗之用,救国济人之心,觉世牖民之愿"。与其在"秋雁、蟋蟀、流萤"等空间较

---

① 程垓《南浦·春暮》:"金鸭懒熏香,向晚来春醒,一枕无绪。浓绿涨瑶窗,东风外、吹尽乱红飞絮。无言伫立,断肠惟有流莺语。碧云欲暮,空惆怅,韶华一时虚度。　追思旧日心情,记题叶西楼,吹花南浦。老去觉欢疏,伤春恨,都付断云残雨。黄昏院落,问谁犹在凭阑处。可堪杜宇,空只解声声,催他春去。"

② 苏鹏:《示仲孙书》。《海沤剩沨》之《文沨》卷三,新化:湖南新化文化书局,1948 年石印本,新善本,国家图书馆藏。

窄的咏物词中寄托徘徊,不弱直接点明主题后再借世间相关情景为我所用来的更广阔自如。读《鹧鸪天·甲申秋雨声中昭陵告陷难胞载途》：

> 镇日吟魂带雨愁。长风涛浪撼松楸。掀天怨角邻城动,满眼征人客路道。　　风雨晦,古今秋。频年离乱笔端收。荒荒茂草伤周道,莽莽狼烟漫九州。

词人并不直接着眼于战争厮杀的惨烈,亦非从某一具体意象以小见大,而是先点明"告陷难同胞"的主题,再引动"雨愁、长风、怨角、征人、茂草、狼烟"等貌似时空错乱,而实则内在精神相连的物象,逐渐聚集起萧瑟冷漠、磅礴充沛的整体气韵。以致词尽而意蕴不绝,情感浑厚深沉,令人瞠目。而盘旋此气韵的根本是苏鹏内心的一腔忧愤。这类先亮明"拈大题目"主题,又立足真情真意之本,以比兴寄托技法出之者,方是"境界高深""脱轶恒蹊,自成体格"的"海沤词"。其他如《昭君怨·本意》也是得此法门的佳作：

> 短景朔风吹急。频酿南天雪意。家破在流离。有谁知。　　莫问穷途诉苦。多少离群怨侣。回首望乡关。白云间。
>
> 谙受孤凄滋味。算了辛酸犹未。何处息尘装。总苍茫。　　天末飞航何急。路侧王孙相泣。迢递数来程。又长征。

综合而言,在"以诗为词"和"以词言志"层面,苏鹏比章士钊、王用宾、林思进等表现得更为完整,深刻。早年都是投身革命,立志爱民报国的豪情壮士,但在岁月年轮及抗日战争面前,有的人已经棱角消磨,风采黯然,且变得自叹自艾。苏鹏同样未再提枪上马,却仍保持着热血豪情,集中到处充斥着"力拔山兮气盖世"的英雄语句。其超越同侪、独树一帜处更表现在将"大题目""大意义"的主题直接道出,再以比兴寄托、虚实结合技法含蓄渲染,掩盖了原也锋芒铮铮,过于依附诗体,而降低词体独立性的缺陷。且笔法细腻,没有过于雕琢的痕迹,从而形成气韵浑厚、境界高深的艺术风貌。如果说抗战词坛麾下,卢前凭借《中兴鼓吹》的成就和编纂《民族诗坛》的平台,扛起了稼轩风的大旗,推动了整体词坛风气的转变;那么苏鹏就是"以诗为词"这支劲旅中的头号大将,他在词艺上的成就是对"以诗为词不免粗率叫嚣、拉低词体艺术性"观点的有力反驳。其"短词要有弦外音,忌言尽而意兴俱尽;长词要有作意,要用气势去盘旋"的精辟言论也是对抗战词坛稼轩风有失雅驯的修正。

第二节　刘永济《词论》与《诵帚词》

卢前的《中兴鼓吹》和刘永济的《诵帚词》是抗战词坛耀眼的双子星座。如果说《中兴鼓吹》是用词来大写特写正面战场，使词承担起发扬民族精神，激起抗战情绪这一时代使命的话；那么《诵帚词》则更多的是抒述动荡时代背景下"士大夫"忧国忧民、感时伤乱的复杂情怀，使词摆脱政治宣传的左右，走进内心，回归本体。

刘永济(1887—1966)，字弘度，号诵帚，湖南省邵阳市新宁县人，是我国著名的古典文学专家。其生于书香门第，祖父刘长佑是湘军著名儒将，先后出任直隶总督、两广总督、云贵总督；父亲刘思谦曾任广东、云南等省知县，善书法。刘永济曾执教长沙明德中学、东北大学、武汉大学、浙江大学、湖南大学，后任武汉大学文学院院长、湖北省文联副主席等，治学谨严，博通精微。其研究涉及中国古典文学之诗、词、曲及文论诸多领域，著有《词论》《微睇室说词》《唐五代两宋词简析》《〈文心雕龙〉校释》《宋代歌舞剧曲录要》《屈赋通笺》《唐人绝句精华》《元人散曲选》《屈赋音注详解》《十四朝文学要略》《唐乐府史纲要》等，词作有《诵帚词》。

近三十年来，刘永济及其词的研究颇引人注目：第一，内容的归纳。如战乱中生民涂炭、家毁人亡的"危苦之音"[1]和悲壮之声[2]；还有学者关注到他的"交游词""自注词"[3]。第二，风格研究引人注目，特别是刘庆云和马大勇师两位学者，在阐释"音危苦而气沉雄"基础上，进一步探寻风格形成是时代环境、作家个性和晚清词学渊源使然。[4] 刘庆云注重成因的追问，马大勇师注重词史地位的建构。第三，词艺的分析。邓国栋总结为"熔诸家之长于一炉而自具面貌"，尤以"清真为归"[5]。祖保泉则聚焦词中守律、炼字、创新语等特点[6]。

---

① 唐景凯：《五四以来的中国词坛》，广州：广东人民出版社，1995 年，第 130—132 页。吴海发：《二十世纪中国诗词史稿》，北京：中国文史出版社，2004 年，第 182 页。

② 胡国瑞：《读〈刘永济词集〉》。武汉大学文学院编：《胡国瑞先生九十寿辰学术纪念文集》，武汉：武汉大学出版社，1999 年，第 237—246 页。

③ 李剑亮：《民国词的多元解读》，杭州：浙江大学出版社，2012 年，第 1—56 页。

④ 马大勇、赵郁飞：《刘永济与抗战词坛》，《词学》，上海：华东师范大学出版社，2015 年，第 23 辑。刘庆云：《音调危苦气格沉雄——读刘永济先生〈诵帚词〉》，《中国韵文学刊》，2004 年第 1 期。

⑤ 邓国栋：《刘永济词的艺术特色》，《湖南师范大学社会科学学报》，1986 年第 4 期。

⑥ 祖保泉：《试论刘永济的词》，原载《中华诗词》2001 增刊号，祖保泉：《中国诗文理论探微》，合肥：安徽人民出版社，2006 年，第 243—258 页。

与词创作相比,刘永济词学成就更早为人熟知。施议对、曾大兴、陈水云、李旭、许菊芳、张思齐等人都有专文论述刘永济在传统词学向现代词学过渡中作出的重要贡献。《词论》是刘氏唯一词学理论专著,代表了他对"词"这一文体的综合认识。学界对上卷"通论"中的"名宜""风会"分析较深,而下卷"作法"①却少有问津。这意味着我们对《词论》价值的认知还存在不足。

以上对刘永济词创作及词学研究,虽然角度多元,但存在一个共同缺陷,即论词学思想时没有将《诵帚词》纳入考察范围,论词创作时又未足够重视《词论》的指导意义。本节即以《词论》为思想内核,将刘永济词学理论与创作实践相结合,给出对《诵帚词》不同角度的认识。

一、衰飒凄凉、沉雄悲壮

《词论》下卷的"作法"云云,与其说是"为初学启示涂轨"②,不如说是刘永济一生填词的心得体会。读其词最要紧处就在"以意逆志",尤其是对彼时社会生活的认识和寄托之情。《诵帚词自序》云:

> 苟其情果真且深,其词果出肺腑之奥,又果具有民胞物与之怀,而又若万不得已必吐而后快之势,则虽一己通塞之言,游目骋怀之作,未尝不可以窥见其世之隆污,是在读者之善逆其志而已。

用词来窥见复杂的"世之隆污",非三言两语可以概括,容下文详说。此处作者之"志"是可以体察的。刘永济在《词论·作法》"总术第一"中论词与人之关系时指出,词人之"志"不在"襟抱、胸次",而在"风度、气象"。他认为前者"偏于论人,得之词外",后者"即人即词,浑然不分"。③ 有两件事可得管窥其"风度、气象"。一是他受胡元琰赏识,任教明德中学,胡校长因革命遭缉而出逃,学校经费断绝,为报知遇之恩,刘永济慷慨的拿出他打算用于留学的3000银元积蓄,助明德中学继续办学,自己和其他教员一样,每月只拿8个银元。需知他是家道中落,11岁即失去父亲的孤儿。留学本是其近期学习"襟抱",终让步报恩于危难的"风度"。二是1943年,在任武大文学院院长,领导以赠免费摄影券,鼓励其加入国民党。刘永济断然拒绝,并有《菩萨蛮》词,一句"眉样画难工,何关心不同",明言"不入党与异志与否无关"。④ 此二

---

① 刘永济:《词论》,北京:中华书局,2007年。
② 刘永济:《词论》卷下《作法》,北京:中华书局,2007年,第129页。
③ 刘永济:《词论》,北京:中华书局,2007年,第135页。
④ 程千帆:《刘永济传略》,《晋阳学刊》,1982年第2期。

事足见其重情重义、慷慨豪迈、刚毅正直、自由独立的人格形象。带着反映"世之隆污"和其为人的前提,我们就能够读懂《诵帚词》中衰飒凄凉之调和沉雄悲壮之声。先看下面两首词中的衰飒凄凉:

> 倦羽惊风,渺天涯寄泊,沉哀何地。残夜梦回,还疑醉歌燕市。冰霜暗忆胡沙,怅一霎、红心都死。鸿唳,料征程怕近,长虹孤垒。　　遗恨付流水。剩荒原夜黑,怨啼新鬼。莫自泪枯,谁遏涨天鲸沸。须知玉树声妍,浑不解、人间愁味。无寐,听寒涛、断魂潮尾。(《惜秋华·在武昌武汉大学》)①

> 客怀如梦如烟,佳辰只作寻常度。殊乡节物,香蒲角粽,依稀荆楚。汉上旌旗,湘中鼓角,岭南烽火。正忠肝义胆,争城陷垒,能余几,清平土。　　前事诸宫漫数,尽沉酣、琼筵歌舞。高唐梦冷,章华春晚,江山谁主?极目心伤,断魂难返,江南红树。剩一潭怨水,年年此日,费辞人赋。(《水龙吟·庚辰嘉定重午》)

"九·一八"事变后,刘永济举家迁于北平,后又辗转至武汉大学。第一首词是 1932 年 8 月其刚至武汉大学时作,后者是 1940 年随校西迁乐山所作,因有"倦羽""寄泊""客怀"等语。东北战事正烈时,南京政府抱以"不抵抗"政策,以至东北国土迅速沦陷。待之敌人横扫东南沿海,连下太原、徐州、武汉后,词人更是"极目心伤",用"琼筵歌舞"形容国军虽未允当,但与一触即溃的现实也相差无几。摆在眼前的是东北义勇军这"一霎红心"的"孤垒",是中华大地的多少"新鬼",谁来遏制侵略者"涨天鲸沸"的嚣张气焰?茫茫江山,又谁主沉浮?对此时中国的未来,作者是悲观的。

如此凄凉的哭诉,在整部《诵帚词》中有较大比重。刘庆云先生对刘永济词感情色彩字曾有统计。手定本 200 余首词中,"愁字出现 60 余次,……伤、悲、凄、恨、苦、倦等字在词中出现均达 20 次以上"②。这还不包括饱受赞誉的"绮罗兴废外,歌酒死生间""西南容有地,东北更无天"(《临江仙》)、"梦外乾坤龙战苦,阴森,白骨成山肉挂林"(《南乡子》)等句。不必再重复举例,

---

① 刘永济著,徐正榜整理:《诵帚词集·云巢诗存:附年谱、传略》,北京:中华书局,2010 年,本节所引诗词皆自此本。

② 刘庆云:《音调危苦气格沉雄——读刘永济先生〈诵帚词〉》,《中国韵文学刊》2004 年第 1 期,第 24 页。

马大勇师在《刘永济与抗战词坛》中已有详细罗列。① 需要说明的是,衰飒凄凉绝不是"消极厌战",更不是"悲观、绝望"②,而文学界所有同仁的战争实录。面对生民涂炭、民不聊生的惨象,词人无法做到漠视,更不能将其美化。刘永济引魏源言云:"世愈乱,情愈郁,则词愈幽也。"③此忧郁之情恰恰是作者深层的心理诉求,是"忠实的叙述""痛苦的寄托",是"真文学"的本质。

当然,刘永济绝不甘于仅作衰飒凄凉之调,沉雄悲壮之音才是其"英雄本色"。他在《吴白屋遗书序》中说道:"豪杰之士,生丁乱世,手无尺寸之势,瘏口弊舌作为文章,又复无从得人之听受。而犹不顾一切,大声疾呼,长吟短咏,以冀民彝之未尽泯者勃然兴起,相与障洪流,挽狂澜,以还诸清宁昭晰之境。"④将诗词致于"大声疾呼、力挽狂澜"的宏大"气象",非大作手不能道之。

世人皆举《满江红·东北学生军军歌……》一阕,来代表刘永济词沉雄悲壮的特质。窃以为,此阕虽有力拔山兮气盖世的豪迈,但读来诘屈聱牙,典故堆砌,不能过度称赞。沉雄悲壮的格调不是空洞粗率的政治鼓吹,而是对抗战时事的宏大场面有冷静的把握,更重要的是蕴含忧国忧民、寄托感慨的士大夫情怀,并给予读者抗战必胜的从容信念。如以下两首词就显得更加通畅晓达,又韵味无穷。

> 抗疏呼阍气若神,袖锥寒夺众奸魂。难回天地还洪武,且敛精灵托旧文。　　山岳坼,海尘昏,乞师哀绝楚遗臣。谁知二百余年后,又见虾夷入国门。(《鹧鸪天·奉题皓白所藏梨洲先生画像》)
> 不放歌头玉笛吹,不教狂客翠尊飞。烧灯清坐读秋词。　　古恨还从今世得,今愁争遣古人知。人生何处莫情痴。(《浣溪沙·中秋》)

在敌人猛烈炮火下,在半壁国土沦陷的现实面前,词人还能发出"抗疏呼阍气若神,袖锥寒夺众奸魂。""古恨还从今世得,今愁争遣古人知。人生何处莫情痴!"等慷慨豪迈、气定乾坤之语,这需要何等的气度? 这些词表现出的宏大气象是可以睥睨"盛唐"的。《诵帚词》又岂止这几首,"人言何处无芳

①　马大勇、赵郁飞:《刘永济与抗战词坛》,《词学》,2015 年第 1 期。
②　《对刘永济〈诵帚庵词〉的意见》,参见刘永济:《诵帚词集·云巢诗存:附年谱、传略》,北京:中华书局,2010 年,第 584 页。
③　刘永济:《词论》,北京,中华书局,2007 年,第 126 页。
④　徐正榜《刘永济先生年谱》,刘永济:《诵帚词集·云巢诗存:附年谱、传略》,北京:中华书局,2010 年,第 322 页。

草,莫倚阑风悲远眺"的从容气魄自不待言(《玉楼春·寄怀枣园辰溪》),《鹧鸪天·偶检论文旧稿,有感于伪江南近事……》中"欺末俗,诋前修,文章何止类俳优。可怜辛有空前识,不到为戎总不休"等句,希望立即投笔从戎,诛杀汉奸的气概也值得敬佩。还有将矛头直指政府的腐败、软弱,诉其不勇,怒其不争:

> 煮字难充众口饥,牵萝何补破残衣,接天兵祲欲无辞。 一自权衡资大盗,坐收赢利有伧儿,一家歌笑万家啼。(《浣溪沙》)
> 宅火熊熊那可居,却向何处觅三车。众生历劫魔群喜,大浸稽天圣独吁。 休侘傺,且虚徐,可怜蟊蠈铸唐虞。而今识破弥天诳,坐阅鳌倾一语无。(《鹧鸪天》)

这些"忧邦国之危亡,痛英烈之死难,于当局之腐败,又极富批判意识"[1]的词,是与刘永济"风度、气象"完美契合的英雄之词,是我们走进《诵帚词》深处,能够把握住词人内心博动的风骨所在。正是这些衰飒凄凉的实录和沉雄悲壮的气象成就了《诵帚词》在抗战词史上的主流地位。

二、性灵与学力兼备而归之自然

《词论·作法》中的"取径""赋情""体物""结构"等篇讲的都是学词门径问题,从学步前贤到自身性灵的培养,再到学识的积淀,以及性灵与学力在词中的协调融洽,刘永济对此皆有独到心得,而《诵帚词》就是这些心得的具体实践。

刘永济早年颇多"少年强说愁"的词作,虽有纤巧之失,但言语间性灵流动,才气逼人。他曾随朱祖谋、况周颐学词,以《浣溪沙》"阑珊灯火夜凉时,舞余歌罢一沉思"中的"沉思"一语而颇受朱祖谋赏识。若进一步追寻其学词门径,从早年近百首词中恐怕很难归纳出到底是哪家门路。刘永济自己坦言:"五代、两宋皆我之先矩,苏、辛、梦窗皆我良师。即舍五代、两宋,苏辛、梦窗,而我亦不失其为大家,不失其为名手。"[2]如此自信夸自己为"大家""名手"的底气是他学古人词"贵得其精神",而不津津于摹仿类似的皮相。朱光潜、刘梦芙曾说他的词:"谐婉似清真,明快似东坡,冷峭似白石……"

① 刘梦芙:《二十世纪中华词选》,合肥:黄山书社,2008 年,上册,第 404 页。
② 刘永济:《词论》,北京:中华书局,2007 年,第 144 页。

"令词似冯延巳、小晏;长调出入东坡、清真、白石、梦窗之间。"①这些评论既可以看作朱、刘对刘永济词风的认识,也可以理解为刘永济聪慧灵通,转益多师,且一学即得其神髓。

光有才情还不够,长期以往,终会导致纤滑,不够厚重,需以学力辅之。学力表现在两个方面,从词外看是具有渊博的文史学识,从词内看则是格律上的工整凝练。刘永济是著名古典文学专家,在"楚辞学""龙学"文学理论、诗词曲研究等方面皆卓有建树。学术上的巨大成就对其词创作是有影响的,最明显的特征就是用典。如"怪屈原,何事问苍天,天如墨"(《满江红》),"凌波几度要琼佩,更几回、吊楚歌呼。算都成医眼空华,事往难摹"(《高阳台·昨梦放棹东湖……》)等句化用楚辞典故,为词增添不少光彩。再如上文所举《惜秋华·在武昌武汉大学》为例,"醉歌燕市"用《史记》刺客传荆轲与高渐离事;"胡沙"取陈后主《扫花游》"玉树后庭花"意以反讽当今政府;"莫自泪枯"出自杜甫《新安吏》:"莫自使眼枯,收汝泪纵横。"典故用的好的话,如《惜秋华》,既不妨碍读者欣赏,又增加词的厚重感。但若以此来显摆学问,故作高深,就会使词之美感大打折扣。不必讳言,《诵帚词》中就有一些作品堆砌典故,如《满江红》(禹域尧封)中用"铭盂书鼎""交阯铜标""神胄舆台""阖闾""蛟龙"等诸多典事,反而阻塞了"把乾坤、大事共担当,今番决"的壮志豪情。

刘永济词体格律造诣颇高,其被人称誉的《宋词声律探源大纲》自不必说,《微睇室说词》中对梦窗词分析也已是惊艳词坛。可贵的是他将古人作词规律和自身创作实践相结合,使得《诵帚词》在艺术层面成绩斐然。具体有三点:第一,炼字炼句,严守声律。刘永济词中常有改字改句现象,一是出于意蕴的斟酌,如上文《浣溪沙》中"一自权衡资大盗"的批判程度就比原作"劳梦河山非故主"更深刻。一是出于声律的精确,如《倦寻芳·辛未四十四岁在沈阳东北大学》首句原作"粉云缟夜",后改为"絮云贮彩"。《词论·声韵第四》明确守律五则"一,句读宜明也;二,词格宜遵也;三,上、去宜辨也;四,去声与三声宜分也;五,入声派入三声宜审也。"万树《词律》"倦寻芳"首句当用"去平去上"②,正是对仄声中上、去、入更精确的辨别,他才改为"絮云贮彩"。③ 如此苛刻的锻炼字句,使得《诵帚词》中精彩名句层出不穷。如"重云未成晴意,翻作可怜秋。"(《诉衷情·偕家人步出西城》)"林风静后微闻

---

① 刘梦芙:《二十世纪中华词选》,合肥:黄山书社,2008 年,上册,第 403—404 页。
② 万树:《词律》,北京:中华书局,1957 年,第 704 页。
③ 邓国栋:《刘永济词的艺术特色》对此也有申说,《湖南师范大学社会科学学报》,1986 年第 4 期。

露,溪月闲来自过门。"(《鹧鸪天·昨梦少年事》)

第二,结构严谨,章法可寻。词体的章法结构不外起、过、换、结处的匠心独运。《词论·结构》云:"发端之辞,贵能开门见山,不可空泛","过拍自以结束上段之意为佳也","结句,大约不出景结、情结两种。情结以动荡见奇,景结以迷离称隽。"以刘永济《谒金门》为例,"帘不卷,帘外乌声千转。心事至今犹电幻,梦多愁更乱。 旧约山轻海浅,新恨水长天远。雁讯不来空缱绻,讯来肠又断。"起句以"卷帘""乌声"兴起愁情。过拍以"梦多愁乱"结束上片。换头以"旧约"承接上片,"新恨"开启下片。结尾处用"情结",以"讯来肠又断"使缱绻之情更深一层。"景结"方式如上文《惜秋华·在武昌武汉大学》的"无寐,听寒涛、断魂潮尾。"结尾荡开,使词余韵无穷。刘永济在如此简短小令中都能谨遵章法,更何况是"条贯错综"的长调。

刘永济词的结构工整还表现在对仗。对仗在律诗中要求严格,词中则较弱,但紧要处也十分讲究。如《浣溪沙》换头处,他用力甚深。"客自烟波江上至,梦从云水窟中还"(《浣溪沙·赠登恪》)、"终古鸡虫谁作主,野坛狐鼠自通神"(《浣溪沙·辛巳五十四岁》)、"隔水晚山烟幂幂,出城乔木雨纷纷"(《浣溪沙·文庙晚归……》)。不惟此一调,《鹧鸪天》起句,《临江仙》结句,也常有凝练处。这些紧要处的对仗工整,进一步彰显了刘永济词的艺术魅力。

第三,辞语老辣,传承词体本色又不避今韵俗语。二十世纪词坛在语言方面可谓色彩纷呈:有鼓荡雄风而不免粗率的《中兴鼓吹》;有硬语盘空、苍质奇横的《无盦词》;还有融合古词今语而成"非古非今"的顾随;"一代词综"夏承焘;"易安"再世沈祖棻……《诵帚词》在语言方面的独特之处就是古色古香,他是二十世纪最优秀的词体传承者。这一特点得力于代字和换字的巧妙使用。他曾说"换字是以新鲜之字换去陈旧的字,以美丽之字换去平常的字","代字不但将本色字加以修饰,而且将加工设色的字代替本色字用"。除了以"金缕"换"柳丝",以"银浦"换"天河"的传统词语,还有"澄碧媚晶宇,银阙丽中天"的中秋之月;"翠羽剪剪"的秋燕;"娇鬟移筝韵欲流,丝丝还诉故宫愁"的蝉声……刘永济词虽重当行本色,但对待口语今韵他是开放的,"故俗字、俗语入词,不但无妨,且增神味。然则俗音入韵,有不得不然之势。……填词一道,守律宜严,用韵可宽。守律宜遵古,用韵不妨从今。但取神味深永,不宜为韵所束。"①请看《减字木兰花》:

---

① 刘永济:《词论》,北京:中华书局,2007年,第114页。

斜阳恋郭,残宋江山红一角。随意行歌,知道人生为甚么!　　有情终苦,试看江头杨柳树。愁浅愁深,谁识天寒翠袖心?

刘永济之所以不避口语今韵,是因为他追求词的"神味深永",在"神味"面前,"韵律"是必须让步的,这是读懂《诵帚词》的重要突破口。至此,我们就不会惊诧,在古色古香的《诵帚词》中还有"知道人生为甚么"这样的句子了。

其实,刘永济从来就不以学力过人自居,他认为优秀的词作是需要将性灵和学力完美的结合。即"以学力辅性灵,以性灵运学力,天人俱至,自造神奇之境,斯为最上,斯为成就。"①这就是其推崇备至的"自然"境界。

"自然"境界又何止是性灵、学力这么简单,驾驭此二者的终究是生长于世间的词人。在硝烟四起、国破家亡的时代,像刘永济这样怀揣忧国忧民的士大夫理想,勇于直面残酷的现实,敢于揭露社会的弊端,以卑微的呼声、从容的语调刻录下彼时知识分子的真实心声,这种精神本身就值得敬佩,更何况是用如此美妙、丰富、深沉、凝重的词体来自然的传达。刘永济在词中,已然将自我沉潜于这段沉重的历史深处,以至"当性灵流露之时,初亦未暇措意其词果将寄托何事,特其身世之感,深入性灵,……同时流露于不自觉"②。最后品读这"不自觉"下的款款深情:

昨梦成尘记不真,狂尘如梦更纷纷。何时梦醒了无尘。　　万里难寻歌哭地,三年凄断醉吟魂。江山知剩几多春?(《浣溪沙》)

岁序潜移悄自惊,江村物色又全更。蚕初作茧桑都老,豆欲行藤架已成。　　云易幻,水难停,百年销得几蜚腾。疏櫺小几茫茫坐,翻尽残书眼瞖生。(《鹧鸪天·庚辰五十三岁……》)

艺术技巧再怎么圆熟,也不过是"技"的境界,与此脱尽豪华见真淳的"自然"相比,不可同日而语。也许这种"倚楼听风雨,淡看江湖路"的境界,才是《诵帚词》的真正归宿。

三、风会理念下的词坛地位

刘永济在《词论》上卷中拈出"风会"一语取替"流派"的传统分类。他认为"派别近私,风会则公也。言派别,则主一二人,易生门户之争;言风会则

---

① 刘永济:《词论》,北京:中华书局,2007年,第142页。
② 刘永济:《词论》,北京:中华书局,2007年,第139页。

国运之隆替、人才之高下、体制之因革,皆与有关焉。"①不惟流派,这一观点还打破词史中以时序、地域、作家等为线索的叙述局限性。即一代词风特质的形成与变革是由"国运""人才""体制"共同完成。以风会说为指导,对词史变革将有更清晰的认识。他说"稼轩之豪雄沉健","遗山、天游之含情凄恻",皆是时代使然,因为前者"国势日弱,朝廷日卑,而上下宴安,志士扼腕……欲澄清而无路。"但至少家国仍在,雄壮之音常发以壮颓势。而后者身处"亡国之余",虽有"满腔忠愤,而终莫可为,故泄之于词,极掩抑零乱、低徊往复之致,而不能轩昂激烈"。

　　"风会说"是认识《诵帚词》及其在抗战词坛上主流地位的重要窗口。先说"国运"。自"九·一八"事变后,国体动荡,硝烟四起,中国人民承受着巨大的灾难。如此惨烈之景发之于词,是为抗战词坛之"哀音"。本节论述刘永济词"衰飒凄凉"格调时已有论述。1964 年,武大中文系《对刘永济〈诵帚盦词〉的意见》也认为其词"把战争写得非常残酷、凄惨"②,这正是词史之作必须具备的实录精神。然纵使敌人武器先进,且已经侵占半壁国土,但中国军队仍在前线英勇反抗,国共两党更是摒弃前嫌,与社会各界组成最广大的统一战线,如此振奋人心之事、雄壮勃发之情发之于词,是为"壮音",这是抗战词坛的另一主旋律。卢前《中兴鼓吹》、詹安泰《无盦词》、缪钺《冰茧庵词》、苏鹏《海沤词剩》、王陆一《长毋相忘词》等,皆吟唱出抗战词坛气吞山河的雄壮之声。刘永济《诵帚词》中也有大量风骨之作,上文"沉雄悲壮"一节已有详论。哀、壮之音是此时合乎"国运"的全新词风。

　　复说"人才"。刘永济云:"一时之风会,固有一时之作家为其领袖"。③ 不同作家的性情、词作风格成为引领风会丕变的重要因素。《词论·风会》云:"苏、柳之分镳并驰者,东坡才大而高朗,耆卿情放而落拓也。"在苏、柳二才的影响下,始有北宋俗词和士大夫之词风的延宕。同样,南渡之初,国势颓弱,有的词人"放情山水,托庄老以自娱",有的"叱咤风云,欲澄清而无路",从而形成南宋以朱敦儒、陆游为首的闲逸词,以辛弃疾、陈亮为领袖的激昂词。④ 以上足见人才在风会转变中的重要作用。

　　在当今抗战词坛,人才的作用亦举足轻重。1931 年前,晚清四大家主盟词坛,创作上多追步梦窗,以至一时才俊争相效仿,以擅道梦窗语为能事。

① 刘永济:《词论》,北京:中华书局,2007 年,第 119 页。
② 徐正榜:《刘永济先生年谱》,刘永济:《诵帚词集·云巢诗存:附年谱、传略》,北京:中华书局,2010 年,第 586 页。
③ 刘永济:《词论》,北京:中华书局,2007 年,第 127 页。
④ 刘永济:《词论》,北京:中华书局,2007 年,第 126 页。

抗战军兴后,前贤多已凋零,代之以龙榆生、夏承焘、詹安泰、刘永济、吴眉孙、卢前、唐圭璋、缪钺、沈祖棻、丁宁等人才。他们的创作和旨趣绝非梦窗可以牢笼,这是一群既有传统词学血脉,深谙词体要眇宜修之道,又兼具现代词学通达意识,转益多师,不津津于一家一派,积极关心时事的人才。他们通过自己的实践和主张,都在不同程度地呼唤着词风的变革。

再说"体制"。体制有内外之分。词体内部的变革自唐五代至宋末基本已经定型,宏观讲或婉约豪放,或清空质实,或雅俗之辨,或正变之争;微观看亦有花间体、柳永体、东坡体、易安体、白石体、梦窗体等,至数百年后的民国,词体内部恐怕已经难有变革。但体制外却千变万化。且不说词体产生之初的宴会助兴,嬉戏娱乐,也不说南北宋之际的赋情言志,乃至清初的词史价值,单就抗日战争时期而言,不仅上述各种功能皆被不同程度的继承,如"灰色地带"失节词人的粉饰点缀;炮火中家毁人亡、抛妻别子的苦吟词群;偷安一隅,以词会友,抒发感慨的雅集逸乐;国统区勇于揭露腐败、坚守独立人格的士大夫词群;抗战前线指点江山的词坛猛将,都折射出抗战词坛的多彩面貌,而且词作为文艺形式的一种类型,已经成为政治上宣传鼓吹抗战的重要载体,他承担着激起抗战情绪的时代使命。如此繁复的词坛面貌定是群雄逐鹿、色彩纷呈的格局。

在"国运""人才""体制"共同推动下,抗战词坛色彩纷呈的格局已经形成。但若以时世人心而论,粉饰太平的点缀、空洞无聊的模山范水、囿于词律的褊狭之作,在抗战大背景下,皆逃不出被词史洗刷的命运。即便是顺应潮流,甘愿作政治传声筒的鼓吹之作,在战后也会渐渐地被人遗忘。占据抗战词史主流的终究是那些秉承词体固有艺术技巧,并不想要在短时间发生宣传效果,而是"诉于更深一层的心理要求的"作品,或"是前线将士雄心的流露与义愤的发泄",或"是后方平民热情的表现与痛苦的寄托",或是"耳闻目睹的经验之忠实的叙述与记载"①,这些才是"真正的文学"。

1949年,刘永济之所以删除四十四岁前作品,只录1931年后词作,是因为他已经对当时的词坛"风会"有清晰认识。一方面此前作品仍在"转益多师""步趋前人",即程千帆所说的:"将冯之深婉、苏之豪放、姜之清刚、吴之丽密,合一炉而冶之。"②但还停留在"冶之"阶段,没有形成自己的独特风格;另一方面就是出于词坛"风会"考虑,1931年前基本是梦窗词风的天下,而刘永济明显不愿牢笼于此,其词自然不合时宜。抗战军兴后,不仅从"步

---

① 邵洵美:《一个人的谈话》,上海:上海书店出版社,2012年,第157—158页。
② 程千帆:《刘永济传略》,《晋阳学刊》,1982年第2期。

趋前人""梦窗词风"下成功突围,且形成《诵帚词》衰飒凄凉、沉雄悲壮的独特格调,这一格调当之无愧的引领着抗战"国运"下的词风胚变。不仅如此,刘永济在词体技巧上的造诣也是不可多得的"人才",《诵帚词》性灵与学力兼备而出之自然的艺术风貌就是明证。在体制方面,正如上文所说,《诵帚词》"使词摆脱政治宣传的左右,走进内心,回归本体",他追求的就是"诉于更深一层的心理要求"。因此,"国运""人才""体制"三方面的成就都足以证实《诵帚词》是抗战词坛风会下的扛鼎之作,他当之无愧地占据着抗战词史的主流地位。

综上所述,《词论》上卷提出的风会说,便于清晰认知二十世纪词坛精彩纷呈的格局,也进一步确立《诵帚词》在抗战词坛中的主流地位。下卷"作法"与"总论"相辅相成,不可割裂,整体上构成刘永济对词史演变、词律规格、词体审美与创作实践的综合认识。而《诵帚词》又是对刘永济词学思想和词作规律的验证,只有将二者结合考察,才能更深刻把握其精髓。在《词论》视域下,《诵帚词》的面目变得更加清晰:宏观上,它顺应时势,既于词中以实录精神客观反映抗日战争的宏大场景,又不愿被政治宣传左右,以独立自由的人格和慷慨豪迈的风度,冷静从容地传达战争中一位知识分子的真实心声。锻造出《诵帚词》既有衰飒凄凉的感人格调,又有沉雄悲壮的盛唐气象。微观上,在不失天生聪慧和至真至诚的性灵下,转益多师,得唐宋名家神髓。并刻苦钻研,通晓词体内部的声律、韵调、结构,以古色古香的语言,凝练出《诵帚词》性灵与学力兼备而出之自然的独特风貌。至此,《诵帚词》之词史地位已然确立,他是当之无愧的现代词坛大师。

第三节　吴眉孙四声观念与《寒笳阁词》

毋论在晚清民国词史,抑或更小范围的南社词群以至午社,吴眉孙都称不上名词人。他花甲以前所作词随写随佚,不自收拾,亦不大事标榜,或者是声光沉埋的重要原因。然而,仅凭其今传一百七十余篇《寒笳阁词》以及"文质适中,清气贯通"的词学理论即可辨认出,吴氏的理论与创作成就是远远被低估了的。在理论层面,他特别重视词体社会功能和个人情感抒发,鲜明地亮出反对梦窗风的旗帜,成为引领抗战时期词风胚变的一员骁将;在创作层面,他以充沛的情感驾驭性灵之笔,用幽默风趣的个性化语言,充分展现孤岛文人的艰难处境和家国情怀。尤其在刻录"留守文人"心灵史的维度上,他的创作最为生动感人,也独具艺术魅力。

吴眉孙(1878—1961),名庠,别号双红豆斋主。江苏丹徒人。清优贡生,南社社员。著有《寒竽阁词》《遗山乐府编年小笺》。眉孙早年师事瞿鸿禨,并参加南社、丽则吟社,因《国魂报》关系,与奚燕子、戚饭牛、陈蝶仙等并称"国魂七才子"。中年曾任梁士诒、唐寿民秘书,在交通银行工作数年。晚年寓居上海,任职文史馆。

眉孙是性情中人。夏承焘说他与人讨论学问时,"最诚笃可爱"。他爱憎分明,就事论事,同意与否各抒己见。曾谈"近代社会四感想":"一曰无礼,谓婚丧礼制未定。二曰蔑史,甚不满于今日学人之疑古。三曰非重农抑商,则大乱不已。四曰机器益多,则人自杀益烈。"①保守倾向中确有执拗真诚的一面。他酷爱藏书、校书。② 每读一书必反复校勘,至老不辍,人称"白发校书翁"。札记眉批时全用正楷,绝不潦草,他曾说"书法是代表人格的,岂能苟且从事,潦草塞责。"③又可见为人、为学之谨严不苟。

《寒竽阁词》④收 1938 至 1947 年间 172 首词。就时间分布看,创作于1939 至 1942 年午社活动期间的有 120 余首,因此,考察伴随午社活动始末的"四声之争"对理解其词是十分有利的。

一、吴眉孙词学观

自朱祖谋主盟词坛以来,梦窗词风席卷大江南北。流风所及,词人争相效仿,皆以能道梦窗语为能事。善学者,既得其典雅密丽之风韵,又得情思蕴藉之神髓;不善学者,徒有密丽之皮相,且斤斤于四声格律,不敢越雷池一步。彊邨先逝后,词坛群龙无首,呈现更加复杂的格局。受惯性所及,梦窗一脉仍有众多追随者,但与此前不同的是,他们的创作越来越忽视词体抒情功能,无限拔高平仄格律的要求,乃至每个字的平上去入都力求相同,突出代表有仇埰、蔡嵩云、邵瑞彭等。王孝煃《仇君述盦传》云:"(仇埰)喜吟咏,尤肆力于词,宫徵之求协,格律之遵循,恨不起古人而与商,……一字未洽,一声未协,一调未谐,或揅挦往籍,或邮坪投赠,或风雨一庐,聚谈竟日……期四声之必合,督责甚于严师。"⑤像仇埰这样过于追求合律,势必降低情感内容的关注。其实,自1931 年以来,这一创作倾向就受到不少词人的反对,

① 夏承焘:《天风阁学词日记》,杭州:浙江古籍出版社、浙江教育出版社,1997 年,第 216、217、224 页。
② 潘伯鹰:《潘伯鹰文存·小沧桑记》,上海:上海辞书出版社,2013 年,第 57 页。
③ 郑逸梅编:《南社丛谈·历史与人物》,北京:中华书局,2006 年,第 187 页。
④ 吴眉孙:《寒竽阁词》1957 年油印本,下文所引皆自此本。
⑤ 王孝煃:《仇君述盦传》,仇埰:《鞠谦词》,民国三十六年(1947)铅印本,南京图书馆藏。

龙榆生在《论平仄四声》①中已有简述。随着抗日战争爆发,国体动荡,现实的逼仄和词体内部的分化使得严守格律的梦窗词风已不能满足广大词人的心理诉求。整个词坛正在酝酿着一场更符合时世人心和社会需要的词风丕变。"四声之争"就是这一词风丕变下不同阵营间的开战,是"民国词坛首次对梦窗词风的正式清算,体现出当时词人对词坛定位的再次思考"②。

就理论建树来看,推崇四声的阵营几乎没有参与这场争论,他们的观点主要表现在创作上:学习梦窗遣词造句的凝涩密丽,重视格律,严守四声,喜用险韵涩调等。从夏承焘、吴眉孙、冒广生等人著述中,大体能总结出"梦窗派"对四声的两点主张:一,梦窗词注重格律工整,而遵守四声是评定工整的主要标准;二,在词谱失传前提下,遵守四声是维护词体本色,追寻倚乐便歌的唯一途径。

吴眉孙对这一创作倾向和四声主张十分反感,他在《致夏瞿禅书》中提出三点批判:"当代词人,务填涩体,字荆句棘,性梏情因,心力虚抛,语言鲜妙,此其一也。谓填矧调,必依四声,本不能歌,乃矜合律。……一声不易,如斯泥古,大可笑人,此其二也。……近代词坛,瓣香所奉(梦窗),类皆涂抹脂粉,破裂绮罗,字字饾饤,语语襞绩,土木之形骸略具,乾坤之清气毫无,作者先难其详,读者更莫名其妙,此其三也。"③三个论点,句句痛抵词坛时弊,可谓振聋发聩。

有鉴于此,眉孙进一步提出"文质适中,清气贯通"的词学理论主张,以求摆脱格律束缚,回归词体深美闳约,要眇宜修,并寄托个人和社会真情实感的正常轨道。先说文质适中。他在《清空质实说》④中谈到:"质者,本质也。即词家之命意也。惟质故实,所谓意余于辞也。文者,文饰也,即词家之遣辞也。惟文故空,所谓辞余于意也。"简而言之,质就是情感内容,文就是遣词造句。眉孙将晚清以来的谈词者分为两派,一是以王国维为代表的"尚质派",一是推尊梦窗的"尚文派"。优秀的词人应该是将辞藻与命意完美的结合。不能像王国维那样赤裸裸用"意境"来谈命意而轻视辞藻,也不能像晚近词坛追步梦窗那样,只谈辞藻而轻视内容。他说"美人自须脂粉,然非一味涂脂粉,便算美人;名士自具琴书,然非终日买琴书,便为名士。学梦窗者,能于此加意焉,庶几有文而兼有质,不至成为伪体"。且不去细究眉

---

① 龙榆生:《论平仄四声》,《词学季刊》,1936年6月,第三卷,第二号,第7—11页。
② 朱惠国:《午社四声之争与民国词体观的再认识》,《中山大学学报》(社会科学版),2014年第2期,8—17页。
③ 吴眉孙:《致夏瞿禅书》。《同声月刊》,第一卷第三号,1941年2月,第156页。
④ 吴眉孙:《清空质实说》。《同声月刊》,第一卷第九号,1941年8月,第81—84页。

孙对晚清以来词坛把握的准确性,单拿"文质适中"的主张而言,就不仅是词体,更是所有文学发展的康庄大道。

再说"清气贯通"。在眉孙看来,"清气"是比"文质"更高一层次的境界,是决定词作成功与否的关键。他常以没有清气来批评词作的失败:

> 前书清气之说,乃对作手言。近今学梦窗者,彼谓能守四声,愚谓率多死语,真是无气,尚谈不到清浊。(《与夏瞿禅书》)
>
> (当今词坛)一误于艳羡梦窗,再误于盲守四声……字字饾饤,语语襞绩,无情无理,文质两伤,更安有清气之可言。(《清空质实说》)

同样,他也毫不掩饰地夸赞词有清气的好处:

> 居恒于一切文艺,每以有无清气为衡量,于填词尤甚。……晚清词人学梦窗者,以沤尹年丈,述叔先生两家为眉目。读其晚年诸作,何尝不清气往来。(《覆夏瞿禅书》)
>
> 梦窗文中有质,白石质外有文,而其传诵之作,又皆有清气往来,此其所以为名家也。(《清空质实说》)
>
> 无论长篇短制,古义今情,凡字里行间,有清气往来者,方为佳作。(《清空质实说》)

清气如此重要,但到底何谓清气?什么样的词算有清气?吴眉孙并没有明说。不妨从其谈及的三个方面推导之:首先,"清之对待字为浊,非质也。在天有清气浊气,在地有清水浊水,在人得清则灵,近浊则秽"。这是将清气落实到词人的灵气。其次,"填词者,先有真意,后有好辞,庶几成矣,然尤贵能行之以清气,无此清气,则文不成章,而质亦不莹。"此处清气涉及文质连贯问题。第三,他以张炎《词源》中"姜白石词如野云孤飞,去来无迹;吴梦窗词,如七宝楼台,眩人耳目"为例,认为张炎这一评价,"盖仅指词之气体言",也就是说白石的清空、梦窗的质实都是"清气"的特征,此观点从"清气之说,非专指清空一派,即质实一派,亦须有此清气,方可言词"这句话得到证实。

窃以为"清气说"内涵大体有三端:一是词人的性灵之气;二是贯穿于词作文、质之间的疏朗通透的气脉;三是词作迸发出的清空脱俗、浑然天成的气象。

结合吴眉孙的词学观,考察《寒竽阁词》就需从"文质"与"清气"两个层面入手:首先,透过性灵的窗口,分析作品遣辞命意的精妙手法,探寻词人内心复杂的情感寄托。其次,在文质适中的基础上,以"清气说"为内核,综合把握其词整体风格。

二、《寒竽阁词》之题材与情感寄托

单就"文质适中"的词学理论来看,眉孙似乎在传达"乐而不淫,哀而不伤"的温柔敦厚观。但走进《寒竽阁词》,恐怕"适中"的文与质皆无法满足他充沛的情感抒发。不难理解他极力拔高词中"命意"层面的情感因子,是致力于对梦窗风的拨乱反正。何况吴眉孙本就是性情中人,在作品从不掩饰自己的欢笑悲愁。这并不是说他粗率,相反,他又很重视文辞的修饰,追求恰到好处的表情达意。只是在如此有个性的词人面前,"恰到好处"也显得喜怒无常。如同张尔田所云"其词……折旋于一节一刌之间,而声容言笑又非一节刌所能缚。"①这就是性灵之气。

就题材来看,咏物词和题画词比重较大,其他大部分是与抗战时事背景相关的词。在"文质适中"与性灵之气的共同操作下,不管何种题材,都深深的打上吴眉孙个人的情感烙印。以至,咏物词既得物之神髓,又融入我之志向,形成物我两相忘的格局;题画词变成个人性情和身世之感的"私人画卷";与抗战相关的时事词则常常思考乱世生存问题,贯穿始末的核心思想是"忧道不忧贫"。马大勇师曾说:"才华卓绝的词人书写他所处的时空从来就不是淡淡的一笔带过。"②透过这些作品,我们总能触摸到词人的幽默风趣、须眉兀傲和抗战胸怀。

(一)咏物与志向

咏物词贵在既能生动的描摹出物的形态,又能透过外貌,探其神髓,更高层次的是在形神兼备基础之上寄托社会之思、身世之感,从而达到物我两相忘的境界。

先说得景物神髓者。如咏红菱:"折腰学步,浅色中单绯尽露。病齿无聊,内热须凭绛雪消。"(《减兰·题丁鹤庐红色果品写生合景》)将红菱弯腰之状、红皮白肉之态摹画的很有灵气。《卜算子》咏荷八首,以组词形式,尽显荷花之美。其中"水殿风廊月上时,残梦霓裳舞。""立蒂花开结子无,暗恼莲房剥"等语甚是可爱。但终输于《咏荷八首谱成自题其后》的厚重:"乐府唱田田,逐队鱼儿戏。莫道江南易断肠,垂老成归计。　　摇落可怜伤,清苦余滋味。惆怅王郎月底箫,吹遍秋莲子。"说起厚重,《买陂塘》数语也堪称

① 张尔田:《吴眉孙词集序》,吴眉孙:《寒竽阁词》,1957年油印本。
② 马大勇:《晚清民国词史论稿》,武汉:华中师范大学出版社,2015年,第340页。

佳句:"肠断清明,风雨羁逆旅。恨埋骨家山,兵火无归路。斜阳红处,有春草离离,秋杨瑟瑟,荷锸自来去。"例子举到这里,眉孙自己也意识到,不动情地单纯咏物终究是难以动人的。

再说形神兼备、物我两忘者。且看《高阳台·看小儿女持笔管吹肥皂水成五色泡感赋》:

> 似坠还飞,将团忽散,些些欢喜因缘。惹草沾花,撩人意态缠绵。浮生屡借吹嘘力,笑吹嘘难上青天。且休指、锦样娇容,水样流年。
>
> 从知福命多轻薄,比残霞绮合,零露珠圆。泡影繁华,一般过眼云烟。高衢便许乘风去,到虚空粉碎堪怜。更何嫌,扇底飘摇,袖底回旋。

"浮生屡借吹嘘力,笑吹嘘难上青天""高衢便许乘风去,到虚空粉碎堪怜"等语句既写肥皂泡的形态,又是花甲词人的生平感悟,似有嘲讽他人之意,又有深沉的自怜、自叹。普通的肥皂泡一经眉孙歌咏,竟让人生起"庄周梦蝶"之叹,实在奇妙。《惜黄花慢·赋残菊》也是异曲同工:"数番风紧,数番露冷,扶持乍起,又打严霜。置身不肯朱门傍"等句,尽显残菊兀傲孤霜寒独立的秉性,而这些不都是宁可穷困潦倒,也"不肯朱门傍"的词人自我写照么。这才明白,吴眉孙的咏物词从来就不是单纯咏物,要么在物中拈出人的情感,赋予物以灵性;要么咏物只是皮相,托物言志、借物述怀才是真谛。这应该也是他强调"文质适中"的用意。

(二) 题画与性情

不知是个人偏好,还是流风所及,《寒竽阁词》中有四十余首题画词。主题所限,题画词的格局通常比较狭窄。但一经吴眉孙染指,即如涅槃重生般,大放异彩。他开辟了题画词的新道路:既不屑于惟妙惟肖的再现图画之美,也从不对作画人大加夸赞,而是借题画的"幌子",大书特书个人性情和身世之感。先看《满江红·题螺壳道场便面》:

> 弹指楼台,君莫笑、回旋不得。看寸寸,山河牛角,尖儿逼窄。失足都沦烦恼海,飞身那觅清凉国。叹浮生、一例寄居虫,朝还夕。　　蚊之睫,争巢剧;蜗之角,鏖兵急。把屠刀放下,且听佛说。菩萨针头能并坐,修罗藕孔容逃匿。种三千、世界妙莲花,香风逆。

不错,题旨紧扣螺壳道场,但词中的身世之感岂是一扇面图画能够容纳?"山河牛角、尖儿逼窄"的乱局,一失足成千古恨的汪伪政府及友人,"浮生一例寄居虫"的个人身世,种种烦恼纠缠一处,纵使佛陀、菩萨也难消解。如果说这里限于"螺壳道场"而不能尽情挥洒的话,那么《沁园春·题秦婴闇小象》就真是"借尸还魂"了,词中所述哪里是秦婴闇,尾句"聊自状,是琅嬛福地,一个游仙"分明是他自己。他本是棱角分明之人,"头也难尖,骨兮欠媚,屡被吹嘘不上天",但在现实面前,不也放下身架,用"代人啼笑"的文章糊口么! 今天所能见到的凿凿证据是他发表在《交行通讯》上代唐寿民、张奏农、徐静仁、卢剑泉等人写的近百篇诗词、联语、序文。[①] 当题扇面、题别人画像都不足以畅叙幽情时,不如直接题自己画像,反倒少了些许障碍。如《金缕曲·潘君诺为予画小象极肖,戏用稼轩词倚声自题》:

> 寒薄何须说,笑人间功名富贵,了无瓜葛。处世由来糊涂好,误尽聪明冰雪。看镜里、欺人颠发,却喜平生青白眼,坐观书,还比明明月。凭此计、破萧瑟。　　冤亲心上何分别。怪频年、肚皮装破,满时宜不合。百岁胸怀谁行得。孤负妍皮痴骨。便阿堵、传神画绝。千万愁丝齐割断,快剪刀、那有并州铁。歌一曲、华花裂。

同样的"一肚子不合时宜",同样的"百岁胸怀谁行得"。跨过千年的时空,吴眉孙已然将苏轼视为知音。只是纵有知音,也无法摆放这剪不断理还乱的愁丝。再读《金缕曲·自题病后小像》下片,就更能领略词人的这份"须眉兀傲,胸怀抗髒":"婆娑风月神差王。销磨尽、须眉兀傲,胸怀抗髒。无用文章须更作,留得梦中肠脏。算毕世、低头草莽。点鬓霜华看种种,甚不甘、犹自多惘怅。夸晚福,语疑妄。"其他《甘州·自题肖像寄秋农》《金缕曲·自题病后小象》等,都是直抒胸臆的佳作。因此,《寒筝阁》集中的题画词是不能简单的看做"代人啼笑"的。这些都是眉孙书写自己人生的精彩画卷,词史中还很少有人用这种方式一览无遗的呈现心态。而如此复杂的个人情怀寄托在题画词中,也使黯淡多年的这一题材再放异彩。

(三) 抗战与生存

除了集尾十余篇作品,其他《寒筝阁词》全部创作于抗战时期。受生存环境的影响,这部词集也深深的打上战争动乱、客怀漂泊的时代痕迹。相关抗战词作大体有两个方面,一是抒述战争给词人生活和心灵带来的种种苦难;一是对当下抗战政局动态的积极关注,愤笔直书。

战争中的客怀漂泊和生活贫困是《寒筝阁词》着重抒述的主题。相关词

---

① 参见《交行通讯》1934、1935、1936 各卷联语、诗词等栏目。

作俯拾皆是,《琵琶仙》中"生恐薄棉禁冻,有来朝冰雪。思料理,征衣寄与,苤篋开,九转肠结。可奈刀尺商量,曙窗镫灭"等数语颇有危苦之音,但谈及寒衣未剪时还很含蓄。待至《沁园春·送灶》,已经顾不得"含蓄蕴藉",干脆直言祈祷,"随分杯盘,野处衣冠,跪陈片言。笑嵇康锻罢,琴横作枕;陶潜窥处,诗咏无烟。爇火燎衣,踞觚执简,世乱家贫对岁寒。神听取,乞均分吉利,长保平安"。祈祷不过是留有希望罢了,终究要直面残酷的现实:

> 古有伤心穷到死,不逢知己。更何怪、结交今日只图势力。供馔每嫌仓猝客,回车莫避揶揄鬼。算从来,遗误此身多儒冠最。 兵火劫,归无计,盐米价,朝来贵。叹萧斋图籍卖余无几。贫贱夫妻何所恨,饥寒儿女真成累。报故人,深墨数行书,潸然涕。(《满江红》)

在"兵火劫,归无计,盐米价,朝来贵"的逼迫下,还有多少友情可以相助。当夫妻儿女都成负担,又有多少亲情值得依靠。那就不要责怪"结交今日只图势力"的自私和"供馔每嫌仓猝客"的冷漠了。

抗战年代,不也有很多文人为了生存而放弃尊严,违心的接受伪职,坦然的拿着丰厚的俸禄么。也许吴眉孙的卑微还不会博得政坛观察员的青眼,但纵使他们有此算盘,棱角分明的吴眉孙也不会因为贫困潦倒、衣食堪忧而卖国求荣。早在眉孙年轻时,陶巽人在《祝吴眉孙三十寿》中就有相关描述:"同是清贫撑傲骨,谁甘妩媚学时妆。为何典丽卿云赋,不贡金门与玉堂。"[1]在全民抗战这一大是大非面前,他表现得更加斩钉截铁,也异常地胆大妄为。只消品读数首《鹧鸪天》就能体会到词人的这份骨气:

> 乱世才人惯热中,行行日暮恨途穷。早知精卫难填海,虚望爰居解避风。 甘卖国,苦和戎,浮云富贵转头空。最怜平楚楼中鬼,输与曹王得病终。
>
> 真个言愁始欲愁,凭君尊酒话神州。过江人物多于鲫,怪底甘居第二流。 休冷眼,肯低头,公然敌国许同舟。老来晓事原非易,投阁难磨寂寞羞。
>
> 一子轻投悔已迟,顿教全局变输棋。猢狲入袋成儿戏,傀儡登场听客为。 蜗角小,燕巢危,几人不可语期期。分明炉火将身踞,始信君侯固自痴。

---

① 陶隆佺:《倚天长啸集》,《艺林》,1910 年第 2 期,第 48—49 页。

貌似世外桃源的上海孤岛,其实也是杀机暗伏,不知有多少文人因为声讨汉奸而命丧贼手。吴眉孙的这份勇敢是值得肯定的。自古以来,文人冷嘲热讽的功力比撑破嗓门的谩骂不知高明多少倍,"早知精卫难填海,虚望爰居解避风""猢狲入袋成儿戏,傀儡登场听客为"等语句在文人嘲讽史上必有一席。

三、《寒竽阁词》之气象

眉孙在社词《水调歌头》小序中曾指出"午社拈调《夏初临》,有谓此调板俗无聊者。或问果何调为活、为雅、为有趣耶? 予曰:彼盖喜填涩调耳。"梦窗词在句意之间常有跳跃,这难免导致词作的晦涩难懂。而强调文、质之间疏朗通透的"清气说"正是对这一晦涩词风的反驳。具体到词的"活""雅""趣"时,眉孙说:

> 词一大瀛海,容纳万方流。我身偶尔飘坠,芥子著虚舟。高调铜琶铁板,低唱晓风残月,遗响各千秋。双管好齐下,何用介鸿沟。　　情所寄,有欢笑,有悲愁。花场酒国来往,神动与天游。正要笔歌墨舞,怪底字荆句棘,肝肾苦雕锼。我梦落烟水,浩荡逐浮鸥。

所谓的活、雅、趣是在情感,而不在词调的形式,若心中有与"神动",与"天游"的"欢笑悲愁",就是单调的题画词、咏物词在名家手中也会大放异彩,对此上文已有探讨。与斤斤于梦窗的词人相比,眉孙"容纳万方流"的胸襟已不知高出几等,而真正的大词人是无法用历史上的一家一派所能牢笼。吴眉孙对"晓风残月"和"铜琶铁板"两种词风双管齐下的想法和实践,成为我们认识其词风格的重要突破口。翻检整部《寒竽阁词》,大体有两种风格特征:一是哀婉凄艳,一是清雄悲壮。整体上表现出从哀婉凄艳向清雄悲壮靠拢的倾向。但不管哪种风格,都呈现出清空脱俗、浑然天成的气象。

(一) 哀婉凄艳

所谓哀婉凄艳,一在情感之"哀"痛,一在语词之"艳"丽,正如张惠言《词选序》云:词之"缘情造端,兴于微言,以相感动,极命风谣,里巷男女哀乐,以道贤人君子幽约怨悱不能自言之情,低徊要眇以喻其致"。[①] 吴眉孙有些词仍是常州词派遗风,也可以理解为词体当行本色的回归。

---

① 张惠言辑:《词选》,北京:中华书局,1957 年,第 7 页。

　　从所能见到的早期作品来看,哀婉之词可以说是他的一贯风格。如发表在《交行通讯》上的《迈陂塘》上片:

> 恨东风杜鹃声里,匆匆人与春去。空房挨近秋衾薄,几叠悼亡诗苦。算锦瑟华年,未满鸳弦柱。恩情缕缕,想儿女牵肠,关河绕梦,珠泪散如雨。①

或许这是挽辞,哀伤悲痛是正常的。而后期客居孤岛时期,家仇国恨与身世漂泊纠缠于一处,其词音调的危苦就不是题材所能束缚,如《鹧鸪天·阳历八月十三日作》纪念八·一三事变:"容易秋风怨别离。新仇旧恨併成痴。爱听碧玉廻身曲,翘盼连波悔过词。　　凉玉簟、薄罗衣。残荷花叶雨声微。雕廊回合珠帘密,不见含嗔燕子飞。"句句写景,又语语言情。再如《丑奴儿令》《鹧鸪天》:

> 无端雨横风狂际,花不平安,竹不平安,庭院黄昏独倚栏。　　黄金难买华年驻,诗一般般,酒一般般,英气销磨太等闲。
>
> 八尺流黄苦织成。纤纤长爪惜天生。早辞金谷专房宠,漫说秦淮打浆迎。　　肠转转,泪迎迎,多情真个是无情。当花顾影低头惯,犹叫风前百舌声。

这种将淡淡忧伤之情沉潜于花、竹、诗、酒、阑干、流水之间的婉约手法,被吴眉孙拿捏得恰到好处,词所散发出的情绪不温不火,如淡淡馨香缓缓流入心田。若将此二首杂入《花间》、二晏或纳兰词集,恐难辨左右。

　　除了哀婉之音,《寒竽阁词》中也不乏香艳语句,如:《彩云归·咏拖鞋用耆卿韵》:"闲绕花划,袜香阶步,天趣好、白足如霜。平头样,合欢宜否,待今宵问郎。定应笑,绣鸳双展,送响空廊……"《玉连环》:"爱叶欢苗无价水。窗情话。羞郎结子问珠胎,抛紫荺、鸳鸯打。"相比于这类情意浅薄、空洞无聊的艳词,那些同样披着艳丽的外衣,却寄托遥深的作品更能拨动人的心弦,如《雪梅香·廿九年阳历一月廿三日纪事》:

> 手亲押、蛮笺尺幅订鸳盟。看斜行密字,模糊麝墨盈盈。障扇颜容佯羞涩,梦鞋消息欠分明。太狼藉,镜里蛾眉,犹道倾城。　　浮萍此

---

① 吴眉孙:《迈陂塘》,《交行通讯》,第九卷,第三号,1936年,第142页。

身世，独抱琵琶，诉尽飘零。但得量珠，那堪再忍伶俜。半响含情恼鹦鹉，一心疗妒觅鹁鹏。拼禁变幻影。因缘怜我怜卿。

1940 年 1 月 23 日，汪精卫等人决定成立伪南京政府。眉孙用婉约笔调，代言手法，将这干"倾城女子"的鼠目鸡肠、卑鄙劣迹展露无遗。代言体被运用至此种"绝境"，也堪称词坛佳话了。有异曲同工之妙的还有《小梅花》（其二）：

掺挝鼓，泪如雨，置身胡为在墟墓。少年场，邯郸倡，不惜为情，老死温柔乡。一顾倾城再倾国，卿本佳人乃作贼。惨将归，日斜西，无奈乱鸦、一队向人啼。　　劝君酒，拍铜斗，天上白云变苍狗。歌路难，凋朱颜，何事人生、长在马蹄间。东飞伯劳西风燕，流光如露亦如电。洗甲兵，俟河清，时无英雄，竖子看成名。

词上片还是哀婉缠绵之语，但愤怒的语气已经按捺不住，至下片就完全顾不得整首作品的协调，由抱怨瞬间变成怒斥。这是吴眉孙的本性使然。

就整部词集来看，这类哀婉凄艳之作虽为数不少，但取得的成就仍是有限。强行的将凄凉悲苦和一腔愤怒压下，以适应婉约的需要，就像带着镣铐跳舞的女子，外貌再美，舞步再飘逸，也显得不够自由。吴眉孙胸中的磅礴情感还得清雄悲壮的词风方可匹配。

（二）清雄悲壮

在抗战这一大背景下，清雄悲壮的风格是词坛无可争辩的主流，也是性灵词人吴眉孙的最佳选择。不必再为格律束缚者指点门径，也不必再为词体社会功能下降而大声疾呼，在抗战面前，词体一己的得失是不可与民族存亡同日而语的，吴眉孙已是用词来记录战争，刻录心灵。请读《望海潮·和淮海韵同许松如》：

霜凋鬓柳，风鸣丛荻，流光换尽繁华。天末唳鸿，飘如败叶，和烟乱点晴沙。歧路欲回车怕。晚来衾薄，雪絮寒加。百感萧条，自怜沧海共浮家。　　惊心四野胡笳。更旗翻鬼火，衣绽冰花。雕骑健儿，招魂不返，烦冤万古长嗟。月冷女墙斜。叹忍饥绕树三匝。飞鸦极目乡关，但凭衰涕送年涯。

这不正是战乱孤岛中词人心境的绝佳表述么？国仇、家恨纠结一处，十分感人。语气坚定而深沉,词风刚烈而遒劲,整首词一气呵成,真如"铜琶铁板"之声,隆隆震耳。再如《金缕曲》下片:"何年再补金瓯缺。数联翩、讲堂弟子,一时豪杰。破浪乘风男儿志,会把长鲸手掣。虚负我、临江击揖。"若不是已入花甲,恐怕词人真要赤膊上阵,杀敌报国了。最后品读《紫萸香慢·辛巳重九》《永遇乐·读孟劬翁旧京近作,乱离身世,其音绝哀,和韵倚声,不胜依黯》二首:

> 莽中原弥天兵火,算来五度重阳。喜桑田留命许坚卧向沧江。共听秋风秋雨,对白头兄弟、话旧连床。好登高,把袂莫负紫萸香。问此乐百年几场。　　奔忙岁月风狂。怜羁泊尚他乡。怪南飞白雁,关河万里,偏耐烟霜。故国不成归计,怕开瘦菊花黄。再相逢,未知谁健,大难来日题诗,休着思量,君且尽觞。
>
> 白雁啼霜,苍茛隔水,书到秋馆。杼轴悲怀,琼瑰热泪,人共天涯远。文章才老,江湖岁暮,萧瑟庚郎禁惯。黯销魂,登楼北望,淡日冷烟遮断。　　莺花故国,欢场如梦,零落清商曲变。往事心头,模糊一醉,莫放闲尊浅。连床书卷,闭门风雪,白发青灯依恋。谁听哀弦夜弄,再三唱叹。

夏承焘《天风阁学词日记》中多次提到眉孙甚喜张尔田诗词,恐怕正是"乱离身世,其音绝哀"的共鸣。与张尔田、夏承焘、卢前、刘永济等人不同,吴眉孙很少将战争前线事迹直接写入词中,所涉及者不过"中原弥天兵火""黯销魂,登楼北望,淡日冷烟遮断"这样模糊的语句,他在词中立足的是个人情感的深厚赤诚。这股赤诚之情就是贯穿眉孙所有词作的气脉,也是"清气说"的深层内涵。他曾说:"词本缘情而作。情之为物,愈繁复愈真,当其感物造端,缭而曲,如往而复。"[①]因此,我们就能读懂以上二词"感物造端"下"缭曲往复"的悲壮情怀。在具体写作中,眉孙善于用清新俊逸、"妥溜浏亮"[②]的景物和事典,如"沧江、秋雨、白雁、烟霜""萧瑟庚郎"等,将沉潜于心底的悲伤情怀娓娓道来,使得其词音调铿锵有力而又不粗率,锻造成清雄悲壮的整体风格。

如果说卢前《中兴鼓吹》是用通俗易懂的白话词来鼓吹抗战,振奋人心,

---

① 夏承焘:《天风阁学词日记》(二),《夏承焘集》(六),杭州:浙江古籍出版社、浙江教育出版社,1997年,第221页。

② 夏承焘《天风阁学词日记》:(吴眉孙选夏承焘词)"眉翁深于玉田,不喜梦窗,所取皆妥溜浏亮之作。"

使词承担起政治宣传的使命;刘永济《诵帚词》是用古色古香的典雅词来记录抗战背景下忧国忧民的士大夫情怀。那么,吴眉孙《寒竽阁词》就是以独抒性灵的笔调,以千啼百笑的个人身世和磅礴充沛的赤诚情感来打动人心。并且他最鲜明的亮出反驳梦窗词风的旗帜,以"文质适中"破除四声格律的束缚,用"清气说"打通"晓风残月"和"铜琶铁板"的壁垒,使晦涩的词坛吹进一股沁人心脾的清新空气。

四、"何苦逼人穷,吾无罪":情真意切杜兰亭

吴眉孙反对"守四声"者的性情桎梏,清气全无,所作《寒竽阁词》是其欢笑悲愁的真情流露。杜兰亭同以"情"为词中第一义,以底层市民之眼看尽世间丑态,情感烈度不遑多让。

杜兰亭(1906—1997),字水因,江苏无锡人。1923 年毕业于无锡公益工商中学,留用于无锡茂新第二面粉厂。1927 年,任无锡总工会秘书。后为上海工商访问局职员。1937 年后避居太湖之滨,又入银行作文员。建国后,奉派上海房地产管理局为史料编研工作。1971 年退休。著《饮河轩诗词稿》。内收《染香词》160 余首,40 余首作于抗战期间。

《词稿》后附外孙王宏图、杜巨澜记载他的诗词话,名曰《兰言》,总三十三则。[①] 是认识其文学思想及审美特征的窗口。《兰言》特别强调"情"之重要。如十二、十三,分论因境以生情和缘情造境;二十二、二十三则分析"情言"之别:

> 诗以言情,情为体,言为用,情以感人,言使人感。情贵厚,忌薄;言贵明白,忌晦涩。情胜言则拙,言胜情则华;宁拙而厚,毋华而薄。
>
> 诗要人感,先要人懂。要言浅意深,不要言深意浅。言浅要明白晓畅,不要堆垛成语故实,但亦不要写成标语口号。意深忌淡忌薄,一句可尽者,不要分成两句几句……

情感深厚,语言浅显易懂是杜兰亭基本审美追求。他多次引申诠释,如二十五则"诗感人以情,不是晓人以理,不是娱人以景,更不是炫人以词藻"。二十四则"诗要感人,先要作者自己有真情实感。"此理念落实到具体题材内容时,表现为:"先要作者自己有真情实感。应酬奉承,非真情,随人题笑,无实感,此类诗不可作也。故有真情实感,一日数篇不为多,无真情实感,一年不

---

① 杜兰亭:《饮河轩诗词稿》,自印本,复旦大学藏,1997 年,第 139—149 页。

作不为少。"总之,一切诗歌以情字当头,退而求明白易懂,再次是情境相生。品读杜兰亭诗词,应先自情入。

《饮河轩诗词稿》大体有两种情感。第一,贫苦寒士的身世之叹。第二,世风污浊的讽刺与社会乱象的批判。

杜兰亭一生混迹于社会底层,与乡村词客顾衍泽不同,他一直徘徊于熙熙攘攘的都市。他说:"吾诗词,多言家人妇子日常悲笑之情,藏之于家,后人读之庶可略窥乃祖生平艰辛之一斑。"[1]如《南歌子》:

> 老至居人下,春归客在先。文章宁值半文钱,尽是敝裘长铗一年年。　　　白日供驱策,残宵剩醉眠。被池不耐五更寒,梦做悲歌跃马向冰天。

文章不值钱的遭遇是千年来"怀才不遇"之士的共同心声。杜兰亭本乃文人雅士,终被生计逼迫的棱角尽失,也曾"不堪居人下",欲"扬袖腾空自去",结果仍是"谁道长安还乞米,叹无鱼又向侯门住。"(《金缕曲·送别背翁》)

因为懂得,所以慈悲。杜词格外关注底层"弱势群体"。如《祝英台近·看话剧秋海棠》上片:"海能填,天可补,奇痛竟难诉。世事凄凉,弱质总无辜。草间偷活年年,相思相避,有谁解,当时心苦?"话剧讲述秋海棠与罗湘绮两位真心相爱之人,被强大的军阀一步步逼上绝路的故事。[2]"弱质总无辜"说的何尝不是杜兰亭自身。再如《金缕曲》(也学参禅了)和《洞仙歌·杜美路上俄妇望夫痴坐,今忽不见,想已物化矣》写杜美路上与夫失散的俄国妇人,曹旭评曰"情痴二字,实为集中诗品之写照,亦饮河轩主人一生之小影。"[3]俄妇之"痴等"与杜兰亭之"痴情"别无二致。

杜兰亭之词并不局限于个人身世,抗战家国存亡之际,他以穷困市民之眼,洞悉社会底层的时事变迁,常有惊人言论。读《鹧鸪天·户口米》:

> 一饭今无漂母情,长蛇列队对昏灯,嗟米只为三升米,半夜嘈腾站到明。　　　惊变色,怪闻腥,太仓闭置岁年更。艰辛淘得沙中粟,犹怕登盘戛齿声。

---

①　杜立羊:《后记》,杜兰亭:《饮河轩诗词稿》,自印本,复旦大学藏,1997年,第150页。
②　秦瘦鹃著现代小说《秋海棠》,抗战时期,风靡淞沪。
③　曹旭:《读饮河轩诗词稿书后》,杜兰亭:《饮河轩诗词稿》,自印本,复旦大学藏,1997年,第157页。

1942 年 7 月至 1945 年 8 月,伪政府为了限制粮食,在上海、广州、天津等地实行"户口米"政策,即每人每户定额买粮。① 所谓"定额"根本无法满足个人基本需要,以致米店门口常出现"长蛇列队""半夜蕾腾站到明"的现象,而苦等的是夹杂"黄米""走油六谷粉"及"沙土"的劣质米。沦陷区词人都在感慨生活不易,却少有问津"户口米"事件。此类"身之所历,情之所钟,笔之所涉,种种心路历程,后人不妨作一段诗史读"②。再看《鹧鸪天·封锁》和《菩萨蛮》二阕:

> 觱篥声声天地秋,长绳迤逦望中收。倚门炊待三升米,划地牢成百尺楼。 亡国恨,破家愁,一般滋味在心头。天边残日红如火,捷报犹传克鄂州。

> 河山信美非吾土,烽烟荆棘心无主。昨夜梦君归,醒来双泪垂。
> 途长归不易,休使胸中气。马鹿任人呼,今为亡国奴。

没有"词史"般的胸襟,又怎会耿耿于"亡国恨"和"破家愁"。面对倭寇的侵略,寒士词群都有相同矛盾,一边高呼投笔从戎;一边又因渺小式微而气馁退缩。既不甘愿作"亡国奴",又认为书生"报国是虚言",徒自怜悯。这是他们百无聊赖、进退两难的真实状态。

沦陷区又有多少文人能够抛弃一切,愤然直笔书写刀光血影的斗争历程? 如张尔田、郭则沄、叶恭绰、夏仁虎等一批大家都很"低调"。相较而言,小市民杜兰亭的个人挣扎和"词史"面目倒十分清晰。虽也有从"鬼雄爱听怒涛声,万松喧日夜,尽作不平鸣"(《临江仙·惠山》)到"墨面蒿莱岁几更,新词敢作不平鸣? 人间多少伤心事,未许低吟一二声"(《鹧鸪天·答研春》)的转变。但他根本做不到"无言低吟",相反有时还很"猖狂"。读《金缕曲·市楼酤饮,醉后作》:

> 不醉君安否? 是楼头,灯红耳热,半酣时候。苦恨人间无聊甚,此乐多时未有。只落拓,江关依旧。我唱南山萁豆句,怕当筵,击碎秦人缶。明月上,大如斗。 苍茫世变玄黄斗。正纷纷,封侯作贼,窃钩

---

① 张汉藩:《户口米》,上海人民出版社编辑:《罪恶的旧社会,旧中国经济杂谈》第 2 辑,上海:上海人民出版社,1965 年,第 56—61 页。薛理勇:《轧户口米》,《上海闲话交关》,上海:上海辞书出版社,2007 年,第 61—63 页。
② 曹旭:《读饮河轩诗词稿书后》,杜兰亭:《饮河轩诗词稿》,自印本,复旦大学藏,1997 年,第 153 页。

函首。踞坐狂呼谁堪骂,眼底诸公十九。漫自道,龙吟狮吼。相对儒冠真绝倒,看吾徒痛饮高阳酒。成与败,笑功狗。

其实杜兰亭不大喜欢此类"堪骂"声口,《兰言》载:"叫嚣谩骂,素为论者所轻。然迹其用心,亦有可原。盖世风恶浊,作者愤懑之至,于是发而为诗,坠入叫嚣谩骂,而作者方自以为是投枪、匕首。……故社会一日有此现象,此类诗必一日有其作者,必一日有其读者,不能废也。"明知道"终非佳制",却仍要为之,愤懑之至,不言而喻。

或许杜兰亭与午社夏承焘、吴眉孙、冒广生等并不认识,但他对词抒情重要性的强调,无意间成为呼应词坛反对"守四声"的重要人物。而穷苦市民的身份赋予了他与别人不同的社会遭遇,其对待抗战进退纠结的矛盾心理是寒士词群整体生态的典型代表;他对乱世种种污浊现象之揭露,又入木三分的展现出彼时动荡环境的真实面貌,尤其面对汉奸横行,恶人当道时,词人一度违背自身文学审美标准,选择"叫嚣谩骂""冷嘲热讽",作品之词史意义油然勃发。

杜兰亭词中之"情"已如前述,"言"之巧妙还须分解。正如《鹧鸪天·答百泉》云,"言"之美的会心"只在有无之间"。《兰言》十七则载:"诗有直言,有曲言。直言使人感,曲言使人思。因境生情多直言,缘情造境多曲言。""直言"者如《金缕曲·再访润兄狱中》:

> 识尽炎凉苦。几多时,身当急难,乞求无处。怀刺侯门匆匆走,三谒三番不遇。幸一见,逢渠微怒。说道尔曹非素习,老头皮,宁肯趋之语。休矣子,且归去。 朱家大侠声名著。酒杯间,狂呼击掌,拔刀相助。道是将军招吾饮,微事区区易与。后又道,军书旁牛。几日欲言言未得,且安心静坐过重五。空握手,奈何许。

词写托人帮忙解救狱中润兄一事。上片渲染"三谒不遇";下片又请朱家"大侠",岂料不过是浪得虚名之人。整篇叙事性极强,前后贯通,得赋笔真传,而世态炎凉,人情冷暖,读者自知。

"缘情造境"之曲言,则涉及用典、寄托、拟人等各种手法。兰亭认为"用典是令读者去古人跟前,聆其代言;寄托则任读者如盲人摸象,自以为是。"故此法"用之善,可使感情愈丰,篇章愈丽;用之不善,则每令读者攒眉瞪目,无可解会。"(二十则)如"烽烟点遍神州九。尽中原,风高月黑,兔奔狐走。何事长空咄咄?赢得腰围惄瘦。恨只恨,年华非旧。难道长安摇秃笔,便轻轻占却弯弓手？撑白眼，看群丑。”（《金缕曲·用陈鼎卿先生来韵却寄，并柬余凤及川秦诸友》）“风高月黑，兔奔狐走”及“长安秃笔”典故等皆归于煞拍“白眼看群丑”。

优秀作品通常是融会贯通，消于无形。杜兰亭对“情”与“言”关系的把握十分到位。最后读其压卷之作《满江红·福泉落魄淞滨，所如辄左，故人白眼，铩羽难归。其言曰，吾无罪。感念斯言，夜不成寐，倚此》：

> 几载飘零，相见处，居然穷士。怜百结，薄衫蓝缕，泪痕难洗。一饭芦中真落魄，千金眼底谁知己？看窃钩窃国正纷纷，今何世。　秦与越，人尽醉，奴与婢，毋宁死。奈苍茫环顾，此身如寄。归去竟无书可著，愤来只有头堪碎。怪天公，何苦逼人穷，吾无罪。

抗战数年间，《满江红》调不下千首，大都粗率叫嚣，流于口号，真正能做到情真意切、感人肺腑的寥寥无几。杜词不随流俗，仍坚守穷苦市民本色，以自我形象及社会批判为依托，发“无书可著”“有头堪碎”的高亢之音，乃至喊出“何苦逼人穷，吾无罪”的痛苦心声。中国数千年历史，经历数万大大小小战争，遭殃最深广的还是如杜兰亭这类的底层人民。《饮河轩诗词稿》所述史实及情感足以反映被动卷入战争的贫民群体，其词史意义及文学史价值理应给予足够重视。

五、“妖星过处浑如扫，人命从来不值钱”：乡村词客顾衍泽

顾衍泽也曾有豪情壮志，常“梦呼杀贼”，但终在猛烈战火及“拖家带口”面前做起了“太平人”，以安居立命的典型定格于抗战文学史。他的词集详细记载乡村生活的坎坷历程，其中对苏北习俗、农耕描写十分有趣，然个中又饱含“杂税”“催租”和避乱的辛酸血泪。

顾衍泽（1902—1953），字仲雱，祖籍江苏丹徒人，随父顾仲彝定居沛县。1932 至 1938 年间，任《沛县日报》编辑。抗战后，避居赵圈、夏镇、邓园、蒋桥等地，开馆授徒并兼种数亩薄田，勉强度日。建国后，任沛县中学教师。有诗歌《剑外吟草》《草间吟草》近六百首；词集《剑外词》《草间词》，近三百首。

据学生李克光回忆：他平时穿着“长袍大褂，头戴礼帽，脚穿尖口布鞋，走路迈着方子步，上身平稳，两眼前视，庄重而大方，一副文人学者的风度，见了会令人肃然起敬。”[①]此与《浣溪沙·自嘲》所述“不入西山不入时，不谋

---

① 李克光：《怀念我的老师顾仲雱先生》。《顾衍泽诗词集》，香港：华夏文化艺术出版社，2003 年，第 9 页。

升斗作经师。嗟来不食去来迟"十分相近。生活困顿终难撼动精神执着,何况词人这般睿智通达,他说"莽红尘里,问伊谁、能作萧疏人物?经济文章装样子,一例丹青涂壁。造化无穷,我有限,何异洪炉雪。同归于尽,那分愚智庸杰。"(《壶中天·用东坡赤壁韵,书为胡润生医友补壁》)这种处世哲学无论在太平盛世还是纷乱之际,大都会选择安身立命,他内心其实很矛盾,一方面自嘲"偷安岁月,羞向东篱高士说"(《减字木兰花·重九即事二阕(其二)》)并"违心强作太平人。"(《浣溪沙·趁墟》);另一方面又只能向现实低头,无奈发出"闭门且睡,不睡是痴人"(《临江仙·用贾浪仙语二阕》)的感慨。《水调歌头·中秋用东坡韵》有更清晰剖白:

> 旧时欢娱节,此日奈何天。谁言奈何天短,屈指已三年。前岁孤灯风雨,去岁小楼砧杵,今岁客窗寒。丛桂小山路,凄断断云间。　　酒怀拂,歌调坠,剩愁眠。霓裳小劫,只恐尘梦也难圆。世事几多颠倒。说甚郭郎鲍老。玉碎瓦多全。莫怪嫦娥避,不肯斗婵娟。

当初的"不入西山不入时"在"客窗""玉碎"面前也变为"莫怪""不肯"了。乃至发出"太平庸福知消尽,世乱为农心自安。"(《儿子忽不耐耕,雨中归而督课》)"本分生涯长受用,六朝烟水休嘲弄"(《蝶恋花·前村多菜圃,昨又往游,漫成俳语》)等保守心声。

认识顾衍泽为人便于洞悉词中五味杂陈的心迹。因躲避保守,诗词成为其建构美好"家园"的想象,集中出现大量淳朴自然的田园词;又因"偷安""违心"的焦虑不安,他常借乡村物象,拈出一点缘由,作为宣泄不满的窗口,金刚怒目之作陡增。

先看对苏北乡村日常生活与习俗节庆的细致描摹。田园诗词已有千余年历史,至民国时期很难再有突破。顾衍泽与众不同处有三,其一,古来田园作家大都以旁观居之,具备长期农民生活经验的人并不多,顾衍泽亲自躬耕,深知打理作物苦楚。其二,身处抗日战争时期,因生计被迫而归耕,融家国情感入田园诗词,意蕴深厚。其三,苏北一带诗歌文化并不十分昌盛,其地域风俗更少有关注,顾词弥补了这一空白。先读《忆江南·秋日田居四阕》:

> 秋风动,黍稷一时登。舂米和瓜炊事简,折梯当匕饭香凝,饱食上西塍。
> 秋风动,妇子未能闲。开炸棉花晴后拾,鞟严薯蔓雨余翻,豆子又

须看。

秋风动,耕耙策疲牛。块大还须人力打,土松要使不妨耧,好种麦连畴。

秋风动,霜信又相催。细粒粗糠齐入囷,枯茎败叶尽成堆,安稳待冬来。

"打大块""耧松土"如在眼前;舂米和瓜、折枝作筷、田头简餐的场面也接地气;收集枯茎败叶,作为过冬柴火等等貌似平淡画面,却是将苏北乡村农事入词的稀客,怎能轻易放过。再如《临江仙·夏日》:"闲挑野菜泮宫墙。和根归煮晚,犹自带经香。"《浣溪沙·除夕》(其三):"屋角祈年堆白米,床头压岁选青钱,家乡习俗小团圆"等画面都很具有历史镜像感。俨然开始建立二十世纪词坛十分新奇的田园词场域。

他善于抓住乡村简单景物的特殊品质,经其联想转换,放大成情感宣泄的对象。如《鹊踏枝·立春前一日寒甚》:"草木无知贪小惠,世情翻覆何曾计。蓦觉风霜添朔气。明日春来,今日寒偏厉。恰似瓜期将代吏,追呼敲剥威方肆。"一点春寒就发出沉重人生感慨,甚至自然关联租吏,"敲剥"之苦可想而知。再如《菩萨蛮·小春闻雁》:"小春未有凝寒意,雁声何故添凄厉。莫是误飞高,罡风快似刀。低飞还不敢,恐蹈虞罗惨。满目旧河山,声声行路难。"《台城路·柳絮》:"那识天高,偏争路狭,一味飞扬跋扈,春光向暮,纵堕溷谁怜,逐波谁顾。太也轻狂,误人还自误。"普通的"孤雁""柳絮",都变成词人战战兢兢形象的写照,或是对卑劣之徒的影射。此类细致入微的观察增添了"田园词风"新气质。也使原本淳朴自然的"田园"不免夹带几分江山凋零的灰色调。

田园词已经有"变风变雅"之兆,待战火撕碎一切幻想,乡村之宁静安谧很快变成哭诉和对社会各种"咄咄怪事"的谩骂,如《卜算子·中元》的声泪俱下:"乞食墦间意已阑,魂断清明雨。新果嚼哀梨,旧句吟周黍。地老天荒月自明,鬼哭青枫树";再如《南楼令·除夕……》的讽刺与黑白颠倒:"腊鼓听阗如,村傩疫又驱,怕难驱、社鼠城狐。世事而今都变却,渺小兔,压神荼。"最令词人战战兢兢的还是深不见底的"催租""杂税",读《浣溪沙·数日不饮,清愁斗增》和《鹧鸪天·闻布谷》二首:

莫道他乡尽畏途,醉乡今日也催租。茫茫何处可容吾。　　肯逐时流逃白社,忍怀旧雨过黄垆。便留醒眼泪模糊。

莫去千山听杜鹃,鸣鸠拂羽万家烟。插禾割麦江南好,江北人忙黍稷田。　　童子笑，碧塍边，随声附和祝丰年。丰年祝得终何用？不够东西两算钱。

连丰年都无法满足"东西两算"，灾年又是何种惨象？再读《鹧鸪天·感时》：

炮火连朝又接天，西飞鸿雁剧堪怜。妖星过处浑如扫，人命从来不值钱。　　澄宇内，定云边。元戎决策士争先。琵琶弹彻沙场乐，不奏清平不改弦。

"人命从来不值钱"是对乡村百姓现实遭遇的贴切表达。这些言辞简单而不乏历史意义的作品已经揭示出属于顾衍泽自己的独特风格。《菩萨蛮·填词》有云"早岁柳屯田，中年辛幼安。近来都不似，又与花间异。促拍最凄清，南唐亡国声"。"近来都不似"者，是屯田绮语中不乏幼安的刚烈，[①]如《临江仙·感愤》："梦呼杀贼醒时暗。匹夫常忍泪，佳节一沾襟。"但豪言壮语间还是少了几分霸悍之气，且难以消磨夹杂其中的"亡国"凄调，类似于"残阳老树淡山村，箫吹西风不忍闻。不是箫人解断魂，是愁人，触处难忘故国春"（《忆王孙·秋暮闻箫》）、"风雨凄凄逼岁除，客中聊复进屠苏，甲申明日意何如。　　三百年来亡国泪，一千里外远人书。便随春至总模糊"（《浣溪沙·癸未除夕。明岁甲申，百感茫茫，聊吟小令》）的呻吟逐渐占据顾衍泽词主调。这是沦陷区与国统区词的本质区别，后者尽管也有此声音，但情绪高昂；前者显然已经有了"遗民""逸民"的声音。

综合而言，顾衍泽词境仍稍显狭窄，作为《沛县日报》的前编辑，本应对时事变化有更敏锐的把握，却并没有在词中有足够的体现。不过，他甘愿回归农民躲避纷争的处世哲学，却不期然开辟了词坛另一片亟待开垦的天地——田园词。他对战时苏北一带乡村生活及农民境况的再现十分夺目。其平淡、唯美、凄清、愤慨等多色笔调的刻画，不仅展现出一副真实细致的苏北民生图，也以"乡村词客"的独特形象屹立于百年词史，吟唱出混迹都市的文人所没有，也无法领会的词坛乐章。

由杜兰亭、顾衍泽等寒士词群的审美特点、创作思想及文学成就，不难找到与其相近的词史发展脉络。他们远承李煜、柳永、秦观，近接纳兰性德、

① 心系家国的隐者终究无法按捺内心不平，"毅然送子赴中共所办之沂水抗大分校学习，又送女参加八路军执戈御侮"。秦伯鸾：《顾衍泽诗词集序》《顾衍泽诗词集》，香港：华夏文化艺术出版社，2003年，第4页。

403

顾贞观"花间草堂"派①,作词强调"情境",纯任性灵、言浅意深是宏观基本特征。但不同时期,该群体表现各异,并非仅仅局限于个人情感空间。顾贞观在《饮水词序》中云:(纳兰)"骚雅之作,怨而能善,唯其情之所钟为独多也。……所为乐府小令,婉丽凄清,使读者哀乐不知所主,如听中宵梵呗,先凄惋而后喜悦。"②"怨而能善""婉丽凄清"的特点较之清初开国盛世是不合时宜的,但在抗日战争时期,则需着重发扬。杜、顾等人一面秉承"以载情为本,追求真、善、美相兼相济的理想词境";另一面将目光由自身转向社会,对底层人民的悲惨生活及沦陷区各种"咄咄怪事"的大声挞伐、极力讽刺,进一步拓宽"花间草堂派"的情境。作为沦陷区词人,他们与午社、《雅言》《同声》等互为犄角,共同弹奏出发自肺腑的别样心声。

本章小结:抗战时期词坛名家辈出,限于篇幅不可能面面俱到,我们挑取了部分代表性人物作综合考察。卢前以诗为词,将前线英雄事迹缀为长歌,声调铿锵,振奋人心,它的《中兴鼓吹》成为战区难得的畅销词集,影响深远。刘永济以学为词,典博厚重,言语老辣,坚守声律本色,艺术成就颇高。吴眉孙以文为词,评论时政犀利大胆,个性十足,但又不似"以诗为词"者那般粗率。三人各自占据不同领域的制高点,成就卓著。此外,本章还附谈王陆一、苏鹏、杜兰亭、顾衍泽、章士钊、林思进等多位著名词人。

---

① 严迪昌:《一日心期千劫在——纳兰早逝与一个词派之夭折》,《江苏大学学报》,2002 年第 1 期。
② 顾贞观:《饮水词序》,纳兰性德撰,赵秀亭,冯统一笺校:《饮水词笺校》,北京:中华书局,2005 年,第 502 页。

结　　语

文学史的发展大都呈现艺术雕琢与情感抒发此消彼长的过程。社会稳定,生活富足时,韵律技艺较为受到青睐;反之,社会动荡,战火重燃时,情境意蕴占据主流。不管是诗、词,还是其他文学,基本围绕此宏观格局有序推进。抗战词坛显然属于后者,词史演进基本与此格局相吻合。

随着期刊、社团、地域、性别、名家个案等多元视角研究的深入,词坛整体面貌变得清晰起来。十四年词史可分为前后两期。前期(1931—1936)主要是词体内部的变革。鉴于梦窗风流衍下逐渐出现的"四声竞巧,生意索然"问题,以龙榆生为首的《词学季刊》词人群体"坚决反对惟声律技巧马首是瞻的创作风气。他们借助《词学季刊》平台,聚集起有着共同审美倾向的百余名词人,于浙西、常州二派之外"别建一宗",发扬苏辛壮音,抬高词体言志批判功能,试图转移一代风会。《词学季刊》词人群体是旧体诗词领域第一个期刊型文人群体,它的崛起改变了当今百年诗词史的基本格局。当然,必须承认龙榆生等人改革词坛的影响相对局限于词体内部。彼时追逐梦窗者仍不在少数,并未因为龙榆生的大声呼吁而全面地改弦易辙,不少词社社课、雅集唱酬还在继续"选涩调、守四声"。词坛由此形成了传承梦窗余韵与推崇稼轩新风、追求声律技艺与强调情境意蕴相互角逐的基本格局。随着东北抗战局势的失控,文坛风会逐渐转移,建构稼轩新词风的优势越来越明显。

后期(1937—1945)词坛呈现出由外而内趋于统一,又逐渐消解分化的复杂形态。全面抗战爆发后,烽火四起,为躲避纷争,自东而西正发生一场史上最大规模的人民迁徙。流亡文学陡然大盛,羁旅行驿之词暴增,但内容不外哭诉甘苦,嗟贫叹穷,加之前线频退,及"投降派""速亡论"等毒瘤蔓延,文艺界士气有些消沉。随着抗日统一战线的成立及"文学为政治宣传服务"的贯彻,人民抗争热情再次被点燃,爱国旋律越趋高涨。受其影响,主抒情的苏辛词风受到追捧,经卢前"民族诗歌"论及《民族诗坛》群体的协力推动,稼轩风稳稳占据词坛主流,其整体成就也达到近百年词史发展的最高点。

此现象的产生是由外部环境突变和词体内部改革双重因素使然,且前者影响更大。作品中"战争词"体量倍增,文与史之间的互动联系更加紧密,词体风貌上呈现出畅快抒情压倒声律技巧的转变,词也一度成为鼓吹宣传、宣泄悲愤的重要体裁之一。该文学地位的取得标志着"艳科小道"意识的全面破除,词与旧体诗一道,重回主流文学的舞台。

相持阶段,作家生活归于稳定。外在影响开始衰弱,文学要求摆脱政治,回归本体的诉求再次升温。评论家回顾数年来的创作业绩时发现诸多"粗率叫嚣"、格律错乱的作品充斥词坛。刚猛雄壮之风兴起的同时也破坏了文学本该坚守的审美原则。于是又出现呼吁情格兼重,取清真、梦窗之长补稼轩之短,"以沉挚绮语达贞刚之境"的声音。他们大都是词体美学的优秀传承者和艺术范式的坚守者,而徘徊在政治与文学之间或完全为政治捕获的词人群体仍然扮演着宣传和服务的角色,两种审美思想的分野导致统一战线出现"裂缝"。并非词体躲避责任,恰恰相反,是词体调节政治宣传与当行本色之间矛盾的改革。所以,抗战后期稼轩风仍是主流,然内在矛盾已经促使词坛格局由单一向多元化发展演变。

最新奇的是后期沦陷区词坛(1940—1945)吟咏之风的突然兴盛。为加快"和平运动"步伐,日伪政府鼓动"御用文人"大量制造"和平文学",营造东亚共荣圈的美好假象。典雅的旧体诗词恰是装点门面的最好选择。他们大力倡导诗教理念,并巧用编辑策略,将沦陷区大部分文人统一于《同声月刊》《雅言》等期刊之下,打造连新文学都自愧不如的盛况。但并非所有作品皆不问政治,脱离现实,有些别出心裁的作家打着"雅化"的幌子,暗中寄托反抗情绪,成为建构抗战词坛"异质"的新现象。此类作品的产生不仅拓宽了词体社会功能,还令人反思沦陷区诗词整体创作成就的误判和遮蔽。

十四年词史的发展历程及文学史价值已如上述,似乎有必要再次强调,作为抗战文学"大家庭"的成员,词和旧体诗取得的成就是堪与新诗相提并论的,不能因为现代与古代文学的划分而将其束之高阁,或有歧视地别置一编。尤其不能漠视"新旧形式"之争背景下,新文学曾作出向旧体诗词学习的巨大让步。若自身没有缺陷或对方优点不明显,都不会有此举措。因此,抗战诗歌史理应是新旧文体平分秋色的基本格局。

附　　录

附录1　抗战时期男性词人统计表

序号	姓名	生卒	字号	籍贯	词集	抗战时期词作数量统计
1	陈 衍	1856—1937	字叔伊,号石遗	福建侯官	朱丝词	数首
2	王同愈	1856—1941	字文若,号胜之,别署栩缘	江苏元和	王同愈集	0
3	魏元旷	1857—1936	字斯逸,号蕉庵,别号潜园逸叟	江西南昌	潜园词	数首
4	夏孙桐	1857—1942	字闰枝,一字悔生,号龙高,晚号闰庵	江苏江阴	悔龛词	10+
5	郑孝胥	1860—1938	字苏堪,号太夷,别号海藏	福建闽县	海藏楼诗集	报刊数首
6	汪兆镛	1861—1939	字伯序,号憬吾,晚号元粤东遗民	广东番禺	汪兆镛诗词集	3
7	朱青长	1861—1947	名策勋,字笃臣,号还斋、天完	四川宜宾	朱青长词集	100+
8	郑孝柽	1862—1946	字稚辛	福建闽县	见《闽词征》	0
9	汤宝荣	1863—1935?	字伯迟,原名鞠荣,字伯繁,斋号颐琐室	江苏吴县	宾香词	不详
10	张学华	1863—1951	字汉三,晚号暗斋	广东番禺	闇斋词	数首
11	周应昌	1864—1941	字啸溪,号霞栖	江苏东台	霞栖词钞	不详

序号	姓名	生卒	字号	籍贯	词集	抗战时期词作数量统计
12	章钰	1865—1937	字式之,号坚孟,别署蛰存,晚号霜根老人	江苏苏州	四当斋集·附词	数首
13	杨继游	1865—1939	字雪门,号横山	江苏兴化	横山词	不详
14	杨钟羲	1865—1939	字幛庵,号子勰,又号子勤、雪桥	汉军正黄旗	雪桥词	0
15	杨文俊	1865—1944	字蔚卿	浙江会稽	退庵诗余	收词10首,未系年
16	廖恩涛	1865—1954	字凤舒,号忏庵,又号珠海梦余生	广东惠阳	忏庵词、忏庵词续稿、半舫斋诗馀、扪虱谈室词、影树亭和词	300+
17	林开謩	1866—1940	字益苏,号贻书,又号放庵	福建长乐	不详	0
18	卓孝复	1866—1941	字芝南,号毅斋,晚号巴园老人	福建闽县	双翠轩词稿	0
19	宣哲	1866—1942	字人哲,号古愚,别署黄叶翁	江苏高邮	寸灰词	0
20	赵鹤清	1866—1954	字松泉,号瘦仙	云南姚安	松泉词钞	0
21	张鸿	1867—1941	初名澄,字映南,别字琼隐,晚署蛮公、燕谷居士	江苏常熟	蛮巢诗词稿	收词99首
22	董康	1867—1942	字授经,亦作绥金	江苏武进	课花庵词	数首
23	赵熙	1867—1948	字尧生,别号香宋	四川荣县	香宋词	数首
24	周树年	1867—1952	字谷人,号无悔	江苏扬州	无悔诗词合存	收词113首,未系年
25	何振岱	1867—1953	字心余,号梅生	福建闽侯	我春室词钞	20+
26	汪曾武	1867—1953	鹣龛	江苏太仓	味纯词	80+

序号	姓名	生卒	字号	籍贯	词集	抗战时期词作数量统计
27	邓邦述	1868—1939	字孝先,号正闇,晚号群碧翁	江苏江宁	鸥梦词	数首
28	杨寿枏	1868—1948	字味云,晚号苓泉居士	江苏无锡	鸳摩馆词	报刊数首
29	金兆蕃	1868—1950	字篯孙,别署安乐乡人	浙江嘉兴	药梦词、药梦词续、七十后词	30
30	俞陛云	1868—1950	字阶青,号乐静	浙江德清	乐静词	不详
31	潘昌煦	1868—1958	字聪彝,一字轶仲,号省安	江苏吴县	蕊庐词	不详
32	蔡宝善	1869—1939	字师愚,号孟庵	浙江德清	一粟庵词集	数首
33	沈惟贤	1869—1943	字宝生,号思齐,晚号遹翁	江苏华亭	平原村人词	0
34	杨铁夫	1869—1943	名玉衔、字懿生、号铁夫、季良、鸢坡	广东香山	双树居词、抱香词	200＋
35	夏寿田	1870—1935	字午诒,晚号直心居士	湖南桂阳	夏寿田诗词集	不详
36	蒋梅笙	1870—1942	名兆燮	江苏宜兴	蠡影词	收词107首,未系年
37	沈琇莹	1870—1944	字琛笙、号傲樵、南岳傲樵、南岳第一峰傲樵,别署拙叟、壶天醉客	湖南衡阳	寄傲山馆词稿	49
38	王鸿年	1870—1946	字世玚,号鲁璠	浙江永嘉	南华词存	0
39	熊希龄	1871—1937	字秉三	湖南凤凰	熊希龄词存	39
40	林鹍翔	1871—1940	字铁尊,号半樱	浙江归安	半樱词	120＋
41	三　多	1871—1941	钟木依,改汉姓张,字六桥,别署可园、鹿樵	内蒙古正白旗	粉云庵词	0
42	陈　洵	1871—1942	字述叔,一作术叔	广东新会	海绡词	近30首

序号	姓名	生卒	字号	籍贯	词集	抗战时期词作数量统计
43	王瀣	1871—1944	字伯沆,一字伯谦,号酸斋、无想居士,晚号冬饮,学者称冬饮先生	江苏江宁	冬饮庐词	数首
44	石凌汉	1871—1947	字云轩,号彀素	安徽婺源	蓼辛词	报刊数首
45	黎国廉	1871—1950	字季裴,号六禾	广东顺德	玉蕊楼词钞	收词近400首,未系年
46	黄棣华	1871—1953	字伟伯	广东顺德	负暄山馆词钞	不详
47	陈昌任	1871—1956	又名任,字公孟,号西禅,亦号标寄	江苏元和	栎寮词	收词22首,未系年
48	张荣培	1872—1937?	字蛰公	江苏长洲	惜余春馆词钞	收词184首,未系年
49	陈训正	1872—1943	字屺怀,一字无邪,号玄婴,晚号晚山人	浙江慈溪	玄林词录	不详
50	欧阳渐	1872—1944	字竟无	江西宜黄	竟无内外学	0
51	黄光	1872—1945	字梅僧,一字梅生	浙江平阳	飞情阁词钞	0
52	闵尔昌	1872—1948	字葆之,号香翁	江苏江都	雷塘词	0
53	吴虞	1872—1949	字又陵	四川新繁	秋水集	数首
54	林葆恒	1872—1950	字子有,号讱庵	福建闽侯	瀼溪渔唱	13
55	杨俊	1872—1952	原名蟾桂,字楞秋,号咏裳	江苏元和	梦花馆词钞	收词65首,未系年
56	邵章	1872—1953	字伯絅,号崇百,别号倬庵	浙江仁和	云淙琴趣	170＋
57	田星六	1872—1959	又名兴奎,号晚秋居士	湖南凤凰	晚秋堂诗集	200＋
58	姚肇崧	1872—1963	字景之,号亶素	浙江吴兴	有词见《沤社词钞》	数首
59	刘乃勋	1872—1966	字少弼,号一庐主人	广东东莞	一庐存稿	不详

序号	姓名	生卒	字号	籍贯	词集	抗战时期词作数量统计
60	梅际郇	1873—1935	字念石	四川巴县	念石词	数首
61	仇埰	1873—1945	字亮卿，一字述盦(菴)	江苏南京	鞠谳词	80
62	林思进	1873—1953	字山腴，晚号清寂翁	四川华阳	清寂堂词录	124
63	冒广生	1873—1959	字鹤亭，号瓯隐，亦号疚斋。	江苏如皋	小三吾亭词	数十首
64	易孺	1874—1941	字韦斋，大厂，别署待公、花邻词客等	广东鹤山	大厂词稿	79
65	张尔田	1874—1945	一名采田，字孟劬，号遯盦，又号遯堪居士、许村樵人	浙江钱塘	遯庵乐府	50＋
66	金天羽	1874—1947	原名天翮，字松岑，号鹤望生、天放楼主人	江苏吴江	红鹤词	19
67	钟朝煦	1874—1947	字致和，号亟庐	四川南溪	亟庐词存	不详
68	夏仁虎	1874—1963	字蔚如，号啸庵，别号枝巢子	江苏上元	啸盦词	100＋
69	张茂炯	1875—1936	字仲清，号君鉴，别号忏庵	江苏苏州	艮庐词、艮庐词续集、艮庐词外集	数首
70	夏绍笙	1875—1939	字伏雏，号钧斋	湖南衡阳	绮秋阁词集	0
71	杨圻	1875—1941	原名朝庆，字云史，号野王，易名鉴莹	江苏常熟	江山万里楼词钞	0
72	周岸登	1875—1942	字道援，号二窗，一号癸叔，别号癸辛词人	四川威远	蜀雅	38
73	罗振常	1875—1944	字子经，号邈园	浙江上虞	征声集	数首

序号	姓名	生卒	字号	籍贯	词集	抗战时期词作数量统计
74	钱振锽	1875—1944	字梦鲸，号谪星，又号名山，别署星隐庐主人	江苏阳湖	谪星词	0
75	夏敬观	1875—1953	字剑丞，号映庵	江西新建	映庵词	收词358首，未系年
76	许宝蘅	1875—1961	字季湘，号巢云，又号央庐、耋斋	浙江仁和	巢云簃词稿	报刊数首
77	谭祖壬	1876—1943	字瑑青	广东南海	聊园词	不详
78	彭　俞	1876—1946	字逊之，号守愚，别号东亚破佛	江苏溧阳	竹泉生词	不详
79	李宣龚	1876—1953	字拔可，号观槿，又号墨巢	福建闽县	墨巢词	报刊数首
80	郑翘松	1876—1955	字奕向，号苍亭、卧云老人	福建永春	卧云楼诗词集	收词141首，未系年
81	蔡晋镛	1876—1957	字云笙，别字巽堪，号雁村	江苏苏州	雁村词	收词64首，未系年
82	许之衡	1877—1935	字守白，自号饮流斋主人	广东番禺	守白词	报刊数首
83	由云龙	1877—1943?	字夔举，号定庵	云南姚安	定庵词存	不详
84	黄荣康	1877—1945	字祝蕖，号凹园，别号大荒道人	广东三水	凹园词	0
85	王孝煃	1877—1947	字寄沤	江苏上元	蓼辛词	0
86	张伯桢	1877—1947	字子斡，号沧海、篁溪	广东东莞	沧海丛书	数首
87	刘翰棻	1877—1951	字俊庵，号冷禅	广东南海	花雨楼词草	0
88	高毓浵	1877—1956	字潜子，号淞潜	天津静海	有词见《沤社词钞》	0
89	高肇桢	1877—1958	字慕周，号且园	江苏江都	半秋轩词存	324首，未系年

序号	姓名	生卒	字号	籍贯	词集	抗战时期词作数量统计
90	靳　志	1877—1969	原名项曾,字仲云	河南祥符	居易斋诗余	120+
91	连　横	1878—1936	字武公,号雅堂,又号剑花	台湾台南	剑花室词	不详
92	杨　庄	1878—1940	字少姬、叔姬、淑姬,号兆仙	湖南湘潭	湘潭杨庄诗文词录	数首
93	俞锺彦	1878—1948后	字瑞澄	江苏江宁	蕒香榭诗词稿	46首,未系年
94	陈曾寿	1878—1949	字仁先,号苍虬,别署耐寂、复志、焦庵	湖北蕲水	旧月簃词	0
95	高　燮	1878—1958	字时若,亦作慈硕,号吹万,又号寒隐,别署志攘,晚年别号卷窝老人等	江苏金山	吹万楼词	87
96	吴　庠	1878—1961	字眉孙,号双红豆斋主	江苏丹徒	寒竽阁词	100+
97	陈寿嵩	1879—1940	字栩园,号蝶仙,晚名栩,别署天虚我生、樱川三郎	浙江钱塘	海棠香梦词、眉山冷翠词	报刊数首
98	蔡　守	1879—1941	原名珣,字哲夫,后更名守,字成城,号寒琼	广东顺德	寒琼遗稿	收词93首,未系年
99	胡朴安	1879—1947	字仲民,号朴庵	安徽泾县	寒山子诗	报刊数首
100	程学銮	1879—1960	字仰坡,号坡公	浙江杭州	他山词	收词145首
101	于右任	1879—1964	原名伯循,号经心,晚号髯翁	陕西三原	于右任诗词集	30
102	李根源	1879—1965	字印泉,又字养溪,号曲石	山东青州	荷戈集、曲石诗录	不详

序号	姓名	生卒	字号	籍贯	词集	抗战时期词作数量统计
103	梁启勋	1879—1965	字仲策	广东新会	海波词	200＋
104	朱师辙	1879—1969	字绍宾,亦字少滨,别署充隐	江苏苏州	和清真词	200首,未系年
105	程善之	1880—1942	字庆余,号小斋,别署一粟	安徽歙县	沤和室词存	未见
106	李叔同	1880—1942	法名演音,号弘一	浙江平湖	弘一大师遗著合编	数首
107	苏　鹏	1880—1953	又名先矞,字凤初,自号柳溪遁叟	湖南冷水江	海沤剩沸词剩	50＋
108	路朝銮	1880—1954	字金坡,别号瓠庵	贵州毕节	瓠庵词	不详
109	孙念希	1880—1954	原名松龄,字念希、锡朋,号过隙	河北蠡县	花知屋诗词杂着	50
110	芮　善	1880—1956	原名青,字敬于	江苏溧阳	霜草宧词	不详
111	王　耒	1880—1956	字耕木	浙江杭县	负斋词钞、耻无耻室诗词稿	100＋未系年
112	贾景德	1880—1960	字煜如	山西沁水	韬园诗余	10＋
113	关赓麟	1880—1962	字颖人	广东南海	远志集	未见
114	吴汉声	1881—1937	字采纯,号莽庐	上海崇明	莽庐词稿	0
115	高　增	1881—1943	字卓庵,号澹安、佛子,别署大雄、觉佛、秋士	上海金山	啸天庐词存	数首
116	刘冰研	1881—1951	字冬心	四川华阳	翦淞梦雨词	264
117	孙肇圻	1881—1953	字北萱,号颂陀	江苏无锡	箫心剑气楼诗存	收词27首,未系年
118	叶恭绰	1881—1968	字裕甫,又字玉甫、玉虎、誉虎,晚年自号遐庵、遐翁	广东番禺	遐庵词	200＋

序号	姓名	生卒	字号	籍贯	词集	抗战时期词作数量统计
119	章士钊	1881—1973	字行严，号孤桐	湖南长沙	章士钊诗词集	239
120	郁锡璜	1882—1941	字葆青，号餐霞	上海	餐霞集、兰襟集	16 首，未系年
121	袁思古	1882—1942?	字潜修	湖南湘潭	学圃老人词稿	收词77首，未系年
122	王用宾	1882—1944	字太蕤，一字利臣，号鹤村	山西猗氏	半隐园词草	50
123	郭则沄	1882—1946	字啸麓，一字蛰园，号雪坪，又号桂岩，别号龙顾山人	福建侯官	龙顾山房诗余续集	收词518首，抗战时期约百首，未系年
124	景定成	1882—1961	字梅九	山西安邑	南社词集	0
125	邵力子	1882—1967	字仲辉，力子	浙江绍兴	邵力子文集	数首
126	欧阳祖经	1882—1972	字仙贻	江西南城	欧阳祖经诗词集	137
127	汪兆铭	1883—1944	又名精卫，字季新	广东番禺	双照楼诗词稿	20+
128	梁鸿志	1883—1946	字众异，号无畏	福建长乐	爰居阁诗	报刊数首
129	王啸苏	1883—1960	名竞，号笑疏、疏盦	湖南长沙	苏庵词存、苏庵近稿	不详
130	朱乐之	1883—1960	名义康	浙江杭州	西溪壬午词稿	不详
131	秦更年	1883—1960?	字曼青	江苏江都	婴闇诗余	收录44首，未系年
132	马一浮	1883—1967	字一佛，后字一浮，号湛翁，别署蠲翁、蠲叟、蠲戏老人	浙江绍兴	芳杜词賸	13
133	刘子平	1883—1970	原名庸	广东番禺	番禺三家集	不详
134	沈尹默	1883—1971	原名君默	浙江吴兴	沈尹默诗词集	100+
135	谢觉哉	1883—1971		湖南宁乡		10+

序号	姓名	生卒	字号	籍贯	词集	抗战时期词作数量统计
136	吴　梅	1884—1939	字瞿安，一作癯庵，号霜厓	江苏苏州	霜厓词录	10＋
137	王蕴章	1884—1942	字莼农，号西神，别署西神残客、二泉亭长等	江苏无锡	秋平云室词	报刊数首
138	胡　振	1884—1943	字汀鹭，别号暗公、暗禅，晚号大涿道人	江苏无锡	闹红精舍遗稿	收词96首，未系年
139	林修竹	1884—1948	字茂泉	山东掖县	澄怀阁词	123
140	陈匪石	1884—1959	原名世宜，字小树，号倦鹤	江苏江宁	倦鹤近体乐府	65
141	李木庵	1884—1959	原名李振堃，字典武（午），又名李清泉，化名何樊木	湖南桂阳	西北吟、窑台诗话	报刊数首
142	沈曾荫	1884—1962？	字仰放	安徽石埭	龙岩词钞	60＋，未系年
143	钱来苏	1884—1968	名拯，字来苏	吉林梨树	孤愤草初喜集合稿	数首
144	马叙伦	1884—1970	字夷初	浙江余姚	石屋余渖、石屋续渖	数首
145	张曙时	1884—1971	曾用名刘和齐	江苏睢宁		报刊数首
146	寿　鉨	1885—1950	字石工，号印匄、珏盦，别署石公、硕功	浙江绍兴	珏盦词、柳边词	报刊数首
147	辛际周	1885—1957	字祥云，号心禅，晚号灰木散人	江西万载	梦痕词	数首
148	林伯渠	1885—1960	名祖涵	湖南临沣	林伯渠文集	数首
149	黄佛颐	1886—1946	字慈博	广东香山	慈溪词	不详
150	杨熙绩	1886—1946	字少炯，号雪公	湖南常德	雪公遗稿	数首
151	查安荪	1886—1953		湖北京山	鹤语词	报刊数首
152	李济深	1886—1959	字任潮	广西苍梧	李济深诗词对联选	数首

序号	姓名	生卒	字号	籍贯	词集	抗战时期词作数量统计
153	朱　德	1886—1976	字玉阶，原名代珍	四川仪陇	朱德诗词选集	数首
154	孙传瑗	1886—1985	字蓬生，号仰蓬、又养癯，人称待旦老人	安徽寿县	眉月楼词	不详
155	叶楚伧	1887—1946	原名叶叶、宗源，字楚伧	江苏苏州	世徽堂诗稿	报刊数首
156	张　素	1887—1946	原名诵清，字穆如，一字挥孙，号婴公	江苏丹阳	闷寻鹦馆词	157
157	柳亚子	1887—1958	原名慰高，字安如，后改名人权，号亚卢，再改名弃疾，字亚子	江苏吴江	磨剑室诗词集	47
158	江子愚	1887—1962	原名椿，字子愚，以字行	四川双流	听秋词，冬青词等	收词247首，未系年
159	刘景堂	1887—1963	号伯端	广东番禺	沧海楼词	数首
160	刘永济	1887—1966	字弘度，号诵帚	湖南新宁	诵帚庵词	100+
161	宋式骥	1887—1975	字姤逢，号天风	湖南长沙	宋式骥诗词选	4
162	吴德润	1887—1975	字晓芝，笔名觉庐	湖南岳阳	时事诗词选	不详
163	邵瑞彭	1888—1938	字次公	浙江淳安	扬荷集词	报刊数首
164	周麟书	1888—1943	字嘉林，一字迦陵，号笭园	江苏吴江	笭园词钞	21
165	李宣倜	1888—1958	字释堪，一作释戡，号散释	福建闽县	剑暮室诗余	收词44首，未系年
166	胡小石	1888—1962	原名光炜，字倩尹，号夏庐，晚号沙公	浙江嘉兴	愿夏庐词钞	10+
167	何　遂	1888—1968	字叙圃	福建福州	叙圃词	收词256首，未系年
168	赵紫宸	1888—1979		浙江德清	玻璃声	收词161首
169	陈　柱	1889—1944	字柱尊，号守玄	广西北流	守玄阁词	数首

序号	姓名	生卒	字号	籍贯	词集	抗战时期词作数量统计
170	陈　慈	1889—1948?	字朗生	湖北武昌	待月斋存稿	0
171	王　易	1889—1956	字晓湘，号简庵	江西南昌	简庵诗词稿、藕孔微尘词	数首
172	向迪琮	1889—1969	字仲坚，号柳溪	四川双流	柳溪长短句	75
173	俞平伯	1889—1990	原名铭衡	浙江德清	古槐书屋词	数首
174	徐桢立	1890—1952	字绍周，号余习	湖南长沙	余习庵词稿	不详
175	黄　复	1890—1963	字娄生，号病蝶	江苏吴江	须曼那室长短句	不详
176	汪　东	1890—1963	字旭初，号寄庵、寄生、梦秋	江苏苏州	梦秋词	200＋
177	任援道	1890—1980	号豁盦	江苏宜兴	青萍词	收词823首，未系年
178	蔡嵩云	1891—1950	名桢，以字行，号柯亭词人	江西上犹	柯亭长短句	90
179	陈方恪	1891—1966	字彦通，斋号屯云阁、浩翠楼、鸾陂草堂	江西义宁（今修水）	陈方恪诗词集	20
180	乔大壮	1892—1948	原名曾劬，字大壮，以字行，号波外居士	四川双流	波外乐章	50＋
181	姚鹓雏	1892—1954	原名锡钧，字雄伯，笔名龙公	上海松江	苍雪词	63
182	周恢初	1892—1961	字用宾	湖南宁乡	悔悟老人诗词	不详
183	陈名珂	1892—1972	字季鸣，号文无	江苏江阴	文无馆词钞	数首
184	徐映璞	1892—1981	原名礼玑，以字行，晚年自号清平山人	浙江衢州	徐陈唱和集	20＋
185	王芃生	1893—1946	原名大桢，别署日叟	湖南醴陵	莫哀歌草	53
186	王义臣	1893—1958	字植槐	湖南湘乡	槐庭诗词集	不详

续　表

序号	姓名	生卒	字号	籍贯	词集	抗战时期词作数量统计
187	缪子彬	1893—1959	号若庵	江苏江阴	若庵词存	不详
188	毛泽东	1893—1976	字润之	湖南湘潭	毛泽东诗词	数首
189	叶　麐	1893—1977	字石荪	四川兴文	轻梦词	68
190	徐行恭	1893—1988	字颙若，号曙岑、竹间居士	浙江杭州	延伫词	0
191	杨无恙	1894—1952	原名元恺，字冠南，号让渔	江苏常熟	无恙吟稿、天光集等	收词23首，未系年
192	胡先骕	1894—1968	字步曾，号忏盦	江西新建	忏庵词稿	收词88首，未系年
193	吴湖帆	1894—1968	初名翼燕，字遹逡，更名万，字东庄，又名倩，号倩庵，别署丑簃	江苏苏州	佞宋词痕	40
194	刘孟伉	1894—1969	名贞健	四川云阳	冻桐花馆词钞	收词29首，未系年
195	何　鲁	1894—1973	字奎垣	四川广安	何鲁诗词选	5
196	刘凤梧	1894—1974	名国桐，一字威禽，号蕉窗老人	安徽岳西古坊乡	绿波词稿	10
197	吴　宓	1894—1978	字雨僧、玉衡，笔名余生	陕西泾阳	吴宓诗集	数首
198	刘麟生	1894—1980	字宣阁，笔名春痕、宣阁	安徽庐江	春灯词	30+
199	叶圣陶	1894—1988	名绍钧，字秉臣，	江苏苏州	叶圣陶诗词选注	16
200	陈海天	1894—1989	号恺庐	广东南海	恺庐誊稿	报刊数首
201	何维刚	1895—1970	字敦畴	福建福州	薏珠词	收词98首，未系年
202	梅冷生	1895—1976	名雨生	浙江温州	劲风楼唱和集	数首
203	曾仲鸣	1896—1939		福建福州		报刊8首
204	郁达夫	1896—1945	原名郁文，字达夫，幼名阿凤	浙江富阳	郁达夫诗词集	数首

序号	姓名	生卒	字号	籍贯	词集	抗战时期词作数量统计
205	蔡 莹	1896—1952	字正华,号小安乐窝主人	浙江吴兴	比玉词、睡禅词	收词74首,未系年
206	溥 儒	1896—1963	初字仲衡,改字心畬,西山逸士,羲皇上人	北京	凝碧余音词	100＋
207	庞 俊	1896—1964	初字少洲,更字石帚	四川成都	养晴室遗集	30
208	瞿若虹	1896—1965	原名鸿灿	江苏常熟	隐庐存稿	不详
209	高茶禅	1896—1976	原名联潢,字幼铿,号茶禅	福建福州	茶禅遗稿	0
210	孙蔚如	1896—1979	原名树棠,字蔚如	陕西西安	孙蔚如将军诗词与书法	数首
211	茅 盾	1896—1981	原名沈德鸿,字雁冰	浙江桐乡	茅盾诗词集	数首
212	罗章龙	1896—1995	字仲元,号文虎	湖南浏阳	亢慕斋诗词集	不详
213	萧 劳	1896—1996	原名禀原,字钟美、重梅,号箫斋、善忘翁	广东梅县	萧劳诗词曲选	收词44首,未系年
214	林庚白	1897—1941	名学衡,字浚南,别署众难,后乃以庚白行世	福建闽侯	丽白楼遗集	数首
215	王陆一	1897—1943	原名肇巽,一名天士	陕西三原	长毋相忘诗词集	70
216	顾 随	1897—1960	字羡季,号苦水	河北清河	顾随文集	100
217	董巽观	1897—1970	原名祥晋,字吉甫,以号行	浙江嘉兴	春雨斋词稿	50＋
218	萧公权	1897—1981	原名笃平,笔名君衡,字恭甫,号迹园	江西泰和	小桐阴馆诗词	120＋
219	叶剑英	1897—1986	字沧白	广东梅县	叶剑英诗词选集	数首

序号	姓名	生卒	字号	籍贯	词集	抗战时期词作数量统计
220	陈兼与	1897—1987	原名声聪,号荷堂	福建福州	荷堂词、壶因词	收词90首,未系年
221	陈瘦愚	1897—1990	原名守治,号乐观翁	福建南平	陈瘦愚词选	37
222	任讷	1897—1991	字中敏,号二北、半塘	江苏扬州	感红室词	数首
223	朱自清	1898—1948	原名自华,号秋实,后改名自清,字佩弦	浙江绍兴	敝帚集	收词18首
224	刘尧民	1898—1968	原名治雍	云南会泽	废墟诗词	不详
225	陈国柱	1898—1969	原名陈继周,又名廖华	福建莆田	碧血丹心集	10+
226	邵祖平	1898—1969	字潭秋	江西南昌	培风楼诗集	50
227	陈寥士	1898—1970	原名陈道量,又有载为陈万言,字企白,一作器伯,故在世又以陈器伯知名,号寥士、玉谷、十园	浙江宁波	单云阁诗	报刊数首
228	易君左	1898—1972	字家钺,顺鼎子	湖南汉寿	入川吟	报刊数首
229	丰子恺	1898—1975	名仁,又名婴行,曾用名丰润	浙江桐乡	丰子恺文集	10+
230	张伯驹	1898—1982	字丛碧	河南项城	张伯驹词集	50
231	成舍我	1898—1991	原名成勋,后名成平,舍我为笔名	湖南湘乡		报刊数首
232	沈轶刘	1898—1993	原名桢,字轶刘	上海川沙	叶流词	收词111首,未系年
233	李冰若	1899—1939	原名锡炯,号栩庄主人	湖南新宁	绿梦庵词、弥陀盦词	15
234	方东美	1899—1977	原名方珣,号德怀,曾用名东英	安徽桐城	坚白精舍诗集	10+

序号	姓名	生卒	字号	籍贯	词集	抗战时期词作数量统计
235	陆维钊	1899—1980	字子平,号微昭	浙江平湖	陆维钊诗词选	30＋
236	周重能	1899—1982	名裕冕,以字行	四川金堂	水竹山庄诗文集	10＋
237	黄孝纾	1900—1964	字公渚、颐士,号匑厂、匑庵,别号霜腴、辅唐山民、灌园客、沤社词客、天茶翁等	福建福州	匑厂词乙稿	收词280首,未系年
238	孙为霆	1900—1966	字雨廷,别号巴山樵父	江苏六合	巴山樵唱、壶春乐府	不详
239	张汝钊	1900—1969	字曙蕉	浙江慈溪	绿天簃词集	收词59首,未系年
240	赵立民	1900—1969	原名乾,以字行,又号意禅	浙江温岭	楝花庐诗词遗稿	不详
241	陈　寂	1900—1976	字寂园,号枕秋	广东广州	枕秋阁诗词	60
242	包树棠	1900—1981	字伯苐,号笠山	福建上杭	笠山词集	收词33首,未系年
243	夏承焘	1900—1986	字瞿禅,别号瞿髯。别号梦栩生,室月轮楼、天风阁、玉邻堂、朝阳楼	浙江温州	瞿髯词	100＋
244	谢树英	1900—1988	别号济生	陕西安康		报刊数首
245	王蘧常	1900—1989	字瑗仲,号明两,欣欣老人	浙江嘉兴	抗兵集	数首
246	洪心衡	1900—1993	字梦湘	福建福州	东风引吭集	不详
247	顾宪融	1901—1955	号佛影	上海南汇	大漠山人集	数首
248	刘希武	1901—1956		四川江安	希武诗词集	不详
249	陈沧海	1901—1964	原名季章,法名蕴光	浙江温岭	拈花词、遗珠词	不详

序号	姓名	生卒	字号	籍贯	词集	抗战时期词作数量统计
250	陈懋恒	1901—1969	字稺常,号荔子、墨痕	福建福州	陈懋恒诗文集	收词33首,未系年
251	秦之济	1901—1970	字伯未,又字一辛,号谦斋	上海	谦斋诗词集	50
252	曾今可	1901—1971	名国珍	江西泰和	落花词	0
253	许元弅	1901—1971	又作许元雄	广东揭阳	三叠云笺、湖上风裁	数首
254	陈　毅	1901—1972	字仲弘	四川乐至	陈毅诗词选	数首
255	胡士莹	1901—1979	字宛春	浙江平湖	霜红词	3
256	曾觉之	1901—1982	原名展谟,字居敬,笔名解人	广东兴宁	幻	收词154首,未系年
257	徐震堮	1901—1986	字声越	浙江嘉善	梦松风阁吟	30
258	黄兰波	1901—1987	名缘浚	福建福州	兰波诗词剩稿	32
259	唐圭璋	1901—1992	字季特	江苏南京	梦桐词	100
260	周梦庄	1901—1998	字猛藏	江苏盐城	海红词	10
261	顾衍泽	1902—1953	字仲専	定居沛城	剑外词	100+
262	赵尊岳	1902—1960	字叔雍,号高梧轩主人	江苏武进	珍重阁词集	36+
263	龙榆生	1902—1966	名沐勋,号忍寒、龙七	江西万载	风雨龙吟室词	60+
264	詹安泰	1902—1967	字祝南,号无庵	广东饶平	无庵词	60+
265	漆鲁鱼	1902—1974	原名宗羲,笔名鲁鱼	四川江津		报刊数首
266	黄咏雩	1902—1975	字肇沂,号芋园	广东南海县横江乡	天蠁楼诗词	60+
267	郑万屺	1902—1982	字在陆,别号聋生	江苏徐州	适吾庐诗词丛稿	38
268	黄君坦	1902—1986	字孝平,号叔明	福建福州	红蹰躅庵词	收词65首,未系年

序号	姓名	生卒	字号	籍贯	词集	抗战时期词作数量统计
269	顾毓琇	1902—2002	字一樵	江苏无锡	顾毓琇全集	收词1001首,未系年
270	苏步青	1902—2003	原名尚龙	浙江温州平阳	苏步青业余诗词钞	40+
271	李葆光	1903—1951	字子建	河北南宫	涵象轩词	0
272	李一氓	1903—1990	原名民治	四川彭州	击楫集	数首
273	钟敬文	1903—2002	字静闻	广东海丰	钟敬文诗词	收词51首,未系年
274	何承天	1904—?	字子皇	广东兴宁	耦园诗词百首	37
275	徐行	1904—1984	字绿蕖	浙江温岭	双樱楼词稿	不详
276	金孔章	1904—1989	字积楠	安徽桐城	经济乐府	数首
277	缪钺	1904—1994	字彦威	江苏溧阳	冰茧庵诗词稿	20+
278	常任侠	1904—1996	原名家选,笔名季青、牧原、常征	安徽颍上	红莲华集	8
279	汪岳尊	1905—?	号瘿叟	安徽全椒	石庐诗词存	30
280	黄孝绰	1905—1950	字公孟,号讷庵	福建闽侯	藕孔烟语词	收词20首,未系年
281	卢前	1905—1951	字冀野,别署饮虹	江苏江宁	中兴鼓吹	300+
282	陈运彰	1905—1955	原名陈彰,字君漠,号华西	广东潮阳	纫芳簃词	不详
283	赵万里	1905—1980	字斐云	浙江海宁	飞云词录	不详
284	施蛰存	1905—2003	名舍	浙江杭州	北山楼诗·附词	数首
285	张庚由	1906—?		陕西泾阳		报刊10+
286	关友声	1906—1970	原名关际颐,字友声,号嘤园主人	山东济南	嘤园词	不详
287	华钟彦	1906—1988	原名连圃	辽宁沈阳	蒔蘅吟馆诗词稿	不详

序号	姓名	生卒	字号	籍贯	词集	抗战时期词作数量统计
288	钱小山	1906—1991	字任远,又名小山,别署星隐庐主人	江苏常州	小山诗词	不详
289	郑骞	1906—1991	字因百,一作颖白	辽宁铁岭	永阴集	收词97首,未系年
290	吴白匋	1906—1992	原名征铸,笔名陶甫	江苏扬州	吴白匋诗词集	90
291	王季思	1906—1996	原名起	浙江永嘉	王季思诗词录	收词52首,未系年
292	杜兰亭	1906—1997	字水因	江苏无锡	饮河轩诗词稿	40+
293	王沂暖	1907—1998	字春沐,笔名春冰	吉林九台	王沂暖诗词选	60+
294	林汝珩	1907—1959	号碧城	广东番禺	碧城乐府	不详
295	阿垅	1907—1967	又名亦门,原名陈守梅	浙江杭州	阿垅诗文集	20+
296	白蕉	1907—1969	本名何法治,别署云间居士、复翁,字远香,号旭如	上海金山	济庐诗词稿	不详
297	石声汉	1907—1971	号朝甦,又名荔尾	湖南湘潭	荔尾词存	40+
298	袁荣法	1907—1976	字帅南,号沧州、玄冰	湖南湘潭	玄冰词	不详
299	胡苹秋	1907—1983	原名胡邵	安徽合肥	秋碧词	有词2000余首,1949年前不明
300	吕贞白	1907—1984	名传元,以字行,别字伯子,号茄庵、萧翁、戴庵	江西九江	吕伯子词集	数首
301	刘克生	1907—2008		四川乐至县	石缘阁诗词文联丛稿	数首
302	佘贤勋	1908—1941	字磊霞	安徽无为		25首,未系年

序号	姓名	生卒	字号	籍贯	词集	抗战时期词作数量统计
303	沙文汉	1908—1964	原名沙文沅,又名文舒,笔名叔起、陈叔温,化名沙房山、陈元阳、张登	浙江鄞县	沙文汉诗文选集	4
304	何 适	1908—1967	字访仙	福建惠安	官梅阁诗余	收词220首,未系年
305	俞鸿筹	1908—1972	字运之,号啸琴	江苏常熟	舍庵诗词残稿	收16首,未系年
306	吴世昌	1908—1986	字子臧	浙江海宁	罗音室诗词存稿	63
307	高 文	1908—2000	字石斋	江苏南京		报刊数首
308	刘延涛	1908—2001	字慕黄	河南巩县		报刊数首
309	黄竹坪	1909—?	字安定	浙江平湖	竹坪诗词集	不详
310	花景福	1909—1979	字病鹤,晚号寝翁、东平老人	江苏常熟	焦尾琴趣	不详
311	萧向荣	1910—1976	原名萧木元	广东梅县	萧向荣诗词集	0
312	章 柱	1910—1990	字石承,号澄心词客	江苏泰县	藕香馆词	100+
313	林 岩	1911—1977	字松峰	福建闽县	松峰词剩	收词16首,未系年
314	邓桐芬	1911—1976	字楚材,号引庵	广东顺德	引庵词	10+
315	朱荫龙	1912—1960	字琴可	广西桂林	朱荫龙诗文集	30+
316	黄寿祺	1912—1990	字之六,号六庵	福建霞浦	蕉窗词	3
317	任铭善	1913—1967	字心叔	江苏如皋	无受室文存	报刊数首
318	许伯建	1913—1997	名廷植,别署补茅主人	四川巴县	补茅余韵	数首
319	黄 畬	1913—2007	字经笙,号纫兰簃主	台湾淡水	纫兰簃诗词文集	不详
320	马祖熙	1915—2008	字缉庵	江苏建湖	缉庵诗词稿	10+

序号	姓名	生卒	字号	籍贯	词集	抗战时期词作数量统计
321	郑德涵	1916—1999	字君量，号廛庐	浙江平阳	廛庐词剩甲稿	70+
322	曹大铁	1916—2009	字原名鼎，字大铁，又字若木，号尔九、北野、寂庵、废铁、大铁居士	江苏常熟	大铁词残稿	存词675首，未系年
323	李锡祯	1917—1990?	字驹南，号秀萍室主	广东新宁	秀萍室诗稿·附词	不详

附录2　抗战时期女性词人统计表

序号	姓名	生卒	字号	籍贯	词集	抗战时期词作数量统计
1	张锦	?—1932	又名丽芬，别号闲与山人	湖南长沙	闲与轩遗稿	数首
2	杨庄	?—1940	字叔姬	湖南湘潭	湘潭杨叔姬诗文词	10+，未系年
3	范姚倚云	1863—1944	名蕴素，字倚云	安徽桐城	沧海归来集	收词23首，未系年
4	吕凤	1869—1933	字桐花，桐花夫人	江苏武进	清声阁词四种	数首
5	郭坚忍	1869—1940	字延秋	江苏江都	游丝词	0
6	郑元昭	1870—1943	字岚屏	福建福清	天香室诗集附词	收词94首，未系年
7	徐自华	1873—1935	字寄尘，号忏慧	浙江桐乡	秋心楼诗词	数首
8	杨庄	1878—1940	字叔姬	湖南湘潭	湘潭杨庄词录	收词14首，未系年
9	张光	1878—1970	字德怡，晚号红薇老人	浙江温州	红薇词、红薇吟馆诗草	不详
10	何香凝	1878—1972	原名谏，别号双清楼主	广东南海	双清文集	数首

序号	姓名	生卒	字号	籍贯	词集	抗战时期词作数量统计
11	吕碧城	1883—1943	初名贤锡,字遁天、明因,后改字圣因,法号宝莲,别署兰清、信芳词侣、小珠等	安徽旌德	吕碧城词笺注	88+
12	陆灵素	1883—1957	原名守民(一作秀民),字恢权,号灵素,别署繁霜、华泾乡姑	上海青浦		数首
13	张默君	1883—1980	原名昭汉	湖南湘乡	红树白云山馆词、大凝堂集	收词65首,未系年
14	汤国梨	1883—1980	字志莹,号影观、苕上老人	浙江乌镇	影观词	50+
15	俞珽	1884—1945	字佩瑗,晚号湛持居士	浙江德清	临漪馆词稿	收词25首,未系年
16	刘韵琴	1884—1945	名羽诜	江苏兴化	韵琴杂著	0
17	徐蕴华	1884—1962	字小淑,号双韵	浙江崇德	双韵轩诗词稿	收词22首,未系年
18	汪浣云	1887—1945			瘦梅馆词钞	收词33首,未系年
19	郑佩宜	1888—1962	名瑛,字子佩,号佩宜	江苏吴江		未系年
20	翟涤尘	1889—1968	字谛西	湖南新宁	碧琅玕诗词集,与李冰若诗词合印为栩庄诗词集	收15首,未系年
21	马汝邺	1891—1970	字书城	四川成都	晦珠馆诗词稿	不详
22	谈月色	1891—1976	原名古溶,又名溶溶、月色,晚号珠江老人	广东顺德	梨花院落吟、谈月色诗钞	不详

序号	姓名	生卒	字号	籍贯	词集	抗战时期词作数量统计
23	潘静淑	1892—1939	名树春	江苏吴县（今苏州）	有绿草词，与丈夫吴湖帆合刊为《梅影书屋词集》	收词13首，未系年
24	梁令娴	1893—1966	梁思顺，字令娴	广东新会	艺蘅馆词选	不详
25	王德愔	1893—1977	字珊芷	福建福州	琴寄室词	35
26	徐　瑱	1893—1977	又名声懿，字翼存，晚号持半偈庐老人	安徽合肥	徐翼存诗词选辑	存词50首，未系年
27	刘　蘅	1895—1998	字蕙愔，号修明	福建福州	蕙愔阁诗词	93＋
28	罗　庄	1896—1941	字孟康，号婺琛	浙江上虞	初日楼遗稿	55＋
29	顾青瑶	1896—1978	名申，字青瑶，别署灵妹	江苏苏州	归砚室词稿	报刊数首
30	方君璧	1898—1986		福建闽侯	附于《颉颃楼诗词稿》后	16
31	何　曦	1899—1980	一名敦良，字键怡	福建福州	晴赏楼词	37
32	柯昌泌	1899—1992	字征君	山东胶县	石桥词稿、和观堂长短句	收词120首
33	张汝钊	1900—1969	号曙蕉	浙江省慈	绿天簃词集	不详
34	冯沅君	1900—1974	原名淑兰，笔名淦女士、漱峦、大琦、吴仪等	河南唐河	四余词稿	收词101首，未系年
35	姚楚英	1900—1982		上海	楚英诗存附词	收词29首，未系年
36	薛念娟	1901—1972	字见真，晚号松姑	福建福州	小懒真室词	12
37	施秉庄	1901—1980	字浣秋	福建福州	延晖楼词	20
38	张苏铮	1901—1985	字浣桐	福建福州	浣桐书室词	52

序号	姓名	生卒	字号	籍贯	词集	抗战时期词作数量统计
39	李淑一	1901—1997	又名伯义、守一、桐园	湖南长沙	不详	不详
40	陈翠娜	1902—1967	字小翠，又名璂，别署翠候、翠吟楼主，斋名翠楼	浙江杭州	翠楼吟草	30+
41	丁　宁	1902—1980	原名瑞文，号怀枫，别署昙影楼主	江苏扬州	还轩词	80+
42	叶可羲	1902—1986	字超农，号竹韵轩主人	福建福州	竹韵轩词	89
43	李　祁	1902—1989	字稚愚	湖南长沙	李祁诗词全集	26+
44	卢葆华	1903—1945	小名播娟，名夔凤，字韵秋	贵州遵义	相思词	53
45	孙祥偈	1903—1965	笔名荪荃	安徽桐城	荪荃词	数首
46	陈家庆	1903—1970	字秀元，号碧湘	湖南宁乡	碧湘阁集	10+
47	王　真	1904—1971	字道之，一字耐轩	福建福州	道真室词	40
48	杨钟虞	1905—？	字秀山，别号女文奴	江苏常熟	课余吟诗词草	收28首，未系年
49	冼玉清	1905—1975	别署琅玕馆主、西樵女士、西樵山人	广东南海	碧琅玕馆词钞	收词22首，未系年
50	陈乃文	1906—1991	字蕙漪，号蕙风楼主	上海崇明	鸣鸾集蕙风楼烬余幸草	数首
51	洪　璞	1906—1993	字守真	福建福州	璞园诗词稿	51
52	游　寿	1906—1994	字介眉	福建霞浦		不详
53	王　闲	1906—1999	字竖庐，号翼之，又署味闲楼主	福建福州	养源室词、味闲楼诗词	68

序号	姓名	生卒	字号	籍贯	词集	抗战时期词作数量统计
54	黄倩芬	1907—?		广东中山	淡明楼诗词稿	不详
55	王兰馨	1907—1992	号景逸	广东番禺	将离集、晚晴集	146＋
56	黄稚荃	1908—1993	号杜邻	四川江安	杜邻存稿	数首
57	周炼霞	1908—1995	一名茝,字紫宜,号螺川	江西吉安	螺川韵语	120＋
58	李圣和	1908—2001	名惠,号印沧老人	江苏扬州	李圣和诗词集	不详
59	曾昭燏	1909—1964	字子雍	湖南湘乡		不详
60	沈祖棻	1909—1977	字子苾,别号紫曼,笔名绛燕、苏珂	浙江海盐	涉江诗词集	60＋
61	隆莲法师	1909—2006	俗名游永康	四川乐山	志学初集	不详
62	张荃	1911—1959	字苏簃,别号念孙	广东揭阳	张荃诗文集	21
63	张宜	1911—1972	字纫诗	广东南海	张纫诗诗集	不详
64	谢叔颐	1913—?	号山雷	湖南棕乡	山雷吟草	数首
65	黄潜	1913—1998	字墨谷	福建厦门	谷音集	数首
66	陈璇珍	1914—1967		广东番禺	微尘吟草	收词82首,未系年
67	吴君琇	1914—1997	字美石,号遗珠	安徽桐城	舒秀集	不详
68	张充和	1914—2015		安徽合肥	张充和诗文集	60首,未系年
69	吕小薇	1915—2007	名蕴华,号竹村	江苏武进	竹村韵语剩稿	105
70	黎兑卿	1916—?		湖南浏阳	棣华楼诗词	数首
71	成应璆	1916—2000	即成应求,字慕梅	湖南长沙	琅玕室诗词存	25

序号	姓名	生卒	字号	籍贯	词集	抗战时期词作数量统计
72	林北丽	1916—2006	原名隐,字幼奇,室名丽白楼、博丽轩	福建福州	林北丽诗文集	不详
73	冯影仙	1917—		广东顺德	美椿楼诗词稿	不详
74	赵涛翰	1917—?		湖南衡山	祝文白、赵涛翰诗词合集	不详
75	吴无闻	1917—1988	又名吴闻	浙江乐清		数首
76	张珍怀	1917—2005	号飞霞山民	浙江永嘉	飞霞山民词稿	16
77	盛静霞	1917—2006	字弢青	江苏镇江	频伽室语业	数首
78	琦　君	1917—2006	原名潘希真	浙江永嘉	琦君自选集	不详
79	宋亦英	1919—2005	原名宋惠英,笔名宋梅、宋蕴	安徽歙县	宋亦英集	10
80	潘思敏	1920—		广东南海	茹香楼诗词草	0
81	茅于美	1920—1998		江苏镇江	夜珠词	30＋
82	阚家蓂	1921—		安徽合肥	阚家蓂诗词钞	收词100＋,未系年
83	黄润苏	1922—	号澹园	四川荣县	澹园诗词	收词155
84	刘佩蕙	1923—		广东南海	兰馆词草、行余词草	数首
85	施亚西	1923—		浙江萧山		数首
86	叶嘉莹	1924—	号迦陵	北京	迦陵诗词稿	50
87	李久芸	生卒不详		四川	玉露词	收词57首,未系年

参考文献

A

1. 艾青. 对于目前文艺上几个问题的意见. 文艺阵地. 1942(1).
2. 艾思奇. 旧形式运用的基本原则. 文艺战线(延安). 1939:1(3).
3. 阿英. 阿英全集. 合肥:安徽教育出版社,2003.

B

4. 包明叔. 抗日时期东南敌后. 台北:板桥,1974.
5. 卞孝萱,唐文权编著. 民国人物碑传集. 南京:凤凰出版社,2011.
6. 卞孝萱. 文史互证与唐传奇研究. 北京大学学报(哲社版). 2009(2).
7. 卜永坚,钱念民主编. 廖恩焘词笺注. 广州:广东人民出版社,2016.

C

8. 蔡德金. 历史的怪胎汪精卫国民政府. 桂林:广西师范大学出版社,1993.
9. 蔡瑞燕主编. 家乡名人何香凝. 广州:羊城晚报出版社,2018.
10. 蔡嵩云. 柯亭长短句. 北京:中华书局,1948.
11. 蔡嵩云. 乐府指迷笺释. 北京:人民文学出版社,1963.
12. 曹伯言. 胡适日记全集. 台北:联经出版公司,2004.
13. 曹辛华. 民国词群体流派考论. 中国文学研究. 2012(3).
14. 曹辛华. 民国词社考论. 词学国际学术研讨会论文集,2008.
15. 曹辛华. 民国词史综论. 词学国际学术研讨会论文集,2006.
16. 曹辛华. 民国女性词的创作. 学术研究. 2012(5).
17. 曹辛华主编. 清末民国旧体诗词结社文献续编. 北京:国家图书馆出版社,2015.
18. 陈翠娜. 古今闺秀诗话征诗启. 半月. 1923(18).
19. 陈方正编校. 陈克文日记. 北京:社会科学文献出版社,2014.
20. 陈匪石. 陈匪石先生遗稿. 1960,油印本,吉林大学图书馆藏.
21. 陈匪石. 宋词举. (外三种),南京:江苏古籍出版社,2002.
22. 陈匪石辑. 如社词钞. 民国二十五年(1936)排印本,吉林大学图书馆藏.
23. 陈灏一编. 青鹤. 1932—1937,吉林大学图书馆藏.
24. 陈家庆. 澄碧草堂集. 合肥:黄山书社,2012.
25. 陈家庆. 白门旧话. 紫罗兰. 1930(15).
26. 陈家庆. 和澄宇孤愤诗原韵. 经世战时特刊. 1938(17).
27. 陈兼与. 填词要略及词评四篇. 广州:广东人民出版社,1986.
28. 陈立峰. 中国现代文学学科之发轫. 人文杂志. 2010(3).
29. 陈启能. 略论微观史学. 史学理论研究. 2002(1).
30. 陈声聪. 兼于阁诗话. 上海:上海古籍出版社,1985.

31. 陈水云. 清代的"词史"意识. 武汉大学学报. 2001(5).

32. 陈水云. 晚清词学"温柔敦厚"说之检讨. 台大中文学报. 2014(45).

33. 陈廷焯. 白雨斋诗话. 南京：凤凰出版社，2014.

34. 陈廷焯著，屈兴国校注. 白雨斋词话足本校注. 济南：齐鲁书社，1983.

35. 陈小翠. 翠楼吟草. 合肥：黄山书社，2010.

36. 陈小翠. 画余随笔. 大陆(上海). 1941:2(2).

37. 陈小翠. 离乱音书. 大风旬刊. 1938(6).

38. 陈忻. 抗战时期旧体诗词对古代战争诗词纪实性之继承. 重庆师范大学学报. 2008(4).

39. 陈忻. 探究抗战时期旧体诗词曲的"沉郁". 重庆社会科学. 2006(1).

40. 陈忻. 现代抗战词与宋代南渡词情感基调之比较. 重庆师范大学学报. 2009(5).

41. 陈谊. 夏敬观年谱. 合肥：黄山书社，2007.

42. 陈玉堂. 中国文学史旧版书目提要. 上海：上海社会科学院文学研究所，1985.

43. 陈远. 燕京大学 1919—1925. 杭州：浙江人民出版社，2013.

44. 陈毅. 陈毅诗稿. 南京师范学院中文系，1977.

45. 车载. 杂诗. 新知识. 1944(5).

46. 成曙霞. 唐前军旅诗发展史. 济南：山东人民出版社，2013.

47. 程国君、李继凯. 延安革命家的诗词创作实践及诗史价值. 中国社会科学. 2020(3).

48. 程千帆. 程千帆全集. 石家庄：河北教育出版社，2000.

49. 程千帆. 桑榆忆往. 上海：上海古籍出版社，2000.

D

50. 稻畑耕一郎. 傅增湘的遗稿——致松丸东鱼的书信和绝句. 中国典籍与文化. 2009(2).

51. 邓国栋. 刘永济词的艺术特色. 湖南师范大学社会科学学报. 1986(4).

52. 邓红梅. 女性词史. 济南：山东教育出版社，2000.

53. 邓京力. 微观史学的理论视野. 天津社会科学. 2016(1).

54. 邓拓. 邓拓全集·诗词散文卷. 广州：花城出版社，2002.

55. 丁茂远. 试论茅盾抗战诗词. 广西师范大学学报(哲社版). 1989(4).

56. 丁宁. 还轩词. 合肥：黄山书社，2011.

57. 丁宁. 还轩词. 合肥：安徽文艺出版社，1985.

58. 丁绍仪. 听秋声馆词话. 同治八年(1869)刻本，南京图书馆藏.

59. 东阜. 描写女性的词. 妇女新都会. 1942-1-3(3).

60. 杜兰亭. 饮河轩诗词稿. 自印本，1997，复旦大学图书馆藏.

F

61. 冯乾编校. 清词序跋汇编. 南京：凤凰出版社，2013.

62. 弗郎索瓦·多斯著，马胜利译. 碎片化的历史学：从〈年鉴〉到"新史学". 北京：北京大学出版社，2008.

63. 傅葆石著，张霖译，刘辉校. 灰色上海，1937—1945：中国文人的隐退、反抗与合作. 北京：生活·读书·新知三联书店，2012.

64. 傅宇斌. 现代词学的建立：词学季刊与 20 世纪三、四十年代的词学. 北京：商务印书馆，2013.

65. 傅增湘. 藏园群书题记. 上海：上海古籍出版社，1989.

G

66. 高嘉谦. 风雅·诗教·政治抒情:论汪政权、龙榆生与《同声月刊》. 中山人文学报. 2015(38).

67. 高燮. 天人合评吹万楼词. 民国三十四年(1945)铅印本,吉林大学图书馆藏.

68. 葛欣然. 抗战时期新文学作家旧体诗词创作的勃兴现象研究. 贵州师范大学硕士学位论文,2014.

69. 巩本栋编. 程千帆沈祖棻学记. 贵阳:贵州人民出版社,1997.

70. 顾建国. 运河名物与区域文化考论. 上海:上海三联书店,2014.

71. 顾颉刚. 为什么要把新酒装在旧瓶里. 北平:民众周报. 1936:1(5).

72. 顾颉刚. 再论"为什么要把新酒装在旧瓶里". 北平:民众周报. 1936:1(5).

73. 顾随. 顾随全集. 石家庄:河北教育出版社,2000.

74. 顾随著,赵林涛、顾之京整理. 顾随致周汝昌书. 石家庄:河北教育出版社,2010.

75. 郭沫若. "民族形式"商兑. 大公报. 1940-6-9.

76. 郭则沄. 龙顾山房诗赘集. 1955,铅印本,国家图书馆藏.

77. 郭则沄辑. 烟沽渔唱. 民国二十二年(1933)刻本,吉林大学图书馆藏.

78. 郭则沄著,屈兴国点校. 清词玉屑. 杭州:浙江古籍出版社,2014.

H

79. 何开粹. 试论桂林文化城的抗战诗词创作. 贺州学院学报. 2013(3).

80. 何曦等著. 寿香社词钞. 民国三十一年刻本,南京图书馆藏.

81. 何振岱. 何振岱集. 福州:福建人民出版社,2009.

82. 侯荣荣. 梦窗才调老词仙——读吴白匋诗词集. 中国韵文学刊. 2003(1).

83. 胡才甫. 民族诗选注. 上海:商务印书馆,1937.

84. 胡建次. 民国时期重要词学理论批评衍化与展开研究. 北京:中国社会科学出版社,2019.

85. 胡来,汉杰. 一九三九北京文艺界之展望. 立言画刊. 1939(15).

86. 胡立人,王振华主编. 中国近代海军史. 大连:大连出版社,1990.

87. 胡适. 词选. 北京:商务印书馆,1947.

88. 胡先骕. 胡先骕诗文集. 合肥:黄山书社,2013.

89. 胡旭. 悼亡诗史. 上海:东方出版中心,2010.

90. 胡迎建. 论抗战时期旧体诗歌的复兴. 晋阳学刊. 2000(4).

91. 胡迎建. 民国旧体诗史稿. 南昌:江西人民出版社,2005.

92. 华中彦. 五四以来诗词选. 开封:河南大学出版社,1987.

93. 黄阿莎. 世乱中的文化坚守与词体创作——论汪东词学思想及其对沈祖棻的影响. 解放军艺术学院学报. 2016(1).

94. 黄薏. 描写女性的词. 新民报半月刊. 1941:3(10).

J

95. 江洁生. 吟边札记. 青年向导周刊. 1938(12).

96. 姜洪欧. 新诗遮蔽下的现代旧体诗词——兼论抗战诗词旧体诗词的复兴. 广西民族大学硕士学位论文,2011.

97. 计高成等编. 陈毅在盐城. 北京:解放军出版社,2001.

98. 计高成等编. 湖海诗存. 北京:中国文联出版社,2007.

99. 教育短波出版社编. 抗战诗选. 出版地不详:教育短波出版社,1938.

100. 金建陵,张末梅编. 南社张素诗文集. 北京:大众文艺出版社,2008.

101. 金仲华. 近世妇女解放运动在文学上的反映. 妇女杂志. 1931:17(7).

102. 经盛鸿. 南京沦陷八年史. 北京:社会科学文献出版社,2005.

K

103. 康燕燕,谭东梅. 女性主义批评视野下的宋女性词中的女性形象. 华中人文论丛. 2013(3).

L

104. 蓝海. 中国抗战文艺史. 济南:山东文艺出版社,1984.
105. 雷石榆. 从旧诗词中学取什么东西? 学习生活. 1940;2(2).
106. 李东阳. 李东阳集. 长沙:岳麓书社,2008.
107. 李剑亮. 民国词的多元解读. 杭州:浙江大学出版社,2012.
108. 李木庵. 窑台诗话. 长沙:湖南人民出版社,1984.
109. 李祁. 李祁诗词集. 台湾文艺书局影印本,1975.
110. 李睿. 清代词选研究. 合肥:安徽大学出版社,2011.
111. 李石涵编. 怀安诗社诗选. 西安:陕西人民出版社,1980.
112. 李世众. 晚清士绅与地方政治:以温州为中心的考察. 上海:上海人民出版社,2006.
113. 李相银. 上海沦陷时期文学期刊研究. 上海:上海三联书店,2009.
114. 李小满. 清代女性词观的近代转向. 学术探索. 2015(1).
115. 李怡,罗维思,李俊杰. 民国文学讨论集. 北京:中国社会科学出版社,2014.
116. 李谊辑校. 历代蜀词全辑. 重庆:重庆出版社,2007.
117. 李谊辑校. 历代蜀词全辑续编. 重庆:重庆出版社,2007.
118. 李遇春. 抗战时期旧体诗词的合法性建构问题. 社会科学战线. 2018(3).
119. 厉梅. 塞下秋来风景异:抗战文学中的风景描写与民族认同. 大连:大连海事大学出版社,2013.
120. 莲谛. 玉澜词社雅集志略. 新天津画报. 1940-9-14(1).
121. 廖仲恺,何香凝. 双清文集. 北京:人民出版社,1985.
122. 林鹍翔. 半樱词续. 民国二十七年(1938)铅印本. 吉林大学图书馆藏.
123. 林鹍翔辑. 瓯社词钞. 民国十年(1921)铅印本. 吉林大学图书馆藏.
124. 林立. 沧海遗音:民国时期清遗民词研究. 香港:香港中文大学出版社,2012.
125. 林思进. 清寂堂集. 成都:巴蜀书社,1989.
126. 林思进. 雪苑词. 民国三十二年(1943)刻本. 吉林大学图书馆藏.
127. 刘白羽. 有斜阳处有春愁. 书与人. 1996(2).
128. 刘聪辑. 无灯无月两心知:周炼霞其人与其诗. 北京:北京出版社,2012.
129. 刘大杰. 中国文学发展史. 上海:古典文学出版社,1958.
130. 刘蘅. 蕙愔阁诗词. 福州:福建美术出版社,1993.
131. 刘景堂. 刘伯端沧海楼集. 香港:商务印书馆,2001.
132. 刘开扬. 田汉的抗战旧体诗. 中华文化论坛. 1995(1).
133. 刘梦芙. 二十世纪名家词述评. 合肥:安徽文艺出版社,2006.
134. 刘梦芙. 二十世纪中华词选. 合肥:黄山书社,2008.
135. 刘纳. 旧形式的复活——从一个角度谈抗战时期的重庆文学. 涪陵师专学报. 1999(4).
136. 刘纳. 旧形式的诱惑——郭沫若抗战时期的旧体诗. 中国现代文学研究丛刊. 1991(3).
137. 刘绍唐主编. 民国人物小传. 台北:传记文学出版社,1985.
138. 刘寿林,万仁元,王玉文,孔庆泰编. 民国职官年表. 北京:中华书局,1995.
139. 刘思谦. 女性文学这个概念. 南开学报. 2005(2).

140. 刘威志. 使秦、挟秦与刺秦——从 1942 年"易水送别图题咏"论汪精卫晚年的烈士情结. 汉学研究. 2014:32(8).

141. 刘心皇. 抗战时期沦陷区文学史. 台北:成文出版社,1980.

142. 刘永济. 词论. 北京:中华书局,2007.

143. 刘永济著,刘茂舒,刘茂新编. 诵帚词集;云巢诗存:附年谱、传略. 北京:中华书局,2010.

144. 柳亚子. 柳亚子自述续编. 北京:人民日报出版社,2011.

145. 龙榆生. 忍寒诗词歌词集. 上海:复旦大学出版社,2012.

146. 龙榆生编. 词学季刊. 1933—1936.

147. 龙榆生编. 同声月刊. 1940—1945.

148. 卢前. 卢前笔记杂钞. 北京:中华书局,2005.

149. 卢前. 卢前文史论稿. 北京:中华书局,2006.

150. 卢前. 民族诗选. 重庆:黄埔出版社,1940.

151. 卢前. 霜厓先生年谱. 北京图书馆藏珍本年谱丛刊. 北京:北京图书馆出版社,1999.

152. 卢前. 中兴鼓吹. 民族诗坛丛刊本,独立出版社,1939.

153. 卢前. 中兴鼓吹抄. 永安建国出版社,1943.

154. 卢前编. 民族诗坛. 独立出版社,1938—1945.

155. 卢盛江,张毅,左东岭编. 罗宗强先生八十寿辰纪念文集. 北京:中华书局,2009.

156. 卢偓. 民族诗坛上的词曲情缘——浅论于右任先生对卢前词曲创作的积极影响. 中国韵文学刊. 2009(2).

157. 鲁人. 一年来华北文艺界总检讨. 国民杂志. 1944:4(1).

158. 罗特. 一年来的华北文艺界. 华文每日. 1943:10(1).

159. 吕碧城著,李保民校笺. 吕碧城集. 上海:上海古籍出版社,2015.

160. 吕光. 略论文艺旧形式的发展与扬弃. 西线. 1939:2(3).

161. 吕厚量. 试析当代西方微观史学的若干特点——以《乳酪与蛆虫》为中心的考察. 史学理论研究. 2010(1).

M

162. 马大勇,赵郁飞. 刘永济与抗战词坛. 词学. 2015(1).

163. 马大勇. 20 世纪旧体诗词研究的回望与前瞻. 文学评论. 2011(6).

164. 马大勇. 二十世纪诗词史论. 长春:时代文艺出版社,2014.

165. 马大勇. 留得悲秋残影在:论《庚子秋词》. 求是学刊. 2013(1).

166. 马大勇. 晚清民国词史稿. 武汉:华中师范大学出版社,2015.

167. 毛谷风. 二十世纪名家诗词钞. 上海:华东师范大学出版社,1993.

168. 茅于美. 妇女与文艺. 女青年(南京). 1945(4).

169. 茅于美. 茅于美词集. 长沙:湖南人民出版社,1985.

170. 冒广生. 冒鹤亭词曲论文集. 上海:上海古籍出版社,1992.

171. 梅新林. 从一个新的视角重述中国文学史——中国文学流派研究刍议. 学术月刊. 1997(5).

172. 梦. 致美斋中韵事宴会,玉澜冷枫连日雅集,骚人墨客拈韵以吟诗旨酒共嘉肴. 东亚晨报. 1940 - 9 - 12(5).

173. 民国文献资料汇编. 2007—2023,南京图书馆藏.

174. 缪钺,叶嘉莹. 灵溪词说. 上海:上海古籍出版社,1987.

175. 缪钺. 论词. 思想与时代月刊. 1941(3).

176. 缪钺. 论辛稼轩词. 思想与时代. 1943(23).

177. 缪钺. 缪钺全集. 石家庄:河北教育出版社,2004.

N

178. 南北人. 卅一年华北文艺界麟爪. 新东方杂志. 1943；7(2).
179. 南江涛主编. 民国旧体诗词期刊三种. 北京：国家图书馆出版社,2013.
180. 南江涛主编. 清末民国旧体诗词结社文献汇编. 北京：国家图书馆出版社,2013.
181. 南京大学中国语言文学系编. 全清词. 北京：中华书局,2002.
182. 聂欣晗,王晓华. 女性词的时代转型：以豪宕悲慨的沈善宝词为考察中心. 船山学刊. 2010(3).

P

183. 潘伯鹰. 潘伯鹰文存. 上海：上海辞书出版社,2013.
184. 潘益民,潘蕤. 陈方恪年谱. 南昌：江西人民出版社,2007.
185. 彭敏哲. 闺秀・名媛・学者：民国女性诗词的多元书写. 学术月刊. 2019(8).
186. 彭敏哲. 梅社女性诗群的形成与承续. 中南大学学报(社会科学版). 2017(9).
187. 彭玉平. 诗文评的体性. 北京：北京大学出版社,2012.
188. 彭玉平. 唐宋语境中的"以诗为词". 复旦学报(社会科学版). 2009(5).
189. 彭玉平. 朱祖谋《宋词三百首》探论. 学术研究. 2002(10).

Q

190. 仇埰. 鞠�词. 民国三十六年(1947)铅印本,南京图书馆藏.
191. 仇埰辑. 蓼辛词. 民国二十年(1931)刻本,南京图书馆藏.
192. 钱鸿瑛. 千回百折哀感无端——晏殊词风格探微. 北京大学学报(哲社版), 2012(1).
193. 钱鸿瑛. 周邦彦研究. 广州：广东人民出版社,1990.
194. 钱基博. 钱基博现代中国文学史. 长春：吉林人民出版社,2013.
195. 钱锺书. 槐聚诗存. 北京：生活・读书・新知三联书店,2001.
196. 钱仲联. 梦苕庵清代文学论集. 济南：齐鲁书社,1983.
197. 钱来苏. 孤愤草初喜集合稿. 出版情况不详,国家图书馆藏,1951.
198. 钱来苏. 钱来苏诗选. 长春：时代文艺出版社,1985.
199. 乔大壮. 波外乐章. 民国二十九年(1940)茹古书局刻本. 吉林大学图书馆藏.
200. 乔大壮. 乔大壮手批周邦彦片玉集. 济南：齐鲁书社,1985.
201. 乔瓦尼・莱维. 三十年后反思微观史. 尚洁译. 史学理论研究. 2013(4).
202. 全国政协文史资料委员会编. 文史资料存稿选编. 第16辑,中国文史出版社,2002.

R

203. 饶宗颐. 论清词在词史上之地位. 第一届词学国际研讨会论文集. 台北：中央研究院中国文哲研究所筹备处,1994.
204. 任中敏. 中兴鼓吹选. 民国三十一年(1942)文通书局刻本. 吉林大学图书馆藏.
205. 人民文学编辑部. 怀安诗选. 北京：人民文学出版社,1979.

S

206. 沙先一. 论《近三百年名家词选》选词学价值. 徐州师范大学学报. 2009(2).
207. 沙先一. 清代吴中词派研究. 北京：人民文学出版社,2004.
208. 沙先一. 朱祖谋《宋词三百首》三论. 河南大学学报(社会科学版). 2010(3).
209. 商金林. 抗战词史中的绝唱——叶圣陶抗战八年间的诗词. 文艺报. 2012 - 2 - 15(6).

210. 邵洵美. 一个人的谈话. 上海：上海书店出版社，2012.

211. 佘贤勋. 新诗与旧诗. 斯文. 1942：2(5/6).

212. 沈德潜. 国朝诗别裁集. 乾隆二十五年刻本，国家图书馆藏.

213. 沈卫威. 新文学进课堂与中国现代文学学科的确立. 山东社会科学. 2005(7).

214. 沈文泉. 朱彊村年谱. 杭州：浙江古籍出版社，2013.

215. 沈轶刘，富寿荪. 清词菁华. 合肥：安徽文艺出版社，1986.

216. 沈尹默. 沈尹默自述. 文教资料. 2001(4).

217. 沈尹默. 书法论. 上海：上海书画出版社，2003.

218. 沈云龙主编. 近代中国史料丛刊. 台北：文海出版社，1966—至今.

219. 沈长庆. 沈尹默家族往事. 北京：中国文史出版社，2013.

220. 沈祖棻. 沈祖棻全集. 石家庄：河北教育出版社，2000.

221. 沈祖棻. 涉江诗词集. 南京：凤凰出版社，2019.

222. 沈祖棻. 微波辞(外二种)，石家庄：河北教育出版社，2000.

223. 施议对. 当代词综. 福州：海峡文艺出版社，2002.

224. 施议对. 胡适词点评. 北京：中华书局，2006.

225. 施议对. 论稼轩体. 中国社会科学. 1987(5).

226. 施议对. 民国四大词人. 北京：中华书局，2014.

227. 施议对. 新声与绝响：施议对当代诗词论集. 武汉：华中师范大学出版社，2015.

228. 石声汉. 荔尾词存. 北京：中华书局，1999.

229. 双龄. 近人诗词曲钞. 新文化月刊. 1934(9/10).

230. 宋秋敏. 晚清至民国时期广东女性词的发展及新变. 中国韵文学刊. 2020(4).

231. 宋亦英. 宋亦英诗词选. 合肥：安徽人民出版社，1983.

232. 宋原放主编. 中国出版史料. 济南：山东教育出版社，2000.

233. 苏光文. 抗战文学概观. 重庆：西南师范大学出版社，1985.

234. 苏鹏. 海沤剩渖. 湖南新化文化书局 1948 石印本，新善本，国家图书馆藏.

235. 苏遗. 旧诗新话. 自修. 1939(43).

236. 孙克强，杨传庆，裴喆编. 清人词话. 天津：南开大学出版社，2012.

237. 孙克强，杨传庆编. 历代闺秀词话. 南京：凤凰出版社，2019.

238. 孙克强. 以梦窗风转移一代风会：晚清四大家推尊吴文英的词学主张及意义. 河南大学学报. 2007(4).

239. 孙佩苣. 女作家词选. 上海：上海广益书局，1932.

240. 孙英爱. 傅增湘年谱. 河北大学硕士学位论文，2012.

241. 孙宅巍，王卫星，崔巍主编. 江苏通史·中华民国卷. 南京：凤凰出版社，2012.

T

242. 覃勇霞，罗媛元. 广西桂东地区抗战时期旧体诗创作的文化考察. 贺州学院学报. 2010(1).

243. 谭献. 复堂词·复堂词话. 上海：华东师范大学出版社，2010.

244. 谭献. 箧中词续. 光绪八年(1882)刻本，国家图书馆藏.

245. 汤国梨. 影观词. 南京：南京师范大学出版社，2001

246. 唐圭璋. 梦桐词. 南京：江苏古籍出版社，1987.

247. 唐圭璋. 唐宋词简释. 上海：上海古籍出版社，1981.

248. 唐圭璋. 忆词坛飞将乔大壮. 湖湘诗萃，第 1—2 合期，长沙：岳麓书社，1985.

249. 唐圭璋编. 词话丛编. 北京：中华书局，2005.

250. 唐景凯. 五四以来的中国词坛. 广州：广东人民出版社，1995.

251. 陶尔夫，刘敬圻. 南宋词史. 哈尔滨：黑龙江人民出版社，2005.

252. 陶恒生."高陶事件"始末.武汉:湖北人民出版社,2003.
253. 田劲.旧诗新论.学术研究.1942:1(2).
254. 田星六.晚秋堂诗词选.长沙:岳麓书社,1992.

W

255. 万树.词律.北京:中华书局,1957.
256. 汪曾武.居易斋晋游诗草序.国艺.1942:4(1).
257. 汪东.国难教育声中发挥词学的新标准.文艺月刊.1936:9(2).
258. 汪东.寄庵随笔.上海:上海书店出版社,1987.
259. 汪东.梦秋词.济南:齐鲁书社,1985.
260. 汪东著,薛玉坤整理.汪东文集.郑州:河南文艺出版社,2016.
261. 汪梦川.南社词人研究.上海:上海古籍出版社,2015.
262. 汪荣祖.陈寅恪评传.南昌:百花洲文艺出版社,2015.
263. 汪兆铭.双照楼诗词稿.景泽存书库版,民国三十六年(1947)刻本,吉林大学图书馆藏.
264. 汪兆铭.双照楼诗词稿.香港:天地图书有限公司新版,2012.
265. 王慧敏.民国女性词研究.南开大学博士学位论文,2012.
266. 王嘉亨编.雅言.1940—1945,国家图书馆藏.
267. 王晋光等编著.1919—1949旧体诗文集叙录.南京:江苏教育出版社,1998.
268. 王景山编.国学家夏仁虎.杭州:浙江文艺出版社,2009.
269. 王侃.女性文学的内涵和视野.文学评论.1998(6).
270. 王鹏运辑.庚子秋词.清光绪二十七年(1901)刻本,上海图书馆藏.
271. 王森然.近代名家评传.北京:生活·读书·新知三联书店,1998.
272. 王树增.抗日战争.北京:人民文学出版社,2015.
273. 王卫民.吴梅评传.石家庄:河北教育出版社,2002.
274. 王秀琴编,胡文楷选订.历代名媛文苑简编.上海:商务印书馆,1947.
275. 王学振.抗战文学研究的边界问题.南方文坛.2014(4).
276. 王翼奇,王蛰堪等著,刘梦芙编校.当代诗词丛话.合肥:黄山书社,2009.
277. 王翼奇等著.当代诗词丛话.合肥:黄山书社,2009.
278. 王有兰.琐述.江西文物.1941:1(6).
279. 王兆鹏.宋南渡词人群体研究.南京:凤凰出版社,2009.
280. 文艺报导.玉澜词社将放异彩.东亚晨报.1940-7-21(5).
281. 吴白匋.论词之句法.斯文.1941:1(14).
282. 吴白匋.评《人间词话》.斯文.1941:1(21-22).
283. 吴白匋.晚清史词.斯文.1942:2(7).
284. 吴白匋.吴白匋诗词集.南京:南京大学出版社,1999.
285. 吴蓓.梦窗词汇校笺释集评.杭州:浙江古籍出版社,2007.
286. 吴贯因.国难文学.北平:东北问题研究会,1932.
287. 吴宏一.常州派词学研究.台北:嘉新水泥公司文化基金会,1970.
288. 吴眉孙.寒竽阁词.1957,油印本,上海图书馆藏.
289. 吴梅.词学通论.上海:复旦大学出版社,2005.
290. 吴梅.霜厓词录.民国三十一年(1942)文通书局刻本,南京图书馆藏.
291. 吴宓.吴宓诗话.北京:商务印书馆,2005.
292. 吴伟业著,陈继龙笺注.吴梅村词笺注.上海:上海古籍出版社,2008.
293. 吴文英.梦窗词汇校笺释集评.杭州:浙江古籍出版社,2007.
294. 马志嘉,章心绰.吴文英资料汇编.北京:中华书局,2006.

295. 吴耀辉,卢之章主编. 尹默二十年祭. 北京:北京燕山出版社,1991.

296. 吴组缃. 宣传・文学・旧形式的利用:座谈会纪录. 文艺. 1938:1(2).

297. 午社编. 午社词. 民国二十九年(1940)铅印本. 上海图书馆藏.

X

298. 习婷.《燃脂余韵》与民国的女性词批评. 中南大学学报. 2019(5).

299. 夏承焘. 词四声平亭. 之江中国文学会集刊. 1940(5).

300. 夏承焘. 夏承焘集. 杭州:浙江古籍出版社,1997.

301. 夏敬观. 词调溯源. 上海:商务印书馆,1931.

302. 夏仁虎. 啸盦词甲乙稿. 民国辛亥刻本,南京图书馆藏.

303. 夏仁虎. 枝巢四述. 沈阳:辽宁教育出版社,1998.

304. 夏苇. 热心生产合作事业的参议员史景桐先生. 晋察冀日报. 1943-4-16.

305. 谢草. 四十年代的天津梦碧词社. 天津文史丛刊. 1987(7).

306. 谢章铤. 谢章铤集. 长春:吉林文史出版社,2009.

307. 谢章铤著,刘荣平校注. 赌棋山庄词话校注. 厦门:厦门大学出版社,2013.

308. 谢觉哉. 谢觉哉书信选,北京:中共中央党校出版公司,1989.

309. 熊盛元主编. 二十世纪诗词文献汇编・词部(第二辑). 成都:巴蜀书社,2011.

310. 徐珂著,李云编校. 仲可随笔. 北京:中共中央党校出版社,1998.

311. 徐燕婷,吴平编. 民国闺秀集. 上海:上海古籍出版社,2019.

312. 徐燕婷. 论民国女性词的发展流变:以民国女性词集为中心. 北京大学学报. 2019(4).

313. 徐燕婷. 民国女性词集二维研究. 华东师范大学学报. 2017(1).

314. 徐燕婷. 民国女性词文化生态中的"传统范式"及其新变. 福建论坛・人文社会科学版. 2016(3).

315. 徐英,陈家庆著,刘梦芙编校. 澄碧草堂集. 合肥:黄山书社,2012.

316. 许宝蘅著,许恪儒整理. 许宝蘅日记. 北京:中华书局,2010.

317. 许菊芳. 龙榆生《唐宋名家词选》选学价值探微. 北京社会科学. 2014(2).

318. 许菊芳. 民国以来"女性的词选"类别及其意义探论. 文艺评论. 2015(2).

319. 絮. 现代闺秀诗话. 南报. 1937-3-19(2).

320. 薛时雨. 江舟欸乃. 清代诗文集汇编. 上海:上海古籍出版社,2010:671.

321. 薛玉坤. 汪东年谱. 郑州:河南文艺出版社,2013.

322. 薛玉坤. 汪东与民国词坛宗周一风. 苏州大学学报(哲社版)2010(6).

Y

323. 严迪昌. 近代词钞. 南京:江苏古籍出版社,1996.

324. 严迪昌. 清词史. 南京:江苏古籍出版社,2001.

325. 严迪昌. 阳羡词派研究. 济南:齐鲁书社,1993.

326. 严迪昌. 一日心期千劫在——纳兰早逝与一个词派之夭折. 江苏大学学报. 2002(1).

327. 岩佐昌暲. 记抗战时期的旧体诗杂志《民族诗坛》. 重庆师范大学学报. 2006(6).

328. 杨柏岭. 龚自珍词笺说. 合肥:黄山书社,2010.

329. 杨柏岭. 近代上海词学系年初编. 上海:上海教育出版社,2003.

330. 杨传庆,和希林. 辑校民国词话三十种. 新北市:花木兰文化出版社,2016.

331. 盐城县政协文史资料研究委员会. 宋泽夫遗著选编. 1983. 盐城市图书馆藏.

332. 杨公庶辑. 雍园词钞. 民国三十五年(1946)刻本. 南京图书馆藏.

333. 杨金亭. 中国抗战诗词精选. 北京:北京燕山出版社,1997.

334. 杨萍. 清代女性词中女性意识的觉醒. 东北师大大学报(哲社版). 2005(6).

335. 杨铁夫. 吴梦窗词笺释. 广州:广东人民出版社,1992.

336. 杨铁夫. 五厄词. 民国三十一年(1942)刻本,吉林大学图书馆藏.

337. 姚伯麟. 抗战诗史. 改选与医学社,1948.

338. 佚名. 玉澜词社成立. 游艺画刊. 1940(5).

339. 尹奇岭. 民国南京旧体诗人雅集与结社研究. 北京:中国社会科学出版社,2011.

340. 于右任. 于右任诗词集. 长沙:湖南人民出版社,1984.

341. 余德富. 双清传略:廖仲恺与何香凝爱国革命的一生. 广州:广东人民出版社,1998.

342. 余德富. 何香凝铁骨铮铮的抗战诗词. 团结报(北京). 2009 - 4 - 11(3).

343. 余丽芬. 正道上行:马叙伦传. 杭州:浙江人民出版社,2008.

344. 余慕陶. 论旧诗与词. 微音月刊. 1933:2(9).

345. 俞陛云. 诗境浅说. 北京:中华书局,2010.

346. 俞文豹. 吹剑录. 上海:古典文学出版社,1958.

347. 袁一丹. 别有所指的故国之悲——延秋词社换巢鸾凤考释. 中国诗歌研究. 2013(10).

348. 袁一丹. 隐微修辞:北平沦陷时期文人学者的表达策略. 中国现代文学研究丛刊. 2014(1).

349. 袁志成. 女性词人结社与晚清民国女性词风演变. 贵州社会科学. 2015(3).

350. 袁志成. 晚清民国词人结社与词风演变. 长沙:湖南师范大学出版社,2015.

351. 袁盛勇. "党的文学":后期延安文学观念的核心. 中国现代文学研究丛刊. 2005(3).

352. 越羽,李青. 郁达夫抗战时期诗词述论. 中国民航学院学报. 1991(1).

353. 云彬. 不能装新酒的旧瓶. 国民公论(汉口). 1939:1(9).

Z

354. 查紫阳. 民国词人集团考略. 文艺评论. 2012(10).

355. 查紫阳. 民国词社知见考略. 长春工业大学学报(社科版). 2014(6).

356. 查紫阳. 晚清民国词社研究. 南京大学博士学位论文,2008.

357. 张伯驹编. 春游社琐谈. 北京:北京出版社,1998.

358. 张充和. 张充和诗文集. 北京:生活·读书·新知三联书店,2016.

359. 张尔田. 遁庵乐府. 民国三十年(1941)刻本,吉林大学图书馆藏.

360. 张尔田. 史微. 上海:上海书店出版社,2010.

361. 张根福. 战时期的人口迁移:兼论对西部开发的影响. 北京:光明日报出版社,2006.

362. 张恨水. 新文艺家写旧诗. 重庆:新民报. 1942 - 11 - 23.

363. 张宏生. 常州派词学理论的现实呼应:鸦片战争前后的爱国词与词境的新拓展. 江海学刊. 1995(2).

364. 张晖. 帝国的流亡:南明诗歌与战乱. 北京:中国社会科学出版社,2014.

365. 张晖. 龙榆生先生年谱. 上海:学林出版社,2001.

366. 张晖. 张晖晚清民国词学研究. 南京:南京大学出版社,2014.

367. 张晖编. 忍寒庐学记·龙榆生的生平与学术. 北京:生活·读书·新知三联书店,2014.

368. 张惠言辑. 词选. 中华书局. 1957.

369. 张景祁. 新蘅词. 清光绪九年(1883)刻本,南京图书馆藏.

370. 张玲丽. 在文学与抗战之间:《七月》《希望》研究. 武汉:武汉大学出版社,2016.

371. 张默君. 国难中之精神建设. 妇女共鸣月刊. 1933:2(1).

372. 张默君. 为教育与革命而艰苦奋斗. 中国青年(重庆). 1940:2(3).

373. 张默君. 中国政治之基本精神. 考政学报. 1944(1).

374. 张强. 运河学研究的范围与对象. 江苏社会科学. 2010(5).

375. 张炯,邓绍基,郎樱主编. 中国文学通史. 南京:江苏文艺出版社,2011.

376. 张宪文. 中国抗日战争史:1931—1945. 南京:南京大学出版社,2001.

377. 张响点校. 蔡嵩云词学文集. 郑州:河南文艺出版社,2015.

378. 张晓利:南宋词社辑考. 古籍研究. 2013(1).

379. 张元济,傅增湘. 张元济傅增湘论书尺牍. 北京:商务印书馆,1983.

380. 张元济. 张元济全集. 北京:商务印书馆,2007.

381. 张璋等编纂. 历代词话续编. 郑州:大象出版社,2005.

382. 张仲谋. 忏悔与自赎——贰臣人格. 北京:东方出版社,2009.

383. 章士钊. 章士钊诗词集. 长沙:湖南人民出版社,2009.

384. 赵家晨. 论民国宋诗派文人群体的抗战词. 浙江师范大学学报. 2019(1).

385. 赵起. 约园词. 清光绪二十六年(1900)赵承炳刻本. 吉林大学图书馆藏.

386. 赵秀亭,冯统一笺校. 饮水词笺校. 北京:中华书局,2005.

387. 赵郁飞. 晚清民国女性词史稿. 长春:时代文艺出版社,2019.

388. 赵郁飞. 陈小翠年谱. 词学. 2019(41).

389. 赵郁飞. 近百年港台及海外女性词坛综论. 吉林师范大学学报. 2020(5).

390. 赵郁飞. 以"二斋"为领衔的前中期网络女性词坛. 泰山学院学报. 2018(1).

391. 赵园. 想象与叙述. 北京:人民文学出版社,2009.

392. 赵则诚,张连第等编. 中国古代文学理论词典. 长春:吉林文史出版社,1985.

393. 郑逸梅. 郑逸梅选集. 哈尔滨:黑龙江人民出版社,2001.

394. 郑逸梅编. 南社丛谈. 北京:中华书局,2006.

395. 钟振振编. 词学的辉煌. 文学文献学家唐圭璋. 南京:南京大学出版社,2001.

396. 重庆市人民政府参事室. 历史回顾:纪念抗日战争五十周年专辑. 内部资料,1987.

397. 重庆文史研究馆编. 中国抗日战争诗词曲选. 重庆:重庆出版社,1997.

398. 周邦彦著,罗忼烈笺注. 清真集笺注. 上海:上海书籍出版社,2008.

399. 周建人等著. 我们反对内战. 台北:自由出版社,1945.

400. 周炼霞. 螺川小品之一:露宿. 万象. 1942:1(11).

401. 周锡山编校. 人间词话汇编汇校汇评. 上海:上海三联书店,2013.

402. 周闲. 范湖草堂遗稿. 清代诗文集汇编. 上海:上海古籍出版社,2010:678.

403. 周晓明,王又平主编. 现代中国文学史. 武汉:湖北教育出版社,2004.

404. 周扬. 对旧形式利用在文学上的一个看法. 中国文化. 1940(1).

405. 周银婷. 民国报刊与词学传播. 华东师范大学硕士学位论文,2010.

406. 周永珍编. 徐蕴华、林寒碧诗文合集. 北京:社会科学文献出版社,1999.

407. 周正举. 泸州诗话. 香港:中国文化出版社,2011.

408. 周子美. 周子美学述. 杭州:浙江人民出版社,1999.

409. 朱德才,杨燕主编. 唐宋诗词. 济南:山东文艺出版社,1992.

410. 朱德慈. 常州词派通论. 北京:中华书局,2006.

411. 朱德慈. 近代词人考录. 北京:中国社会科学出版社,2004.

412. 朱惠国. 民国词研究的现状及其思考. 现代中文学刊. 2014(6).

413. 朱惠国. 午社四声之争与民国词体观的再认识. 中山大学学报(社科版). 2014(2).

414. 朱丽霞. 清代辛稼轩接受史. 济南:齐鲁书社,2005.

415. 朱炜. 湖烟湖水曾相识. 杭州:浙江工商大学出版社,2013.

416. 朱文华. 风骚余韵——中国现代文学背景下的旧体诗. 上海:复旦大学出版社,1998.

417. 朱雯. 烽鼓集. 福州:福建人民出版社,1983.

418. 朱熹. 卢前大事年表. 文教资料. 1989(5).

419. 朱禧. 卢冀野评传. 南京：江苏古籍出版社，1994.

420. 朱一帆. 现代中国女性旧体诗词流变论. 华中师范大学博士学位论文，2017.

421. 朱庸斋. 分春馆词话. 广州：广东人民出版社，1989.

422. 朱祖谋. 彊村丛书. 上海：上海古籍出版社，1989.

423. 祖保泉. 中国诗文理论探微. 合肥：安徽人民出版社，2006.

424. 曾大兴. 20 世纪词学名家研究. 北京：中华书局，2011.

425. 曾大兴. 词学的星空：20 世纪词学名家传. 石家庄：河北人民出版社，2009.

426. 曾艳. 二十世纪四十年代新文学家旧体诗复兴及其成因. 长江师范学院学报. 2009(4).

后　记

当敲下"后记"二字时，头脑思绪万千，一时间竟不知从何说起。我不自觉地打开搜索引擎，寻找它的标准定义。屏幕中出现"写作经过""深层思考""回顾致谢"等几个关键词。这毕竟是我人生中即将出版的第一本著作，"后记"内容自当遵从约定俗成的基本模式。

本书是在我博士论文基础上修订而成。2017年，我以《抗战词坛研究——以晚清词史相关现象为背景》为题，申请博士学位，个中情形十分曲折，非三言两语能说清楚，好在顺利通过答辩。现在看来，单单这个选题就显得不合时宜，后缀实在有些多余，但我完全能够理解如此操作确是不得已而为之。工作几年后，回头再看学位论文，有点不忍直视，讹误固然不少，有些判断过于草率，有些观点还值得进一步推敲，有些文字表达上的不良癖好还需要修正。总之，博士论文只能算是"抗战词坛研究"的阶段性成果，与最初的设想还有不小的差距。

自2018年始，围绕博士论文开始申报各级各类社科基金项目。期间面临一个十分纠结的问题，就是"专业方向"到底如何选择。我的学位证书是中国古代文学，而研究范围却是现当代文学。其实中国文学本来就是一个整体，完全没有必要分的那么清楚。该现象也暴露出当下二十世纪旧体文学研究的一个窘境，它既不被现当代文学研究者所接纳，也不被古代文学研究者所认同，大勇师曾将之形象比喻为动物界的蝙蝠，非禽非兽。或许正因如此，二十世纪旧体文学反而成为中国文学研究领域中一块亟待开垦的新大陆，相关选题皆有独特的前沿性和新颖性。2019至2020年，我顺利拿到了教育部人文社科基金、国家社科基金后期资助等高级别项目。申报项目过程中，毅然抛开了博士论文选题的"后缀"，也从未顾及到从古代文学跨入现当代文学可能产生的焦虑或失语，完全遵从最初与大勇老师商讨论文时的本心，深耕细作，回首这段历程，再次确信坚守理想，坚持主见，还是有一定道理的。

近年来，我曾经无数次的幻想，何时能够出现这样一部《现代诗歌史》或

《二十世纪诗歌史》，它既有我们熟知的新体诗，也有与之同等篇幅的旧体诗词。自白话文取替文言文成为通用文学语言以来，为与新体诗相区别，传统古典诗词不无蔑视的被冠以"旧体"指称。近期，不少学者呼吁用"民国文学"取代"现代文学"这一定性称谓，以期扩大研究视野，并给出更中性的合理判断。虽然此观点已经越来越受到学界肯定，但谈及旧体诗词能否写入文学史的具体问题时，激烈争论仍在持续。这也说明，学界对旧体诗词价值的认知和地位的判定并未达成共识。作为二十世纪文学家庭一员的抗战文学，其研究对象亦仍限于小说、新诗、报告文学、白话杂文等等，对旧诗词的关注并不多。然而，在战争及新文学的双重挤压下，旧体诗词不仅没有消逝，反而有东山再起的势头。诗词结社现象的普遍兴起和报刊诗词的广泛传播即是有力明证。如何准确判定抗战时期旧体诗词的文学史地位，不仅需要更清晰地揭示此期诗词的独特价值，从而转变当下学者过于贬低旧文学的文体偏见；也需要大力改变研究诗词的传统方法和视角，以更开放的视野，探究传统文人写作模式的现代性转型特征。

搁置争议，回归文本，分析正变，揭示价值，用实实在在的研究成果来回答"旧体诗词必将写入文学史"是我辈之态度。笔者不揣冒昧，在此试图提出几点写入文学史的宏观路径。我们所坚守的原则是守正与创新相并举。守正层面，与新诗相比，旧诗有其不可忽视的千年底蕴，研究抗战时期诗词当然要熟练运用知人论世、以意逆志的常规方法，也不可抛弃传统的文献梳理、师承辨析、群体透视、个案分析、审美探讨等研究范式，做到对诗词文本的准确认知是最基本的要求。创新层面，则当充分借鉴研究新文学的优秀方法，比如新媒体报刊对传统诗词的冲击与改造、区域性比较机制的建构、新旧文体之间的交叉融合、女性文学视野的拓展、现代性特征的归纳总结等。以上仅仅提供了研究切入的视角，至于各个角度框架下又如何有深度的书写，确实对研究者提出了更高的要求。未来几年，我仍将抱着"小心求证"的态度，继续挖掘抗战时期旧体诗词的文学价值和史料价值，推动旧体诗词写入文学史的进程。

在此特别感谢为本书做出贡献的领导、老师和朋友。从课题申报到成果修订，淮阴师范学院文学院许芳红院长总能够一针见血地指出本书写作内容和思路上的不足，极大地提升了本书的质量。自工作以来，顾建国师对我在科研、教学及个人生活方面皆给予特别关照，深表感谢。淮阴师范学院范新阳、刘青、李兆新、田金霞等老师，参与了本书的写作，在文献搜集、整理及校对上贡献良多。淮师罗玉明、张薇、陈年高、胡风霞等领导为本书成功申报课题建言献策，感激不尽。图书馆尹达、陈慧鹏帮忙检索文献、联系查重,特此感谢。

　　本书与吉林大学师友有着深厚渊源。能够忝列大勇师门下,十分荣幸,三年读博生涯,收获良多。每次与大勇师交谈,总能学到很多东西,我曾经从学生视角写过一篇有关大勇老师的短文,题为《执着追求学术,诗情画意人生》,文中说:"何谓学术? 人生即是学术。何谓人生? 追逐梦想即是精彩人生。学术人生岂不是很枯燥? 有诗词为伴,美酒为侣,自由徜徉于学术殿堂,随意绘画属于自己的精彩人生,怎会枯燥。我的导师马大勇就是这样既诗情画意,又执着追求的人。"他有着雍容的谈吐,横跨古今的视野,包容的胸怀,灵动的文字……太多优点值得用一生去品味,去学习。也要感谢吉林大学王树海、张福贵、李静、沈文凡、侯文学、孟兆臣、李龙、王昊、梁玉水、王林强等老师给予无微不至的照顾;感谢同门邹丽丹、赵郁飞、谭若丽、孟健、苏静、吴运兴、王俊杰、陈龙、王也、张坤、王敏、亢晓晓、杨婷、代金冶、张宁、孙文利等兄弟姐妹的互帮互助;感谢吉大求学期间李佳、张昌明、朱鹏涛、郭建鹏、刘钊、陈瑜、杨辰宇、吕金漪、王永昌、李贺来、王晨晖、程九思、孙小婉、欧瑞、纪淑德、张琳等同学的鼓励和支持。

　　工作后,十分怀念读书时期宁静专注的写作状态,2022 年,幸得方铭师接纳,我顺利进入北京语言大学博士后流动站,开启新的求学生涯。方铭师在先秦两汉文学研究上成果丰硕,著作等身,他更将儒学精髓落实到日常实际行动中,以身作则,真正做到了"学高为师,身正为范"。也要感谢北语人事处郁有学、李方延、王鹏远,中华文化研究院姜西良等领导的关心和帮助。在北语有幸结识方门师友,荣幸之至,2023 年汉德轩的师门聚会场景依然历历在目,感谢王孝强、许欣、谢君、朱闻宇、刘剑、蔡柯欣、李敏、张誉允、胡宏哲、郎蓉倩、黄璐薇、冯莉、史凤云、冯茂民、赵静、于静、范丽君、谢婷、董平等各位同门。

　　还要感谢学界前辈王兆鹏、朱惠国、曹辛华、冷卫国、周建忠、高峰、李遇春、沈卫威、朱德慈、胡旭、刘青海、朱崇才、傅宇斌、莫真宝、徐燕婷、卢燕新、杨传庆等先生的大力提携;感谢好友张响、陈民镇、潘静如、武君、李建涛、马旭彤、张宁(湖南城市学院)、杜庆英、彭敏哲、辛明应、王贺、王延鹏、宋学达、昝圣骞、刘宏辉、彭志、耿志、刘慧宽、郭鹏飞、谷卿、郑栋辉、黄盼、张任、吴亚娜、李姝、胡秋妍、赵家晨、彭建楠等人的关心;书中部分章节已在报刊正式发表,感谢周仁政、苗怀民、刘剑、荣卫红、宋湘绮、和希林、程诚、赵家晨、刘海宁、李强、张今歌等先生刊登文章,让我信心大增,有动力更快更好地推进研究。感谢上海三联书店冯征、郑秀艳的辛勤付出,使得本书能够顺利出版。特别感谢温柔贤惠的妻子丛海霞,她为家庭付出了太多,实在难以言表。

需要特别说明地是,尽管已经花费较长时间认真修改,但难免存在一些问题和不足,恳请各位同道见谅,书中有些观点尚存争议,期待方家批评交流,万分感谢。

杜运威
2023 年 12 月于淮阴师范学院

图书在版编目(CIP)数据

抗战时期词坛研究/杜运威著. —上海：上海三联书店，2024.2
ISBN 978 - 7 - 5426 - 8240 - 6

Ⅰ.①抗… Ⅱ.①杜… Ⅲ.①词(文学)－文学研究－中国－
1931 - 1945 Ⅳ.①I207.23

中国国家版本馆 CIP 数据核字(2023)第 170117 号

抗战时期词坛研究

著　　者 / 杜运威

责任编辑 / 郑秀艳
装帧设计 / 一本好书
监　　制 / 姚　军
责任校对 / 王凌霄

出版发行 / 上海三联书店
　　　　　 (200041)中国上海市静安区威海路 755 号 30 楼
邮　　箱 / sdxsanlian@sina.com
联系电话 / 编辑部：021 - 22895517
　　　　　 发行部：021 - 22895559
印　　刷 / 上海巅辉印刷厂有限公司

版　　次 / 2024 年 2 月第 1 版
印　　次 / 2024 年 2 月第 1 次印刷
开　　本 / 710 mm×1000 mm　1/16
字　　数 / 450 千字
印　　张 / 28.75
书　　号 / ISBN 978 - 7 - 5426 - 8240 - 6/I · 1836
定　　价 / 108.00 元

敬启读者,如发现本书有印装质量问题,请与印刷厂联系 021 - 56152633